(GABE) enttarnen

Aron Olin

enttarnen

Roman

Bibliografische Information der Deutschen Nationalbibliothek:
Die Deutsche Nationalbibliothek verzeichnet diese Publikation in der Deutschen
Nationalbibliografie; detaillierte bibliografische Daten sind im Internet über
http://dnb.dnb.de abrufbar.

Covergestaltung: Leo Redwood

Verlag: BoD • Books on Demand GmbH, In de Tarpen 42, 22848 Norderstedt
Druck: Libri Plureos GmbH, Friedensallee 273, 22763 Hamburg

ISBN: 978-3-7597-5112-6

1

„...Annegret."

„Annegret?" Geraldine zog die Augenbrauen zusammen, „was ist das denn für ein Quatsch?"

Auch Z blickte leicht konsterniert drein: „Wieso sollte sie Annegret heißen?"

Annies Mutter rollte mit den Augen: „Wir doof seid ihr eigentlich? Annie – Annegret. Annegret – Annie. Merkt ihr was? Gleiche Buchstaben und so?"

„Ja – wegen mir mögte es eine Koseform sein." entgegnete Geraldine, „aber Annie kommt aus Amerika. Da nennt niemand sein Kind Annegret."

Der Dämon kicherte spöttisch: „Das halte ich für ein Gerücht."

„Die nennen ihre Kinder dort Annegret?"

„Ja, das auch. Aber das meinte ich nicht. Ich meinte das andere."

Geraldine runzelte die Stirn: „Das andere?"

Christopher ebenfalls: „Dass Annie aus den USA kommt?"

„Ganz genau." Annies Mutter klatschte laut in die Hände – und Annie löste sich aus ihrer Erstarrung:

„Du bist ein Lügner." flüsterte sie.

„Hm... ja." gab der Dämon zurück, „da hast du Recht. Das bin ich. Ein Lügner. Immer wieder. Und immer wieder gerne. Und weißt du, was meine größte Lüge ist?"

„Will ich das wissen?"

Annies Mutter strahlte sie an: „Du."

„Ich?" schnaubte Annie, „ich bin ein Mensch. Ich kann keine Lüge sein."

„Du bist sowohl das eine als auch das andere..." Der Dämon brach ab – und Annies Mutter starrte an Annie vorbei zu Christopher und Michelle, die leise miteinander tuschelten: „Was macht ihr da?"

„Reden." antwortete Christopher unschuldig, während Michelle sich umdrehte und den Raum verließ.

„Reden." wiederholte der Dämon, „mit dem Ziel, dass sie weggeht. Wenn ihr irgendwas versucht..."

Christopher hob die Hände: „Ich habe Michelle gebeten, zu Annies Vater zu fahren. So wie es aussieht, wirst du uns ja eine ganze Weile volltexten. Und er sollte nicht alleine sein, wenn er aufwacht."

„Oh..." schnaubte der Dämon, „wie fürsorglich."

„So sind wir. Wir lassen niemanden im Stich, der zur Familie gehört. Deswegen bleiben wir auch alle hier. Bei Annie."

„Jaja – Familie." Annies Mutter gab einen Seufzer von sich, „was für ein interessantes Stichwort in diesem Zusammenhang. Deine Mutter. Dein Vater. Auf einmal sagst du das. Wie kommt das bloß?"

„Was meinst du damit – auf einmal sage ich das?" zischte Annie zurück.

„Och... ich habe ab und zu mal nach dir geschaut, in der letzten Zeit. Habe nichts mehr zu tun, seit ihr all meine Pläne durchkreuzt habt und ich abgesetzt wurde. Von meinem rechtmäßigen Platz."

Geraldine lachte sarkastisch: „Das tut uns sowas von leid."

„Ja – du warst so erfolgreich vorher." schloss sich Z spöttisch an, „als Diener des anderen Chefs."

„Gut." Geraldine legte den Kopf schief, „der war auch nicht viel erfolgreicher."

Z nickte: „Und irgendwie scheinen die anderen ja ohne dich auch ganz gut klarzukommen."

„Freut euch das?" fragte der Dämon unschuldig.

„Nun..."

„Dachte ich mir. Und ja – meine Erfolgsquote ist bitterlich. Da lüge ich nicht. Was ihr aber alle nicht zu schnallen scheint ist, dass jeder Plan, der misslingt, auch immer Türen für einen neuen Plan öffnet. So wie sie hier, als sie ihren Mann die Kellertreppe runtergestoßen hat." Annies Mutter klopfte sich auf die Oberschenkel – und Annie stieß einen leisen Schrei aus:

„Hat sie nicht."

„Leider doch."

„Niemals. Du lügst schon wieder."

Annies Mutter schüttelte den Kopf: „Das war es, was mich angelockt hat. Wollte eigentlich gerade zu dir. War wohl gedanklich schon auf der richtigen Wellenlänge. Na – und da saß sie. Neben ihm. Und hat geweint. Und ich dachte: So weit offen war selten jemand. Tja – und nun..." Ihr Zeigefinger schnellte in Zs Richtung: „Er macht den Mund nicht auf."

„Vielleicht braucht er das ja gar nicht mehr." entgegnete Geraldine bissig.

„Ich spüre sofort, wenn er etwas macht. Dann heißt es hier..." Annies Mutter griff sich selbst an den Hals – doch Geraldine winkte ab:

„Was genau willst du tun?"

„Was hättet ihr denn gerne? Gehirnschäden durch Atemnot? Krebs? Schön langfristig."

„Du schwätzt nur." fauchte Annie ihn an, zitterte dabei jedoch so stark, dass er ihre Mutter breit grinsen ließ:

„Tue ich das?"

„Du kannst nichts von alledem."

„Habt ihr das nicht schon gesehen?"

Geraldine legte Annie die Hand auf die Schulter: „Wir haben Krebs gesehen. Aber dafür müsstest du in ihr bleiben. Für lange Zeit."

„Tja..." Annies Mutter tippte sich an die Lippen, „oder auch nicht. Ich bin auf einer höheren Stufe. Ich kann mehr."

„Jaja – blabla." winkte Geraldine ab.

„Wollt ihr dieses Risiko wirklich eingehen?"

„Was soll das Ganze überhaupt? Was willst du hier? Was willst du von Annie?"

Annies Mutter richtete sich auf: „Annegret gehört mir. Ich habe sie zu dem gemacht, was sie ist. Sie verdankt mir ihr komplettes Leben. Fast zumindest. Einen sehr großen Teil – sagen wir es so. Und ich hatte nie wirklich Interesse daran, die Welt zu beherrschen. Ich war nie begeistert von dem riesengroßen Plan, der da draußen im Moment läuft. Ich habe mitgemacht, weil es sein musste. Wenn es sein musste. Aber im Grunde bin ich einer, der die kleinen Dinge liebt. Den einzelnen Menschen, sozusagen. Ich habe immer wieder Menschen durch ihr Leben begleitet. Aber niemanden so intensiv wie dich. Und es hat sehr wehgetan, als ich gehen musste. Gefühlsmäßig, meine ich. Jetzt fordere ich dich zurück. Ich bin der Liebhaber, der auf sein Recht pocht."

„Du kannst pochen, so viel du willst." Annie verschränkte die Arme.

„Wenn du dich für mich öffnest, lasse ich deine Mutter gehen. Oh – ihr könnt versuchen, mich auszutreiben. Aber ihr werdet mich nur vertreiben. Ich verschwinde. Und komme wieder. Zu ihr. Immer und immer wieder."

Geraldine drückte Annie noch fester an sich: „Wir können ihr helfen, die Tür zu schließen."

„Tja – wisst ihr... großer Nachteil: Das braucht Zeit. Mehr Zeit, als sie zu öffnen. Und schwupp, bin ich wieder da."

„Wir sind bereit für dich." Geraldine funkelte Annies Mutter an, doch diese wandte sich Z zu:

„Du bekommst Hausverbot. Heute darfst du noch bleiben. Weil die Geschichte bestimmt spannend für dich ist. Aber danach..." Sie sah wieder Annie an, „wie gesagt – das ist mein Deal: sie gegen dich."

Annie kniff die Lippen zusammen: „Wofür brauchst du mich? Was denkst du, dass ich für dich tun könnte?"

„Du scheinst immer noch nicht zu verstehen: Es geht nicht um deine Gabe. Oder irgendetwas anderes, das du kannst. Es geht um das, was ich in dir aufgebaut habe. Da möchte ich dran weiterbauen. Du warst so wunderbar empfänglich. Und ich gehe davon aus, dass du das immer noch bist."

„Er ist verrückt." Annie tippte sich an die Stirn – und Geraldine neben ihr verzog spöttisch das Gesicht:

„Nach 5.000 Jahren..."

„Weitaus mehr." entgegnete der Dämon, „und nein – ich bin nicht verrückt."

„Ich denke, wir sollten das Risiko eingehen." Geraldine warf Z einen auffordernden Blick zu, doch bevor dieser sich rühren konnte, war Annies Mutter aufgesprungen:

„Habt ihr euch nie gefragt, wie es kommt, dass Annegrets Geschichte von 12 bis 22 klingt wie eine Mischung aus Geraldines Leben und den Filmen, die Li... Z als Teenager geschaut hat?"

Die drei Freunde erstarrten allesamt. „Bitte was?" flüsterte Christopher von hinter ihnen.

Annies Mutter ließ sich wieder in den Sessel fallen: „Sie erfüllt jedes nur erdenkliche Klischee. Die Sex-Orgien, die schwarzen Messen mit der Jungfrauen-Opferung. Sie hat sich betrunken, sie ist fremdgegangen. Ach... ihr habt doch Aufnahmen davon – ihr wisst das doch alles."

„Ja." Annie schluckte, „und ich bin nicht stolz darauf."

„Ich schon."

„Weil du es warst. Weil du mich dazu getrieben hast."

„Hm... ja... so ähnlich." Der Dämon kicherte in sich hinein – während Geraldine Annie kritisch musterte:

„Annie? Wovon redet er? Wovon redest du?"

„Ja – ich denke, es ist Zeit." erklärte der Dämon mit gespielter Ernsthaftigkeit, „Geheimnis Nummer 1: Ich... wobei... eigentlich könntet ihr inzwischen selbst drauf kommen, oder nicht? Bei den ganzen Hinweisen allein in den letzten Minuten."

„Annie war besessen. Von dir." ließ sich Christopher vernehmen und Annies Mutter warf beide Arme in die Luft:

„Und die Duschhaube geht an den Ex-Pfarrer. Erinner' mich dran, dass ich sie dir zuschicke."

„Bestimmt."

„Du...? Er...?" Geraldine blinzelte verstört, doch Annie beachtete sie gar nicht:

„Aber sie haben dich ausgetrieben. Im Krankenhaus."

„Ja. Das war eine sehr dumme Geschichte." Der Dämon brummte leise, „im ersten Moment hatte ich ja gar kein Problem damit, dass du meinen kleinen Schubser in Richtung ‚Ich bringe mich um' so ernst genommen hast. Es hat mich immer schon interessiert, ob es wohl möglich ist, die Grenzen ein wenig aufzuweichen. Es ist so schade, dass wir euch nicht wirklich etwas antun können, was mit dem Tod endet. Außer so extrem langwierigen Geschichten, bei denen immer die Gefahr besteht, dass es doch nicht klappt. Aber euch dazu bringen, es selber zu tun... das hat mich einfach gekitzelt, gereizt. Bei aller Faszination von dir… ich konnte es nicht lassen. Was für ein blöder, blöder Zufall, dass du überlebt hast. Und in dem Auto ausgerechnet jemand saß, der jemand kennt, der jemand kennt, der etwas kann..."

„Annie?" Geraldine rüttelte leicht an ihrer Schulter, „ist das wahr?"

Diese hielt den Blick starr auf ihre Mutter gerichtet: „Ja."

„Warum hast du das nie gesagt?"

„Wollte ich nicht. Habe es doch selbst erst von Maximilian erfahren. Irgendwann – viel später. Da meinte er, dass ich besessen gewesen war. Und dass deswegen ständig einer von seinen Gemeindeleuten bei mir war. Die konnten das halt nicht so gut wie w... Z. Hat gedauert."

„Und nicht mal geklappt." spottete der Dämon.

Geraldine wippte mit dem Kopf: „Ich würde sagen, schon."

„Aber ich bin noch hier. Sie wollten mich komplett loswerden. Haben sie nicht."

„Das können wir nachholen." Wieder nickte Geraldine in Zs Richtung und wieder sprang Annies Mutter auf:

„Äbäbäbäbä... Vorsicht."

„Und das soll das große Geheimnis sein?" fuhr Geraldine den Dämon an, „dass du Annie mal eine Zeitlang heimgesucht hast? Big Deal! Das geht so vielen Menschen so. Christopher hier musste deinen Chef ertragen. Und hat es auch überlebt."

„Er ist sogar fast wieder ganz normal." fügte Annie hinzu, was bei Christopher leichte Irritationen hervorrief:

„Was heißt denn da fast?" Er wurde jedoch nicht weiter beachtet, denn im selben Moment lachte der Dämon laut auf:

„Ihr scheint euch der Tragweite des Ganzen nach wie vor nicht bewusst zu sein. Zum einen: Mein Zugang war auch danach immer da. Oder was glaubt ihr, warum ihr mitansehen musstet, wie diese drogenabhängige Schlampe die gute Seele das Frankfurter Bahnhofsviertels umgebracht hat? Das war meine Vision, der ihr da gefolgt seid. Und es war nicht die einzige."

„Applaus, Applaus." Geraldine klatschte höhnisch in die Hände, „Annie ist also anfällig, wenn sie etwas Schlechtes tut. Wer ist das nicht?"

„Genau." stimmte Annie ihr zu, „ich war als Teenie halt ziemlich doof. Ist doch klar, dass du da Platz hattest."

Wieder begann der Dämon zu kichern: „Das ist das, was unter ‚zum anderen' kommt: Ich bin nicht durch eine von Annegrets Eskapaden auf sie aufmerksam geworden und habe mir gedacht, ich erlaube mir ein wenig Spaß. Ich war derjenige, der sich all diese Eskapaden ausgedacht hat."

„Wie gesagt: Du hast mich dazu gebracht."

„Hm... auch wie gesagt: so ähnlich."

Z trat einen Schritt vor: „Du redest um den heißen Brei. Ich glaube, du willst nur Zeit schinden."

„Und wofür sollte das gut sein?" erkundigte sich der Dämon.

„Keine Ahnung. Ist mir aber auch egal."

„Du machst was, ich mache was."

Z atmete tief ein: „Aber dein Gerede will ich auch nicht länger ertragen."

„Schade." Annies Mutter ließ den Kopf hängen, „ich höre mich sehr gerne reden. Vor allem mit einer neuen Stimme. Naja – was soll's." Sie sah wieder auf – und Annie direkt an, „mein Angebot steht. Überleg es dir. Jetzt sofort."

„Ich gegen sie." erwiderte Annie tonlos.

„Ja."

„Wie soll das gehen? Soll ich auch jemanden die Treppe runterschubsen?"

„Wäre witzig. Aber... nein. Du kannst auch einfach sagen: ‚Ich will'. Wolltest du doch eh immer mal tun. Und wirst es nie. Das ist deine Gelegenheit."

Annie schwieg – für Geraldine ein schlechtes Zeichen:

„Annie... du denkst nicht wirklich darüber nach?"

Annie wandte sich zu ihr um: „Das ist meine Mutter."

„Sie würde es nicht wollen." sagte Geraldine bestimmt.

„Sie hat nicht wirklich die Möglichkeit, sich dazu zu äußern, oder?"

„Und was soll dann geschehen?"

Annie zuckte mit den Schultern: „Ich werde ihn schon irgendwie los."

„Annie... das..."

Doch Annie wandte sich wieder ihrer Mutter zu: „Ich will."

„Fantastisch." Annies Mutter sprang auf – und kippte nur einen Augenblick später vorne über, wobei sie sich den Kopf an der Tischkante anschlug. Mit zwei Sätzen war Christopher bei ihr und versuchte, ihr wieder auf die Füße zu helfen. Doch sie war zu schwach, um von alleine zu stehen. Er sah hilfesuchend auf:

„Sie muss zu einem Arzt."

„Dann soll er gehen. Ihn will ich hier sowieso nicht mehr haben." Annie nickte in Zs Richtung. Der blickte sie bestürzt an und rührte sich nicht. Geraldine jedoch nickte:

„Okay. Z bringt sie zum Arzt. Oder besser noch: ins Krankenhaus."

Z bewegte sich immer noch nicht. Geraldine sah ihn ernst an: „Z, bitte."

Er nickte stumm. Dann half er Christopher, Annies Mutter hochzuziehen. Gemeinsam brachten sie sie nach draußen. Nur Geraldine und Annie blieben zurück. Letztere setzte sich in den Sessel, in dem zuvor ihre Mutter gesessen hatte. Erstere tat es ihr nach einigem Zögern gleich – im Sessel gegenüber.

„Was hast du jetzt mit ihr vor?" fragte Geraldine heiser – und auf Annies Gesicht breitete sich ein Lächeln aus:

„Du bist sauer auf sie."

„Sollte ich nicht?"

„Oh doch. Ich freue mich drüber."

Geraldine rümpfte die Nase: „Das glaube ich dir sogar."

„Ich werde mich mit ihr zurückziehen." beantwortete der Dämon ihre Frage, „in ihr altes Zimmer. Dann wird es sein wie früher. Mehr brauche ich nicht."

„Und ich soll so lange warten?"

„Du verstehst mich nicht. Ich rede nicht von Stunden. Ich rede von Jahren."

„Jahren." wiederholte Geraldine konsterniert.

Christopher kam wieder herein: „Wir haben jetzt kein Auto mehr hier. Wir sollten also dafür sorgen, dass Annie hinterher nicht ins Krankenhaus muss."

„Dann rufen wir den Notarzt." erwiderte Geraldine abwesend.

„Oder so." Christopher setzte sich zwischen die beiden Frauen auf die Couch. Annie zwinkerte ihm zu:

„Es gibt kein hinterher. Ihr scheint es nicht kapieren zu wollen. Ich verlasse sie nicht mehr. Ich begleite sie für den Rest ihres Lebens. Den wir zusammen in ihrem Zimmer verbringen. So wie früher."

„Und dann geht ihr wieder auf Partys." vermutete Geraldine, „zu Orgien. Und Messen. So wie früher."

„Hihihi..." Annie wackelte amüsiert mit dem Kopf, „Annegret? Hörst du zu? Sie hört alles, was wir sagen. Wie schön. Ich habe mich immer auf den Moment gefreut, wo es sich ihr eröffnet. Und immer gehofft, dass ich derjenige sein würde, der das tut. Eigentlich wollte ich es machen, wenn sie alt und grau ist und kurz vor dem Sterben. Dass sie dann erfährt, dass es alles nicht stimmt. Aber so geht es auch. Das macht ihr Angst vor der Zukunft. Damit kann ich auch gut arbeiten. Weil sie sich nicht wehren kann. Superdupergut."

Geraldine rollte die Augen: „Du hörst dich wirklich gerne reden. Leider sagst du nichts dabei."

„Unflätige Worte." rügte der Dämon, „in dieser Situation?"

„Wir können sowieso nichts mehr für sie tun."

„Da hast du Recht."

„Dann erzähl uns doch deine tolle Geschichte." forderte Geraldine ihn auf, „wir sind ganz gespannt. Und Annie bestimmt auch."

„Hm..." machte Annie, „ja..."

„Worauf wartest du?" hakte Geraldine nach, „musst du sie dir erst ausdenken?"

„Nein. Aber ‚ausdenken' ist das Stichwort. Und... die Geschichte geht zwar lang, aber die Pointe ist nur ein Satz. Habe ich ihn gesagt, ist er rum."

Geraldine stand auf: „Komm, Christopher. Wir gehen."

„Es ist alles erfunden." stieß Annie hervor, „der Sex, die Gewalt, der Okkultismus. Nichts davon stimmt. Nichts davon ist passiert."

„Haha." Geraldine steuerte auf die Wohnzimmertür zu – und schlagartig wurde der Dämon gesprächig:

„Ich sagte doch schon, dass es eine Mischung ist aus deinem Leben und Zs Hobby. Gut – streng genommen war Z nicht die Inspiration damals. Es klang einfach besser, es so zu sagen. Weil er halt hier war. Und das Ding, von dem wir es uns eigentlich abgeschaut haben, nicht. Dürftet ihr nicht mal kennen. Praktischerweise kommt es trotzdem ziemlich gut hin. Und wir kommen zurück zu Annegret. Sie war mein. Richtig fest. Und ihr anderen beiden wurdet zumindest beobachtet. Nicht von mir – schließlich konnte ich sie schlecht lange alleine lassen. Daher habe ich Nachrichten bekommen. Was ihr so treibt. Die andere war immer langweilig. Fast so langweilig wie Annegret. Von ihr konnten wir nichts holen. Bis eben auf die Filme, die sie geschaut hat. Da waren lustige Sachen dabei. Die ich mit eingeflochten habe. Du dagegen... hätte ich gewusst, was für ein Flittchen du werden würdest, hätte ich mir dich ausgesucht. Auf der anderen Seite... bei dir hätte ich nur zuschauen können. Nichts selbst machen. Das war bei Annegret anders."

Geraldine – die inzwischen wieder zu ihrem Sessel zurückgekehrt war – musterte Annie skeptisch: „Du willst sagen, das sind alles Hirngespinste?"

„Es ist schon faszinierend – das menschliche Gehirn. Sie hat so oft im Dunkeln gesessen ab dem Moment, wo sie das erste Mal die Rollläden runtergemacht hat. Der Moment mit dem Bild. Vorher dachte ich einfach nur, ich sorge dafür, dass sie nie ihren Zweck erfüllt. Aber da hat sich mir so viel mehr eröffnet. Ihr ganzer Geist lag offen vor mir. Und das habe ich genutzt."

„Und ihren Kopf mit Quatsch gefüllt."

Annie grinste breit: „Einen Menschen körperlich zu zerstören, ist relativ einfach. Aber die Medizin kann heute Wunder wirken und außerdem ist es so auffällig. Selbst wenn man nicht von sich aus in eine Entzugsklinik geht, sorgen andere dafür, dass man da hinkommt. Geistige Zerstörung ist viel besser. Annegret hat ihr Zimmer praktisch nie verlassen in all den Jahren. Ihre Eltern waren betroffen und überfordert, dachten aber: ‚Zumindest streunt sie nicht draußen rum'. Dabei hat sie genau das getan. In ihrem Kopf."

„Und du willst, dass wir glauben, dass sie das geglaubt hat." Geraldines Blick wurde noch eine Spur skeptischer – und Annies noch eine Spur fröhlicher:

„Siehst du doch. Sie hat euch ihre Geschichte erzählt. Lauter Sachen, die nicht stimmen. Die so nie stattgefunden haben. Nicht in der Realität. Nur in ihrem Geist. Und all die Sachen, die wirklich passiert sind – die hat sie nicht erzählt. Teilweise, weil sie nicht wollte. Teilweise aber auch, weil sie nicht daran glaubt, dass sie wahr sind. Ist das nicht genial? Dass sie inzwischen so verquer ist, dass sie von echten Erlebnissen glaubt, es wären Träume oder Visionen? Und von meinen Visionen, sie wären ihr Leben? Ich finde das den absoluten Wahnsinn. Eigentlich müsste ich sie ein Buch darüber schreiben lassen. Eine Art Autobiographie. Das wäre bestimmt der Renner."

Geraldine tippte sich an die Stirn: „Das ist absoluter Blödsinn."

„Ist es? Dann Beispiele: Liebe Annegret – hattest du vor dem Tod deiner ‚echten' Eltern Visionen, dass sie sterben würden? Ihre Antwort: ‚Ja – hatte ich.' Meine darauf: ‚Nein. Das – ist Blödsinn.' Kein zweijähriges Kind hat Visionen. Wieso sollte es? Es kann ja nicht mal richtig sprechen, zu dem Zeitpunkt. Das habe ich ihr eingeimpft. Mit... lass es acht gewesen sein. Und sie glaubt es bis heute. Was total gestört ist, wenn man die Zusammenhänge mal genauer betrachtet. Mindestens mal das müsste ihr eigentlich auffallen. Aber gut – nächstes: Liebe Annegret – hattest du in der Schule Freunde, die nachts mit dir um die Häuser gezogen sind? Ihre Antwort – erneut: ‚Ja – hatte ich.' Und meine – erneut: ‚Nein. Auch das – ist Blödsinn.' Überlegt doch mal, alle: Wie sollte das denn gehen? Kinder im Teenageralter – also... Teenager – die tagsüber ganz normal drauf sind, nachts aber nicht schlafen, sondern ihre Zeit komplett wach draußen verbringen? Jede Nacht die ganze Nacht? Ohne, dass es auffällt? Ohne, dass sie irgendwelche Mangelerscheinungen davontragen? Übermüdung, Konzentrationsschwäche, irgend-so-was-weiß-denn-ich? In einer Lebensphase, in der Schlaf so wichtig ist wie kaum jemals davor oder danach? Ein Dutzend hormon- und gruppenzwanggesteuerte Jugendliche, die das allesamt auf sich nehmen, nur damit eine einzige andere dabei sein kann? Wenn normalerweise jeder, der nicht mitzieht, nur mit einem Schulterzucken ausgeschlossen wird? Was glaubst du, was du warst, liebe Annegret? Ihre Königin?"

Annie zuckte leicht zusammen und Geraldines Hand schnellte vor. Doch der Dämon beachtete weder das eine noch das andere:

„Weiter: Sie war dabei, wie eine Jungfrau geopfert wurde. Hallo? Menschenopfer? Mord? Kam die Polizei? Wurde jemand verhört oder festgenommen? Nein. Fehlanzeige. Ihr mögt ihre Geschichte nur gehört haben – aber ernsthaft: Nie drüber gewundert? Sie hatte einen Freund, der sie geschlagen hat. Hallo? Häusliche Gewalt? Kam da die Polizei? Hatte sie Wunden? Hat sie jetzt Narben? Ich sehe keine. Und wo ist der Kerl hin? Hat jemals jemand nach ihm gesucht? Klar – sie war froh, dass er ‚weg war', aber wirklich, ehrlich, ernst... das hatten wir schon. Ihr schluckt wirklich alles – kann das sein? Genauso wie das mit den..."

„Es reicht." ging Geraldine entschlossen dazwischen.

Annie lehnte sich genüsslich zurück: „Wenn ihr meint."

Geraldine dagegen lehnte sich vor: „Und damit willst du jetzt weitermachen."

„Will ich nicht, werde ich."

„Wirst du nicht."

„Und wer soll mich hindern?"

Geraldine zog die Brauen hoch: „Du sagtest, du hättest uns beobachtet?"

„Ja."

„Oft?"

„Manchmal. Ist nicht viel passiert bei euch."

„Tja..." Geraldine rieb die Handflächen aneinander, „wir mussten vorsichtig sein. Wegen eurem Jesus."

„Gut so."

„Und das waren wir. Und du hast dir anscheinend immer genau die falschen Momente angeschaut."

Eine kritische Falte erschien auf Annies Stirn: „Soll heißen?"

Geraldine streckte die Hände aus: „Z ist nicht mehr der Einzige, der Dämonen austreiben kann."

Annie sprang auf. „Du etwa auch?" zischte der Dämon dabei.

„Ja." Geraldine erhob sich ebenfalls, „ich..."

„Komm nicht auf die Idee..."

„...und..."

„...etwas zu..."

„...Annie."

„...machen."

„Raus!"

Einen wirren Moment lang fühlten sich Geraldine und Christopher beide angesprochen von Annies Aufschrei. Und dachten schon, sie hätten sie für immer verloren. Doch dann sackte Annie auf dem Boden zusammen und blickte vorwurfsvoll zu ihnen auf:

„Ihr hättet mich ruhig auffangen können."

„Puh." Geraldine plumpste nach hinten, „Annie. Ich dachte, er spräche noch. Und meinte uns."

„Aber wir können dir hochhelfen." Christopher streckte Annie beide Hände entgegen und sie ergriff sie:

„Wenigstens etwas. Und nein – er ist weg. Für immer hoffentlich." Annie ließ sich auf die Couch fallen. Dann lachte sie erleichtert auf:

„Der hat ganz schönen Müll erzählt, hm?"

Geraldine lachte nicht. Sondern blickte nachdenklich ins Leere: „Ja... schon..."

„Glaubst du ihm etwa?"

„Naja, also... ich..."

„War das eigentlich von Anfang an euer Plan?" ging Christopher dazwischen, der der Meinung war, dass weiterer Stress in dieser Situation nicht angebracht war.

Annie fuhr sich durch die Haare: „Irgendwie schon. Ich dachte, wenn er sich in Sicherheit wiegt... in erster Linie wollte ich meine Mutter in Sicherheit bringen. Und ich wusste ja, dass ich ihn auch aus mir selbst heraus loswerden kann. Hatte ich natürlich noch nie probiert. Wusste auch nicht, ob ich stark genug dafür bin. Aber Geraldine war ja auch noch da. Er wusste nur von Z und nachdem Z weg war... ich dachte, es könnte klappen. Es war ein Risiko, aber auch nicht so groß."

„Und du wusstest das auch?" wandte sich Christopher an Geraldine, die den Kopf hin und her wiegte:

„Ich... habe es mir gedacht. Gewusst habe ich es nicht. Aber in dem Moment, wo Annie auf ihn eingegangen ist... es kam mir einfach, was sie im Schilde führen könnte."

„Tja – wir kennen uns halt, nicht wahr?" Annie lachte erneut – und Geraldine erneut nicht:

„Das ist die Frage. Tun wir das?"

Annie schnappte nach Luft: „Du willst jetzt wirklich sagen, dass du diesen Schrott glaubst? Er ist ein Dämon. Er lügt. Das haben wir doch schon geklärt."

„Aber er lügt nicht immer." gab Geraldine zu bedenken, „und das, was er sagt – es klingt unglaublich. Aber unglaublich gehört bei uns inzwischen zum Alltag. Und von daher muss ich sagen, bin ich für sehr vieles sehr viel offener."

Wieder wollte Christopher dazwischen, aber diesmal fuhr Annie ihm über den Mund:

„Du bist einfach mal offen? Nur weil er irgendwelchen Kram erzählt?"

„Du hast selbst zugegeben, dass er in dir war und Maximilians Freunde ihn aus dir rausgeholt haben." entgegnete Geraldine.

„Ja, das war am Ende. Da war er da. Aber davor? Die ganze Zeit? Mein ganzes Leben?"

Geraldine schloss für einen Moment die Augen. Als sie sie wieder öffnete, waren sie mit Tränen gefüllt: „Er hat das Bild erwähnt."

„Was denn für ein Bild?" gab Annie verwirrt zurück.

„Das passt auch zu dem anderen, was er gesagt hat: dass es Sachen in deinem Leben gibt, die echt waren und die du für Visionen hältst."

„Worauf willst du hinaus?"

„Die Sache im Kindergarten..." Geraldine griff nach ihrer Handtasche, öffnete sie und holte die beiden Papierstücke heraus. Sie drehte sie um, sodass Annie und auch Christopher die bemalten Seiten sehen konnten: „Die eine Hälfte ist meine. Die, die ich damals ‚retten' konnte. Die andere habe ich gefunden. In der Kiste bei dir im Auto auf dem Rücksitz. Ich habe sie aus reiner Langeweile aufgemacht. Und da war ein Malbuch drin. Das Malbuch, das ich in meinen Visionen gesehen habe. Bei dem Dämon und bei dem Engel. Und als ich es mir angeschaut habe, da ist das hier herausgefallen. Die andere Hälfte von meinem Bild. Im ersten Moment habe ich gedacht: ‚Warum hat Annie das Malbuch von dem Mädchen? Warum hat sie das Bild von dem Mädchen?'. Aber dann – dann ist es mir aufgegangen: Du hast das Malbuch, weil es dein eigenes Malbuch ist. Du bist das Mädchen. Ich hatte Visionen von einer Szene aus meinem Leben, die ich vergessen hatte. Durch den Engel. Durch den Dämon. Aber woher du die Vision hattest, war nie wirklich geklärt. Jetzt weiß ich es: Es gab nie eine. Alles, was du hattest, war eine Erinnerung. An eine Begegnung. Zwischen dir und mir."

Annie saß regungslos da. Eine ganze Weile. Dann schüttelte sie sich: „Aber dann hättest du mich doch wiedererkannt."

„Wir waren drei. Alle beide. Ich habe am Anfang ja nicht mal mich selbst wiedererkannt. Und dich kenne ich erst, seit du Mitte 20 bist."

„Ich kann das nicht glauben."

Geraldine legte die beiden Bildhälften auf den Tisch: „Es ist die einzige logische Erklärung für das hier."

„Weißt du denn, was du da sagst?" hauchte Annie, „weißt du, was das heißt?"

„Ja. Es heißt, dass du das Mädchen bist, das sie damals im Visier hatten. Und das wiederum heißt, dass es durchaus stimmen kann, dass er die ganze Zeit in dir war. Wie er reingekommen ist? Das kannst eigentlich nur du wissen. Ob er wirklich alles erfunden hat und du wirklich die ganze Zeit nur in deinem Zimmer gesessen hast – kann ich dir nicht sagen. Deine Eltern könnten das bestimmt. Wenn wir sie fragen könnten."

Annies Miene zog sich zusammen: „Wir sollten hören, wie es meiner Mutter geht."

„Ich mache das." Christopher zog sein Handy aus der Tasche und entfernte sich ein paar Schritte. Geraldine griff nach Annies Hand:

„Du glaubst es nicht."

„Ich will es nicht glauben." erwiderte diese.

„Das glaube ich dir. Aber... mir fällt da noch etwas ein: Erinnerst du dich an den Mann? Von dem du der Meinung warst, er wäre einer der Teufelsanbeter gewesen?"

„Dunkel... hell." Annie riss die Augen auf, „Hilfe! Du meinst... wie kam der in meinen Kopf?"

„Vielleicht hat er Leute aus der Nachbarschaft benutzt." vermutete Geraldine, „wenn er sagt, er hätte mein Leben als Vorbild genommen... und Zs Filme – oder wessen auch immer."

„Das ist alles viel zu abgefahren. Er wollte mir bestimmt nur Angst einjagen."

„Nein. Wollte er nicht."

Annie runzelte die Stirn: „Weißt du das so sicher?"

Geraldine ebenfalls: „Ich habe gar nichts gesagt."

„Oh. Hä?"

„Annie." sagte eine Stimme, woraufhin sie ein genervtes Brummen von sich gab:

„Meine Güte. Du schon wieder. Erschreck mich nicht immer so."

„Wie sollte ich mich denn sonst bemerkbar machen?"

„An der Tür klingeln. Oder anrufen. Wie normale Menschen."

„Menschen." wiederholte die Stimme und Annie winkte ab:

„Okay. Verstanden."

„Bist du hier, um uns aufzuklären?" erkundigte sich Geraldine vorsichtig.

Annie blickte sie verwundert an: „Du hörst ihn auch?"

„Ja. Nur sehen..."

„Er ist unsichtbar."

Die Stimme räusperte sich: „Wenn ihr gerne einen Fixpunkt hättet..."

„Das wäre sowas von nett."

Eine weiße Gestalt erschien direkt vor ihnen und Christopher, der sich gerade wieder zu ihnen umwandte, schrak zusammen:

„Huch – ein Engel."

„Ja." nickte Geraldine, „Yannik."

„Nein." widersprach der Engel, „nicht Yannik."

„Ich nenne dich so."

„Bitte nicht. Yannik war eine Rolle. Jetzt bin ich wieder ich."

„Und wie nenne ich dich dann?"

„Engel."

Geraldine zog eine Schnute: „Na toll."

„Wie geht es meiner Mutter?" fiel Annie ihr ins Wort.

Christopher seufzte: „Nicht gut. Sie hat das Bewusstsein verloren. Sie vermuten den Schlag auf den Kopf. Es ist fast wie eine Art Koma."

„Was?" Annie war mit drei Sätzen an der Tür, „wir müssen..."

„...Z sagen, dass er wieder herkommen soll." hielt der Engel sie auf und sie fuhr herum:

„Bitte? Nein."

„Michelle kann im Krankenhaus bleiben. Dein Vater wird noch lange bewusstlos sein von der Narkose. Sie sind beide in guten Händen. Und du kannst für keinen von ihnen etwas tun. Aber du kannst etwas für dich tun. Du kannst in dir aufräumen. Und dieser Moment hier ist der Richtige dafür."

„Keine Wiederrede, hm?" Annie trottete auf ihren Platz zurück, während der Engel sich schon an Geraldine wandte:

„Ruf bitte Z an."

„Ich schreib ihm." erwiderte diese, „das geht schneller."

„Auch gut."

„Was genau machst du denn hier?" erkundigte sie sich, während sie tippte, „ich dachte, du wärst weg und kämst nicht wieder."

„In meiner Rolle nicht." korrigierte der Engel.

„Aha. Und jetzt dachtest du, du klinkst dich mal in unser Gespräch ein. Einfach so aus Spaß."

„Gerade ist nichts Spaß. Und ich bin auch nicht per Zufall hier."

„Nein." schaltete sich Annie ein, „er ist mein neuer äußerer Engel."

Geraldine sah verwundert auf: „Was ist mit dem alten?"

„Warum fragen das alle?" stöhnte der Engel auf.

„Weil es legitim ist."

„Gut. Mag sein. Nichts ist mit ihm. Er wusste, als er den Job angetreten hat, dass ich ihn irgendwann ablösen würde. Er macht jetzt was anderes."

Geraldines Blick wurde noch verwunderter: „Als er ihn angetreten hat? Du wusstest bei ihrer Geburt schon, dass...?"

„Vor ihrer Geburt."

Christopher lächelte den Engel an: „Ich glaube, du trägst nicht wirklich zur Aufklärung bei, gerade."

Dieser machte eine bedauernde Geste: „Entschuldigung. Dann von Anfang: Du hast bei deinen Ausführungen eben einen Punkt vergessen, Geraldine.

Etwas, das du gesehen hast – aber gerade übersiehst. Die Frau, die du gesehen hast. Von der du dachtest, sie sei deine Oma."

„Die du umgebracht hast." brummte Geraldine.

„Die geopfert wurde."

„Andere Worte – gleicher Inhalt."

„Wegen mir. Sie war nicht deine Oma. Sondern die Oma..."

„..des Mäd..." Geraldine schlug sich auf den Mund und starrte Annie an, „deine..."

Annie wurde erst blass und dann rot: „Meine Oma?" fauchte sie den Engel an, „du hast meine Oma umgebracht?"

„Es war Teil des Plans." entgegnete dieser mit deutlichem Bedauern in der Stimme, „meine schlimmste Tat. Meine schwerste Tat."

„Aber Hallo!"

„Ich habe mir meine Vergebung dafür abgeholt."

„Nicht von mir." ging Annie vehement dagegen und der Engel wich ein wenig zurück:

„Kriege ich sie denn?"

Annie funkelte ihn an: „Darüber denke ich noch nach."

„Ich wollte dich beschützen." fuhr er fort, „als Wiedergutmachung dafür. Aber ich durfte nicht. Weil da eben der Plan war. Und weil der Herr wusste, dass ich nicht in der Lage sein würde, Böses an dich heranzulassen. Und dann wärst du jetzt nicht hier."

„Ich wäre gestorben, wenn nichts Böses...?"

„Nein. Du wärst einfach nur nicht hier. In diesem Haus. Zu dieser Zeit."

„Wo denn dann?" hakte Annie irritiert nach.

„Keine Ahnung." antwortete der Engel, „irgendwo. Ohne Gabe. Ohne Gott. Unter Umständen. Aber jetzt ist nicht die Zeit für Spekulationen. Jetzt ist die Zeit für Fakten. Und ich glaube, wir warten damit auf Z..."

Zum Glück mussten sie nicht lange warten und Geraldine überbrückte die Zeit, indem sie eine Frage aussprach, die ihr schon seit längerem auf der Zunge lag:

„Wie heißen deine Eltern eigentlich?"

„Hm?" Annie fuhr aus ihren Gedanken hoch.

„Deine Eltern. Früher durften wir nie über sie reden. Und seit wir es dürfen, war nie Gelegenheit dazu. Aber jetzt..."

Annie schnaubte leise: „Ja – jetzt ist die beste Gelegenheit, wo gibt."

„Ach Annie, ich…"

„Ellengard. Und Ernst."

„Ernst?" Für einen kurzen Moment huschte ein Lächeln über Geraldines Gesicht, „da…"

„..könntest du jetzt dutzende Witze drüber machen." knurrte Annie verstimmt und Geraldine wiegelte sofort ab:

„Werde ich nicht."

„Vielen Dank."

Dann traf Z ein und wollte zunächst berichten. Doch Annie würgte ihn direkt wieder ab:

„Wir wissen schon alles Wesentliche. Setz dich und hör zu."

„Ja, Chef." Z musterte sie abschätzend, was Geraldine nicht entging:

„Sie ist angespannt. Sie kriegt gerade ihr Leben erzählt."

Zs Ausdruck wandelte sich zu verwirrt: „Kennt sie es denn nicht?"

„Anscheinend nicht." Geraldine zuckte die Achseln – und Z tat es ihr gleich: „Na dann…"

„Das ist übrigens Yan… der Engel, der mal Yannik war." Geraldine deutete auf selbigen, „er beschützt jetzt Annie."

„Hat er bisher ja nicht sonderlich gut hingekriegt." stellte Z trocken fest und der Engel fuhr auf:

„He. Wir haben keine Befugnis, in die Entscheidungen der Menschen einzugreifen. Und außerdem war es der einzige Weg, ihn wegzukriegen."

Annie nickte zufrieden: „Sag ich doch."

„Dann bin ich still." erklärte Z, setzte sich und verschränkte die Arme vor der Brust. Annie wandte sich währenddessen wieder dem Engel zu:

„Und du redest hoffentlich endlich."

„Es war einmal…" begann dieser, brach aber sofort wieder ab – „Nein – nicht in doof." – und setzte neu an: „Genau wie die Gegenseite sehr früh gewusst hat, wen sie für die Rolle des Gottessohnes haben will, haben wir auch schon sehr früh gewusst, wer ihm entgegentreten soll. Bei ihnen fiel die Entscheidung kurz nach seiner Geburt. Bei uns schon… vor eurer Geburt."

Geraldine kniff die Augen zusammen: „Äh…"

„Wir wussten, dass ihr diejenigen sein würdet, die diese besondere Form der Geistesgaben bekommen würden. Zumindest bei... ach... mehr sage ich dazu lieber nicht. Und noch zu etwas anderem sage ich nur kurz etwas und dann nichts mehr: Euch steht ein Kampf mit ihm bevor. Nicht mit Kung-Fu und Schnick-Schnack. Aber es wird eure Aufgabe sein, die Welt von ihm zu befreien. So viel zur Zukunft. Zurück zur Vergangenheit. Ich musste etwas Schreckliches tun für meinen Part in diesem Spiel. Einen Part, den ich nicht wollte. Aber trotzdem ausgeführt habe. Ich wäre viel lieber bei der Enkeltochter meines letzten Schützlings geblieben. Aber das ging nicht. Trotzdem konnte ich ab und zu nach dir sehen. Und dabei ist uns bewusst geworden, dass die Gegenseite auch schon von euch wusste. Sie sagen: Sie haben es rausgefunden. Wir wissen: Der Herr hat es sie rausfinden lassen."

„Natürlich hat er das." murmelte Z.

„Wir haben daraufhin eigenmächtig versucht, euch zusammenzubringen."

„Wir?" fragte Annie dazwischen, doch es war Geraldine, die antwortete: „Du meinst meinen äußeren Engel."

„Den meine ich." stimmte der Engel ihr zu.

„Kann er nicht auch dazukommen? Reunion, quasi?"

„Wenn er will..." Der Engel verschwand für einen Moment – dann tauchte er wieder auf, „...er will wohl nicht."

„Vielleicht soll er nicht." sinnierte Geraldine.

„Vielleicht bringt uns das auch zu sehr vom Thema weg. Wir wollten damals, dass ihr euch trefft. Und anfreundet. Und dann von Anfang an euren Weg miteinander geht. Weil wir dachten, dass es so sicherer ist. Wir hatten es in Gang. Aber der Herr hat uns zurückgepfiffen. Weil er etwas wusste, was wir nicht wussten: Ihr wärt keine Freundinnen geworden. Weder als Kinder noch als Teenager. Wir waren ein wenig uneinsichtig und haben es später noch ein paarmal probiert. Immer mit dem Gedanken: ‚Jetzt muss es doch aber klappen'. Ging nie gut."

„Wann denn?" unterbrach Geraldine ihn erneut, „ich kann mich nicht erinnern..."

„Oh. Es ist zu keiner weiteren Begegnung gekommen. Aber wir wollten dich nach Wiesbaden kriegen. Da ist es schon dran gescheitert."

„Hm..." Geraldine kratzte sich nachdenklich am Kinn, „meine Mutter hat mir vor einiger Zeit... oder war es mein Vater...?"

„Sie wollten umziehen – ganz genau." führte der Engel ihren Gedankengang aus, als ihre Stimme versackte, „unsere Idee. Für sie."

Christopher legte den Kopf schief: „Ihr seid an sie rangegangen?"

„Hat ganz schön Ärger gegeben. Gut – ein bisschen. Aber ist ja auch nichts draus geworden."

„Und stattdessen habt ihr es dann bei Z und mir probiert." bemerkte Geraldine und erntete dafür von Seiten des Engels einen überraschten Blick: „Was? Z und du? Nein. Wie…?"

„Na – wir sind uns begegnet. Als Kinder."

„Echt?" Einen Moment lang blickte Z ebenfalls verdutzt drein. Dann erhellte sich sein Gesicht – um sich direkt wieder zu verdüstern: „Richtig. Die Sache mit der Flöte. Das war…"

„…Zufall." unterbrach ihn der Engel, „reiner Zufall."

„Okay…" Geraldine klang nicht überzeugt. Weswegen er es nochmal wiederholte:

„Wirklich. Zufall. Wirklich. Wir haben es nur bei euch beiden versucht. Annie und dir."

Geraldine wippte langsam mit dem Kopf. Und verzog dann verärgert das Gesicht: „Und bei dieser einen einzigen Begegnung habt ihr zugeschaut, wie sie sich Annie geschnappt haben."

„Wir durften nicht eingreifen." verteidigte sich der Engel, „genau deswegen habe ich ja den Job bei dir nicht gekriegt." Er sah Annie eindringlich an, „ich hätte eingegriffen. War nicht drin. Musste so sein."

Aber auch Annie blickte ärgerlich drein: „Vielen Dank auch."

„Ihr habt beide eine harte Schule hinter euch. Du in echt. Und du in deinem Geist."

Der Ärger wich Bestürzung – sowohl bei Annie als auch bei Geraldine: „Also stimmt es wirklich? Sie hat all das nie erlebt?"

„Sie hat all das nie erlebt." bestätigte der Engel, „was auch immer ‚all das' ist. Denn ich war nicht dabei. Und schon gar nicht in dir drin. Ich kenne die Inhalte nicht. Ich weiß nur, dass du ein sehr einsames Mädchen warst. Ohne Freunde. Ohne den Drang, vor die Tür zu gehen. Du hast so viel Zeit im Dunkeln verbracht, dass ich schon Angst hatte, es könnte dir körperlichen Schaden zufügen."

„Also warst du doch da." folgerte Annie.

„Sehr selten. Ich habe das meiste nur erzählt bekommen. Von meinem Vorgänger. Das war schwer für mich, glaub mir."

„Ist mir egal." gab Annie zurück, „für mich war es schwerer."

„Aber die Visionen...?" setzte Christopher an und der Engel griff das dankbar auf:

„Die Visionen kamen nicht von Gott. Sie kamen vom Dämon. Und die dazugehörigen Situationen auch. Er hat das Mädchen nicht besessen, das sich mit dem Stift gestochen hat. Er hat sich ihr nur kurz gezeigt. Sie erschreckt. Das hat gereicht. Den Vater, der seinen Sohn verprügelt hat, hat er dagegen besessen. Nur für diesen Zeitraum. Er war davor schon jähzornig und hat den Jungen oft angebrüllt und in sein Zimmer gesperrt. Die Hand gegen ihn erhoben hatte er nie. Über diese Schwelle hat der Dämon ihn geschubst. Nur dieses eine Mal. Aber auch das hat gereicht. Für dich."

„Aber was soll das bringen?" Z rieb sich die Wangen, „Annie das zu geben, was sie sowieso kriegen soll?"

„Es kommt auf den Zeitpunkt an." klärte der Engel ihn auf, „es hat einen Sinn, dass der Herr euch Gaben nicht von Anfang an gibt. Weil ihr sie auch verkraften können müsst. Als Kinder könnt ihr das noch nicht. Ihr Plan war also eigentlich sehr clever: Sie haben Annie vorbelastet. Sodass sie in dem Moment, wo der Herr normalerweise damit angefangen hätte, schon gar nicht mehr in der Lage war, unbefangen damit umzugehen."

„Danke fürs zuschauen." motzte Annie laut und der Engel wandte sich langsam zu ihr um:

„Der Herr hat nicht nur zugeschaut. Er hat Sachen in dir angestoßen. Als die Zeit dafür richtig war. Du hast mit dem Pfarrer geredet."

„Was ja wunderbar gelaufen ist."

„Es hat dich nach draußen getrieben. Das war wichtig. Dass du von der Welt in dir drin in die Welt um dich herum kommst."

„Aber wenn ich gleich in der Welt da draußen gewesen wäre…"

„…hätte der Dämon wahrscheinlich versucht, dich dazu zu bringen, all die Sachen in echt zu machen, die er dir so nur vorgaukeln konnte. So schräg das jetzt auch klingen mag: Das war die bessere Version – für dich. Denn in deinem Unterbewusstsein hast du natürlich immer gewusst, dass es nicht wahr ist. Deshalb konntest du es auch so gut verkraften, als du angefangen hast, dich damit auseinanderzusetzen. Und der Herr wusste nun mal, dass zwei Momente für dich kommen würden: Der, in dem du den Dämon loswirst, und der, in dem du die Wahrheit erkennst. So ist es doch einfacher, Frieden zu haben, oder nicht? Nur mit schlimmen Gedanken anstelle von schlimmen Geschehnissen."

Eine Weile versank Annie in Schweigen – dann sah sie wieder auf: „Und was war mit meiner besten Freundin? Deren Tod ich gesehen habe?"

„Du hast ihren Tod gesehen." erwiderte der Engel, „und du hast sie tot gesehen. Aber sie war nicht deine beste Freundin. Du warst auf dieser Party. Aber du warst nicht eingeladen. Sie wollten dich rauswerfen. Dann haben sie sie gefunden. Und du warst unwichtig."

„Ich kann es immer noch nicht glauben." Annies Stimme war fest – entschlossen. Was den Engel seufzen ließ:

„Dann... da drüben – die Fotos." Er deutete an die gegenüberliegende Wand, „erkennst du sie?"

„Natürlich. Das bin ich. In verschiedensten Stufen des Heranwachsens."

„Hol eins davon."

„Okay..." Annie stand auf und nahm eines der gerahmten Fotos von der gegenüberliegenden Wand. Dann setzte sie sich wieder: „Und nun?"

„Geraldine. Wen siehst du?"

Annie hielt Geraldine das Foto hin – und diese stieß laut hörbar die Luft aus:

„Sie."

„Sie?" wiederholte Z unsicher.

„Das Mädchen. Aus dem Kindergarten."

Annie ließ das Foto fallen und es klirrte leise, als es auf dem Boden aufschlug. Doch sie achtete nicht darauf: „Ich war besessen. Schon als Kind." Ihr Blick war starr – ihre Stimme tonlos.

„Es tut mir leid." flüsterte der Engel – und dann noch einmal: „Es tut mir leid."

Annie begann zu zittern und Geraldine legte ihr rasch den Arm um die Schultern. Dann blickte sie den Engel herausfordernd an:

„Aber warum sie und wir nicht?"

„Normalerweise können Dämonen nicht an Kinder." erklärte dieser langsam, „das kennt ihr. Von eurer Arbeit. Bei der ihr aber auch schon die

Erfahrung gemacht habt, dass es ab und zu Ausnahmen gibt. Bedingt zum einen durch besondere Situationen. Und zum anderen durch den Herrn, der es erlaubt. Was im Normalfall entweder mit genau dieser besonderen Situation zu tun hat – oder mit etwas, was noch kommt. Wofür es wichtig ist – so seltsam das auch klingen mag. Die Dämonen wissen das natürlich auch. Sowohl, dass es eigentlich nicht geht, als auch, dass manchmal eben doch. Weshalb sie es immer wieder versuchen. Bei denen, wo sie die Notwendigkeit sehen. Bei euch haben sie das. Und Geraldine war halt die Regel. Da ist nichts passiert. Und sie hat es nicht mal gemerkt. Annie dagegen war die Ausnahme."

„Und Z?"

„Ja, Z…" Er zögerte, „du warst lange Zeit überhaupt kein Kandidat für eine Gabe. Bis du drum gebeten hast. Dich hatte niemand auf der Rechnung. Der Herr natürlich – im Geheimen. Aber wir nicht – und sie auch nicht. Und das war auch gut so. Denn: Jemand mit seiner Gabe ist immer Anlaufpunkt Nummer eins für einen Angriff. Und so war es auch. Denn sie hatten jemand anders auf der Rechnung. So wie wir."

Z nickte bedächtig: „Meinen Ersatz."

„Z?" Geraldine blinzelte verwirrt, doch er antwortete nicht, sondern murmelte traurig:

„Die Arme."

„Z?" wiederholte Geraldine.

„Das ist inhaltlich falsch." sagte der Engel, „du bist der Ersatz."

Z hob die Hände: „Das meine ich."

„Z?" wiederholte Geraldine ein weiteres Mal und schnippte mit den Fingern dazu, was zumindest den Engel darauf reagieren ließ:

„Z hat Recht. Wir hatten eigentlich jemand anders in den Startlöchern."

„Krass. Wen denn?"

„Eine junge Dame."

„Wie aussagekräftig." Annies Miene zog sich zusammen – Geraldines dagegen hellte sich auf:

„Du meinst die, die der Dämon vorhin… das hat er also damit… die, die auch gruselige Filme geschaut hat."

„Genau die meine ich." bestätigte der Engel, „Z kennt die ganze Geschichte. Und kann sie euch erzählen, wenn Raum dafür ist. Jetzt nur so viel: Auch sie hatten die Dämonen im Visier. Doch an sie direkt konnten sie nicht ran. Also sind sie jemanden angegangen, die ihr nahesteht. Dämonen sind einfallsreich. Leider. Es hat nicht dafür gesorgt, dass sie ihre Gabe komplett aufgegeben hat, aber es hat sie den Fokus verlieren lassen. Sie hat ihre Prioritäten weg von ihrem Auftrag auf diese Person gelegt. Und in dieser Rolle hat der Herr sie gelassen. Weil er wusste, dass Z noch um die Ecke kommt – spontan und überraschend. Für alle anderen zumindest. Für uns war das verwirrend, für unsere Gegner ärgerlich. Denn sie hatten sich schon als Sieger gesehen, bei dieser Rolle. Dem war nicht so. Der Herr hat sie ausgetrickst. So wie er es… ziemlich häufig tut."

„Stellt sich weiterhin die Frage..." schaltete sich Christopher ein, „warum konnten sie an Annie ran? Damals schon?"

„Das ist eine gute Frage." entgegnete der Engel und Christopher runzelte die Stirn:

„Du weißt es nicht?"

„Doch. Ich weiß es. Aber Annie weiß es auch. Und ich denke, es ist besser, wenn sie es selbst erzählt. Ich habe euch den Rest von dem erzählt, was sie selbst nicht wusste. Das, womit der Dämon schon angefangen hatte. Aber alles andere kennt sie." Er senkte die Stimme, „lass es raus, Annie."

„Ich will nicht." stieß diese hervor.

„Du hast es doch schon getan."

„Aber das sollte das letzte Mal sein."

„Es war doch klar, oder? Dass du es auch deinen besten Freunden noch würdest beichten müssen."

Annie blieb hart: „Maximilian ist auch mein bester Freund."

„Sie muss nicht, wenn sie nicht..." versuchte Geraldine, dazwischen zu kommen, aber auch der Engel gab nicht nach:

„Doch. Sie muss. Die Tür muss zu. Ihr müsst wissen, wer sie ist. Anders geht es nicht. Und anders gehe auch ich nicht. Oder ihr. Ihr wollt ins Krankenhaus? Dann wird vorher aufgeräumt."

„Warum auf einmal?" fuhr Annie auf, „all die Jahre war das auch kein Problem."

„Es kommt etwas auf euch zu – ohne, dass ihr darauf Einfluss nehmen könntet. Ich hatte es schon erwähnt: der Kampf. Bei dem es sehr wichtig ist, dass ihr euch zu 100% gegenseitig vertrauen könnt. Und die Ereignisse des heutigen Tages haben nun mal dich als Person in Frage gestellt. Wenn du es jetzt nicht aussprichst, wirst du Zweifel sähen. An dir, deiner Integrität, deiner Vertrauenswürdigkeit. Dann geratet ihr in Gefahr, nicht zu bestehen. Und dann ist da noch etwas: Das, was da kommt, wird euch nicht schadlos lassen. Es werden Wunden gerissen – zwangsläufig – in euch. Diese Wunden könnt ihr nur richtig schließen, wenn zuvor alle anderen schon geschlossen sind. Sonst überfordert es euch. Und das – möchte ich anmerken – gilt für jeden von euch."

Die Betonung dieser letzten Worte ließ Christopher aufhorchen: „Öh... wer sollte sich jetzt noch angesprochen fühlen?"

„Die betreffende Person weiß das." erwiderte der Engel vage.

Verständnislos sahen Geraldine, Z und Christopher sich an. Annie dagegen lächelte düster:

„Ich bin es schonmal nicht. Denn um mich geht es hier ja gerade."

„Willst du sie raten lassen?" nahm der Engel den Faden wieder auf, „wenn sie ein bisschen überlegen... der Dämon hat ihnen schon einiges geliefert."

„Nun gut." Mit einem tiefen Seufzer stand Annie von der Couch auf und setzte sich in den freien Sessel, sodass sie alle anderen anschauen konnte, „es hat ja keinen Zweck mehr. Und eigentlich ist es auch gar nicht mehr schlimm. Ich dachte einfach, ich wäre es los. Und könnte mit euch umgehen, ohne mich outen zu müssen."

„Outen?" wiederholte Z verständnislos.

Annie rollte mit den Augen: „Nicht so. Ich habe euch angelogen. Ganz einfach."

„Angelogen?" war es nun Geraldine, die ihre Worte aufgriff.

„Nicht nur euch. Im Grunde so gut wie alle. Wenn ich es recht überlege, ist Maximilian der Einzige, der die Wahrheit kennt. Und meine Eltern natürlich."

Jetzt war Christopher an der Reihe: „Die Wahrheit?"

Annie zögerte und der Engel nickte ihr ermutigend zu. So gab sie sich einen Ruck: „Mein Name ist Annegret Schneider. Ich hasse diesen Namen. Weshalb ich auch angefangen habe, mich selbst Annie zu nennen. Das war das Beste, was daraus machbar war. Ich habe mich sogar ganz offiziell so genannt, als ich mit 16 endlich einen Personalausweis beantragen konnte. Ein paar Euro mehr – aber das war es wert. Der dumme Name war endlich weg. Den habe ich im Übrigen von meiner Oma – jener Frau, über die wir schon so viel geredet haben. Sie starb – danke nochmal dafür – relativ kurz vor meiner Geburt und meine Eltern fanden die Idee nett, sie zu ehren. Was ich ihnen nicht absprechen will. Ich wünschte nur, sie hätten sich dafür…"

„Halt." unterbrach Geraldine sie irritiert, „Moment mal. Deine Eltern? Aber… die Oma, die da gestorben… das war doch die Mutter von deiner Mutter. Also… der Frau, die Z vorhin ins Krankenhaus gebracht hat. Aber die ist doch gar nicht deine leibliche Mutter. Wie konnte sie dir dann diesen Namen geben?"

„Es macht ,Klick'." murmelte Christopher – einen Ausdruck plötzlicher Erkenntnis auf dem Gesicht. Und Annie bestätigte ihn im nächsten Moment: „Sie ist meine leibliche Mutter. Und mein Vater mein leiblicher Vater. Ich komme nicht aus Amerika. Ich hatte nie andere Eltern, die ums Leben gekommen sind. All das ist erfunden."

Bei Z hatte es noch nicht ,Klick' gemacht: „Er…funden?"

„Meine Eltern und ich… wir waren von Anfang an nicht auf derselben Wellenlänge. Ich kam mit ihnen nicht klar. Und dachte mir aus, andere Eltern zu haben. Am Anfang war es nur der Traum eines kleinen Kindes. Gekoppelt an meinen anderen Namen. Doch sobald ich die Gelegenheit dazu bekam, begann ich, es anderen zu erzählen. Immer nur den Kindern, nie den Erwachsenen – Eltern, Kindergarten…gärtnern…innen – und so. So dauerte es sehr lange, bis meine Eltern es mitbekamen. Und versuchen konnten, es richtig zu stellen. Was ihnen durchaus auch gelang bei manchen Leuten. Doch unser Verhältnis wurde nicht besser – ironischerweise zu einem Großteil genau dadurch. Und so behielt ich meine Geschichte aufrecht. Die Sache ist ja: Eltern und Kinder haben kaum gemeinsame… also – die Schnittmenge von… ach – ich meine einfach: Ich hatte meine Leute und sie hatten ihre Leute. Da gab es kaum Überschneidungen. Insofern bekamen viele, die mit ihnen eben nichts zu schaffen hatten, nie eine andere Geschichte zu hören. Bis heute nicht. Wie gesagt: Maximilian ist… war… selbst Konstantin oder Jonathan wussten es nicht anders."

Geraldine schüttelte konsterniert den Kopf: „Du bist echt krass."

„Aber inzwischen verstehst du dich doch so gut mit ihnen." warf Z ein.

„Inzwischen, ja. Und zwischen ihnen und mir ist das – jetzt – auch geklärt. Wir haben nicht groß darüber gesprochen. Aber ich habe… das ist privat."

„Natürlich."

„In den letzten Jahren – also... seitdem ich mit ihnen wieder klarkomme – habe ich auch niemandem meine Vergangenheit erzählen müssen. Jonathan war der letzte, der..." Annie zuckte mit den Schultern, „naja."

„Das war es also? Eine einfache Lüge?" Geraldine sah den Engel dabei an, der ihr direkt widersprach:

„Das war nicht nur eine einfache Lüge. Sie hat ihre komplette Existenz verleugnet."

„Ich bin mir sicher, dass viele Kinder sowas mal tun."

„Schon. Aber das meinte ich nicht. Die Identität eines Menschen ist das Wahrste, was er hat. Wenn er die abstreitet, als unwahr hinstellt, kann er das nie tun, ohne zu wissen, dass es falsch ist. Ganz egal, in welchem Alter. Da greift die Regelung nicht, dass die Sünde nicht erkannt oder verstanden wird. Annie hat es bewusst und absichtlich getan. Ihre Eltern für nichtig erklärt. Und sich selbst zu jemand anders gemacht. Das war der Angriffspunkt. Und es kommt ja noch hinzu: Bei anderen Kindern wäre das gar nicht schlimm, weil kein Dämon Interesse an ihnen hätte. An Annie hatten sie Interesse."

„Aber..." Z kratzte sich am Kopf, „nur weil sie das einmal gesagt hat, kann doch nicht gleich..."

„Sie hat es nicht nur einmal gesagt." entgegnete der Engel, „sie hat es immer und immer wieder gesagt. Auch davor schon. Das lief schon eine ganze Weile, bevor ihr beide euch getroffen habt. Das war nur der Tag, an dem sie ernst gemacht haben. Sie hatten bereits bemerkt, wie sich die Tür immer weiter öffnete. Und warteten nur auf eine günstige Gelegenheit."

„Die zufällig kam, als ich auch da war." schnaubte Geraldine.

„Nein – ganz und gar nicht zufällig." Der Engel blickte bedrückt drein, „das war unser Fehler. Ich hatte ja schon erzählt, dass wir euch zusammenpacken wollten. Wir fanden das sinnvoll. Sowohl für euch als auch für uns. Wir dachten, wir könnten euch dann einfacher begleiten und beschützen. Leider hatten die Dämonen in diesem Moment genau die gleiche Idee. Nur eben für ihre Ziele. Ihnen bot sich schlagartig ebenfalls die Chance, euch beide zugleich zu kriegen. Haben sie ja auch versucht. Den Zugang zu Annie sowohl für sie selbst benutzt als auch für dich. Indem sie dafür gesorgt haben, dass Annie dir Schaden zufügt. Was durchaus Gegenschaden von deiner Seite zur Folge hätte haben können. Sicher – dass sich dadurch auch in dir eine Tür öffnen würde, war sehr unwahrscheinlich. Aber die Hoffnung war da, bei ihnen. Und sie können halt auch von außen an euch arbeiten. Wenn die Wut und der Hass erstmal gepflanzt sind... ein paar geflüsterte Worte vor dem Einschlafen... ach – führe ich nicht weiter aus. Aber – verstehst du? Wir haben euch ihnen geliefert. Auf dem Silbertablett. Wir wollten etwas Gutes – und haben etwas Schlechtes erreicht. Und hätten beinahe viel mehr Schlechtes erreicht. Wenn es anders ausgegangen wäre. Der Herr war sowas von sauer auf uns... und zurecht."

Annie biss sich auf die Lippen: „Warum hat mir keiner geholfen? All die Jahre?"

„Das könnte Geraldine genauso fragen." entgegnete der Engel, was diese sofort auf den Plan brachte:

„Tut sie auch."

Der Engel seufzte leise: „Du hattest Hilfe. Viele Menschen um dich herum haben dir geholfen. Oder es zumindest versucht. Deine Eltern – praktisch durchgehend, während du bei ihnen gewohnt hast. Was du leider nie annehmen konntest. Maximilian hat dich immer wieder angestoßen. In ihre Richtung, in Richtung Wahrheit. Und das sogar mit Erfolg."

„Ja, das..." Annie sprach nicht weiter – der Engel schon:

„Auch Geraldine hat solche Menschen. Ihre Eltern – von Anfang an. Bis sie die Entscheidung getroffen hat, sich von ihnen fernzuhalten. Nils – dem sie sich öffnen konnte. Und der sie trotzdem über alles liebt. Und auch sie hätte dir helfen können. Genauso wie Z und Christopher und alle anderen, die bei euch dazugehören. Wenn du es ihnen einfach gesagt hättest. Wofür wir dir durchaus Anstöße geliefert haben. Dieses Teenager-Mädchen zum Beispiel, um das ihr euch gekümmert habt. Das…"

Geraldine runzelte die Stirn: „Die immer nur in ihrem Zimmer saß?"

„Ganz genau die. Und Annie hat etwas bekommen, dabei."

„Ach du liebes Bisschen." schlug sich diese gegen die Stirn, „darum ging es? Um mich? Um die Ähnlichkeit zwischen ihr und mir?"

„Ich würde das als ziemlich offensichtlich betrachten." gab der Engel zurück, „für dich zumindest."

„War es nicht. Für mich zumindest."

„Wegen mir. Aber auch ohne deine Beichte hätte es euch anderen durchaus auffallen können, dass Annies Geschichte einige Ungereimtheiten enthält. Und dass es sich lohnt, sich damit zu beschäftigen. Dann hättet ihr sie auch zur Wahrheit gebracht."

Z schürzte die Lippen: „Aufgefallen ist es mir durchaus. Mal hat sie gesagt, sie hätte nie geraucht. Dann hat sie gesagt, sie hätte. Aber ganz ehrlich: Ich dachte einfach, es sei ihr peinlich und sie hätte sich beim einen Mal nur verplappert. Daher habe ich nicht gefragt. Und auch nicht weiter drüber nachgedacht. Einen Anstoß, sich damit auseinanderzusetzen, habe ich auf jeden Fall nicht gesehen."

„Ging mir genauso." schloss Geraldine sich ihm an.

„Und auf die Ähnlichkeiten in den Geschichten haben wir diverse Male hingewiesen. Nur… wie hätten wir darauf kommen sollen, wo das herkommt? So abwegig, wie das ist. Und wo Annie es nicht mal selbst wusste."

„Ja, okay – abwegig ist es. Das gebe ich zu. Für euch. Für Annie dagegen…" Der Engel sah sie durchdringend an, „die Möglichkeiten waren da. Die Menschen waren da. Was willst du mehr?"

„Hilfe von euch." erklärte Annie vehement, „von denen, die wirklich richtig helfen können."

„Diese Hilfe… war nicht möglich."

„Dann wiederhole ich meine Frage: Warum?"

Ein weiteres Seufzen: „Ihr seid, wer ihr seid, durch das, was ihr erlebt habt. Erstmal egal, ob es da drin oder da draußen stattgefunden hat." Er deutete erst auf Annies Brust und dann aus dem Fenster, „ihr brauchtet eure Erfahrungen. Dann ist da der freie Wille. Niemand hat Geraldine gezwungen, sich zu betrinken oder mit fremden Jungs ins Bett zu steigen. Niemand hat dich gezwungen, den ganzen Tag in deinem Zimmer zu sitzen."

Annie blinzelte irritiert: „Der Dämon?"

„Konnte Einfluss auf dich ausüben. Aber kein Dämon kann einen Menschen komplett und für immer übernehmen. Auch bei dir ging das nur in diesem Ausmaß, weil du ihn gelassen hast. Dich darauf eingelassen hast. Du hättest dich genauso gut wehren können. Das hast du heute gemerkt. Er war in dir. Und jetzt ist er weg. Damals hast du das auch gemerkt. Du bist hier ausgezogen. In eine eigene Wohnung. In der du leider auch wieder nur rumgesessen hast. Denn... das ist vielleicht nochmal wichtig zu betonen: Das mit dem Rumhocken war nicht seine Idee. Ihm wäre die vorhin angesprochene Variante mit den realen Ausschweifungen sicherlich lieber gewesen. Du bist dringeblieben. Von dir aus. Und er hat damit gearbeitet. Aber du warst auch in der Schule und hast eine Ausbildung gemacht und bist arbeiten gegangen. Du hattest ein normales Leben. Weil du es wolltest. Da warst du stark genug für. Davon hättest du auch mehr haben können. Wenn du noch stärker gewesen wärst. Und um genau diese Stärke geht es. Dass du ihn heute ohne Hilfe von außen wegschicken konntest, obwohl er sich schon wieder in dir verankert hatte – das kommt da her. Dass du dir über diese ganze Zeit immer mehr Kraft aufgebaut hast. Und – nur, damit wir uns nicht missverstehen: Ich rede nicht von körperlicher Kraft. Ich rede von geistiger Kraft. Der Kraft, seinen eigenen Willen über den des Dämons zu stellen. Und ihm dadurch die Macht über einen selbst zu entziehen. Dafür braucht es noch nicht einmal eine Gabe. Das braucht nur Selbstbewusstsein gepaart mit der Offenheit für die Stärke des Herrn. Wenn man das hat, kann er einem nichts mehr. Zumindest geistig nicht. Er kann bleiben und sich mit dem Körper beschäftigen. Weswegen es immer gut ist, ihn weg zu kriegen. Aber... das ist es. Diese Stärke musstest du bekommen. Denn du wirst sie brauchen. Wie auch etwas anderes: Barmherzigkeit. Du weißt, was es heißt, am Boden zu sein. Du weißt, was es heißt, Fehler zu machen – die teilweise furchtbare Konsequenzen mit sich bringen. Das ist wichtig, wenn man sich mit Leuten beschäftigt wie die, mit denen ihr zu tun habt. Denn genau das gilt für sie auch. Ihr müsst sie verstehen können. Es nachfühlen können, wie es ihnen geht. In ihnen aussieht. Wenn ihr euer Leben lang immer nur Glück und Fröhlichkeit gehabt hättet, würdet ihr euch besser fühlen als sie. Euch über sie stellen – gedanklich. Und dann könntet ihr diesen Job nicht machen. Also musstest du die Härte des Lebens kennenlernen. Genau wie Geraldine. Genau wie Z. Sie haben auch Stärke aufgebaut. Und Barmherzigkeit. Anders. Aber nicht zwangsläufig weniger hart."

„Z hatte es nie so wirklich hart." brummte Annie und Z richtete sich ruckartig auf:

„Ähm... Marie, Yannik, Zach, Becka?"

„Gut. Jetzt."

„Wann, ist doch egal." Z verzog verärgert das Gesicht, „und ich bin sowieso raus."

„Dabei bleibt es?" hakte der Engel vorsichtig nach.

Z nickte knapp: „Dabei bleibt es."

„Wie du meinst. Ihr schafft das auch zu zweit." Der Engel bemühte sich, möglichst aufmunternd zu klingen, doch das war gar nicht nötig, wie er sogleich merkte, als Geraldine lächelnd erklärte:

„Wir haben Ersatz."

„Ihr habt Ersatz?" fragten Z und der Engel gleichzeitig – beide deutlich überrascht.

„Also..." Geraldine wippte mit dem Kopf, „noch nicht zu 100%. Aber zu... 99%"

„98%" korrigierte Annie und Geraldines Bewegung stoppte:

„Du wieder."

Z wunderte sich immer noch: „Warum?"

„Wir fanden das sinnvoll." entgegnete Geraldine und bekam Unterstützung von Seiten des Engels:

„Ich finde das auch sinnvoll."

„Und ich sollte besser nicht widersprechen." Z lächelte schwach, „im eigenen Interesse."

„Dann sollen wir also wirklich mit ihr weitermachen." wandte Geraldine sich an den Engel, rief zunächst aber in Z weitere Überraschung hervor:

„Ihr? Eine Frau?"

„Was dagegen?"

Z hob die Hände: „Nein, nein, nein."

„Je mehr ihr seid, desto besser." beantwortete der Engel ihre Frage, „ich hätte euch jetzt Mut gemacht für den Weg ohne Z. Dann mache ich euch stattdessen Mut für den Weg mit..."

„...Lili." vollendete Annie.

„Lili..." wiederholte der Engel, stutzte, wiederholte es noch einmal fragend: „Lili?", schüttelte sich kurz – „Lili." – und sprach schließlich ganz normal weiter: „Okay – für den Weg mit Lili. Der sicherlich einfacher werden wird – weil: eine mehr. Fragen?"

Die vier anderen blickten ihn – ob seines kurzzeitig so seltsamen Verhaltens – konsterniert an. Doch keiner von ihnen verspürte Motivation, näher darauf einzugehen und so schwiegen sie – bis Christopher auf ein bohrendes

„Nein? Nicht?" von ihm schließlich hervorstieß:

„Es tut mir leid. Wirklich – es tut mir leid. Aber ich verstehe es immer noch nicht. Deine Erklärung ist grundsätzlich nachvollziehbar. Sie mussten lernen. Wir alle mussten das. Aber ihr ganzes Leben? Ich meine... als sie ihre Gaben bekommen haben... als wir angefangen haben, zusammenzuarbeiten, unseren Dienst zu tun – das war doch der ideale Zeitpunkt für Lehrstunden. Oder vielleicht ein bisschen davor. Ein, zwei Jahre. Drei, vier Jahre. Egal, erstmal. Ich bin mir sicher, es hätte einen guten Einstiegspunkt gegeben. Womit ich nicht sagen will, ich finde es gut, durch tiefe Täler und dunkle Gassen gehen zu müssen. Aber es ist notwendig, das sehe ich ein. Nur... eben nicht über einen so langen Zeitraum. Ach... du verstehst mich doch, oder? Wir haben auch alle gelernt in der Zeit, als es schon lief. Und wenn ihr da einfach irgendwann kurz vorher... so zwei, drei Jahre... ich wiederhole mich."

„Das tust du." nickte der Engel, „und damit kannst du aufhören. Ich weiß, worauf du hinauswillst: Bei einer Erkenntnis ist es nicht wesentlich, über welchen Zeitraum sie gewonnen wird oder ob dies durch viele, langfristige Beispiele geschieht. Sie könnte auch durch einen kurzen, extremen Stoß erlangt werden. Und für gute Werte braucht es nicht zwingend einen totalen Absturz. Das geht auch mit einigen unschönen, aber verkraftbaren Erfahrungen."

Christopher biss sich auf die Lippen: „Den zweiten Punkt hatte ich nicht sagen wollen. Nur den ersten. Aber wenn du ihn selbst mit dazu nimmst... gerne. Jetzt bräuchten wir nur noch die Antwort. Wenn... du sie geben willst..."

„Wollen? Nein. Dürfen? Ja. Und somit: Müssen? Auch ja." Der Engel seufzte leise, „es bleibt mir nichts anderes übrig. Und sie ist weder komplex noch kompliziert. Sie ist einfach... unangenehm. Mir ist es unangenehm. Sie an- beziehungsweise aussprechen zu müssen. Sie lässt sich mit einem Wort zu- sammenfassen: Strategie. Genau wie beim falschen Jesus musste die Gegenseite auch bei euch sicher sein, sich auf der Gewinnerstraße zu befinden. Damit sie euch nicht ernst nimmt, wenn es ernst wird. Ihr ernst macht. Sie haben euch unterschätzt – von Anfang an. Und das, obwohl sie schon über mehr als zwei Jahrzehnte auf dem Schirm hatten, dass ihr irgendwann mal loslegen würdet. Es gab keine allgemeinen Warnungen vom Chef an alle seine Untergebenen: ,Passt auf, wenn ihr sie trefft – das könnte böse für euch enden.' Sie hielten euch für nicht fähig. Und das in erster Linie, weil sie dachten, euch bereits besiegt zu haben. Annie war gebrochen, besagte andere Dame komplett raus, und Geraldine auch ohne ihr Zutun auf keinem guten Weg und ohne die Hilfe der anderen beiden auch keinerlei Gefahr. Dann kam plötzlich Z dazu – das mag ihren Blick ein wenig geändert haben. Aber eingreifen mussten sie nicht, denn Z hat ihnen die Arbeit komplett abgenommen. So hart das klingt und so unschön es ist, dass ich es aufwärmen muss: Was Z mit dem Menschen, dessen Name und Erscheinung ich eine Weile innehatte, gemacht hat, hat voll in ihr Konzept gepasst. Ihn brauchten sie gar nicht anzugehen. Weil er sich selbst aus dem Spiel genommen hat. Und als es dann soweit war und ihr richtig loslegen konntet, waren sie komplett unvorbereitet. Und haben dementsprechend auch komplett falsch reagiert. Zum Beispiel, dass sie eben auch da keine allgemeine Warnung ausgesprochen haben. Der Chef – und auch seine diversen Nachfolger – haben euch lange, lange unterschätzt. Erst geglaubt, ihr kriegt gar nichts zustande – und dann, dass sie mit euch locker fertig werden. Durch Attentäter oder ein bisschen eigenen Einfluss oder so. Überlegt mal: Sie dachten sogar, sie könnten euch zum Überlaufen bewegen. Daher der ganze Aufwand mit Christopher. Das haben sie nur gemacht, weil sie euch für labil und leicht beeinflussbar hielten. Es klingt grausam – ich weiß. Aber euer Leben, euer Vorgehen, all das – hat letzten Endes euren Erfolg bedingt. Und tut das im Grunde immer noch. Denn auch der falsche Jesus und seine Begleiter nehmen euch nach wie vor nicht als gleichwertige Gegner wahr. Was anders wäre, wärt ihr von Anfang an und euer ganzes Leben hindurch als strahlende Helden aufgetreten, denen nichts und niemand etwas anhaben kann." Ein weiteres, wesentlich lauteres Seufzen folgte, „das wars. Jetzt dürft ihr mich beschimpfen."

Was keiner von ihnen tat. Stattdessen gab Geraldine ein langgezogenes Brummen von sich, das sie schließlich in einer Aussage münden ließ:

„So schlimm es auch für mich ist, das auszusprechen: Rein sachlich betrachtet ist das die nachvollziehbarste Erklärung, die du überhaupt geliefert hast."

„Da läuft es mir kalt den Rücken runter." kam es von Annie und Geraldine wandte sich ihr zu:

„Siehst du nicht so."

„Doch. Tue ich. Das ist es ja gerade…"

„Es tut mir leid." flüsterte der Engel, „alles. Auch wenn es euch nicht hilft: Wir sind alle sehr stolz auf euch. Weitere Fragen?"

Geraldine schüttelte den Kopf: „Ich bin überfordert. Da kommen keine Fragen mehr."

„Nicht an dich." stimmte Annie ihr zu und sah dann die anderen der Reihe nach an, „aber an euch: Mögt ihr mich noch?"

Z kniff die Augen zusammen: „Die Frage hättest du dir sparen können."

„Nein." widersprach Christopher, „hättest du nicht. Weiß ich. Kann ich nachfühlen. Weil du die Antwort brauchst. Bräuchte ich auch. Brauchte ich auch. Und sie lautet: Ja. Es hat sich nichts zwischen uns verändert. Du bist weiterhin meine Annie." Er errötete leicht, als er sich bewusstwurde, wie der letzte Satz klang, was Geraldine glücklicherweise für ihn als erste merkte und sich hastig anschloss:

„Meine auch."

„Und meine erst." kam es auch von Z. Worauf Geraldine aufstand:

„Und weißt du, was wir jetzt tun?"

Annie schüttelte den Kopf: „Nein."

„Gibt es hier Tesafilm?"

„Ehm… keine Ahnung."

„Dann… darf ich mal… so ein bisschen… wühlen?"

„Nur zu." Annie zuckte die Schultern, „ist ja nicht mein Haus."

Geraldine zog eine Schublade auf: „Eben deswegen hatte ich… egal. Schon gefunden."

„Was hast du vor?"

Geraldine kniete sich vor den Tisch und schob die beiden Hälfen des Bildes hin und her, bis der Riss praktisch nicht mehr zu sehen war. Dann nahm sie den Tesafilm und zog einen langen Streifen quer darüber: „So sieht es schon viel besser aus. Und weißt du was? Ich als diejenige, die es gemalt hat, darf bestimmen, was damit geschieht. Und deswegen schenke ich es dir. Meiner besten Freundin."

Jetzt fing Annie doch noch an zu weinen. Die ganze Zeit über hatte sie erfolgreich versucht, es zurückzuhalten. Aber als Geraldine ihr das Bild entgegenstreckte, konnte sie einfach nicht mehr. Die beiden Frauen lagen sich in den Armen und Christopher versuchte, so gut es ging so zu tun, als wäre er nicht da. Was Annie wiederum nach einiger Zeit zum Lachen brachte:

„Ist dir das peinlich?"

„Ich habe nur Angst, dass ich auch muss." erwiderte er.

„Dafür ja – zur Strafe."

„Uah – nein – Hilfe..." Aber Christopher hatte keine Chance und wurde für die nächsten paar Minuten ordentlich zwischen ihnen eingequetscht. Dann machte er ein Geräusch, dass sie von ihm ablassen ließ:

„Alles in Ordnung?"

„Luft." keuchte er, „die isses."

„Ja." nickte Annie, „tut uns allen gut."

Geraldine stand auf: „Sollen wir ins Krankenhaus fahren?"

„So schlimm ist es nun auch wieder nicht." wehrte Christopher ab.

„Zu Annies Eltern, Mensch."

„Ach... oh... ja. Natürlich. Nur... wie?"

„Ja..." Geraldine legte die Stirn in Falten, „da war ja was."

„Äh..." machte Z in diesem Moment hinter ihr, „vergesst ihr da nicht was? Besser gesagt: wen?"

Sie fuhr herum: „Z. Wo kommst du denn her?"

„Aus der Küche."

„Was machst du denn in der Küche?"

„Ich habe Taschentücher gesucht." erklärte er, „für zum Weinen und so."

Annie lächelte ihn an: „Das ist nett."

„Keine gefunden." Er streckte ihr seine leeren Hände entgegen. Und sie winkte ab:

„Nicht mehr nötig."

„Du hast ein Auto." stellte Geraldine fest.

Z nickte: „Das habe ich wohl."

„Hier."

„Das auch."

„Und du wurdest noch nicht umarmt." schaltete sich Christopher ein – ein gemeines Grinsen auf den Lippen. Das Z sofort durchschaute:

„Na danke auch. Da bin ich extra..."

„Aha." Christopher lachte auf, „Taschentücher, hm?"

„Habe durchaus geschaut."

Geraldine winkte mit dem Zeigefinger: „Komm her."

„Wehren?" fragte Z unsicher.

„Is nich."

„Okay..."

Auch Z wurde eine Zeitlang gedrückt, woran sich Christopher nicht beteiligte. Danach nickte Annie und sagte mit fester Stimme:

„Es geht mir besser."

„Das ist gut." freute sich Geraldine.

„Nein, wirklich."

„Ja. Wirklich."

„Oh. Klar." Annie grinste verlegen, „dann können wir fahren."

Christopher, der als einziger noch saß, erhob sich: „Machen wir."

2

Michelle erwartete sie in der Vorhalle.

„Was machst du hier?" fuhr Annie sie an, wovon sie sich nicht aus der Ruhe bringen ließ:

„Die OP war gerade fertig. Aber ich durfte nicht mit auf die Intensivstation."

Annie atmete tief durch: „Und meine Mutter?"

„Ist auch auf der Intensivstation."

„Kann ich da hin?"

„Du bist ihre Tochter." erinnerte Michelle sie, „natürlich darfst du."

„Gut." Annie drehte sich einmal im Kreis, „wartet ihr hier?"

„Nein." Geraldine schüttelte den Kopf.

„Nein?"

„Wir warten vor der Tür. Von der Intensivstation."

„Das geht auch. Wo geht es lang?"

„Erster Stock." Michelle drückte auf den Knopf für den Fahrstuhl, worauf sich links neben ihnen direkt eine Tür öffnete. Sie stiegen ein und fuhren zur Intensivstation.

3

Das Bankett schien sich ewig hinzuziehen. Was für nicht wenige der Beteiligten eine Geduldsprobe darstellte. Clara in ihrem Versteck, Imran mit seiner Aktenmappe unter dem Stuhl, Jesus am Kopfende mit all den verqueren Gedanken in seinem Kopf – sie alle wünschten sich nichts sehnlicher, als dass endlich jemand aufstand und verkündete, dass es Zeit war, zu gehen. Den Pfarrern und Jüngern ging das nicht anders. Den Politikern dagegen ging es gut. Sie genossen es, endlich mal wieder einen Tag ohne Problemsitzungen zu verbringen und zögerten das Ende daher hinaus, bis es draußen schon dunkel geworden war. Und selbst, als es endlich soweit war, ließen sie sich massig Zeit, den Saal zu verlassen. Was Jesus dann doch ein wenig viel des Guten war, und so ließ er auf diesen letzten Metern die angebrachte Höflichkeit sausen, drängelte sich mit jeder Menge gemurmelter Entschuldigungen durch die Menge, griff sich Imran und legte ihm den Arm um die Schultern:

„Mein lieber Freund. Ich war vorhin leider sehr unhöflich zu ihnen. Dafür möchte ich mich zutiefst entschuldigen."

„Das..." Imran versteifte sich, „ist schon in Ordnung."

„Freut mich, freut mich. Aber Sie hatten vorhin bestimmt nicht die Gelegenheit, zu tun, wofür sie gekommen sind, nicht wahr?"

„Nun... ich..."

„Wie überaus bedauerlich." wartete Jesus seine Antwort gar nicht ab, „hätte ich gewusst, dass Sie etwas Wichtiges zu sagen haben... naja – noch ist ja nichts verloren. Lassen Sie uns in mein Büro gehen."

Imran blickte unglücklich drein: „Eigentlich... wollte ich mit..."

„Wir haben keine Geheimnisse voreinander, meine Mitarbeiter und ich. Wir sind alle eine große Familie. Kommen Sie – ich bestehe darauf."

Bestimmt führte Jesus Imran mit sich zwischen den Leuten hindurch und dann den Gang entlang in Richtung seines Büros. Die Pfarrer und auch die Jünger, die ihrerseits nach einer Gelegenheit gesucht hatten, Imran zu fassen zu bekommen, sahen ihnen hinterher – unfähig, etwas dagegen zu unternehmen. Nicht wenige sorgenvolle Blicke wurden gewechselt, doch es war zu spät.

In seinem Büro angekommen, deutete Jesus auf den Stuhl, auf dem einige Stunden zuvor noch Becka gesessen hatte. Er selbst setzte sich hinter seinen Schreibtisch. Dann gefror sein Lächeln und jegliche Freundlichkeit verschwand aus seiner Stimme:

„Machen wir es kurz: Ich weiß, dass Sie einen Bericht über mich angefertigt haben, den Sie meinen Mitarbeitern zeigen wollen. Zeigen Sie ihn mir. Sofort."

„Ich habe ihn nicht dabei." versuchte Imran, auszuweichen. Ohne Erfolg:

„Das ist eine Lüge. Es wäre absolut dumm, ihn nicht mit zu so einem Treffen zu bringen. Niemand würde ihnen einen zweiten Termin einräumen. Also los."

Imran blickte sich um in Richtung Tür.

„Wegrennen? Keine gute Idee. Ein Knopfdruck und die Security kommt. Denen können Sie erzählen, was Sie wollen – die hören auf mich. Bitte jetzt."

Seufzend reichte Imran Jesus die Aktenmappe. Jesus öffnete sie, holte die enthaltene Akte heraus, schlug sie auf und begann zu lesen. Imran beobachtete ihn dabei. In Jesu Gesicht spiegelten sich binnen kurzer Zeit so viele Gefühle, dass Imran schon Mühe hatte, Schritt zu halten. Trauer, Wut, Entsetzen, Angst, Sehnsucht – die Liste wurde immer länger. Doch in erster Linie sah Imran immer wieder eines: Erkenntnis. Es gab sicherlich viele Dinge in diesem Bericht, die auch Jesus gänzlich unbekannt waren. Ob er sich an seine leiblichen Eltern erinnern konnte, wagte Imran zum Beispiel zu bezweifeln. Und er war sich auch sicher, dass er die wahren Hintergründe der diversen Personen einzuordnen wusste – auch ohne die Anmerkungen, die Imran für die Freunde gemacht hatte. Schließlich klappte Jesus die Akte wieder zu:

„Schöner Stoff. So ausführlich."

„Und wahr – nehme ich an?" Imran bemühte sich, ruhig zu klingen, was ihm nur bedingt gelang. Jesus dagegen gelang es sehr gut:

„Bis zum letzten Tüpfelchen. Ich muss sagen... alle Achtung. In der Schule würden Sie eine 1 kriegen. Man hatte mir versichert, dass so etwas niemals auf meinem Tisch landen würde. Sie können stolz auf sich sein."

„Sie auch."

„Oh, danke." Jesus grinste fröhlich, „wer kennt diesen Bericht?"

„Ziemlich viele Leute." erwiderte Imran, aber Jesus winkte ab:

„War eine rhetorische Frage. Bisher niemand, nehme ich an."

„Da nehmen Sie falsch an."

Wieder ein Grinsen: „Sie sind kein guter Lüger."

„Im Gegensatz zu ihnen?"

„Zum Beispiel. Meine Lügen werden geglaubt. Wurden es bisher. Werden es auch weiterhin. Was heißt, dass das hier..." Er wedelte mit der Mappe, „wegmuss."

„Da steht der Papierkorb." Imran nickte mit dem Kopf in die entsprechende Richtung. Jesus aber legte die Mappe wieder vor sich auf den Tisch:

„So einfach ist das nicht. Schließlich dürfte das hier nicht das einzige Exemplar sein. Wo ist er gespeichert? Und diesmal gleich die Wahrheit, bitte."

Imran zögerte: „Auf meinem PC. In meinem Büro."

„Gut. Danke. Sehen Sie? So einfach kann das sein. Das wären also zwei von drei."

„Drei?"

Jesus erhob sich: „In solchen Fällen muss man ganz sauber vorgehen, beim Aufräumen. Sie sind ein Profi. Und Profis haben immer diese eine letzte Kopie. Die nicht einfach durch den Aktenvernichter gedreht werden kann."

„Ich weiß nicht, wovon..." setzte Imran an, doch Jesus würgte ihn ab:

„Ich rede von ihrem Kopf." Er kam um den Schreibtisch herum und tippte Imran gegen selbigen, „da ist alles drin. Jedes Wort. Und daher... muss er ab."

„Ab?" entfuhr es Imran entsetzt.

„Bildlich gesprochen." Jesus kicherte leise, „mache ich natürlich nicht. Die Sauerei könnte ich selbst mit der besten Lüge nicht erklären. Ein Herzinfarkt dagegen..."

Eine Hand legte sich auf Imrans Schulter. Er wollte aufspringen, doch Jesus drückte ihn zurück auf seinen Stuhl. Fixierte ihn darauf. Und legte ihm die andere Hand über Mund und Nase.

„Ich habe das noch nie selbst gemacht." flüsterte er dabei, „ich habe andere Leute in den Tod geschickt. Aber eigenhändig... im wahrsten Sinne des Wortes... Ich bin gespannt, wie sich das anfühlt... ob ich etwas spüre..."

Imran lief rot an und versuchte, sich zu wehren. Aber der Griff war zu stark und der fehlende Sauerstoff nahm ihm immer mehr die Kraft. Einige Minuten vergingen, in denen er – langsam schwächer werdend – mit Armen und Beiden hilflos umherruderte. Dann sackten seine Arme schlaff an ihm herunter und als Jesus seinen Kopf losließ, kippte dieser nach vorne auf seine Brust. Jesus griff an seinen Hals und suchte nach dem Puls. Er fand keinen. Und nickte zufrieden. Dann packte er Imran unter den Achseln und hievte ihn auf den Boden. So konnte er schön vorgeben, es sei ein medizinischer Notfall gewesen. Vor allem, wenn er... Kräftig drückte er Imran auf die Brust, bis er es knacken hörte. Auch das war gut. Eine gebrochene Rippe verkaufte die Geschichte von der versuchten Wiederbelebung am allerbesten. Jetzt musste er nur noch die Security rufen und dann so tun, als wäre er geistig und körperlich total geschafft. Dafür brauchte er allerdings ein wenig Atemnot und Schweiß auf der Stirn. Was er am besten erreichte, wenn er ein bisschen auf und ab rannte. Nicht zu laut natürlich, sonst kam noch jemand herein.

Was genau in diesem Moment von ganz alleine passierte. Jesus schreckte hoch, als die Tür aufschwang. Miguel stand im Türrahmen. Und blickte ihn abschätzend an. Dann trat er ein und schloss die Tür hinter sich:

„Dachte ich mir doch, dass so etwas passieren würde. Gleich, als ich dich mit ihm habe abziehen sehen, war mir klar, dass du gewisse Maßnahmen für notwendig erachten würdest."

Mit einem Satz war Jesus auf den Beinen: „Ich habe durchaus noch Kraft für weitere Maßnahmen."

„Das wird nicht nötig sein." Lässig ließ sich Miguel auf den Stuhl sinken, auf dem einige Minuten zuvor noch Imran gesessen hatte, „ich habe kein Interesse, dich auffliegen zu lassen. Im Gegenteil: Ich werde dir helfen. Ich habe eine Bekannte hier im Gebäude, die sich ein bisschen mit solchen...

Angelegenheiten auskennt. Die werde ich rufen. Und dann denken wir uns was Schönes aus."

„Ich habe schon was Schönes." entgegnete Jesus ohne jegliche Begeisterung. Doch Miguel blieb beharrlich: „Oh, glaub mir – was auch immer du so spontan zusammengeschustert hast – ihr Plan wird besser sein."

Jesus legte den Kopf schief: „Und was willst du dafür?"

„Das..." Miguel betrachtete seine Hände, „weiß ich noch nicht. Ich schustere mir nämlich nie einfach spontan etwas zusammen. Aber ich kann dir versichern, dass es nichts sein wird, was dir arge Kopfschmerzen bereiten muss. Also?"

„Mache ich mit meinem Plan weiter." erklärte Jesus hart und Miguel schnaubte laut auf:

„Nun... den werde ich dann allerdings doch durchkreuzen."

Jesus seufzte: „War mir fast klar."

„Nur fast? Ich bin enttäuscht."

„Nun gut... ruf sie her."

4

Die Geistlichen wie die Jünger waren sichtlich angespannt, als Jesus den großen Besprechungsraum betrat. Er dagegen wirkte gelöst. So als hätte er sich eines großen Problems entledigt:

„Ich hatte gerade ein sehr interessantes Gespräch. Mit einem Mann. Ihr wisst alle, wen ich meine. Er hat versucht, euch eine Geschichte zu verkaufen. Ich weiß nicht, ob er schon einen Preis genannt hatte. Aber egal wie hoch er gewesen wäre – es wäre zu viel gewesen. Denn seine Geschichte ist nichts weiter als das: Fiktion. Ausgedacht. Zusammengesponnen. Erstunken und erlogen. Und ich musste gar nicht mal viel auf ihn einreden, damit er es zugibt. Ein kleiner Mann, der groß rauskommen wollte. Ich kann ihn verstehen, irgendwie. Es passiert so selten, dass jemand vom Islam zum Christentum konvertiert. Und normalerweise bekommt man dafür jede Menge Aufmerksamkeit. Er hat wohl nicht genug gekriegt. Wie dem auch sei. Er hat seine Geschichte wieder mitgenommen. Natürlich kann er damit noch an die Presse gehen. Aber ich denke mal, er hat verstanden, dass er sich damit keinen Gefallen tun würde."

Die Jünger starrten Jesus schweigend an – die Geistlichen dagegen begannen zu tuscheln.

„Wo ist er?" rief einer von ihnen.

„Auf dem Weg nach draußen." antwortete Jesus.

„Und wo ist Miguel?"

„Begleitet ihn. Jetzt bin ich dran: Wo ist Christopher?"

„Er hatte einen familiären Notfall." gab Karsten zurück, „er ist im Krankenhaus."

„Der Arme." Jesus zog die Mundwinkel nach unten, „wird ihm das Gespräch aber nicht ersparen."

„Gespräch?"

„Er hat Imran auf die Gästeliste gesetzt. Ich bin doch sehr gespannt, zu erfahren, wie die beiden zueinandergefunden haben."

Karsten überlegte fieberhaft – dann fiel ihm etwas ein: „Imran hat Christopher verteidigt, als er vor Gericht stand."

„Ah – ja." Jesus nickte bedächtig, „das macht Sinn. Zwei Männer, die es mit den Geboten nicht so genau nehmen. Das passt. Nun... ich glaube, dass für ihn kein Platz mehr ist in diesem Kreis. Aber das werde ich persönlich mit ihm klären. Jetzt sollten wir alle nach Hause gehen, denke ich. Der Tag war lang. Und aufreibend."

Es war deutlich zu spüren, dass er keinen Widerspruch dulden und auch keine Diskussion führen würde und so verließen alle Anwesenden den Saal und wandten sich dann Richtung Ausgang. Auf halbem Wege kam ihnen Miguel entgegen.

„Kannst gleich wieder umdrehen." sprach eine Pastorin ihn an, „wir sind fertig für heute."

Er runzelte die Stirn: „So?"

„So."

„Nun gut." Er schloss sich ihnen an und alle zusammen verließen sie das Gebäude. Jesus dagegen ging zurück in sein Büro. Clara saß hinter dem Schreibtisch.

„Das wäre dann mein Platz." brummte er gereizt.

Betont langsam stand sie auf: „Wegen mir."

„Alles erledigt?"

„Aber klar."

Er ließ sich auf seinen Stuhl fallen: „Willst du mich dann einweihen?"

„Das sollte Miguel eigentlich machen." erwiderte sie verwundert.

„Miguel ist schon weg."

„Dann muss ich wohl." Sie setzte sich auf den Stuhl, auf dem einige Minuten zuvor noch Miguel gesessen hatte, „die Leiche ist draußen. Ich werde mich ihrer gleich annehmen. Wenn ich das Gebäude ganz normal durch die Tür verlassen habe. Schließlich hat man mich auch reinkommen sehen."

„Was auf Imran auch zutrifft." warf Jesus ein.

Clara zuckte die Achseln: „Da kann ich leider nichts machen. Morgen wird man ihn finden. Deutlich sichtbar. Miguel wird früh da sein. Du besser nicht. Hier sind zwei Zettel. Den einen findet Miguel in seiner Jackentasche. Den anderen nimmst du."

„Was steht da drauf?"

„Lesen kannst du doch, oder?" Sie hielt ihm die Zettel hin und er überflog sie:

„Welcher ist der Offizielle?"

„Ganz ehrlich? Das ist mir egal. Entscheide du das. Je nachdem, wen du auf deiner Seite haben willst und wen nicht. Ist deine Regierung."

„Dann nimm den hier." Er gab ihr einen Zettel zurück und sie steckte ihn ein, ohne ihn anzusehen:

„Fein."

„Und was willst du dafür?"

„Von dir? Nichts. Ich bekomme das, was ich will, von Miguel."

Jesus verzog spöttisch das Gesicht: „So?"

„Nicht das, was du denkst." entgegnete sie entrüstet.

„Das hatte ich nicht gedacht."

„Ich sage es dir trotzdem nicht."

„Das ist dein gutes Recht." erklärte er und sie stand auf:

„Dann verabschiede ich mich jetzt. Den letzten Teil erledigen. Und danach muss ich mich erstmal erholen. Langfristig."

Der Spott kehrte zurück: „Miguel sagte, dass du dich mit sowas auskennst."

„Nur dass ich in der Lage bin, schnell einen Plan zu entwickeln und bereit, ihn auch umzusetzen, heißt nicht, dass mir das gefällt." zischte sie ihn an, „und dass ich es einfach so wegstecke." Sie drehte sich um und war schon an der Tür, als Jesus sie noch einmal ansprach:

„Was hast du eigentlich gemacht? Heute. Hier."

Langsam drehte Clara sich zu ihm um: „Das wüsstest du gerne, hm?"

„Ja. Tue ich."

„Imran umbringen." sagte sie schulterzuckend, „damit er nicht schwätzt. Denn ich weiß genauso gut wie du, dass alles, was er hatte, die Wahrheit ist."

„Umbringen?" wiederholte Jesus erstaunt.

„Netterweise hast du das für mich erledigt. Hat meinen Tag zumindest ein bisschen angenehmer gemacht."

„Warum?"

Clara lächelte: „Du magst nicht der echte Jesus sein. Aber was du mit dem Namen machst, gefällt mir. Und sollte daher nicht aufhören."

„Nett. Und woher wusstest du...?"

„Ich habe meine Quellen." unterbrach sie ihn schnell und er zog den richtigen Schluss daraus:

„Will ich wohl nicht wissen."

„Nein, willst du nicht."

„Dann geh und gönn dir deine Erholung."

„Das werde ich tun." Sie hob die Hand und öffnete die Tür, „Lebwohl."

„Vielleicht sehen wir uns mal wieder."

Sie gab einen undefinierbaren Laut von sich: „Ich hoffe sehr, dass nicht."

5

Nachdem Clara gegangen war, nahm Jesus sich die Akte und las sie erneut. Wieder übermannten ihn die Gefühle und als er fertig war, zog er die Schublade auf, in der sich der Reißwolf befand und gab den Bericht Blatt für Blatt hinein. Dann schloss er die Augen und sprach in seinem Kopf so laut und deutlich, wie er nur konnte: ‚Ihr habt gehört, wo er ihn gespeichert hat. Ich hoffe, ihr wisst, wo das ist.' Es kam keine Antwort. Doch er war sich sicher, gehört worden zu sein. Sie hörten ihn immer. Und antworteten fast nie.

6

Die Freunde harrten bis spät in die Nacht aus, doch weder Annies Mutter noch ihr Vater waren aufgewacht. Schließlich schickte die Nachtschwester sie nach Hause. Mit dem Hinweis, dass sie keinen von ihnen vor 10 Uhr am nächsten Tag wiedersehen wollte. Außer natürlich, es änderte sich etwas. Dann würde sie sich von sich aus melden. Die Fahrt nach Hause dauerte lange, denn Christopher und Michelle konnten die Augen kaum offenhalten und fuhren dementsprechend langsam. Sie verzichteten auch darauf, eine große Runde durch Frankfurt zu machen, sondern packten Geraldine und Z in die freien Zimmer im oberen Stock. So waren sie am nächsten Tag alle da, als der Besuch kam...

7

Es war noch mitten in der Nacht, als die junge Frau aufwachte und ihren Freund weckte. Er drehte sich zunächst eine Weile hin und her, dann setzte er sich kerzengerade auf. Sie sahen sich an. Und sprachen kein Wort. Wussten trotzdem beide, was sie zu tun hatten. Standen auf und zogen sich an. Dann verließen sie ihre Wohnung. Leise. Damit sie niemand hörte. Das Haus, zu dem sie wollten, lag nur ein paar hundert Meter entfernt. Die Haustür war verschlossen, doch hier gab es nur Büros und so war niemand da, der das leise Klirren hören konnte, als die Frau eine der kleinen Fensterscheiben einschlug, hindurchfasste und die Klinke herunterdrückte. Obwohl das Haus leer war, schlichen sie die Treppe auf Zehenspitzen hoch. An der Tür zu dem Büro, in das sie wollten, war es mit der Stille dann aber vorbei. Hier gab es keine Scheiben. Also mussten sie die Tür eintreten. Das machte einen ziemlichen Krach, doch die Tür war nicht übermäßig stabil und gab schon beim ersten Tritt nach. Sie warteten einige Augenblicke, ob sich draußen auf der Straße etwas rührte, aber anscheinend war der Lärm nicht bis nach dort gedrungen. So betraten sie das Büro und sahen sich um. Der richtige Raum lag am Ende des Ganges auf der rechten Seite. Der Computer war schnell gefunden – auch ohne, dass sie Licht machten. Der Mann stöpselte ihn ab und legte ihn auf den Schreibtisch. Dann holte er das Taschenmesser hervor, das er als Elektriker immer in der Hosentasche hatte, und schraubte die Abdeckung auf. Weder er noch seine Freundin wussten, welches die Festplatte war. Also zogen sie einfach alles heraus, was sich bewegen ließ, zerbrachen es in viele kleine Teile und ließen diese dann wieder hineinfallen. Dann schloss er die Abdeckung und schraubte sie fest. Stöpselte den Computer wieder an und drückte testweise auf den Power-Knopf. Es gab einige leise Piepgeräusche und die beiden LEDs an der Vorderseite blinkten kurz. Sonst passierte nichts. Zufrieden nickte er und deutete seiner Freundin, dass sie fertig waren. Der Weg zurück nach Hause verlief genauso schnell und ereignislos wie der Hinweg und eine knappe Stunde, nachdem sie aufgewacht waren, lagen sie schon wieder im Bett. Als sie am nächsten Morgen aufwachten, lächelten sie sich an. Gaben sich einen Kuss. Fragten sich gegenseitig, wie sie geschlafen hatten. Und freuten sich gemeinsam darüber, dass sie hatten durchschlafen können. Das kam selten vor. Denn meistens hatte ihre kleine Tochter nachts ein bis zwei Mal Hunger. Ab und zu jedoch schlief sie friedlich von abends bis morgens, ohne aufzuwachen. So wie in dieser Nacht. Und jedes Mal fühlten sie sich am Morgen deutlich fitter als sonst.

8

Es klingelte. Und klingelte. Bis Christopher sich schließlich aus dem Bett quälte, nach unten schlich, eine Weile nach dem Telefon suchte – und dann beim Abnehmen ein Freizeichen erhielt. Da sickerte es in sein Bewusstsein, dass das Klingeln immer noch anhielt. Er blickte in Richtung Haustür und konnte einen Schatten erkennen. Er schlurfte zur Tür, öffnete – und starrte den Mann an, der ihm gegenüberstand:
„Ja?"
„Sie müssen Christopher sein." bekam er als Antwort, was ihm nicht wirklich weiterhalf:

„Und Sie?"

„007."

„Witzig." Er wollte die Tür wieder schließen, doch der Mann klemmte einen Fuß dazwischen:

„Ehrlich – ich weiß nicht, wie man mich hier nennt."

„Ach – okay." Christopher nickte verstehend, „Sie sind der Mann ohne Namen. Der nie mehr herkommen wollte."

„Aus Sicherheitsgründen. Hat sich erledigt."

„Wollen Sie reinkommen?"

Der Mann nickte: „Das wäre besser, ja. Und dann sollten wir alle zusammenrufen."

„Das geht einfach..." Christopher trat in den Flur, legte beide Hände um den Mund und brüllte: „Aufstehen! Anziehen! Runterkommen!"

Der Mann hielt sich die Ohren zu: „Meinen Sie wirklich, dass man das quer durch die Stadt hört?"

„Das nicht. Aber quer durchs Haus. Alle wichtigen Personen sind hier. Mehr oder weniger."

„Nun denn..." Der Mann quetschte sich an ihm vorbei, „ich warte im Wohnzimmer."

Christopher nickte – und stieg dann wieder nach oben. Schließlich galt zumindest die zweite seiner Anweisungen auch für ihn selbst.

9

Der Mann, von dem niemand mehr wusste, dass er Matthew hieß, musste eine ganze Weile warten, bis sich alle im Haus Anwesenden versammelt hatten. Die meisten waren noch ziemlich verschlafen – was sich in dem Moment änderte, als sie ihn erblickten:

„Huch. Du? Hier?"

„Ja." nickte er, „Zwei Situationen hatte ich von Anfang an eingeplant, persönlich zu erledigen. Meine Vorstellung – und meine Verabschiedung."

Geraldine machte große Augen: „Du gehst?"

„Nein. Ich bleibe. Aber ich arbeite nicht mehr für euch. Außer, es ergibt sich."

„Erklärung? Und – langsam bitte." Annie klopfte sich gegen den Kopf, „Hirn noch nicht ganz da."

Er tat ihr den Gefallen: „Es hat den Anschein, als würde Falschjesus seine Sitzungen – ganz egal mit wem – jetzt nur noch im neuen Regierungsgebäude abhalten. In das man ohne Ausweis nicht reinkommt."

„Du hast doch wohl einen Ausweis."

„Eine Zutrittsbefugnis."

„Ach so."

„Die habe ich nicht." fuhr er fort, „und werde sie auch nicht bekommen. Es tut mir leid. Aber ich kann euch nicht mehr helfen."

„Das ist schade." seufzte Geraldine, „aber du hast uns ziemlich viel geholfen. Danke dafür."

„Ja. Danke." schloss Z sich an.

„Eine letzte traurige Nachricht muss ich euch allerdings noch überbringen." Er schluckte, „euer Freund Imran ist tot."

Ein Zucken durchlief die gesamte Runde – das in gleich mehreren entgeisterten Ausrufen mündete:

„Jetzt bin ich wach."

„Jetzt ist mir schlecht."

„Du machst Witze."

„Darüber?" griff er den letzten davon auf.

„Nein. Aber..." Geraldine wedelte hilflos mit den Armen, „das kann nicht sein. Er war doch gestern noch... Christopher? Du hast ihn doch gestern...?"

„Seine Leiche wurde heute Morgen vor der Eingangstür gefunden." kam er Christopher zuvor, der auch nicht wirklich etwas zu sagen gewusst hätte, „vom Sicherheitspersonal. Was genau passiert ist, weiß ich nicht. Als ich ankam, waren schon einer der Pfarrer und die Polizei da. Ich konnte mit niemandem sprechen. Nur ein wenig zuhören. Und sehen. Er war ziemlich schlimm zugerichtet. So, als hätte man ihn vorher noch verprügelt. Oder zu Tode..."

„Auf... hören." Annie hielt sich die Ohren zu und er hob die Hände: „Entschuldigung."

„Und was hast du gehört?" erkundigte sich Z mit zittriger Stimme.

„Dass sie etwas bei ihm gefunden haben. Eine Art Bekennerschreiben. Das wohl ziemlich brisant ist. Denn Jesus hat die Polizisten gebeten, es für sich zu behalten. Damit er sich darum kümmern kann."

Z stampfte mit dem Fuß auf: „Das stinkt doch."

„Wenn du damit meinst, der FC steckt dahinter – jede Wette." keuchte Geraldine.

„Wetten gewinnt man nur mit Beweisen." wandte Christopher ein.

„Sie werden schon welche finden."

„Die Polizisten, die dem FC erlauben, ein wichtiges Beweisstück unter Verschluss zu halten?" ergriff er wieder das Wort, „wohl kaum. Das ist sein Spiel. Er kontrolliert es."

„Aber dass er so weit gehen würde..." Geraldine raufte sich die Haare, „ich fasse es nicht."

„Es kann auch ein Unfall gewesen sein." sinnierte Annie und Z schnaubte laut:

„Wer's glaubt."

„Ich meine – vielleicht wollte der FC, dass Imran redet. Und das hat er nicht."

„Und seine Jünger – Schrägstrich: Folterknechte – haben versucht, ihn dazu zu bewegen."

„Ist das so abwegig?" Annie sah Z an, der sich abwandte:

„In was für einer Welt leben wir eigentlich?"

„Seiner Welt." flüsterte Christopher, „mit seinen Gesetzen."

Er hob den Finger: „Gesetz – gutes Stichwort. Fiel nämlich auch. Bei ihm. Beim Weggehen. Dass er da mal nachdenken muss."

„Was für ein Gesetz?" fragte Annie misstrauisch.

„Da... werdet ihr diesmal leider auf das offizielle Statement warten müssen. Außer natürlich, Christopher kriegt vorher schon was raus."

„Werde ich mal schauen." erklärte dieser, „und zwar sofort."

10

Christopher machte sich postwendend auf den Weg, wurde an der Eingangstür allerdings gestoppt, da seine Zugangskarte nicht mehr funktionierte. Die Wachmänner waren zwar nicht unfreundlich, ließen sich jedoch auf keinerlei Diskussion ein und so musste er unverrichteter Dinge wieder umkehren.

„Euer Informant ist weg?" erkundigte er sich, als er das Wohnzimmer betrat.

„Ja." bestätigte Geraldine, „zurück ins Privatleben. Esther hat sich einen neuen Job gesucht und unseren Zuschuss abbestellt. Ich glaube, er ist wirklich raus."

„Hätte er auch mal warten können."

„Wir dachten ja, du wärst wesentlich länger weg."

Christopher nickte verdrossen: „Das dachte ich ehrlich gesagt auch."

„Was ist denn passiert?" Annie blickte ihn fragend an.

„Ich bin nicht reingekommen. Karte ging nicht."

„Technik?"

„Wohl eher abgestellt."

„Abgestellt?"

„Was weiß ich, wie man das nennt." fuhr Christopher auf, „sie haben mich gesperrt – das meine ich."

Geraldine runzelte die Stirn: „Dich?"

„Imran war mein Gast." erinnerte er sie.

„Und da reden sie nicht mal mit dir?"

„Oh – ich bin mir sicher, dass das noch kommt. Aber wahrscheinlich nicht sofort. Schließlich kann der FC nicht gut zugeben, dass Imran gestern im Gebäude war. Das würde ziemlich viele Fragen aufwerfen."

Z legte die Stirn in Falten: „Die Wachleute haben ihn doch gesehen."

„Und wer bezahlt die?" gab Christopher zurück.

Das betrachtete Z als rhetorische Frage und wechselte daher die Richtung: „Was glaubst du, ist gestern passiert?"

Christopher seufzte: „Da kann ich nicht mal raten."

„Kannst du jemanden anrufen?" Annie hielt ihm das Telefon hin, „einen von den anderen Pfarrern?"

„Lieber nicht." wehrte er ab.

„Weil?"

„Ich nicht weiß, was der FC ihnen erzählt hat. Wenn er Imran zum Buhmann gemacht hat – und davon gehe ich aus – bin ich sein Komplize.

Dann kann es sein, dass sie gegen mich sind. Da ist es besser, wenn ich nicht von mir aus nachhake. Vor allem nicht, bevor ich offiziell davon weiß, dass Imran tot ist."

Geraldine schlug sich mit der Faust gegen die Stirn: „Das ist alles so affig."

„Man kann halt niemandem vertrauen, im Moment." Christopher atmete tief aus, „das wird hoffentlich wieder anders."

„Wir arbeiten dran." murmelte Z.

Geraldine legte den Kopf schief: „So? Wie?"

„War nur so ein Satz."

„Aha."

Christopher legte die Handflächen aneinander: „Und was machen wir dann?"

„Warten." antwortete Geraldine.

„Und ins Krankenhaus fahren." setzte Annie hinzu.

„Ja. Das auch. Nach dem Frühstück."

„Ich will..." begann Annie, doch Geraldine hob die Hand:

„Du wirst etwas essen, Annie."

Annie verzog das Gesicht: „Wenn du das sagst."

Geraldine nicht: „Sage ich."

11

„Wie bereits gestern mitgeteilt, gehört Christopher nicht mehr in diesen Kreis. Und ich wäre euch dankbar, wenn ihr nicht mit ihm über das reden würdet, was ich euch jetzt sage. Ich weiß nicht, wie tief er in der Sache von gestern mit drinsteckt und ich weiß, dass er nicht in der Sache von heute Nacht mit drinsteckt – aber ich will auf Nummer sicher gehen."

„Heute Nacht?" echote ein Priester erschrocken, „was war heute Nacht?"

„Es hat sich noch nicht rumgesprochen?" Jesus blickte in die Runde – und in lauter ahnungslose Gesichter, „gut. Das heißt, dass meine Bitte um Stillschweigen gewahrt wird. Liebe Brüder und Schwestern – heute Nacht ist etwas Schreckliches passiert: Das Wachpersonal, das heute Morgen seinen Dienst angetreten hat, hat Imrans Leiche vor dem Gebäude gefunden."

Er ließ diese Worte wirken. Aufgeregtes Geflüster brach los und natürlich gab es auch verstohlene Blicke in seine Richtung. Doch darauf war er vorbereitet:

„Ihr alle stellt euch natürlich eine Frage: Steht das im Zusammenhang mit dem Vorfall von gestern? Die Antwort lautet: Ja. Es ist mir traurig und schwer, euch mitteilen zu müssen, dass in Imrans Jackentasche ein Zettel gefunden wurde, auf dem sich einige meiner eigenen Jünger zu dieser grässlichen Tat bekennen. Das ist ein schwerer Schlag für mich. Hätte ich gewusst, dass einige unter euch einen solchen Groll in sich tragen, wäre ich nicht so zuvorkommend mit Informationen über ihn gewesen. Ich dachte, ich erzähle euch allen von ihm, damit ihr gewarnt seid, falls er noch einmal auftaucht. Aber das jemand Selbstjustiz..."

„Aber... wir..." wurde er von einer Jüngerin unterbrochen, „wir haben nichts gemacht."

„Ihr seid nicht meine einzigen Jünger." antwortete Jesus – und fügte beruhigend hinzu: „Euch habe ich nicht in Verdacht."

„Du weißt, wer es war?" hakte eine andere Jüngerin nach.

„Es gibt nur einige wenige, mit denen ich gestern noch gesprochen habe. Ich werde euch nicht sagen, wer. Ich werde mich selbst darum kümmern."

Erneut gab es Gemurmel, bevor jemand die nächste Frage stellte, die er vorausgesehen hatte:

„Wie?"

„Nicht so, wie ihr Menschen das machen würdet." erklärte er ruhig, „Einzelheiten sind nicht wichtig. Wichtig ist, dass das außerhalb dieses Raums niemand jemals erfahren darf. Wenn herauskommt, dass meine Anhänger jemanden umgebracht haben – nur weil er sich gegen mich stellen wollte – das wäre eine Katastrophe. Wie ihr euch sicherlich alle vorstellen könnt."

Aus einigen Ecken konnte er Zustimmung vernehmen. Trotzdem war es mit den Fragen noch nicht vorbei:

„Aber wie willst du das verheimlichen?"

„Glücklicherweise haben die Wachmänner die Leiche nicht genauer untersucht. Und ebenso glücklicherweise war Miguel heute Morgen sehr früh hier. Weil er hoffte, mich schon anzutreffen und mit mir über gestern reden zu können. Miguel hat den Zettel gefunden."

„Und verschwinden lassen?" vermutete ein Pastor mit deutlichem Missfallen im Blick.

Jesus schüttelte den Kopf: „Nein. Viel besser: Er hat ihn ersetzt."

Der Ausdruck im Gesicht des Pastors wurde noch ausgeprägter. Aber Jesus war das egal:

„Er hat sich einen Moment allein mit der Leiche erbeten, um ihr den letzten Segen geben zu können, und diese Zeit genutzt, selbst eine Botschaft zu schreiben. Schließlich konnte er nicht 100%ig sicher sein, ob nicht doch jemand den Zettel schon bemerkt und nur nicht angerührt hatte. Auf diesem Zettel steht natürlich etwas anderes."

„Und was?"

Jesus sah Miguel an, der übernahm: „Ich musste schnell handeln. Daher hatte ich nicht viel Zeit zum Nachdenken. Also habe ich das erste genommen, was mir in den Sinn kam: Imran ist konvertiert. Vom Islam zum Christentum. Vor kurzem erst. Daher bekennen sich nun fanatische Islamisten zu dem Mord. Da sie es nicht mitansehen konnten, dass einer der Ihren zu uns wechselt. Das wird in der Öffentlichkeit durchgehen. Und zudem lässt es die Sache von gestern komplett außen vor. Die hat außer uns niemand mitgekriegt. Also müssen wir sie auch nicht offenlegen."

„Das ist sehr riskant." meldete sich ein Jünger zu Wort.

„Das ist außerdem gelogen." ein Pfarrer.

Auch sie beide erhielten Zustimmung. So viel, dass Jesus schließlich ärgerlich wurde:

„Wollt ihr, dass die Christenheit komplett auseinanderbricht? Es gibt bestimmt viele, die sich – wenn die Wahrheit ans Licht kommt – auf die Seite derer stellen werden, die das getan haben."

„Das stimmt wohl." gab der Jünger zu und auch der Pfarrer nickte – was wiederum viele der anderen animierte, wieder umzuschwenken. Trotzdem machte Jesus weiter:

„Wir müssen das tun. Zum Schutz aller Menschen."

„Und was ist mit unseren muslimischen Brüdern und Schwestern?" stellte eine Pfarrerin die entscheidende Frage, „denn das sind sie – zumindest für mich."

Nun kam der heikelste Punkt. Und Jesus wählte seine Worte mit Bedacht: „Viele von ihnen sind das wirklich. Oder versuchen zumindest, es zu sein.

Doch andere tun nur so. Oder nicht mal das. Mit diesen letzten umzugehen, ist leicht. Weil sie leicht zu identifizieren sind. Diejenigen aber, die sich gut verstellen können, verschmelzen mit der breiten Masse der Friedliebenden und sind schier unmöglich, herauszupicken. Von ihnen geht Gefahr aus – das ist euch sicherlich allen bewusst."

„Du willst also gegen sie vorgehen." fasste ein Priester es zusammen.

„Niemand kommt unschuldig ins Gefängnis. Aber diese Situation gibt uns die Möglichkeit, Einfluss zu nehmen. Zum Schutz. Wir werden dafür sorgen, dass sich alle muslimischen Bürger bei einer von uns kontrollierten Behörde registrieren müssen. Dann haben wir die Chance, ein Auge auf sie zu werfen. Und so die Identifizierung und das Herauspicken der Gefahrenquellen leichter zu machen. Das wollte ich schon lange tun und konnte es nicht. Seit dem Anschlag auf mich in der Bahn. Da fehlte mir noch die Handhabe. Weil die Angreifer von außerhalb des Landes kamen. Jetzt tun sie das nicht."

„Jetzt gibt es sie gar nicht." bekam er gleich von mehreren zurück – ließ sich dadurch aber nicht aus der Ruhe bringen:

„In ein paar Minuten gibt es sie."

„Was ist in ein paar Minuten?" kam darauf.

Er lächelte: „Dann trete ich vor die Kamera."

12

Eine Stunde später wussten alle in Deutschland, die bereits den Fernseher laufen hatten, dass ‚fanatische Islamisten' einen zum Christentum konvertieren Moslem umgebracht hatten. Der Tathergang wurde – basierend auf den bisherigen Ergebnissen der Polizei – so rekonstruiert, dass die Täter die Tür zu seinem Büro eingetreten und ihn von seinem Schreibtisch weg entführt, zusammengeschlagen und ermordet hatten. Sein zerstörter Computer wurde dabei mit keinem Wort erwähnt, was daran lag, dass er äußerlich keine Spuren von Einwirkung aufwies und ihn daher niemand untersucht hatte. Das Bekennerschreiben war eindeutig und niemand hatte Grund zu der Annahme, ein offener Fall von Imran könnte eine Rolle dabei spielen. Auch ein Foto von Imran wurde während des

Berichts eingeblendet – zusammen mit seinem Namen. Ein findiger Journalist hatte es in einer alten Gerichtsakte gefunden. Der Akte, die zu Christophers Prozess gehörte. Doch dem maß der Journalist keinerlei Bedeutung bei und sonst erfuhr es niemand. Das Foto jedoch ging um die ganze Welt – ebenso wie die Ansprache, die Jesus im Anschluss an den Nachrichtenbeitrag hielt:

„Geliebte Kinder meines Vaters. Ihr alle seid Kinder meines Vaters. Und es gibt nur einen Vater. So wie es nur einen Sohn gibt. Mich. Ich bin hier, um die Welt zu vereinen. Und Imran Elmahdi war ein Mann, der das begriffen hat. Er hat seinen falschen Glauben aufgegeben und ist mir gefolgt. Dafür wurde er umgebracht. Von solchen, die es nicht begreifen wollen. Und die auch nicht begreifen wollen, dass Gewalt keinen Platz hat in dieser Welt. Es ist das einzige Mittel, das sie haben – der einzige Weg, den sie kennen. Doch wir sind diejenigen, die darunter leiden. Unter den Einschränkungen, unter der Angst. Das darf so nicht weitergehen. Deswegen arbeite ich mit der Bundesregierung an einem Gesetzesentwurf, der dafür sorgen soll, dass solche Terrorakte unterbunden werden können, bevor sie passieren. Indem wir die Täter überführen, bevor sie zuschlagen können. Unsere friedlichen muslimischen Brüder und Schwestern haben nichts zu befürchten – auch wenn ich natürlich hoffe, dass sie irgendwann erkennen, dass sie nicht auf dem richtigen Weg sind. Trotzdem werden sie ein wenig von ihrer Freiheit opfern müssen. Denn nur, wenn wir sie alle kennen, können wir diejenigen herausfiltern, die es nicht gut mit uns meinen. Wir werden keinen großen Wirbel veranstalten. Niemand wird an den Pranger gestellt. Wir werden dies ganz ruhig und unter der Hand regeln. Mit persönlichen Einladungen zu persönlichen Gesprächen. In denen alles weitere geklärt werden kann. Daher appelliere ich an euch: bleibt friedlich. Und seid kooperativ. Helft uns, dieses Problem zu lösen. Und auch an meine eigenen Anhänger appelliere ich: Macht nicht das gleiche, was hier jemand gemacht hat. Nehmt es nicht selbst in die Hand. Seid zu euren muslimischen Nachbarn auch weiterhin genauso nett, freundlich, höflich, zuvorkommend wie zu euren christlichen. Nur so können wir wirklich eine friedliche Zukunft erlangen. Im Namen meines Vaters – Amen.“

13

Die Ansprache erzielte genau die Wirkung, die er sich insgeheim erhofft hatte: Natürlich hielten die Leute nicht still und warteten ab. Weder auf der einen noch auf der anderen Seite. In den darauffolgenden Tagen musste überall im Land immer wieder die Polizei einschreiten, um Gewaltakte zu verhindern und viele andersgläubige Bürger – auch anderer Religionen – wurden schließlich in einem Eilverfahren, das mit dem ebenfalls im Schnelldurchlauf abgesegneten Gesetz einherging, des Landes verwiesen – oder entschieden sich von sich aus, es zu verlassen. Es wirkte fast wie eine Völkerflucht: Die Flughäfen und Bahnhöfe waren überfüllt mit Menschen, die versuchten, zurück in ihr eigenes Heimatland oder das ihrer Vorfahren oder zumindest weg in ein anderes Land zu gelangen. Auch hier kam es zu Übergriffen – Schlägereien um Tickets, verbale Auseinandersetzungen zwischen dem deutschen Personal und den ausländischen Reisenden. Auch hier griff die Polizei durch. Und nach wenigen Tagen war der Spuk mehr oder weniger vorbei. Und Deutschland hatte über 15% seiner Bevölkerung verloren.

14

Geraldine und Christopher verfolgten diese Meldungen mit Besorgnis. Waren aus dem Wohnzimmer kaum noch wegzukriegen. Der Fernseher lief nun praktisch rund um die Uhr und selten war etwas Aufbauendes zu sehen. Michelle hielt sich lieber in der Küche oder im Schlafzimmer auf. Weihnachten stand vor der Tür – wie sie immer wieder betonte – und sie hatte keine Lust, sich von so etwas komplett die Stimmung verderben zu lassen. Auch Z beteiligte sich nicht. Er verbrachte die meiste Zeit in seiner Wohnung und schaute Serien, die er sich neu gekauft hatte. Die lenkten ihn ab. Und sorgten dafür, dass die Tage vergingen. Annie war fast immer im Krankenhaus. Ihr Vater war inzwischen aus der Narkose erwacht, aber noch sehr schwach. Er schlief weiterhin sehr viel und sprach sehr wenig. So saß sie meistens nur an seinem Bett und hielt seine Hand. Und wenn er wieder eingeschlafen war, ging sie zu ihrer Mutter. Die nach wie vor nicht wach war. Die Ärzte standen diesbezüglich vor einem Rätsel. Keine der Untersuchungen hatte etwas ergeben. Und die einzige Erklärung, die sie abgeben konnten, war keine Erklärung: dass sie durch das traumatische Erlebnis mit ihrem Mann einfach abgeschaltet hatte. Wogegen sie nichts tun konnten.

15

Auch in Israel war der Bericht zu Imrans Tod gezeigt worden. Was dazu führte, dass Christopher ungefähr eine Woche später ein Päckchen in seinem Briefkasten vorfand. Es enthielt einen kurzen Brief und einen kleinen Karton, in dem sich wiederum eine dünne Aktenmappe sowie einige Gegenstände befanden. Zusammen mit Geraldine und Annie – die sich eigentlich gerade auf den Weg ins Krankenhaus hatte machen wollen – nahm er sich zuerst den Brief vor:

> „,Ich weiß nicht, wie ich euch anreden soll – verzeiht mir. Mein Mann hat mir nicht viel von euch erzählt. Ihr seid Teil seiner Arbeit und das hatte bei uns im Haus nie einen Platz. Auch hier in Israel nicht. Wir sind hierhergekommen, weil er für euch etwas gesucht hat. Ich weiß nicht, was das ist, und ich will es auch nicht wissen. Aber bevor er sich auf den Weg zu euch gemacht hat, hat er mir etwas gegeben und etwas gesagt. Was ich nie von ihm hören wollte. Wir haben oft Witze darüber gemacht, dass er es einmal in Ernst sagen würde. Und als er es dann sagte, habe ich richtig Angst bekommen. Er sagte: ,Wenn mir etwas passiert, dann schick diese Mappe an meine Auftraggeber.' Mein Mann ist jetzt tot und ich bin in tiefer Trauer. Ich werde ihm diesen letzten Wunsch erfüllen. Ich weiß, dass ihr auch um ihn trauert. Bitte nehmt trotzdem keinen Kontakt auf. Tut mit den Unterlagen, was auch immer ihr tun müsst. Aber lasst mich und meine Kinder in Ruhe.'

Keine Unterschrift."

Annie betrachtete derweil den Karton: „Auch kein Absender."

„Sie weiß, wie man anonym bleibt."

„Soll sie." sagte Geraldine, „besser so. Und auch nicht unsere Verantwortung."

Annie schürzte die Lippen: „Ob sie klarkommt? Finanziell?"

„Er war ein guter Geschäftsmann. Er hat bestimmt gespart."

„Wir haben ihn noch nicht bezahlt."

Geraldine legte den Kopf schief: „Was meinst du?"

„Für diesen Auftrag." führte Annie aus, „ich habe keine Ahnung, wie hoch seine Rechnung gewesen wäre. Aber ich denke, wir sollten..."

„Und wie?"

„Die letzten Male habe ich immer auf das gleiche Konto überwiesen. Das könnte ich versuchen. Wenn sie es nicht aufgelöst haben, kommt es an. Dann hat sie es."

Geraldine nickte langsam: „Gut. Dann..."

„...gehe ich die alten Rechnungen durch. Vielleicht kann ich so in etwa erraten, was er bekommen hätte. Da packe ich dann noch ordentlich was oben drauf und..."

„Danke." Geraldine blickte Annie traurig an – die genauso zurückblickte: „Klar."

„Sollen wir den Bericht lesen?" schaltete sich Christopher ein und hielt die Mappe hoch. Schlagartig wurde Annie blass:

„Meinst du, es ist der... der Bericht?"

„Das denke ich, ja."

Sie schüttelte sich: „Da klebt Blut dran."

„Ja." stimmte Christopher zu, „aber wenn wir Gerechtigkeit für Imran wollen, müssen wir ihn irgendwie einsetzen. Und dafür sollten wir ihn lesen."

„Dann mach." forderte Geraldine ihn auf.

„Vorlesen, meinst du?"

„Ja."

„Okay..." Christopher schlug die Mappe auf und begann:

„Absichtserklärung:

Es soll bewiesen werden, dass es sich bei dem in Frankfurt am Main, Deutschland ansässigen Mann, der sich selbst als Jesus, Sohn Gottes bezeichnet, in Wirklichkeit um einen israelischen Staatsbürger mit Namen Gidon Holzmann handelt, der von den Behörden der

Region Tel Aviv für tot erklärt wurde ohne, dass sein Leichnam je gefunden wurde (> siehe Beweismittel 2). Dieser Bericht wird aufzeigen, dass Gidon Holzmann den Unfall, der dieser Erklärung vorausging, überlebt hat und auf einem Hof nicht weit entfernt großgezogen und darauf vorbereitet wurde, die Stellung einzunehmen, die er nun innehat.

Allgemeiner Hinweis:
Um die Sicherheit der Zeugen zu gewährleisten (sollte dieses Dokument in falsche Hände geraten), wird innerhalb des Textes auf ihre namentliche Nennung verzichtet. Lediglich Personen, deren Identität unabdingbar oder eindeutig ableitbar ist, werden kenntlich gemacht. Ein komplettes Namensverzeichnis kann auf Anfrage vorgelegt werden.

Abschnitt 1 – Der Stammbaum:
Die Ahnenkette von Gidon Holzmann wurde bis in die vorletzte Generation ermittelt.

Sein Großvater väterlicherseits – Elon Holzmann – war jüdischer Abstammung und lebte zunächst in Deutschland. Kurz nach Ausbruch des zweiten Weltkriegs floh er mit seinen Eltern nach Dänemark. Seine Großmutter väterlicherseits – Nora Dahl – war gebürtige Dänin und wuchs in einer kleinen Ortschaft unweit von Kopenhagen auf. Dort lernten sich die beiden auch kennen, heirateten und bekamen insgesamt vier Kinder – das jüngste davon ein Sohn, den sie Josef nannten.

Sein Großvater mütterlicherseits – Nathanael Grünstein – war ebenfalls jüdischer Abstammung und sein Leben lang in Jerusalem ansässig. Seine Großmutter mütterlicherseits – Monika Schmidt – war Halbjüdin und lebte bis zum zweiten Weltkrieg in Deutschland, bevor sie mit ihren Eltern und Geschwistern in die Heimat ihrer Mutter, nach Israel, ging. Die beiden lernten sich in

Jerusalem kennen und bekamen im Laufe ihrer Ehe drei Kinder – das mittlere ein Mädchen, dem sie den Namen Maria gaben.

Abschnitt 2 – Geburt und frühe Kindheit:
Gidon Holzmann ist das einzige Kind von Josef Holzmann und Maria Holzmann, geborene Grünstein. Seine Eltern lernten sich kennen, als beide Familien Deutschland bereisten, um Verwandte zu besuchen. Laut Aussagen von Bekannten aus der damaligen Zeit stellten die beiden durch ihre ähnliche Vergangenheit – dem Krieg gerade noch so entkommen zu sein – schnell eine Verbindung her. Zu diesem Zeitpunkt war Josef kurz davor, sich einen Ausbildungsplatz im Einzelhandel zu suchen, während Maria sich auf ihr letztes Schuljahr vorbereitete mit dem Ziel, anschließend Lehramt zu studieren. Da sie dieses Studium in ihrer Heimatstadt Jerusalem zu absolvieren gedachte, nahm Josef dort eine Ausbildungsstelle an. Drei Jahre später, nachdem Josef seine Ausbildung beendet hatte, heiratete das Paar. Josef arbeitete zunächst in einem Frischwarenladen in der Stadt, während Maria ihr Studium beendete. Im Anschluss daran zog das Paar aus Jerusalem weg in eine kleine Ortschaft in der Nähe von Tel Aviv, wo Josef von einem Freund seiner Mutter das Angebot bekommen hatte, einen Obst- und Gemüsewarenladen zu übernehmen, da sich besagter Freund in den Ruhestand zurückziehen wollte und keines seiner eigenen Kinder Interesse bekundete. Maria bekam eine Anstellung an der hiesigen Grundschule, die sie bis kurz vor der Geburt ihres Sohnes ausfüllte.

Gidon Holzmann wurde in einem Krankenhaus in Tel Aviv geboren (> siehe Beweismittel 1). Er war ein normales, fröhliches Kind und seine Eltern sehr glücklich. Keiner der befragten Nachbarn kann sich an Situationen erinnern, in denen die Eltern mit Gidon überfordert waren oder an Anzeichen, dass etwas nicht stimmte. Das Paar hatte nur einen kleinen Freundeskreis und alle Personen, die in dem Jahr nach der Geburt im Haus der Holzmanns ein- und ausgingen, waren bekannt. Entweder aus der Ortschaft, der näheren Umgebung oder der Verwandtschaft.

> Anmerkung:
> Auf den Hinweis, dass die Eltern von Gidon die Namen der biblischen Eltern Jesu trugen, habe ich bewusst verzichtet, da ich nicht in der Lage war, einen Beweis dafür zu erbringen, dass dies bei der Auswahl von Gidon für seine Rolle als Jesus in irgendeiner Form relevant war. Und selbst wenn, hat diese Tatsache nichts mit dem zu tun, was ich zu beweisen versucht habe.

Abschnitt 3 – Der Vorfall auf der Brücke:
Laut Berichten von Bekannten ereignete sich das Unglück genau an Gidons erstem Geburtstag. Da von den Beteiligten niemand überlebte, stützt sich die Rekonstruktion des Vorfalls auf mehrere verschiedene Aussagen, die sich teilweise widersprechen. Diese Widersprüche sind entsprechend hervorgehoben.

Aussage 1:
Es war mir möglich, einen Mann zu ermitteln, der zum Zeitpunkt des Vorfalls im Nachbarhaus wohnte. Inzwischen ist er nach Tel Aviv umgesiedelt, um näher bei seinen Kindern zu sein, die ihn aus gesundheitlichen Gründen unterstützen.
Gidons Vater war den Vormittag in seinem Laden gewesen. Allerdings waren viele der Regale leer und der Vater sehr erbost darüber. Sein Lieferant hatte ihn versetzt und er schloss den Laden wie üblich um die Mittagszeit, machte ihn am Nachmittag allerdings nicht wieder auf. Auf Nachfrage erwiderte er schroff, dass er nichts mehr zu verkaufen habe, entschuldigte sich einen Moment später allerdings schon für seinen Tonfall und gab an, dass er vorhabe, den Lieferanten zu wechseln, da es zu oft vorkäme, dass er auf frische Ware warten müsse. Da an diesem Tag allerdings sein Sohn Geburtstag feierte, nahm er die Schließung des Ladens auch als etwas Positives wahr. So würde er Zeit für ihn haben.

Die Mutter war mit Gidon von früh morgens an unterwegs gewesen. Wo genau, konnte nicht festgestellt werden. Als sie wiederkamen, wirkte Gidon sehr erschöpft. Einige Zeit später, als sich die ganze Familie auf einen Spaziergang machte, war er allerdings schon wieder guter Dinge. Er hatte eine große Stoffgiraffe (> siehe Beweismittel 3) bei sich, von der der Nachbar vermutet, dass es sich um ein Geschenk handelte. Seine Mutter hatte einige Tage zuvor erzählt, dass er ganz verrückt nach Giraffen sei und es sogar schon fast sagen konnte. Sie gingen in Richtung des Flusses davon, was nicht ungewöhnlich war. Laut seiner Mutter war der Fluss – und vor allem die Brücke, die darüber führte – Gidons Lieblingsort. An dieser Stelle endet die Aussage des Nachbarn.

Aussage 2 (Zusammenfassung mehrerer Personen):
Da der Unfall zu einer Tageszeit geschah, zu der die Brücke stark frequentiert ist, gibt es viele Aussagen zum Hergang, die teilweise auch schon in der darauffolgenden Woche in einschlägigen Medien publiziert wurden. Um eine möglichst genaue Schilderung zu erreichen, habe ich alle dabei genannten Personen – soweit sie noch am Leben sind – direkt angesprochen und um eine Aussage gebeten, diese hinterher mit ihren damaligen Aussagen verglichen und bei großen Diskrepanzen ein zweites Gespräch zur Klärung gesucht. Um nicht jeden Bericht einzeln aufführen zu müssen, gebe ich hier nun eine Zusammenfassung:
Die Familie steuerte von ihrer Wohnung direkt die Brücke über den Fluss an. Hierfür gibt es kaum Zeugen, da dies kein besonderer Vorgang war, dem großartig Beachtung geschenkt wurde. Eine Zeugin hat ausgesagt, Gidon kurz vor der Brücke zu seiner Giraffe gratuliert zu haben, was dieser mit einem lauten Lachen quittierte. Herzeigen wollte er das Tier allerdings nicht. Er drückte es fest an sich und schüttelte vehement den Kopf, als sie die Hand danach ausstreckte.
Sie wählten die Straßenseite flussaufwärts und machten etwa in der Mitte der Brücke Halt. Hier wurden sie von mehreren Autofahrern gesehen und auch von einigen Fußgängern auf beiden Seiten.

Übereinstimmende Aussage ist, dass Gidon aus seinem Kinderwagen kletterte, um besser auf das Wasser sehen zu können. Er krabbelte zum Geländer und schaute zwischen den Stangen hindurch. Seine Eltern unterhielten sich währenddessen angeregt. Eine Freundin der Mutter, die zu diesem Zeitpunkt mit ihrem Auto vorbeifuhr, sagte aus, dass sich Gidon an den Stangen auf die Füße hochgezogen hätte. Daran konnte sie sich sogar bei der jetzigen Befragung noch genau erinnern, da sie gerade mal drei Tage zuvor bei einem Besuch zugesehen hatte, wie er genau dies mehrfach in seinem Laufstall probiert hatte, damit aber immer wieder erfolglos geblieben war. Sie war daher sehr begeistert gewesen, dass er das nun konnte, hatte allerdings keine Möglichkeit gesehen, anzuhalten, und beschlossen, gegen Abend bei der Familie vorbeizugehen, um sowohl zum Geburtstag als auch dazu zu gratulieren. Ein Fußgänger auf der anderen Straßenseite sagte aus, dass die Eltern auf den Anblick ihres am Geländer stehenden Sohnes mit Erstaunen reagierten und sofort damit begannen, den Kinderwagen zu durchwühlen. Er vermutet, dass sie auf der Suche nach einem Fotoapparat waren, um diesen Moment festzuhalten. Anschließend ging er weiter und verlor die Familie aus den Augen. An diesem Punkt nun beginnen die Aussagen, voneinander abzuweichen. Als sicher kann noch betrachtet werden, dass sich Gidon nur wenige Augenblicke, nachdem besagter Fußgänger ihn beobachtet hatte, oben auf dem Geländer befand. Auch in der Frage, wie genau er dort hingekommen ist, sind sich die Zeugen weitestgehend einig: er zog sich selbst an den Stangen des Geländers hoch. Ohne Hilfe seiner Eltern, die durch ihre Suche abgelenkt waren und es erst bemerkten, als es bereits zu spät war. Ein Autofahrer war sich dagegen sicher, Gidon springen gesehen zu haben; seine Beifahrerin und Ehefrau beschrieb es so, als wäre Gidon ‚wie von einer unsichtbaren Hand' nach oben gezogen worden. Diese Aussagen können aber aufgrund der extremen Unwahrscheinlichkeit vernachlässigt werden. Auseinander gehen die Berichte jedoch bei der Frage nach einer Beteiligung von dritter Seite. Gleich mehrere Zeugen gaben an, es habe sich kurz bevor

Gidon zu klettern begann noch eine weitere Person bei ihm befunden. Identifiziert werden konnte diese nicht und eine Beschreibung zu erhalten war kaum möglich, da niemand sie kommen oder gehen sah. Stattdessen vertraten alle Zeugen einhellig die Meinung, die Person wäre ‚aus dem Nichts' aufgetaucht und hätte sich nur kurz darauf wieder ‚in Luft aufgelöst'. Nicht einmal das Geschlecht konnte näher bestimmt werden. Einigkeit herrschte lediglich darin, dass die Person schwarze Kleidung trug, die ‚irgendwie unförmig' wirkte und sie komplett einzuhüllen schien. Eine Zeugin beschrieb es als ‚langen, schwarzen Umhang mit Kapuze', eine weitere gab an, die Gestalt habe ausgesehen wie ‚der Tod' – bezogen auf die Darstellungen des Selbigen in der Kunst (> siehe Beweismittel 4). Allerdings konnte niemand mit Sicherheit sagen, dass die Person aktiv etwas dazu beitrug, dass Gidon auf dem Geländer landete. Die Zeugen sprachen lediglich davon, dass sie Gidon – bevor er zu klettern begann – berührt oder auf ihn eingeredet hätte. Grundsätzlich ist es aber als am plausibelsten zu betrachten, dass Gidon bei der Erklimmung des Geländers Hilfe hatte – auch wenn sich diese anhand der Aussagen nicht belegen lässt und auch niemand ermittelt werden konnte, der sich dafür verantwortlich zeigt.

Unabhängig davon, wie genau Gidon das Geländer erklimmen konnte, ist der restliche Tathergang klar: Die Eltern bemerkten Gidon auf dem Geländer, der Vater eilte zu ihm, um ihn herunterzuholen und Gidon stürzte vom Geländer in den Fluss. Einige Zeugen gehen davon aus, dass Gidon dabei von der ruckartigen Bewegung seines Vaters erschreckt wurde. Andere vermuten, dass Gidon seinen Vater erschrecken wollte – sich der Konsequenzen seiner Tat ganz und gar unbewusst. Ein Autofahrer gab an, dass der Vater Gidon gestoßen habe. Diese Aussage halte ich allerdings für unglaubwürdig, da der Fahrer zu diesem Zeitpunkt schon an der Stelle vorbei war, an der die Familie stand und sie wenn überhaupt nur noch aus dem Rückspiegel hätte beobachten können. In diesem Moment kam auf der Straßenseite flussaufwärts der Verkehr zum Erliegen, da ein Autofahrer, der die Stelle des Unglücks gerade passierte, anhielt und aus seinem Fahrzeug sprang. Er wurde dabei beinahe vom Gegenverkehr erfasst und lenkte so die Aufmerksamkeit vieler anderer ab. Diejenigen, die weiter die Familie beobachteten – und teilweise auch schon zur Hilfe eilten – sagten übereinstimmend aus, dass der Vater ohne jegliches Zögern mit einem einzigen großen Satz das Geländer erklommen und hinter seinem Sohn hergesprungen sei. Als einige von ihnen selbst das Geländer erreichten und nach unten blickten, war weder von ihm noch von Gidon etwas zu sehen. Die Strömung des Flusses ist an dieser Stelle allerdings sehr stark, weswegen es sehr unwahrscheinlich ist, dass einer von beiden dagegen hätte ankämpfen können. Gidons Mutter schien das zu wissen, denn sie wandte sich praktisch im selben Moment, in dem ihr Mann über das Geländer kletterte, in die entgegengesetzte Richtung ab und wollte auf die andere Straßenseite hinüber. Höchstwahrscheinlich, um nachzusehen, ob ihr Sohn in der Strömung zu sehen war. Da der Verkehr auf der flussabwärts gelegenen Straßenseite allerdings noch am Fließen war – wenn auch wohl langsamer als normal – wurde sie von einem LKW erfasst, der nicht mehr rechtzeitig bremsen konnte. Laut Aussagen der Polizeibeamten, die den Vorfall im Nachgang untersuchten, sowie des LKW-Fahrers selbst, lag seine Geschwindigkeit dabei weit unterhalb des Tempolimits. Der Aufprall an sich war laut Polizeiarzt auch nicht tödlich. Allerdings wurde die Mutter dadurch auf den Gehweg geschleudert, wo sie mit dem Kopf voraus aufschlug. Der Autofahrer, der schon den Vater Gidon stoßen gesehen haben wollte, gab zu Protokoll, der LKW habe absichtlich beschleunigt. Dies wird allerdings – genau wie seine andere Aussage – nur der Vollständigkeit halber erwähnt. Er befand sich auf der gleichen Fahrspur wie der LKW – diesem voraus – und zwischen beiden fuhren noch mehrere andere Fahrzeuge. Erwiesenermaßen ist es vollkommen unmöglich, kurzfristige Geschwindigkeitsveränderungen eines in die gleiche Richtung fahrenden Fahrzeugs rein durch Augenmaß zu ermitteln. An dieser Stelle enden die Zeugenberichte.

Aussage 3 (Polizeibericht):

Die Auswirkungen des Vorfalls wurden dem offiziellen Abschlussbericht der Polizei entnommen, der einige Tage nach dem Unglück zu den Akten gegeben wurde. In diesem heißt es:

‚Es wird als gegeben betrachtet, dass der Unfall insgesamt drei Todesopfer gefordert hat. Frau Holzmann erlag noch vor Eintreffen der Rettungskräfte den schweren Kopfverletzungen, die sie sich beim Aufprall auf dem Asphalt des Bürgersteigs zugezogen hatte. Ein Verfahren gegen umstehende Passanten wird nicht eingeleitet. Laut ärztlichem Befund hätte niemand ohne medizinische Kenntnisse und Hilfsmittel einen erfolgreichen Rettungsversuch durchführen können. Herr Holzmann wurde einige Kilometer flussabwärts tot aus dem Wasser geborgen. Sein Körper hatte sich nahe des Ufers im Gestrüpp verfangen. Laut ärztlichem Befund trat der Tod nicht durch Ertrinken ein, sondern durch eine große Kopfwunde, die er sich aller Wahrscheinlichkeit nach bereits beim Sprung von der Brücke zugezogen hatte. Die Aussage eines Anglers, der mehrere 100 Meter flussaufwärts sein Lager aufgeschlagen und den Vorfall aus der Ferne beobachtet hatte, ergab, dass Herr Holzmann durch den Winkel seines Absprungs schräg von der Brücke weg und damit in Richtung Brückenpfeiler gefallen war. An dieser Stelle befinden sich diverse Steinaufhäufungen nahe der Wasseroberfläche. Der Angler sagte ebenfalls aus, den Mann nicht wieder auftauchen gesehen zu haben, was diese Theorie stützt. Zu dem Jungen befragt, konnte er dagegen keine Angaben machen. Er hatte dessen Sturz nicht bemerkt, da er zu diesem Zeitpunkt dabei war, seine Angel mit Ködern zu versehen und erst zur Brücke hinübergeschaute, als er von dort Geschrei hörte. Die Leiche von Gidon Holzmann konnte bisher nicht geborgen werden. Es ist davon auszugehen, dass sein sehr viel kleinerer und leichterer Körper von der Strömung des Flusses wesentlich länger mitgerissen wurde. Die Behörden aller Regionen flussabwärts sind informiert, konnten bisher aber keinerlei Erfolge verzeichnen. Da der Fluss ins Meer mündet, stehen die Chancen für eine erfolgreiche Suche nicht sonderlich hoch. Dass der Junge überlebt haben könnte, steht allerdings außer Frage. Abschließend wird der komplette Vorgang als tragischer Unfall eingestuft, bei dem es keine absichtliche oder unabsichtliche Einwirkung von dritter Seite gab. Auch den Eltern wird keinerlei Schuld angerechnet. Einzig unklarer Punkt ist das Hinaufkommen des Jungen auf das Brückengeländer. Dieser kann allerdings vernachlässigt werden, da eindeutig belegt ist, dass die Eltern daran nicht beteiligt waren und es für Fremdbeteiligung zwar unklare Aussagen aber keine Beweise gibt.'

> Anmerkung 1:
> Bei dem ‚Mann' handelte es sich offensichtlich um einen Dämon. Alle, die ihn an diesem Tag sahen, besaßen entweder bereits die Fähigkeit, sie zu sehen oder wurden scheinbar vorübergehend damit ausgestattet. In den meisten dieser Aussagen fiel der Begriff auch ganz konkret, wurde für das Protokoll aber gestrichen. Ebenso gab es mehrere Zeugen, die davon sprachen, dass die Gestalt ‚in den Jungen eingesaugt' wurde, was man als Beschreibung für den Vorgang des ‚in Besitz nehmens' auslegen kann. Auch dies würde diese Theorie stützen.

> Anmerkung 2:
> Warum der Dämon vorher nicht sichtbar war, konnte dabei nicht geklärt werden. Meine eigene Vermutung ist, dass er sich über oder unter der Brücke versteckt hielt und wartete, bis Gidon am richtigen Ort war und erst, als er diesen angriff, in das Blickfeld der entsprechenden Leute geriet.

Abschnitt 4 – Nach dem Vorfall:
Gidons Spur ab der Tragödie wieder aufzunehmen, gestaltete sich zunächst schwierig. Mit dem Sturz ins Wasser verschwand er aus den offiziellen Geschichtsbüchern und keine einzige Person hat jemals die Behauptung aufgestellt, ihn danach noch einmal gesehen zu haben. Er war wirklich wie tot und ihn in den Erinnerungen der

Menschen wiederzufinden, daher unmöglich. Untersuchungen der näheren Umgebung ergaben nichts – schließlich liegt der Vorfall mehr als 30 Jahre zurück und vieles hat sich seitdem verändert, auch baulich.

Von der Grundüberlegung her war relativ schnell klar, dass Gidon sich ab dem Zeitpunkt des Todes seiner Eltern nicht alleine durchs Leben hatte schlagen können. Er war ein Jahr alt und auf fremde Hilfe angewiesen. Da niemand in den Wochen oder Monaten danach ein elternloses Kind bei den Behörden gemeldet hatte, war allerdings ebenso ausgeschlossen, dass er offiziell bei einer Familie oder in einem Heim untergekommen war. Die Unterlagen der umliegenden Kinderheime zeigten zudem auf, dass in der Zeit nach dem Vorfall keinerlei Kinder aufgenommen worden waren, deren Herkunft ungeklärt war. Die einzige verbleibende Möglichkeit war, dass Gidon von Leuten betreut worden war, die sein Dasein komplett geheim gehalten hatten. Das schloss von vorneherein größere Familien mit mehreren Kindern oder vielen Verwandten aus, denn je mehr Leute involviert sind, desto schlechter funktioniert Geheimhaltung. Die Konzentration lag also auf einzelnen Personen oder Paaren. Konkrete Hinweise gab es allerdings keine. Daher ergab sich aus dieser Überlegung zunächst nichts.

In einem von diesem Fall völlig losgelösten Gespräch in einem Supermarkt in Tel Aviv eröffnete sich allerdings eine erste Lösung: eine Frau kaufte ein Produkt für Kinder und der Verkäufer, der sie zu kennen schien, meinte, nachdem sie gegangen war, dass ihr Einkauf seltsam sei, schließlich habe sie gar keine Kinder.

Dieses Erlebnis stellte eine Verbindung zur ursprünglichen Überlegung von Gidons Aufenthaltsort her. Wenn die Vermutung wirklich richtig war, dass er von Leuten gefunden und groß-gezogen worden war, die keine weiteren Kinder hatten – und auch nach seiner Ankunft weiterhin getan hatten, als hätten sie keine – dann wären auch diese Personen dadurch aufgefallen, dass sie Dinge gekauft hatten, die sie vordergründig gar nicht brauchten. Was etwas ist, woran sich Menschen durchaus auch nach längerer

Zeit noch erinnern können. Diese These wurde mit besagtem Verkäufer getestet, der allerdings nicht bestätigen konnte, dass er auf sowas – außer im Ausnahmefall – achtete. Trotzdem wurde der Test auf einen größeren Rahmen ausgeweitet.

Die Gewichtung lag dabei zunächst auf den Einkaufsläden in der näheren Umgebung der Unfallstelle, wobei die Ortschaft, in der die Holzmanns gewohnt hatten, außen vor blieb, da Gidon dort natürlich sofort erkannt worden wäre. Nach vielen erfolglosen Versuchen wurde der Kreis immer größer gesteckt – ohne, dass ein Ergebnis erzielt werden konnte.

Bei einem dieser Versuche allerdings ergab sich ein Gespräch mit einem älteren Mann – dem Vater des jetzigen Besitzers des Supermarktes, der diesen bis vor wenigen Jahren noch selbst geführt hatte. Er erzählte eine Geschichte, die zunächst gar nichts mit der Frage zu tun zu haben schien, am Ende aber doch die richtige Antwort zu Tage förderte. Er erzählte von einem Bauernehepaar, das zu der besagten Zeit, um die es ging, auf einem einsamen Hof auf einem der höheren Berge gewohnt hatte. Sie waren komplett von der Außenwelt unabhängig gewesen, da sie alles, was sie an Nahrung brauchten, selbst hatten anbauen oder herstellen können – genau wie ihre Kleidung dank eines kleinen Baumwollfeldes. Da die beiden zudem sehr unnahbar, um nicht zu sagen unfreundlich gewesen waren, hatte auch von Seiten der Einwohner der umliegenden Ortschaften keinerlei Bedarf bestanden, mit ihnen in Kontakt zu kommen. Sie waren nur sehr selten außerhalb ihrer Grundstücksgrenzen gesichtet worden und wenn dann hatten sie mit niemandem geredet und wenn möglich einen großen Bogen um andere Leute gemacht. Die es ihnen gleichgetan hatten. Bis heute weiß niemand genau, wie sie hießen – noch nicht einmal, ob sie den Hof selber gebaut oder geerbt hatten. Sie waren komplett von der Welt abgeschottet gewesen. Eines Tages jedoch war ein Mann in den Laden gekommen und hatte aufgeregt berichtet, dass der Hof komplett verschwunden sei. Vom Ortsrand hatte man ihn in der Ferne sehen können, nun allerdings war dort nichts mehr. Kein einziger Stein schien übrig geblieben zu sein. Die Bewohner des Ortes hatten lange beratschlagt, ob sie jemanden ausschicken sollten, der nachsah, sich dann aber entschieden, dass Leute, die nicht innerhalb der Ortsgrenzen wohnten, nie den Kontakt gesucht hatten und bei den wenigen Begegnungen immer unhöflich gewesen waren, die Mühe nicht verdient hatten, dass man extra den Berg erklomm. Dass das Haus nicht mehr stand, war deutlich zu erkennen. Sie schienen also fort zu sein – wie auch immer das über Nacht zustande hatte kommen können. Doch im Leben der restlichen Bevölkerung änderte sich dadurch nichts. So wurde es als kuriose Geschichte abgehakt, die man seinen Kindern erzählen konnte – ‚Der verschwundene Hof‘ – und teilweise sogar komplett vergessen. Die Frage, ob wirklich seitdem nicht ein einziges Mal jemand an der Stelle auf dem Berg gewesen war, beantwortete der alte Mann mit einem vehementen Nicken. Der Berg sei für verflucht erklärt worden. Denn für ein solches Verschwinden konnten nur übernatürliche Kräfte verantwortlich sein. Gott oder der Teufel, hieß es. Beide Varianten hatten viele Anhänger, die sich aber alle darin einig waren, dass eigentlich egal war, wer von beiden die Verantwortung trug. Sich in ein Gebiet zu begeben, das von einer dieser beiden Kräfte angerührt worden war, brachte auf jeden Fall arge Konsequenzen mit sich.

So wenig Bedeutung diese Geschichte für die Bewohner des Ortes gehabt haben mochte, so viel Bedeutung hatte sie für die Suche nach Gidon. Denn das war genau der Ort, der dafür geeignet war, einen Jungen über mehrere Jahrzehnte hinweg großzuziehen, ohne, dass es jemand mitbekam.

Der Schluss lag also nahe, den Berg abzusuchen. Ein Vorhaben, das ich ungeschickterweise laut äußerte, was dem alten Mann die Angst ins Gesicht trieb. Ab diesem Moment weigerte er sich, ein einziges weiteres Wort zu sagen und sein Sohn warf mich aus dem Laden, wobei er mir leise, aber deutlich zu verstehen gab, dass sich in den ersten Jahren nach dem Vorfall sehr wohl vereinzelt Leute auf diesen Berg an diesen Ort begeben hätten und keiner davon jemals wieder zurückgekehrt war. Was ein weiterer Beweis dafür sei, dass auf diesem Berg ein Fluch ruhte. Und ich daher besser daran tat, es ihnen nicht nachzumachen.

Doch genau das hatte ich vor und musste nun schnell handeln, da ich davon ausgehen konnte, dass sich bald herumsprechen würde, was ich zu tun gedachte. Ich suchte einen Buchhändler auf, der vor seinem Laden saß und Tee trank. Ich fragte ihn, ob er eine Karte für mich hätte, auf der der alte Hof eingezeichnet war, den es inzwischen nicht mehr gab. Er ging nach drinnen, kramte eine Weile in diversen Schubladen, und kam dann wirklich mit einer entsprechenden Karte zurück. Er händigte sie mir aus und wandte sich wieder seinem Tee zu. Ich bedankte mich und machte mich umgehend auf den Weg. Den Ort zu finden, an dem der Hof gestanden hatte, war zwar körperlich herausfordernd, aber nicht weiter schwierig. Auf den ersten Blick schien sich zu bestätigen, was mir erzählt worden war: es gab den Hof nicht mehr. Ich untersuchte die Stelle jedoch genauer und stieß dabei auf eine Rauchsäule, der ich folgte. Sie führte mich an einen steilen Abhang, den ich beinahe hinabgestürzt wäre. Was ich vor mir sah, war schier unglaublich: der gesamte Hof war noch da. Ein Haus, eine Scheune, ein Stall. Jeweils mit grasbewachsenem Dach. In der Mitte dazwischen eine große Wiese, auf dem Hühner und Gänse umherliefen, an der Seite eine Weide, auf der Kühe und Schafe grasten. Und all das war an allen vier Seiten umgeben von Felsen. Es schien fast, als hätte jemand ein tiefes Loch in den Berg gegraben und den Hof darin versenkt. Eine Vermutung, mit der ich komplett richtig lag.

Anmerkung:
Nur damit ihr wisst, dass ich a) eigentlich ehrlich bin und b) was es mich gekostet hat, die Wahrheit ans Licht zu bringen: ich bin nicht nur beinahe den Abhang hinuntergestürzt. Ich bin ihn wirklich hinuntergestürzt. Und habe mich ganz schön aufgeschlagen, als ich unten ankam. Sehr schmerzhaft. Aber auch gut. Denn die Feindseligkeit des Bauernpaares mir gegenüber war am Anfang wesentlich

grösser als im nächsten Abschnitt beschrieben und sie hätten mir zwar wahrscheinlich nichts angetan, mich aber ganz sicher ohne jegliche Antworten wieder davongejagt. So allerdings griff ihr Beschützerinstinkt und die Frau bestand darauf, meine Wunden zu versorgen. Das war es, was mir die Tür öffnete – im doppelten Sinne. Sie brachten mich ins Haus und erzählten mir ihre Geschichte.

Abschnitt 5 – Vorbereitung auf die Ankunft:
Das Bauernehepaar war mir gegenüber nicht freundlich gestimmt und weigerte sich bis zum Schluss, mir ihre Namen zu verraten. Dennoch schaffte ich es, mit viel gut zureden, dass sie mir ihre Geschichte erzählten. In erster Linie sagte ich ihnen die Wahrheit. Oder das, wovon ich annahm, dass es die Wahrheit war. Dass vor vielen Jahren ein kleiner Junge hierhergekommen war, der auf den Namen Gidon Holzmann hörte, und dass sie ihn – versteckt von der ganzen Welt – großgezogen hatten. Dass dieser Junge vor nicht allzu langer Zeit von hier aufgebrochen war. Sie verzogen keine Miene, widersprachen mir aber auch nicht. Dann jedoch erzählte ich ihnen einige Dinge, die sie ganz offensichtlich nicht wussten, denn da sie komplett abgeschnitten waren, hatten sie keinerlei Informationen darüber, was im Rest der Welt passierte. Ich erklärte ihnen, dass dieser Junge namens Gidon Holzmann nun als der Sohn Gottes auftrat. Dass er Wunder tat, die nicht zu erklären waren. Dass er sich aber weder gnädig noch barmherzig präsentierte, sondern die Menschen vom richtigen Weg abbrachte. Dass er das Wort der Bibel verdrehte und so dafür sorgte, dass sich die Menschen von Gott entfernten. Das schockierte sie. Mir war schon beim Hereinkommen die große, abgenutzte Bibel auf dem Esszimmertisch aufgefallen und ich hatte spekuliert, dass die beiden sehr gläubig waren. Damit lag ich richtig, denn sobald ich begann, ihnen Vorhaltungen zu machen, dass sie Gidon durch ihre Erziehung dazu gebracht hatten, sich so zu benehmen, platzte die Frau heraus, dass sie dafür nichts könnten. Es seien ‚die Männer‘ gewesen. Vor allem der eine, ‚der Blasse‘. Ihr Mann versuchte, sie

zum Schweigen zu bringen, doch das gelang ihm nicht rechtzeitig und da ich ihnen sofort versicherte, dass ich nicht gekommen sei, um sie bloßzustellen oder ihnen etwas zu tun – und Gidon genauso wenig – sondern dass es mir darum ging, zu helfen, alles wieder ins Lot zu bringen, ließen sie sich schließlich darauf ein, mir die komplette Geschichte von Anfang an zu erzählen.

Diese Geschichte beginnt ungefähr ein Jahr bevor Gidon Holzmann geboren wurde. Das Bauernpaar lebt abgeschieden von allen anderen auf seinem Hof. Eines Tages kommen ein paar Männer vorbei, die sich den Hof ganz genau anschauen, ohne ein Wort mit ihnen zu sprechen. Dem Bauern ist das nicht recht und er versucht, sie zu vertreiben. Doch die Männer lassen sich nicht vertreiben, entschuldigen sich allerdings für ihr ungebührliches Verhalten und bitten den Bauern um ein Gespräch. Er bittet sie nicht ins Haus, doch das macht ihnen nichts. Sie erklären, dass sie auf der Suche sind nach einem Ort, an dem etwas Großes geschehen kann. Etwas, worauf die Welt wartet, wovor sie aber auch Angst hat. ‚Es gibt gute Menschen und schlechte Menschen.' erklären sie. ‚Die Guten werden sich freuen, die Schlechten es zu verhindern versuchen.' Daher muss es heimlich geschehen. Der Bauer sagt ihnen, dass er nichts versteht und sie werden deutlicher: ‚Es ist wie bei Mose: eine Frau wird ihr Kind ins Wasser werfen aus Angst vor den Feinden. Das Kind wird von Fremden gefunden, die es großziehen. Und wenn es groß ist, wird es der Anführer eines Volkes werden. Ein Anführer, den viele nicht als Anführer haben wollen. Weil sie selbst die Macht wollen. Weil sie wissen, dass sie durch ihn bloßgestellt und bestraft werden. Dieser Hof ist besser geeignet als alles, was wir bisher gesehen haben. Hier könnte das Kind heranwachsen. Und niemand würde versuchen, ihm etwas zu tun.' Dem Bauern gefällt das nicht, seine Frau dagegen spürt ein Stechen in der Brust. Schon länger wünscht sie sich ein Kind. Doch sie hat es nie gesagt, weil sie weiß, dass ihr Mann das nicht will. Jetzt jedoch nimmt sie ihn beiseite und redet auf ihn ein. Und so willigt er schließlich ein. Wann das geschehen solle, will er wissen. ‚Noch nicht zu bald.'

lautet die Antwort, ‚und vorher muss noch eine Sache geschehen.'
Der Bauer nickt. Das ist der Haken, nach dem er gesucht hat. Er will
die Männer verjagen, doch da tritt einer vor, der bisher nichts gesagt hat. Und der anders ist als die anderen. Sie scheinen alle
Einheimische zu sein. Er ist das ganz offensichtlich nicht. Seine
Haut ist sehr hell, seine Haare ebenfalls. Sein Tonfall allerdings ist
ruhig und seine Worte weise. In wenigen Sätzen erklärt er, was
geschehen muss und warum. Der Bauer lässt sich überzeugen.
Hauptsächlich, weil ihm das Gesagte entgegenkommt. Er will
nichts mit anderen Menschen zu tun haben und dies hilft ihm dabei.
So sagt er endgültig ‚Ja'. Die Männer gehen wieder. Versprechen
aber, bald zurückzukommen und mit der Arbeit zu beginnen.
Es vergehen einige Wochen, bevor es soweit ist. Dann sind sie
wieder da. Mit Arbeitern. Und Geräten. Der Bauer fragt, wofür sie
sind. Die Arbeiter. Und die Geräte. ‚Für das, was wir besprochen
haben.' bekommt er zur Antwort. Die Arbeiter machen sich sofort
an die Arbeit. Sie graben Löcher in den Boden. Vor dem Haus, vor
dem Stall, vor der Scheune. Und sie graben wie besessen. Sie
schlafen nicht, essen nicht und trinken kaum etwas. Tagelang. Die
Bäuerin fragt die Männer mehrfach danach. Erklärt, dass das nicht
gesund sei. Die Männer reagieren nicht darauf – bis der ‚blasse'
Mann kommt und auf sie einredet. Da rufen sie die Arbeiter zusammen. Befehlen ihnen zu essen und zu schlafen. Die Arbeiter tun
das. Wenn auch nicht annähernd so regelmäßig, wie normale
Menschen das tun. Sie graben riesige Stollen – unter allen drei
Gebäuden, die jeweils unter den Außenwänden verlaufen. Dann
kommen weitere Arbeiter und bringen große Metallplatten und
weitere Geräte. Wie sie diese den Berg hinaufbekommen und
warum sie immer nur bei Nacht eintreffen, fragt das Bauernpaar
nicht. Sie versuchen, sich in ihrem Leben so wenig wie möglich
beeinträchtigen zu lassen. Schließlich führen die Männer das Paar
unter ihr Haus. Sie zeigen ihnen, dass die Metallplatten in den
Stollen so zusammengeschweißt wurden, dass das ganze Haus
darauf ruht. An den Metallplatten sind x-förmige Gestänge
angebracht, die über eine Steuerung angehoben und abgesenkt

werden können. ‚Wie bei einer Hebebühne' erklärt der blasse Mann, erntet dafür allerdings nur Unverständnis von allen Seiten. ‚Genau das gleiche wird unter Scheune und Stall auch gemacht. Und dann erweitert, bis alle drei Gebäude komplett auf den Platten ruhen.' fährt er trotzdem unbeirrt fort. Und der Bauer nickt. Einfach, weil er denkt, dass es sich gehört. Sie gehen wieder nach oben und die Männer erklären, dass es auch unter den anderen beiden Gebäuden so aussieht. Und dass es nun an der Zeit ist, die richtige Grube auszuheben. Das Paar fragt, ob sie im Haus wohnen bleiben können und die Männer bejahen. Sie könnten es nur eine Zeitlang nicht verlassen. Also sammeln sie Vorräte über mehrere Tage hinweg. Bringen alle Tiere in den Stall und ziehen sich selbst ins Haus zurück. Die Arbeiter graben nun wieder. In einem großen Viereck um die Gebäude herum und auch überall dazwischen. Fast sechs Meter tief. Das Haus dagegen bleibt, wo es ist, der Stall und die Scheune auch. Das Bauernpaar merkt es nur, wenn sie aus dem Fenster sehen und feststellen, dass sich die Arbeiter immer weiter von ihnen entfernen. Und an den riesigen Mengen Erde und Schutt, die jede Nacht am Haus vorbei wegtransportiert werden. Irgendwann gesellen sich laute Geräusche hinzu. Und beim Abtransport Geröll und größere Steine. Doch sie fragen nicht, wie das kommt. Mit den Arbeitern sprechen sie gar nicht. Die Männer sind inzwischen verschwunden. Und tauchen nicht wieder auf, bis die Arbeit vollendet ist. Zuvor bauen die Arbeiter noch Gerüste um alle Gebäude, um auf die Dächer zu gelangen. Die allesamt flach sind. Was laut dem blassen Mann sehr gut ist, denn sonst hätten sie noch umgebaut werden müssen. So jedoch werden lediglich die Ziegel und der Schornstein auf dem Haus entfernt und durch eine glatte Teerschicht ersetzt. Die – wie auch die Dächer der Scheune und des Stalls – mit einer Erdschicht bedeckt wird. Dann säen die Arbeiter Gras aus. Es dauert eine ganze Weile, bis es gewachsen ist. Doch die Gerüste sind da längst wieder abgebaut. Pflegen muss es keiner. Dafür sorgt die Natur. Das ist auch der einzige Moment, wo zwei der Arbeiter jemals das Haus betreten. Um Kamin und Ofen über Rohre mit einem Loch zu verbinden, das sie in die Hauswand geschlagen haben. Auch da fragt das Ehepaar nicht weiter nach. Weil sie es sich denken können: Der Rauch muss abgeleitet werden. Aber der Schornstein ist jetzt weg und es sähe auch komisch aus, wenn er aus der Wiese aufstiege. Aus einer vermeintlichen Felsspalte dagegen ist das unproblematisch. Wieder ist es Nacht, als die Männer erscheinen. Sie stehen auf der Wiese hinter dem Haus – der Wiese, die noch unberührt ist – und rufen zum Haus hinüber. Der Bauer öffnet das Fenster. ‚Wir werden euch jetzt hinunterlassen.' lässt der blasse Mann sie wissen. Sie nicken nur und warten ab. Man merkt kaum etwas davon, dass das Haus sich bewegt. Sie erkennen es nur daran, dass sie durchs Fenster sehen können, wie die Felswand an ihnen vorbeigleitet. Dann ruckelt das Haus kurz. Sie sind angekommen. Kurz darauf klopft es an der Haustür. Die Männer stehen davor. Sie haben eine Strickleiter von der Wiese nach unten fallen lassen und sind dann hinabgeklettert. Das Ehepaar sieht sich um. Und bemerkt, dass Scheune und Stall nicht mehr auf einer Ebene mit ihnen sind. Dem blassen Mann fällt ihr Blick auf. ‚Die Metallkonstruktionen unter den Gebäuden bleiben.' klärt er sie auf, ‚sie werden komplett mit Erde überdeckt. Aber sie helfen, die Gebäude stabil und außerdem auf der richtigen Höhe zu halten. So, dass die Dächer alle oben mit dem Boden abschließen.' Während sie reden, haben die Arbeiter bereits damit begonnen, um Scheune und Stall Erde zu verteilen, die von ihren vorherigen Arbeiten in der Grube zurückgeblieben ist. Nachdem sie sie festgeklopft und dabei Rampen vom Hof zu beiden Toren geschaffen haben, klettern sie einer nach dem anderen an der Strickleiter nach oben und verschwinden. Der blasse Mann führt das Ehepaar derweil hinter das Haus zur Felswand. Wo sich eine weitere Tür befindet, die den Bauern erstaunt aufbrummen lässt. ‚Die war vorher natürlich nicht da.' erklärt der blasse Mann lächelnd, ‚wir haben euch einen Kühlraum gebaut. Denn das Haus hat keinen Keller und wir konnten auch keinen anlegen. Oder zumindest wäre es wesentlich aufwändiger gewesen als so. Der Fels bietet natürliche Kälte. Hier könnt ihr alles unterbringen, was länger lagern muss und schlecht werden würde.' Die Bäuerin lächelt erfreut. Der Bauer nickt verstehend. ‚Wann kommt der Junge?' will er dann wissen. ‚In ungefähr einem Jahr. Das gibt euch genug Zeit, hier wieder alles in Schuss zu bringen. Die Bäume sind alle neu eingepflanzt. Aber sie müssen erst wieder ihre Wurzeln im Boden verankern. Und alles andere müsst ihr selbst neu säen. Die Tiere müssen sich daran gewöhnen, dass sie nicht mehr so viel Platz haben. Und ihr euch auch.' ‚Wie heißt er?' fragt die Bäuerin. ‚Ihr könnt ihn nennen, wie ihr wollt.' entgegnet einer der Männer schroff. Die Bäuerin schüttelt den Kopf: ‚Wie bei Mose.' erklärt sie und der blasse Mann versteht sie sofort: ‚Sein Name ist Gidon.' sagt er leise, ‚Gidon Holzmann.' Die Bäuerin nickt dankbar, ihr Mann steht nur stumm neben ihr. Die Männer verabschieden sich und ziemlich genau ein Jahr lang sehen und hören sie nichts von ihnen. Sie leben ihr Leben so weiter wie zuvor. Von dem Obst und dem Gemüse aus dem Garten. Von der Milch und den Eiern der Tiere. Und manchmal auch von ihrem Fleisch. Sie sammeln Regenwasser in einer riesigen Tonne und kochen es ab, um es trinkbar zu machen. Sie pflücken die Baumwolle, wenn sie reif ist, und lagern sie, bis sie gebraucht wird. Es ist alles wie immer. Lediglich das Feuerholz für den Ofen und den Kamin bringt ihnen jetzt der blasse Mann. Früher hat der Bauer es selbst besorgt. Bäume in der Umgebung gefällt. Für jeden Winter genau einen. Jetzt kann er das nicht mehr, denn dafür müsste er nach oben klettern. Was er nicht darf. Aber das ist nicht weiter störend. Der einzige andere Unterschied sind die sechs Meter hohen Felswände, die den Hof nun umgeben.

Nähere Ausführungen zu den technischen Gegebenheiten
Für den Fall, dass die Erklärung innerhalb Abschnitt 5 nicht detailliert genug war und Fragen aufwirft, möchte ich nochmals genauer beschreiben, wie – meinem Verständnis nach – die Absenkung der einzelnen Gebäude vor sich gegangen ist (> siehe auch Beweismittel 13-22):
-   Es wurde die komplette Vorderseite entlang ein sechs Meter tiefer Graben ausgehoben.

- Der Boden des Grabens wurde für besseren Halt mit einer Alphaltschicht bedeckt.
- Dann wurde das höhenverstellbare Gerüst eingesetzt, auf dem die Vorderseite nun ruhte.
- Im Anschluss wurde dieser Prozess entlang der Rückseite und den Seiten wiederholt.
- Dadurch war das Gebäude rundherum abgestützt und es konnte die restliche darunter befindliche Erde entfernt werden – von außen nach innen in immer kleiner werdenden Vierecken.
- Hierbei wurde der Boden ebenfalls mit Asphalt bedeckt und weitere Gerüste eingesetzt.
- So stand das Gebäude schließlich nicht mehr auf dem ursprünglichen Boden, sondern komplett auf den Gerüsten.
- Diese wurden allesamt mit einer Steuerung verkabelt, was dafür sorgte, dass beim Absenken alle Gerüste gleich reagierten.
- Die Gerüste falteten sich beim Absenken zusammen und verschwanden so unter dem Gebäude.
- Die Wiesen rund um das Haus waren so gegraben und angelegt, dass die Haustür auf Kante damit zum Stehen kam, während die Gerüste nicht mehr zu sehen waren.
- Bei Stall und Scheune dagegen kamen die Gerüste früher zum Stehen, da ihre Dächer niedriger waren, oben aber auf gleicher Höhe abschließen sollten. So sollte der Eindruck, einer glatten Fläche mit einigen Felsspalten (Wiesen rundherum) erweckt werden.

Anmerkung 1:
Ich weiß, dass es zunächst Kirchendiener sein werden, die diesen Bericht lesen, aber unter Umständen wird er auch einem ‚normalen' Gericht vorgelegt. Daher habe ich mich in diesem und den folgenden Abschnitten entschieden, gewisse Dinge zu verschlüsseln. Immer wenn von

‚Männern' die Rede ist, sind in Wirklichkeit Dämonen gemeint. Die Männer aus dem Umkreis in ihre Gewalt
gebracht hatten. Doch es ist für mich offensichtlich, dass es
sich um nichts anderes gehandelt haben kann. Ebenso ist es
für mich eindeutig, dass es sich bei dem ‚blassen' Mann um
den Engel gehandelt hat. Der sich ihnen anscheinend in
einer Gestalt präsentierte, die wesentlich näher an seiner
wirklichen lag, als wir das erlebt haben – unter Umständen,
um sich möglichst deutlich vom Rest der Gruppe
abzuheben, mit der er theoretisch auch hätte verschmelzen
können.

Anmerkung 2:
Auch in Bezug auf die Gruppe von Arbeitern habe ich
Nachforschungen angestellt. Die ich allerdings unter dem
in Anmerkung 1 genannten Aspekt ebenfalls gesondert
aufführen möchte: in mehreren Kleinstädten und Dörfern
im Umkreis von ungefähr 60 Kilometern konnte ich
Personen ausfindig machen, die aussagten, dass in dem besagten Zeitraum entweder sie selbst oder ein Angehöriger
(Ehemann, Bruder, Vater, etc.) an einem besonderen Projekt
in den Bergen gearbeitet hätte. An Einzelheiten, worum
genau es dabei ging, konnte sich allerdings niemand
erinnern – noch nicht einmal die aktiv Beteiligten selbst.
Ebenso blieb die Frage ungeklärt, wer genau sich für dieses
Projekt verantwortlich gezeichnet hatte. Einige sprachen
von ‚der Regierung', waren sich dessen aber auch unsicher.
Interessanterweise traten diese Wissenslücken nach
einhelliger Aussage nicht erst bei meiner Befragung auf,
sondern bereits damals direkt nach Beendigung des
Projektes. Da allerdings alle Beteiligten im Nachgang
reichhaltig finanziell entlohnt worden waren, sah sich
niemand genötigt, diese doch recht seltsamen Umstände zu
hinterfragen.

Anmerkung 3:

Die technische Abwicklung der Absenkung klingt aus heutiger Sicht gar nicht mal unrealistisch, für damalige Verhältnisse allerdings wie aus einem Science-Fiction-Film. Ich habe diese Schilderung daher lange mit einer großen Portion Skepsis betrachtet, bis mir unser lieber Engel höchstpersönlich einen Besuch abgestattet und es bestätigt hat. Und vor allem: erklärt. Die kompletten ‚näheren Ausführungen' stammen von ihm. Daher habe ich auch nicht versucht, sie in den vorhandenen Abschnitt zu integrieren, sondern einzeln angefügt. Das Ganze ist also doch nicht so weit hergeholt, wie ich im ersten Moment vermutet hätte – zumindest, wenn man sich gut genug auskennt. Und sie hatten jemanden, für den das galt. Einer der führenden Fachmänner der damaligen Zeit. Den sie sich geschnappt haben. Nachdem der Engel höchstpersönlich ihnen den Namen geliefert hatte. Wozu er euch im Übrigen etwas ausrichten lässt: ‚Wenn ihr glaubt, ich habe das gerne und freiwillig getan: Nein. Es war Teil meines Auftrags. Ein weiterer Vertrauensbeweis. Aber ich kann euch versichern, dass der arme Mann bis auf eine seltsame, unerklärliche Gedächtnislücke keinen Schaden davongetragen hat. Wenn ihr weiterhin glaubt, dass es sich dabei um den Architekten handelt, von dem Geraldine im Kopf des Dämonen gehört hat: Ja. Da liegt ihr richtig. Das ist er. Und wenn ihr euch nun fragt, warum ich das nicht erwähnt habe: Es war nicht wichtig für euch. Und hätte euch nur verwirrt.'

Abschnitt 6 – Das neue Leben auf dem Bauernhof:

Noch am selben Tag, an dem Gidon Holzmann aus ungeklärten Gründen das Geländer der Brücke erklomm und in die Fluten sprang, kam er auf den versteckten Hof auf dem Berg. Für nichts, was ab diesem Zeitpunkt geschah, gibt es Zeugen außer dem Bauernehepaar. Ich bin mir bewusst, dass dies für jegliche rechtliche Instanz ein unzumutbarer Zustand ist, zumal die

Identität dieser Leute nicht gelüftet werden kann. Ich habe allerdings die Zusicherung, dass jeder, den ich für vertrauenswürdig befinde und der in meiner Begleitung bei ihnen vorstellig wird, von ihnen ebenfalls alles persönlich erzählt bekommt. Sollte dies also gewünscht sein, kann ich einzelne Personen oder auch kleine Gruppen für weitere Gespräche zu ihnen bringen. Ich hoffe allerdings, dass es dazu nicht kommen muss und dass der Bericht, den ich hier niederlege, allen Entscheidungsträgern ausreicht.

Der Tag des Unglücks ist auch der Tag, an dem der blasse Mann zurückkommt. Er erklärt dem Bauernpaar, dass der Junge bereit ist, sie ihn aber holen müssen. ‚Er kommt vielleicht alleine aus den Fluten heraus. Aber er findet nie alleine den Weg hierher.' So machen sie sich auf den Weg. Benutzen die Strickleiter, die immer noch hängt, um nach oben zu kommen. Verlassen zum ersten und auch einzigen Mal seit der Absenkung der Gebäude die Grube, in der sie jetzt leben. Sie folgen dem Mann den Berg hinab. Unten hat er ein Auto geparkt. Damit fahren sie bis in die Nähe der Brücke. Auf der Brücke scheint einiges los zu sein, doch aus der Entfernung lässt sich außer einigen blinkenden Lichtern nichts erkennen. ‚Das sind die, die den Jungen suchen, aber nicht finden dürfen.' erklärt der blasse Mann. Sie finden den Jungen schnell. Er sitzt auf einem Felsen – ein paar Kilometer von der Brücke entfernt. Und trotzdem noch mit gutem Blick darauf. Er beobachtet das Treiben und die blinkenden Lichter. Das Bauernpaar nähert sich langsam und die Bäuerin legt ihm die Hand auf die Schulter. Der Junge dreht sich um und starrt sie an. ‚Mama?' fragt er. ‚Ja, das ist deine Mama.' antwortet ihm der blasse Mann. ‚Und das dein Papa. Und ich bin dein bester Freund.' ‚Affe.' sagt der Junge und fängt an zu weinen. Die Bäuerin ebenfalls. Sie nimmt den Jungen in den Arm und drückt ihn fest an sich. ‚Gidon.' sagt sie, ‚es wird alles gut. Wir werden dich beschützen.' Sie fahren wieder nach Hause. Klettern auf den Berg. Die Leiter hinab. Der blasse Mann trägt den Jungen dabei. Kommt mit ihnen ins Haus. Und macht keine Anstalten, sich zu verabschieden. ‚Bleiben Sie länger?' fragt der Bauer mürrisch. ‚Oh ja. Sehr lange. Ich werde sein Lehrer sein. Er wird ein Anführer werden. Aber nicht irgendeiner. Er wird ein Anführer sein, wie Gott ihn sich wünscht. Und dafür muss er unterwiesen werden.' – ‚Wir glauben auch an Gott. Wir können das auch.' Der Bauer wird noch mürrischer. ‚Ich weiß, dass ihr glaubt. Auch deswegen wurdet ihr auserwählt. Ich will euch auch nicht zu nahe treten. Aber ich habe die Schrift mein Leben lang studiert. Ich weiß mehr als ihr.' – ‚Bisher haben wir zwei Menschen versorgt. Jetzt sollen wir vier versorgen?' – ‚Drei. So wie es ausgemacht war. Ich kann für mich selbst sorgen. Ich werde auch nicht immer hier sein. Ich werde oft gehen. Um mich zu besprechen mit denen, die mir helfen. Dann kann ich mir Lebensmittel mitbringen.' Der Bauer brummt etwas, sagt aber nichts mehr. Gidon ist in der Zwischenzeit in die Küche gekrabbelt und untersucht neugierig alles, was ihm in die Quere kommt. Er quietscht vergnügt dabei. Sie lassen ihn. Er soll sich möglichst schnell wie zuhause fühlen. Schließlich klopft es an der Tür. Einer der Männer steht davor. Ohne zu fragen kommt er herein und baut sich vor dem Bauernpaar auf: ‚Es gibt noch ein paar Dinge, über die wir reden müssen. Ein paar Grundregeln. Es ist in höchstem Maße wichtig, dass die Welt dort draußen glaubt, der Junge sei verschwunden. Bis zu dem Tag, an dem er seinen angestammten Platz einnimmt, darf er diesen Hof nicht verlassen. Er darf nicht die Strickleiter hinauf – und sei es nur, um auf der Wiese Ball zu spielen. Niemand darf ihn sehen, niemand darf wissen, dass er hier ist. Für euch gilt das Gleiche. Wenn ihr krank seid oder euch etwas fehlt, steht euch mein Kollege mit Rat und Tat zur Seite. Sollte er euch nicht helfen können, wird er Hilfe holen. Medizinisch wie technisch. Er ist außerdem dafür zuständig, dem Jungen die biblische Lehre beizubringen. Wir wissen, dass ihr darin auch bewandert seid, aber er ist trotzdem der Experte. Widersprecht ihm nicht – auch wenn ihr etwas anders seht, als er das sagt. Er weiß, wovon er redet. Und ihr könnt von ihm lernen. Anstatt mit ihm zu diskutieren. Ansonsten: der Zeitpunkt wird kommen, da der Junge gehen wird. Danach werdet ihr ihn nicht mehr wiedersehen. Wir wissen jetzt noch nicht, wann das sein wird, aber wir werden es wissen, wenn es soweit ist. Dann werden wir kommen und ihn holen. Ihr dürft ihn niemand anders mitgeben. Niemandem außer uns. Ihr werdet euch von ihm verabschieden und ihn in seine Aufgabe entlassen. Wenn es ihm wichtig ist, euch noch einmal wiederzusehen, wird er von sich aus kommen. Ansonsten habt ihr eure Aufgabe erfüllt. Euer Hof wird hier unten bleiben. Denn auch nachdem er die Macht übernommen hat in seinem Land, ist es enorm wichtig, dass die, die gegen ihn sind, nicht herausfinden können, wo er all die Jahre gewesen ist. Das dient zu eurem Schutz. Sie könnten sonst kommen und euch wehtun. In der Hoffnung, dass ihr ihnen Dinge über ihn verratet. Seine Schwächen, seine Angriffsflächen. Das darf nicht geschehen. Aus dem gleichen Grund darf es nichts geben, was hinterher an ihn erinnert. Wir werden euch Spielzeug für ihn beschaffen – immer seinem Alter entsprechend. Wenn er es nicht mehr braucht, werden wir es wieder mitnehmen. Ihr dürft keine Fotos von ihm machen. Auch nicht, um selbst eine Erinnerung zu haben. Wenn er euch verlässt, darf nichts darauf hindeuten, dass er jemals hier gewesen ist. Denn dieser Ort mag versteckt sein. Aber er ist nicht unsichtbar. Er ist schwer zu finden. Aber nicht unmöglich zu erreichen. Und wenn man ihn erst einmal gefunden hat, lässt der Aufwand, der hier betrieben wurde, viele Vermutungen zu. Von denen nicht wenige in die richtige Richtung führen könnten. Dagegen müssen wir gewappnet sein. Und wenn ihr das nicht befolgt, lauft ihr Gefahr, zu Opfern zu werden. Wir haben dafür gesorgt, dass ihr hier sicher seid. Die Geschichte vom plötzlichen Verschwinden eures Hofes hat sich schnell ausgebreitet und durch ein paar weise gewählte Worte hier und da ordnen die Bewohner dieser Region es inzwischen den übernatürlichen Mächten zu. Denen sie nach wie vor eher Böses unterstellen als Gutes. Doch bei allen Geschichten seid ihr nicht davor gefeit, dass vielleicht ein neugieriger Einheimischer oder ein abenteuerlustiger Tourist das Gehörte nicht als Abschreckung, sondern als Ansporn sieht. Wenn so etwas geschieht, solange der Junge hier ist, werden wir ihn und euch beschützen. Werden uns dieser Leute annehmen und ihnen klarmachen, wie wichtig es ist, dass ihr geheim bleibt. Werden sie zur Not sehr gut für ihr Schweigen bezahlen. Aber wenn der Junge geht, werden wir mit ihm gehen. Weil wir dazu bestimmt sind, ihn zu beschützen. Und wir können keinen von uns bei euch zurücklassen. Also tut, was ich euch sage. Dann kann euch hinterher nichts passieren.' Ohne auf eine Reaktion zu warten, dreht sich der Mann um und geht wieder. Der blasse Mann schaut ihm nachdenklich nach – dann sagt er: ‚Nehmt es ihm nicht krumm. Er ist nicht der Höflichste. Aber er hat trotzdem recht. Ihr müsst sehr vorsichtig sein. Für den Rest eures Lebens. Vielleicht nicht ganz so übertrieben, wie er das sagt, aber fast.' Er legt etwas auf den Tisch, was er bisher in seiner Tasche verstaut hatte. Die Bäuerin sieht ihn an. Dann nimmt sie es und verstaut es in einem der Schränke (> siehe Beweismittel 5-11).

In den darauffolgenden Jahren leben sie im Grunde wie eine normale Familie. Sie haben zwar keinen Vergleich, ich würde ihn allerdings trotzdem ziehen. Am Anfang kümmert sich hauptsächlich die Bäuerin um den Jungen. Bringt ihm sprechen und laufen bei, erklärt ihm alles, was es auf dem Hof zu sehen gibt. Als er älter wird, übernimmt der blasse Mann. Lehrt ihn lesen, schreiben und rechnen sowie mehrere fremde Sprachen. Zusätzlich lernt er vom Bauer die Arbeit auf dem Hof. Er holt die Eier von den Hühnern, die Milch aus den Kühen und Ziegen. Er mistet den Stall aus und pflückt schließlich auch mit Baumwolle. Durch das gesunde Essen und die Ausgewogenheit zwischen Ruhe und Arbeit wächst er zu einem stattlichen Mann heran, der schon im Teenageralter wesentlich gebildeter ist als seine Zieheltern. Doch er lernt auch, sie das nicht spüren zu lassen. Der blasse Mann ist ein weiser Mann. Der ihm nicht nur viel beibringt, was er sonst in der Schule lernen würde, sondern auch viel, was richtigen Umgang betrifft. Was ihm seine Zieheltern nicht beibringen könnten, weil sie sich damit nicht auskennen. Er ist sehr selten krank und wenn, dann kommt sofort ein Arzt. Der immer eine Lösung hat. Er wirkt ein wenig komisch und kann sich nie daran erinnern, zuvor schon einmal dagewesen zu sein. Aber er sorgt dafür, dass Gidon jedes Mal schnell wieder gesund wird. Und das ist das, was zählt. Irgendwann nimmt der blasse Mann das Bauernpaar zur Seite und sagt ihnen, dass es bald Zeit sein wird, Abschied zu nehmen. Die Bäuerin weint und auch der Bauer schaut betrübt drein. Er hat Gidon liebgewonnen im Laufe der Jahre – auch wenn er es selten zeigt. Doch sie diskutieren nicht, fragen nicht, ob er länger bleiben oder doch wiederkommen kann. Sie wissen, dass es geschehen muss. Dann ist der Tag da. Die Männer kommen. Zum ersten Mal seit über 30 Jahren. Sie stehen einfach vor der Tür. Sagen nichts. Nicken nur stumm. Gidon weiß bereits Bescheid. Er umarmt den Bauern, gibt der Bäuerin einen Kuss auf die Stirn. Dann blickt er den blassen Mann an: ‚Du gehst mit mir?' – ‚Immer.' Gidon lächelt. Dann verlässt er das Haus. Und kommt nicht mehr wieder.

Anmerkung:
Aus den bereits genannten Gründen habe ich das Gespräch nach Gidons Ankunft leicht abgewandelt. In Wirklichkeit verlief es so: ‚Bisher haben wir zwei Menschen versorgt. Jetzt sollen wir vier versorgen?' – ‚Drei. So wie es ausgemacht war. Ich brauchte keine Nahrung. Ich bin nicht wie ihr. Vielleicht habt ihr es schon geahnt. Wenn nicht, werde ich es euch zeigen...' An dieser Stelle hat er sich ihnen als Engel offenbart. Dementsprechend kam von ihrer Seite keine Gegenwehr mehr.

Abschnitt 7 – Indoktrination:
Einer der wesentlichen Punkte in der Erziehung des Jungen war die religiöse Lehre, die es ihm heute ermöglicht, sich der Welt als Sohn Gottes zu verkaufen. Da das Bauernehepaar bei diesen Sitzungen zwischen Gidon und dem blassen Mann offiziell keinen Zutritt hatte, konnten sie mir nur wenige bruchstückhafte Informationen dazu liefern. Diese habe ich mich bemüht so gut wie möglich zu einem Gesamtbild zusammenzufügen:

Der blasse Mann scheint am Anfang noch sehr stark mit der Bibel gearbeitet zu haben, im Laufe der Jahre allerdings immer weniger. Die Geschichten, die Gidon manchmal am Esstisch erzählte (der blasse Mann aß nie mit ihnen zusammen), waren dem Bauernpaar auf jeden Fall mehr und mehr unbekannt. Trotzdem war Gidon fest davon überzeugt, dass sie einen biblischen Hintergrund hatten, ja teilweise sogar von Jesus selbst erzählt oder gar erlebt worden waren. Darüber hinaus offenbarte er in manchen Gesprächen Ansichten zu oder Interpretationen von wirklich aus der Bibel stammenden Geschichten, die den gängigen – zumindest dem Bauernpaar bekannten – Auslegungen teilweise oder sogar komplett widersprachen. Mehrfach sprachen sie den blassen Mann darauf an, der ihnen allerdings jedes Mal versicherte, dass dies nur ein Weg sei, ihn nicht nur die richtigen Dinge zu lehren, sondern auch, die richtigen von den falschen zu unterscheiden. Da solche Aussagen von Gidons Seite mit dem Älterwerden immer mehr abnahmen, ging das Bauernpaar davon aus, dass er nun auf dem richtigen Weg sei. Im Nachgang – während unseres Gespräches – äußerten sie jedoch, dass es durchaus möglich sei, dass die falschen Ansichten nach wie vor dagewesen waren und Gidon einfach nur gelernt hatte, damit anders umzugehen – sprich: sie nicht mehr laut vor ihnen zu äußern.

Darüber hinaus begann er ab einem gewissen Alter, von Gott als seinem Vater zu reden. Allerdings nicht so, wie manch anderer das vielleicht tut, sondern so, als würde er es wörtlich meinen. Bestimmte Formulierungen fielen dabei nicht – es war mehr der Tonfall und sein Gesichtsausdruck dabei. Im Laufe der Zeit weichte er das wieder ein wenig auf und lieferte einige Erklärungen dazu, wie zum Beispiel, dass er Gott grundsätzlich als Vater aller Menschen betrachtete. In die gleiche Richtung ging eine Angewohnheit, die sich in der späten Teenagerzeit einstellte: er begann, andere Menschen als ‚Kinder seines Vaters' zu bezeichnen. Dabei blieb er auch bis zu seinem Abschied. Als Begründung gab er an, dass wenn Gott aller Menschen Vater sei, alle Menschen Gottes Kinder seien. Und er einfach ein Bedürfnis habe, das wörtlich auszudrücken. Weil es ihm helfen könne, ein gerechter und gütiger Herrscher zu sein, der alle Menschen unter seiner Regierung als wertvoll betrachtete. Diese Aussage war dem Bauernpaar durchaus zuträglich, sahen sie sie doch als Schritt in die richtige Richtung – egal, wie es nach außen hin wirkte. Im Zusammenhang mit der Offenbarung, dass Gidon sich inzwischen als Sohn Gottes ausgibt, sehen sie das jetzt allerdings wesentlich kritischer und fragen sich, ob das nicht erste Anzeichen einer Wahnvorstellung waren, die ihn schließlich an den Punkt gebracht haben, an dem er jetzt ist. Ich habe davon abgesehen, ihnen noch deutlicher herauszustellen, dass er nicht aus einer Laune oder falschen Ansätzen heraus diese Rolle eingenommen hat, sondern dass das von Anfang an der Plan war. Ich bin mir sicher, dass dies nur dazu geführt hätte, dass sie sich Vorwürfe machen, nicht besser auf ihn aufgepasst zu haben.

Ansonsten konnten zu diesem Punkt keine weiteren Informationen ermittelt werden. Was genau der blasse Mann ihm alles eingetrichtert hat, bleibt also unklar. Allerdings lässt sich natürlich vom Ergebnis darauf schließen. Geht man davon aus, dass der Mann, der sich Jesus nennt, wirklich Gidon ist, so ist deutlich erkennbar, dass er im Laufe dieser Zeit eine sehr große Menge an Irrlehre vorgesetzt bekommen hat.

>   Anmerkung:
>   Auch hierzu konnte ich kurz mit dem Engel reden, der mir
>   bestätigte, dass er Gidon im Laufe der Jahre jede Menge
>   falscher Lehre und unwahrer Geschichten weitergegeben
>   hat. Für ihn war das der schlimmste Teil seiner Aufgabe.
>   Doch er war natürlich sehr wichtig und sehr notwendig. Da
>   ich dieses Gespräch bei der Offenlegung dieses Berichts
>   nicht erwähnen werde, wird allerdings auch dessen Inhalt
>   nicht mit aufgenommen.

Abschnitt 8 – Vorbereitung auf den Abschied:

In den letzten Wochen zwischen der Ankündigung des blassen Mannes und dem Auftauchen der Männer veränderte sich so einiges auf dem Hof. Gidon verbrachte nun wesentlich mehr Zeit mit dem blassen Mann und ohne das Bauernpaar. Sie bekamen so gut wie gar nichts davon mit, was die beiden taten. Allerdings brachte der blasse Mann in dieser Zeit diverse Gegenstände mit, wenn er unterwegs war, die es vorher auf dem Hof nicht gegeben hatte. Unter anderem einen Fernseher, deinen DVD-Player und einen Computer. Alle diese Geräte baute er in Gidons Zimmer auf und die beiden verbrachten viele Tage fast ausschließlich davor. Den Bauern machte das neugierig, doch da er auf dem Hof viel zu tun und nun keine Hilfe mehr hatte, konnte er sich nicht darum kümmern. So beauftragte er seine Frau, so oft wie möglich heimlich an der Tür zu lauschen. Sie verstand nicht viel von dem, was sie hörte, da das meiste in einer fremden Sprache war, die sie schließlich in Erinnerung an den Unterricht, den der blasse Mann Gidon gegeben hatte, als Deutsch identifizierte. Inhaltlich war ihr also vollkommen unklar, womit sie sich beschäftigten und auch ich kann darüber nur spekulieren. Da Gidon allerdings des Öfteren auch entweder nachsprach, was er sich zuvor angehört hatte oder zumindest versuchte, den Tonfall oder Sprechrhythmus zu imitieren, gehe ich stark davon aus, dass der blasse Mann ihm Reden von zum Beispiel Politikern vorführte, um ihm so beizubringen, vor größeren Massen zu sprechen. Darüber hinaus würde ich darauf tippen, dass er Gidon die Nachrichten zeigte. Nicht nur aus Deutschland, sondern aus aller Welt. Mehr als 30 Jahre lang hatte Gidon nichts mitbekommen, was außerhalb des Hofes passierte und nun sollte er hinausgehen und sich den Leuten präsentieren. Dafür musste er vorbereitet sein. Damit ihn das, was ihn erwartete, nicht überforderte und er in der Lage war, darauf richtig zu reagieren und den Leuten vorzugaukeln, er habe immer alles vom Himmel aus beobachtet. Ob darüber hinaus noch weitere Inhalte zum Tragen kamen, lässt sich nicht feststellen. Was sich dagegen eindeutig sagen lässt, ist, dass Gidon zu diesem Zeitpunkt auch körperlich den ‚letzten Schliff‘ bekam. Eines Tages kam der blasse Mann mit einer dicken Eisenstange und legte sie im Wohnzimmer in den Kamin. Dort lag sie eine Weile – so lange, dass der Bauer schon fragen wollte, was es damit auf sich hatte. Irgendwann holte der Mann sie allerdings heraus und nahm sie – glühend wie sie war – mit auf Gidons Zimmer. In den folgenden Minuten hörte das Bauernpaar mehrere laute Schmerzensschreie, die sie dazu veranlassten, nach oben zu stürmen und an der Tür zu rütteln, die allerdings verschlossen war. Nachdem die Schreie abgeklungen waren, öffnete der blasse Mann und versicherte ihnen, dass ,alles vorbei und wieder in Ordnung sei'. Was genau geschehen war, konnten sie nicht erkennen, doch in den wenigen noch folgenden Tagen trug Gidon Verbände an beiden Händen und humpelte deutlich sichtbar. Alle Fragen des Bauernpaars diesbezüglich wiegelte er allerdings ab. Aus heutiger Sicht liegt aber der Schluss nahe, dass der weiße Mann ihm Wunden an Händen und Füssen sowie – höchstwahrscheinlich – an der Lende zufügte. Genau die Wunden, die er als Jesus des Öfteren vorzeigt und für die es bisher keine andere Erklärung gibt.

Anmerkung:
Natürlich habe ich hier nicht spekuliert oder mich nur auf die Aussagen der Bäuerin verlassen. Alles, was hier als Überlegung oder Schlussfolgerung dargelegt ist, wurde mir von bereits genannter Quelle bestätigt.

Abschnitt 9 – Erste Schritte:
Den wirklich allerersten Auftritt von Gidon Holzmann in der Öffentlichkeit festzustellen, war mir leider nicht zu 100% möglich. Ich gehe nach eingehenden Recherchen davon aus, dass es eine Veranstaltung in Hildesheim bei Hannover war, bei der der Redner praktisch im Moment seines Auftretens mit akutem Brechdurchfall ausfiel und in dem Chaos, das die Verantwortlichen veranstalteten bei dem Versuch, schnellstmöglich einen Ersatz herbeizuschaffen, schließlich ein Mann aus dem Publikum aufstand und fragte, ob er sprechen dürfe. Sie ließen ihn gewähren – wohl hauptsächlich, weil

sie immer noch zu sehr mit dem eigentlichen Sprecher beschäftigt waren. Seine Worte jedoch erzielten solch eine Wirkung, dass er anschließend gleich von mehreren Anwesenden eingeladen wurde, in ihrer eigenen Gemeinde zu reden. Dieser Mann war Gidon Holzmann und ich konnte keinen Hinweis darauf finden, dass er sich davor schon vor Leuten als Prediger betätigt hatte. Von dieser Veranstaltung an ist der Weg allerdings klar nachvollziehbar. Er sprach über mehrere Monate hinweg unter einem falschen Namen auf diversen Veranstaltungen oder in Gottesdiensten und tat schon während dieser Zeit das eine oder andere Wunder, was ihm immer mehr Anerkennung einbrachte. Seinen ersten Auftritt als Jesus, Sohn Gottes, hatte er schließlich auf einer Veranstaltung in Bremen. Hier war er als Redner eingeladen und hielt zunächst ganz normal seinen Vortrag, bevor erneut ein Teil der Veranstaltung spontan ausfiel und er diese Lücke nutzte, um sich den Anwesenden ‚zu offenbaren', wie er es nannte. Über seinen weiteren Werdegang muss nicht mehr berichtet werden. Er ist allgemein bekannt.

Anmerkung 1:
Da ich sämtliche Erwähnung von Dämonen oder Engeln aus dem Bericht herauszuhalten gedenke, gehe ich auch nicht auf die Tatsache ein, dass der Ausfall des Redners in Hildesheim nicht auf natürliche Ursachen zurückzuführen war. Seine Krankheit trat ohne jegliche Vorwarnung von einem Moment auf den anderen auf und war auch ebenso schnell wieder vorbei, sobald Gidon auf der Kanzel stand und sprach. Im Nachgang konnten auch keine Hinweise darauf gefunden werden, was genau mit dem Mann geschehen war. Es liegt daher nahe, dass es sich um einen übernatürlichen Eingriff gehandelt hat, der dafür sorgen sollte, dass Gidon ins Rampenlicht treten konnte.

Anmerkung 2:

Die Ereignisse in Bremen habe ich ebenfalls vage gehalten. Die Gründe dafür dürften euch klar sein.

Beweismittel:
Im Zuge der Ermittlungen sind einige Gegenstände aufgetaucht oder an den Ermittler herangetragen worden, die nach rechtlicher Prüfung als Beweismittel eingestuft werden können. Diese werden im Folgenden mit kurzer Erklärung aufgeführt und können bei Bedarf vorgelegt werden.

Beweismittel 1-2 – Geburts- und Sterbeurkunde

Beweismittel 3 – Stoffgiraffe:
Neben dem Kinderwagen, in dem Gidon Holzmann vor dem Unglück von seiner Mutter auf die Brücke geschoben wurde und der von der Polizei sichergestellt und untersucht, schließlich aber bei einer Auktion versteigert wurde, fand sich auch die Giraffe, die Gidon zum Geburtstag bekommen hatte. Diese wurde von einer Zeugin illegal vom Tatort entfernt. Ursprünglich, um sie Gidon wiederzugeben, sobald er gesund und munter wieder aufgetaucht war. Nachdem sicher war, dass dies nicht geschehen würde, gab die Zeugin das Tier an Gidons Großmutter weiter, die es seitdem in einer Truhe mit Erinnerungsstücken aufbewahrte. Durch meine Ermittlungen wurde dies der Polizei bekannt, die allerdings davon absah, die Zeugin oder Gidons Großmutter deswegen zu belangen. Auf dringliche Bitte hin erklärte sich Gidons Großmutter allerdings bereit, die Giraffe für diese Ermittlung zur Verfügung zu stellen, sofern sie im Anschluss wieder zurückgegeben wird.

Beweismittel 4 – Bild ‚des Mannes‘:
Eine der Zeuginnen legte mir während der Befragung das Foto eines alten Gemäldes vor, das sie schon bei ihrer ursprünglichen Aussage bei der Polizei vorgelegt hatte. Auf dem Gemälde ist ‚der Tod‘ abgebildet. Die Frau ist sich sicher, eine Gestalt bei Gidon auf

der Brücke gesehen zu haben, die dieser Darstellung täuschend ähnlichsah.

Beweismittel 5-11 – Fotos von Gidon mit seinen Zieheltern:
Bei dem Gegenstand, den der blasse Mann ihnen am Tag von Gidons Ankunft übergab, handelte es sich um einen Fotoapparat. Mit diesem hielt er sie und Gidon insgesamt sieben Mal heimlich fest und entwickelte die Bilder anschließend für sie. Sie versteckten die Fotos hinter einem losen Stein in der Küchenmauer. Im Gespräch gaben sie schließlich zu, diese Fotos zu besitzen und stellten sie für die Ermittlungen zur Verfügung. Sie entstanden jeweils im Abstand von fünf Jahren, zeigen Gidon also mit 2, 7, 12, 17, 22, 27 und 32 Jahren. Es ist eindeutig zu sehen, dass es sich immer um dieselbe Person handelt.

Beweismittel 12 – Foto von Gidon vor dem Unglück:
Für den Vergleich mit den späteren Fotos stellte eine Freundin der Holzmanns ein Babyfoto von Gidon zur Verfügung, das ihn mit ungefähr 11 Monaten zeigt. Über die wahren Hintergründe der Anfrage wurde sie dabei allerdings im Unklaren gelassen, um die Ermittlungen nicht zu gefährden. Das Foto dient zwar nicht als eindeutiger Beweis, dass es sich bei dem Jungen auf den späteren Fotos ebenfalls um Gidon handelt, ein Experte auf dem Gebiet der Wachstumsforschung, dem ich alle Fotos vorlegen konnte, bestätigte mir allerdings, dass die Chance einer Übereinstimmung bei weit über 90% liegt.

Beweismittel 13-22 – Fotos vom Hof des Bauernpaars
Diese Fotos entstanden im Zuge der Ermittlungen. Sie zeigen:
- (13) Die Wiese oberhalb des Hofes aus der Perspektive einer den Berg hinaufsteigenden Person. Die Dächer der drei Gebäude sind durch die sie umgebenden Risse und Spalten gut zu erkennen.
- (14) Den Hof von dieser Wiese aus.
- (15) Die Rauchsäule hinter dem Hausdach.

- (16) Das Bauernhaus von der unteren Wiese aus mit den Felswänden im Hintergrund.
- (17&18) Die Kühlkammer – offen und geschlossen.
- (19) Den Stall von der unteren Wiese aus.
- (20) Die Scheune von der unteren Wiese aus.
- (21) Die Metallgerüste unter dem Haus.
- (22) Die Metallgerüste unter der Scheune.

(Anmerkung zu den letzten beiden Fotos: Das Ehepaar hat mir erlaubt, an den Seiten von Haus und Scheune die Erde so weit zu entfernen, dass man die Gerüste sehen kann. Unter der Voraussetzung, dass ich im Nachgang alles wieder in Ordnung bringe. Was ich natürlich getan habe. Bei einer weiteren Untersuchung müssten sie also erneut freigelegt werden.)

Schlussbemerkung:

Im Laufe der Recherchen haben sich viele Dinge ergeben, die nicht einwandfrei geklärt werden konnten. Trotzdem kristallisiert sich beim genauen Betrachten aller Fakten, Aussagen und Vorgänge ein sehr eindeutiges Bild heraus: es ist mehr als sicher, dass es sich bei dem Mann, der als Sohn Gottes auftritt, um niemand anders handeln kann als um Gidon Holzmann, Sohn von Josef und Maria, der nach dem Unfalltod seiner Eltern in die Obhut eines kinderlosen Bauernpaares gegeben und in ihrem Haus von einem unbekannten Mann darauf trainiert wurde, diese Rolle auszufüllen. Die genauen Absichten des Mannes sowie seiner Komplizen, die zwar an seiner Erziehung nicht beteiligt waren, dafür aber sehr wohl an der Umsetzung des Planes sowohl davor als auch danach, konnten dabei nicht ermittelt werden. Ihre Identitäten sind nach wie vor unbekannt und es hat sich bisher auch kein Hinweis darauf ergeben, dass sie aus seiner Einsetzung als oberster Anführer der größten aller Weltreligionen irgendeinen Nutzen gezogen hätten. Einzige plausible Erklärung könnte daher die Religion an sich sein. Unter Umständen war es das Ziel dieser Männer, der Welt einen neuen Anführer vorzusetzen, der Prinzipien vertritt, die ihnen selbst wichtig sind und die sie im großen Rahmen umzusetzen gedenken. In diesem Fall wären sie Nutznießer von allem, was Gidon Holzmann als Jesus seit seiner Ankunft getan hat. Er hat die Welt in vielerlei Hinsicht verändert. Ob diese Veränderungen als gut zu betrachten sind, ist sicherlich für viele ein Streitpunkt. Die Männer hinter ihm scheinen das allerdings zu tun. Denn das ist das Einzige, was sie aus seiner Person herausziehen können. Allerdings: all diese Veränderungen – sowie jegliche Folgsamkeit, die wir ihm entgegenbringen – beruht darauf, dass wir daran glauben, dass er der ist, der er zu sein vorgibt. Ist dies nicht der Fall, sind alle seine Vorgaben hinfällig und seine Gesetze nichtig. Es bestünde kein Grund, ihm weiterhin zu folgen. Es ist daher meine Meinung, dass er als Anführer der christlichen Kirche abgesetzt werden sollte. Meines Wissens nach hat er im Laufe seiner Zeit als geistlicher Führer keine Straftaten begangen, für die er gerichtlich belangt werden müsste. Es wäre allerdings ratsam zu prüfen, inwieweit die Auswirkungen und Konsequenzen der von ihm durchgebrachten Gesetze und Verordnungen unter diesen neuen Gesichtspunkten als rechtlich fragwürdig betrachtet werden müssen und ob es an diesen Stellen nicht ratsam wäre, den ursprünglichen Status Quo wieder herzustellen. Möge diesbezüglich ein weises Urteil gefällt werden."

„Diese Anmerkungen..." Geraldine tippte sich ans Kinn, „das ist das, was er nur für uns reingeschrieben hat. Die müssen raus, wenn wir damit wo hingehen."

„Kommt darauf an, wo wir damit hingehen." entgegnete Christopher.

„Das stimmt."

Annie hob einen Zeigefinger: „Ich weiß ganz genau, wo wir damit hingehen."

„Nämlich?" erkundigte sich Geraldine.

„Nirgendwo."

Geraldine und Christopher wechselten einen entgeisterten Blick: „Spinnst du?"

„Nein." gab Annie zurück, „gehen wir doch mal die Möglichkeiten durch: Politiker. Wären die erste Anlaufstelle, weil sie am besten gegen ihn vorgehen könnten und ihn am ehesten weghaben wollen. Schon aus eigenem Interesse. Nur ist dieses Stichwort genau das Problem: Geraten wir an den Richtigen, passiert das, was passieren soll. Geraten wir an den Falschen, wird der dadurch reich, dem FC passiert nichts und wir haben eine weitere Chance vertan. Und ich für meinen Teil kenne mich nicht gut genug aus, um zu wissen, wer richtig und wer falsch ist. Polizei. Da hier ein Hochstapler eine Machtposition ausfüllt, hätten sie rein rechtlich die Handhabe, einzugreifen. Allerdings sind sie eine Behörde und haben Vorgesetzte. In der Politik. Auf die der FC Einfluss ausüben kann. Und er kennt die ‚Richtigen' dafür ganz bestimmt. Also würde er das im Keim ersticken. Jünger. Wäre die Gruppe, von der es am besten wäre, wenn wir sie überzeugten. Weil sie in religiösen Kreisen das meiste erreichen könnten. Leider sind sie auch die, die dem FC am nächsten stehen und daher am festesten auf ihn eingeschossen sind. Zumal er ihnen ja ganz bestimmt von Imran erzählt hat und dass sein Bericht Schwindel ist. Sie dürften also schon negativ voreingenommen sein. Pfarrer. Sie wären bestimmt am leichtesten zu überzeugen, sind aber nicht wirklich organisiert. Wir müssten also an einen einzeln rangehen und den bitten, es zu verteilen. Das allein birgt schon ein Risiko – viel schwieriger wird es aber dadurch, dass sie über ihre eigene Kirche hinaus eigentlich keinen Einfluss haben. Selbst wenn sie es allesamt ihren Gläubigen unterjubeln, haben wir hinterher eine Stadt, die die Wahrheit kennt und der Rest des Landes kriegt davon nichts mit. Zumal der FC es auf jeden Fall mitkriegt, wenn die sonntags sowas erzählen. Das machen sie genau einmal und dann sind sie alle weg. Und das – wars. So ganz insgesamt."

„Du hast die Presse vergessen." überlegte Christopher.

„Ja... die Presse. Problem an der Presse? Sie ist dafür bekannt, gerne auch mal Lügenmärchen als Wahrheit zu verkaufen. Nicht alle machen das – das ist klar. Aber zumindest wird es allen unterstellt. Und diese Geschichte hier klingt leider ziemlich stark nach ausgedacht. Ein Säugling, der auf Brücken klettert? Ein im Erdboden versunkener Bauernhof? Das nimmt man selbst der seriösesten Zeitung nicht ab."

Christopher seufzte: „Da gebe ich ihr leider Recht."

„Also bleiben wir darauf sitzen? Sperren es weg?" Geraldine war sichtlich entsetzt – und Annie bemühte sich sofort um Beruhigung:

„Nein. Wir warten einfach auf die richtige Gelegenheit. Wir haben das. Und zeitkritisch wäre der Bericht nur, wenn wir damit etwas in Bezug auf Imrans Tod erreichen wollten. Was… ich mir sehr schwierig vorstelle. Denn dafür würde der Bericht alleine nicht genügen. Dafür müssten wir in die Öffentlichkeit und uns als seine Auftraggeber bloßstellen… entlarven… bekanntgeben. Und das… will ich nicht. Aber wenn es nur um den FC geht, ist der Zeitpunkt egal. Besser sogar: Wenn wir warten, hat er es nicht mehr so auf dem Schirm. Jetzt vermutet er vielleicht noch, dass irgendwo Kopien rumgeistern. Sicher auch einer der Gründe, weswegen er morgen Christopher sehen will. Aber Christopher kann – hoffentlich – glaubhaft versichern, dass er von nichts weiß und dann verschwindet das Thema irgendwann. Und dann – schlagen wir zu.“

Geraldine atmete mehrfach ein und aus: „Gut. Lasse ich mich drauf ein.“

16

Am nächsten Morgen warfen sie diesen Plan allerdings wieder komplett über den Haufen. Sehr zur Überraschung von Christopher, der bereits dabei war, sich für sein Treffen mit Jesus fertig zu machen.

„Kannst aufhören.“ begrüßte Annie ihn im Flur, „du gehst nicht.“

Er fuhr herum: „Ich gehe nicht?“

„Nein. Wir gehen.“

„Ihr.“

Annie nickte: „Ja.“

„Warum?“

„Vision.“

„Vision.“ wiederholte Christopher skeptisch, „ihr sollt da einen Dämon austreiben.“

„Wahrscheinlich auch. Aber das ist nur ein Nebeneffekt.“

„Das müsst ihr erklären.“

„Zunächst mal: Wir hatten sie beide.“ schaltete sich Geraldine ein, „also ist irren ausgeschlossen. Dann: Wir nehmen Lili mit. Haben sie schon angerufen. Wir treffen sie dort. Und dann: Wir sagen ihm ganz offen, dass wir den Bericht kennen. Nicht haben, aber kennen.“

Christopher ließ vor Schreck den Schal fallen, den er gerade hatte umlegen wollen: „Seid ihr des Wahnsinns?"

„Das darfst du uns nicht fragen." entgegnete Annie, „das solltest du den fragen, der die Vision geschickt hat."

Doch dadurch war Christopher nicht beruhigt: „Annie – wie wir gerade vor kurzem erfahren haben, hast du in deinem Leben nicht nur Visionen von Gott gekriegt. Und mehrfach seid ihr dadurch in Fallen gelaufen."

„Stimmt. Aber momentan bin ich sündfrei. Okay – das ist Quatsch. Aber ich bin mir sicher, dass da nichts ist."

„Woher?"

Sie tippte sich auf die Brust: „Geraldine könnte es sehen. So wie ich bei ihr auch. Sie hat keinen Schatten, ich habe keinen Schatten. Und wir hatten beide die Vision – wie schon gesagt."

„Gut. Dumm von mir. Da hast du Recht." Christopher atmete tief durch, „dass ihr beide keinen Schatten habt – im übertragenen Sinne – da bin ich mir allerdings noch nicht ganz so sicher."

„Das geht mir ganz genauso." erklärte Geraldine, „und du brauchst auch gar nicht weiter zu bohren, was Sinn und Zweck der Übung ist. Das weiß nämlich keiner von uns. Wir werden es trotzdem tun."

Christopher blickte konsterniert drein, als Annie nach ihren Schuhen griff: „Jetzt gleich."

„Klar."

„Ohne groß darüber nachzudenken. Zumindest eine Strategie auszuarbeiten."

Geraldine zog ihre Jacke zu: „Laut der Vision werden wir drei Anläufe starten müssen, um erfolgreich zu sein. Du kannst also davon ausgehen, dass wir heute noch gar nicht ihm sprechen werden. Und beim nächsten Mal auch noch nicht. Genug Zeit also, sich etwas zu überlegen."

„Und der Bericht?"

„Versteck ihn. Irgendwo."

„Phantastisch." Christopher fuhr sich durch die Haare. Und Geraldine sah auf die Uhr:

„Wir müssen los."

„Sicher, dass ich nicht mitkommen soll?"

„Ganz sicher."

Christopher hob den Schal auf und hängte ihn an die Garderobe: „Dann werde wohl das tun, was ich immer tue, wenn ihr unterwegs seid."
„Beten." vermutete Annie.
„Ganz genau."

17

Da sie sich mit Lili vor dem Gebäude verabredet hatten, legten Geraldine und Annie den Weg dorthin zu zweit zurück. Was Geraldine die Möglichkeit gab, etwas anzusprechen:
„Sag mal… wann hast du eigentlich Geburtstag?"
Annie blinzelte verwirrt: „Äh… das weißt du. Oder willst du ernsthaft sagen, du hast es vergessen?"
„Ich weiß, wann Annie Geburtstag hat. Aber wann hat Annegret Geburtstag?"
„Oh." Annies Verwirrung wandelte sich in Peinlichkeit, „genauso. Da habe ich nichts geändert."
„Es ist also wirklich der 4. Juli." hakte Geraldine nach.
„Ja. Das war ja der Aufhänger. Also… dafür, dass ich mich für Amerika ‚entschieden' habe. Weil da Nationalfeiertag ist. Das habe ich irgendwie mitbekommen, als ich noch ganz klein war. Im Fernsehen oder so. Und den Gedanken fand ich toll. Mein Geburtstag – ein Feiertag."
„Okay…" Geraldine kicherte leise, „das kann ich voll verstehen. Hätte mir auch gefallen."
Eine Weile herrschte Schweigen, dann räusperte sich Annie:
„Christopher hat da vorhin etwas angestoßen – mit Visionen von Dämonen und so…"
Geraldine warf ihr einen Blick zu: „Ja?"
„Die Vision von der Frau. Du weißt schon – die, die…"
„Ich weiß schon. Und darüber habe ich auch schon nachgedacht."
„Also glaubst du es auch?" Annie ließ den Kopf hängen – und Geraldine wusste nicht, warum:
„Glauben? Was?"
„Dass er die ganze Zeit Zugang zu mir hatte."

„Öhm... nein. Das glaube ich nicht."

„Ich schon."

Geraldine lächelte schwach: „Das dachte ich mir fast. Ich kann dich aber beruhigen: Damit liegst du falsch."

„Und da bist du dir sicher?" Annie war deutlich anzuhören, dass sie das ganz und gar nicht war. Doch Geraldine konnte ihr damit helfen: „Natürlich. Zwei Gründe: Der Dämon hat versucht, dich fertig zu machen mit dem, was er dir gezeigt hat. Und das mag bei dieser Vision am Anfang vielleicht passiert sein. Die ständigen Wiederholungen haben das aber wenn dann abgeschwächt und nicht verstärkt. Inzwischen sehe ich dich dazu entweder gähnen oder mit den Augen rollen. Das wäre für ihn kein übermäßiger Erfolg."

„Das stimmt. Und sonst?"

„Sonst wäre da die Tatsache, dass Z und ich die Vision auch bekommen haben. Und wäre sie von ihm, hätte er auch Zugang zu uns haben müssen."

„Das stimmt auch. Aber..." Annie wiegte den Kopf hin und her, „kann doch sein."

„Hätte er uns aber unter die Nase gerieben." entgegnete Geraldine, „,Auch ihr wart offen für mich – hahaha.'"

„Okay – das ist wahr."

„Und – es fällt mir sogar noch ein dritter Grund ein: Diese Vision hat keinen Sinn, der sich auf den ersten Blick erschließt. Oder auf den zweiten bis zwölften. Es gibt also etwas zu ergründen. Und solche Visionen kamen bisher immer von Gott."

„Hm... ja." Annie nickte langsam, „den zweiten Grund fand ich am besten."

Wieder lächelte Geraldine: „Dann bin ich traurig, dass ich den nicht zum Schluss genannt habe."

„Ich auch."

„Ernsthaft?"

„Nein. Du?"

„Auch nicht."

„Gut. Aber... was hast du dir denn dann für Gedanken gemacht?" Annie sah Geraldine fragend an und diese rieb sich über die Wange:

„Nun: Wir waren lange der Meinung, dass das Mädchen aus dem Kindergarten das Mädchen aus der Vision ist. Aber jetzt bist du das Mädchen aus dem Kindergarten. Also ist das – logischerweise – falsch."
„Bringt uns das irgendwie weiter?"
„Weiter zurück."
Annie rümpfte die Nase: „Toll. Genau da wollte ich hin."

18

Sie erreichten das Gebäude und Lili, die bereits davorstand – mussten aber noch eine ganze Weile warten, bis sie es betreten durften. Die Sicherheitsvorkehrungen waren nach wie vor hoch und da sie offiziell keinen Termin hatten, dauerte es ein bisschen, bis die Nachricht, dass sie in Vertretung für Christopher kamen, bei Jesus angekommen war, und er einige seiner Jünger zum Eingang schickte. Doch die schickten sie nicht etwa wieder weg, sondern baten sie, ihnen zu folgen. Sie brachten sie direkt in sein Büro. Was in Geraldine und Annie ein ungutes Gefühl hervorrief. Darauf waren sie nicht vorbereitet. Jetzt mussten sie improvisieren.
„So sieht man sich wieder." begrüßte Jesus sie und Geraldine nickte:
„Das stimmt."
„Euch wollte ich aber nicht sehen."
„Das stimmt auch. Aber Christopher hätte dir keinerlei Antworten geben können. Wir haben ihn gebeten, Imran mitzunehmen. Er wusste nicht, weswegen."
„Also habt ihr ihn beauftragt." folgerte Jesus.
Anstatt zu antworten, blickte Geraldine sich um: „Sollten wir das nicht lieber alleine besprechen?"
„Wir sind alleine." Jesus legte die Stirn in Falten – und auf Annies
„So?" hin gleich noch mehr:
„Seht ihr jemand anders?"
Annie schüttelte den Kopf: „Nein."
„Lass mich sehen." murmelte Lili leise vor sich hin – ohne, dass Jesus sie beachtete:

„Wo ist denn überhaupt...?" Er ließ den Satz in der Luft hängen, sodass Geraldine ergänzen musste:

„...Z?"

„Ja. So hieß er. Z."

Geraldine verzog leicht das Gesicht: „Er macht nicht mehr mit bei uns. Schon länger nicht mehr. Persönliche Gründe."

„Passiert." winkte Jesus gelangweilt ab und wandte sich an Lili: „Und wer bist du?"

„Sein Ersatz." Lili wirbelte mit den Händen in der Luft herum. Jesus schrak zusammen, Geraldine und Annie zuckten nur kurz vor Überraschung. „Wie du sehen kannst. Oder auch nicht. Weiß ich ja nicht, was du siehst und was nicht. Auf jeden Fall hatten wir um ein Gespräch alleine gebeten."

Jesus fing sich schnell wieder: „Ich sehe eine ganze Menge. Auch, dass ‚Ersatz' hier wirklich gilt."

„Das tut es." erwiderte Lili.

„Werde ich mir merken."

„Das tu mal."

Jesus musterte sie noch einen ausgiebigen Moment. Dann lehnte er sich zurück: „Ihr seid also Imrans Auftraggeber."

„Ich nicht." gab Lili zurück, „ich bin neu."

„Also nur ihr beide. Und Z."

„Z war da schon nicht mehr dabei." klärte Geraldine in auf und legte dann Annie die Hand auf die Schulter, „wir beide. Punkt."

„Das enttäuscht mich sehr." Jesus ließ die Unterlippe hängen, „wenn ich bedenke, wieviel Freiheit ich euch gelassen habe. Mehr als vielen – allen – anderen."

„Wie das? Indem du uns hast tun lassen, was Gott uns beauftragt hat, zu tun?"

„Viele glauben, sie wären von Gott beauftragt. Und sind es in Wirklichkeit nicht."

Geraldine lachte auf: „Ja – damit kennst du dich bestens aus, nicht wahr? Wobei... du glaubst es ja noch nicht mal. Du behauptest es einfach."

„Behaupten." Jesus strich sich übers Kinn, „das Stichwort, das uns zum Thema bringt. Ich nehme an, ihr habt Imrans Geschreibsel auch gelesen?"

Geraldine hob die Hände: „Nicht gut geschrieben, vielleicht. Aber sehr gut recherchiert."

„Wie man es nimmt. Er redet von Männern. Und dem weißen Mann. Hätte er richtig recherchiert, dann wüsste er, dass..."

„Der Bericht, den du gesehen hast, ist zensiert." unterbrach sie ihn, „weil ja nicht alle Menschen so offen sie wie du und wir. Wir haben die komplette Version. Und... wir haben die Beweise."

„Ihr habt Beweise?" Jesu Augen verengten sich, „wofür?"

„Die Beweise. Die im Bericht erwähnt werden. Fotos – von dir. Deine alte Giraffe."

Für einen kurzen Moment huschte etwas über Jesu Gesicht. Dann war es wieder verschwunden: „Wie schön für euch. Aber was nützt euch ein Beweisstück, wenn ihr nicht beweisen könnt, dass die Geschichte dazu wahr ist?"

„Das hast du doch selbst gerade zugegeben." entgegnete Annie.

„Auch dafür habt ihr keine Beweise."

„Vielleicht nicht. Aber wir können es trotzdem weitererzählen."

„Hm – ich denke, das werdet ihr nicht tun." Jesus legte die Fingerspitzen aneinander, „nein – ich bin mir sicher, das werdet ihr nicht tun."

„Da verschätzt du dich." konterte Geraldine und Annie setzte noch einen drauf:

„Aber das ist ja nichts Neues, nicht wahr?"

Jesus legte den Kopf schief: „Nichts Neues?"

„Wir haben so ein bisschen was gehört. Wir mögen Christopher nicht in alles einweihen, was wir tun. Er dagegen ist sehr gesprächig. Schon interessant, wie du die Fragen, die du nicht beantworten kannst, auf deine Pfarrergruppe abwälzt. Was denken sie wohl darüber?" Annie sah Jesus herausfordernd an – doch dieser zuckte nur die Achseln:

„Ist das wichtig?"

„Schon, irgendwie."

„Nein – ich meine: für mich. Sollte es mich interessieren? Ich bin ganz oben. Sie alle unter mir. Es ist egal, ob sie fünf sind oder fünfzig oder fünfhundert. Sie werden nicht gewinnen. Ich stehe als Sieger bereits fest. Also sollen sie denken. Und reden. Und machen. Es wird ihnen nichts nützen. Im Gegenteil: Je mehr Energie sie darauf verwenden, etwas gegen mich zu planen, desto weniger Energie muss ich aufwenden, wenn ich sie unterwerfe. Ein für alle Mal. Sie haben Hoffnung – die werde ich zerstören. Dann haben sie gar nichts mehr. Auch nichts, was sie mir entgegensetzen könnten."

Geraldine zog die Brauen hoch: „Ich finde es interessant, dass du so offen redest. Glaubst du wirklich, du kannst uns alle drei hier drin festhalten? Oder gar umbringen, wie du es mit Imran gemacht hast?"

„Das brauche ich gar nicht." antwortete Jesus ruhig, „ihr werdet nichts von dem wiederholen, was hier heute gesagt wurde. Das sagte ich doch bereits."

„Und wir sagten bereits, dass du dich da irrst."

Ein Grinsen erschien auf seinem Gesicht: „Ihr mögt mächtig sein. Aber sind es die Leute um euch herum auch? Eure Familien, eure Freunde? Könnt ihr jeden von ihnen beschützen?"

Geraldine spürte einen Kloß im Hals – schaffte es aber dennoch, fest zu klingen: „Deine Jünger werden keine Gewalt anwenden. Und deine Dämonenfreunde... können Menschen nicht töten."

Das Grinsen wurde breiter: „Ihr werft mir vor, dass ich mich verschätze. Dabei seid ihr die, die das tun. Ich gebe euch diese Warnung mit: Vergesst, was ihr wisst. Vernichtet, was ihr habt. Ansonsten werdet ihr einen teuren Preis dafür bezahlen."

„Das will ich sehen." fauchte Annie und er sah sie abschätzend an: „Bist du dir im Klaren, was du da sagst?"

„Voll und ganz."

„Dann..." Er seufzte, „wirst du es sehen. Ihr alle werdet es sehen."

Geraldine klopfte mit dem Fuß auf den Boden: „Wir warten."

„Hier drin?" kicherte Jesus, „nein. Das ist mein Büro. Hier finden keine Schandtaten statt."

„Ach, mach Sachen."

„Ich denke, ihr solltet jetzt gehen. Vielen Dank für dieses aufschlussreiche Gespräch." Er drückte einen Knopf und einen Moment später öffnete sich die Tür. „Wir wären dann fertig." erklärte er dem Jünger, der hereinblickte, und dieser deutete den drei Frauen, ihm zu folgen.

Auf dem Gang warteten weitere Jünger und gemeinsam brachten sie sie zum Ausgang. Auf halbem Weg kam ihnen Miguel entgegen. Der sie neugierig musterte, aber nichts sagte. Sie taten es ihm gleich. Es gab nichts, was sie ihm zu sagen gehabt hätten. Einige Minuten später standen sie draußen auf der Straße. Niemand schenkte ihnen Beachtung. Sie entfernten sich ein wenig vom Gebäude und setzten sie sich auf eine Bank.

„Kann mir einer von euch sagen, was das da drin sollte?" stieß Annie hervor, „das war mehr als sinnlos."

„Ja." nickte Geraldine, „der Gedanke kam mir auch schon. Ich habe keinen Plan."

„Ich auch nicht." Lili seufzte, „ich hoffe, Gott hat einen."

„Wäre gut." brummte Annie, „er ist der Einzige, der noch übrig ist."

Ein Mann, der einen Becher in der Hand hielt, lief an ihnen vorbei – und Geraldine griff instinktiv in die Hosentasche:

„Warten Sie – ich habe ein wenig Kleingeld."

Der Mann blieb stehen und musterte sie argwöhnisch: „Ihr kommt von da drinnen."

„Ja."

„Soll das etwa heißen, ihr glaubt an ihn?" fuhr er sie an.

„Nun... nein."

„Gut. Dann gerne."

Geraldine warf ein paar Münzen in den Becher.

Der Mann strahlte: „Danke.

„Bitte. Im Namen Jesu."

Sofort wurde seine Miene wieder finster. Er griff in den Becher und zog wahllos ein paar Münzen heraus: „Also doch. Behaltet es. Das Geld von Falschgläubigen will ich nicht."

„Des echten Jesus – dort oben im Himmel." erklärte Annie hastig und Geraldine setzte hinzu:

„Das war ungeschickt ausgedrückt – Entschuldigung. Wir nennen den da drin nicht Jesus."

„Richtig so." brummte der Mann und ließ die Münzen wieder in den Becher fallen, „ich hoffe, er schert sich weg. Leute wie ihn wollen wir hier nicht haben. Nicht in dieser Stadt. Nicht in diesem Land." Er drehte sich um und schlurfte davon.

„Puh." machte Annie laut, „wenigstens er glaubt das richtige. Oder zumindest nicht das falsche."

19

In seinem Büro saß Jesus derweil da und grübelte. Dann schloss er die Augen und sagte in seinem Kopf laut: ‚Ich brauche ein Zeichen'. Wieder kam keine Antwort. So grübelte er weiter. Bis es klopfte.

„Ja?" rief er.

Die Tür ging auf und Miguel kam herein.

„Du."

Miguel setzte sich: „Meine Freunde waren hier."

„Ich dachte, das wären sie nicht mehr."

„Das war ironisch gemeint."

„Natürlich."

„Was wollten sie?" erkundigte sich Miguel und Jesus schnaubte verärgert: „Was geht dich das an?"

„Vergiss nicht, dass ich dein Mittäter bin. Bei einer Sache, die garantiert auf ihrem Mist gewachsen ist. Es ist also genauso in meinem Interesse, sie vom Hals zu haben, wie in deinem."

Jesus atmete durch: „Da magst du Recht haben. Sie haben den Bericht. Eine Kopie davon."

„Natürlich haben sie das."

„Aber sie werden sie nicht nutzen."

„Das weißt du sicher." Miguels Miene verriet Skepsis – die Jesus sofort zu entkräften suchte:

„Sie sind mutig. Das muss man ihnen lassen. Aber sie werden sehen, was sie davon haben. Spätestens dann..."

„Soll ich mich darum kümmern?"

„Du? Nein." Jesus verzog spöttisch das Gesicht, „deine Freundin war ganz schön geschafft, letztes Mal. Dafür habe ich Profis."

„Wie du meinst." Miguel stand auf und ging. Jesus schüttelte genervt den Kopf. Dann drückte er erneut den Knopf. Diesmal dauerte es länger, denn die Jünger hatten nicht direkt vor der Tür gewartet. Schließlich war er allein. Er war schon kurz davor, ein zweites Mal zu drücken, als die Tür sich öffnete:

„Ja, Jesus?"

„Ich habe eine Bitte." erklärte er, „eine etwas... komische."

„Was denn?"

„Ich hätte gerne ein Stofftier."

„Stofftier?" wiederholte der Jünger verblüfft.

„Naja – diese Dinger, die..."

„Ich weiß schon, was das ist. Wofür denn?"

„Zum Verschenken."

„Okay. Was Bestimmtes?"

„Ja." Jesus blickte verträumt zur Decke, „eine Giraffe."

20

Auf dem Heimweg war es erneut Annie, die das Wort ergriff: „Das war kein Zufall, dass du dem Mann was gegeben hast, oder?"

„Nein, war es nicht." bestätigte Geraldine, „ich habe ihn erkannt."

„Aus der Horrorvision, in der die Gebäude von außen noch schlimmer aussahen und es drinnen noch schlimmer zuging."

„Genau daher."

„Da waren wir aber ziemlich weit von weg."

„Glücklicherweise. Und er auch. Damals... also... du weißt schon – da hat er uns beschimpft, weil wir nicht an den FC geglaubt haben. Jetzt war es genau andersrum."

„Also war es ein Test."

„Instinkt. Hm... ja – vielleicht ein Test."

„Ein Instinkt-Test."

„Zum Beispiel."

„Und was sagt er dir?"

„Dass wir auf einem guten Weg sind."

21

Die Dienerin schritt den Krankenhausflur entlang. Der Auftrag war sehr spontan gekommen und sie hatte nicht viel Zeit gehabt, sich darauf vorzubereiten. Da er zudem noch schnell ausgeführt werden sollte. Also war sie kurz die Informationen durchgegangen, die ihr vorlagen, und hatte entschieden, dass hier ihre beste Anlaufstelle war. Auch, wenn sie sich um beide einzeln würde kümmern müssen. Sie hatte wieder Begleitung – diesmal in Form einer untreuen Krankenschwester. Die schweigend neben ihr her schritt. Das war zwar nervig, aber auch nicht unpraktisch, denn so fiel sie weniger auf.

Sie betrat das erste Krankenzimmer. Annies Mutter lag friedlich da. Sie war allein. Das war gut. Jede Menge Geräte waren an sie angeschlossen, die allesamt piepten und blinkten. Und sofort Alarm auslösen würden, wenn sich jemand an ihr zu schaffen machte. Außer, man schaltete sie ab. Was genau das war, was die Dienerin vorhatte. Denn diese Geräte unterstützten ihre grundsätzlichen Körperfunktionen wie Atmung und Blutzirkulation. Gingen sie aus, ging auch sie irgendwann aus. Was ohne Alarm niemand mitbekam. Sie griff sich ein leeres Wasserglas, das auf dem Tisch in der Ecke stand, ging ins Bad, füllte es mit Wasser und trat wieder ans Bett. „Es tut mir leid, dass es so kommen musste." murmelte sie leise, als sie das Wasser vorsichtig in den Mehrfachstecker tropfen ließ, der die Geräte mit Strom versorgte. Es gab mehrere kurze Funken und Qualm stieg auf. Dann hörte ein Gerät nach dem anderen auf zu arbeiten. „Warum tut es dir leid?" fragte die Schwester, doch sie winkte nur ab. Sie legte ein Ohr auf die Brust von Annies Mutter. Es war kein Herzschlag mehr zu hören. Ganze vier Minuten verharrte sie so. Dann war sie sich sicher. Sie leerte den Rest des Wassers im Waschbecken aus, trocknete das Glas am Handtuch ab und stellte es wieder auf den Tisch. Dann deutete sie der Schwester, ihr zu folgen.

Sie fuhren zwei Stockwerke nach oben. Der Gang hier sah genauso aus wie der untere, das Zimmer in dem Annies Vater lag, war gleich das erste auf dem Flur. Das war gut, denn diesmal würde sie die Geräte nicht manipulieren können. Zwei identische Vorfälle praktisch gleichzeitig legten den Verdacht nahe, dass Absicht dahintersteckte. Bei nur einem würde man sich erst darüber Gedanken machen, ob jemand vom Personal unaufmerksam gewesen war. Annies Vater schlief, sein Zimmergenosse ebenfalls. Was bedeutete, dass sie in Ruhe zu Werke gehen konnte. Und er war auch an gar keine Geräte angeschlossen. Anscheinend bestand kein Grund mehr, ihn derart zu überwachen. Auch das war gut. Sie ging zu seinem Bett, nahm ein überzähliges Kissen von dem Stuhl daneben und drückte es ihm aufs Gesicht. Er schlief so fest, dass er sich gar nicht wehrte. „Es tut mir leid, dass es so kommen musste." murmelte sie erneut. Sie beobachtete das Heben und Senken seines Brustkorbes, wie es immer weniger und immer schwächer wurde. Und dann schließlich ganz aufhörte. Sie ließ das Kissen noch weitere zwei Minuten auf seinem Gesicht, dann nahm sie es weg, legte die Hand an seinen Hals und prüfte seinen Puls. Sie fand ihn nicht, ließ die Finger aber erneut vier Minuten an der gleichen Stelle. Dann war sie auch hier sicher.

Die Schwester begleitete sie bis ins Erdgeschoss, wo sie in die Toilette ging. Der gleiche Ort, an dem sie sie auch vorgefunden hatten.

„Warum tut es dir leid?" fragte die Schwester erneut.

Die Dienerin rollte mit den Augen: „Du lässt mich nicht gehen, ohne eine Antwort, hm?"

„Ist die Frage so abwegig? Ich will nur wissen, ob du noch bei der Sache bist."

„Das bin ich. Ich bin einfach nur enttäuscht."

„Enttäuscht." wiederholte der Dämon verblüfft.

„Es tut mir nicht leid, dass ich sie umbringen musste." klärte die Dienerin ihn auf, „es tut mir leid, dass ich sie in diesem Zustand umbringen musste." Ein Ausdruck des Verstehens erschien auf dem Gesicht der Schwester: „Weil sie wehrlos waren."

„Weil sie keine Herausforderung waren." nickte die Dienerin, „töten ist ein Sport. Sport soll Spaß machen. Und er macht keinen Spaß, wenn es zu leicht ist."

Die Schwester lachte trocken: „Deine Probleme sind nicht wie die anderer Leute."

„Deswegen bin ich hier und sie nicht."

„Das stimmt. Und jetzt solltest du ganz schnell nicht mehr hier sein."

„Genau das habe ich vor." sagte die Dienerin und verschwand.

22

„Ich bringe ihn um." war das Einzige, was Annie in den nächsten Tagen sagte. Ansonsten weinte sie viel. Oft an Michelles Schulter oder auf ihrem

Schoß. Im Krankenhaus hatte sie nichts gesagt. War nur wie in Trance hinter dem Chefarzt hergeschlichen, der sie alle am Eingang in Empfang genommen und dann in einen Besprechungsraum geführt hatte. Ihre Eltern hatte nur Annie allein sehen dürfen und das auch nur sehr kurz. Danach hatte sie sehr lange auf der Toilette verbracht. Würgend. Und keuchend. Geraldine hatte vor der Tür auf sie gewartet, Christopher währenddessen die Aufgabe übernommen, noch einmal mit dem Arzt zu reden. Dieser hatte von technischem Versagen gesprochen und von natürlichen Vorgängen, dabei aber so nervös gewirkt, dass Christopher das Bedürfnis verspürt hatte, aus ihm herauszukitzeln, ob es sich wirklich um seine offizielle Meinung handelte oder lediglich um Ausflüchte, die eine Klage oder größeres Aufsehen verhindern sollten. Am Abend im Haus hatte er ihnen schließlich eröffnet, dass der Arzt wirklich etwas verschwiegen hatte. Allerdings nicht aus Angst um sein Krankenhaus, sondern aus Rücksicht auf Annie. Und, weil er es sich faktisch nicht hatte erklären können:
„Er sagt, dass deine Eltern allem Anschein nach exakt zur gleichen Zeit gestorben sind. Er sagt, dass schon der Zustand deiner Mutter sehr seltsam und unerklärlich war, und dass die Theorie im Raum stand, dass zwischen ihnen eine Verbindung bestand, die so stark war, dass deine Mutter auf das reagiert hat, was deinem Vater passiert ist. Und als sie dann gestorben ist... hat er reagiert. Dafür gibt es keine medizinischen Belege. Aber es wäre nicht das erste Mal."
Das war der Moment gewesen, in dem Annie den Satz zum ersten Mal geäußert hatte. Leise. Fast unhörbar. Weder Christopher noch Geraldine hatten geantwortet und Michelle ihren Ansatz auf Christophers Blick hin unterdrückt. Ihnen allen war klar gewesen, auf wen Annie sich bezog und auch, warum. Sie alle hatten in die gleiche Richtung gedacht – schon, als der Anruf gekommen war. Das war es, was er ihnen angekündigt hatte. Jeder von ihnen hatte diesen Gedanken zunächst verdrängt, doch nun stand er im Raum – unumstößlich. Annies Ausspruch hatte ihn an die Oberfläche gebracht. Und gleichzeitig auch alles ausgelöst, was danach geschehen war. Geraldine war aufgesprungen und ohne ein weiteres Wort verschwunden. Michelle hatte ihr hinterher gewollt, Christopher sie erneut zurückgehalten. Er hatte auf Annie gedeutet und Michelle sich neben sie gesetzt und sie an sich gezogen. Christopher war mit dem Telefon in den Flur gegangen.

Hatte nacheinander Z, Steve, Johanna und Lili angerufen und sie gewarnt. Dass sie vorsichtig sein sollten. Auch und gerade, was ihre Familie anging. Z hatte ihn gebeten, Becka eine Nachricht zu schicken. Weil er davon ausging, dass sie die seinen nicht lesen würde. Christopher hatte sich darauf eingelassen, ohne zu diskutieren. Sie hatte nicht geantwortet, doch gelesen hatte sie sie – noch am selben Abend.

Geraldine hatte derweil zuhause Sachen von Nils in einen riesigen Koffer geworfen und zeitgleich ihre Eltern gebeten, das gleiche zu tun. Dann war Nils nach Haus gekommen und hatte sie konsterniert angestarrt.

„Bitte stell keine Fragen." hatte sie ihn gebeten – und er das postwendend missachtet:

„Verreisen wir?"

„Das war eine Frage. Bitte, Nils – keine. Tu einfach, was ich dir sage."

„So wie sonst auch immer." Er hatte den Kopf schief gelegt – und sie war vor ihm auf die Knie gegangen:

„Bitte. Bitte, bitte, bitte. Ich erkläre dir alles, wenn du in Sicherheit bist."

Dieser Ausspruch – kombiniert mit ihrer Geste – hatte ihm den Schweiß auf die Stirn treten lassen: „In Sicherheit?"

Doch Geraldine war nicht näher darauf eingegangen, sondern aufgestanden und hatte weitergemacht: „Geh ins Bad und schau, was du brauchst. Wenn du fertig bist, fährst du zu meiner Mutter. Sie wartet hoffentlich schon... Nein: Hol erst meinen Vater ab. Er ist bestimmt schneller mit packen fertig. Danach meine Mutter. Hier sind die Adressen. Sammel' sie ein. Und dann fahr irgendwo mit ihnen hin. Keine Ahnung, wo. Du wirst was finden. Was, wo wir noch nie zusammen waren."

„Da habe ich reichlich Auswahl." hatte er gemurmelt, ohne sich zu rühren. Worauf Geraldine explodiert war:

„Das ist kein Witz."

Beruhigend hatte er sie an den Schultern genommen: „Sag mir einen Satz."

„Der FC hat Annies Eltern umbringen lassen." hatte sie hervorgestoßen – und der Schweiß hatte sich an seinem ganzen Körper ausgebreitet. Mit zwei großen Sätzen war er im Bad gewesen:

„Ich bin schon weg."

Sie hatte ihm einen letzten Kuss gegeben, bevor er durch die Tür verschwunden war. Und die Anweisung, ihr zu schreiben, wenn er angekommen war, wo auch immer er hinfahren würde. Allerdings, ohne diesen Ort konkret zu benennen. Dann hatte auch sie Z und Lili angerufen, die ihr beide versichert hatten, dass sie Bescheid wussten und Vorkehrungen trafen.

Was in Zs Fall gelogen war. Er hatte keine Vorkehrungen treffen müssen. Weil es niemanden gab, um den er sich noch Sorgen machen musste. Die einzigen Verwandten, die ihm noch blieben, waren seine Eltern und Zachs Kinder. Letztere weilten in der Schweiz und waren damit aller Wahrscheinlichkeit nach in Sicherheit. Und erstere hatten ihn bei seinem Anruf gar nicht groß zu Wort kommen lassen. Sondern gleich verkündet, dass sie sich spontan entschlossen hatten, die Weihnachtsfeiertage in Neapel zu verbringen. Und ihn sowieso hatten anrufen wollen:

„Wir haben es so oft aufgeschoben. Und dieses Jahr haben wir keinen Grund zu feiern. Ich hoffe, du verstehst das. Du hast deine Leute. Wir wollen einfach mal raus."

„Schon." hatte er erwidert – gleichzeitig erleichtert und enttäuscht.

„Gut. Dann sehen wir uns im neuen Jahr."

„Schreibt mal."

Sein Vater hatte einen überraschten Laut von sich gegeben: „Postkarte?"

„Warum nicht?"

„Gut. Machen wir."

Seufzend hatte Z sich zurückgelehnt. Und einfach ausgeschlossen, dass man sie in den paar Stunden erwischte, die sie noch hier waren – oder auf dem Weg zum Flughafen. Annies Eltern waren – so schaurig das auch klang – leichte Ziele gewesen. So schnell konnte man bei Leuten, die nicht im Krankenhaus lagen, nicht reagieren. Eine leise Stimme hatte ihm zugeflüstert, dass das zu einem hohen Prozentsatz Wunschdenken war. Doch er hatte nicht anders gekonnt. Er hatte ihnen keine Angst machen wollen. Und sich selbst auch nicht.

Am darauffolgenden Tag hatten sowohl Geraldine als auch Z Nachrichten erhalten, dass ihre Liebsten wohlbehalten angekommen waren. Zs Eltern in Neapel und Nils mit Geraldines Eltern an einem geheimen Ort, den er von früher kannte. Geraldine hatte sich ihre eigenen Sachen geschnappt und war kurzerhand ins Haus gezogen. Sie hatte versucht, Lili undoder Z zu überreden, das gleiche zu tun. Doch Lili hatte Bibi nicht alleine lassen und Z alleine sein wollen.

So war sie nun hier und verbrachte die meiste Zeit im Wohnzimmer, wo Annie weiterhin dasaß und ihre Mordpläne vor sich hinmurmelte. Geraldine versuchte, auf sie einzuwirken, was nicht klappte. Am Tag nach ihrer Ankunft begann Annies Handy zu klingen. Und zwar unentwegt. Und da Annie nicht dran ging, übernahm Geraldine das für sie. Es ging um die Beerdigung – jedes Mal. Anscheinend hatten Bekannte aus der Gemeinde ihrer Eltern die Aufgabe übernommen, sich darum zu kümmern und wollten nun mit Annie darüber sprechen. Die ersten Male war Geraldine noch sehr höflich und erklärte, dass Annie nicht zu sprechen sei. Schließlich aber sagte sie ihnen deutlich, dass sie bitte von weiteren Versuchen absehen sollten. Was natürlich eine pikierte Reaktion hervorrief, für die sie sich anschließend bei Annie entschuldigte. Doch die schüttelte nur den Kopf und sagte weiterhin nichts.

23

Der Lärm der Sirenen war ohrenbetäubend. Dennoch dauerte es eine ganze Weile, bis sich Freddy bewusstwurde, dass sie nicht Teil seines Traums waren. Und noch länger, bis er sich gewahr wurde, dass sie ihm durchaus etwas zu sagen hatten. Das war keine Übung oder irgendein Aufruhr irgendwo da draußen. Das war ein Alarm. Für alle. Kathy hatte das um einiges früher registriert, doch ihre Reaktion darauf war von Grund auf falsch: Sie lief im Hotelzimmer auf und ab und versuchte krampfhaft, in Windeseile alle ihre Sachen in die beiden Koffer zu werfen, die offen auf ihrer Seite des Bettes lagen. Freddy mochte zwar müde und ein wenig langsam sein, doch eines wusste er sofort: Das war nicht die richtige Priorität. Sie hatten nichts dabei, was nicht ersetzt werden konnte. Sie mussten einfach nur raus. Also suchte er lediglich nach seinen Schuhen und packte sie dann am Arm:

„Lass es. Dafür ist keine Zeit und wir können es auch nicht so schnell tragen."

„Aber..."

Ohne weiter abzuwarten, zog er sie hinter sich her hinaus auf den Gang, wo die Leute genauso wild hin- und herliefen, wie sie das eben noch getan hatte.

„Was ist los?" rief er laut.

„Volcano." kam die Antwort in gebrochenem Englisch zurück. Mehr bedurfte es aber auch nicht – Freddy legte noch einen Zahn zu und Kathy hinter ihm wehrte sich nicht mehr. Sie sparte sich die Luft zum Atmen und hielt so mit ihm Schritt. So kamen sie schließlich auf die Straße und hier stellten sich keine weiteren Fragen mehr: Der Himmel war schwarz verhangen mit einer einzigen Staubwolke, die sich in einiger Entfernung bereits auszuregnen schien. Sie wandten sich in die Richtung, in der der Vulkan lag. Der ganze Berg schien rot zu glühen. Wie bei einem Springbrunnen trat Lava aus ihm heraus und floss dann in Strömen an ihm herunter. Aus allen Richtungen konnten sie Schreie vernehmen, doch um sie herum bewegte sich fast niemand. Alle waren viel zu gebannt von dem Schauspiel, das sich ihnen bot. ‚Ein tödliches Schauspiel.' schoss es Freddy durch den Kopf und so machte er das gleiche, das er zuvor schon auf dem Zimmer getan hatte: Er packte Kathy am Arm und zog sie hinter sich her. In die andere Richtung – weg von dem Vulkan. Leider ließ sich kaum jemand anstecken und zum Rufen hatte er keine Puste. So musste er sich kaum Sorgen machen, dass sie sich im Gedränge der panischen Massen verloren oder gar totgetrampelt wurden. Er musste eher aufpassen, dass er niemanden aus Versehen umrannte. Das leuchtende Rot, das der Berg verströmte, schien eine fast schon hypnotische Ausstrahlung auf die Leute um sie herum zu haben. ‚Wie Sodom und Gomorra.' kam es Freddy in den Sinn, ‚so wird man zur Salzsäule.' Doch er hatte nicht vor, zur Salzsäule zu werden, also tat er das, was auch Lot getan hatte: Er blickte nicht zurück. Sondern sah zu, dass sie weiterkamen. Und schneller waren. Schneller als die Lava. Was auch sehr gut klappte, denn der Lavastrom war zäh und daher nicht sonderlich schnell. Zumal sie einen guten Vorsprung hatten, den sie im Grunde nur halten mussten. Sie bauten ihn sogar weiter aus, was Kathy ihm zwischendurch immer wieder in abgehackten Sätzen mitteilte. Sie schaute wirklich ab und zu über Schulter. Aber er ließ sie nicht los und so passierte ihr nichts. Ihr Vorsprung wuchs also und das gab ihm ein Gefühl der Hoffnung. Falscher Hoffnung. Denn die Lava war nicht die einzige Bedrohung, die von dem Vulkan ausging. Es gab auch noch die giftigen Gase. Die sich beim Ausbruch zusammen mit der Lava entladen und dann – vollkommen losgelöst von ihr – verteilen. Wesentlich breiter gefächert und zudem wesentlich schneller. Die Wolke, die die beiden schon beim Verlassen des Hotels über sich gesehen hatten, bestand aus solchen Gasen und wurde durch den Vulkan immer weiter gefüttert. Am Anfang war sie noch relativ klein und weit oben am Himmel gewesen. Doch während sie wuchs, wurde sie nicht nur länger und breiter, sondern auch dicker. Sie legte sich wie eine Decke über die Stadt und das umliegende Land und stürzte sich auf alles, was sich bewegte. Natürlich gab es eine Menge Leute, die ihr entkamen. Denn auch sie brauchte eine Weile, bis sie sich ausgebreitet hatte und je weiter entfernt sich die Leute beim Ausbruch befunden hatten und je schneller sie auf ihrer Flucht vorankamen, desto grösser waren ihre Chancen. Die Chance von Freddy und Kathy dagegen war relativ gering. Sie hatten sich auf der dem Berg zugewandten Seite der Stadt befunden und waren außerdem zu Fuß unterwegs. Und damit zwar schneller als die Lava, aber langsamer als die Wolke. Es dauerte nicht lange, da wurden auch sie von der schwarzen Decke eingehüllt. Die das Atmen immer schwerer machte – was durch ihr rennen noch unterstützt wurde. Kathy konnte als erste nicht mehr. Weil sie durch den Mund atmete und die Gase daher viel intensiver aufnahm. Sie sackte einfach zusammen und mit einem Ruck kam Freddy zum Stehen. Er versuchte, sie wieder hochzuziehen, aber sie saß nur regungslos da und blickte ihn an. Ihre Augen waren bereits leicht glasig. Das war der Moment, in dem Freddy aufgab. Nicht, weil er keine Kraft mehr hatte oder das Gas ihn bereits lähmte. Er fühlte sich stark und hätte Kathy zur Not bis ans Ende der Welt getragen. Doch er erkannte, dass er die meiste Zeit des Weges nur noch einen leblosen Körper tragen würde. Kathy hatte den Kampf verloren. Und er würde sie nicht alleine lassen. Er würde den Kampf mit ihr verlieren. Sie war seine Frau und er liebte sie mehr als alles andere. So sank er auf die Knie und nahm sie in den Arm. Drückte sie ganz fest an sich. Kurze Zeit später spürte er, dass Kathy nicht mehr da war. Und drückte sie noch fester. Dann... war auch er nicht mehr da.

Politiker und Experten sprachen hinterher einhellig von der größten Katastrophe, die das Land je erlebt hatte. Die Zahl der Todesopfer schwankte enorm – je nachdem, wem man zuhörte. Die offiziellen Zahlen – die, die der Bevölkerung nicht genannt wurden –waren jedoch sehr genau und sehr erschreckend: Fast 42.000 Menschen hatten bei dem Ausbruch ihr Leben gelassen. Die Schuldigen waren schnell gefunden und der einsame Rufer in der Wüste auch. Erstere waren all die, die nicht auf letzteren gehört hatten – jenen Wissenschaftler, der schon vor langer Zeit versucht hatte, die Allgemeinheit von der bevorstehenden Gefahr zu überzeugen. Er war nun wieder ein gefragter Mann – über Nacht vom Buhmann zum Star. Jeder wollte ihn sehen, jeder wollte mit ihm reden. Er jedoch wollte niemanden sehen und mit niemandem reden. Denn ihm ging es wie so vielen anderen vor ihm, die eine riesige Katastrophe vorausgesehen hatten: Er wünschte sich nichts sehnlicher, als Unrecht gehabt zu haben.

24

Z war im Haus, als der Bericht von der Katastrophe in den Nachrichten kam. Wie erstarrt war sein Blick auf den Fernseher gerichtet. Es war Heiligabend und Geraldine hatte ihn dazu gezwungen, nicht alleine zu bleiben, sondern mit ihnen zu feiern. Sie hatte das Wort bewusst betont – denn sie wusste genau wie er, dass es keinen Grund zum Feiern gab. Die Nachrichten hatten sie angeschaltet, weil sie vermuteten, dass Jesus irgendetwas von sich geben würde. Was nicht der Fall war. Stattdessen sahen sie Neapel versunken in Asche. Und das bisschen Stimmung, das zuvor aufgekommen war – dank der vielen Kerzen, die Michelle aufgestellt hatte – war schlagartig verschwunden. Immerhin sorgte der Bericht dafür, dass Annie von ihrer Litanei abließ und zum ersten Mal seit Tagen etwas anderes sagte:
„Wollten deine Eltern nicht da hin?"
Z antwortete ihr nicht – Geraldine dagegen schon:
„Seine Eltern sind dort."
Annie ließ vor Schreck ihr Glas fallen: „Was?"
Wasser verteilte sich auf dem Teppich, was allerdings niemand beachtete, denn da Z die Pläne seiner Eltern nur im Telefonat mit Geraldine erwähnt

und sie sie nicht weitergegeben hatte, war das Entsetzen ob dieser Offenbarung allseits groß:

„Ruf sie an. Schnell."

Z war immer noch wie erstarrt. Erst, als Michelle ihn mit seinem Handy anstupste, reagierte er:

„Was? Ja. Ja..." Er nahm es. Und tat nichts damit. Also griff Michelle erneut danach, suchte die richtige Nummer und drückte auf den Wählknopf. Dann hielt sie Z das Handy ans Ohr, damit er das Tuten hören konnte. Doch es kam kein Tuten. Sondern eine Stimme mit dem Hinweis, dass der Teilnehmer nicht erreichbar war. Darauf reagierte Z auch. Indem er laut aufschrie. Geraldine legte ihm hastig die Hand auf den Arm:

„Das kann auch technische Gründe haben. Die Wolke, die da schwebt... da geht bestimmt nichts durch."

„Ja, das denke ich auch." schloss sich Christopher ihr sofort an, „wahrscheinlich versuchen sie selbst auch gerade, sich zu melden."

„So wie 10.000 andere Leute auch." setzte Michelle noch hinzu, aber Z hatte seine Bewegungslosigkeit nun gegen das genaue Gegenteil eingetauscht: Er sprang auf – und setzte sich wieder. Sprang erneut auf – und setzte sich wieder. Sprang ein drittes Mal auf – und wurde von Geraldine am Arm zurückgezogen:

„Lass uns ruhig bleiben."

Z wollte sich losreißen – daher kam Michelle verbal zur Hilfe:

„Damit hat der FC nichts zu tun – davon können wir mit Sicherheit ausgehen. Also waren sie nicht das Ziel in irgendeiner Weise. Ihnen geht es gut – da bin ich mir sicher."

„Ich mir nicht." entgegnete er abwesend.

„Das glaube ich dir. Aber Panik machen bringt nichts."

Er starrte sie an: „Du willst einfach weiter... ‚feiern'?"

„Nein." Sie schüttelte den Kopf, „ich will, dass wir alle die Augen zu machen und beten. Für die Opfer, die Überlebenden, deine Eltern, Geraldines Eltern, uns. Für die ganze Welt. Und dann will ich, dass wir uns auf andere Gedanken bringen. Sonst machen wir uns kaputt."

Daraufhin schloss Z wirklich die Augen: „Okay."

25

Die Beerdigung fand am Tag nach den Feiertagen statt. Geraldine fuhr Annie hin. Weil diese sonst gar nicht gefahren wäre. Und sie kamen auch nur bis zum Parkplatz des Friedhofs. Wo Annie eine größere Gruppe zusammenstehen sah, von denen sie einige zu kennen schien. Und sich daraufhin versteifte:

„Bitte, lass uns wieder umdrehen."

Geraldine kam vor der Einfahrt zum Stehen: „Umdrehen? Das ist die Beerdigung deiner Eltern."

„Meine Eltern sind tot. Ihnen ist das egal, ob ich da bin."

„Aber Annie..."

„Da sind lauter Leute, die ich von früher kenne. Aus der Gemeinde."

„Ja und?"

Annie drückte sich die Hände gegen den Mund: „Für die bin ich das kleine, dumme, freche Mädchen, das es seinen Eltern immer schwer gemacht hat und dann weggelaufen ist. Die hassen mich alle."

„Aber das weißt du doch gar nicht."

„Bitte, Geraldine. Ich will nicht die ganze Zeit angestarrt werden. Ich will mich in Ruhe verabschieden. Bitte lass uns später wiederkommen. Wenn alles vorbei ist."

Zweifelnd sah Geraldine sie an: „Bist du dir sicher?"

„Ja. Wirklich. Ja."

„Nun gut." Geraldine wendete und fuhr nach Hause. Weder Christopher noch Michelle sagten etwas und Annie verschwand sofort in ihrem Zimmer. Erst gegen Abend kam sie wieder zum Vorschein und nickte Geraldine mit verweinten Augen zu. Diese verstand sofort und nur wenige Minuten später waren sie erneut auf dem Weg zum Friedhof. Jetzt war er leer. Und dunkel. Sie brauchten lange, bis sie das Grab gefunden hatten.

„Soll ich dich alleine lassen?" erkundigte sich Geraldine vorsichtig – und Annie griff blitzartig nach ihrer Hand:

„Niemals."

„In Ordnung."

Geraldine hielt Annie fest, während diese still vor sich hin schluchzte. Dann kniete sie sich nieder:

„Das wird er büßen." flüsterte sie.

26

Am nächsten Tag fuhren sie zum Haus ihrer Eltern. Annie hatte so ein Gefühl, dass die eifrigen Leute aus der Gemeinde schon bald damit beginnen würden, es auszuräumen. Vielleicht riefen sie dann noch einmal bei ihr an, vielleicht auch nicht. Wenn sie ihre Weigerung, mit ihnen über die Beerdigung zu sprechen, als Desinteresse auslegten, eher letzteres. Schließlich wusste Annie nicht, inwieweit ihre Eltern ihre Versöhnung publik gemacht hatten.

„Ich will auch nicht viel." erklärte sie Geraldine auf dem Weg, „keine Möbel oder so. Nur schauen, ob es irgendwas gibt, was mir wertvoll erscheint. Sentimental wertvoll, meine ich."

„Es sind deine Eltern." gab diese zurück, „dein Elternhaus. Du brauchst dich nicht zu rechtfertigen. Aber nur so aus Interesse: Was passiert eigentlich damit?"

„Es geht an die Gemeinde. Als Spende. Haben meine Eltern so verfügt. Sie… wussten ja, dass ich weder Haus noch Geld brauche. Es soll wohl so eine Art ‚Hilfe-Haus' werden. Weiß nicht genau. Hab nur eine Mail bekommen vom Gemeindeleiter. Auf die ich nur sehr knapp geantwortet habe. Dass das okay ist."

Geraldine wartete im Wohnzimmer während Annie sich umschaute. Neben ihr stand die Kiste, in der sich zuvor Annies alte Sachen befunden hatten. Die nun in Annies Zimmer im Haus auf dem Fußboden lagen. Sodass die Kiste ein weiteres Mal gefüllt werden konnte. Doch es waren nur sehr wenige Dinge, die Annie in den nächsten Stunden anschleppte und darin verstaute. Als letztes öffnete sie – einem spontanen Impuls folgend – den Wohnzimmerschrank. Und fand darin einen alten Kassettenrekorder:

„Auf dem habe ich früher Benjamin Blümchen gehört. Und die drei Fragezeichen."

Geraldine lächelte: „Das waren noch Zeiten."

„Nanu?" Annie hielt mitten in der Bewegung, den Rekorder einzupacken, inne. Und stellte ihn dann stattdessen auf den Tisch.

„Was denn?" erkundigte sich Geraldine.

„Da ist eine Kassette drin. Mit meinem Namen drauf."

„Vielleicht hast du mal was aufgenommen?"

Annie schüttelte den Kopf: „Bestimmt nicht."

„Oder deine Eltern dich." überlegte Geraldine und Annie machte große Augen:

„Oder meine Eltern für mich."

„Mach es an." Geraldine tippte auf die ‚Play'-Taste, drückte sie allerdings nicht herunter. Annie ebenso wenig:

„Sicher?"

„Ich kann auch im Auto warten."

„So ein Blödsinn. Ich meine nur... was, wenn es eine geheime Botschaft ist?" Geraldine runzelte die Stirn: „Hier im Haus. Von deinen Eltern."

„Von dem Dämon. Was, wenn er mir das aufgenommen hat, bevor wir gekommen sind."

„Und dann hat er es im Schrank versteckt."

„Es war nicht versteckt."

„Annie – alles, was er an Botschaft für uns hatte, hat er uns gesagt."

„Du hast Recht. Gut." Annie seufzte, „hören wir es uns an."

Sie drückte die ‚Play'-Taste. Erst war nur Rauschen zu hören. Dann erklang die Stimme ihrer Mutter:

„Hallo Annie. Das ist das erste Mal, dass ich das sage. Ich hoffe, du verzeihst mir, dass ich es vorher nie getan habe...

„...und mir auch." war ihr Vater zu hören, „hallo Annie..."

„Wir wollen dir danken für die Zeit, die wir mit dir haben durften. Und dafür, dass du gesagt hast, dass du wiederkommen wirst. Vielleicht sehen wir uns noch oft, nachdem wir das hier aufgenommen haben..."

„...hoffentlich..."

„...aber wenn du das hier hörst, haben wir uns zum letzten Mal gesehen. Die Hintergründe dessen verstehst du jetzt schon besser, als wir es jemals konnten. Wir scheinen eine besondere Familie für Gott zu sein. Wenn auch nicht so, wie wir uns das wünschen würden. Doch darüber wollen wir jetzt nicht reden...

„...nein, darüber nicht..."

„Ich will etwas ganz anderes sagen. Etwas, das ich dir eigentlich persönlich sagen möchte. In zwei Wochen ist Weihnachten und ich habe große Hoffnung, dass du dann bei uns bist…"

„…oh ja, das wäre schön…"

„…aber man weiß nie, was kommt. Wenn ich es also sagen konnte, nimm diese Kassette einfach als Erinnerung. Dass du es dir immer wieder anhören kannst, wenn du willst. Wenn nicht, sage ich es jetzt: Du hast sehr viel Zeit damit verbracht, deinen Freunden dein Leben zu erzählen. Ausgedachte Geschichten. Echte Erinnerungen. Aber es gibt eine Erinnerung, die du ihnen nicht erzählt hast. Weil du dich nicht daran erinnern kannst. Ich dagegen schon. Sehr gut sogar. Es war der Tag deiner Geburt. Einige Wochen vorher – das weißt du – war meine Mutter gestorben. Ganz plötzlich, im Urlaub. Sie war schon lange sehr krank gewesen. Bereits ein Jahr zuvor hatten die Ärzte ihr kaum noch Chancen eingeräumt. Wir rechneten täglich mit ihrem Tod. Doch die Nachricht, dass wir ein Kind erwarteten, gab ihr neue Kraft. Sie wollte dich unbedingt noch sehen. Nur einmal auf dem Arm halten. Das war ihr letztes großes Ziel. Sie hat es nicht geschafft. Nur um ein paar Tage hat sich dich verpasst. Und bis heute denke ich mir, wenn wir sie nicht hätten wegfahren lassen, hätten wir es vielleicht verhindern können. Hätten wir ihr noch ein bisschen mehr Kraft geben können. Ich habe viel geweint an diesen Tagen. Sehr, sehr viel. Dann gingen die Wehen los. Und mit einem Mal überkam mich etwas: Vorfreude. Auf ein neues Leben. Dein Leben. Meine Mutter hatte diese Welt verlassen. Meine Tochter würde sie nun betreten. Wir waren noch dabei, ihre Sachen zusammen zu räumen, als es losging. Meine Tränen liefen weiter. Doch es waren nicht mehr Tränen der Trauer. Es waren Tränen des Glücks. Zwei Stunden später warst du da. Das ist ein Moment, den ich nie vergessen werde. Den ich mitnehmen werde, wenn ich selbst diese Welt verlasse. Der Arzt legte dich in meinen Arm…"

„…in meinen auch. Danach…"

„…keine Minute alt. Du machtest die Augen auf und sahst mich an…"

„…mich auch…"

„…in diesem Moment war ich der glücklichste Mensch der ganzen Welt…"

„…ich auch…"

„…und ich wünschte, er würde nie vorbei gehen. Und unzählbar oft in meinem Leben – immer dann, wenn wir am weitesten voneinander entfernt waren – habe ich ihn mir wieder zurückgeholt. Wenn du in deinem Zimmer gesessen hast. Körperlich so nah warst – und geistig doch so fern. Diesen Moment puren Glücks. Ich danke Gott dafür. Dass ich ihn erleben durfte. Ich weiß, dass du die Art, wie wir an Gott glauben, nie annehmen konntest. Ich mache dir keinen Vorwurf deswegen. Du kamst in eine andere Zeit. Wir kamen aus einer anderen Zeit. Es ließ sich nicht vereinbaren. Du hast ihn gefunden. Auf deine Art. Das ist alles, was zählt. Aber ich hoffe für dich, dass du auch einen solchen Moment hast. Oder ihn noch erleben wirst. Einen Moment, in dem du die Herrlichkeit Gottes vor dir sehen kannst. Sie dich anblickt und du sie. Das wünsche ich dir von ganzem Herzen. Vielleicht hilft dir mein Moment dabei, deinen eigenen zu finden. Oder an ihm festzuhalten. Ich habe dich von der ersten Sekunde an geliebt. Ich habe nie in meinem Leben einen Menschen mehr geliebt als dich…"

„…ich auch nicht…"

„…ich habe dir das nie so gesagt. Und das ist ein Versäumnis, das mich die letzten Jahre mehr geplagt hat als alles andere. Auch als du jetzt hier warst, habe ich es nicht über die Lippen gebracht. Dabei ist es so eine wunderschöne Vorstellung, dich dabei in den Armen zu halten. Dich anzuschauen. Und von dir angeschaut zu werden. Das könnte mein zweiter perfekter Moment sein. Einer am Anfang deines Lebens, einer vor dem Ende meines Lebens. Ich hoffe, ihn noch erleben zu dürfen. Wenn du das hörst, und ich habe es dir nicht gesagt, habe ich ihn verpasst. Und das tut mir unendlich leid."

„…mir auch. Sehr."

Nicht nur Annie liefen Tränen an den Wangen herab. Auch Geraldine konnte nicht anders. Sie hielten sich eine Weile fest, dann packte Annie den Rekorder in die Kiste und streckte Geraldine die Hand entgehen.

„Was?" fragte diese unsicher.

„Hochziehen. Ich dich. Ich will gehen. Dieses Haus bietet mir keine schönen Erinnerungen mehr. Alles, was ich brauche, ist da drin." Annie klopfte auf die Kiste – und dann auf ihre Brust, „und da drin."

Geraldine schniefte laut: „Dann hat es sich gelohnt."

„Oh ja. Das hat es."

27

Z war wieder da, als sie ankamen, und saß mit Christopher und Michelle im Wohnzimmer. Er schien nicht mehr so sehr daran interessiert zu sein, seine Zeit alleine zu verbringen. Geraldine setzte sich dazu. Annie brachte die Kiste in ihr Zimmer, räumte die Sachen vom Fußboden wieder mit hinein und gesellte sich dann ebenfalls zu ihnen.

„Was gefunden?" erkundigte sich Z.

Sie nickte: „Ja. So einiges. Und du? Was rausgekriegt?"

Er schüttelte den Kopf: „Noch nicht."

„Wird. Bestimmt."

„Es macht mich wahnsinnig. Ich kriege sie einfach nicht ans Telefon."

Michelle legte einen Finger an den Mund: „Die Bilder von der Stadt sehen aus, als wäre sie komplett weg. Wenn sie also rausgekommen sind – und davon gehe ich mal aus – sind sie wahrscheinlich irgendwo in der Walachei. Oder haben ihr Handy sogar verloren."

Z legte die Stirn in Falten: „Beide?"

„Wenn du vor Lava flüchtest, nimmst du nichts mit."

„Das ist wahr."

„Wir hoffen weiter." schloss sich Christopher seiner Frau an, „und beten weiter."

„Und ich würde euch gerne noch etwas sagen." Annie blickte unsicher in die Runde – und alle anderen erwartungsvoll zurück:

„Was denn?"

Sie atmete tief ein: „Ich spüre in den letzten Tagen immer wieder, wie sich in mir Dinge verändern. Wie Gedanken, die ich für Träume hielt, zu Wahrheiten werden. Und wie die vermeintlichen Wahrheiten, mit denen ich so lange gelebt habe, zu Träumen verkommen. Verblassen. Verschwinden. Der Dämon wollte mich quälen, als er mir das erzählt hat. Er wollte mich brechen. So wie er Geraldine brechen wollte mit der Geschichte von ihrem Geburtstag. Aber genau wie bei ihr hat er bei mir genau das Gegenteil erreicht. Der Schleier ist verschwunden, würde ich es mal blumig ausdrücken. Ich sehe mein Leben jetzt klar. Und das, was ich sehe, ist wunderschön. Okay – nicht wunderschön. Aber wesentlich besser. Da war so viel Schmutz, so viel Ekel, so viel... bitte hier in Gedanken ein drittes Wort einsetzen, das dazu passt. Ich habe es alles erzählt, habe es mir vergeben lassen, habe es verarbeitet, so gut ich konnte. Aber es stand für mich außer Frage, dass es jemals komplett vergehen würde. Jetzt tut es das. Ich mag nicht viel haben, womit ich es ersetzen kann. Wie auch? Wenn ich wirklich meine komplette Kindheit im Dunkeln in meinem Zimmer verbracht habe, kann da gar nichts sein. Aber diese Vorstellung – dass es alles nur Hirngespinste waren – das ist so befreiend. Ach... ich hab nichts mehr."

Michelle griff ihre Hand und drückte sie: „Das reicht. Das reicht wirklich."

„Ich freue mich für dich." Christopher lächelte ihr zu – und sie zurück: „Danke."

„Mach weiter so. Bis alles weg ist."

„Wird. Von ganz alleine."

Sein Lächeln griff auf Geraldine über: „Umso besser."

28

Aus der Ungewissheit wurde Gewissheit: Im Internet wurde eine Liste mit den Namen der Verstorbenen aus Neapel veröffentlicht. Z musste bis ganz zum Ende scrollen, dann fand er sie. Seine Eltern. Fast eine Stunde saß er vor dem Bildschirm und starrte ihre Namen an. Dann schaltete er den Bildschirm einfach aus, stand auf, ließ sich aufs Bett fallen und blieb dort liegen, bis ihn am nächsten Mittag schließlich der Hunger übermannte. Also aß er so viel er herunterbekam. Und legte sich dann wieder hin.

29

Sarah stand am Fenster und blickte hinaus in die Dunkelheit. Ihr war gar nicht wohl bei dem Gedanken, dass ihr Mann dort draußen umherlief. Hier im Feriendorf war man zwar einigermaßen sicher, aber so wie sie ihn kannte, kletterte er unter Umständen wieder irgendwo herum und am Ende brach er sich irgendetwas. Sie war sowieso nicht begeistert davon gewesen, dass er um diese Uhrzeit noch hatte vor die Tür gehen wollen. Überhaupt hatte er sich in den letzten paar Tagen sehr komisch benommen. Erst die spontane Ankündigung, das neue Jahr hier oben einzuläuten anstatt gemütlich zuhause – wo definitiv genug Schnee lag, um Männer zu bauen und Schlachten zu machen; und auch genug Eis zur Verfügung stand, um darauf zu fahren. Oder zumindest zu rutschen. Die ganze Zeit über hatte sie die Vermutung gehabt, dass mehr dahintersteckte, hatte zunächst aber nichts gesagt, da sie eine Überraschung für ihre Enkel vermutete. Die auf jeden Fall eine solche verdient hatten. Die letzten paar Monate waren nicht freundlich zu ihnen gewesen und sie hatten so einiges durchgestanden, wovon es sich zu erholen galt. Immer noch. Auch wenn sie selbst da gerne anderes behaupteten. Sie spielten stark – vor allem dem Paar gegenüber, bei dem sie jetzt wohnten. Und das war auch in Ordnung so. Doch an ihr – der Oma – war es, zu erkennen, ob das wirklich stimmte oder nicht. Und sie war der festen Überzeugung, dass es nicht stimmte.

Bisher war die erhoffte Überraschung leider ausgeblieben und sie war froh, dass sie ihren Enkeln gegenüber im Vorfeld nichts in die Richtung angedeutet hatte – sonst wäre die Enttäuschung inzwischen wahrscheinlich ziemlich groß. Stattdessen genossen sie es hier und das war zumindest besser als nichts. Auch heute hatten sie wieder den ganzen Tag draußen getobt und so abwesend ihr Mann momentan geistig sein mochte, musste sie ihm doch zugutehalten, dass er sich trotz seiner zunehmenden körperlichen Beschwerden nicht zu schade war, dabei mitzumachen. Er trug sie durch die Gegend, wenn sie das wollten – immer nur eine, verstand sich. Er ließ sich bewerfen und warf im Gegenzug natürlich absichtlich daneben. Er rollte stundenlang Schneekugeln hin und her, bis sie grösser waren, als er selbst und sie die oberen Teile des Schneemanns nicht einmal mehr aufsetzen konnten. Kurzum – er gab sich alle Mühe, es seinen Enkeln so schön wie möglich zu machen. Im Grunde hätte also alles in Ordnung sein können.

Wäre da nicht die Abwesenheit. Die sich seit ihrer Ankunft auch immer wieder von geistig auf körperlich verlagert hatte. Mehrere Male war er ohne sie bei der Rezeption gewesen – hatte darauf bestanden, alleine zu gehen. Und anschließend kein Wort darüber verloren, was er dort gemacht hatte. Und nun war er da draußen. Im Stockdunkeln. Alleine. Oder... eben auch nicht. Denn bei all der Geheimniskrämerei lag der Schluss nahe, dass er hier jemanden zu treffen gedachte. So viel konnte sich Sarah dann doch noch alleine zusammenreimen. Wer das sein könnte – da hörten ihre Reimkünste allerdings auf. Sie hatte keinen blassen Schimmer. Eine andere Frau konnte es nicht sein – so viel war sicher. Ihr Mann war treu. Immer gewesen. Selbst bei seiner Ex-Frau, die ihm jeglichen Grund geliefert hatte, es nicht zu sein. Er hatte es trotzdem durchgezogen – so lange, bis sie schließlich von sich aus davongelaufen war. Er war sehr traurig gewesen, als Sarah ihn kennengelernt hatte, und sie hatte sich alle Mühe gegeben, ihn wieder aufzurichten. Was sie geschafft hatte. Seitdem lebten sie eine Beziehung, die zu 100% auf gegenseitigem Vertrauen und Ehrlichkeit beruhte. Weswegen sie genau wusste, dass er keine heimliche Affäre hatte. Und weswegen es sie sehr beunruhigte, dass er auf einmal Dinge nicht erzählte. Sie beschloss, ihn zur Rede zu stellen, sobald er zurück war.

Während sie noch aus dem Fenster starrte in der Hoffnung, ihn irgendwo zu erblicken, hörte sie einen leisen Knall, der aus großer Entfernung und von weiter oben zu kommen schien. Aus Richtung des Berggipfels. Dann noch einen. Und dann – etwas verzögert – noch einen. Sie wunderte sich noch darüber, ob sich dort oben um diese Zeit wirklich jemand aufhalten konnte, als ihre Gedanken von einem anderen Geräusch abgelenkt wurden: einem leisen, tiefen Grollen. Es dauerte eine ganze Weile, bis ihr Verstand es wirklich so bewusst wahrnahm, dass sie sich darauf konzentrierte. Als sie das tat, merkte sie schnell, dass das Geräusch anschwoll. Immer mehr. Es wurde lauter und lauter. Und schließlich machte es ‚Klick' in ihrem Kopf. Das war das Geräusch, von dem sie von klein auf erzählt bekommen hatte. Das Geräusch, das sie nie in echt hatte hören wollen. Das Geräusch, das den Tod ankündigte. Eine Lawine. Panik stieg in ihr auf. Die sie zunächst lähmte. Viel zu lange. Doch dann schaffte sie es, sie abzuschütteln. Von außerhalb ihres Zimmers konnte sie Türen knallen hören. Und schnelle Schritte auf dem Flur. Auch sie kam nun in Bewegung. Riss die Tür auf, stürmte auf den Flur und zum Nachbarzimmer. Die Tür stand offen, das Zimmer war leer. Also hatten ihre Enkel es früher erkannt als sie. Und genau richtig gehandelt und die Flucht ergriffen. Jetzt musste nur noch sie hinterher. Sie rannte den Flur entlang – so wie viele andere auch, was ihr das Vorankommen deutlich erschwerte. Es dauerte lange, bis sie die Vorhalle erreichte. An der Eingangstür hatte sich ein Stau gebildet. Sie war nicht dafür gebaut, dass alle Bewohner des Hotels gleichzeitig versuchten, ins Freie zu gelangen. Und die Leute waren so in Panik, dass sie nicht mehr in der Lage waren, eine ordentliche Reihe zu bilden. Sie drückten und drängelten. Quetschen sich aneinander vorbei und behinderten sich so gegenseitig. Sarah eilte zu einem der Fenster, um nachzusehen, ob ihre Enkel schon draußen waren. In der Vorhalle konnte sie sie nicht entdecken, also bestand eine gute Chance, dass sie es bereits ins Freie geschafft hatten. Sie ließ den Blick durch die Scheibe schweifen. Und erstarrte. Ihre Enkel sah sie nicht. Dafür sah sie ihren Mann. Mit einer anderen Frau. Sie saßen eng umschlungen auf der Bank vor dem Eingang zum Hotel und schienen sich ihrer Umgebung ganz und gar unbewusst zu sein. Sie wirkten wie frisch Verliebte, die sich aus der Realität komplett ausgeklinkt hatten. In Sarah stieg ein Gefühl der Hoffnungslosigkeit auf, das nicht einmal durch die Lawine hätte hervorgerufen werden können. Die ihr genau in diesem Moment wieder in den Sinn kam. Sie wandte den Blick Richtung Berg – doch sie musste gar nicht so weit schauen. Die Lawine war da. Und begrub die Häuser auf der anderen Straßenseite unter sich. Dann begrub sie ihren Mann und seine heimliche Freundin. Und dann – erreichte sie das Hotel. Sarahs letzter Gedanke, bevor sie weggerissen wurde, war ein trauriger: Ihr Mann war ihr nicht treu geblieben. Und diese Erkenntnis schmerzte sie in den letzten Sekunden, die ihr noch blieben, mehr als ihr eigener Tod.

Die Lawine wälzte sich bis ins Tal hinab und verschlang auf dem Weg dorthin noch viele andere Häuser. Die meisten Bewohner hatten ihre Zeit allerdings besser genutzt und sich in Sicherheit gebracht. So lag die Zahl der Todesopfer am Ende nur bei 72. Was nicht wirklich ein Grund zum Feiern war. Doch wenn man sich vor Augen führte, wie viele Menschen es hätte treffen können, war es dennoch Glück im Unglück.

30

Erst im neuen Jahr sahen die anderen Z wieder. Sie hatten schon Vermutungen angestellt, woran das liegen mochte. Denn eigentlich hatte er an Sylvester vorbeikommen wollen. Und sie lagen richtig damit – das konnten sie an seinem Gesicht ablesen. Weshalb sie nichts fragten. Und es ihm ersparten, etwas sagen zu müssen. Allerdings trafen sie die

Entscheidung, Z wieder im Haus einzuquartieren. Er hatte ganz eindeutig zu viele Schicksalsschläge hinter sich gebracht in der letzten Zeit und es konnte nicht gut für ihn sein, damit alleine fertig zu werden. Zumal er auch seine Treffen mit Steve inzwischen eingestellt hatte. Darauf sprachen sie ihn nicht an. Doch als er wieder versuchte, sie abzuwiegeln, als es darum ging, seine Einsamkeit aufzugeben, duldeten sie keinen Widerspruch. Christopher begleitete ihn nach Hause, wo er die nötigsten Sachen holte. Er bekam das letzte freie Zimmer. Und zog sich natürlich erst einmal zurück.

31

Es wurde nicht viel gesprochen in den folgenden Tagen. Schon wieder musste eine Beerdigung organisiert werden und wieder übernahmen es Leute aus der Gemeinde. Die sich allerdings von Anfang an in Zurückhaltung übten und Z lediglich eine E-Mail schrieben, ob es etwas gab, was er sich wünschte. Er wusste ein paar Dinge, die seine Eltern hatten haben wollen und gab diese weiter. Danach klinkte er sich aus. Sogar aus dem Serien schauen. Annie verbrachte viel Zeit mit ihm auf der Couch. Hielt ihn fest. Oder saß einfach nur mit ihm da. Sie konnte nachvollziehen, was er fühlte und da er das zu spüren schien, wehrte er sich nicht und ließ sich ab und zu sogar von sich aus darauf ein. Bis zur Beerdigung, die er über sich ergehen ließ. Es waren sehr viele Bekannte da und er schüttelte jede Hand. Konnte sich hinterher aber an keinen einzigen von ihnen erinnern. Und ab dem Tag danach war er kaum noch im Haus zu sehen. Er verabschiedete sich vor dem Frühstück, ohne ein Ziel zu nennen, und kam nach dem Abendessen wieder zurück. Manchmal schaute er dann mit Christopher wieder etwas. Manchmal unterhielt er sich mit den anderen. Aber was genau er den Tag über tat – dazu äußerte er sich nicht.

32

Die anderen verbrachten die Zeit ohne ihn meistens in der Küche. Was sich eingebürgert hatte in den Tagen, an denen Annie mit Z das Wohnzimmer

eingenommen hatte. Geraldine versuchte immer wieder, das Thema ‚FC'
auf den Tisch zu bringen und wurde jedes Mal von Christopher abgewürgt.
Bis es ihr schließlich zu bunt wurde:

„Wir können nicht einfach so tun, als hätte es seine Drohung nicht gegeben.
Wir müssen etwas unternehmen."

„Werden wir auch." entgegnete Christopher, „aber blind drauflos rennen
hat noch nie zum Erfolg geführt. Das habt ihr bereits getan und jetzt schau,
was dabei herausgekommen ist."

Geraldine starrte ihn fassungslos an: „Willst du damit etwa sagen, wir
sind... wir sind schuld daran, dass Annies... das Zs... das kann doch nicht
dein Ernst..."

„Mir geht es nicht um Schuldzuweisung." unterbrach Christopher sie ruhig,
„mit geht es darum, jetzt die richtige Entscheidung zu treffen. Und bevor
ich weitermache, erst nochmal: Wir reden hier nur von Annies Eltern. Zs
Eltern sind einer Naturkatastrophe zum Opfer gefallen. Das ist niemandes
Schuld. Nicht mal die des FC. Okay? Gut. Dann weiter: Der Knackpunkt ist,
dass ihr eine Vision hattet, dass ihr zu ihm gehen sollt. Ihr wart euch sicher,
ich glaube euch das. Aber Gottes Pläne beinhalten niemals, dass
unschuldigen Menschen Schaden zugefügt wird. Also ist irgendwas
schiefgegangen. Und der erste Ansatzpunkt dafür ist – leider – eure
Vorgehensweise. Ihr seid einfach losgestürmt. Ohne jeglichen Plan. Das war
definitiv unvorsichtig. Und daraus solltet ihr eine Lehre ziehen. Für das
nächste Mal."

„Das... nächste Mal?" Annie schluckte laut.

„Ihr sollt dreimal zu ihm gehen. Aber ihr wart erst einmal da. Also müssen
noch zweimal kommen. Und auf diese zwei Male sollten wir euch... nein:
uns besser vorbereiten als das beim ersten Mal der Fall war. Damit wir kein
Detail übersehen. Und keinen Fehler falsch verstehen. Also... machen –
nicht machen... ihr wisst, was ich meine."

„Aber..." Annie blickte konsterniert drein, „heißt das denn dann, dass...
dass das erste Mal schiefgehen... musste?"

„Nein." Christopher schüttelte den Kopf, „das denke ich nicht. Zumindest
nicht in diesem Ausmaß. Wenn es heißt, ihr braucht drei Runden, dann ist
klar, dass ihr nicht nach der ersten schon gewonnen habt. Denn wozu
sollten die anderen beiden dann dienen? Ich glaube eher, dass es so sein soll

– sollte – dass ihr in jeder Runde quasi einen Teil erledigt. Ein Tor aufschließt. Oder eine Tür. Oder... ist alles das gleiche. Sowas in der Art."
Geraldine wiegte den Kopf hin und her: „Du sagst ‚sollte'."
„Ja. Weil wir eben nicht wissen, ob – neben all dem Bösen, was euer erster Besuch als Konsequenz mit sich gebracht hat – auch das Gute passiert ist, das passieren sollte. Unmöglich ist es nicht – schließlich reden wir hier von Gott. Aber ich persönlich sehe nichts."
„Ich auch nicht." Geraldine biss sich auf die Lippen und Annie neben ihr ließ den Kopf hängen.
„Allerdings muss das nichts heißen." fuhr Christopher fort, „denn es ist ja gar nicht gesagt, dass es für uns überhaupt etwas zu sehen gegeben hätte – selbst wenn es nicht zur Katastrophe gekommen wäre. Gott arbeitet im Verborgenen. Das mag hierbei so sein und dann kriegen wir es erst ganz am Ende mit. Beziehungsweise: Selbst wenn der erste Einsatz wirklich ein Misserfolg war, muss das nicht heißen, dass die ganze Mission gescheitert ist. Dreimal hingehen bedeutet drei Chancen. Die erste habt ihr unter Umständen verloren. Aber zwei bleiben noch. Beim Fußball kann man noch 2:1 gewinnen, auch wenn man schon 0:1 in Rückstand liegt."
Michelle begann zu kichern: „In so gut wie allen anderen Sportarten auch."
„Ja. Richtig."
„Aber du hast Recht." Sie sah Geraldine und Annie ernst an, „zwei Runden – zwei Siege. Das ist die neue Devise. Daher verordne ich ab jetzt eine massive Erhöhung des täglichen Nachdenkanteils. Bei allen, die sich beteiligen wollen. Finden wir den Fehler. Oder das Detail. Oder was auch immer."
„Eine Strategie." schlug Geraldine vor.
„Ja – zum Beispiel."
„Und ich würde gerne noch etwas ergänzen." Christopher schürzte die Lippen, „wir sollten nicht nur mehr nachdenken, sondern auch mehr beten und hören. Denn beim Denken kriegen wir nur unsere eigenen Ideen. Beim anderen Ideen von Gott. Und ich glaube, in diesem Fall bringen die uns eher weiter."

33

Die ersten Treffen waren fruchtlos gewesen und so langsam verlor Katiana zwar nicht die Geduld, aber zumindest die Hoffnung, dass sich daran noch etwas ändern würde. Dass Bibi sich ihr öffnen würde. Anfangen würde zu reden. Über mehr als belanglose Dinge, die rein gar nichts mit ihrem Leben oder ihren Problemen zu tun hatten.

Doch genau das geschah. Und das sogar ohne jeglichen für Katiana ersichtlichen Grund. Bibi fing einfach an. Zu reden. Redete und redete. Und hörte gar nicht mehr auf:

„Ich kann mich noch genau an den Tag erinnern, an dem ich das erste Mal gekifft habe. Was erstaunlich ist, wenn man bedenkt, an wieviel, was danach passiert ist, ich mich nicht mehr erinnern kann. Teilweise sogar an Sachen, die letzte Woche passiert sind. Aber wahrscheinlich sind es die eindrücklichen Dinge, die bleiben. Das war eindrücklich. Vor allem das Gefühl. Das fand ich geil. Das wollte ich wieder. Immer wieder. Es war auch so ein bisschen Rache. Wenn das das richtige Wort ist. Meine Eltern fanden Lili immer toller als mich. Bessere Noten, mehr Erfolg – und so. Sie haben sie gelobt – und mir haben sie das vorgehalten. Dabei war ich gar nicht schlimm oder schlecht. Ich hatte einfach andere Interessen als Musik und Sport. Doch das hat sie nicht interessiert. Und als ich dann den ersten Zug nahm, da ging mir dieser Gedanke durch den Kopf: ‚Jetzt bin ich endlich so, wie sie es schon lange behaupten.' Das hat sich gut angefühlt – irgendwie. Richtig. Verrückt, oder? Natürlich ist es bei diesem einen Mal nicht geblieben. Es wurde immer mehr. Bis ich irgendwann Joints rauchte wie andere Zigaretten. Gut – jetzt ist das in einem gewissen Alter vielleicht nicht unbedingt etwas Besonderes. Das ist so eine Phase, da machen alle Quatsch. Aber bei den meisten geht diese Phase vorbei. Bei mir nicht. Und daran war Lili schuld. Habe ich damals zumindest gesagt. Sehr lange eigentlich, wenn ich recht überlege. Ist noch nicht lange, dass ich es nicht mehr sage. Wie dem auch sei: Lili bekam eine Gabe. Von Gott. Das muss man sich mal vorstellen. Da reicht es nicht aus, dass sie schon in den Augen aller Menschen um uns herum etwas Besseres war als ich – das muss sie unbedingt vor Gott auch noch sein. Wir sind katholisch, sollte ich vielleicht anmerken. Immer schon gewesen. In der tausendsten Generation. Also war mir durchaus bewusst, dass man manche Dinge nicht versteht, die Gott tut. Aber dass er einen Menschen dem anderen bevorzugt, war mir nicht nur neu – es widersprach gänzlich allem, was ich von ihm glaubte. Und das war der Moment, wo es richtig angefangen hat. Lili hatte eine Gabe. Und alle fanden sie nur noch toller. Weil es auch eine so tolle Gabe war. Andere konnten Bilder sehen, die angeblich die Zukunft zeigten oder sowas. Nett, lustig, abstrakt, unbrauchbar. Aber Lili konnte heilen. Das ist was, oder? Heilen. Ich meine... wenn ich mir etwas aussuchen könnte, was ich gerne als Gabe hätte – dann wäre es genau das. Arzt sein – ganz ohne Ausbildung. Und das mit durchschlagendem Erfolg. Teilweise sogar im selben Moment. Eben noch krank – jetzt schon gesund. Tut was weh? Hier, meine Hand. Weg? Sehr gut. Das ist doch das Krasseste, was es gibt. Und Lili war – wie in allem – sehr gut darin. Wo auch immer sie hinkam – wenn da einer krank war, war er es hinterher nicht mehr. Wahnsinn. Da konnte man echt nur staunen. Und genau das haben die Leute auch. Sie haben gestaunt. Und gelobt. Und gefeiert. Und ich stand daneben und war unsichtbar. Und irgendwann stand ich nicht mehr daneben – weil ich einfach nicht mehr dabei sein wollte – und es hat nicht mal jemand gemerkt. Keiner hat gefragt: ‚Wo ist denn deine Schwester?' Nein – Lili war die, die die Leute wollten. Nicht ich. Und das hat zweierlei bewirkt in mir: Einmal war da der Gedanke: ‚Ich habe etwas, womit ich mich abhebe – und die Meinung der anderen über mich bestätigen kann. Mache ich es genauso wie sie – setze ich noch einen drauf.' Und dann war da das Wissen von meinen Freunden, dass das Gefühl, was man beim Kiffen hat, bei anderen Sachen noch krasser ist. Und das hörte sich gut an, denn gute Gefühle bekommen gegen die schlechten, die da waren – das war genau das, was ich wollte. Also bin ich umgestiegen. Auf die harten Sachen. Was man mir natürlich angemerkt hat. Meine Eltern sind ausgerastet. Und Lili hat mich schnurstracks auf ihre Patientenliste gesetzt. Aber das wollte ich beim besten Willen nicht. Ich meine... wo kommen wir denn da hin? Wenn sie ihre wundervollen Kräfte, die mich so wütend machen, dann auch noch für mich einsetzt. Dafür dann Lob erntet. Nein – ging gar nicht. Ich habe mich gewehrt. Und sie es aufgegeben. Bis eines Tages etwas passiert ist. Denn... es wurde nicht besser. Die guten Gefühle waren da. Für die Zeit, wo das Zeug hielt. Wenn es abklang – furchtbar. Aber nicht nur das. Das ist ja das Normale. Bei mir war es schlimmer. Denn ich wurde schlimmer. Zusätzlich noch. Ich hatte immer schlechte Laune. War immer aggressiv. Laut, pampig, reizbar. So sehr, dass meine Eltern mich irgendwann nicht mehr in der Wohnung haben wollten. Mussten sie auch nicht mehr, denn ich war volljährig. Aber wo sollten sie mich hin packen? Ich ging nicht mehr in die Schule – ich war rausgeflogen. Aber ich hatte keinen Job oder Ausbildungsplatz. Also musste ich bleiben. Das war schlimm für sie. Und für mich noch schlimmer. Lili hatte eine Ausbildung. Und eine kleine Wohnung. Sie hat mir die Couch angeboten. Ich habe ‚Nein' gesagt. Sie hat mir das Bett angeboten. Ich habe ‚Nein' gesagt. Und da haben sie das Einzige gemacht, was ihnen noch einfiel: Sie haben mich gepackt und in die Kirche geschleift. Nicht zum Priester, sondern zum Seelsorger. Der schier ausgetickt ist, als er mich gesehen hat. Aber nicht wegen der Drogen, sondern... naja – du kannst es dir wahrscheinlich denken. Er hat Lili am Ärmel gegriffen. Sie wollte eigentlich raus. Ich sollte ja alleine mit dem Typen sprechen. Aber er hat sie festgehalten und auf sie eingetuschelt. Und ihre Augen sind grösser und grösser geworden. Dann hat er gesagt: ‚Du musst etwas tun.' Sie hat ihn angestarrt, aber er hat beharrt, dass sie das kann. Also hat Lili sich vor mich gestellt und irgendwas gemurmelt – daran kann ich mich nicht mehr erinnern – und auf einmal ging es mir ganz anders. Besser. Leichter. Schöner. Keine Ahnung, wie man dieses Gefühl beschreiben soll. Lili hat den Seelsorger angeschaut und der meinte: ‚Er ist weg.' Ich habe kein Wort verstanden. Aber ich wollte einfach nur heim und schlafen und glücklicherweise – zumindest in meinen Augen – hat er Lili ein zweites Mal gepackt und gezischt: ‚Nimm sie mit und komm nie wieder hierher.' Das war das letzte Mal, dass wir in der Kirche unserer Eltern waren. Lili hat sich eine neue gesucht. Ich nicht. Aber es ging mir wirklich besser. Und irgendwie war auch mein Ärger weg. Vielleicht, weil sie mir geholfen hatte. Gegen meinen Willen – aber es hatte etwas gebracht. Keine Ahnung. Auf jeden Fall war erstmal alles gut. Ich bin wirklich zuhause raus und bei ihr eingezogen. Sie hat mir geholfen, Bewerbungen zu schreiben und ich habe echt etwas gefunden. Nichts Dolles, aber es war okay. In vielen Momenten hat mein Körper nach den Drogen geschrien – oder ist es der Geist, der da schreit? Aber das wollte ich nicht mehr, also habe ich mich durchgequält. Das hat eine Weile gehalten. Dieses bessere Leben. Die Ausbildung lief, mit unseren Eltern gab es Annäherung – alles war okay.

Doch dann habe ich einen großen Fehler gemacht. Ich habe Lili gedrängt, mir zu erzählen, was genau damals in der Kirche vorgefallen war. Sie wollte erst nicht. Hat sich ziemlich lange geziert. Aber ich hatte den längeren Atem und das war in diesem Moment eine schlechte Sache. Sie hat es mir erzählt. Und ich bin von 100 auf 0. Erinnere dich – wir sind katholisch. Besessen von einem Dämon? Das ist so ziemlich das Allerschlimmste, was dir hier auf Erden passieren kann. Der ultimative Abschuss. Ich war am Boden zerstört. Sie hat noch versucht, es zu retten. Hat mir versichert, dass niemand es weiß. Erst recht nicht unsere Eltern. Und dass ich nicht die Einzige bin. Dass unter denen, die sie im Laufe der Zeit geheilt hatte, auch einige gewesen waren, von denen sie das wusste. Durch andere Leute, die sie sehen konnten. Aber das half mir nicht. Es hatte mich getroffen. Mich. Ich hatte ein Bild von meinen Augen: Sie war der Engel – ich war der Dämon. Die Rollen waren verteilt. Und ich ergab mich in meine. Noch am selben Abend stand ich bei einem meiner ehemaligen Freunde vor der Tür. Ich hatte sie seit dem Erlebnis in der Kirche nicht mehr gesehen und wurde nicht sonderlich freundlich begrüßt. Aber als ich sagte, was ich wollte, ging das schnell vorbei. An diesem Abend fing ich wieder an. Und es begann ein Kreislauf: Ich nehme Drogen – der Dämon kommt – Lili macht ihn weg. Doch im Gegensatz zum ersten Mal stellte sich das Gefühl der Freiheit hinterher nicht mehr ein. Weswegen der Kreislauf auch kaum unterbrochen wurde. Wenn er weg war, war ich zwar klarer im Kopf. Aber das reichte gerade aus, um mir bewusst zu machen, was für ein schlechter Mensch ich war. Und schon fing es wieder an. Ich schleppte mich durch die Ausbildung und bekam sie irgendwie fertig. Ich war ja auch nicht rund um die Uhr high. Nur dann, wenn es ging. Ich glaube, meine Kollegen und meine Chefin haben nicht mal was gemerkt. Es kamen nur ab und zu Fragen, ob ich viel feiere. Da habe ich was von Schlafstörungen gemurmelt und das Thema war erledigt. Nun ja – ich muss jetzt nicht jede Runde ausführen, die wir gedreht haben. Es ging einfach so weiter. Bis Lili ihren Mann kennengelernt hat. Toby. Das war ein Aufruhr. So schnell wie die beiden habe ich noch nie ein Paar zusammenkommen sehen. Ich meine... das erste Mal, wo ich ihn überhaupt getroffen habe, hat sie ihn als ihren Freund vorgestellt. Und ich weiß genau, dass wir uns nur ein paar Tage vorher noch drüber unterhalten hatten, dass wir beide fürchteten, als alte Jungfern zu sterben. Das ging wirklich ruckzuck. Aber gut – die beiden passten auch wie Topf und Deckel. Der Hammer. Und das hat mich wieder munter werden lassen. So richtig, meine ich. Ich habe mich freiwillig auf eine Therapie eingelassen und bin von dem Zeug weggekommen. War nicht einfach, aber ich glaube, trotzdem wesentlich weniger hart als viele andere das beschreiben. Das scheint meine Gabe zu sein: Süchte loswerden ohne viel Stress. Wie auch immer – ich wollte auch so einen. Er hatte keinen Bruder, aber ich war der festen Überzeugung, dass da draußen noch ein weiterer solcher Mann rumrennen muss. Dieser Ansicht war ich lange. Heute hat sich das gelegt. Dafür warte ich einfach schon zu lange. Das heißt – inzwischen warte ich schon gar nicht mehr. Das habe ich aufgegeben. Und mich damit abgefunden, dass er eben doch einmalig ist. Und ansonsten die Klischees gelten: Frauen wollen reiche Männer, Männer wollen schöne Frauen. Mehr ist da nicht. Und alle Männer, die nicht reich sind, und alle Frauen, die nicht schön sind, bleiben entweder allein oder nehmen sich untereinander und führen dann Beziehungen, die auch nicht reich und nicht schön sind. Hauptsache, man hat jemanden. Das ist nicht mein Ding. Dann lieber alleine. Aber ich schweife ab. Es ging wieder einige Zeit gut. Die Ausbildung war fertig und ich wurde übernommen. Das war schön. Ich kam in meine Lieblingsabteilung. Das war noch schöner. Wieder war alles in Ordnung. Und dann hat Lili schon wieder alles versaut. Und diesmal ganz ohne mein Zutun. Eines Tages kam sie an und meinte: ‚Kannst du die Wohnung mit deinem Gehalt auch alleine bezahlen?' Ich dachte mir erst nichts Böses. Einfach, dass die beiden heiraten. Was auch gestimmt hat – das haben sie. Aber es kam noch besser: Sie sind ins Ausland gegangen. Nach Amerika. Wo genau hin, weiß ich nicht mehr. Müsste Süd gewesen sein – denn in Nord ist ja nur die USA. Und warum? Wegen seinem Job. Ich meine... 50.000 Kilometer weit weg. Um dort etwas zu machen, was er hier genauso hätte tun können. Das muss man sich mal vorstellen. Mann, war ich sauer. Zur Hochzeit haben unsere Eltern mich gezwungen und ich habe direkt nach der Kirche etwas eingeworfen, um den restlichen Tag zu überstehen. Bin trotzdem als erste gegangen. Und habe kein Wort mehr mit den beiden geredet, bis sie abgereist sind. Dann waren sie weg. Und Lili hat mir mehrmals die Woche Mails geschrieben. Wie es mir ginge und dass sie mich vermisst. Solchen Kram halt. Ich habe nicht geantwortet. Bis sie irgendwann angefangen hat zu schreiben, dass sie sich große Sorgen um mich macht. Da dachte ich: ‚Das sollte ich unterbinden. Denn sonst kommt sie wieder. Aber ich will sie nie wieder sehen.' Also habe ich doch geantwortet. Dass es mir wunderbar geht und alles toll läuft und ich sie gar nicht vermisse, weil ich viele neue Freunde habe. Ich habe es natürlich nicht so aufgetragen, dass es unglaubwürdig klang. Klappte auch – sie beruhigte sich. Aber in Wirklichkeit ging es mir natürlich gar nicht gut. Inzwischen hatte ich raus, dass Geld verdienen wichtig ist. Also habe ich weiterhin aufgepasst, dass auf der Arbeit niemand was merkt. Ich war halt irgendwann die Granteltante – aber damit konnte ich leben. Denn ich hatte ja wirklich keine Lust auf Gespräche. Abends habe ich mir ein bisschen was gegönnt. Und am Wochenende richtig viel. So ging das ziemlich lange. Vier, sechs, acht Monate. Genau weiß ich es nicht mehr. Irgendwann kamen sie auf jeden Fall wieder. Lili stand urplötzlich vor meiner Tür und hat mich erschreckt. Und ich sie. Das klingt jetzt blöd. Was ich meine: Mein Anblick hat sie entsetzt und ihr Anblick mich. In dem Moment war auch meine Wut auf sie komplett weg. Weil ich sie so noch nie gesehen hatte. Wieder habe ich sie bedrängt, mir zu erzählen, was los sei. Wieder wollte sie nicht. Und diesmal war ich klüger: Ich habe sie gelassen. Habe einige gezielte Fragen gestellt: Sie war weder geschieden noch verwitwet noch todkrank – das reichte mir erstmal. Ich weiß bis heute nicht, was vorgefallen ist. Sie hat es nie von sich aus angesprochen und ich habe mich gehütet, nochmal zu fragen. Aber es muss irgendetwas total Traumatisches gewesen sein – das steht für mich fest. Denn sie hat sich danach komplett abgeschottet. Von der Kirche, von der Arbeit, sogar von ihren Freunden. Für uns beide war das aber gut. Denn wie gesagt: Meine Wut war weg. Und kam auch nicht mehr zurück. Es hat natürlich auch geholfen, dass Lili gleich nach meiner Fragerunde wieder zu brabbeln angefangen hat und ich gleich darauf zu kribbeln – also: es in mir zu kribbeln. Ich wusste natürlich, was sie tut. Und habe nichts Besonderes erwartet. Doch diesmal war es anders. Nicht so wie beim ersten Mal. Aber doch besser als all die Male danach. Ich fühlte mich... friedlich. Wir hatten einen einigermaßen schönen Abend danach. Wenn man bedenkt, in was für einem Zustand wir beide waren. Aber wir haben uns ausgesprochen und verziehen und wurden wieder richtige Schwestern. Und seitdem... ist das Leben eigentlich fast in Ordnung. Aber eben nur fast. Und es ist anders. Für mich besser anders. Für Lili eher nicht. Sie hat ein einziges Mal jemanden geheilt – oder von einem Dämon befreit – keine Ahnung, eins von beiden. Das war kurz nach ihrer Rückkehr. Und auch nicht wirklich freiwillig. Gott hat sie zu ihm hin geschubst, würde ich es bezeichnen. Aber sonst... bin ich die Einzige, der sie noch hilft. Sie macht nichts mehr. Erzählt es auch niemandem mehr. Wenn wir irgendwo jemand treffen, der krank ist, wird sie ganz still und verkriecht sich praktisch in sich. Das ist total traurig. Jetzt bin ich oft die, die ihr wieder auf die Beine hilft. Toby tut das natürlich auch. Wahrscheinlich noch öfter als ich. Weil er mehr mitkriegt. Gerade so abends, wenn es dunkel wird. Das ist für mich die schlimmste Zeit. Weil da wirklich immer Dämonen zu kommen scheinen. Und ich glaube, dass ihr das auch so geht. Aber weißt du, was komisch ist? Schlimm, vielleicht sogar? Ich bin richtig ein bisschen froh, dass es jetzt so ist, wie es ist. Nicht mehr: ‚Sie strahlt da oben irgendwo rum und ich liege da unten irgendwo in der Dunkelheit.‘ Sondern wir sind beide in der Mitte. Und helfen uns gegenseitig. Was jetzt echt wunderschön klingt. Natürlich ist es das nicht. Sie hat Angst. Viel zu viel, wenn du mich fragst. Für einen normalen Menschen. Der an Gott glaubt. Zwar katholisch ist, sich von der Angst, die da teilweise verbreitet wird, aber nie hat anstecken lassen. Irgendetwas nagt an ihr. Und eigentlich muss das weg. Und an mir nagt auch was. Nicht überraschend für dich, vermute ich mal. Und was, das ist kein Geheimnis. Ich bin einfach nicht so stark, wie ich gerne wäre. Die Drogen haben mich nicht unter Kontrolle. Ich sie aber auch nicht. Es gibt immer wieder Schübe. Rückfälle. Momente, wo ich mich hilflos fühle – und wo wieder etwas passiert. Ich etwas nehme. Und wenn ich das erstmal einmal getan habe, dann beginnt wieder der Kreislauf: Drogen – Dämon – Lili. Ich kann es fast voraussehen. Oder ahnen. Wenn mich etwas umhaut. Der Tod unserer Mutter war sowas. Oder als meine Firma pleite gegangen ist. Ich habe inzwischen was Neues – keine Panik. Aber das waren Situationen, wo ich in mir gespürt habe: ‚Das überstehe ich nicht ohne.‘ Und dann habe ich zugegriffen. Oder andere Momente, wo einfach sehr lange nichts war. Ich sehr lange davon weg war. Und dann merke ich, dass in mir drin etwas das will. Sagt: ‚Das war zu lang. Es muss wieder sein.‘ Auch da bin ich nicht stark genug. Und der Kreislauf beginnt. Das ist bis heute so. Die Abstände werden länger. Das ist gut. Es gab länger keinen Schicksalsschlag mehr. Der

letzte war, dass Lili sich verstecken musste. Das hat mir zugesetzt. Da konnte ich nicht mehr. Aber die Geschichte kennst du schon. Das war meine erste Begegnung mit deinen Dark Knight-Mädels. Und danach hatte ich die bisher längste Phase, wo nichts passiert ist. Und da war es dann so, dass der Drang einfach zu groß wurde. Das war meine zweite Begegnung mit ihnen. Seitdem... nichts mehr. Aber... wer weiß, wie lange noch? Das ist auch der Grund, weshalb ich heute hier all meinen Mut zusammengenommen habe, dir mein Leben zu erzählen. Nächste Woche ist der Tag. Der Tag X. Ich sollte vielleicht sagen: Ich führe einen Kalender. Jeden Tag, an dem nichts passiert, hake ich ab. Damit ich auch zählen kann, wie die Abstände grösser werden. Am Anfang fand ich das gut. Es war schön, Fortschritte zu sehen. Aber inzwischen... erfüllt es mich mit Schrecken, wenn der Tag sich nähert, an dem es beim letzten – oder beim längsten – Mal schiefgegangen ist. Das ist der Tag X. Nächsten Mittwoch ist es soweit. Dann halte ich es so lange ohne aus, wie noch nie zuvor, seit ich angefangen habe. Und ich habe solche Angst. Dass es länger nicht geht. Dass der Tag X auch gleichzeitig der Tag 0 sein wird. Davor graut es mir. Und deshalb: Bitte. Bitte hilf mir."
Katiana sagte so lange nichts, dass Bibi sie schließlich anstupste. Katiana schreckte auf: „Oh. Entschuldigung."
Bibi verzog das Gesicht: „Habe ich dich gelangweilt?"
„Beim besten Willen nicht." entgegnete Katiana vehement, „du hast nur einfach so lange und so ohne Pause geredet, dass ich nicht geschnallt habe, dass du fertig bist."
„Bin ich."
„Gut. Dann... erstmal: Ich versichere dir hiermit, dass ich alles in meiner Macht Stehende und in meinen Fähigkeiten Liegende tun werde, um dir zu helfen. Und schiebe noch zur weiteren Beruhigung hinterher, dass ich dabei auch auf die Kraft und Fähigkeiten von einem zurückgreifen werde, der von beidem mehr hat als ich."
„Dein Mann?" hakte Bibi nach.
„Haha." Katiana zog eine Schnute und Bibi lachte auf:
„Ich kann auch Scherz."
„Das freut mich sehr. Und an manchen Punkten hättest du damit sogar Recht. An anderen dagegen..."
Bibi lachte erneut: „Ihr ergänzt euch."

„Genau das tun wir. Aber ich meine..."

„...Gott. Du meinst Gott."

„Ja." nickte Katiana, „den meine ich. Den werden wir gemeinsam bitten, dass er mithilft. Und das wird er tun. Das weiß ich. Aber... ich muss ein ‚Aber' hinterherschieben: Es geht hier ja nicht nur um deine Seele. Um Sünde und Wunden und so. Es geht auch um Sucht. Und das ist nun mal auch eine körperliche und geistige Sache. Für die ich nicht geschult bin. Du wirst also wahrscheinlich nicht drum rum kommen, dich nochmal jemand anders anzuvertrauen."

Bibi stöhnte auf: „Das hatte ich befürchtet."

„Wir können gerne sehen, wie weit wir hier kommen. Aber spätestens, wenn du merkst, dass es in dir wieder brodelt und dein Widerstand zu brechen beginnt, muss das sein. Je früher, desto besser. Jetzt gleich – am besten."

„Jetzt gleich?"

„Also..." Katiana drehte den Zeigefinger im Kreis, „so schnell wie möglich."

„Kennst du da jemanden?"

„Hattest du nicht schon jemanden?"

„Ja." Bibi verdrehte die Augen, „in so einer Klinik. Die waren professionell und effektiv. Wie Maschinen. Ich hätte viel lieber einen Menschen."

„Kann ich verstehen. Und ja – wir haben ein großes Team in der Gemeinde und da sind auch Leute dabei, die sich mit Süchten beschäftigen. Das sind halt nur Halbprofis. So wie ich keine echte Psychologin bin."

„Aber du bist fähig." erklärte Bibi und Katiana lächelte erfreut:

„Danke."

„Bitte. Wenn sie das auch sind..."

„Das sind sie." versicherte Katiana schnell.

„Dann will ich da jemanden."

„Gut. Dann werde ich ein bisschen telefonieren und schauen, was sich einrichten lässt. Denn... als Halbprofis haben sie natürlich alle Jobs und machen das nur nebenbei."

„Schon klar." winkte Bibi ab, „Danke."

„Bitte."

„Was machen wir jetzt noch?"

„Hm…" Katiana überlegte kurz, „du hast viel geredet und mindestens mal ich bin davon erschöpft."

„Ich auch."

„Dann sollten wir einfach nur noch beten. Dass du die Zeit gut überstehst, bis wir uns wiedersehen."

„Okay… wann wäre das?"

„Morgen um die gleiche Zeit?" fragte Katiana und Bibi blinzelte verwundert:

„So schnell?"

„Willst du nicht?"

„Doch. Klar. Ich dachte nur…"

„Nicht ausschließlich sowas zu machen, hat auch Vorteile. Flexibilität ist einer davon. Und ich denke: Gerade, wenn dein großer Tag naht und wir beide wollen, dass er wirklich ein großer Tag wird – ein Grund zum Feiern und kein Grund zum Klagen – dann sollten wir versuchen, so intensiv wie möglich zu arbeiten. Wenn das täglich geht…"

Bibi kratzte ich am Kinn: „Teilweise habe ich abends auch Termine. Aber an den anderen Tagen…"

„Gute, schöne, nette Termine?" erkundigte sich Katiana vorsichtig.

„Ja."

„Ohne die Gefahr, dass dich das Verlangen packt?"

„Würde ich sagen."

„Dann ist das auch gut. Alles, was dich auf andere Gedanken bringt, hilft. Aber wenn du etwas merkst, handle. Melde dich. Auch, wenn du unterwegs bist."

„Du gehst aber wirklich ran." schmunzelte Bibi.

„Du bist auch ein harter Fall." gab Katiana zurück, „da muss das sein."

Das gefiel Bibi nicht so sehr: „Wirklich? So hart?"

„Im Gefüge der Welt sicherlich nicht. Für mich schon. Normalerweise sitzen hier Leute, die Geld veruntreut oder ihren Partner hintergangen haben. Sachen, die schnell abzulegen sind. Weil sie eben keine Sucht sind. Und du hast den Druck ja auch mitgebracht. Wenn du bei unserem ersten Treffen gleich den Mund aufgemacht hättest, hätten wir wesentlich mehr Zeit und Ruhe gehabt, uns auf den ‚heute so lang wie noch nie'-Tag vorzubereiten. Jetzt muss das halt schnell gehen."

„Ja – habe verstanden." Bibi schnitt eine Grimasse, „auch den Wink mit dem Zaunpfahl."

„War kein Wink." erwiderte Katiana, „war ein Schlag auf den Kopf."

„So hat es sich auch angefühlt."

„Sollte es." Katiana sah sie eindringlich an, „magst du nicht. Ich auch nicht. Ist aber notwendig. Denn: Du willst davon weg. Für immer. Nimm das Alter, wann du angefangen hast, ziehe es von deinem jetzigen Alter ab – dann hast du die Zahl, wie lange du damit schon rummachst. Und dann nimm nochmal das Alter, wann du angefangen hast und vergleiche: Welche Zahl ist höher?"

„Die mit." kam es ohne jegliches Zögern. Was Katiana durchaus erwartet hatte:

„Ganz genau. Du hast mehr Zeit deines Lebens mit Drogen verbracht als ohne. Dieses Verhältnis kannst du wieder umkehren. Aber nur, wenn du alles in den Griff kriegst. Deine Gefühle, deine Gedanken. Das Verlangen. Die Sehnsucht. Die einfach nur Sucht. Und auch diese Einstellung, schwere Lebenssituationen nicht ohne ‚Hilfe' meistern zu können. All das muss sich ändern. Und das tut es nicht, wenn du nur 50% dabei bist oder es leicht auf eine Schulter nimmst. Du musst es schwer nehmen – auf beide Schultern. Dann bist du 100% dabei. Und das muss sein. Jetzt habe ich es eben absichtlich falsch gesagt: Du musst nicht alles in den Griff kriegen. Sondern wir. Für dich. Das ist dein großer Vorteil: Du bist nicht allein. Du hast mich. Plus dann bald noch jemand. Du hast deine Schwester. Und ihren Mann. Und eventuell Freunde und Kollegen. Du hast auch meine Superheldinnen, wenn du das willst. Sie mögen manchmal anstrengend sein – wenn ich mich mit ihnen unterhalte, bin ich anschließend auch sehr oft erschöpft – aber sie sind tolle Menschen. So wie deine Schwester. Und – Überraschung – so wie du. Haben dir im Leben vielleicht noch nicht viele Menschen gesagt. Aber ich sage es dir: Du bist wertvoll. Keine Einschränkung, kein ‚Aber' und erst recht kein Vergleich zu anderen. Deine Schwester mag eine Gabe haben. Aber du hast nicht keine Gaben. Du hast nur andere. Du hast es am Anfang selbst gesagt: Deine Interessen sind anders. Unter Umständen nicht so gut vorzeigbar. Aber du darfst – sollst – musst – dich genauso viel wert fühlen wie jeder andere auch. Auch deine Schwester. Und ich finde nichts Schlimmes dabei, dass du es schön findest, dich mich ihr auf einer Ebene zu fühlen. Schlimm ist, dass es Tragödien sind, die euch beide dorthin geführt haben. Aber wenn du die deine bewältigst und sie die ihre, dann könnt ihr weiterhin auf einer Ebene sein. Ohne die Schatten um euch rum. Willst du das?"

Bibi seufzte tief: „Sehr, sehr gerne."

„Nun denn... dann würde ich sagen: jetzt ausruhen und morgen: Vollgas."

34

24 Jahre war es bereits her, dass Milan über die Grenze nach Serbien gekommen war. In einem Tanklaster, unter der Sitzbank. Der Fahrer hatte das natürlich gewusst und eine Menge Geld dafür bekommen. Milan hatte ihm erzählt, dass das alles Geld war, was er besaß und der Fahrer war zwar gierig gewesen, hatte aber trotzdem nicht versucht, ihn weiter zu schröpfen. Er hatte das Geld genommen, sich bedankt und ihn versteckt. Und dann sicher über die Grenze gebracht. Milan hatte ihm erzählt, dass er ein armer Mann war, der in der Fremde sein Glück versuchen wollte. Und das hatte der Fahrer ihm geglaubt. Was in erster Linie daran lag, dass Milan wusste, wie man sich zu geben hatte. Und kein Problem damit hatte, das auch zu tun. Nicht einmal davor zurückschreckte, seine teuren Klamotten derart herzurichten, dass man sie für billig hielt und ihm die Rolle des Verarmten auch wirklich abnahm. Vielen anderen wären ihre Besitztümer zu schade gewesen. Zu zerstören oder gar aufzugeben. Milan hatte diesen Fehler nicht. Er hatte alles zurückgelassen. Ohne große Probleme. In Serbien angekommen hatte er sich durchfüttern lassen und das sehr erfolgreich. Weil die Leute dort eines hatten, worauf er von Anfang an spekuliert hatte: Mitleid. Eine Ausgeburt ihres schlechten Gewissens. Wie sie es in reicheren Gegenden immer hatten, wenn sie mit Menschen konfrontiert wurden, die aus ärmeren Gegenden kamen. Grund dafür war das Gejammer. Alle Menschen jammerten. Immer. Über was auch immer. Wo man auch hinkam – es gab natürlich etwas zu jammern. In reicheren Gegenden nannten sie das oft spöttisch sich selbst gegenüber ‚jammern auf hohem Niveau'. Was durchaus auch stimmen mochte, wenn man es global betrachtete. Global betrachtet ging es den Menschen in Serbien sicherlich besser als in Kroatien,

von wo er gekommen war. Doch der einfache Bürger betrachtete es nicht global. Das blieb Diskussionsrunden vorbehalten. Der einfache Bürger betrachtete es persönlich. Er sah das normale Leben – sein Leben. Und in jedem Leben war das Niveau immer nur so hoch, wie die Person, die es lebte, es gerade fühlte. Und das war – so traurig das auch sein mochte – fast immer zu niedrig. Was durchaus menschlich war, weil emotional. Wer konnte schon von sich selbst behaupten, dass er alles hatte, was er brauchte; dass es nichts mehr gab, wonach er sich sehnte; dass er rundum glücklich war? Es gab immer irgendetwas, das fehlte oder falsch war. Hatte man genug Geld, war man vielleicht nicht gesund. War man gesund, hatte man vielleicht zu viel Arbeit. Hatte man nicht zu viel Arbeit, hatte man vielleicht nicht genug Geld. Und so weiter und so fort. Was man auch tat – das Gefühl der Unzufriedenheit hörte nie auf und so hörte auch das Gejammer niemals auf. Für Milan allerdings war dieses Mitleid ein Vorteil gewesen, denn es hatte ihm genug warme Mahlzeiten und Unterkünfte eingebracht, um in Ruhe Fuß fassen zu können. Und das, obwohl er eigentlich mehr Geld hatte als die meisten von ihnen zusammengenommen. Doch das sagte er natürlich niemandem, denn das war nicht der Plan. Und er hatte ihr Mitleid auch nie so weit ausgenutzt, dass anderen dadurch ein Nachteil entstanden war. Er hatte immer nur so viel genommen, dass für die übrigen auch noch genug da gewesen war. Denn auch wenn er einen Plan verfolgt hatte, von dessen Richtigkeit und Wichtigkeit er zu diesem Zeitpunkt absolut felsenfest überzeugt gewesen war, war er sich doch immer bewusst gewesen, dass die normalen Leute dieses Landes dafür nichts konnten. Das war auf einer höheren Ebene angesiedelt. Und die Menschen in seiner neuen Heimat sollten darunter genauso wenig leiden wie die Menschen in seiner alten. So hatte er Fuß gefasst – langsam und unauffällig. Was auch den Vorteil mit sich gebracht hatte, dass er sich keinen Ärger eingehandelt hatte, der ihn oder den Plan hätte gefährden können. Er war zu einem Teil ihrer Gesellschaft geworden. Ihrer Gemeinschaft. Ein Flüchtling zwar, aber einer, den man gerne sah und gerne traf. Ein netter Mensch. Ein Beweis dafür, dass der Feind nur in den Reden der Männer auf jener höheren Ebene existierte. Und während er ihnen diesen Beweis Tag für Tag geliefert hatte, hatte er ihn von ihnen gleichermaßen zurückbekommen. Irgendwann jedoch hatte sich ihm doch ein Problem in den Weg gestellt. In Gestalt einer jungen Frau, die im Gegensatz zu allen anderen ganz und gar nicht daran interessiert gewesen war, ihm bei seinen alltäglichen Problemen zu helfen, sondern der Meinung, dass es da eine Ebene gab, auf der er von niemandem sonst Hilfe bekam und für die sie sich selbst als die richtige Person zum Helfen betrachtet hatte. Es hatte eine ganze Weile gedauert, bis er das durchschaut hatte und noch ein bisschen länger, bis er ihr geglaubt hatte, dass weder seine Herkunft noch seine – angebliche – Armut für sie ein Hindernis darstellten. Sie war überzeugt gewesen, dass er ihr ein guter Ehemann sein konnte und sie ihm eine gute Ehefrau. In einer Zeit, wohlgemerkt, als es noch vollkommen normal war, jede sich anbahnende Beziehung unter diesem Gesichtspunkt zu betrachten. Er hatte sich lange gewehrt und dann aufgegeben. Hauptsächlich – so redete er sich gerne ein – weil es ihm eine noch bessere Tarnung bot. Aber in den paar Momenten, in denen er sich erlaubt hatte, ehrlich mit sich zu sein, hatte er sich eingestehen müssen, dass er schlicht und ergreifend die Gefühle erwiderte, die diese Frau ihm entgegenbrachte. Und er ihr somit wirklich ein guter Ehemann sein konnte. Im Laufe der Jahre – bedingt durch die Liebe seiner Frau, die Hilfsbereitschaft der Menschen um ihn herum und die Akzeptanz, die sie ihm entgegenbrachten – verfestigte sich in ihm der Gedanke, dass es eigentlich viel schöner war, wenn das, weswegen er hierhergekommen war, nie passieren würde. Wenn er den Plan einfach vergessen könnte. Und je mehr Jahre ins Land gingen, desto mehr Hoffnung hatte er. Die Verbesserung des politischen Klimas zwischen beiden Ländern trug ihren Teil dazu bei und schließlich war der Zeitpunkt gekommen, wo er für sich eine Entscheidung traf: ,Ich werde es nicht mehr tun – ganz egal, was auch passiert.' Und dann – war es passiert: Die Botschaft hatte ihn erreicht. Vollkommen überraschend – und dann auch wieder nicht. Denn das aufeinander zugehen, das beide Regierungen in den Jahren zuvor praktiziert hatten, war binnen kürzester Zeit erst ins Stocken geraten – und dann in die entgegengesetzte Richtung umgekehrt worden: voneinander weg. Was in einigen unschönen Vorfällen sowohl auf politischer wie auch auf menschlicher Ebene gegipfelt war. Er hätte es also voraussehen können, hatte es aber nicht getan. Und auch wenn seine Entscheidung eigentlich stand, tobte in ihm doch ein Kampf. Sollte er die verraten, die er vor so vielen Jahren geliebt und denen er damals die Treue geschworen hatte?

Oder betrog er die, die er in den letzten Jahren lieben gelernt und denen er jetzt die Treue geschworen hatte? Die Entscheidung fiel ihm schwerer, als er das über die letzten Jahre hinweg für möglich gehalten hatte. Die Indoktrinierung seiner Ausbilder hatte ihre Wirkung nicht verfehlt. Dabei konnte er noch nicht einmal sicher sagen, dass es wirklich stimmte. Dass er den Plan umsetzen sollte. Das Codewort, das er an diesem schicksalhaften Tag in einem kroatischen Fernsehbericht gehört zu haben glaubte, war 24 Jahre alt. Waren die Leute dort wirklich noch darüber im Bilde, was es bedeutete? War mit all dem politischen Umbruch nicht der größte Teil der Menschen verschwunden, die darüber Bescheid wussten? Sollte er sich schuldig machen – und das am Ende gar fälschlicherweise? Er wartete auf ein weiteres Zeichen. Eine Bestätigung. Doch es kam keine. Was alles und nichts bedeuten konnte. Also half alles nichts: Er musste seine Entscheidung alleine fällen. Und er war kurz davor, sich für den Frieden zu entscheiden. Dann jedoch kamen die Schicksalsschläge: Die Fabrik, in der er 21 Jahre lang gearbeitet hatte, schloss ihre Tore und er hatte keine Arbeit mehr. Seine Frau, mit der er 17 Jahre lang verheiratet gewesen war, starb urplötzlich an einer unbemerkten Infektion. Und die Menschen, die ihn vor 24 Jahren so herzlich aufgenommen hatten – zu einer Zeit, als die Wunden zwischen ihren beiden Ländern zu heilen begannen – sahen ihn auf einmal als Geächteten – aufgrund der Wunden, die die jüngste Vergangenheit zwischen ihren beiden Ländern geschlagen hatte. Plötzlich war er alles das wirklich, was er damals vorgegeben hatte, zu sein: fremd, arm und allein. Und so änderte er seine Entscheidung. Er sah nur noch einen Weg: Dorthin zurückgehen, wo er eigentlich nicht mehr zuhause war. Wo aber zumindest Geld und Anerkennung auf ihn warteten. Genau die zwei Dinge, die es brauchte, um das zu bekommen, wonach er sich am allermeisten sehnte: eine Frau. So packte er seine Sachen, lud sie in sein Auto und machte sich auf den Weg. Zunächst nur aus der Stadt. Am Rande der Stadt hielt er an, verschaffte sich Zugang zu der großen Kläranlage, die das Grundwasser in Trinkwasser umwandelte und es hinterher an die Haushalte verteilte. Dort atmete er einmal tief durch. Und schüttete dann die kleine Ampulle mit der braunen Flüssigkeit in das große Becken. Jene Ampulle, die seinen Plan darstellte. Die er in einer gut gepolsterten Schatulle vor 24 Jahren mit über die Grenze gebracht hatte. Und die seitdem unangetastet in seinem alten

Mantel versteckt gelegen hatte. Der Mantel, den er aus ‚nostalgischen Gründen' bei allen Umzügen mitgenommen und bei allen Altkleiderabgaben zurückgehalten hatte. Heute trug er ihn wieder – zum ersten Mal seit dem Tag, an dem er hierhergekommen war. Denn heute war er wieder der Alte. Heute erfüllte er seinen Plan. Nun würden doch die einfachen Menschen leiden. Doch das war von Anfang an unvermeidbar gewesen. Er hatte gehofft – jahrelang. Im Grunde schon am ersten Tag. Aber irgendwie hatte er es immer gewusst. Dass es unvermeidbar war. Er ließ die Ampulle auf den Boden fallen und ging davon. Stieg in sein Auto und fuhr – ohne auch nur ein einziges Mal anzuhalten – bis zur Grenze. Er wurde ohne Probleme hindurchgelassen und auf der anderen Seite von einem hohen Regierungsbeamten empfangen. Sie hatten auf ihn gewartet – seit dem Tag, an dem sie das Codewort gesendet hatten. Nun hatte er seinen Auftrag erfüllt. Dass er dafür so lange gebraucht hatte, interessierte sie nicht. Das Ergebnis interessierte sie und das konnte sich sehen lassen: mehr als 2.000 Tote und mehr als drei Mal so viele Verletzte meldeten die kroatischen Nachrichten aus dem Nachbarland. Alle hervorgerufen durch ein Nervengift, das auf unbekannte Weise in den Wasserkreislauf gelangt war. Milan war nun ein Held. Er bekam Geld, ein Haus und ein Auto. Und wenig später auch eine Frau. Und war endlich wieder glücklich.

35

Sondersendungen mit Jesus gab es inzwischen nur noch sehr selten. Er reiste kaum noch um die Welt. Verbrachte fast seine gesamte Zeit in seinem Büro. Gab ab und zu kurze Statements. Und beantwortete kaum noch Fragen. Wunder gab es auch keine mehr. Zumindest nicht außerhalb Deutschlands und nicht von ihm. Innerhalb Deutschlands gab es welche. Vom Ehepaar van der Velde. Sie waren zwischen den Jahren aus den Niederlanden nach Deutschland eingereist, hatten sich in einem Hotel in Frankfurt eingemietet und zunächst einige Tage damit verbracht, geheime Besprechungen mit Jesus abzuhalten. Dann hatten sie begonnen, durch die Gemeinden zu ziehen. Zu predigen, Leute zu heilen. Aus ihrem eigenen Leben zu erzählen. Von den Wundern, die sie selbst erlebt hatten. In der

Zeit vor ihrem Tod und in der Zeit danach. Sie wurden fast so etwas wie seine Stellvertreter, begeisterten die Massen – zumindest die, die auch schon von Jesus begeistert gewesen waren – und stellten ihre Kraft unter Beweis. Die sie für Gottes Kraft hielten und den Menschen auch so verkauften. Die in Wirklichkeit aber nichts anderes war als die Kraft der Dämonen, die sie begleiteten. Dennoch brachte ihr Erfolg auch Jesus wieder Sympathien ein. Schließlich war er es gewesen, der sie ins Leben zurückgeholt hatte.

36

„Clara."

„Miguel."

„Lange nichts gehört."

„Frohe Weihnachten und frohes neues Jahr – nachträglich."

„Du klingst fröhlich."

„Erholt."

„Freut mich."

„Tatendurstig."

„Auch gut. Momentan aber..."

„Ja?"

„...ist eine Zeit des Abwartens."

„Abwarten?" Die Fröhlichkeit verschwand aus Claras Stimme, „wir haben die beste Gelegenheit verstreichen lassen, die wir hatten. Und nicht nur, dass nicht funktioniert hat, was du dachtest, das ihn stürzen könnte – er hat es auch noch zu seinem Vorteil genutzt."

Die Gelassenheit in Miguels Stimme dagegen blieb: „Ein Grund mehr, ruhig und besonnen vorzugehen."

„Warten ist nicht gleich vorgehen."

„Ich meine auch nicht: ,Denk dir keinen Plan aus'. Ich meine: ,Warten wir auf die nächste Gelegenheit'. Sie wird kommen. Da bin ich mir sicher."

„Warum?"

„Weil ich positiv denke."

Clara schnaubte leise: „Seit wann das?"

„Neues Jahr." erwiderte Miguel, „gute Vorsätze."

„Na – dann bin ich mal gespannt, wie lange es hält."

„Du solltest dir auch gute Vorsätze machen."

„Oh, das habe ich. Glaub mir."

„So? Was denn?"

„Nicht, dass es dich was angeht. Aber..." Die Fröhlichkeit kehrte zurück, „ich habe vor, mich mehr um meine Familie zu kümmern."

„Das ist auf jeden Fall ein sehr guter Vorsatz."

37

„Wir waren lange nicht mehr da unten." Michelle klopfte mit dem Fuß auf den Boden.

Christopher folgte dem Geräusch mit den Augen: „Auf dem Teppich?"

„Ja."

„Das stimmt. Viel los in letzter Zeit."

„Das stimmt. Auch, meine ich."

„Und jetzt willst du?" fragte er.

„Du nicht?" fragte sie zurück.

„Ich weiß nicht. Ich fühle mich nicht so..."

„Nicht dafür. Auch dafür irgendwann mal wieder. Aber nicht jetzt."

„Wofür dann?" hakte er nach.

Sie schürzte die Lippen: „Wir hatten auch schon sehr anregende... falsches Wort... fruchtbare... falsches Wort... ernste Gespräche dort unten."

„Für mich hätte es jedes dieser Worte getan." kicherte er, wurde aber sofort wieder ernst, „worum geht es dir?"

„Dort unten." Michelle nahm Christopher an den Schultern und zog ihn mit sich auf den Teppich, „Yannik hat mich besucht. Bevor er gegangen ist."

„Echt? Ach... ja. Stimmt. Daran..."

„Du weißt?"

„Wir haben dich gehört."

„Ach..." nickte sie, „ja. Klar. Das war das erste Mal. Da hat er mich einfach nur gebeten, nach unten zu kommen und an der Gruppe teilzunehmen. Mit einem sehr strengen: ‚Den geistlichen Input hast du schon verpasst.' Hat mich ein wenig irritiert. Bei seinem zweiten Besuch wusste ich dann aber Bescheid."

„Bescheid?" wiederholte Christopher fragend.

„Er hat mich auf etwas hingewiesen. Das ich tief innen drin auch schon wusste. Mein Glaube. Er ist so nicht richtig."

„Nicht richtig?"

„Er ist..." Sie zögerte, „Linsensuppe."

Er blinzelte verwundert: „Linsensuppe?"

„Schnick-Schnack-Schnuck."

„Schnick-Schnack-Was?"

„Och, schade." Sie ließ die Unterlippe hängen und sein Blick wurde noch verwirrter:

„Hä? Michelle? Was läuft hier gerade?"

„Na – du hast immer so schön das letzte Wort meines Satzes wiederholt. Da wollte ich mal schauen, wie lange du das machst. Aber du hast es verdorben."

„Ich zieh dich gleich aus." brummte er und sie begann zu lachen:

„Was für eine Drohung."

„Nun... da du keine Lust hast und ich keine Lust habe..."

„...könnte das ziemlich doof werden. Sehe ich ein. Okay. Ich bin wieder ernst. Mein Glaube: Ich glaube – an Gott – wegen dir. Du hast mich überzeugt. Und natürlich all die vielen Dinge deren Zeuge ich in den vergangenen Jahren sein musste... durfte. Aber im Grunde war es immer nur ein Mitziehen. Mit dir, mit euch. Dazugehören. Tun, was richtig ist. Doch so wirklich gefühlt habe ich es nie. Und alleine hatte es keinen Bestand. Als du weggebrochen bist, bin ich mit weggebrochen. Ich hätte dich nicht alleine gehen lassen. Und wäre auch nicht alleine hiergeblieben. Aber wenn ich wirklich richtig echt geglaubt hätte, wäre unter Umständen so einiges anders gelaufen in der Zeit bei Valentina. Das soll nicht heißen, dass ich mich da schuldig fühle. Aber es ist ein Beispiel für mich. Ich bin dir in den Glauben gefolgt. Und dann aus ihm heraus. Und dann wieder in ihn hinein. Dabei hätte ich selbst gehen müssen. Und genau das will ich tun. Ich will das machen, was ihr ‚bekehren' nennt. Wann auch immer, wie auch immer. Sag es mir oder zeig es mir."

Christopher blickte Michelle eine Weile nur an. Erst überrascht, dann erfreut, und dann nachdenklich:

„Und das willst du... wirklich von dir aus? Oder weil Yannik es dir gesagt hat?"

„Er hat mir gesagt, was nicht stimmt." erwiderte sie, „und ich habe gemerkt, dass er Recht hat. Und daraufhin angefangen, mir Gedanken zu machen. Was ich will. Das, was ich gerade gesagt habe – das ist es, was ich will."

„Gut. Fein. Schön. Sehr schön, sogar. Dann machen wir das. Also... du. Jetzt und hier."

„Jetzt und hier?" wiederholte sie.

Ein Grinsen erschien auf seinem Gesicht: „Kohlrabi."

„Kohl... ach, du."

„Klappt auch andersrum."

„Bla bla." Sie streckte ihm die Zunge heraus, „was soll ich machen? So ohne Vorwarnung und -bereitung."

„Du brauchst weder das eine noch das andere." beruhigte er sie, „sag es einfach. Gott, meine ich."

„Was denn genau?"

„Was du denkst. Fühlst."

„Okay..."

„Soll ich rausgehen?" Er machte Anstalten, aufzustehen, doch sie hielt ihn zurück:

„Nein."

„Mir die Ohren zuhalten?"

„Nein."

„Laut zwitschern."

„Nein. Laut... was?"

„Na – wie ein Vogel."

„Als ob du das..." Sie tippte ihm gegen die Stirn, „bleib einfach hier liegen. Und halt mich fest."

„Das tue ich definitiv gerne." Er zog sie an sich und schloss die Augen.

„Dann..." Sie ebenfalls, „Augen zu."

„Sind zu."

„Oh. Okay. Gut. Dann... Gott – Herr – wir haben schon lange miteinander zu tun. Und trotzdem gehöre ich nicht so wirklich zu dir. Bis jetzt. Ich will das gerne. So ganz richtig. Und das... das war's." Michelle öffnete die Augen wieder, „war's das?"

„Fragst du mich?" murmelte Christopher unsicher.

„Ja."

„Ja."

Sie rollte sich auf den Rücken: „Puh."

„Schwer?"

„Leicht."

„Krass, oder?"

„Irgendwie schon."

Er strich ihr über die Haare: „Geht's dir jetzt besser?"

„Naja – so wie unser aller Leben momentan läuft, ist ‚besser' eher ausverkauft. ‚Weniger schlecht' trifft es mehr. Allerdings..."

„Allerdings?"

„...sprachen wir ja vorhin, als... bevor wir uns hier hingelegt haben, von... nun... Dingen, die man auf diesem Teppich..."

Er lachte auf: „Dann wird es jetzt wohl doch Zeit, dass ich meine Drohung wahrmache."

„Aber nur, wenn du willst."

„Oh – genau wie du bin ich in der Lage, eigenmächtig Entscheidungen zu treffen."

38

Der Mann, von dem niemand mehr wusste, dass er Matthew hieß, war einem inneren Impuls gefolgt und hatte sich nach Mainz aufgemacht – zu einer Veranstaltung, der die van der Veldes beiwohnten. Er tat das nicht, weil er unbedingt damit rechnete, Informationen zu erhalten, die er weitergeben konnte. Er hatte einfach den Eindruck, dass es richtig war. Sie waren – zumindest seinem Wissen nach – das einzige noch ungelöste Rätsel. Das fand er spannend. Und es trat in ihm den Ehrgeiz los, zur Lösung dieses Rätsels beizutragen.

Die Veranstaltung war im Grunde nichts Besonderes. Sie gaben sich Mühe und für Neulinge war es sicherlich sehr faszinierend. Er jedoch hatte in seinem Leben schon so viel gesehen, dass ihn kaum noch etwas richtig ansprechen konnte. Zumal sich kurz, nachdem sie die Bühne betreten hatten, das unbestimmte Gefühl in ihm breit machte, sie irgendwo schon einmal gesehen zu haben. Zuerst fiel ihm da natürlich ihr Fernsehauftritt in Frankfurt ein. Doch das war es nicht. Es war etwas anderes. Er dachte angestrengt nach, kam aber nicht darauf. Was ihn dazu animierte, am Ende der Veranstaltung auf sie zuzugehen und sie anzusprechen. Etwas, das er sein Lebtag noch nie getan hatte. Sie waren freundlich zu ihm, wenn auch etwas abwesend. Erst, als er damit herausrückte, dass er in Frankfurt wohnte, tauten sie ein wenig auf und erzählten davon, dass sie dort früher öfter in einer Gemeinde gesprochen hatten, die es nun leider nicht mehr gab. Da er keine andere Gemeinde außer der von Jakob kannte, auf die das zutraf, fragte er nach, ob es sich um diese handelte.

„Sie kennen sie?" lautete die überraschte Gegenfrage von Thijs.

Er nickte: „Ein paar Leute von dort. Steve, Katiana, Z."

„Z?"

Lieke stieß ihren Mann an: „Ich glaube, er meint den Sohn von den Zöllners."

„Ach... ja." Thijs kicherte, „nennt er sich immer noch so."

„Das tut er." bestätigte er.

„Ja. Die haben wir alle lange nicht gesehen. Wie geht es ihnen?"

„Den meisten – gut." Eigentlich wollte er es dabei belassen – bekam aber eine spontane Eingebung und folgte ihr: „Das Ehepaar Zöllner ist bei dem Vulkanausbruch in Neapel ums Leben gekommen."

„Ach du Schreck. Das ist ja furchtbar." Lieke schlug sich mit der Hand auf den Mund. Thijs legte den Arm um sie:

„Das war doch jetzt gerade erst."

Er nickte: „Das stimmt."

„Da müssten wir ihm eigentlich unser Beileid aussprechen. Ihm und seinem Bruder – wie hieß er doch gleich?"

„Zach." Eine weitere Eingebung, „er ist auch gestorben. Letztes Jahr. Als das Gemeindegebäude niedergebrannt ist."

Liekes zweite Hand folgte der ersten: „Die Gemeinde steht nicht mehr?"

„Das legt den letzten Stein." erklärte Thijs entschlossen, „es wird Zeit, dass wir all die Leute von dort besuchen gehen. Wir hatten das schon so lange vor. Seit wir wieder da sind, eigentlich. Und immer ist etwas dazwischengekommen."

Lieke sah ihn an: „Hätten Sie ein paar Telefonnummern, die Sie uns geben könnten?"

„Ich kann Ihnen die von Steve und Katiana geben." Er zog zwei der Visitenkarten hervor, die die Freunde für ihre Einsätze benutzten, „mehr leider nicht."

„Das ist ein guter Anfang." Lieke nahm die Karten entgegen, „vielen Dank, äh..."

„Bitte." lächelte er, „gern geschehen."

39

Gleich am nächsten Tag klingelten die van der Veldes bei Steve und Katiana durch und fragten, ob diese für ein Treffen Zeit hatten. Und ob sie die Nummer von Z hatten und glaubten, dass es in Ordnung war, wenn sie sich bei ihm meldeten. Katiana nahm all diese Fragen und formte daraus geistesgegenwärtig eine Idee, die alles unter einen Hut brachte:

„Warum kommt ihr nicht einfach zu unserem Freund Christopher Weizmann? Dort wohnt Z momentan und wir sind auch oft da. Dann können wir uns alle gemeinsam hinsetzen."

Die van der Veldes nahmen diesen Vorschlag dankend an und sie einigten sich auf den kommenden Sonntag. Erst hinterher fiel Katiana ein, dass es vielleicht klüger gewesen wäre, zuerst Christopher zu fragen, doch dieser hatte nichts dagegen. Beschloss allerdings, Z nichts davon zu sagen. Damit er sich nicht aus dem Staub machte, bevor der Besuch kam.

40

Es war der erste Tag seit langem, an dem es nicht regnete oder stürmte und so machten sich Geraldine und Annie nach dem Mittagessen auf den Weg nach Wiesbaden. Sie wollten ein wenig bummeln. Den Winterschlussverkauf ausnutzen. Sich einfach grundsätzlich etwas Gutes tun. Sie schlenderten die Fußgängerzone entlang und dachten an nichts Besonderes. Schauten hier in die Schaufenster und da in die Regale. Probierten auch das eine oder andere an. Zumindest dort, wo die Schlangen vor den Umkleiden nicht zu lang waren. Irgendwann waren sie ganz ordentlich mit Tüten beladen und beschlossen, diese zunächst zum Auto zu bringen, bevor sie sich etwas zu essen gönnten. Vor dem Parkhaus jedoch wurden sie aufgehalten. Von einem Pärchen, das in der Eingangstür stand. Eng umschlungen, sich der Welt um sie herum vollkommen unbewusst. „Entschuldigung, wir..." begann Annie in der Hoffnung, dass sie ihnen Platz machen würden, erstarrte dann aber mitten im Satz. Der Mann hatte sich ihr zugewandt. Es war Z. Und die Frau...

„Annie." murmelte er – sichtlich unwohl, „Geraldine."

Annie war unfähig, zu reagieren. Geraldine nicht:

„Wer sind Sie?"

Z zuckte zusammen: „Bitte?"

„Sie können nicht Zachäus Zöll... Husmann sein. Denn dann wäre das da Becka. Ihre Frau."

„Ähm... das... ist..." Z schluckte laut und räusperte sich noch lauter. So vollendete Geraldine den Satz für ihn:

„...über alle Maßen peinlich. Z? Was ist in dich gefahren?"

Unwillkürlich machte er einen Schritt zurück – und seine Züge verhärteten sich: „Wir sind getrennt. Ich darf das."

Geraldine schüttelte sich: „Ich glaub, ich muss hier dringend weg."

„Aber..."

„Annie? Kommst du? Annie?" Geraldine zupfte an Annies Ärmel. Mehrfach. Aber diese rührte sich nicht. So packte Geraldine sie am Handgelenk und zog. Womit sie allerdings nur erreichte, dass Annie sich ganz dicht an sie drückte und ihr ins Ohr flüsterte:

„Die Frau. Schau sie dir an."

Geraldine schaute stattdessen zunächst Annie an, die mit großen Augen zurückblickte. So wandte sich Geraldine schließlich wieder von ihr ab, bedachte Z mit einem strafenden Blick, und musterte dann die Frau neben ihm. Kniff die Augen zusammen. Und musterte sie nochmal. In ihr wurde es kalt:

„Jetzt muss ich noch viel dringender hier weg."

„Aber…" setzte Z erneut an, kam jedoch wieder nicht weiter. Denn Geraldine setzte sich schlagartig in Bewegung. Und da sie immer noch Annies Handgelenk hielt, wurde diese einfach mitgezogen. Noch zwei Mal konnten sie Z „Aber…" rufen hören, bevor die Tür zufiel. Sie eilten zum Auto, verstauten die Tüten und sahen zu, dass sie wegkamen. Der Hunger war ihnen vergangen. In ihren Köpfen war nur noch ein Bild. Aber nicht von Z. Sondern von der Frau.

41

Z kam erst spät am Abend wieder. Wohl in der Hoffnung, ihnen entgehen zu können. Doch sie warteten auf dem Treppenabsatz auf ihn und schleiften ihn ins Wohnzimmer.

„Ich werde mich nicht rechtfertigen." begann er, nachdem Geraldine ihn unsanft auf die Couch befördert hatte.

„Da würdest du eh nichts finden." fauchte sie zurück, „das ist echt der Abschuss."

„So gehe ich sofort nach oben." Er wollte aufstehen, doch Geraldine hielt ihn fest und Annie half ihr dabei:

„Nein, das tust du nicht. Denn jenseits von allen moralischen Verwerfungen gibt es da etwas ganz Konkretes, was auf den Tisch muss. Und zwar ohne, dass du dich rausredest oder eine von deinen ‚ich schweige'-Shows abziehst."

Er verschränkte die Arme: „Ihr seid aber drauf."

„Sag uns, wer sie ist." Geraldine stach mit dem Zeigefinger in seine Richtung und verfehlte nur knapp sein Auge.

„Nicht in dem Ton."

„Z." Sie ballte die Fäuste, „ich habe keinerlei Geduld mehr. Sag uns, wer sie ist."

„Wollte ich vorhin." maulte er, „da wolltet ihr es nicht hören."

Annie stieß laut hörbar die Luft aus: „Wir mussten das erstmal verdauen. Den Anblick von ihr… euch. Was du eigentlich nachvollziehen können solltest."

Er kniff die Lippen zusammen: „Vielleicht."

„Also?"

„Das... ist Coleen."

Die beiden Frauen sprangen gleichzeitig auf und stießen dabei fast zusammen:

„Ich fass es nicht."

„Ich bin sprachlos."

Z gab ein Brummen von sich: „Ist das so weit hergeholt für euch?"

„Du verstehst es nicht." Geraldine raufte sich die Haare, „willst du es nicht verstehen? Bist du blind? Oder hast du uns angelogen?"

„Angelogen? Ich habe euch einfach nicht erzählt, dass wir..."

„Doch nicht das. Meine Güte, Z – schnallst du es nicht?"

Annie blickte Z abschätzend an: „Natürlich schnallt er es. Er kennt sie besser als wir alle zusammen. Er kann mir nicht weismachen, dass er..."

„Ihr redet wie von Sinnen." unterbrach Z sie ungehalten.

Mit einem Ruck saß Geraldine wieder neben ihm: „Diese Frau. Mit der du da vorhin knutschend vor dem Parkhaus gestanden hast. Diese Frau. Ist die Frau aus Annies Vision. Mit dem Sex. Und dem Altern."

„Die Vision, die Geraldine auch hatte." Annie ließ sich auf seiner anderen Seite nieder, „und du ebenso. Wie wir uns noch sehr gut erinnern können."

Einen Moment lang blickte Z nur ins Leere und sagte nichts. Dann seufzte er: „Ihr habt sie erkannt."

„Du weißt es." Annie vergrub das Gesicht in den Händen, „ich krieg die Motten. Du weißt es."

„Ja. Ich weiß, dass wir alle die Vision von ihr hatten. Du schon vor vielen Jahren, ich erst vor kurzem. Was ich nach wie vor nicht weiß ist, was diese Vision zu bedeuten hat. Genauso wenig wie eine von euch. Und da gehe ich nun mal nicht hin und posaune es raus, dass diese Frau meine beste Freundin ist. Die zu dem Zeitpunkt, als du sie das erste Mal hattest, noch minderjährig gewesen sein dürfe – wenn ich richtig rechne. Mir macht das durchaus Angst."

Geraldine schüttelte entnervt den Kopf: „Und die behältst du für dich."

„Ich wollte nicht, dass jemand auf dumme Gedanken kommt." erwiderte Z motzig.

„Oh." fuhr Annie ihn an, „du meinst wie die dummen Gedanken, die uns seit heute Nachmittag gekommen sind? Zu den ganzen Geschichten über ihren Vater, der immer böse zu ihr war und sie schlecht behandelt hat? Solche Gedanken meinst du?"

„Z." Geraldine bemühte sich um einen ruhigen Tonfall, „sieh den Tatsachen ins Auge. Sexuelle Übergriffe innerhalb einer Familie..."

„Ja – seht ihr?" würgte er sie ab, „schon geht es los. Es ist nichts mit ihrem Vater. Das hat sie alles nur erfunden."

Die beiden Frauen wechselten einen überraschten Blick: „Nur erfunden?"

„Ja. Sie wollte sich wichtigmachen. Aufmerksamkeit. Vor allem meine. Ich habe es nicht gemerkt. Mein Bruder schon. Bei ihrer Schwester. Die war genauso – nur mit ein paar Jahren Vorsprung."

„Ich bin verwirrt." gestand Annie – nun ebenfalls etwas ruhiger.

Diesmal ließ Z sich anstecken: „Ihr Vater war streng und emotionslos. Und hatte ihre Mutter ziemlich unter der Fuchtel. Die Töchter durchaus auch. Aber er war nie so schlecht, wie sie ihn gemacht hat. Das war wahrscheinlich zu 50% Rache an ihm dafür, dass er so selten ‚Ich liebe dich' gesagt hat und zu 50% Berechnung, um den älteren Jungen dazu zu bringen, sich zu kümmern."

„Und wie das geklappt hat." seufzte Geraldine – und mit Zs Ruhe war es sofort wieder vorbei:

„Ich sagte doch schon: Becka und ich sind getrennt. Ohne jegliche Chance, dass es nochmal was wird."

Annie zog die Brauen hoch: „Das ist mir neu."

„Ich nehme an, das geht von dir aus?" vermutete Geraldine und Z nickte: „Das tut es."

Annies Brauen gingen noch höher: „Was hat sie dir getan?"

„Sie... sie..." Z brach ab – doch Geraldine tippte sich an die Stirn:

„Ich glaube, meine Verwirrung löst sich gerade ein wenig. Es geht um Marie, nicht wahr? Du willst ihr das nicht verzeihen. Deswegen sagst du auch nichts. Weil du weißt, dass wir alle versuchen würden, dich dazu zu bringen. Und eine neue Beziehung hilft da gut drüber hinweg. Und noch etwas wird mir gerade klar: Beckas plötzlicher Abgang. Das ist es, oder? Sie weiß es. Mit euch zweien."

Z sackte ein wenig in sich zusammen: „Sie hat uns gesehen. In etwa so wie ihr."

„Kein Wunder, dass sie das Weite gesucht hat. Denn dass du ihr keine Chance mehr gibst, hast du nicht nur uns nicht gesagt, richtig?"

„Wie sagt man sowas?" jammerte Z los und Geraldine lag schon eine passende Retour auf der Zunge, doch Annie schüttelte unmerklich den Kopf und griff dann nach Zs Hand:

„Liebst du sie noch?"

Er wiegte den Kopf hin und her: „Da sind Gefühle. Aber der Schmerz... wenn ich sie sehe... da entsteht so etwas... so ein Zorn in mir..."

„Damit könnte man dir helfen."

„Aber genau das ist es, was ich nicht will."

Annie rümpfte die Nase: „Ich glaube, du solltest mal wieder mit in den Gottesdienst kommen. Und dort gut zuhören."

„Wir gehen jeden Sonntag in den Gottesdienst." entgegnete Z und erntete dafür zwei konsternierte Blicke. Annie verbalisierte ihre Irritation als erste:

„Wie das denn? Wo das denn? Ich habe dich nie…"

„Liebe Annie, die geheimen Treffen in den kalten, dunklen Tunneln ist euer Ding – das hat keine Allgemeingültigkeit. Es gibt nach wie vor ganz normale Gottesdienste, die in hellen, warmen Gebäuden stattfinden. Und bei denen man durchaus – klammert man die deutlich erkennbare falsche Propaganda aus – etwas herausziehen kann."

„Mhm." machte Annie nur und Geraldine nutzte dies, sich auf einen anderen Punkt zu fixieren:

„Hast du eben gesagt: ‚Wir' gehen da hin?"

Z nickte: „Ja. Coleen und ich. Sie ist schließlich auch Christ."

„Ach." schnaubte Geraldine, „da wäre ich beim besten Willen nicht drauf gekommen."

Z funkelte sie an: „Mit Sarkasmus..."

„Entschuldigung. Aber das ist für mich einfach unvorstellbar. Dass ihr da sitzt und so tut, als ob..."

„Wir tun nicht, als ob. Das ist eine neue Gemeinde. Eine evangelische Kirche, um genau zu sein. Wo man einfach so angenommen wird, wie man ist."

„Und in der sie praktischerweise eure Vorgeschichte nicht kennen." Wieder konnte Geraldine sich einen spöttischen Tonfall nicht verkneifen – und wieder ging Z in Verteidigungsstellung:

„Das müssen sie auch nicht."

„Nein – natürlich nicht."

Annie legte den Kopf schief: „Und ich nehme an, es ist eine von diesen Kirchen, die die neue Art der Beziehungsführung predigen."

„Nun..." Z zögerte, „ja. Aber das tun sie inzwischen alle, soweit ich weiß. Dank Christopher."

„Sag das bloß nicht zu ihm. Sonst rastet er aus."

„Hatte ich nicht vor."

„Und ganz abgesehen davon…" Annie zog die Brauen hoch, „hatten wir es nicht eben von ‚leicht zu erkennende falsche Propaganda'?"

„Das war auch vorher schon ein ganz legitimer Interpretationsansatz." entgegnete Z, „dem ich bisher vielleicht nicht zugestimmt habe. Aber Meinungen ändern sich halt."

Jetzt war es Geraldine, die nach Zs Hand griff: „Du brauchst wirklich ganz dringend Hilfe."

„Nein." Er entwand sich ihr und schaffte es diesmal, wirklich auf die Füße zu kommen, „ich brauche beim besten Willen keine Hilfe. Ich habe meine Entscheidungen getroffen. Versteht mich nicht falsch: Ich finde es sehr nett, dass ihr mir helfen wollt. Wirklich. Aber ihr wollt mir in die Richtung helfen, in die ihr mich haben wollt. Nicht in die, in die ich selbst will."

Geraldine kniff die Lippen zusammen: „Okay. Diese Debatte könnten wir endlos ausdehnen. Aber das hat keinen Zweck. Triff deine Entscheidungen. Wie auch immer du denkst. Behalt sie auch ruhig weiter für dich. Ich will damit gar nicht belastet werden."

„Fein." zischte Z, „dann sind wir ja alle glücklich."

„Nicht im Geringsten."

„Darf ist jetzt gehen?"

Sie schloss die Augen: „Wegen mir."

„Wegen mir nicht." hielt Annie ihn auf, „denn es gibt noch eine Sache, die ich zwar nicht sagen will, aber sagen muss. Sonst schlafe ich heute Nacht schlecht."

„Will ich sie hören?" brummte Z.

„Mit Sicherheit nicht. Aber du hast keine Wahl."

„Dann bitte."

„Du sagst, du kannst Becka das mit Marie nicht verzeihen. Und ja – sie hat sie fallengelassen. Aber: erstens war da ein Dämon. Der das bedingt hat. Und…"

„Das weiß ich. Trotzdem…"

„Und zweitens war dieser Dämon ganz bestimmt nicht wegen ihr da. Sondern wegen dir."

„Das weiß ich auch." Z verzog das Gesicht – Annie ebenfalls, wenn auch nicht wütend wie er, sondern resigniert:

„Und es ändert für dich nichts."

„Nein. Das tut es nicht." Er atmete tief durch und sein Tonfall war zwar nicht freundlich, aber zumindest neutral, als er fortfuhr: „ich bin mir meiner Rolle bei diesem Unglück durchaus bewusst. Ich habe mich eingehend damit beschäftigt. Alleine. Und auch mit anderen. Auch hier in dieser Runde habe ich mit Leuten darüber gesprochen. Diverse Male. Ich fühle mich schuldig – das könnt ihr mir gerne glauben. Ändern tut es trotzdem nichts – so wie du gesagt hast. Denn eine Tatsache bleibt bei all den Überlegungen und Gesprächen bestehen: Sie war es. Nicht ich. Ich mag der Grund für sein Dasein gewesen sein. Aber er ist nicht mich angegangen. Sondern sie. Sie war offen für ihn. Und er hat das ausgenutzt. Sie hat sich ausnutzen lassen. Sie hat versagt. Sie hat sie fallengelassen. Ich war dabei. Ich war passiv. Sie war aktiv. Das ist der Unterschied. Ich mag Mitschuld haben. Sie hat die Hauptschuld. Das ist der Unterschied."

Annie blickte Z lange an – dann Geraldine, deren Blick gen Boden gerichtet war. Dann wieder Z: „Ich bin eine Meisterin darin, mir Sachen so zu drehen, wie ich sie gerne haben möchte. Aber du… bist mir um Längen voraus."

Sofort wurde Z wieder ärgerlich: „Ich drehe nichts. Ich fühle nur. War's das dann?"

„Ja. Jetzt darfst du wirklich gehen."

Einen Augenblick später fiel die Wohnzimmertür zu. Und einen weiteren Augenblick später öffnete sie sich wieder. Zs Kopf erschien. Und seine Stimme war mit einem Mal sanft, fast schüchtern:

„Eine Sache noch. Bitte – ihr beide. Die Vision. Wir wissen alle nicht, was sie bedeutet. Könntet ihr es für euch behalten?"

Annie verzog skeptisch das Gesicht: „Du meinst: bis wir es wissen?"

Z antwortete nicht. Was Annie zunächst missdeutete:

„Sie ist deine Freundin. Und es macht mich ganz kribbelig, das laut auszusprechen, weil es sich so komplett... egal. Vergiss das einfach. Ich komme damit genauso wenig klar, wie Geraldine. Aber das soll hierbei mal nebensächlich sein. Du bist kein Holzklotz. Und sie nicht einfach ein Flittchen, das du spontan auf der Straße aufgegabelt hast, so wie... nun... ich... andere… das manchmal... einmal... vergiss das auch. Was ich sagen will: Bist du ihr das nicht schuldig? Herauszufinden, was es damit auf sich hat? Würde es dir dann nicht besser gehen? Und denkst du nicht, dass es auch ihr dann besser gehen könnte?"

Z seufzte laut: „Es vergeht kein Tag, an dem ich nicht darüber nachdenke. Ihr könnt sehr gerne mit nachdenken. Und wenn euch etwas einfällt – dafür bin ich immer offen."

„Weiß sie es?" hakte Geraldine nach.

„Nein."

„Wahrscheinlich besser so. Belass es dabei. Dann geht es ihr jetzt schon besser."

„Das werde ich tun." Ein weiteres Mal schloss Z die Tür. Und diesmal blieb sie zu.

Geraldine lehnte sich zurück und sah Annie an: „Was machen wir mit ihm? Und gegen sie?"

„Nichts." erwiderte Annie trocken.

„Nichts?"

„Ich mag das nicht. Ganz und gar nicht. Und mein erster Impuls ist, dass sie ein sehr schlechter Mensch sein muss, wenn sie Leute über Jahre hinweg dermaßen manipuliert und dann auch noch ihre Schwäche ausnutzt wie jetzt gerade. Aber mein zweiter Impuls ist, dass ich sie nicht kenne. Vielleicht war und ist sie wirklich total verliebt in Z. Und will ihn einfach nur haben und tut alles dafür, was sie kann. Das ist ein starker Motivator. Und ich kann aus eigener Erfahrung sagen, dass es einen auch dazu bringen kann, Dinge zu tun, auf die man später nicht mehr stolz ist. Eher das Gegenteil. Und Z ist kein Kind. Er hat eine sehr harte Zeit hinter sich. Fast seine komplette Familie wurde binnen kurzer Zeit ausgelöscht."

„Sollte er da nicht erst recht an Becka festhalten? Die... Schluck... als Einzige noch da ist?"

„Ich werde mir nicht anmaßen, ihm vorzuschreiben, was er für sie zu fühlen hat. Hätte auch keinen Zweck, wenn er nicht rational zu denken im Stande ist."

Geraldine rieb sich den Nacken: „Du stehst also auf seiner Seite."

„Natürlich stehe ich auf seiner Seite. Er ist mein bester Freund. Genauso stehe ich auf Beckas Seite. Seine Coleen ist mir ziemlich egal. Ich mache sie einfach nur nicht zum Allgemein-Buhmann."

„Ja." Geraldine nickte langsam, „du hast Recht. Du hast Recht."

„Ab und zu mal, ja."

„Ich finde es trotzdem schlimm, ihn so zu lassen."

Annie lehnte sich an ihre Schulter: „Er ist extrem emotional, momentan. Du hast ihn ja gehört. Seine Argumentation ist so verschwurbelt… das hat nichts Sachliches – das sind alles verletzte Gefühle. Und verletzte Verletz… ungen. Das ist nicht der richtige Punkt, um ihm unter die Arme zu greifen. Er muss erstmal mit allem fertig werden. Wieder einen sachlichen Blick kriegen. Dann versuchen wir es erneut."

Geraldine atmete laut aus: „Jetzt habe ich das Problem, das du sonst immer hast."

„Nämlich?"

„Mangelnde Geduld."

42

Becka und Lotta bekamen von alledem nichts mit. Sie hatten entschieden, sich aus dem Alltag erst einmal auszuklinken. Becka hatte ein Schreiben bekommen – von ihrer alten Firma. Dass sie ohne Baby wieder arbeiten kommen musste. Und sich daraufhin spontan entschieden, zu kündigen. Was Lotta dazu animiert hatte, ihren bereits festen Job beim Frauenarzt von sich aus wieder abzusagen. So mussten sie weiterhin sehr sparsam sein, zumindest für die drei Monate, bis Becka Arbeitslosengeld bekam. Denn von ihrem gemeinsamen Konto mit Z hob sie inzwischen fast nichts mehr ab. Sie wollte schlichtweg nicht mehr von ihm abhängig sein. Ab und zu witzelten sie darüber, dass Lotta versuchen sollte, als Prophetin ebenfalls Ansprüche auf Arbeitslosengeld geltend zu machen. Und schliefen inzwischen zusammen in Lottas Bett. Das breit genug dafür war. Schließlich hatte Lotta auch schon mit Yannik darin geschlafen. Die ersten Nächte waren komisch gewesen. Doch sie hatten sich daran gewöhnt. Und es tat manchmal auch gut, jemanden zu haben, an den man sich ein wenig ankuscheln konnte. Den Kontakt zu Freunden und Bekannten hatten sie komplett abgebrochen. Becka hatte sich nach Laura und Samira erkundigt. Von denen sie dachte, dass Lotta vielleicht mit ihnen in Kontakt stand. Oder gestanden hatte. Aber wie sich herausstellte, lebten die beiden nicht mehr. Wie Lotta ihr knapp mitteilte und dabei nicht annähernd so gleichgültig wirkte, wie sie das vorzugeben versuchte. Im Gegenzug hatte Lotta Katiana ins Gespräch gebracht. Die Frage in den Raum gestellt, ob es Becka nicht guttat, zumindest mit ihr ab und zu zu reden. Doch das wollte Becka nicht. Lediglich mit Vivienne hatte Becka versucht, zu sprechen. War eines Abends einfach zu ihr gefahren in der Hoffnung, mit ihr reden zu können. Und sei es nur darüber, dass sie nicht mehr auf die Arbeit kommen würde. Aber Vivienne hatte sie nicht einmal hereingelassen. Hatte sich damit herausgeredet, Besuch zu haben. Und als Becka ihre Kündigung ansprach, nur knapp erwidert: ‚Genau das gleiche habe ich auch vor.' Dann hatte sie die Tür geschlossen. Seitdem verbrachten sie ihre Zeit ausschließlich in der Wohnung oder im Park in der Nähe – je nach Wetter. Und genossen es regelrecht, sich an dem Stress der Menschen um sie herum nicht beteiligen zu müssen.

43

Liebend gerne hätte Jesus Miguel einfach vor die Tür gesetzt. Doch das konnte er nicht mehr. Seine Machtstellung würde es zwar wahrscheinlich überleben, doch würde sie einen Riss davontragen, den er momentan nicht gebrauchen konnte. Er steuerte auf das Ende seines Plans zu und alles, was ihn dabei aufhielt, war kontraproduktiv. Also hielt er es aus. Hielt er ihn aus. Lächelte ihn an, dankte ihm für seine Hilfe. Und nahm auch in Kauf, dass an diesem Tag schließlich und endlich auf den Tisch kam, worauf er die ganze Zeit über gewartet hatte: der Preis.

„Ich will meinen alten Posten zurück." erklärte Miguel ihm, „an der Spitze der Katholischen Kirche."

Jesus zog die Brauen hoch: „Die mögen dich nicht mehr besonders."

„Wegen dir. Weil du mich abgesägt hast. Aber sie hören heute genauso auf dich wie damals."

„Was soll ich sagen? Hm? Dass ich damals gelogen habe?"

Miguel schüttelte den Kopf: „Nein. Du sollst sagen, dass du damals kurzzeitig das Vertrauen in mich verloren hattest. Und reagieren musstest. Aufgrund meiner Stellung und des Einflusses, den ich damit ausüben konnte. Aber ich habe dein Vertrauen zurückgewonnen und es gibt daher keinen Grund mehr, mir meine rechtmäßige Position zu verwehren."

„Rechtmäßig." wiederholte Jesus langsam.

„Du kannst auch gerne ein anderes Wort benutzen."

Jesus legte die Fingerspitzen aneinander: „Weißt du, was ich denke?"

„Du sagst es mir bestimmt." schnaubte Miguel.

„Dass du dafür noch nicht genug geleistet hast. Du hast mir bei einem Problem geholfen, das ich auch selber hätte lösen können. Deine Lösung war unauffälliger – ganz sicher. Und hat mir durchaus Vorteile gebracht. Trotzdem..."

„Du willst mehr? Von mir?"

„Einiges mehr."

„Gut." Miguel nickte, „fangen wir an. Jetzt sofort."

„Im Moment habe ich keine Probleme." entgegnete Jesus – worauf Miguel ein spöttisches Grinsen aufsetzte:

„Siehst du – und genau dieser Satz ist der Beweis dafür, wie dringend du mich brauchst."

„Aha."

„Du bist Jesus. Der Sohn Gottes. Siehst aus wie ein Mensch, bist aber eigentlich keiner. Das ist deine Geschichte. Eine falsche Geschichte. Trotzdem muss ich sagen, dass es mich immer wieder erstaunt, wie sehr du in der Rolle aufgehst. Du scheinst dermaßen losgelöst zu sein von allem, was menschlich ist. Wo bist du aufgewachsen? Unter der Erde?"

„So in der..." gab Jesus zurück, ohne groß darüber nachzudenken – wurde sich dessen dann bewusst und schwenkte um: „Worauf willst du hinaus?"

„Du sagst, du hast kein Problem. Aber da draußen laufen immer noch Leute rum, die die Wahrheit kennen. Und auch belegen können."

„Ich habe ihnen Angst eingejagt. Das sollte genügen."

„Ja." Miguel verzog das Gesicht, „habe ich mitbekommen. Beerdigungen werden zum Glück immer öffentlich gemacht. Herzlichen Glückwunsch – gute Arbeit."

Jesus tat es ihm gleich: „Danke für die Ironie."

„Du hast sie verdient. Weil du zwei Sachen falsch gemacht hast. Erstens: Du scheinst zu glauben, dass Gewalt gegen die, die deinen Feinden nahestehen, dir diese Feinde vom Hals schafft. Dem ist nicht so. Wenn du deine Feinde loswerden willst, musst du gegen sie direkt vorgehen. Nicht gegen andere. Und zweitens: Du scheinst zu glauben, dass Gewalt gegen andere ein probates Mittel ist, um jemanden klein zu halten. Auch das stimmt nicht. Es sorgt dafür, dass die Leute erst recht aufbegehren. Weil sie dadurch noch ein weiteres Motiv bekommen: Rache. Vorher wollten sie dich nur enttarnen – um der Menschheit willen. Jetzt ist es persönlich."

Jesus überlegte eine Weile. Dann sah er Miguel ernst an: „Ad 1: Du hast selbst mit diesen Menschen zusammengelebt und solltest daher wissen, wie gut sie geschützt sind. Glaubst du, ein Attentäter hätte jetzt mehr Erfolg bei ihnen als damals?"

„Davon weißt du?" wunderte sich Miguel.

„Ich weiß so einiges."

„Gut. Dann..."

„...darfst du mir glauben, dass ich weiß, was ich tue."

„An diesem Punkt vielleicht."

„Ad 2: Was schlägst du vor?"

Miguel blinzelte überrascht: „Bitte?"

„Na – du kannst dich doch nicht da hinsetzen und mir vorwerfen, dass ich den menschlichen Verstand nicht verstehe und dann wieder gehen." schleuderte Jesus ihm entgegen, „ich will von dir wissen, wie es besser geht."

„Ernsthaft?"

„Okay." Jesus lehnte sich zurück, „lassen wir die Spielchen. Du willst deinen Posten – geschenkt. Nicht heute, nicht morgen. Aber das dürfte dir klar sein. Ich kann dich wieder einsetzen. Aber akzeptieren müssen dich die anderen. Und das Argument ‚Er hat mir geholfen, eine Leiche zu beseitigen' dürfte im Vatikan nicht viel zählen. Arbeiten wir dran. In Ruhe. Und auf dem Weg dorthin... Ja – ich bin losgelöst. Das war der Sinn der Sache. Wenn ich so wäre wie ihr alle, dann wäre ich nicht glaubhaft. Und daher nochmal: Ja – ich durchschaue vieles nicht. Und wenn es stimmt, was du gerade gesagt hast, habe ich wirklich ein Problem. Ich dachte, sie geben klein bei, wenn sie Angst haben. Wenn dem nicht so ist... wie tun sie es dann?"

„Damit hatte ich jetzt nicht gerechnet." gestand Miguel, „aber... aber gut. Gehen wir es an. Menschliche Psychologie: Das hier ist ein Kampf. Im Kleinen: Sie gegen dich. Gibt natürlich noch mehr Ebenen, aber wir können uns auf diese beschränken. Sie gegen dich. Die erste Runde hast du gewonnen. Den Kampf noch nicht. Sie sind verängstigt. Sie trauern. Sind gelähmt. Gut. Aber nur kurzfristig. Irgendwann wird es umschlagen. In Wut, Zorn, das Bedürfnis, sich zu wehren, es dir heimzuzahlen. Dann beginnt die zweite Runde. Die du auch gewinnen musst."

„Schon klar. Wie?"

Miguel tippte sich ans Kinn: „Am besten, indem du das Schlachtfeld kontrollierst. Die Bedingungen stellst, Voraussetzungen zu deinen Gunsten schaffst. Heißt im Klartext: Du wartest nicht, bis sie von sich aus kommen. Du rufst sie zu dir. So schnell wie möglich. Dann erwischst du sie in einem Zustand, in dem sie zum Wehren noch nicht bereit sind. Und dann demonstrierst du ihnen zwei Dinge: deine Macht; und ihre Machtlosigkeit."

Jesus nickte – und bohrte dann weiter: „Wie genau?"

„Oha – das dauert länger. Und soweit ich weiß, hast du noch einen Termin mit dem Bundestag."

„Das stimmt." Jesus warf einen Blick auf die Uhr, „dann reden wir danach."

Miguel erhob sich: „Reden wir einfach, wenn du Zeit hast. Ob das danach sein wird, wird sich zeigen. Du solltest die normalen Geschäfte dafür nicht vernachlässigen. Das fällt auf. Ich bin die meiste Zeit hier. Ansonsten zuhause. Hol mich. Dann besprechen wir, wie es weitergehen kann.

44

Interessanterweise war Z in den Tagen seit der Begegnung in Wiesbaden fast immer im Haus. Geraldine und Annie fragten sich schon, ob er ihnen etwas beweisen wollte. Ihn fragten sie nicht. Denn er zeigte sich nicht. Bis zum Sonntag, als es an der Tür klingelte und sie ihn wohl oder übel holen mussten, da der Besuch schließlich auch seinetwegen kam. Er lag auf dem Bett, als sie eintraten. Ihr Klopfen hatte er ignoriert.

„Privatsphäre?" brummte er, ohne aufzusehen.

„Wir haben geklopft." entgegnete Geraldine.

„Und ich nicht geantwortet."

„Es kommt Besuch."

Er zuckte die Achseln: „Wie schön."

„Der dich sehen will." fügte Annie hinzu.

„Mich."

„Es geht schnell. Je nachdem, wie höflich du sein willst."

Z drehte leicht den Kopf in ihre Richtung: „Ist es Becka?"

Annie schüttelte den Kopf: „Nein."

„Coleen?"

„Nein... hä?"

Seufzend setzte Z sich auf: „Ihr dürft euch beglückwünschen: Eure kleine Eskapade hat dazu geführt, dass sich Coleen wieder von mir getrennt hat. O-Ton: ‚Deine Freunde hassen mich alle. Sie glauben alle, ich hätte deine Frau vertrieben. Und kein Recht auf dich. So kann ich nicht leben.' Toll, hm?"

„Z. Mach Platz." Geraldine schob Zs Füße beiseite und setzte sich aufs Bett. Annie tat es ihr gleich.

„Und der Besuch?" fragte Z verwundert.

„Kann warten. Das eben waren er erstmal Steve und Katiana. Der richtige Besuch kommt erst in zehn Minuten."

„Und ihr seid schon hier, weil..."

„...es netter ist, wenn du dann schon unten bist." erklärte Annie und als er daraufhin nichts mehr sagte, legte Geraldine los:

„Also. Sitzenbleiben, zuhören. Bis zum Ende. A: Wenn du glaubst, dass wir dir etwas Böses wollen undoder, dass du unglücklich bist, dann hast du dich geschnitten. Das war nie so und wird auch nie so sein. B: Wenn du glaubst, dass wir uns keine Sorgen um dich machen nach allem, was passiert ist, bist du schief gewickelt. C: Wenn du glaubst, dass wir es gut finden, dass du all die Jahre mit Becka einfach wegwirfst und dir die erstbeste schnappst, die dich haben will – nur, damit du es ‚überwinden‘ kannst, hast du nicht mehr alle Tassen im Schrank. Wir sind deine besten Freunde. Freundinnen. Und ich rede hier auch nicht als Christ. Das hat nichts mit Moral oder den Geboten oder irgendwas anderem zu tun. Das hat einfach damit zu tun, dass dein Handeln von außen betrachtet irrational ist. Und das ganz nachvollziehbar. Dein Bruder, deine Eltern, Marie. Schlimmer geht es nicht mehr. Und Beckas Beteiligung... ich kann nicht sagen, dass es mir nicht genauso ginge wie dir, wenn Nils so etwas passiert wäre. Dämon hin oder her. Aber die Art, wie du darauf reagierst, macht mehr kaputt als es heilt. Und das beziehe ich nicht auf Becka oder Coleen. Das beziehe ich auf dich. Du bist verletzt und die Wunden bluten wie die Sau. Aber so können sie nicht heilen. Du hast gesagt, das ist die Richtung, in die du willst. Mag sein. Vielleicht wird es mit Becka wirklich nicht mehr. Vielleicht ist sie deine Vergangenheit. Und Coleen deine Zukunft. Darüber haben wir kein Recht zu richten. Aber nicht so. Du wirst nie fähig sein, eine neue Beziehung richtig zu führen, solange die alte in Flammen steht. Wer kriegt denn deinen Zorn auf Becka ab? Die, die dir am nächsten stehen. Da fällt Coleen genauso drunter. Fast noch mehr als wir. Du willst in diese Richtung? Dann mach es richtig. Anständig. Heile. Selbst. Und hilf Becka, zu heilen. So weit, wie das geht. Du musst mit dir und mit ihr im Reinen sein. Und dann – danach – kannst du dich um etwas Neues bemühen. Da werden wir dich nicht aufhalten. Und wenn Coleen dich wirklich will, wird sie A: so lange warten, es B: akzeptieren und dir C: sogar mit durch helfen. Sie kennt dich schließlich nicht erst seit gestern. Und wir werden dir nicht im Weg stehen. Jetzt stehen wir dir im Weg. Weil du gerade dabei bist, drei Leuten das Leben kaputt zu machen. Und keiner von ihnen hat es verdient. Auch nicht die in deinen Augen böse Becka oder die deiner Meinung nach in unseren Augen böse Coleen.“

Nachdenklich blickte Z aus dem Fenster. Eine ganze Zeit lang. Und als er schließlich etwas sagte, war es zu einem anderen Thema: „Und was ist mit der Vision?“

„Keine Antwort." gab Annie zurück, „bisher. Aber vielleicht spielt das da mit rein. Vielleicht ist es ein Zeichen dafür, dass sie dir nicht als rein körperliches Auffangbecken dienen kann."

Z fuhr herum: „Wir haben keinen Sex." erklärte er heftig.

Annie hob beschwichtigend die Hände: „‚Körperlich' ist ein weiter Begriff. Ich meine einfach, dass du Nähe willst. Und sie dir suchst. Aber innerlich bist und bleibst du abgeschottet. So kann keine echte Nähe entstehen. Du musst dich ihr öffnen können. Und dazu musst du da drin erstmal ganz viel beseitigen. Was eben heißt, dass du dich Becka zuerst öffnen musst."

„Sie wird mich nicht gehen lassen." murmelte Z missmutig.

Geraldine legte die Stirn in Falten: „Hat sie das nicht schon?"

Z antwortete nicht – daher sprach sie weiter:

„Das klingt hart, aber... du kannst ihre Gefühle nicht ändern. Ich... wir würden uns nichts sehnlicher wünschen, als dass du wieder mit der Frau zusammenkommst, zu der du unserer Meinung nach auch gehörst. Dein Glück liegt uns am Herzen – aber du bist der, der das entscheidet. Wenn dein Glück da nicht mehr sein kann... sondern woanders... dann ist das so. Trotzdem sollte dir daran gelegen sein, Becka keine weiteren Schmerzen mehr zuzufügen, die du vermeiden kannst. Es trifft sie hart, dass du ihr nicht verzeihen kannst – da bin ich mir sicher. Härter als das Ende eurer Beziehung. Die – wenn wir mal ehrlich sind – schon vorher zu Ende war. Keine Ahnung, was da überhaupt noch möglich gewesen wäre. Aber das sind zwei verschiedene Dinge: das Verzeihen und das Zusammensein. Wenn letzteres nicht mehr drin ist – schlimm. Aber da wird sie drüber wegkommen. Ersteres allerdings... das musst du hinkriegen. Tut mir leid. Da führt kein Weg dran vorbei."

„Aber das ist ja der Punkt: Es sind keine zwei Dinge. Wenn ich ihr verzeihe, habe ich keinen Grund mehr, nicht wieder mit ihr zusammenzukommen."

„Äh?" machte Annie, „du meinst außer den Gründen, die euch vorher entzweit haben?"

„Gut, die... das... ach..." Z winkte ab, „aber zumindest keinen Grund mehr, es nicht zu versuchen."

„Z." Annie atmete tief aus, „wir beide – Geraldine und ich – haben mehr Beziehungen in den Sand gesetzt, als du jemals haben könntest. Macht das Sinn? Nein. Egal. Was ich sagen will: Wir kennen uns aus. Und wir wissen beide eines: Es besteht ein Unterschied zwischen ‚eine Sache abschließen‘ und ‚wieder zum ‚vorher‘ zurückkehren‘. Alles hat Konsequenzen. Und manchmal ist die Konsequenz, dass es nie mehr so wird, wie es war. Bei Becka hatte ich diesen Eindruck schon, als sie zum ersten Mal gegangen ist. Dass da etwas ist, was für sie bedeutet, dass es keine Rückkehr mehr gibt. Jetzt hast du auch sowas. Das ist eine der grässlichsten Lektionen, die man im Leben lernen muss. Dass es einfach kaputt ist. Trotzdem kann man die Scherben aufsammeln. Gemeinsam. In Frieden auseinandergehen. Sich gegenseitig sagen: ‚Es ist vorbei, aber wir lassen uns ziehen und haben uns verziehen‘. Ob Becka das von ihrer Seite so sagen kann und will, kannst du nicht beeinflussen. Und hast damit auch keine Verantwortung dafür. Aber du hast Verantwortung für dich. Ob du es sagen kannst und willst. Dir wird es besser gehen, wenn du es tust. Und ihr auch, wenn sie mitbekommt, dass du es tust. Und auch das sollte dir wichtig sein. Sie. Dass sie Frieden bekommt. Von dir. Schließlich... hoffe ich, dass du für sie willst, dass sie irgendwann auch wieder glücklich wird. Oder? Das willst du doch. Hoffentlich.“

„Ja.“ Z biss sich auf die Lippen, „ja. Das will ich.“

„Gut. Dann denk darüber nach. Okay?“

„Versprochen.“

Annie fuhr sich über die Wangen: „Ist das nicht schön? Dass all die Misserfolge meines eigenen Lebens zumindest dazu beitragen, dass andere Leute vorankommen.“

„Ach, Annie....“ seufzte Geraldine, „du wirst auch vorankommen.“

„Wer‘s glaubt.“

„Ich.“ erwiderte Geraldine.

„Danke.“

„Ich auch.“ schloss Z sich an.

„Nochmal danke.“

Geraldine stand auf: „Gehen wir nach unten.“

45

Die van der Veldes trafen nur ein paar Minuten später ein und es gab zunächst eine lange Begrüßungsrunde im Flur, bei der sie eigentlich schon alles sagten, weswegen sie gekommen waren. Trotzdem fand Michelle es angebracht, sie ins Wohnzimmer zu bitten, wo sie Kuchen und Tee aufgebaut hatte. Sie hatte sich extra die Mühe gemacht, ein niederländisches Rezept herauszusuchen und den ganzen Vormittag damit verbracht, es umzusetzen. Doch die beiden dort Heimischen sollten nichts von dem Kuchen essen. Denn in dem Moment, als sie das Wohnzimmer betraten, geschah etwas: Lieke van der Velde blieb wie angewurzelt stehen. So plötzlich, dass ihr Mann in sie hineinlief. Er schubste sie leicht an, damit sie weiterging. Aber das tat sie nicht. Stattdessen hob sie den Arm und deutete mit dem Zeigefinger auf die Wand. Thjis van der Velde wurde blass. Noch blasser, als seine Frau es bereits geworden war. Die Umstehenden blickten sich konsterniert an. Annie fragte „Kuchen?“ ins Leere und unwohle Blicke machten die Runde. Dann fasste sich Christopher ein Herz:

„Ist irgendetwas nicht in Ordnung?“

„Dieses Bild…“ antwortete Thjis tonlos, ohne den Blick abzuwenden.

Da an der Wand mehrere Bilder hingen, war Christopher sich nicht sicher, auf welches er sich bezog. Daher trat er vor die Couch und deutete zunächst auf das mit der Tür: „Das hier?“

„Ist das echt?“ bekam er zurück und nahm dies als Bestätigung, richtig zu liegen:

„Ja. Selbst gemacht.“

„Gemacht?“

„Fotografiert.“

Thjis nickte abwesend: „Wo?“

„In Afrika.“ erwiderte Christopher, „Michelle und ich waren einige Zeit…“

„Wo in Afrika?“ unterbrach Lieke ihn.

„Im Senegal. In der Nähe von dem Dorf, wo wir waren. Auf dem Weg zum Strand.“

„Strand.“ wiederholte sie, „wo die Boote anlegen.“

„Ja. Dort kann man auch anlegen.“ Christopher warf Michelle einen Blick zu, doch diese zuckte nur verständnislos mit den Schultern.

„Wo genau?" bohrte Lieke weiter.

„Ich kann es euch auf der Karte zeigen, wenn ihr wollt."

„Ja. Danke."

Mit einem weiteren Blick in Richtung seiner Frau eilte er hinunter in den Keller und holte eine große Karte, auf der der afrikanische Kontinent abgebildet war. Unterwegs konnte er hören, wie Michelle sich redlich bemühte, die van der Veldes an den Tisch zu bekommen. Ohne jeglichen Erfolg. Als er zurückkam, standen sie immer noch am gleichen Fleck. Er breitete die Karte auf der Couch aus und begann zu suchen:

„Es müsste... ungefähr... hier." Er tippte auf die Karte, „da in etwa ist es."

Thjis und Lieke traten zu ihm. Beugten sich über die Karte. Fixierten den von ihm gezeigten Punkt. „Senegal." murmelte Thjis.

„Ja." nickte Christopher stirnrunzelnd, „genau."

„Geht es euch nicht gut?" schaltete sich Katiana lautstark ein – wurde damit aber ebenso überhört, wie Michelle zuvor. Stattdessen sah Thjis Christopher an:

„Was ist hinter der Tür?"

„Das weiß ich nicht." gestand dieser.

„Du hast sie nicht geöffnet?"

„Es ist nicht meine Tür. Gut – ich gebe zu: Ich habe mal probeweise an der Klinke gerüttelt. Aber die Tür war verschlossen."

„Warum hast du das Bild gemacht?"

Christopher schürzte die Lippen: „Einer unserer Begleiter – er hatte ein Wort für mich."

„Für dich?" Auch Lieke sah ihn nun an.

„Ja."

„Nur für dich?"

„Ähm... ich denke doch... schon... ja."

„Was bedeutet es?"

„Das..." Er räusperte sich, „weiß ich ehrlich gesagt..."

Thjis' Augen wurden grösser: „Hast du Spuren gefunden?"

„Spuren? Du meinst... an der Tür? Vor der Tür?"

„Ja."

„Also..." Christopher kniff angestrengt die Augen zusammen, „da... habe ich nicht wirklich drauf..."

„So viele Jahre..." Lieke seufzte leise, „da sind keine Spuren mehr da."

Thjis nickte: „Oder zu viele?"

„Wollt ihr uns nicht erklären, was...?" probierte sich nun auch Steve, nachdem seine Frau ihm leicht in die Rippen gestoßen hatte. Jedoch blieb weiterhin Christopher der Fokus:

„Du weißt nicht, was hinter dieser Tür ist." Es klang nicht wie eine Frage. Und Thjis' Ausdruck dabei wirkte auch nicht fragend. Trotzdem beschloss Christopher, es noch einmal zu bestätigen:

„Nein. Ich sagte doch schon, dass ich..."

In diesem Moment schloss Lieke die Augen: „Ich weiß es... ich kenne es... ich sehe es..."

Ihr Mann tat es ihr gleich: „Ich auch. Alles."

„Wollt ihr euch vielleicht setzen?" kam es von Michelle – und zur Überraschung aller reagierte Thjis darauf wirklich. Er fuhr herum, ein seltsames Glitzern in den Augen:

„Nein. Wir müssen dorthin."

„Nach… in den Senegal?" wiederholte Annie verwirrt. Aber Thjis hatte sich schon wieder Christopher zugewandt:

„Können wir die Karte mitnehmen?"

„Natürlich." erwiderte dieser, „aber warum...?"

„Kannst du es einzeichnen?"

„Natürlich. Aber warum…?" wiederholte Christopher, während er mit einem Bleistift ein kleines Loch in die Karte stach. Eine Antwort erhielt er jedoch nicht:

„Wir danken euch." Lieke drückte ihn an den Schultern, „für eure Aufmerksamkeit. Ich meine: Gastfreundlichkeit. Wir sind bald wieder da." Während sie sprach, hatte Thjis die Karte bereits in seiner Jackentasche verstaut und war Richtung Haustür geeilt. Seine Frau folgte ihm und noch ehe sich jemand sonst rühren konnte, fiel die Haustür ins Schloss. Annie war die Erste, die einigermaßen ihre Fassung wiedergewann:

„Na. Das war doch mal ein skurriler Besuch."

„Das kannst du laut sagen." murmelte Geraldine.

„Und ich hatte gehofft, es könnte mir jemand erklären." Michelle sah sich um, „Steve? Katiana?"

Beide schüttelten den Kopf. „So habe ich sie noch nie erlebt." erklärte Steve dazu.

Christopher rieb sich das Kinn: „Sollen wir was machen? Arzt rufen oder so?"

Steve zuckte mit den Schultern: „Wissen wir denn, wo sie hin sind?"

„Zum Flughafen?" riet Michelle.

„Das könnte sogar sein." Katiana verzog grübelnd das Gesicht. Und Geraldine blickte Christopher herausfordernd an:

„Was hat es mit dem Bild auf sich?"

„Genau das, was ich erzählt habe." gab dieser zurück, „ihnen jetzt, euch damals schon. Daran hat sich nichts geändert. Es hat keine weitere Bedeutung für mich."

„Für sie anscheinend schon."

„Aber was könnte das sein?"

Geraldine seufzte: „Da bin ich überfragt."

„Kuchen?" fragte Annie erneut. Und erhielt diesmal diverse zustimmende Reaktionen:

„Ja. Gerne. Viel davon."

„Für mich auch. Doppelt so viel."

„Muss ja alle werden."

Eine Minute später saßen sie um den Tisch – jeder mit einem großen Stück vor sich. Das Gesprächsthema blieb trotzdem gleich:

„Ob sie wohl wirklich wiederkommen?" Michelle blickte in Richtung Wohnzimmertür. Christopher folgte ihrem Blick:

„Ich hätte es schon gerne erklärt."

Geraldine stach in ihren Kuchen: „Warten wir es ab."

„Na toll." brummelte Annie, „das tun wir so oft."

„So ist das Leben, Annie." sagte Katiana – halb seufzend, halb lachend, „so ist das Leben. " Dann wandte sie sich an Michelle: „Der Kuchen ist übrigens sehr lecker.

„Oh ja – das ist er." kam es von allen anderen im Chor.

Michelle lachte auf: „Das freut mich."

46

Noch nie zuvor hatte einer von ihnen ein offizielles Schreiben der Regierung bekommen. Was dazu führte, dass sie zunächst eine ganze Weile damit verbrachten, den Umschlag anzustarren, bevor sie ihn schließlich öffneten. Das Schreiben selbst war kurz – im Grunde nur ein Satz: Geraldine und Annie sollten sich im Büro von Jesus einfinden. Ein fester Termin wurde nicht benannt.

„Von Lili steht da gar nichts." stellte Annie fest und Geraldine schnaubte leise:

„Kein Wunder, oder? Sie hat ihm letztes Mal seine Unterstützung geklaut."

„Wenn der wüsste, dass wir das auch können."

„Gehen wir am besten gleich." Geraldine steckte den Brief ein und griff nach ihrer Jacke, aber Annie hielt sie zurück:

„Erinnere die an Christophers Worte."

„Tue ich. Nur... was sollen wir machen? Jetzt, vorher – meine ich."

„Na – uns einen Plan ausdenken." erwiderte Annie leicht verwirrt.

„Und wofür?"

„Äh?"

„Annie." Geraldine legte ihr die Hand auf die Schulter, „wir wissen nicht, was er will. Also haben wir gar keine Möglichkeit, uns einen Plan auszudenken."

„Aber... vollkommen unvorbereitet..."

„Ich sage dir, wie es diesmal läuft: Wir bleiben passiv. Sagen gar nichts. Also... nur das, was nötig ist wegen der Höflichkeit und so. Das ist es doch, was uns letztes Mal in die Krise gebracht hat. Dass wir ihm die Stirn geboten haben. Das tun wir diesmal nicht."

Annie runzelte selbige: „Und wenn er etwas von uns verlangt?"

„Dann nicken wir. Ganz einfach."

„Einfach?"

„Ich sehe das so." Geraldine streckte einen Zeigefinger in die Luft, „das erste Mal haben wir vergeigt. Bleiben noch zwei Male. Und das zweite kann uns dazu dienen, auf das dritte vorbereitet zu sein. Verstehst du? Wir gehen jetzt hin – auf seine Einladung. Das ist die Runde, wo er seinen Zug macht. Und das dritte Mal... ist unser Zug. Da gehen wir wirklich von uns aus. Mit einem Plan. Der auf dem basiert, was heute passiert. Und dann... gewinnen wir. Zur Not 1:2."

„Das ist im Fußball aber nicht möglich." wandte Annie ein.

„Nein." Geraldine lächelte entschlossen, „aber wir spielen hier ja auch nicht Fußball."

47

Einen Großteil des Weges legten sie schweigend zurück. Was Annie irgendwann zu anstrengend wurde: „Du – ich hab da über was nachgedacht."

Geraldine warf ihr einen Seitenblick zu: „Nämlich?"

„Die Vision. Von Coleen. Könnte die was mit Z zu tun haben?"

„Was meinst du mit ‚zu tun'?"

„Naja..." Annie zögerte, „dass sie Sex haben."

„Da habe ich auch schon dran gedacht." gestand Geraldine, „glaube ich aber nicht."

„Weil?"

„Ich mir nicht vorstellen kann, dass es unsere Aufgabe ist, bei sowas einzugreifen. Ich meine... ich weiß nicht, ob Christopher damals mit seinem strengen Ansatz Recht hatte oder jetzt mit seinem liberalen Recht hat. Aber ich denke schon, dass er damit richtig liegt, dass Gott manche Dinge mit jedem privat klären will. Wir haben dich bei Konstantin ganz schön in die Enge getrieben. Das war nicht gut. Das würde er kein zweites Mal wollen."

Annie nickte bedächtig: „Ja, da ist was dran."

„Und dann überleg dir, wann du sie das erste Mal bekommen hast. Wir hatten schon öfter ein wenig Vorlauf. Aber so viele Jahre?"

„Auch da..." Das Nicken wurde stärker, „ist was dran."

Geraldine seufzte: „Ich denke, dass wir ihr helfen sollen. Bei irgendwas. Und ich könnte mir sogar vorstellen, dass Z weiß, was es ist."

Annie blieb ruckartig stehen: „Und es nicht sagt?"

„Wir waren nicht sonderlich nett zu ihr." gab Geraldine zu bedenken.

„Aus gutem Grund."

„Schon. Aber damit geben wir ihm auch einen guten Grund." Sie zupfte Annie leicht am Ärmel und diese setzte sich wieder in Bewegung:

„Naja. Solange er zu uns kommt, wenn er es nicht alleine hinkriegt..."

„Das hoffe ich mal."

„Hast du eigentlich was von... Mhmhm... gehört?"

Geraldine zog die Brauen hoch: „Von Nils?"

„Leise." warnte Annie, worauf Geraldine sich ein Kichern nicht verkneifen konnte:

„Wir dürfen seinen Namen sagen. Das verrät nicht seinen Aufenthaltsort. Und ja – es geht ihnen gut. Den Umständen entsprechend. Ist halt nicht das wahre Leben. Und meine Eltern sind nach wie vor sehr unverständig. Aber er hat sie im Griff. Und lässt sie über ihre Beziehung reden."

Annie stutzte: „Nicht wirklich."

„Nein. Nicht wirklich. Würde er nie machen. Und auch nicht schaffen. Da sind sie stur."

„Sind halt Eltern."

„Das stimmt."

Annie atmete tief ein: „Wann glaubst du, dass sie zurückkommen können?"

Und Geraldine tief aus: „Wenn das hier ausgestanden ist. Also bald."

48

Es ging dieses Mal deutlich schneller am Eingang, denn sie standen auf der Liste. Wieder wurden sie von den Jüngern abgeholt. Jesus wartete in seinem Büro auf sie. Und lächelte ihnen strahlend entgegen:

„Wie schön, euch wiederzusehen."

„Das ist gelogen." schnaubte Geraldine.

„Nein. Letztes Mal wolltet ihr mir an den Kragen. Damit ist es vorbei. Daher freut es mich."

„Vorbei ist es noch lange nicht." schoss Geraldine zurück in der Hoffnung, ihn damit zu überraschen. Stattdessen überraschte sie Annie, die sie fassungslos anstarrte und mit den Lippen tonlos das Wort ‚passiv' formte. Was Geraldine allerdings nicht merkte, da sie zu sehr auf Jesus fixiert war. Der sie lediglich mit einem enttäuschten Blick bedachte:

„Ihr habt meine Warnung also nicht verstanden?"

„Sie war eindeutig. Aber warum sollte sie uns aufhalten?"

Jesus kniff die Augen zusammen: „Wen wollt ihr denn noch verlieren?"

„Meine Familie ist in Sicherheit." erklärte Geraldine laut.

„Meine komplett ausgelöscht." fügte Annie leise hinzu.

„Och..." machte Jesus, „wie mutig."

Geraldine verschränkte die Arme vor der Brust: „Du magst dich groß fühlen. Du bist es nicht."

„Über Größe lässt sich streiten. In jedem Fall bin ich grösser als ihr."

„Auch alleine?" Geraldine nickte ins Leere und Jesus kicherte amüsiert:

„Ihr seid gut. Aber was wollt ihr dagegen tun?"

„Zum Beispiel..." Geraldine warf Annie einen vielsagenden Blick zu, dessen es nicht bedurft hätte, „das."

Die beiden Frauen wirbelten kurz mit den Händen durch die Luft. Dann klopfte Geraldine die ihrigen ab:

„Jetzt sind wir alleine."

„Ihr könnt das also auch." stellte Jesus trocken fest.

„Überrascht?"

„Ein bisschen. Aber so wirklich interessiert es mich eigentlich nicht."

„Sollte es aber." entgegnete Geraldine, „genau wie das, was wir erzählen können."

Immer noch ein wenig widerwillig, beschloss Annie, dass es an der Zeit war, Geraldine auch verbal zu unterstützen: „Wir brauchen nur ein paar Worte mit der richtigen Person zu wechseln und schon..."

Jesus lachte auf: „Wer würde euch glauben?"

„Wirken wir so unglaubwürdig?" gab Geraldine zurück.

„Gegen mich?"

Annie stemmte die Hände in die Hüften: „Willst du es drauf ankommen lassen?"

Jesus lehnte sich vor: „Ich sag euch mal was – ganz ehrlich: Es gibt nichts, was ihr gegen mich tun könnt. Aber auch rein gar nichts. Und wisst ihr, warum? Weil ich für alles vorgesorgt habe. Ich habe nicht nur einen Plan A – der da lautet: ‚Sohn Gottes sein'. Nein. Ich habe auch einen Plan B."

„Da bin ich aber gespannt." Geraldine zwinkerte Annie zu, die allerdings nicht zurück zwinkerte. Sondern die Brauen hochzog.

„Ihr wollt ihn hören? Nun gut." Jesus lehnte sich wieder zurück, „wer glaubt ihr, hat die Umbauarbeiten an diesem Gebäude in Auftrag gegeben?"

„Die Regierung." erwiderte Annie.

„Wer hat die Verhandlungen übernommen? Die Baucrews überwacht? Ich. Und meine Jünger. Wir haben sie sogar ausgesucht. Bauarbeiter, denen wir vertrauen konnten. Das ist immer gut. Denn Vertrauen beruht auf Gegenseitigkeit. Also machen sie, was man ihnen sagt. Ohne zu fragen. Wie zum Beispiel an diversen tragenden Stellen im Fundament leicht entflammbares Material in den Beton einmischen. Und jede Menge Kabel. Die alle an einen Ort führen: dieses Büro. Ja." Er grinste breit, „ich brauche nur auf diesen Knopf hier zu drücken. Und schon gibt es eine Kettenreaktion. Ich habe natürlich noch genug Zeit, zu verschwinden. Meine Jünger nehme ich mit. Die Geisties... mal schauen. Aber alle anderen... Bumm! Und weg. Und dann bin ich als Einziger übrig. Ganz oben. Glaubt ihr wirklich, dass ihr da etwas machen könnt?"

Annie war blass geworden während seiner Ausführungen. Und Geraldine immer mehr in sich zusammengesackt:

„Nein. Du hast Recht. Da können wir rein gar nichts tun. Das sehen wir jetzt ein."

Wieder traf Annie der Umschwung ihrer Freundin unvorbereitet: „Tun wir?"

„Tun wir." Geraldine seufzte laut, „war es das, weswegen du uns sehen wolltest?"

„Ich wollte wissen, ob ihr weiterhin vorhabt, euch aufzulehnen." antwortete Jesus gelassen.

„Nein, nein." Geraldine schüttelte den Kopf und Annie tat es ihr hastig gleich, „ganz und gar nicht mehr. Wir geben klein bei."

„Das will ich euch auch geraten haben."

49

Geraldine zog Annie hinter sich her über den Rathausplatz, alle Proteste ihrer Freundin ignorierend. Erst, als sie außer Sichtweite des Gebäudes waren, drückte sie Annie in eine Ecke und griff zu ihrem Handy.

„Was hast du?" zischte Annie sie an, während sie wählte, „was ist los? Und wen rufst du an?"

„Rebecca." erwiderte Geraldine.

„Warum das denn? Und was ist aus ‚passiv' geworden?"

Geraldine sah auf: „Ich habe mich treiben lassen. Und das war gut so. Siehst du doch."

„Gut so?" Annie blinzelte verwirrt, „sehe ich nicht. Warum?"

„Weil der FC uns gerade seinen Plan verraten hat. So wie der dümmste Bösewicht im Fernsehen. Und das wird ihm zum Verhängnis werden. 1:1 sage ich nur."

„Ich dachte, wir spielen kein Fußball."

„Nein." Geraldine hielt das Handy ans Ohr, „wie spielen überhaupt nicht mehr."

50

Binnen einer Stunde war der komplette Rathausplatz abgesperrt und das Regierungsgebäude evakuiert. Geraldine und Annie warteten vor dem Absperrband – zusammen mit Rebecca. Während Beamte des Bombenkommandos – unter ihnen auch Peter – mit Geräten und Spürhunden im Gebäude verschwanden. Es dauerte eine weitere Stunde, bis sie wieder zum Vorschein kamen. Sich auf ihre Fahrzeuge verteilten und davonfuhren. Lediglich Peter kam zu ihnen herüber.

„Und?" rief Geraldine ihm entgegen.

Er hob die Hände: „Nichts. Falscher Alarm."

Annie stöhnte leise auf – und Geraldine starrte Peter an:

„Aber wir haben doch gehört, wie..."

„Da ist nichts." unterbrach er sie, „das könnt ihr mir ruhig glauben. Ich mache das seit vielen Jahren. Wenn da was wäre, hätten wir es gefunden."

„Das verstehe ich nicht."

Peter zog die Brauen hoch: „Solltest du aber schnell. Da wartet eine ganze Menge Ärger auf euch."

„Auf uns?" stieß Annie entsetzt hervor.

„Ihr habt den Alarm ausgelöst. Allein, was der Einsatz gekostet hat... ich hoffe, ihr habt einen guten Anwalt."
Geraldine schlug sich mit der Faust gegen die Stirn: „Ich krieg die Krise."
„2:0 für ihn." flüsterte Annie.
Worauf von Geraldine nur noch ein wütendes Schnauben kam.

51

Das Verhör bei der Polizei war anstrengend. Immer wieder mussten Geraldine und Annie ihre Geschichte wiederholen. Und immer wieder waren sie sich dabei bewusst, dass man sie für total unterbelichtet hielt. Was am Ende aber zumindest dafür sorgte, dass sie über eine saftige Geldstrafe hinaus keinerlei Konsequenzen aufgebrummt bekamen. Der Tenor lautete in etwa: ‚Da hat jemand einen Scherz gemacht und ihr habt es nicht geschnallt.' Natürlich spielte es auch eine Rolle, dass die Polizei selbst vollkommen falsch reagiert hatte und direkt mit einem Großaufgebot angerollt war, anstatt zunächst zu versuchen, die Angaben der beiden über weitere Quellen zu prüfen. Das konnten sie den beiden Frauen natürlich nicht ankreiden.
Ärger hatten diese trotzdem genug, denn der Vorfall war natürlich von der Presse aufgegriffen worden und selbst wenn sie es geschafft hatten, den Fotografen zu entgehen, wurden in den vielen Artikeln trotzdem immer wieder ihre Namen erwähnt.

52

Wladimir hatte schon immer ein Verlangen gehabt, das über das, was man als ‚normal' bezeichnete, hinausging. Direkt, nachdem er mit 14 sein erstes Mal erlebt hatte, hatte er es in sich gespürt: Dass er nicht nur ein zweites Mal wollte, sondern dieses auch mit jemand anders. Jahrelang hatte er genauso gelebt. Hatte die unzähligen Male, die gefolgt waren, mit fast genauso vielen Frauen verbracht. Bis er die Frau kennengelernt hatte, mit der er nun verheiratet war. Da hatte er daran etwas geändert. Das Verlangen jedoch war geblieben und das Einzige, was ihn daran hinderte, ihm nachzugeben, war die Tatsache, dass der Ort, in dem sie lebten, gerade mal 307 Einwohner aufwies und er daher keine Chance sah, dies diskret zu tun. Da kam es ihm sehr entgegen, dass ihn seine Firma in regelmäßigen Abständen ins Ausland schickte. Dort konnte er sich dann mal ‚etwas gönnen‘, wie er es heimlich für sich nannte. Im Normalfall war dieses ‚etwas‘ eine der Angestellten des Hotels, in dem er sich aufhielt. Sie waren am einfachsten zugänglich und zudem am offensten im Umgang mit ihren Gästen. Selten hatte er Pech dabei. Dieses Mal leider schon. Denn das knackige, junge Mädchen, das ihn an der Rezeption empfing, ging auf seine sehr eindeutigen Bemerkungen nicht ein und ließ sich auch nicht breitschlagen, ihm sein Zimmer zu zeigen. Zudem schien sie im Anschluss direkt alle anderen weiblichen Bediensteten eingeweiht zu haben, denn in den nächsten drei Tagen begegneten ihm alle Hotelangestellten mit frostiger Zurückhaltung. Sein Verlangen wurde dadurch natürlich nur noch größer und als der Abflug nahte, empfand er fast ein bisschen Panik. So kam er an den Flughafen und wusste, dass das seine letzte Chance war. Doch da hier leider keine Bediensteten umherliefen, die er sich abgreifen konnte, tat er aus reiner Verzweiflung etwas, was er zuvor noch nie getan hatte: Er machte sich auf die Suche nach einem Sexshop. Und wurde fündig – in doppelter Hinsicht. Denn er fand nicht nur einen solchen, sondern in diesem auch eine junge Dame, die trotz ihrer leicht ungesund anmutenden Blässe sehr empfänglich für seinen Vorschlag war und so dafür sorgte, dass er die Reise doch noch als Erfolg abhaken konnte. Seine Frau und seine Kinder holten ihn vom Flughafen ab und er gab ihnen allen einen dicken Kuss, wofür ihn seine beiden Mädchen mit angeekelten Gesichtern bedachten, denn mit 16 und 14 mag man es nicht mehr übermäßig gerne, wenn der eigene Vater einen küsst – vor allem nicht in der Öffentlichkeit. Zuhause angekommen, fiel Wladimir ziemlich erschöpft ins Bett und als er am nächsten Morgen aufwachte, fühlte er sich leicht kränklich. Doch maß er dem keine allzu große Bedeutung bei – eine Erklärung war für die Jahreszeit schließlich nichts Ungewöhnliches – und ging daher ganz normal auf die Arbeit. Den Zusammenhang zwischen seinem eigenen Spiegelbild und dem Aussehen der jungen Dame vom Flughafen stellte er nicht her. Er hatte sie im Grunde bereits vergessen. Im Laufe des Tages fühlte er sich auch wieder besser – vor allem, nachdem er in dem großen Ergebnismeeting von allen Seiten Applaus für den erfolgreichen Verlauf seiner Geschäftsreise geerntet hatte. Den geschäftlichen Verlauf, verstand sich. Und die Tatsache, dass ihn ausgerechnet die gutgebaute Kollegin aus der Buchhaltung hinterher mit genau dem Blick anschaute, den er über Wochen hinweg mit Sprüchen und Komplimenten vergeblich zu erreichen versucht hatte, tat sein Übriges, dass er das innere Unwohlsein endgültig zur Seite schob. Stattdessen sprach er sie an und nur wenige Minuten später tat er etwas, was er sich eigentlich geschworen hatte, niemals zu tun: Er zog sie mit sich in ein leeres Büro und auch wenn es nicht über ein wenig Geknutsche hinausging, bevor sie ihn schließlich mit den Worten „Nein, ich kann das nicht, ich habe einen Freund." wegstieß, fühlte er sich doch gut dabei. Genau mit diesem Gefühl kehrte er nach Hause zurück und schenkte der Tatsache, dass der Rest seiner Familie genauso trübe aus der Wäsche schaute, wie er am Morgen aufgestanden war, nur wenig Beachtung. Er hatte etwas erreicht, was er nie zu erreichen gedacht hatte: Er hatte sich in seiner häuslichen Umgebung mit einer anderen Frau eingelassen und niemand hatte etwas davon mitbekommen. Die Möglichkeiten, die sich ihm dadurch eröffneten, waren atemberaubend: Er musste gar nicht mehr auf die Geschäftsreisen warten. Er konnte sich auch hier umschauen. Und beim nächsten Mal würde er sicherlich auch eine finden, die sich auf mehr einließ als nur küssen. Bis es soweit war, hatte er allerdings natürlich auch noch seine Frau und auch wenn es ihr nicht gut ging – und ihm, wenn er ganz ehrlich war, auch nicht – befriedigten sie gemeinsam sein Verlangen. Woraufhin er zufrieden einschlief. Und am nächsten Morgen wiederum jegliches Unwohlsein zur Seite schob. Am Frühstückstisch traf er auf zwei fremde Jungs, runzelte ob dessen kurz die Stirn, entschied sich dann aber, nicht näher nachzufragen. Eine Antwort erhielt er dennoch, als seine ältere Tochter hereinkam: „Party. Lang." murmelte sie und betrachtete die Situation damit als komplett geklärt. Wladimir sah das zu ihrer Überraschung genauso und verließ das Haus, um auf die Arbeit zu fahren. Er war mit den Gedanken bereits ganz woanders: Er ging im Kopf die Liste der potenziellen Kandidatinnen durch, die innerhalb des Ortes natürlich ziemlich gering war. Und in keinem Moment kam ihm der Gedanke, wie sehr er seine Frau damit verletzte. Diese war ebenfalls auf der Arbeit und hatte am Abend zuvor eine

Entscheidung getroffen, die sie nun in die Tat umzusetzen gedachte. Denn wie viele andere Männer auch war sich Wladimir einer Tatsache nicht bewusst: Dass Frauen, mit denen man unter einem Dach wohnt, wesentlich mehr mitbekommen, als man das vermutet. Schließlich brauchte es keiner visuellen Beweise, um zu wissen, was der eigene Mann während seiner Abwesenheit getan hatte. Da reichten auch Gerüche oder Geschmäcker. So wusste seine Frau schon lange, dass er seine Geschäftsreisen nutzte, um fremdzugehen und hatte sich schon oft gefragt, ob sie ihm dies nicht – aus reiner Rache – gleichtun sollte. Bisher hatte immer das Gute in ihr gesiegt. Aber als sie am Abend zuvor zum ersten Mal einen fremden Geruch nach einem ganz normalen Arbeitstag wahrgenommen und daraus fälschlicherweise interpretiert hatte, dass sich Wladimir nun endgültig eine Geliebte vor Ort zugelegt hatte, brachen auch in ihr die letzten Mauern weg. Was zusätzlich dadurch bedingt wurde, dass es bei ihr auf der Arbeit einen Kollegen gab, der schon lange ein Auge auf sie geworfen hatte und das auch ganz unverhohlen. Bisher hatte sie sich immer nett, aber bestimmt gegen seine Avancen gewehrt. Heute nun war sie diejenige, die auf ihn zuging und mit ihm genau das gleiche tat, was Wladimir am Tag zu vor mit seiner Kollegin getan hatte. Auch bei ihr ging es nicht über ein paar wilde Küsse hinaus, bevor sie das Ganze abbrach. In erster Linie wegen ihm, denn er war ebenfalls eigentlich festen Händen. So trafen sich Wladimir und seine Frau am Abend zuhause wieder. Jeder mit seinem eigenen kleinen Geheimnis und jeder darauf bedacht, es den anderen nicht wissen zu lassen. Weswegen die immer stärker werdenden Krankheitssymptome über die nächsten Tage hinweg radikal ignoriert wurden. Bis ihre jüngere Tochter schließlich zusammenbrach und ins Krankenhaus eingeliefert werden musste. Das war auch der Tag, an dem die junge Dame starb, bei der sich Wladimir am Flughafen angesteckt hatte. Sie selbst hatte sich die Krankheit von einem ihrer Kunden geholt. Denn bis zu ihrem Tod hatte sie sich ihr Geld mit genau dem verdient, was Wladimir von ihr – aus reiner Freundlichkeit ihrerseits – kostenlos bekommen hatte. Und bis auf zwei Mal hatte sie immer aufgepasst, dass alles sicher war. Doch genau diese zwei Male waren es, die alles auslösen sollten, was folgte. Beim ersten Mal hatte sie sich selbst angesteckt, beim zweiten Mal Wladimir. Der die Krankheit seit seiner Rückkehr fleißig verbreitet hatte, denn dafür genügte jegliche Art des

Austauschs von Körperflüssigkeiten. Und die Leute, an die er sie weitergegeben hatte, gaben sie ihrerseits weiter – mit beachtlicher Geschwindigkeit. Am Tag nach der Einlieferung seiner Tochter erwischte es seine Frau, zwei Tage später Wladimir selbst. Zu diesem Zeitpunkt befanden sich bereits knapp 30 andere Leute in Behandlung wegen der gleichen Symptome. Viele davon kannte Wladimir gerade mal vom Sehen. An dem Tag, an dem auch seine ältere Tochter zusammenbrach, war die Zahl der infizierten auf 50 angestiegen. Einen Tag später trafen die Spezialisten von der Gesundheitsbehörde ein, die zunächst mit Entsetzen feststellen mussten, dass man sie viel zu spät informiert hatte. Sie gaben sich jede Mühe, machten einen Test nach dem anderen und arbeiteten dabei rund um die Uhr. Doch sie konnten nichts mehr ausrichten. Die Krankheit war zu weit fortgeschritten und die Ausbreitung zu umfassend. Mit einem Eilbeschluss der Regierung wurde der komplette Ort abgeriegelt und unter Quarantäne gestellt. Die Leute wurden nach Hause geschickt und dort weiterbehandelt. Das Krankenhaus war für sie alle viel zu klein und bot sowieso niemandem mehr Schutz. Wladimirs Frau war die erste, die starb. Was er kaum mitbekam, denn bei ihm war die Krankheit nun so weit fortgeschritten, dass er konstant unter Schmerzmitteln stand. Er selbst starb drei Tage später, nur zwei Stunden nach der Kollegin, an die er es auf der Arbeit weitergegeben hatte. Er war damit der letzte seiner Familie. Doch nicht der letzte insgesamt, denn es sollten noch viele andere folgen. Von den 307 Einwohnern des Ortes überlebten nur 19 die Epidemie. Warum genau, blieb ungeklärt und sie wurden noch über Monate hinweg in einem eigens dafür eingerichteten Quarantäneflügel in einem Krankhaus in einer nahegelegenen Großstadt unter Aufsicht gehalten, bevor sie schließlich in ihr normales Leben zurückkehren durften. Oder besser gesagt: in ihr neues Leben. Denn in den Ort, in dem 288 ihrer Verwandten, Freunde und Bekannten den Tod gefunden hatten, kehrte keiner von ihnen zurück.

53

Sie waren frustriert und entnervt und als zum zweiten Mal ein Schreiben mit einer Einladung kam – diesmal mit Termin – überlegten sie fast bis zur letzten Minute, ob sie überhaupt hingehen sollten. Immer wieder murmelte Annie „Passiv." vor sich hin und lachte dann spöttisch – womit sie Geraldine komplett auf die Palme brachte. Allerdings sagte Geraldine nichts dagegen – schließlich war sie sich bewusst, worauf Annie damit anspielte und da ihr schlechtes Gewissen auch so schon groß genug war, konnte sie auf ausführlichere Vorhaltungen gut und gerne verzichten. Zumal nun auch die daraus resultierende Strategie komplett über den Haufen geworfen war, denn die Chance, von sich aus zu Jesus zu gehen war mit dieser weiteren Einladung dahin. Und Anhaltspunkte, auf denen sie einen Plan aufbauen konnten, hatten sie ebenfalls keine.

Den Ausschlag, dass sie sich schließlich doch dafür entschieden, gab schließlich Z. Der sich nach langem mal wieder in den unteren Räumen blicken ließ, während sie da waren. Er sagte nicht viel und vermied alle schwierigen Themen. Doch er machte ihnen Mut, sich Jesus zu stellen. Ihm zumindest nicht die Genugtuung zu geben, dass sie sich noch nicht einmal mehr zu ihm trauten. So machten sie sich auf den Weg. Wenn auch – erneut – mit dem unguten Gefühl, dass sie auch dieses Mal nicht agieren, sondern nur reagieren konnten.

54

Miguel saß Jesus gegenüber. Mit einem breiten Grinsen im Gesicht: „Siehst du – so geht das. Sie sind am Boden, du haust heute nochmal richtig drauf, und dann hat das Thema ein Ende."

„Wie denkst du denn soll ich draufhauen?" erkundigte sich Jesus übertrieben beiläufig.

„Erstmal das, was du selbst schon meintest. Ihnen vorführen, wie du sie reingelegt hast. Und dann... erzählst du ihnen die ganze Wahrheit."

„Bitte was?"

„Natürlich nicht in allen Einzelheiten." führte Miguel hastig aus, „aber wenn du ihnen unter die Nase reibst, dass all das wirklich wahr ist, was in diesem Bericht steht... dann haben sie es schriftlich und mündlich und können trotzdem nichts damit anfangen. Nichts gegen dich tun. Was du ihnen im Übrigen auch vorhalten kannst. Da knickt auch der letzte

Strohhalm weg. Das gibt ihnen den Rest. Es aus deinem Munde zu hören. Und trotzdem komplett machtlos zu sein. Danach hörst du nie wieder von ihnen."

Jetzt grinste auch Jesus: „Klingt gut. Sehr gut. Und befriedigend, irgendwie." Sein Telefon klingelte: „Ja?"

„Sie sind da." erklärte der Jünger am anderen Ende und er gab diese Information nach dem Auflegen an Miguel weiter. Dieser erhob sich –

„Na. Dann werde ich mal..." – und verließ das Büro. Jesus rückte seinen Stuhl zurecht – dann fiel sein Blick auf den Schreibtisch:

„Jetzt hat er doch glatt sein Handy... naja, egal. Gebe ich ihm nachher. Muss er ohne auskommen, solange."

Einen Moment später ging die Tür auf. Geraldine und Annie kamen herein.

„So." begrüßte er sie in geschäftsmäßigem Ton, „da haben wir euch ja. Wie ihr seht, sind wir heute gleich alleine. Warum auch nicht? Ihr habt nichts mehr zu bieten."

Annie verzog das Gesicht: „Was sollte diese dumme Aktion?"

„Dumm? Sie war ganz und gar nicht dumm. Im Gegenteil: Alles, was ihr hattet, war eure Glaubwürdigkeit. Das habt ihr im Grunde selbst gesagt. Jetzt ist sie weg. Jetzt glaubt euch keiner mehr was. Jetzt habt ihr nichts mehr."

„Außer uns selbst." konterte Geraldine, doch Jesus winkte ab:

„Das dürft ihr auch. Das stört mich nicht."

„Also gibt es keinen Plan B?"

„Es gibt immer einen Plan B. Aber das hier ist kein Film, in dem der Böse ihn den Guten verraten muss, weil der Drehbuchautor zu dumm oder zu faul war, sich einen Weg auszudenken, wie der Gute ihn von alleine rauskriegt. Ich schaue selten fern. Aber sowas... schlimm, schlimm, schlimm. Ihr scheint davon sehr viel zu kennen. Oder vielleicht auch nicht. Auf jeden Fall seid ihr wunderbar darauf reingefallen."

„Deswegen sind wir hier?" fauchte Annie, „damit du dich lustig machen kannst?"

Jesus lachte auf: „Und wie. Und noch viel mehr als das. Ich will euch an etwas teilhaben lassen. Einfach so, weil es mir Spaß macht. An meinem Leben. Ich habe den Bericht gelesen, den euer Freund... Dings... angefertigt hat. Tolles Stück. Und: Es ist vom ersten bis zum letzten Satz wahr. Ich bin nicht der Sohn Gottes. Ich bin ein ganz einfacher Mensch. Der nur so tut. Krass, nicht wahr? Es stimmt alles. Er war mit Sicherheit einer der besten Detektive, die es jemals gab auf diesem Planeten. Er hat es bis ins letzte Detail ausgegraben und zusammengesetzt. Total faszinierend eigentlich. Und total schade, dass ich ihn umbringen musste. Ja – habt ihr richtig gehört. Ich habe ihn umgebracht. Hier. In diesem Büro. Genau da, wo ihr jetzt steht."

Geraldine kniff die Augen zusammen: „Warum erzählst du uns das?"

„Weil es so guttut. Ihr kennt die Wahrheit. Ihr habt sie schwarz auf weiß. Und ihr habt ein Geständnis von mir. Aber nichts davon zählt. Weil ihr es niemandem mehr erzählen könnt. Euch glauben höchstens noch die Obdachlosen mit der Alufolie auf dem Kopf. Alle anderen halten euch für Spinner. Und das freut mich. So sehr – das könnt ihr euch gar nicht vorstellen. Ich genieße das. Euch hier vor mir zu haben. Eure Gesichter zu sehen. Ach... ihr habt mir so sehr den Tag verschönert." Er seufzte wohlig – und begann dann, mit der Hand zu wedeln, „und jetzt geht. Verschwindet. Ich will euch nicht mehr sehen. Ich hatte meinen Spaß. Jetzt will ich meine Ruhe."

„Du bist ein schlechter Mensch." zischte Annie ihn an – und bekam ein weiteres Lachen zurück:

„Aber ich bin ganz oben. Ihr dagegen seid ganz unten. Und es wird mir langfristig Freude bereiten zu wissen, dass euch das quälen wird, was ich gerade erzählt habe. Weil ihr es nicht lösen könnt. Sagt ihr es nicht, habt ihr verloren. Sagt ihr es, habt ihr auch verloren. Wundervoll. Einfach nur wundervoll."

Er drückte auf einen Knopf und die Tür öffnete sich. „Die Damen?" sagte eine Jüngerin und die beiden Frauen folgten ihr nach draußen.

55

Miguel stand auf dem Gang und als er sie kommen sah, löste er sich vom Fenster und kam ihnen entgegen. Lief aber wieder nur schweigend an ihnen vorbei. Er betrat Jesu Büro, gerade als sie den Ausgang erreichten.

„Ah, Miguel, du…" Jesus hielt ihm sein Handy entgegen und er griff danach und steckte es ein:

„Ja. Hatte ich schon vermisst."

„Hast nichts verpasst. Hat nicht geklingelt."

„Das ist gut. Und?" setzte Miguel hinzu, worauf Jesus genüsslich die Arme hinter dem Kopf verschränkte:

„Das war ein sehr schöner Morgen."

Miguel lächelte: „Das freut mich zu hören."

56

„3:0." jammerte Geraldine, als sie den Heimweg antraten.

Annie kratzte sich am Kopf: „Müsste es nicht eher 0:3 heißen?"

„Was macht das für einen Unterschied?" fuhr Geraldine auf, hob entschuldigend die Hände, jammerte aber weiter: „Imran ist umsonst gestorben."

„Wir könnten den Bericht jemand anders geben. Anonym." schlug Annie vor.

„Und wem? Jede Behöre, jedes Gericht würde verlangen, dass die Quelle genannt wird. Und die sind wir. Die… die… die… mir fällt gar kein Schimpfwort für uns ein."

„Gut so. Ich will gar nicht, dass dir ein Schimpfwort für uns einfällt."

„Ach…" Geraldine schüttelte sich wütend, „gehen wir einfach nach Hause."

57

In der Schule war Cassandra nie gut gewesen. Nicht einmal in Chemie. Was allerdings nicht an ihrem Intellekt lag. Sondern an ihrem Interesse. Sie mochte es nicht, dass alles nur theoretisch abgehandelt wurde. Sie wollte forschen. Ausprobieren. Flüssigkeiten zusammenkippen und schauen, was passierte. Nicht einfach nur Formeln von der Tafel abschreiben. Im Studium dann hatte sich ihr diese Chance eröffnet. In einem gewissen Ausmaß zumindest, denn natürlich hatte keiner ihrer Professoren gewollt, dass sie aus Versehen das Labor in die Luft sprengte. Doch es war ein Schritt in die richtige Richtung gewesen – wenn sie sich auch darauf hatte beschränken müssen, nur solche Versuche zu machen, die sie zuvor theoretisch durchkalkuliert hatte. Sie hatte sich daran gewöhnt. Und mit der Zeit auch festgestellt, dass es durchaus gar nicht so schlecht war, zumindest eine gewisse Ahnung von dem zu haben, was passierte, bevor es passierte. Das verringerte die Anzahl der Fehlversuche. Während ihres Studiums hatte sie ein reges Interesse an der Mikrobiologie entwickelt. Fasziniert von den großen Auswirkungen, die kleine Organismen haben konnten. Besonders auf den Menschen. Sie beendete das Studium und kam in einer Firma unter, die Medikamente herstellte. Wo sie ihr eigenes Labor hatte, ihre Zeit allerdings nicht damit verbrachte, das zu entwickeln, was ihre Arbeitgeber von ihr wollten, sondern ihre beiden Leidenschaften zu kombinieren. Womit sie irgendwann aufflog und vor die Tür gesetzt wurde. Doch sie blieb nicht lange arbeitslos, denn ihre Ergebnisse waren nicht verborgen geblieben. Sie wurde von einem Mann angesprochen, der sich zunächst als Investor eines großen koreanischen Unternehmens vorstellte, in Wirklichkeit aber für die koreanische Regierung arbeitete. Was er ihr nach einigen Treffen auch beichtete. Bei dem gleichen Treffen, bei dem er ihr ein Angebot unterbreitete, das sie nicht ausschlagen konnte. Das Gehalt war sechsstellig, die Ausrüstung, die man ihr zur Verfügung stellte, nur das Beste vom Besten und die Freiheiten, die man ihr gewährte, fast schon zu schön, um wahr zu sein. So zog sie nach Korea und verbrachte die nächsten Jahre damit, Stoffe zu entwickeln, von denen sie ganz genau wusste, dass sie großen Schaden anrichten konnten. Aber das störte sie nicht. Sie war kein Soldat. Sie war Wissenschaftlerin. Sie war an der Entdeckung interessiert. Nicht an der Einsetzung. Ihre Vorgesetzten waren sehr zufrieden mit ihr. Wenn auch skeptisch, was ihre Ergebnisse anging. Denn ihre Tests konnte sie nur an Tieren durchführen und von dort auf den Menschen schließen. Immer wieder gab es Diskussionen diesbezüglich, die alle gleich verliefen und gleich endeten: Sie sagte ihnen, dass sie sich selbst nicht als Testobjekt zur Verfügung stellen würde, sie aber keinerlei Hemmungen hatte, Tests an anderen Menschen durchzuführen. Worauf die Antwort kam, dass das ausgeschlossen sei. Kein Bürger des Landes würde sich für so etwas hergeben.

Das alles änderte sich schlagartig, als das gleich heißende Nachbarland seine Grenzen öffnete, um den politischen Dialog zu suchen. Die Regierung ging darauf ein, das Militär allerdings bekam ganz klare Anweisungen: nutzt die Gelegenheit. So standen ihre Vorgesetzten wieder in ihrem Labor. Diesmal allerdings nicht, um zu diskutieren. Sondern um sie abzuholen. Im Eilverfahren wurde alles, was sie benötigte, in mehrere Lastwagen verladen, die weiß gestrichen und mit dem Roten Kreuz versehen waren. Dann ging es damit über die Grenze. Auf dem Weg erklärte man ihr den Plan: Sie würde nicht nur ein oder zwei Testobjekte bekommen, sondern ein ganzes Dorf. Mit knapp 100 Einwohnern. Mit ihnen konnte sie machen, was sie wollte. Das erschien ihr dann doch ein wenig zu hoch gegriffen, aber ihre Neugierde siegte über ihre Skrupel und so machte sie sich an die Arbeit, sobald sie das Dorf erreicht hatten. Offiziell verabreichten sie Impfungen und so stellten sich die Leute bereitwillig an. Was die Spritzen in Wirklichkeit enthielten, hatte noch keinen Namen und sollte auch nie einen bekommen. Die Wirkung war jedenfalls so erschreckend, dass sogar die Männer vom Militär nach kurzer Zeit in den Büschen hingen und sich übergaben. Nicht, weil sie infiziert waren. Sondern, weil sie den Anblick nicht ertragen konnten. Binnen nur zwei Stunden hatten sich alle Einwohner des kleinen Dorfes in eine stinkende Masse aus verwesendem Fleisch verwandelt. Ihre Haut war wie weggeätzt und Blut lief ihnen aus allen normalen Körperöffnungen – sowie aus weiteren, die sich spontan gebildet hatten. Eine weitere Stunde später waren sie alle tot. Dann war es still im Dorf. Und die Lastwagen fuhren wieder ab. Doch die Schreie, die der Stille vorausgegangen waren, verfolgten Cassandra die ganze Heimfahrt über und bis in den Schlaf. Wo sich im Traum die Bilder hinzugesellten, die sich ihr im Dorf geboten hatten.

Zwei Tage später gab die Regierung des Nachbarlandes offiziell den Tod von 97 Menschen bekannt. Und klagte laut über die unerklärliche Katastrophe, die dazu geführt hatte. Zwei weitere Tage später gab die eigene Regierung offiziell den Tod von Cassandra bekannt. Sie hatte mit den Bildern und den Schreien in ihrem Kopf nicht mehr leben können. Das Wissen, dass sie dafür verantwortlich war, hatte sie gebrochen. Und sie hatte keinen Ausweg mehr gesehen, als dem ein Ende zu bereiten. Für sich selbst. Und für den Rest der Menschheit. Denn sie hatte alles von dem Mittel verwendet, was sie zuvor hergestellt hatte. Und die Formel nur in ihrem Kopf existiert. Sie nahm sie mit ins Grab. Und tat so zumindest ganz am Ende noch eine gute Tat.

58

Einige Tage später rief Steve im Haus an. Die drei Freunde hatten sich seit dem letzten Besuch bei Jesus alle in ihren Zimmern verschanzt und abgesehen von den Mahlzeiten hatten Christopher und Michelle das Gefühl, wieder alleine zu wohnen. Der Anruf war allerdings Anlass, sie alle nach unten zu holen. In den Keller, in Christophers Arbeitszimmer.

„Steve hat mir eine E-Mail weitergeleitet." erklärte dieser ihnen, „die an euer altes Postfach gegangen ist."

„Altes...?" wiederholte Annie unsicher.

„Das, was ihr mal eingerichtet habt, als ihr groß im Trend wart."

„Das gibt es noch?"

Christopher nickte: „Steve schaut ab und zu mal rein. Kommt nur noch Spam an. Bis auf heute. Besser gesagt: gestern. Er hat es erst heute gesehen."

„Was ist es denn?" erkundigte sich Geraldine und Christopher gab den Blick frei:

„Lest selbst."

Geraldine übernahm dies: „Hallo GeisterMeister..."

Z verdrehte die Augen: „Das kann ich nicht mehr hören."

„Hatte ich längst verdrängt." murmelte Annie.

„...ihr habt etwas, das ich haben will. Ihr braucht es sowieso nicht mehr. Ich dagegen würde es sehr schätzen, es in den Händen halten zu können. Packt den Bericht, den Imran geschrieben hat, in einen Umschlag und alles, was sonst noch dazugehört, mit dazu. Schickt das Paket an die untenstehende Adresse..."

Annie blinzelte: „Erpressung?"

„...und vergesst, dass ihr ihn jemals besessen habt."

„Erpressung." beantwortete sie sich ihre Frage selbst.

„Aber womit?" Z kratzte sich an der Nase, „da steht keine Drohung und nichts."

„Ah." schaltete sich Christopher wieder ein, „ihr überseht ein wichtiges Detail: den Absender."

„Den...?" Annie beugte sich vor, doch Geraldine war schneller:

„Catchu. Hm... Woher kenne ich das?"

„Mensch." Z schnippte mit den Fingern, „Miguel. Das war die Adresse, die er benutzt hat, als er..."

„Ja, du hast Recht."

„Miguel erpresst uns?" Annie runzelte die Stirn, „warum das denn?"

„Nun." erwiderte Geraldine, „er hat uns gesehen. Zwei Mal. Als wir beim FC waren."

„Ja und?"

„Er scheint mit ihm ja wieder gut Freund zu sein."

„Du meinst, der FC hat ihn losgeschickt, den Bericht zu besorgen?" Z blickte skeptisch drein. Doch Geraldine nickte:

„Scheint so."

„Aber das ergibt keinen Sinn."

„Er will halt die niederen Arbeiten abgeben."

„Nein." winkte Z ab, „ich meine... der Bericht ist in Papierform. Was hindert uns daran, eine Kopie zu machen? Und wie schon gesagt: Erpressung funktioniert nur, wenn man etwas gegen den anderen in der Hand hat. Aber das hat er ja nicht."

„Miguel ist halt kein Erpresser." überlegte Geraldine, „er weiß nicht, wie das geht."

Christopher lachte leise: „Jeder weiß, wie das geht."

„So?"

„Sollen wir es denn machen?" fragte Annie dazwischen.

„Was?" Geraldine starrte sie an, „niemals."

„Hm – ich denke, doch." widersprach Z, „nur nicht so, wie er das will."

Geraldine wandte sich im zu: „Heißt?"

„Er hat noch einen dritten Fehler gemacht: uns seine Adresse verraten. Also packen wir alles zurück in den Karton – und fahren zu ihm hin. Dann halten wir ihm das Ding unter die Nase und fragen ihn, was er damit will. Vielleicht will er uns helfen."

Geraldine begann zu lachen: „Chance: 0%."

„Dann nehmen wir ihn wieder mit." entgegnete Z achselzuckend.

Annie legte den Kopf schief: „Warum fahren wir nicht ohne den Bericht?"

„Weil er uns garantiert nicht aufmacht, wenn wir ihn nicht dabeihaben."

„Macht Sinn."

Geraldine versank eine Weile in Gedanken. Dann gab sie sich einen Ruck: „Jetzt gleich?"

„Am besten." nickte Z, „er glaubt, es kommt mit der Post. Also rechnet er heute noch nicht damit. Und mit uns schon gar nicht."

59

Sie parkten in einiger Entfernung und gingen das letzte Stück zu Fuß. Als sie die angegebene Adresse erreichten, suchten sie nach dem Klingelschild. Und stutzten, als sie es gefunden hatten. Denn darauf stand nicht Miguels Name. Aber trotzdem einer, den sie kannten.

„Aus 0% ist gerade 1% geworden, würde ich sagen." murmelte Z mehr zu sich selbst. Annie ging trotzdem darauf ein:

„Das wäre total verrückt."

Geraldine fuhr sich übers Kinn: „Warum sollte er das tun?"

„Vielleicht geht er nach dem alten Mafia-Motto vor." überlegte Z, „der Feind meines Feindes ist mein Freund."

„Das kommt von der Mafia?" fragte Annie verblüfft.

„Oder auch nicht. Ist doch schnuppe."

„Stimmt auch wieder."

„Tja – was tun?" Geraldine trat unschlüssig von einem Fuß auf den anderen, „darauf vertrauen, dass 1% mehr ist als 0%? Und Miguel die Mafia kennt, obwohl er aus Spanien kommt?"

„Laber..." schmunzelte Z, „was haben wir zu verlieren? Wir haben ihn eingescannt. Genau wie die Fotos."

„Womit wir genauso wenig machen können wie mit dem Original." Eigentlich hatte Annie dies als Argument gegen Z gemeint. Doch er nahm es als Argument für sich:

„Eben. Also werfen wir ihn ein. Es können nur zwei Dinge geschehen: etwas Gutes. Oder gar nichts."

„Das stimmt." schloss sich Annie ihm nun an, „gegen uns verwenden kann sie ihn nicht."

Geraldine nickte und seufzte. Und war schon dabei, den Umschlag durch den Schlitz zu schieben, als Z noch etwas einfiel:

„Warum wolltest du eigentlich die Anmerkungen schwärzen?"

Geraldine hob die Hände: „Wenn wir positiv denken und sie oder Miguel oder wer auch immer damit wirklich an die Öffentlichkeit geht, dann sollten wir uns an Imrans Vorgaben halten: Der Normalbürger braucht die glaubwürdigere Variante."

„Ja – da ist was dran."

„Wenn sie wissen will, was da steht, soll sie fragen."

„Wir haben auch noch die Giraffe." erinnerte Annie sie. Denn da Michelle den Karton, in dem der Bericht ursprünglich angekommen war, anderweitig verwendet hatte und sie auf die Schnelle keinen Ersatz gefunden hatten, hatten sie das Stofftier zuhause gelassen, und Fotos zum in den Umschlag gepackt.

Geraldine nickte: „Stimmt. Aber ob sie die haben will... das wage ich zu bezweifeln."

60

Die Giraffe schien wirklich nicht so wichtig zu sein und die geschwärzten Stellen auch nicht. Denn es kam keine weitere Nachricht mehr. Stattdessen ging einige Tage später am Abend der Alarm los, der eine Sondersendung mit Jesus verkündete. Das war schon seit vielen Wochen nicht mehr vorgekommen und noch bevor sie anschalteten, waren sie sich sicher, dass es etwas mit dem Bericht zu tun haben musste. Dennoch waren sie überrascht, als die Sendung begann. Denn es war nicht etwa Jesus, der da auf der Bühne stand. Es war Patrizia:

„Guten Abend." begrüßte sie die Zuschauer mit ernster Miene, „einige von Ihnen werden mich vielleicht noch kennen. Ich hatte die Ehre, den Sohn Gottes offiziell willkommen zu heißen. Doch das ist lange her und seitdem ist viel passiert – so manches davon nicht zum Guten. Das zumindest ist inzwischen die mehrheitliche Meinung, wenn man sich auf der Straße umhört. Umso glücklicher bin ich, heute etwas verkünden zu können, was all das ändern wird." Sie atmete tief ein, „wir alle wurden getäuscht. Auch ich. Und dafür schäme ich mich sehr. Schließlich war ich Jesus oft näher als viele andere. Mein Kamerateam und ich haben ihn lange um die Welt begleitet. Und doch nichts gemerkt. Manch einer hatte den Verdacht. Dass etwas nicht stimmt. Nun – ich kann jetzt und hier sagen: Es stimmt ganz gewaltig etwas nicht. Liebe Zuschauer – in den letzten Tagen habe ich aus mehreren verschiedenen Quellen eindeutige Beweise zugespielt bekommen, dass der Mann, der sich als ‚Jesus, Sohn Gottes' ausgibt, ein Lügner ist. Sein richtiger Name lautet Gidon Holzmann und er stammt aus der Nähe von Tel Aviv in Israel. Ich habe hier einen Bericht." Sie hielt einen Hefter hoch, „und Fotos, die das belegen. Angefertigt wurde dieser Bericht von niemand anders als Imran Elmahdi. Der vor einiger Zeit tot vor dem neuen Regierungsgebäude in Frankfurt gefunden wurde. Angeblich ermordet von radikalen Moslems. Auch das ist eine Lüge. Doch bevor ich Ihnen diesen Bericht vorlese und die dazugehörigen Fotos zeige, lassen wir den Mann, um den es geht, selbst zu Wort kommen. Er ist nicht hier. Er weiß nichts von dieser Sendung. Sonst hätte er bestimmt versucht, sie zu verhindern. Aber ich habe eine Aufnahme von ihm. Die mehr als eindeutig ist."

Sie gab jemandem außerhalb der Kamera ein Zeichen und aus den Lautsprechern tönte die Stimme von Jesus: ‚Ich will euch an etwas teilhaben lassen. Einfach so, weil es mir Spaß macht. An meinem Leben. Ich habe den Bericht gelesen, den euer Freund... Dings... angefertigt hat. Tolles Stück. Und: Es ist vom ersten bis zum letzten Satz wahr. Ich bin nicht der Sohn Gottes. Ich bin ein ganz einfacher Mensch. Der nur so tut. Krass, nicht wahr? Es stimmt alles. Er war mit Sicherheit einer der besten Detektive, die es jemals gab auf diesem Planeten. Er hat es bis ins letzte Detail ausgegraben und zusammengesetzt. Total faszinierend eigentlich. Und total schade, dass ich ihn umbringen musste. Ja – habt ihr richtig gehört. Ich habe ihn umgebracht. Hier. In diesem Büro.' Die Aufnahme brach ab und Patrizia übernahm wieder:

„Muss ich dazu etwas sagen? Eigentlich nicht. Ich werde es trotzdem tun. Denn wenn schon die Wahrheit verkündet wird, dann komplett. Dies hier ist der Bericht, für den Imran Elmahdi sterben musste. Er ist sehr detailliert. Ich werde ihn trotzdem komplett verlesen."

Sie schlug die erste Seite auf und begann. Es dauerte fast 20 Minuten, bis sie fertig war. Darauf, dass es Anmerkungen gab, die sie nicht lesen konnte, ging sie nicht ein. Im Anschluss gab sie wieder jemandem ein Zeichen und bekam ein Kästchen gereicht, dem sie die einzelnen Fotos entnahm. Sie hielt sie nacheinander in die Kamera und las zeitgleich vor, was Imran dazu geschrieben hatte. Die Giraffe erwähnte sie nicht. Schließlich hatte sie sie nicht. Als sie fertig war, legte sie alle Unterlagen vor sich auf den Boden:

„Es klingt verrückt – teilweise. Verschwundene Häuser, unheimliche Männer. Aber klingt es verrückter als das, was er uns selbst erzählt? Ist es wahrscheinlicher, dass er aus dem Himmel kommt oder dass er von irgendeiner fanatischen Gruppe trainiert wurde? Denn genau darauf läuft es hinaus. Wir wissen nicht, wer die Hintermänner bei diesem Spiel sind. Aber es gibt sie und wir werden sie entlarven. Was auch immer sie aus dieser Aktion für Vorteile gezogen haben – wir werden es aufdecken. Vielleicht fragen Sie sich jetzt, wie ich mir da so sicher sein kann. Nun... es gibt noch eine weitere Quelle. Damals – als ich Jesus als den Sohn Gottes ankündigte, war ein Ehepaar anwesend. Von dem er sagte, dass er sie von den Toten auferweckt hat. Auch das war eine Lüge. Und wie der Zufall manchmal so spielt, durfte ich ihnen gerade gestern wieder über den Weg laufen. Als ich dabei war, mir Gedanken zu machen, wie ich diese Sendung angehen könnte. Sie selbst kamen von sich aus auf mich zu. Mit der Bitte, im Fernsehen ihre Geschichte erzählen zu dürfen. Natürlich dürfen sie das. Hier und jetzt."

Die van der Veldes traten ins Bild. Sie wirkten sehr nervös, doch Patrizia lächelte ihnen aufmunternd zu. Sodass Thjis schließlich zu sprechen begann:

„Vor langer Zeit haben wir genau hier gestanden und davon geschwärmt, wie Jesus uns angerührt hat. Wir waren tot. Und er hat uns auferweckt. Lange haben wir das auch selber geglaubt. Doch vor einigen Tagen ereignete sich etwas, das diesen Glauben erschütterte: Erinnerungen kamen zurück. An einen Ort, den wir nicht kannten. Aber an dem wir ganz offensichtlich gewesen waren. Wir machten uns auf die Suche. Und fanden diesen Ort. Mit tatkräftiger Unterstützung eines Freundes, den ich namentlich nicht nennen will. Wir reisten in den Senegal und fanden einen alten Bunker. Der mit jeder Menge medizinischer... aber sehen Sie selbst. Wir haben es gefilmt."

Auf einer großen Leinwand über der Bühne wurde ein verwackeltes Video eingeblendet. Zu sehen war eine Tür, die die drei Freunde ohne Probleme als die von Christophers Foto identifizieren konnten. Da das Video anscheinend ohne Ton aufgenommen worden war, kommentierte Thjis es parallel:

„Das ist der Eingang. Mitten im Dschungel. Nicht weit von der Küste entfernt. Durch diesen Eingang sind wir hineingebracht worden. Wir waren auf unserem Boot – daran können wir uns beide noch erinnern. Danach... waren wir auf einem anderen Boot. An der Küste. Man brachte uns an Land und zu dieser Tür. Dazwischen hatte man uns wahrscheinlich betäubt. Aber da waren wir bei Bewusstsein, weil wir selbst laufen mussten. Aber trotzdem noch voll mit Medikamenten. Die alles verschwommen und unwirklich wirken ließen. Die Tür war verschlossen. Wir haben sie aufgebrochen. Nicht rechtens, aber für die Wahrheit... Da geht es nach unten... Hier sind die ersten Räume. In diesem Raum war ich un-tergebracht... in diesem meine Frau... hier bekamen wir zu essen. Meistens waren wir allein. Leute brachten das Essen und gingen dann wieder... Hier wurden wir behandelt. Ich weiß nicht, womit... Und hier... was da gemacht wurde, weiß ich nicht. Das war es."

Das Video war zu Ende, Thjis jedoch sprach weiter:

„Ich weiß, dass das schwer zu verdauen ist. Das ist es für uns auch. Die Erinnerungen an diese ganze Zeit waren weg. Komplett. Und erst unsere Reise an diesen Ort hat sie wieder zum Vorschein gebracht. Als wir in diesen Räumen standen, brach etwas in uns auf. Und deshalb sind wir uns jetzt sicher. Wir waren beide dort. Viele Jahre, wie es scheint. Wurden gefangen gehalten. Und verändert. Mit Drogen oder ähnlichem. Und schließlich in die Niederlande gebracht. Auf den Friedhof, auf dem unsere Grabsteine stehen. Daran können wir uns immer noch nicht erinnern. Nur daran, dass Jesus uns weckte. Aber nicht von den Toten. Sondern nur aus der Bewusstlosigkeit. Das alles klingt total verrückt. Aber immer noch weniger verrückt, als wirklich von den Toten auferstanden zu sein."

Patrizia legte ihm die Hand auf die Schulter: „Danke, Thjis und Lieke. Wer sind die Männer – oder Frauen – die den van der Veldes das angetan haben? Die Gidon Holzmann zu Jesus gemacht haben? Die ihm sicherlich auch heute noch helfen? Was für einen Plan verfolgen Sie? Was ist ihr Endziel? Wir wissen es noch nicht. Aber wir werden es herausfinden. So viel steht fest. Vielen Dank."

61

Die Treuen saßen in ihrem Gruppenraum und starrten auf den Fernseher.
„Das glaub ich jetzt nicht. Was für eine dumme Sch..."
„Die knöpfen wir uns vor."
„Da kannst du Gift drauf nehmen."
„Das Gift kriegt sie."
„Viel zu schnell."
„Es gibt auch Gifte, die lange brauchen."
„Kennst du eines?"
„Nein."
„Hast du eines?"
„Nein."
„Dann denken wir uns was anderes aus."
„Die kommt uns nicht davon."
„Oh nein – das tut sie nicht."
„Ich muss jetzt erstmal meine Wut rauslassen…"

62

In dieser Nacht konnte keiner im Haus schlafen. Bis zum nächsten Morgen saßen sie zusammen und debattierten, was nun geschehen würde. Würde Jesus verschwinden? Annie hoffe das, doch die anderen teilten ihren Optimismus nicht.

„Er hat mächtige Freunde." fasste Geraldine ihre Gedanken zusammen, „und ich bin mir sicher, dass er nicht gelogen hat, damit dass er einen Plan B hat."

Michelle blies die Backen auf: „Fragt sich nur, ob der besser für uns ist."

„Ja. Das ist wirklich eine gute Frage." nickte Christopher – Z dagegen winkte ab:

„Ich sehe da keine große Gefahr. Ich schätze, das bezieht sich nur darauf, dass er einen Fluchtplan hat. Seine Macht war rein religiös. Die ist nun gebrochen. Zumindest habe ich da keinen Zweifel dran. Was anderes gibt es für ihn nicht. Außer einem schnellen Rückzug, der ihn davor bewahrt, die Konsequenzen aushalten zu müssen, die ihm nun blühen."

Annie rieb sich die Augen: „Ist was dran. Er kann eigentlich wirklich nirgendwo mehr hin."

„Die Jünger werden weglaufen." fuhr Z fort, „die Pfarrer auch. Die Politiker sowieso. Er bleibt allein. Und verschwindet. Am ehesten sogar freiwillig und schnell."

Ein Sonnenstrahl fiel Michelle ins Gesicht und sie blickte konsterniert zum Fenster: „Es wird schon hell draußen."

„Krass." Annie deutete auf die Fernbedienung, die neben Christopher auf der Lehne lag, „mach den Fernseher an."

„Warum?" gab dieser verwundert zurück.

„Vielleicht kommt schon was dazu."

„Nee, lass mal. Wir werden es früh genug erfahren. Jetzt ist ausruhen angesagt."

Annie legte den Kopf schief: „Wofür?"

„Wenn der Stress mit ihm vorbei ist, kriegt ihr vielleicht wieder Visionen." führte Christopher aus, „ihr hattet schon länger keine mehr."

„Dafür aber genug anderen Stress." entgegnete Geraldine leicht pikiert, „und: Wenn der Stress mit ihm vorbei ist, kriegen wir vielleicht eben gerade keine Visionen mehr."

„Das wäre was..." Annie lächelte verträumt vor sich hin – bis Christopher sie wieder zurückholte:

„Wisst ihr, was mir gerade durch den Kopf geht?"

„Was denn?"

„Wir haben 0:3 verloren. Und trotzdem gewonnen."

„Einer von uns ist zu müde, um das zu verstehen." brummte Z, doch sowohl Geraldine als auch Annie lachten auf:

„Ich verstehe es."

„Ich verstehe es auch."

Christopher lächelte: „Gott ist schon genial, oder nicht?"

„Ja." Geraldine zwinkerte ihm zu, „das gibt es beim Fußball nicht."

Annie ebenfalls: „Und auch in keiner anderen Sportart."

63

Hätten die Freunde den Fernseher angeschaltet, hätten sie sehen können, dass das Regierungsgebäude bereits belagert wurde. Tausende von Demonstranten hatten sie eingefunden – ohne jegliche vorherige Organisation. Sie alle forderten die Absetzung von Jesus als religiöser Anführer und seinen Rückzug aus allen öffentlichen Ämtern. Und hofften natürlich, dass er selbst auftauchen würde. Und sie ihn zur Rede stellen konnten. Doch er kam nicht. Aus dem einfachen Grund, dass er bereits im Gebäude war. Er hatte die Sondersendung am Abend zuvor in seinem Büro verfolgt und sich spontan entschieden, dass es am besten war, dort auszuharren. Auch, wenn das unbequem gewesen war. Er war früh wieder wach gewesen und ein Blick aus dem Fenster hatte ihm gezeigt, dass er die richtige Entscheidung getroffen hatte. Jetzt musste er nur noch warten. Auf die Geistlichen und die Jünger, die ebenfalls fast alle schon sehr früh auf den Beinen waren und sich nach und nach ihren Weg durch die Massen bahnten, um hineinzugelangen. Sie wurden nicht aufgehalten. Angepöbelt, teilweise. Nach ihrer Meinung oder gar einer Rechtfertigung gefragt. Aber sie kamen alle wohlbehalten an. Versammelten sich in ihrem jeweiligen Besprechungsraum. Und entschieden sich unabhängig voneinander, einen von ihnen zu Jesus zu schicken, um ihn um eine Stellungnahme zu bitten. Jesus nahm das an. Und rief alle im größeren der beiden Räume zusammen. Er wartete, bis es still war. Dann räusperte er sich:

„Gestern Abend habt ihr einiges gesehen und gehört. Das wirft natürlich Fragen auf. Machen wir es kurz. Die Antwort lautet: Es stimmt. Alles. Ich habe euch belogen. Ich habe euch betrogen. Ihr folgt einem Mann. Einem Menschen. Der nicht mal dieselbe Religion hat, wie ihr."

Daraufhin brauch Aufruhr aus. Keiner stützte sich auf ihn, doch viele sprangen auf, brüllten und fuchtelten wild mit den Fingern oder Fäusten. Jesus stand da und lächelte. Denn das war genau das, was er wollte. Schließlich hob er die Hände, um sich wieder Gehör zu verschaffen:

„Liebe Freunde..."

„Wir sind nicht deine Freunde." schallte es ihm entgegen.

Und: „Genau. Du bist nicht unser Freund."

Und: „Du bist ein Lügner."

„Und ihr seid mir gefolgt." sagte er leise, „und werdet das auch weiterhin tun."

Die Stimmung im Raum veränderte sich. Ein Zucken ging durch die Männer und Frauen. Dann setzten sie sich alle auf ihre Plätze. Stumm und mechanisch. Der Einzige, der noch stand, war Miguel. Er schaute sich verwirrt um, dann Jesus an. Der ganz und gar nicht überrascht schien:

„Liebe Freunde." begann er erneut, „ihr wisst, was ihr zu tun habt. Enttäuscht mich nicht."

Alle standen auf. Und verließen in einer langen Schlange den Raum. Bis auf Miguel. Der nach wie vor dastand:

„Was hast du mit ihnen gemacht?"

Jesus lächelte ihn an: „Hass, mein Freund. Sie sind so voller Wut, dass sie ganz weit offen stehen. Für meine wahren Freunde."

„Aber ein derartiges Ausmaß an Kontrolle..."

„Oh – nur von kurzer Dauer. Aber mehr braucht es nicht. Denn schon bald kann ich eine andere Art der Kontrolle anwenden: Furcht. Das klappt immer. Auch bei ihnen. Nur bei dir... du hast keinen Hass in dir. Sondern Freude. Hattest du zumindest bis eben. Weil du dachtest, dass dein Plan aufgeht. Sag mir – wie hast du es gemacht? Die Aufnahme kann nur von dir stammen."

„Oder von ihnen." entgegnete Miguel mit gespielter Ruhe – die Jesus durchschaute:

„So clever sind sie nicht. Grundsätzlich vielleicht. Aber nicht, wenn sie mit dem Rücken zur Wand stehen. Sie hatten keinen Trumpf mehr. Und waren auch überhaupt nicht darauf vorbereitet, dass ich etwas sage, was sich mitzuschneiden lohnt. Du dagegen... es war deine Idee, dass ich ihnen alles erzähle."

Miguel hob resigniert die Hände: „Ich habe deine Überheblichkeit ausgenutzt."

„Das hast du wohl." Jesus nickte bedächtig, „da muss ich mich für schimpfen. Vorher erzähle ich ihnen noch, dass ich nicht der dumme Schnurrbartzwirbler bin, der einfach so was verrät. Und dann tue ich es doch. Gut ausgedacht – gut ausgespielt."

„Nicht gut genug, wie mir scheint."

„Tja. Das ist etwas, was ihr alle die ganze Zeit über nicht sehen wolltet. Es war von Anfang an vollkommen egal, wie und womit ihr euch wehrt. Es gibt für alles einen Plan. Manche schon lange, manche spontan. Aber alle Eventualitäten wurden mit einkalkuliert. Weshalb ich mit mir auch nur ein bisschen schimpfen muss. Wegen meiner Naivität dir gegenüber. Ausmachen tut es nichts. Ändern schon gar nicht."

„Es ändert deine Stellung." wandte Miguel ein.

Doch Jesus schüttelte den Kopf: „Meine Stellung ist an der Spitze dieses Volkes. Wie genau das aussieht, ist egal."

Miguel zuckte zusammen: „Du willst die Regierung stürzen?"

„Ja." bestätigte Jesus gelassen, „in ein paar Minuten. Je nachdem, wie schnell sie wieder da sind."

„Das will ich sehen."

„Das wirst du sehen. Und danach... wirst du verschwinden."

Ein noch stärkeres Zucken: „Verschwinden wie Imran verschwunden ist?"

„Nein." wiegelte Jesus ab, „einfach so. Du stehst mir zu sehr in der Öffentlichkeit, als dass ich mir deinen Tod leisten könnte. Es wird viele Umbrüche geben, da brauche ich keinen zusätzlichen Stress. Genau wie bei all den anderen. Patrizia, die drei Nervensägen – sie alle werden am Leben bleiben. Sie werden kein schönes Leben haben. Aber für mich ist es besser. Weil einfacher."

Miguel runzelte die Stirn: „Und wieder erzählst du mir..."

„Du hast es immer noch nicht verstanden. Ich bin ganz oben. Ich kann erzählen, was ich will, wem ich will. Ich könnte mich da raus auf den Platz stellen – mit einer Waffe in der Hand. Mir willkürlich jemanden schnappen und laut rufen: ‚Den erschieße ich jetzt'. Und es dann tun. Es würde nichts passieren. Weil sich keine einzige Menschenseele auf diesem Planeten zur Wehr setzen kann gegen mich. In ein paar Minuten."

„Und unsere Abmachung?"

„Unsere Abmachung beruhte darauf, dass du meine Beteiligung bei Imran für dich behältst. Das ist hinfällig, würde ich mal sagen. Pech für dich. Die Frage, die sich mir stellt: Warum?"

„Hm..." Miguel wiegte den Kopf hin und her, „Ungeduld. Ein wenig. Der lange Weg war mir zu lang. Außerdem... du gehörst einfach weg. So sehr ich wieder dahin will, wo ich mal war, bin ich trotzdem nicht blind. Du schadest dieser Welt. Mehr als alle anderen, die es vor dir gab."

„Wirklich? Oh. Danke." Jesus lächelte erfreut vor sich hin, was Miguel verärgerte:

„Das war kein Kompliment."

„Du magst es nicht als solches gemeint haben. Ich nehme es trotzdem so."

Miguel seufzte laut – und wechselte dann das Thema: „Was genau passiert, wenn sie wieder da sind?"

„Ich sperre dich in meinem Büro ein. Damit du keine Faxen machst. Und dann nehmen wir dieses Gebäude ein."

„Einnehmen? Putschen, meinst du?"

„Das ist ein Wort dafür, ja."

Miguel machte große Augen: „Wie willst du das denn anstellen?"

„Mit Gewalt." erwiderte Jesus gelassen.

„Gewalt? Du?"

„Ist ganz einfach. Meine Freunde bringen mir Waffen. Damit versammeln wir uns. Ich nehme eine, erschieße zwei oder drei von ihnen und sage den anderen: ‚Macht mit oder sterbt auch'. Die meisten werden mitmachen – davon gehe ich mal aus. Und mit denen ziehe ich dann durchs Gebäude und mache mit allen Anwesenden das gleiche. Und mit denen, die sich dabei für mich entscheiden, geht es dann weiter. Immer Schritt für Schritt. Die Menge da draußen, ganz Deutschland."

„Wie willst du mit ein paar Leuten ganz Deutschland einnehmen?" Miguel kratzte sich am Kopf, „und mit welchen Waffen überhaupt?"

Jesus lachte auf: „Glaubst du, ich schicke meine Jünger in Terroristencamps und trage ihnen nicht auf, Souvenirs mitzubringen? Das wäre töricht. Schließlich hätten die Terroristen auch hier auftauchen können."

„Das hat keine Logik."

„Für sie hatte es die schon."

Aus dem Kratzen wurde ein ungläubiges Schütteln: „Du willst also jeden niedermähen, der dir nicht folgt."

„Ach…" winkte Jesus ab, „hier, nur. Ansonsten… ist dir nichts aufgefallen in der Zeit, seit ich da bin? Die Proteste gegen mich waren immer sehr spärlich. Sie sind nie grösser geworden, selbst als meine Anweisungen schlimmer wurden. Ich bin gegen die Kirchen vorgegangen. Gegen Homosexuelle. Gegen Ausländer. Was kam? Hier und da mal ein vereinzeltes ,Tu's nicht'. Und wahrscheinlich jede Menge namenloser Feiglinge, die im verborgenen Kämmerlein davon träumen, dass es von alleine wieder besser wird. Oder jemand kommt, der dafür sorgt. Aber so jemand kommt nicht. Nein. Dieses Land besteht aus drei Gruppen von Leuten: Diejenigen, die gegen mich sind, aber keinen Mut haben, etwas zu unternehmen. Und diejenigen, die es insgeheim gut finden, was ich tue. Weil sie mit sich selbst ehrlich sind – und dabei feststellen, dass sie der gleichen Meinung sind wie ich. Es sogar vor mir schon waren. Sich aber nie getraut haben, es zu sagen. Jetzt dürfen sie das. Diese Leute werden mir freiwillig folgen. Die anderen aus Angst. Vor mir und vor den anderen. Niemand wird mit einer Randgruppe sympathisieren, wenn er seinen eigenen Nachbarn damit gegen sich aufbringt."

„Und Gruppe Nummer drei?"

„Die, die sich wirklich zu wehren versuchen. Aber die Teilnehmer dieser Gruppe kann ich an einer Hand abzählen. Und ihnen werde ich eine Wahl geben."

„Es gibt mehr." widersprach Miguel, „bestimmt."

„Bestimmt." stimmte Jesus ihm zu, „aber wo sind sie? Verstreut. Sind sie organisiert? Nein. Könnten sie sich organisieren? Sicher. Aber das dauert. Länger als bei mir. Denn ich bin vorbereitet. Sie nicht."

„Du wirst es nicht schaffen, diese Welt zu unterwerfen."

„Was interessiert mich die Welt? Dieses Land reicht für den Anfang. Ich lebe noch eine ganze Weile. Und wenn sich alles wieder beruhigt hat und ich fest verankert und anerkannt bin, werde ich dieses Land vor die Wahl stellen: Ausdehnung oder Isolation. Sollen sie entscheiden, was sie wollen. Die Nachbarn erobern oder sich abschotten. Mir ist beides recht. Mir reicht das so. Und das ist fast schon demokratisch." Jesus kicherte, „ich bin ein demokratischer..."

„...Diktator." vollendete Miguel für ihn, „mit welchem Ziel? Was bezweckst du damit?"

„Du musst dich von dem Gedanken verabschieden, dass es hier um die menschliche Form der Herrschaft geht. Es geht um eine höhere Form. Wir formen die Erde, die meinem Herrscher gefällt. Und das geht auch ohne Krieg. Einfach nur dadurch, dass dieses Land eine Wunde ist. Die suppt und eitert. Sie wird die Erde krank machen. Und über kurz oder lang wird der Rest der Menschheit davon angesteckt werden."

„Das ist dein Plan."

„Nicht mein Plan. Sein Plan. Ich bin nur ein ausführendes Organ. Wobei ich zugeben muss, dass mir meine Rolle sehr gut gefällt."

„Andere Länder werden das nicht zulassen. Sie werden von sich aus den Krieg suchen."

„Wer denn? Die USA und Russland lecken immer noch ihre eigenen Wunden. Und unsere europäischen Nachbarn werden nicht riskieren, dass wir zurückschlagen."

Miguel zog die Brauen hoch: „Womit? Wir haben nichts."

„Stimmt." nickte Jesus, „aber wissen sie das sicher? Ich meine... ich mag nicht der Sohn Gottes sein – Wunder habe ich trotzdem getan. Die jetzt noch unerklärlicher sind. Was wissen sie, wozu ich alles fähig bin?"

„Das ist alles sehr wackelig."

„Mag so wirken. Wenn man tief einsteigt. Aber du bist auch involviert. Das ist etwas, das du nicht vergessen darfst. Der Mensch an sich ist kein Wohltäter. Die meisten sind froh, wenn sie sich Ärger ersparen können. Keiner geht zu seinem Nachbar und schlichtet, wenn er aus dessen Wohnung Streit hört. Nicht, wenn die Gefahr besteht, dass er selbst dabei verletzt werden könnte. Ich bin nicht der erste – wie du es nennst – Diktator auf diesem Planeten. Andere haben 70 Jahre regiert. Genau aus diesem Grund. Das wird bei mir nicht anders sein. Und ich werde keine Schreckensherrschaft anzetteln. Es gibt keine Gaskammern und keine Massengräber. Dieses Land wird friedlich sein. Es wird ein paar mehr Regeln geben. Leute dürfen nicht rein, außer sie können einen guten Grund vorweisen. Aber raus zum Beispiel darf jeder. Da habe ich kein Problem mit.

Wer gehen will, soll gehen. Sie dürfen dann halt nicht mehr zurück. Aber das wollen sie ja höchstwahrscheinlich auch nicht."

Miguel rieb sich entgeistert über die Stirn: „Du bist verrückt."

„Ich bin ein Mensch. Du auch. Wir beide verstehen die Tragweite dieses Plans nur zum Teil. Die Auswirkungen, die er langfristig haben wird. Aber glaub mir: Der, der ihn entwickelt hat, versteht ihn ganz genau. Und weiß, dass er Erfolg bringen wird."

„Und ich?"

Jesus verzog das Gesicht: „Hatten wir doch schon. Du wolltest meinen Fall zu deinem Aufstieg machen. Stattdessen bewirkt meine Festigung deinen Fall. Ins Nichts. In die Leere der Anonymität. Da warst du ja auch schon. Also sollte es keine große Umstellung sein. Und jetzt... folge mir in mein Büro."

64

Jesus musste keinen seiner Jünger erschießen. Ihnen allen reichte der Hinweis, dass ihren Familien etwas zustoßen würde, wenn sie ihm nicht weiter folgten. Bei den Pfarrern war das anders. Hier musste er ein Exempel statuieren. Bärbel, Christophers Nachfolgerin in seiner alten Kirche, war die Unglückliche. Von Jesus vollkommen willkürlich ausgewählt. Sie brach auf ihrem Platz zusammen, als die Kugel sie traf. Und die zuvor wieder aufgeheizte Stimmung schlug schlagartig um. Einige übergaben sich, eine wurde sogar ohnmächtig. Doch als sie alle wieder in der Lage waren, mit Jesus zu kommunizieren, war ihre Aussage klar und einstimmig: ‚Wir sind mit dir.'

Er mutete ihnen nicht zu, bei seiner Übernahme mitzumachen. Er wusste, dass das doch einen Schritt zu weit ging. Sie mochten Todesangst haben, jedoch starben sie bestimmt lieber selbst, bevor sie ein Leben nahmen. Diese Aufgabe behielt er den Jüngern vor. Auf die sein Einfluss auch wesentlich stärker gewesen war. Sie mochten es nicht gemerkt haben, aber mit seinen Reden und Taten hatte er sie immer weiter in seine Richtung gezogen. Weg von den Grundsätzen, die ihr Glaube eigentlich mit sich brachte. So unauffällig, dass sie auch bisher alles mitgemacht hatten. Manchmal bedurfte es Überredung. So wie bei den Terroristencamps. Oder eben heute. Aber dann dauerte es nicht lange und sie waren voll dabei. Weil für sie eines genauso galt wie für alle anderen Menschen: Sie genossen die Macht. Und er hatte weise ausgewählt. In erster Linie solche, die zuvor wegen ihres Glaubens gehänselt oder ausgegrenzt worden waren. Und die daher ein dringendes – wenn auch unterschwelliges – Bedürfnis verspürten, das heimzuzahlen. Indem sie sich selbst genauso über andere stellen, wie diese das mit ihnen getan hatten. Dass sie dies auch noch im Namen des Gottes tun konnten, durch dessen Glauben sie in dieses Dilemma geraten waren, machte die Sache perfekt. Und auch heute hatte Jesus keine Bedenken, dass die vielen Komplexe und Minderwertigkeitsgefühle schnell genug greifen würden, dass sie an seiner Seite blieben und mitzogen. Nicht nur aus Angst. Sondern – wie immer – im Namen Gottes. Natürlich hatte dieser Gedankengang einen Haken: Er war nicht der Sohn Gottes und sie wussten dies nun auch. Trotzdem hatten sie mit ihm für den Glauben gekämpft. Und er konnte spüren, als er mit ihnen den Raum verließ, dass sie nach wie vor daran glaubten, dass er weiterhin für den Glauben kämpfte und sie damit auch. Selbst wenn er nur ein normaler Mensch war. ,Die Psyche ist ein seltsames Gebilde. So schwer zu durchschauen und trotzdem so leicht zu manipulieren.' dachte er bei sich, als sie den Gang entlangschritten, ,und die Fähigkeit des Menschen, sich selbst zu belügen, ist scheinbar grenzenlos.' Dann erreichten sie die Vorhalle. Und es begann.

65

Den meisten Leuten, die sie trafen, war ihr Leben lieb. Den Politikern sowieso. Ihre Loyalität war flexibel genug für alle Fälle, die eintreten konnten. Beim Sicherheitspersonal gab es einige, die der Meinung waren, ihre Prinzipien verteidigen zu müssen. So zumindest drückte es einer von ihnen aus. Das ergab keinen Sinn, doch das war ihm ganz sicher nicht bewusst und er hatte auch keine Zeit, darüber nachzudenken. Jesus zeigte sich gnadenlos. Verhandelte nicht, überlegte nicht. Sondern machte seine Drohung einfach wahr: Wer sich nicht auf seine Seite stellte, wurde umgebracht. Was zur Folge hatte, dass auch in die Menge, die sich draußen versammelt hatte, Leben kam. Die Schüsse waren weithin zu hören und da sich die meisten der Wachmänner im Eingangsbereich aufhielten, konnte man von draußen auch sehen, was geschah. Zumindest in den vorderen Reihen, die es allerdings schnell weitertrugen. So dauerte es nicht lange und der Rathausplatz war wie leergefegt. Natürlich wusste niemand, was genau dort drinnen vor sich ging. Aber Schusswechsel mit Todesfolge waren immer ein Zeichen, sich zu verdrücken. Für Jesus war das in Ordnung. Er hätte sich mit ihnen auseinandergesetzt, wären sie geblieben. So konnte er sich das sparen. Und sich gleich dem Fernsehauftritt widmen.

Dafür genügte ein Anruf des Pressesprechers bei der richtigen Stelle und schon 30 Minuten später strömten die Journalisten ins Gebäude. Die Leichen der Sicherheitsmitarbeiter hatte Jesus nicht wegräumen lassen. Absichtlich. Um gleich von Anfang an ein Zeichen zu setzen. Was auch seine Wirkung tat, denn die meisten Medienvertreter sahen ziemlich mitgenommen aus, als sie sich in dem Saal unter der Kuppel niederließen. Sie sagten auch nichts, sondern warteten nur, was kommen würde.

Jesus wartete ebenfalls noch eine Weile. Nicht aus Aufregung, sondern weil er ihre Stimmung einfach noch ein wenig verschärfen wollte. Dann trat er vor sie – und somit vor die Kameras:

„Liebe Bürger dieses Landes. Gestern Abend habt ihr die Wahrheit über mich erfahren. Ich bin nicht der Sohn Gottes. Aber seien wir ehrlich: Wie sonst hätte ich euch dazu kriegen können, mir zu folgen? In eine Richtung, die zu 100% richtig und gut – und am allermeisten: notwendig – ist und es durch diese Aufdeckung kein Prozent weniger wird. Dieses Land war verrottet, als ich zu euch kam. Unzucht, Gewalt, Ungläubigkeit. Nur drei Worte, um euren Zustand zu beschreiben. Es gibt noch so viele mehr. Viel ist seitdem passiert. Menschen, die dieser Bezeichnung nicht würdig sind, wurden von den Straßen oder gar aus dem Land verbannt. Viele sind freiwillig gegangen. Weil sie gemerkt haben, dass sie hier nichts mehr verloren haben. Was bleibt? Wir. Wir bleiben. Und für uns ist es jetzt besser. Keiner braucht mehr abends Angst zu haben, wenn er im Dunkeln durch den Park geht. Weil diejenigen, die ihn überfallen könnten, längst zurück in ihrer Heimat sind. Keiner braucht mehr um seine Kinder Angst zu haben, dass sie verdorben werden von falscher Moral. Weil diejenigen, die diese ausleben, weggesperrt sind. Wir haben dieses Land gesäubert. Wir haben es wieder lebenswert gemacht. Was zählt es da, wer ich bin? Ich habe euch belogen. Aber nur an diesem einen Punkt. Sonst habe ich immer die Wahrheit gesagt. Keiner von euch kann das – wenn ihr ganz ehrlich auf euer Leben schaut – für sich in Anspruch nehmen. Damit will ich nicht sagen, dass ich so viel besser bin als ihr. Damit will ich nur sagen, dass mich diese Offenbarung nicht schlechter macht als vorher. Ich werde meinen Kurs weiterführen. Ich werde dafür sorgen, dass dieses Land nicht mehr der schwarze Fleck auf der Karte ist, den viele darin sehen. Sondern ein leuchtend weißer Punkt. Das war von Anfang an mein Ziel. Ich musste euch täuschen – zu Beginn. Aber jetzt ist es raus und ich bin fest davon überzeugt, dass diese Täuschung auch gar nicht mehr notwendig ist. Weil ihr es verstanden habt. Das ist es, was zählt. Und ich weiß, dass sehr viele von euch in diese Richtung weitergehen wollen. Deswegen stehe ich hier. Ich habe diesen Weg begonnen, ich werde ihn auch beenden. Bis zum Ende gehen. Mit euch. Als euer Anführer. Das ist kein Posten, um den ich mich gerissen habe. Ich wollte ihn nicht. Aber ich habe ihn angenommen, weil ich gesehen habe, wie dieses Land krankt. Ich habe mich in der Verantwortung gesehen, etwas zu unternehmen. Und weil man von ganz unten eben nichts verändern kann – nichts erreicht, wenn einem keiner zuhört oder eine Chance gibt – habe ich zugesehen, dass ich so schnell wie möglich nach oben komme. Das war richtig – da werden mir viele von euch zustimmen. Und es wird auch dadurch nicht falsch, dass ich gelogen habe. Denn das Ergebnis zählt – nicht die Art und Weise, wie es zustande gekommen ist. Ich habe den Menschen nur Gutes getan. Auf der ganzen Welt. Aber besonders in diesem Land. Was mich zu dem bringt, was heute hier geschehen ist. Viele von euch werden schon Gerüchte gehört haben und ich werde daher nichts beschönigen: Es sind Menschen gestorben. Hier in diesem Gebäude. Durch unsere Hand. Das war hart, das war schmerzhaft – auch für mich. Aber es war notwendig. Weil sie sich in den Weg gestellt haben. Mir. Uns allen. Den Fortschritten, die wir bereits gemacht haben. Den Fortschritten, die wir noch machen werden. Es gibt immer solche, die glauben, es war anders besser. Die denken, jeder hätte das Recht, frei herumzulaufen, auch wenn er sich nicht benehmen kann. Wie gefährlich das ist, wisst ihr alle. Es kann nicht das Ziel sein, wieder dorthin zurückzukehren. Es kann nicht angehen, dass wir die Angst, die wir gerade erst beseitigt haben, wieder zurückholen. Was begonnen wurde, muss vollendet werden. Sonst hat es alles nichts genützt. Ich bin dazu entschlossen. Ich werde nicht aufgeben, bevor dieses Land so ist, wie wir alle uns das wünschen. Deswegen habe ich hart durchgegriffen. Es war eine Botschaft. An alle, die denken, das gestrige Ereignis als Basis für Handeln in die Gegenrichtung nehmen zu können. Das dürfen wir nicht zulassen. Ich hoffe sehr, dass keine weiteren Schritte dieser Art notwendig sind. Dass wir mit denen, die es einfach nicht begreifen wollen, ab jetzt anders umgehen können. Das geht aber nur, wenn sie auch anders mit uns umgehen. Jeder Mensch ist frei. Niemand muss etwas tun, was er nicht will. Niemand muss an einem Ort wohnen, den er nicht mag. Es gibt so viele Möglichkeiten. Deswegen plädiere ich an alle, die nicht mitmachen wollen: geht. Geht in Frieden, aber geht. Lasst uns weiter an unserem Strang ziehen. Aber zieht nicht in die andere Richtung. Sondern lasst es einfach bleiben. Die Tore nach draußen stehen euch offen. Die Tore nach drinnen natürlich auch. Wenn ihr euch entscheidet, doch mitzumachen. Wir grenzen niemanden aus. Ihr grenzt euch wenn dann nur selbst aus. Ich denke, damit habe ich alles gesagt. Fragen sollte es heute keine geben. Dafür wird später Zeit sein. Jetzt geht es erst einmal darum, die Regierungsgeschäfte wieder zum Laufen zu bringen. Möge es weiter bergauf gehen."

Jesus trat ab. Es war totenstill im Raum. Doch das störte ihn nicht. Er hatte es erwartet. Er hatte viel geredet – und vieles davon war Unsinn. Aber er ging davon aus, dass die reine Gewalt seiner Worte gepaart mit der Gewalt seiner Taten die Leute so vernebeln würde, dass sie nicht tiefer in das eintauchten, was er von sich gegeben hatte. Sie waren verstört. Und das war genau der Zustand, in dem er sie haben wollte. Zufrieden kehrte er in sein Büro zurück, schickte Miguel mit einem unwirschen „Tschüss jetzt." davon, setzte sich auf seinen Schreibtischstuhl und schloss die Augen. Ein Gedanke schoss ihm durch den Kopf, der ihn zum Lachen brachte: ‚Welch pure Ironie, dass ein Jude nun dieses Land regiert. Auf die gleiche Art und Weise wie es vor vielen Jahrzehnten schon einmal der Fall war. Damals wäre ich Opfer gewesen. Heute bin ich Täter. Und beide beteiligten Nationen erfahren endlich die ersehnte Gerechtigkeit.'

66

Die Treuen saßen in ihrem Gruppenraum. Das Radio lief.

„Ich wünschte echt, wir würden endlich den Fernseher reparieren lassen."

„Hättest du mal nicht deine Wut dran ausgelassen."

„Wer hätte gedacht, dass wir ihn noch brauchen würden."

„Einen Fernseher braucht man immer."

„Machen wir doch noch. Freu dich lieber. Der Junge hat zurückgeschlagen."

„Und wie."

„Nicht mal ins Schwitzen gekommen."

„Wo er das wohl herhat?"

„Na – von uns."

„Genau das meinte ich."

„Wir sollten die Tussi trotzdem bestrafen."

„Das wird er schon selbst machen. Lassen wir ihn lieber. Bevor wir ihm in die Quere kommen. Wir wollen doch nicht, dass er traurig ist."

„Stimmt auch wieder."

„Erspart uns auch die Reise. Deutschland... kein schönes Pflaster momentan."

„Überhaupt nicht."

„Darauf sollten wir anstoßen."

„Ist noch was im Kühlschrank?"

„Nein."

„Dann halt mit Wasser. Geht auch."

67

Im Briefkasten waren zwei Umschläge, von denen sich einer als gute und einer als schlechte Nachricht herausstellte. Die schlechte war eine weitere Einladung von Jesus – nun nicht mehr als ‚Sohn Gottes' betitelt, sondern als ‚Präsident Deutschlands'. Worüber sie nicht einmal lachen konnten. Die gute war ein Brief von den van der Veldes, mit dem sie ihnen die Karte zurückschickten:

„Hallo ihr Lieben,

vielen Dank für eure Hilfe. Wir haben unser Leben wieder. Das ist ein wunderschönes Gefühl. Ohne euch wäre es dazu nicht gekommen. Seid gesegnet im Namen des wahren Gottes.

Lieke und Thjis"

Z legte das Blatt beiseite.

„Ob sie wohl zurück in die Niederlande gehen?" sinnierte Annie, worauf Michelle sich den Umschlag näher betrachtete:

„Sind sie bereits."

„Gut für sie."

„Ob wir wohl zum FC gehen?" führte Geraldine Annies Gedankengang weiter.

Annie wippte mit dem Kopf: „Sollten wir ihn jetzt nicht anders nennen?"

„FP?" schlug Z vor.

„Falscher Präsident?" riet Michelle.

„Genau."

Annie zuckte die Achseln: „Passt auch."

„Ich denke, wir sollten." gab Geraldine sich die Antwort selbst, „bevor es Ärger gibt. Den er uns jetzt ja wirklich machen kann."

Z schenkte ihr einen mitleidigen Blick: „Na dann – viel Erfolg."

„Du stehst auch mit drauf." entgegnete sie und er fiel vor Schreck fast von der Couch:

„Was?"

„Ja." Geraldine griff sich das Schreiben, „wir beide, du, Lili."

Z stöhnte laut auf ob seiner Inkludierung – während Annie bei dem anderen Namen hängenblieb:

„Müssen wir sie anrufen."

Geraldine lachte ironisch: „Da wird sie aber begeistert sein."

„Ich bin hiervon…" Michelle wedelte mit dem Brief der van der Veldes, „auf jeden Fall wirklich begeistert. Denn es zeigt, dass sie ihre Selbstsuche abgeschlossen haben. Und das bedeutet, dass endlich das Bild von der Bunkertür wegkann."

Diese Aussage vertrieb kurzzeitig die schlechte Laune aus Geraldines Gedanken: „Ernsthaft? Meinst du, Christopher lässt sich darauf ein?"

„Definitiv. Wir haben seit ihrem Fernsehauftritt schon zwei, drei Mal darüber gesprochen und waren uns recht schnell einig, dass das höchstwahrscheinlich die eigentliche Funktion des Bildes war. Sie auf diese Spur zu führen. Denn mit Christophers Wort hat das Bild nicht das Geringste zu tun. Es war lediglich eine Art Taschentuchknoten für ihn. Den es eigentlich gar nicht braucht. Denn vergessen wird er es sowieso nicht. Von daher kann das Bild weg. Wir wollten nur warten, ob sich auf ihrer Seite vielleicht noch etwas ergibt. Aber wie es scheint…"

„Christopher rätselt also immer noch an dem Wort rum?"

„Er ist inzwischen in einer passiven Haltung. Im Sinne von: abwarten, ob sich dazu noch etwas ergibt. Er sucht nicht mehr aktiv nach einer Lösung. Und wenn ich ehrlich bin, hoffe ich, dass dazu nichts mehr kommt. Mir ist es lieber, es bleibt ungelöst, als dass es sich erfüllt."

Geraldine legte den Kopf schief: „So?"

„Ja – wäre schlimm, wenn…"

„Wenn?"

Michelle winkte ab: „Lassen wir das. Vergessen wir das. Sind ja noch genug andere schwierige Themen, momentan. Ich freue mich einfach."

„Na dann – Glückwunsch." Annie streckte ihr beide Daumen entgegen, „ein Schandfleck beseitigt."

„Ja. Und wenn ihr jetzt diesen Termin habt… schaut doch mal, ob ihr nicht noch einen weiteren Schandfleck beseitigen könnt…"

„Ach…" Geraldine seufzte, „wenn das so einfach ginge…"

68

Auf den ersten Blick schien sich nichts verändert zu haben. Jesus saß sogar noch im gleichen Büro wie zuvor.

„Solltest du als Präsident nicht etwas Größeres haben?" zog Geraldine ihn auf, worauf er das Gesicht verzog:

„Solltet ihr nicht mehr Respekt vor mir haben?"

„Warum? Rangtechnisch steht ein Präsident unter dem Sohn Gottes. Es ist also ein Abstieg."

„Das kann man sehen, wie man will."

„Da hast du Recht."

„Kommen wir zur Sache." Jesus erhob sich, blieb aber hinter seinem Schreibtisch stehen, „falls ihr meine Ansprache gesehen habt, wisst ihr, dass ich nicht vorhabe, weitere Leute umzubringen."

Geraldine legte die Stirn in Falten: „Das meintest du ernst?"

„Mit den meisten Leuten, die sich querstellen, werde ich mich nicht persönlich abgeben. Das ist mir zu viel Aufwand. Und meine Untergebenen können schließlich auch mal was tun. Bei manchen allerdings mache ich eine Ausnahme."

Geraldine rollte mit den Augen: „Wir fühlen uns geehrt."

„Weil es sein muss." setzte Jesus hinzu, „denn an euch habe ich eine ganz spezielle Botschaft. Ihr habt eine Gabe."

„Mehrere sogar." korrigierte Annie.

Jesus winkte ab: „Mir geht es nur um eine. Ihr wisst etwas, das kaum jemand sonst weiß. Wir teilen uns diese Welt. Mit anderen Wesen. Diese Wesen arbeiten mit mir zusammen."

„Du meinst wohl, du arbeitest für sie." korrigierte nun Geraldine – und wieder winkte er ab:

„Wortklauberei. Und irgendwie habe ich keine Lust mehr auf euer ständiges Dazwischengeplapper. Machen wir es also kurz: Keiner von euch wird für den Rest seines Lebens einen Dämon austreiben. Hier in diesem Land. Andernfalls werdet ihr ausgewiesen. Ohne Aussicht auf Rückkehr."

Ein Lächeln erschien auf Geraldines Gesicht: „Du hast Angst vor uns."

„Nein." widersprach Jesus heftig, „ich habe einfach keinen Bedarf mehr, die ständige schlechte Laune zu ertragen, die ihr hervorruft. Es gibt eine Menge Stimmen dafür, bei euch eine andere Art von Ausnahme zu machen. Leider..."

„...habt ihr das schon versucht." unterbrach Geraldine ihn hämisch, „erfolglos."

„...können wir das Aufhebens nicht gebrauchen, dass das hervorrufen würde." fuhr Jesus lautstark anders fort, „daher gibt es die gnädige Variante. Nehmt sie. Oder lasst es. Mir ist das egal. In beiden Fällen kriege ich, was ich will."

Annie kratzte sich am Kopf: „In beiden Fällen? Du hast nur eine Alternative genannt."

„Ist die andere nicht klar? Ihr geht gleich. So wie alle, die hier nichts mehr verloren haben."

„Auf dieser Liste bist du der erste." stellte Z trocken fest.

Jesus lächelte überheblich: „Ich bin auf jeder Liste der erste. Was du daran merkst, dass ich die Bedingungen stelle und du nur..."

„Darf ich etwas sagen?" wurde er erneut unterbrochen – diesmal von Lili. Die ihn so verängstigt anblickte, dass er schlagartig wieder freundlich wurde:

„Aber natürlich."

„Ich soll nie wieder einen Dämon austreiben."

„Das hast du richtig verstanden."

Lili schluckte: „Aber meine Schwester, Bibi, sie..."

„Ich weiß um deine Schwester." sagte Jesus ruhig, „und ich gebe dir mein Wort, dass sie vom heutigen Tag an nie wieder belästigt werden wird. Der Schatten, mit dem du sie heute Morgen alleine gelassen hast, weil du keine Zeit mehr hattest, dich darum zu kümmern – er wird weg sein, wenn du nach Hause kommst. Und er wird nicht mehr wiederkommen. Das verspreche ich dir."

„Wirklich?" Eine Träne bildete sich in Lilis Augenwinkel – zu der sich weitere hinzugesellten, als Jesus nickte:

„Wirklich."

„Gut. Dann..." Sie wischte sich über die Augen, „dann mache ich es."

Jesus schenkte ihr ein gütiges Lächeln: „Das freut mich."

„Darf ich dann gehen?"

„Das darfst du."

„Danke." Mit einem tiefen Seufzer drehte Lili sich um und verließ das Büro, ohne Geraldine, Annie oder Z nur eines weiteren Blickes zu würdigen. Jesus dagegen würdigte sie eines sehr langen und intensiven Blickes:

„Und ihr? Was ist mit euch?"

„Nun..." Annie trat vor, „ja." Sie atmete tief durch, „ich denke, wir können uns darauf einlassen."

Geraldine starrte sie an – unfähig, etwas zu sagen. Und Z starrte einfach nur vor sich hin – nicht willig, etwas zu sagen. Was Jesus sehr entgegen kam, denn seine Geduld war inzwischen am Ende:

„Ihr wisst, dass dies die einzige Warnung ist. Zuwiderhandlung..."

„Wir sind nicht blöd." erklärte Annie schnell und versetzte Geraldine, die nun doch den Eindruck machte, sich äußern zu wollen, einen unauffälligen Tritt. Den Jesus zum Glück nicht bemerkte, da er sich gerade wieder hinsetzte:

„Mal schauen. Stellt es unter Beweis."

69

Von Lili war weit und breit nichts zu sehen, als sie nach draußen kamen. Doch Geraldine fixierte sich sowieso direkt auf Annie:

„Warum hast du das gemacht?"

„Hättest du nicht?" entgegnete diese.

„Nein."

„Ich schon." kam es von Z.

Geraldine fuhr herum: „Du auch?"

„Ja klar. Ich bin raus. Jetzt erst recht."

„War ja klar." brummte Geraldine verärgert, „aber du?" Sie griff nach Annies Oberarm und diese nach ihrer Hand:

„Geraldine, begreif doch. Wie machen wir das denn inzwischen?"

„Inzwischen? Wir machen das gleiche wie immer."

„Nicht mit den Dämonen. Das Drumherum."

„Drum...? Wir..." Die Erkenntnis traf Geraldine wie ein Blitz, „Mensch – Kostüme."

„Genau." Annie grinste, „das weiß keiner, dass wir das sind."

„Aber wir müssen vorsichtig sein."

„So wie die ganze Zeit schon."

„Meinte ich."

Z schüttelte konsterniert den Kopf: „Ihr seid nicht mehr zu retten."

Annies Grinsen blieb jedoch: „Was sollte jetzt schiefgehen, was vorher nicht schiefgegangen ist?"

„Da könnte ich dir so viel aufzählen..." setzte er an, aber Geraldine brachte ihn sofort zum Schweigen:

„Lass es bleiben."

„Ja." stimmte Annie ihr zu, „lass es bleiben."

„Wegen mir." brummte Z, „ist eure Entscheidung. Betrifft ja auch nur euch. Eine andere Sache dagegen…"

„Ja?" Geraldine warf ihm einen Seitenblick zu, „was gibt es noch, was wir anders machen sollen, deiner Meinung nach?"

Z atmete tief ein: „Eure Gottesdienste. Ich denke, ihr solltet da nicht mehr hingehen."

„Du meinst, wir sollen lieber zu dir in die Gemeinde kommen? Wo das ‚Neue Neue Testament' gepredigt wird?"

Annie lachte bitter: „Und das ‚Neue Alte Testament' bestimmt auch."

„Ihr seid wirklich ätzend, manchmal." gab Z verärgert zurück, „aber unter den gegebenen Umständen sehe ich euch das nach. Es geht nicht um mich. Es geht im Grunde auch nicht um euch. Es geht um die anderen. Der FP hat sich auf euch eingeschossen und will bewiesen haben, dass ihr euch be- nehmt. Was heißt, dass ihr das auch tun solltet. Wenn ihr euer Vorgehen bei den Aufträgen als sicher empfindet – bitte. Aber in allen anderen Situationen wäre es dann erst recht gut, diesen Beweis zu liefern. Und da kommt ein regelmäßiger sonntäglicher Abstieg in die ehemaligen Bahntunnel nicht gut an. Braucht euch nur einmal der oder die Falsche sehen und schon geratet ihr ganz ordentlich in Erklärungsnot. Was für euch blöd sein kann. Und für alle anderen noch blöder. Denn: Wenn er – bei aller Ausredekunst, die ihr aufzubringen im Stande sein mögt – errät, wo ihr hinwolltet – dann schickt er da jemanden runter. Und Geraldines Vision, die wir mit großem finanziellem Aufwand abgewendet haben, wird doch noch wahr. Vielleicht nicht mit lauter Leuten auf dem Friedhof, aber zumindest mit lauter Leuten im Gefängnis."

Geraldine und Annie wechselten einen Blick. Wussten direkt, dass sie das gleiche dachten. Und nickten daher beide. Langsam. Und mit unglücklichen Mienen. Was Z zum Anlass nahm, nachzuhaken:

„Seht ihr genauso."

Ein weiteres nicken folgte. Noch langsamer. Und mit noch unglücklicheren Mienen.

70

Obwohl es kalt war, empfing die Dienerin ihren Besuch im Garten.

„Wird drinnen gebaut?" fragte der Dämon spöttisch.

„Leute da." erwiderte sie, „die dich nicht sehen sollen. Und mich nicht hören."

„Geheimhaltung ist eine schwierige Angelegenheit."

„Die ich bisher problemlos gemeistert habe."

Der Mann nickte: „Das gestehe ich dir zu."

„Was gibt es?" erkundigte sie sich ein wenig ungeduldig.

„Einen Auftrag." antwortete der Dämon.

„Natürlich."

„Du und ich."

„Schon wieder?" seufzte sie, „reicht dir das eine Mal nicht?"

„Wir bilden ein gutes Team." gab der Dämon zurück.

„In dem ich die Arbeit mache. Und du zuschaust."

„Hättest du es gerne andersherum?"

„Ehrlich gesagt... nein."

„Dachte ich mir."

„Es nervt einfach. Dein Vorgänger war genauso. Davor konnte ich immer einfach in Ruhe meine Arbeit machen."

Der Mann zuckte die Achseln: „Wir sind eben nicht die großen Chefs wie die, die wir beerbt haben. Sie haben nur delegiert. Wir sind gerne ein wenig näher am Geschehen."

Die Dienerin seufzte: „Wenn es sein muss. Was ist es?"

„Jesus hat sich..."

„Nennt er sich weiterhin so?" ging sie verwundert dazwischen.

„Ja. Schon. Warum auch nicht?"

„Braucht er nicht einen vollständigen Namen?"

Erneutes Achselzucken: „Haben viele nicht. Kann dir auch egal sein. Er hat sich auf jeden Fall entschieden, dass er die Leute, die ihn vom Thron gestoßen haben – geistlich – nicht so einfach davonkommen lassen möchte. Keiner von ihnen soll sterben. Ich weiß – traurig. Aber andere dürfen es. Heißt im Klartext: Die vier Personen auf dieser Liste sollen für den Rest ihres Lebens nicht mehr froh werden. Was du machst – dir überlassen. Nur ihnen darf kein Haar gekrümmt werden, über das sie sich beschweren könnten. Und es muss alles so geschehen, dass die Öffentlichkeit davon nichts mitbekommt. Oder sich zumindest nicht weiter dafür interessiert."

„Schade." entgegnete sie, „aber machbar."

„Dachte ich es mir doch."

„Wann legen wir los?"

„Sobald du willst. Also wenn die Leute weg sind, die mich nicht sehen und dich nicht hören dürfen." Der Spott des Dämons war nicht zu überhören – die Dienerin beschloss jedoch, das trotzdem zu tun:

„Gib mir drei Tage. Zum planen. Dann kann es losgehen."

71

„Hallo."

„Selber."

„Du klingst nicht gut." stellte Clara trocken fest – und Miguel gab sich gar keine Mühe, das abzustreiten:

„Es ist alles schiefgegangen."

„Du hast ihn unterschätzt."

„Habe ich wohl."

„Hätte ich ihn mal umgebracht."

„Hättest du mal." Miguel seufzte tief – und Clara wartete kurz ab, bevor sie ihre Frage stellte:

„Machen wir weiter?"

„Womit?" gab er zurück.

„Willst du ihn weghaben oder nicht?"

„Wie denn noch?"

„Nachdenken. Abwarten."

Miguel gab einen jammernden Laut von sich: „Das hat ja bisher auch wunderbar geklappt."

„Bade ruhig weiter in Selbstmitleid." erwiderte Clara hart, „ich bleibe wachsam."

„Na gut. Ich auch." Sie konnte förmlich spüren, wie er sich am anderen Ende aufrichtete – und verkniff sich nur mit Mühe ein Lachen:

„So gehört sich das."

„Was ist mit Lili?" stellte er daraufhin natürlich zuallererst die Frage, deren Antwort sie ihm am wenigsten gerne geben wollte:

„Raus. Hat mir gesagt, dass sie nicht mehr will. Will sich um ihre Schwester kümmern."

„Schwester." wiederholte Miguel konsterniert und wieder hatte Clara Mühe – diesmal, ihren Ärger darüber zu unterdrücken:

„Was weiß ich? Aber es geht auch ohne sie."

„Sicher?"

„Sie kann ersetzt werden, meine ich."

„Na, dann mach mal."

„Habe ich vor." erklärte sie bestimmt.

„Und dann?"

„Wir gesagt: wachsam bleiben."

„Und er war wachsam bis an sein Lebensende." sagte Miguel in leierndem Tonfall – was Clara kurzzeitig wirklich die Beherrschung verlieren ließ:

„Je nachdem, wie wachsam du bist, kommt es früher oder später."

Miguel stockte: „Ist das eine Drohung?"

Und sie fing sich wieder: „Nur eine Aufmunterung, beim Straße überqueren nach links und rechts zu schauen."

„Wahnsinnig witzig."

72

Für Hideko war die Raumstation ISS der sicherste Ort im ganzen Universum. In den zehn Jahren, die er damit verbracht hatte, sich auf seinen Einsatz an Bord der Station vorzubereiten, waren so viele schreckliche Dinge passiert rund um die Welt, dass er sich von Tag zu Tag mehr danach gesehnt hatte, sie endlich verlassen zu können. Und sei es auch nur für eine bestimmte Zeit. Seine drei Kameraden sahen das nicht ganz so kritisch, widersprachen ihm aber auch nicht, wenn er sich wieder einmal darüber ausließ, wie wundervoll ruhig er es hier oben fand. Ausruhen konnten sie sich allerdings nicht. Sie hatten alle Hände voll damit zu tun, Experimente durchzuführen. Die das Leben auf der Erde besser machen konnten. Oder die schlichtweg neue Daten liefern sollten, in Bezug auf den menschlichen Traum von einem Leben im All. Sie waren zwar alle realistisch genug, um nicht an dem Luftschloss mitzubauen, dass der Mensch jemals die Erde komplett hinter sich lassen und in die Tiefen des Raums aufbrechen würde. Aber eine größere Station in der Umlaufbahn oder gar auf dem Mond lag definitiv in Reichweite. Also strengten sie sich an. Schließlich würden sie dann zu den Experten gehören und ganz sicher mit als erste das Angebot bekommen, langfristig Quartier in einer solchen Station zu beziehen. Die Arbeiten gingen gut voran. Sie hatten manchmal leichte Sprachschwierigkeiten, doch dank der vielen Computer lösten sie solche Probleme schnell. Das Leben in der Station war angenehm. Alles in ihrem Inneren war in bester Ordnung. Was für ihr Äußeres ganz plötzlich nicht mehr galt. Darauf hatten sie natürlich keinen Einfluss und daher dafür auch keinerlei Überwachungsgeräte. Die befanden sich alle in der Leitzentrale auf der Erde und wenn es ein Problem gab, kontaktierte man sie von dort. Das zumindest war die Theorie. In der Praxis jedoch gestaltete sich die Umsetzung nicht komplett reibungslos. Logischerweise. Denn Menschen sind und bleiben Menschen. Und die für die Überwachung zuständigen Mitarbeiter mussten den ganz normalen, natürlichen Bedürfnissen folgen wie jeder andere auch. Sie wussten, dass sie sich zu beeilen hatten. Woran sich auch der Mitarbeiter hielt, der an diesem Tag eingeteilt war. Gerade einmal zwei Minuten war er weg. Leider sollten genau diese zwei Minuten von entscheidender Bedeutung sein. Denn innerhalb dieses Zeitraums schlug ein kleines Stück Weltraumschrott in die Raumstation ein. Es war kaum größer als ein Suppenteller und hatte ursprünglich zu einem ausrangierten Satelliten gehört, der seit einigen Jahren nach und nach in seine Einzelteile zerfiel. Die eigentlich Richtung Erde sacken und in der Atmosphäre verglühen sollten. Doch dieses spezielle Teil tat dies nicht, sondern wurde von dem Ruck, der entstanden war, als es sich gelöst hatte, in die Umlaufban der Station getrieben. Hätte der Mitarbeiter an seinem Platz gesessen, hätte er dies natürlich gesehen. So allerdings konnte das Teil von allen Seiten unbemerkt auf die Station aufprallen. Selbstverständlich war es weder stark noch schnell genug, um ein Loch in die Wand zu bohren. Doch es traf einen außen verankerten Kasten, der mit den Stabilisationsdüsen zu tun hatte, die die Station in ihrer Umlaufbahn hielten. Die Astronauten im Inneren bemerkten die Erschütterung, funkten Richtung Erde, was geschehen sei, und erhielten die Antwort, es sei alles in Ordnung. Das Teil war beim Aufprall zerschellt und der inzwischen wieder auf seinem Platz sitzende Mitarbeiter konnte nichts mehr davon sehen. Weswegen er auch keine Diagnostik der Systeme anordnete und so dafür sorgte, dass der kaputte Kasten kaputt blieb. Und die Technik in seinem Inneren nicht mehr einwandfrei arbeitete und schließlich komplett den Geist aufgab. Die Auswirkungen ihres Fehlens machten sich nur langsam bemerkbar. Die Stabilisationsdüsen wurden schwächer und schwächer, was zunächst weder den Astronauten noch den Mitarbeitern auf der Erde auffiel. Dann fiel die erste von ihnen ganz aus und Alarm wurde ausgelöst. Was die Mitarbeiter in der Leitzentrale dazu brachte, die restlichen Düsen genauer unter die Lupe zu nehmen. Um dabei mit Schrecken festzustellen, dass sie alle kurz davorstanden, ebenfalls auszufallen. Eine Möglichkeit, den Schaden schnell zu reparieren, gab es nicht. Dafür mussten die Astronauten nach draußen und allein die Vorbereitung darauf nahm mehrere Stunden in Anspruch. Ganz zu schweigen davon, dass sich die Luftschleuse an einem ganz anderen Punkt befand und sie erst einmal zu dem kaputten Kasten gelangen mussten, der inzwischen als Ursache ausgemacht worden war. So traf der Einsatzleiter die schwere aber einzig richtige Entscheidung: Er erklärte die ISS für unrettbar und befahl den Astronauten, sich zur Rettungskapsel zu begeben. Natürlich gab es Widerspruch, doch nachdem er sich einige Minuten lang mit ihnen gestritten hatte, schaltete er einfach die Funkverbindung aus. Sollte es ihm egal sein. Runter kamen sie so oder so. Hideko war schließlich derjenige, der den Befehl gab, Folge zu leisten. Die Station war inzwischen schon gehörig am schwanken und an einigen Stellen taten sich bereits kleinere Risse auf, die ziemlich schnell grösser wurden. So zogen sie sich ihre Anzüge an und bemannten die Rettungskapsel. Mit einem letzten wehmütigen Blick in Richtung ihrer Heimat zündete er das Triebwerk und sie wurden in den Raum geschleudert und dann von der Erdanziehung gepackt. Der Absturz der Kapsel verlief wie geplant. Sie traten in die Atmosphäre ein, die Bremsfallschirme öffneten sich und als sie unten aufschlugen, waren schon Rettungsmannschaften da, die sie versorgten. Der Absturz der Station verlief dagegen alles andere als geplant. Denn er sah eigentlich vor, dass in der Station ein Selbstzerstörungsmechanismus ausgelöst wurde, der dafür sorgen sollte, dass sie in sehr viele sehr kleine Teile zerfiel, die dann auch – genau wie der Weltraumschrott – in der Atmosphäre verglühen konnten. Unglücklicherweise konnte dieser Mechanismus nur in der Station in Gang gesetzt werden und der Einsatzleiter hatte aufgrund der hitzigen Diskussion nicht daran gedacht, die Wissenschaftler darum zu bitten, bevor er die Verbindung abgebrochen hatte. Und den Wissenschaftlern wiederum war es erst in den Sinn gekommen, als sie bereits in der Rettungskapsel saßen. So fiel die ISS einfach vom Himmel und die Leitzentrale hatte gerade noch genug Zeit, die zuständigen Behörden zu informieren, die wiederum dafür sorgten, dass das als Absturzstelle berechnete Gebiet im Westkaukasus evakuiert wurde. Die einzigen Menschen, die sich ein einigermaßener Nähe befanden, als sie auf dem Boden aufschlug, waren Reporter und Wissenschaftler.

Tote oder Verletzte gab es dementsprechend keine. Der Traum von einem Leben außerhalb der Erde war allerdings erst einmal geplatzt.

73

Patrizia öffnete die Tür und musterte die Frau, die ihr gegenüberstand: „Wer sind Sie?"

„Mein Name ist Amelie." erwiderte diese freundlich.

„Kann ich Ihnen helfen?"

„Oh ja, das können Sie."

74

Es tutete so oft, dass Katiana schon den Hörer vom Ohr nahm, als Bibi sich doch noch meldete. Sie klang genervt:

„Was ist?"

„Hier ist Katiana."

„Ich weiß. Ich habe die Nummer erkannt."

„Ich hatte schon ein paarmal versucht, dich..."

„Auch das weiß ich." unterbrach Bibi sie ungeduldig.

„Ich habe mir Sorgen gemacht." Katiana bemühte sich, genauso zu klingen – und erreichte wirklich, dass Bibi ein wenig ruhiger wurde:

„Musst du nicht mehr."

„Aber... es hat nicht geklappt. Oder?"

„In meinen Augen schon."

Katiana runzelte die Stirn: „Du hast deine Therapie abgebrochen. Beide. Bei mir und bei..."

„Ich brauche die Therapie nicht mehr." erklärte Bibi stolz, „Therapien."

„Wie kommst du darauf?" fragte Katiana entgeistert.

Vom anderen Ende drang ein Jubelschrei an ihr Ohr: „Ich bin frei."

„Frei?"

„Ja. Für immer."

„Ich wiederhole meine Frage: Wie kommst du darauf?"

„Ach..." Bibi lachte auf, „du weißt es wahrscheinlich nicht. Meine Schwester – Lili – sie hatte eine Unterredung mit..."

„...dem Mann, der uns jetzt diktiert." führte Katiana kalt zu Ende.

„Hä?"

„Er ist ein Diktator."

„Mag sein." brummte Bibi, „mir doch egal."

„Wirklich? Egal?"

„Ja. Berührt mein Leben nicht. Also... doch – schon. Aber auf eine gute Art und Weise."

„Gut?" fuhr Katiana auf, „du nimmst wieder Drogen. Oder nicht?"

„Ja... schon... aber..." Bibi brach ab – was Katiana ihr nicht durchgehen ließ: „Aber?"

„Aber die Drogen waren ja nie das Problem."

„Nicht?"

„Nein." Bibi klang nun sehr überzeugt, „die Dämonen waren das Problem. Mit den Drogen komme ich klar. Mit den Dämonen nicht. Aber jetzt haben wir die Zusicherung, dass nie wieder einer kommen wird."

„Die Zusicherung eines Diktators." knurrte Katiana, doch Bibi ließ sich nicht abbringen:

„Die Zusicherung des mächtigsten Mannes im Land. Der kann seine Versprechen nicht brechen. Und wenn doch, dann bricht Lili einfach ihres.

Im schlimmsten Fall stehen dann seine Leute vor der Tür und dann sagen wir: ‚Sie hat weil du hast.' Aber ich denke mal nicht, dass das passieren wird. Das will er nicht riskieren."

Katiana schloss für einen Moment die Augen: „Hast du jetzt gerade Drogen genommen?"

„Heute noch nicht, nein." bekam sie zurück.

„Warum hast du überhaupt wieder...?"

„Ach... der Stress. Momentan ist er überall. Überall. Stress, Stress, Stress. Ich brauchte einfach etwas dagegen. Die Drogen helfen. Es leichter zu ertragen. Das war ja immer so. Es ging mir damit besser."

„Das behauptest du nicht wirklich."

„Du spielst auf die Nebenwirkungen an, das ist mir klar." Bibi kicherte vergnügt, „aber ich habe doch erzählt: Ich kann wesentlich besser damit umgehen als viele andere. Also... mit dem Nehmen. Ich dosiere das. Und das klappt ziemlich gut. Macht vieles leichter. Das habe ich im Griff. Jetzt sogar noch viel besser als vorher. Weil ich eben keine Angst mehr vor den Dämonen haben muss. Ich kann damit jetzt frei sein."

„Damit frei." wiederholte Katiana vollkommen vor den Kopf gestoßen, „in der Abhängigkeit frei."

„Das klingt doof, wenn du das sagst." maulte Bibi.

„Das ist doof."

„Hey." stieß Bibi laut hervor – war aber im nächsten Moment schon wieder ganz ruhig: „Ach... weißt du... Gehen wir nicht im Streit auseinander. Ich gebe zu – ich hatte keine Lust, mit dir zu sprechen. Aber ganz ehrlich: Du hast dir eine Menge Mühe mit mir gegeben. Ihr beide habt das. Meine ich ganz ernst. Darfst du auch gerne weitergeben. Denn ein solches Gespräch reicht mir dann doch. Ich bin da sehr dankbar für. Wirklich. Ehrlich. Ich kam alleine nicht klar – da war das sehr nett und sehr schön. Aber jetzt komme ich alleine klar. Und das besser denn je."

„Nicht wirklich, oder?" versuchte Katiana es erneut – und kam erneut nicht durch:

„Die ganze Zeit habe ich mich bemüht, etwas abzustellen, was ich eigentlich will. Weil ich die Konsequenzen gefürchtet habe. Aber jetzt gibt es keine Konsequenzen mehr. Und ich kann das, was ich will, endlich in Frieden tun."

„In Frieden."

„Es ist ja gegen den Unfrieden. Wenn welcher kommt – und das passiert in letzter Zeit des Öfteren – dann nehme ich was und schon ist der Friede da. Und witzigerweise haben wir durch die Absprache, die Lili getroffen hat, ja auch wieder mehr Frieden. Also gibt es weniger Unfrieden. Und damit weniger Notwendigkeit, sich Frieden zu schaffen."

In Katianas Kopf drehte sich alles und sie brauchte eine ganze Weile, bis sie allen diesen Logiksprüngen so weit gefolgt war, dass sie dazu etwas sagen konnte: „Aber wenn du es doch sowieso willst..."

„Ja – vielleicht nehme ich ab und zu trotzdem was." gab Bibi kichernd zu, „einfach so. Aber wie gesagt: Das habe ich im Griff."

„Das kann ich mir so gar nicht vorstellen."

„Zweifelst du an meinen Fähigkeiten?"

„Eine Sucht hat man nie im Griff."

„Tja." Bibi schnaubte beleidigt, „dann bin ich dir mal der Beweis für das Gegenteil. Beziehungsweise: Vielleicht ist es dann gar keine Sucht. Alkohol kann man schließlich auch trinken, ohne danach süchtig zu sein."

„So siehst du das."

„Der Gedanke kam mir erst gerade. Aber ich finde ihn sehr logisch."

„Das würdest du auch." stellte Katiana trocken fest – was Bibi nicht gefiel: „Jetzt wirst du unfreundlich."

„Ich bin einfach verzweifelt."

Wieder schlug die Stimmung um: „Das tut mir leid. Sei das nicht. Ich bin es auch nicht. Wir machen uns jetzt ein schönes Leben. Mach du dir das auch."

„Das tue ich." versicherte Katiana, „aber das lindert nicht meine Sorge um dich."

„Das ist unser letztes Gespräch. Willst du diese Sorge für den Rest deines Lebens mitschleppen?"

„Wenn es sein muss."

„Muss es nicht." erklärte Bibi lautstark, „ich entbinde dich hiermit davon."

„Wenn du meinst."

„Ach..." Die Gleichgültigkeit war zurück, „mach doch, wie du denkst. Ist doch nicht mein Problem. Ich werde damit kein schlechtes Gewissen haben. Habe ich jetzt schon nicht. Dafür geht es mir viel zu gut."

„Aber Drogen nehmen ist Sünde." probierte Katiana es nochmal anders. Und hatte auch damit keinen Erfolg:

„Schon. Doch dafür gehe ich ja zur Beichte. Zur richtigen Beichte – nicht das Internetding. Unser Priester macht das noch. Was ich sehr gut finde. Das nutze ich. Tut auch durchaus gut, es hinterher los zu sein. Nimmt das schlechte Gewissen."

„Puh..." machte Katiana, denn jetzt fiel ihr wirklich nichts mehr ein. Was Bibi zu spüren schien, denn sie schwenkte sofort um:

„Gibst du meinen Dank weiter?"

„Werde ich wohl." murmelte Katiana tonlos.

„Sehr nett."

„So bin ich."

„Bleib so. Es wird bestimmt noch viele Menschen geben, die das brauchen. So wie ich es gebraucht habe. Wir leben in dunklen Zeiten. Und sie werden bestimmt noch dunkler. Da sind Menschen wie du wichtig."

„Dunkle Zeiten." griff Katiana das auf, „merkst du was?"

„Das betrifft mich nicht mehr." gab Bibi fröhlich zurück.

„Lebst du nicht hier? In dieser Zeit?"

„Schon. Aber nicht in der Dunkelheit. Da sind Lili und ich jetzt raus."

„Raus."

Bibi zögerte kurz: „Manchmal muss man einen Deal mit dem Teufel machen. Aber er hat uns was gebracht. Überleg mal drüber nach. Könnte dir auch was bringen."

„Ich bleibe lieber bei Gott." erklärte Katiana traurig.

„Ach... das tun wir doch auch. Wir glauben weiter. Und gehen weiter in die Kirche. Gott ist der Gute – das ist uns schon klar. Aber mit dem Bösen muss man sich arrangieren. Sonst frisst er einen auf."

„So wie uns."

„Wenn ihr Pech habt. Irgendwann geht die Welt zu Grunde. Wir werden das überstehen. Weil wir nicht im Auge des Sturms stehen. Ihr dagegen..."

Katiana biss sich auf die Lippen: „Wir bekämpfen den Sturm."

„Und ich wünsche euch ganz viel Erfolg dabei." erwiderte Bibi, „auch das meine ich ernst. Aber Lili und ich sind da weiter. Wir wissen, dass der Sturm nicht besiegt werden kann. Nur überlebt."

„Dann wünsche ich euch – auch das ist ernst gemeint – alles Gute beim Überleben."

„Danke."

Bibi legte auf und Katiana tat es ihr gleich. Einen Moment lang stand sie regungslos da und atmete ein und aus. Dann flog das Telefon an die Wand und rief Steve auf den Plan. Der nichts sagte, sondern sie einfach in den Arm nahm. Erst 30 Minuten später war sie in der Lage, etwas von sich zu geben: „Wir haben sie verloren. Alle beide."

Steve strich ihr über den Kopf: „Das tut mir sehr leid."

„Ja... mir auch." Sie sah zu ihm hoch, „kannst du das für dich behalten?"

„Klar. Aber warum?"

„Es würde den anderen das Herz brechen. Und sie würden in blinden Aktionismus verfallen bei dem Versuch, sie zurückzugewinnen. Doch das ist nicht der richtige Weg."

„Welcher ist denn richtig?" erkundigte er sich vorsichtig.

„Beten." antwortete sie, „und ab und zu versuchen, sie anzurufen. In der Hoffnung, dass Gott ihre Hand zum Hörer greifen lässt."

„Das willst du tun?"

„Ja. Weshalb wir jetzt dafür beten sollten, dass das Telefon nicht kaputt gegangen ist."

75

Annie verspürte das dringende Bedürfnis, den Frust der letzten Wochen irgendwie abzuschütteln. Und da die Sonne schien und der Schnee, der in der Nacht gefallen war, weiß glitzerte, machte sie sich auf den Weg in die Innenstadt. Zu Fuß. Sie schlenderte die Straßen entlang und genoss die Strahlen, die ihr ins Gesicht schienen. An einer Fußgängerampel kam sie zum Stillstand. Direkt neben einem Mann mittleren Alters. Er blickte sie an. Sie blickte zurück. Und ihre Augen begannen zu leuchten:

„Nein, wie süß bist du denn?" entfuhr es ihr unwillkürlich.

Der Mann brauchte einen Moment, bis er sich angesprochen fühlte: „Hm? Was?"

„Du. Süß. Voll krass..."

Er blickte konsterniert drein: „Okay. Äh… gut. Äh… Danke."

„Findest du nicht?" fragte Annie enttäuscht.

„Naja..." Er schluckte, „von mir eher weniger. Muss ich natürlich auch nicht."

Aus der Enttäuschung wurde Hoffnung: „Und andersrum?"

„Also..." Ein weiteres Schlucken, „gedacht hatte ich das zugegebenermaßen schon. Von dir, meine ich. Nur nicht gesagt. Würde ich auch nie sagen – so gleich am Anfang."

„Das ist der Vorteil, wenn der Mund nicht an das Gehirn gekoppelt ist." erklärte Annie fröhlich, „dann kann man sowas einfach sagen. Manchmal sogar, bevor man es überhaupt gedacht hat."

„Okay..." Der Mann lächelte und runzelte gleichzeitig die Stirn, „das ist einerseits praktisch, andererseits auch wieder nicht..."

„In dieser Situation würde ich es durchaus mal als praktisch bezeichnen. Denn wer weiß? Sonst wären wir bei grün einfach über die Straße und dann unserer Wege gegangen. Und ich hätte es nicht gesagt und du auch nicht und dann wäre uns beiden echt was entgangen."

„Dieses Gespräch. Mit jeder Menge ‚und's'."

„Genau." Annie nickte vehement, „und... das danach."

„Danach." wiederholte der Mann langsam, „was passiert denn danach?"

„Naja – ‚danach' wäre ja jetzt. Im Sinne von: Beenden wir mal das Gespräch. Ich forme meinen Mund zu einem Kussmund und du... machst das, was Mann dann macht. Du darfst auch vorher gerne kurz darüber nachdenken, wenn du willst."

„Kurz." Der Ausdruck in seinem Gesicht zeigte deutlich, dass er sich sehr unsicher war, wie ernst er Annie nehmen sollte. Was diese jedoch nicht ausbremste:

„Es sieht ziemlich doof aus, wenn ich minutenlang so dastehe."

Er nickte langsam: „Machst du sowas öfter?"

„Nein." erwiderte sie, „nur sehr selten. Wenn es wirklich sein muss. Das letzte Mal ist auch ziemlich lang her."

Das Nicken wurde schneller: „Dann mach mal."

„Was?"

„Den Mund."

„Oh. Klar." Annie drückte die Lippen nach vorne und ehe sie sich versah, nahm der Mann sanft ihren Kopf zwischen die Hände und küsste sie. Sie hatte schon fast vergessen, wie schön das sein konnte und es vergingen nur Sekunden, bis ihre Hände auf seinem Hinterkopf lagen und durch seine Haare wühlten. Was er ihr nur zu gerne gleich zu tun schien. Von dort glitten seine Hände ihren Rücken hinunter und eine unbeschreiblich wohlige Gänsehaut breitete sich an ihrem ganzen Körper aus. An ihrer Taille machte er allerdings halt. Was Annie dazu bewegte, ihre Lippen von den seinen zu lösen: „Da hörst du auf?"

„Weiter wäre unhöflich." gab er – ein wenig atemlos – zurück.

Annie zog eine Schnute: „Glaubst du wirklich, höflich interessiert mich jetzt grad? Mein Hintern ist das, wo ich am liebsten gestreichelt werde. Und ich versichere dir, dass er dir gefallen wird."

„Oh, das tut er bereits." versicherte er lächelnd.

„Du kannst ihn sehen?" Annie war erstaunt, „von deiner Position aus?"

„Ich habe ihn schon vorher gesehen. Bevor du dich umgedreht hast."

„Nun." Sie klopfte sich gegen die Hüfte, „ihn anzufassen ist um ein Vielfaches schöner, als ihn nur anzuschauen."

„Das glaube ich dir sogar."

So ließ er seine Hände weitergleiten, ein kleines Stückchen nur, aber es reichte. Gleichzeitig küsste er sie wieder. Auch ihre Hände wanderten nun weiter nach unten und als sie seinen Hintern erreicht hatten, drückte sie ihn so fest an sich wie sie nur konnte. Ließ von ihm ab – und begann zu kichern: „Na – der mag mich aber auch schon ganz doll."

Einen Moment lang starrte der Mann sie verdutzt an, dann verstand er, worauf sie sich bezog: „Was hattest du denn erwartet?"

„Genau das."

Er lachte: „Ich glaube, wir haben den Moment erreicht, in dem wir uns aus der Öffentlichkeit zurückziehen sollten."

„Sehr gerne." stimmte Annie zu, „wie weit ist es bis zu dir?"

„Etwa zehn Minuten."

„Gut. Zu mir sind es... keine Ahnung. Habe noch nie auf die Uhr geschaut. Aber gefühlt bestimmt länger. Also zu dir."

„Ist nicht aufgeräumt."

Wieder begann Annie zu kichern: „Als ob mir das auffallen würde..."

76

Sie brauchten wirklich gerade mal zehn Minuten bis zu dem Haus, in dem er wohnte. Sie sprachen nicht viel auf dem Weg dorthin, doch es war eine angenehme Stille. Die Stufen bis zu seiner Wohnung kamen ihr endlos vor und da nach ihnen noch jemand ins Haus gekommen zu sein schien und sie nicht wollte, dass irgendein Nachbar ihn in ein Gespräch verwickelte, beschleunigte sie ihren Schritt, was er mit einem Lächeln quittierte.

In seiner Wohnung ging alles sehr schnell. Sein Pulli verschwand genauso wie ihr Oberteil, dann seine Hose, dann die ihre. Sie küssten sich unentwegt und Annie war gerade dabei, ihre Hände über die Ausbuchtung unterhalb seines Bauchnabels gleiten zu lassen, als in ihr eine Warnleuchte anging. Sie spürte, wie seine Hand über ihren Bauch fuhr und zwischen ihren Beinen landete. Die Leuchte wurde greller. Und Annie reagierte:

„Halt! Stopp! Stopp! Halt!"

Er stoppte wirklich. Und sah sie an: „Alles klar?"

„Ja. Ich... nein." Sie trat einen Schritt zurück, „das geht zu schnell."

„Die Geschwindigkeit kam von dir." entgegnete er irritiert.

„Ja – mag sein. Nein – stimmt. Aber..."

„Aber?"

Annie seufzte: „Jetzt ist mein Gehirn doch noch angesprungen..."

Seine Irritation nahm noch zu: „Äh... soll heißen?"

„Ich habe eine Grenze." erklärte Annie schwer atmend, „das hier ist sie. Letztes Mal habe ich sie überschritten. Ohne darüber nachzudenken. Das war nicht gut. Diesmal soll das nicht so sein."

Auch er trat nun einen Schritt zurück: „Was machen wir denn dann?"

„Erst... erstmal gar nichts. Doof. Aber... geht nicht anders. Durchatmen. Und auf null zurückdrehen."

„Das muss ich erstmal verdauen." Ein weiterer Schritt, der ihn gegen einen Sessel stoßen ließ – in den er abwesend hineinsank. Annie spürte Ärger in sich aufsteigen:

„Heißt das, du willst mich nicht, wenn ich das nicht will?"

Er sah auf: „Das heißt, dass ich nicht weiß, wo mir der Kopf steht. Erst machst du mich binnen Sekunden heiß. Und dann binnen Sekunden kalt. Äh... nicht so, wie... du weißt, was ich sagen will. Das waren einfach zu viele komplette Drehungen in zu wenig Zeit. Damit muss ich erstmal klarkommen."

Sie nickte verstehend: „Soll ich dafür gehen?"

„Wäre vielleicht besser." Er biss sich auf die Lippen, „nicht übelnehmen. Aber vor 20 Minuten kannte ich dich nicht mal. Alles ein bisschen sehr überfordernd."

„Ja. Passiert. Sorry. Ich... muss auch nachdenken." Annie kniff die Augen zusammen, „weißt du was? Hier ist meine Telefonnummer." Sie wühlte zwischen ihren Klamotten, bis sie ihre Tasche gefunden hatte und in dieser dann nach einem Zettel und einem Stift, „überleg in Ruhe. Und ruf dann an. Wenn du willst, meine ich."

Er nahm den Zettel und steckte ihn geistesabwesend in den Saum seiner Unterhose: „Und du?"

„Ich warte. Ich weiß, was ich will. Aber meine Grenze ist halt... sagen wir mal: Ich überschreite sie gerne. Von daher... wenn ich jetzt bleibe..."

„Ich hab schon verstanden." Er stand auf – und sie trat wieder auf ihn zu: „Einen Kuss noch?"

„Lieber nicht." wehrte er ab, „sonst..."

„Auch verstanden."

77

Er brachte sie nicht einmal zur Tür, was aber wohl daran lag, dass er immer noch nicht wusste, wie ihm geschah. Was Annie sehr gut nachvollziehen konnte. Denn sie wusste es auch nicht genau. Was sie da geritten hatte. Sie war der festen Überzeugung gewesen, diesen Teil ihres Lebens hinter sich gelassen zu haben. Und dann überfiel es sie einfach so. Das konnte nicht sein. Durfte nicht mehr sein. Und sie musste es erst einmal verarbeiten. Also machte sie sich auf den Heimweg. Und die Sonne und der Schnee kamen ihr dabei weitaus weniger schön vor als noch 30 Minuten zuvor.

78

Es klopfte. Der Mann, gerade noch damit beschäftigt, sich wieder anzuziehen, eilte zur Tür. Vielleicht konnte er sich das ja jetzt sparen. „Na, hast du es dir anders überlegt?" kicherte er, während er öffnete. Es war sein letzter Satz. Bevor die Kugel ihn traf und er umfiel.

79

Die Dienerin zog die Tür wieder zu und horchte. Keiner schien den Schuss gehört zu haben. Oder ihm Bedeutung beizumessen. Sie dagegen war wieder einmal unzufrieden. Auch das war zu leicht gewesen. Annie hätte so auf der Hut sein müssen nach dem, was mit ihren Eltern geschehen war. Doch sie hatte sich nicht einmal umgeblickt auf dem Weg in die Stadt. Und als sie ihrem Freund erstmal in den Armen gelegen hatte, hatte sie alles um sich herum vergessen. Die beiden zu verfolgen war noch einfacher gewesen – nicht einmal, als sie zu der zufallenden Haustür gehechtet und dann hinter ihnen die Treppe hochgeschlichen war, hatten sie auch nur andeutungsweise auf irgendetwas geachtet, was um sie herum geschah. Sie hatte sich in den Keller verzogen, sobald sie wusste, hinter welcher Tür er wohnte, und darauf gewartet, dass Annie wieder ging. Was kurioserweise nicht lange gedauert hatte. Vielleicht war er einfach von der schnellen Sorte oder sie hatte noch einen Termin. Was immer es auch war – sie schien ihn nicht einmal gewarnt zu haben, dass ihm Unheil drohen konnte. Sehr unvorsichtig, sehr unklug und – für sie – sehr unbefriedigend. Doch zumindest gab es bei diesem Auftrag einen kleinen Bonus. Über den sie sich ein wenig freute. Auch wenn er ihre Enttäuschung nicht komplett wett machen konnte. Und dann war da natürlich noch die Hoffnung, dass ihr die anderen auf ihrer Liste mehr zu bieten hatten.

80

Geraldine sah Annie an. Lange. Durchdringend. Und wartete. Darauf, dass ihre Gegenüberin damit herausrückte, was sie bedrückte. Was nicht passierte. So half sie schließlich nach:

„Soll ich Maximilian anrufen?"

Annie schüttelte sich verwirrt: „Warum das denn?"

„Du redest mit ihm. Über... Dinge."

„Maximilian hat andere Prioritäten im Moment."

„Er hatte immer ein offenes Ohr für dich." erinnerte Geraldine sie, „auch, als er und Monique schon zusammen waren."

„Hast du ein offenes Ohr?" Annie blickte sie unsicher an – was sich auf Geraldine übertrug:

„Was meinst du, warum ich hier sitze? Im Schlafanzug? Mit einer seit langem leeren Tasse Tee in der Hand."

„Leer?" Annie sprang auf, „warum sagst du nichts? Ich kann doch..."

„Das war nicht der Punkt." ging Geraldine dazwischen und sie setzte sich wieder:

„Nein. Natürlich nicht. Was bedrückt dich?"

„Mich?"

„Du schaust auch nicht gerade fröhlich drein."

„Und es hilft dir, wenn ich anfange."

„Vielleicht."

Geraldine überlegte eine Weile hin und her und entschied sich schließlich, sich darauf einzulassen: „Nils hat sich gemeldet."

„Oh." machte Annie, „aber das ist doch gut. Oder nicht?"

„Ihnen geht es gut. Bis auf die Tatsache, dass mein Vater rumrennt wie ein Vorschulkind bei einer Woche Dauerregen."

„Er ist ständig nass?"

„Drinnen, Annie. Er ist unruhig."

„Ach so."

„Aber das ist nicht das Problem." fuhr Geraldine fort, „als ich sie weggeschickt habe, hat Nils spontan Urlaub eingereicht. Familiärer Notfall und so. Aber jetzt..."

„...muss er zurück." folgerte Annie und Geraldine nickte:

„Er sollte zurück. Er will zurück. Ich will ihn in Sicherheit wissen."

„Und du gewinnst, nehme ich an."

„Bei sowas – ja." Geraldine seufzte, „also wird er kündigen."

Annie schnappte nach Luft: „Prust – was?"

„Er hat nur diese Möglichkeiten: zurückkommen oder wegbleiben. Und wenn er wegbleibt, macht sein Chef nicht länger mit."

„Das ist hart für ihn. Finanziell."

„Er macht sich Sorgen, natürlich. Ich weniger. Wir haben ja was. Und mit Esther und... ihrem Agenten weg sogar ein bisschen mehr. Trotzdem... denken wir mal positiv: Wir leben noch 40 Jahre."

„50."

„Wegen mir auch. Da macht er sich Gedanken."

„Gut so." erklärte Annie, „das sollte ein Mann tun, wenn er die Verantwortung trägt als Alleinverdiener."

Geraldine klappte den Mund auf: „Was ist das denn für ein Spruch?"

„Keine Ahnung." Annie zuckte die Achseln, „klingt aber gut."

„Naja."

„Habt ihr euch gestritten?" hakte Annie nach.

Geraldine schüttelte den Kopf: „Nicht richtig, nein. Aber ich merke, dass er unglücklich ist. Und ich kann es ihm nicht verübeln."

„Denkst du, dass... Z – hallo." begrüßte Annie den Neuankömmling, der gähnend in die Küche geschlurft kam. Er hob kurz die Hand und holte sich eine Schüssel aus dem Schrank. Geraldine sah ihm dabei zu – dann Annie an, die vor sich hin grinste – dann wieder Z. Und hielt es schließlich nicht mehr aus:

„Schlafanzug." sagte sie laut.

Z drehte sich um: „Äh... Pyjama?"

„Was?"

„Ach... ich dachte, ihr spielt vielleicht Fremdwörter raten."

„Fremdwörter?" wiederholte Geraldine lachend.

„Synonyme." verbesserte Z sich schnell, doch Geraldine lachte weiter: „Synkopen."

„Syndikat." kam es von Annie und die anderen beiden machten gleichzeitig „Hä?"

„Ich wollte auch ein Wort mit ‚syn' sagen." verteidigte sie sich, „das war das Einzige, was mir eingefallen ist."

Z schüttete Müsli in die Schüssel und goss Milch hinterher: „Ich wollte nur was essen. Dann bin ich wieder weg."

„Setz dich." Annie schob den Stuhl neben sich zurück, „da es dir ja nichts auszumachen scheint, wie wir aussehen..."

„Nein, danke." wehrte er ab.

Geraldine runzelte die Stirn: „Also doch?"

„Hat nichts mit euch..." setzte er an, aber Annie würgte ihn ab: „Wir klagen uns gerade gegenseitig unser Leid."

Er schob sich einen Löffel in den Mund: „Das macht mal."

„Du kannst gerne mitmachen."

Ein weiterer Löffel: „Zuhören?"

„Klagen."

„Hm..." Ein weiterer Löffel, „nein."

„Es tut dir gut, Z." fiel Geraldine mit ein, „und uns auch, wenn wir wissen, was mit dir los ist."

Ein weiterer Löffel – dann stellte er die Schüssel beiseite: „Ihr wollt wissen, was mit mir los ist? Okay: Ich bin allein. Ich bin der letzte, der übrig ist. Der letzte Zöllner."

Die beiden Frauen starrten ihn irritiert an: „Wovon sprichst du?"

Nun setzte Z sich doch. Seufzte – und begann: „Ich habe es die ganze Zeit vermieden, Zachs Schwiegereltern anzurufen wegen meiner Eltern. Weil die Drillies schon so viel Leid ertragen mussten. Ich habe es einfach nicht über mich gebracht, ihnen noch mehr aufzubürden. Aber es musste einfach sein. Also habe ich angerufen. Der Anrufbeantworter war dran. Tja. Wie sich herausstellte, muss ich ihnen gar nichts mehr aufbürden. Das hat sich erledigt. Für immer. Und ich bin allein."

„Äh?" Annie kratzte sich am Kopf, „was ist denn mit...?"

„Z – das tut mir sehr leid." redete Geraldine über sie hinweg und ignorierte den verärgerten Blick, mit dem sie dafür bedacht wurde. Z bemerkte diesen gar nicht:

„Ja. Mir auch." murmelte er – stand wieder auf, schnappte sich seine Schüssel, und verließ ohne ein weiteres Wort die Küche.

„Warum hast du mich abgewürgt?" zischte Annie los, kaum dass die Tür sich geschlossen hatte.

„Das war nicht der richtige Zeitpunkt, um nach Becka zu fragen." erwiderte Geraldine.

„Becka?"

„Na – Zöllner. Sie gehört da auch dazu. Auch wenn sie gar nicht so heißt. Und Z auch nicht mehr. Was er wohl gerade verdrängen möchte. Und auch nicht der entscheidende Punkt ist. Der Punkt ist: Z ist gar nicht allein. Nur... das: nicht jetzt."

„An sie habe ich doch gar nicht gedacht."

Geraldine zog die Brauen hoch: „Ach so?"

„Ich wollte fragen, was mit den Drillingen ist. Oder hast du verstanden, was er meinte?"

„Dass sie nicht mehr am Leben sind." murmelte Geraldine und Annie verschluckte sich und begann zu husten:

„Bitte wie?"

„Anders wüsste ich nicht, wie man es verstehen sollte."

„Aber wie? Und wann? Und warum?"

„Keine Ahnung." Geraldine hob die Hände, „ich habe das gleiche gehört wie du. Und das ist meine Interpretation."

„Wir müssen ihn fragen." Ruckartig war Annie auf den Füßen und Geraldine erwischte sie gerade noch so am Ärmel:

„Annie – wir müssen alles, nur das nicht. Wenn er es erzählen will, wird er."

„Wir sollen ihn einfach lassen?"

„Hm. Weißt du was? Ich habe eine Idee..." Geraldine ging nach oben, um ihr Handy zu holen, tippte dann eine Weile darauf herum und wählte schließlich eine Nummer.

„Wen rufst du an?" erkundigte sich Annie.

„Hoffentlich die Schwiegereltern von Zach."

„Woher hast du...? Internet. Schon klar."

Geraldine legte einen Finger auf die Lippen: „Pst."

Sie schaltete den Lautsprecher ein. Es tutete zwei Mal. Dann kam eine Bandansage:

‚Im Namen der Familie Fischli möchten wir uns für Ihre Anteilnahme bedanken. Sollten Sie für den Verein zur Hilfe für Lawinenopfer spenden wollen, bitten wir Sie, folgende...'

Geraldine legte auf. Und Annie schüttelte entrüstet den Kopf:

„Wie kann man so etwas auf einen Anrufbeantworter sprechen?"

„Annie." seufzte Geraldine, „das hat niemand aufgesprochen. Das war der Ansagetext."

„Warum haben die so einen Ansagetext?"

„Du bist echt durch den Wind. Das hat jemand anders aufgenommen. Für Leute, die bei ihnen anrufen. Und es nicht wissen."

„Wissen?"

„Dass sie gestorben sind."

Annie runzelte die Stirn: „Aber da heißt es nicht, dass sie gestorben sind."

„Würdest du das aufnehmen?" fragte Geraldine, „,Hallo, hier sind die Fischlis – wir sind leider verstorben – bitte rufen Sie nicht mehr an'?"

„Nein. Lieber nicht."

„Eben. Das mag im ersten Moment verwirrend sein. Aber es erschließt sich beim Nachdenken."

„Dazu bin ich im Moment nicht fähig." murmelte Annie und Geraldine musterte sie durchdringend:

„Ja – dazu kommen wir gleich."

Was Annie zu verhindern gedachte: „Und was sollte das mit den Spenden? Noch ein versteckter Hinweis?"

„Hm... nein... ich schätze mal, dass... Moment..." Wieder tippte Geraldine auf ihrem Handy, dann hielt sie es hoch: „Da."

„Eine Lawine." Annie überflog den Artikel, „am Tag vor Sylvester. Du meinst... sie...?"

„Nur eine Überlegung. Aber ich habe das schon öfter gehört. Wenn jemand an Krebs stirbt, bitten die Angehörigen um Spenden für die Krebshilfe. Oder so ähnlich."

Annie fuhr sich durch die Haare: „Z erwischt es ganz schön schlimm, oder? Da will er ihnen nicht mehr aufbürden – dabei ist er derjenige, der ständig aufgebürdet bekommt."

„Ja." nickte Geraldine betrübt, „und er hat extra bei uns aufgehört, um seine Familie zu schützen."

„Wir müssen etwas für ihn tun." Wieder versuchte Annie, die Küche zu verlassen – und wieder hielt Geraldine sie auf:

„Werden wir auch. Aber erstmal tun wir was für dich. Du hast auch Familie verloren. Und so wie du vorhin dreingeschaut hast – als du noch nicht durch anderer Leute Sorgen abgelenkt warst – konnte man den Eindruck kriegen, das wäre gestern nochmal passiert."

Annie zögerte. Und zögerte. Und zögerte. Während Geraldine sie schweigend anschaute. Und damit schließlich gewann: „Nein. Ich war... einfach nur dumm."

„Du hattest Sex mit einem fremden Mann." folgerte Geraldine.

„So weit sind wir nicht... he." Annie funkelte sie an, „woher weißt... wie kommst du darauf?"

„Ins Blaue hinein geraten."

Annie schnitt eine Grimasse: „Dumme Nuss."

„Hä?"

„Warum unterstellst du mir sowas gleich?"

Geraldine legte den Kopf schief: „Es war doch richtig."

„Okay. Ja. Aber trotzdem."

Geraldine verdrehte die Augen: „Entschuldigung, dass ich dir unterstellt habe, getan zu haben, was du wirklich getan hast."

„Bis auf ‚Entschuldigung' habe ich das nicht verstanden." erwiderte Annie, „aber das reicht."

„Nun sag schon." forderte Geraldine sie auf – bereit, sich auf eine weitere Runde des Abwarte-Spiels einzulassen. Zu der es allerdings nicht kam:

„Ich habe da einen getroffen. An der Ampel."

Geraldine klappte den Mund auf: „An der Ampel?"

„Ja. Er stand da einfach so."

„Das tun an Ampeln viele Leute."

Annie brummte beleidigt: „Es war so ein schöner Tag. Und er so ein schöner Mann. Und da..."

„...bist du ihm um den Hals gefallen." beendete Geraldine, als sie nicht weitersprach.

„Nicht gleich." widersprach Annie, „erstmal habe ich ihn angegraben. So... zwei Minuten. Dann bin ich ihm um den Hals gefallen. Und dann sind wir in seine Wohnung gegangen."

„Ach Annie." Geraldine schlug sich mit den Händen auf die Wangen.

„Es ist nichts passiert." beteuerte diese, „zumindest nicht... das. Ich habe vorher gestoppt."

„Wie kurz vorher?"

„Naja – praktisch direkt davor. Aber immerhin."

„Ja. Immerhin."

„Ich weiß doch, dass es bescheuert war." Annie gab ein weiteres Brummen von sich, „es hat mich so überkommen. Und ich habe total die Kontrolle verloren."

Einen kurzen Moment rang Geraldine mit sich, ob sie die mahnenden Worte, die ihr auf der Zunge lagen, wirklich aussprechen sollte. Und entschied sich dagegen. Fragte stattdessen nur:

„Und jetzt?"

Annie seufzte: „Er hat meine Nummer. Aber eigentlich hoffe ich, dass er gar nicht anruft. Das ist mir so peinlich."

„Verständlich. Und wenn er anruft?"

„Weiß nicht."

Geraldine legte ihr die Hand auf den Arm: „Annie – vergiss mal deine Hormone. Wir sind alle verschwurbelt im Moment, da passieren komische Dinge. Ich meine: Findest du ihn nett genug, dass du dich darauf einlassen könntest, es ganz normal mit ihm zu versuchen?"

Annie legte den Kopf schief: „Darüber habe ich noch gar nicht nachgedacht."

„Du bist ja eine."

„Ich wollte es einfach nur verdrängen."

„Deinen Aussetzer kannst du verdrängen. Aber wenn es gefunkt hat, hat es gefunkt. Und das scheint ja gegenseitig gewesen zu sein. Also...?"

Annie kniff die Lippen zusammen. Dann erschien auf selbigen ein schwaches Lächeln: „Er ist schon süß."

„Na also." nickte Geraldine, „dann mach doch folgendes: Wenn er sich nicht meldet, rufst du ihn an. Entschuldigst dich und..."

„Ich habe seine Nummer nicht." unterbrach Annie sie traurig, „nicht mal seinen Namen."

Geraldine schüttelte sich entgeistert: „Annie?"

„Dazu sind wir nicht gekommen."

„Euch eure Namen zu sagen?"

„Ja."

„Du bist echt ein Kaliber." Geraldine fing unfreiwillig an zu lachen und Annie zog eine Schnute:

„Ich war schon immer so."

Das Lachen verstummte: „Eigentlich... nicht."

Und die Schnute verschwand: „Ja. Du hast Recht. Eigentlich nicht. Manchmal rede ich mir das ein."

„Du hast es jahrelang geglaubt." korrigierte Geraldine, „aber jetzt weißt du es besser. Darauf kannst du dich stützen."

„Schwer."

„Hattest du nicht neulich gesagt, es wäre klarer in deinem Kopf?"

„Wenn ich gemütlich auf der Couch sitze, dann ja. In so einer Situation..."

„Schon klar." winkte Geraldine ab, „trotzdem: Versuch, es dir zu sagen. Deine schlimme Kindheit ist eine Geschichte. Und du musst so nicht weitermachen. Das müsstest du im Grunde nicht einmal, wenn es wirklich stimmen würde,"

Annie atmete aus: „Ich weiß. Ich weiß. Ich weiß. Und gerade deswegen..."

„...gerade deswegen siehst du zu, dass du es anders machst. Du warst bei ihm. Du weißt, wo er wohnt."

Annie nickte – ging dann aber fließend in ein Kopfschütteln über: „Welche Klingel?"

„Meistens die, wo er wohnt." gab Geraldine zurück.

„Haha."

„Das war falsch formuliert. Ich meine: Normalerweise sind sie an der Tür so angeordnet wie die Wohnungen."

Annie blinzelte. Machte die Augen kurz komplett zu. Und dann weit wieder auf: „Hey – das stimmt. Das ist mir noch nie aufgefallen."

„Na, kannste mal sehen." kicherte Geraldine.

„Wie lange soll ich warten?"

„Das musst du wissen. Zwei, drei Tage?"

„Klingt gut." lächelte Annie.

Geraldine sah sie unsicher an: „Geht es dir besser?"

„Ja. Und dir?"

„Auch."

„Und Z?"

Geraldine seufzte: „Wohl eher nicht. Aber da fällt uns schon was ein."

81

Nachdem ihr Handy drei Tage lang stumm geblieben war, machte sich Annie wirklich auf den Weg. Sie wartete bis abends, weil sie davon ausging, dass er ganz normal arbeitete. Sie wählte die Klingel, die sie für die richtige hielt. Doch es kam keine Antwort aus der Sprechanlage und auch der Summer ertönte nicht. Sie versuchte es erneut – mit dem gleichen Ergebnis. Nach dem dritten Versuch gab sie auf. Vielleicht war er einfach nicht da. Sie überlegte, ob sie es am nächsten Tag erneut versuchen sollte. Aber dann entschied sie sich, es als Zeichen zu nehmen. Er war nicht der Richtige für sie. Und sie nicht die Richtige für ihn.

82

Den Abend über suchte sie nach Ablenkung, fand nichts und hoffe, dass das am nächsten Tag anders werden würde. Dass die anderen nicht alle etwas anderes zu tun hatten. Was sie ihnen natürlich gönnte. Sie konnte nicht verlangen, dass sich alles nur um sie drehte. Was auch für Maximilian galt. Den sie – trotz langen Überlegens – nicht anrief, obwohl sie gar nicht sicher wusste, dass er keine Zeit hatte. Denn die Chance, dass er beschäftigt war, bestand. Die Gefahr, dass er das für sie sausen ließ, allerdings auch. Und das wollte sie nicht.

Am nächsten Tag war es wirklich anders. Was allerdings nicht an den anderen lag. Sie hatte eine Vision gehabt – die erste seit einiger Zeit. Und Geraldines entnervter Blick, als sie in die Küche kam, sagte ihr, dass sie damit nicht die einzige war.

„Hattest du die gleiche wie ich?" erkundigte sie sich neugierig.

„Dazu musst du sie mir erstmal erzählen." bekam sie zurück.

„Oh, stimmt."

Sie stellten schnell fest, dass es nicht die gleiche war. Was Geraldine zu einem lauten Stöhnen veranlasste:

„Also zurück zum Tagesgeschäft."

„Scheint so." Auch Annie war davon gar nicht begeistert, „mit sehr ungutem Gefühl."

Diese Aussage irritierte Geraldine dann allerdings doch ein wenig: „Warst du nicht die, die gesagt hat: ‚Was soll uns jetzt passieren, was uns vorher nicht passiert ist'?"

„Das Gefühl ist trotzdem da."

Geraldine nickte verständnisvoll. Und entschied sich gegen die Darlegung ihrer eigenen Gefühle und für Aufmunterung: „Wir schaffen das schon. Jetzt gleich nach dem Frühstück – dann haben wir es hinter uns."

83

Die Dienerin war geübt im Warten und daher geduldig. Ihr Begleiter weitaus weniger:

„Wenn sie heute nicht rauskommt, stürmen wir das Haus."

„Das ist eine ganz dumme Idee." antwortete sie und deutete dann durch die Scheibe, „und siehst du? Da kommt sie schon."

„Sie sind zu zweit."

„Und steigen in zwei Autos."

„Na, dann nichts wie hinterher." Der Mann klopfte ungeduldig auf die Mittelkonsole, doch die Dienerin ließ sich Zeit:

„Genau das habe ich vor. Aber so, dass sie es nicht merkt. Also nicht mit quietschenden Reifen und nicht mit einem Meter Abstand."

„Jaja – mach du." brummte der Dämon und die Dienerin seufzte:

„Bist du immer noch sauer, dass du beim letzten Mal nicht mit durftest?"

„Wir hatten gesagt, wir machen das zusammen."

„Falsch." widersprach sie, „du hast das gesagt. Und ich habe es dir erklärt: Jemanden zu Fuß zu verfolgen, ist alleine unauffälliger."

„Ich habe stundenlang hier im Auto gesessen." murrte der Dämon.

„Dazu habe ich dich nicht gezwungen." Die Dienerin bremste ab, als Geraldine die Spur wechselte und ließ zunächst zwei andere Autos passieren, bevor sie es ihr gleichtat. Der Mann warf ihr einen ärgerlichen Blick zu, den sie zwar spürte, aber ignorierte, „ihr wollt Erfolg, oder nicht? Was ist dir wichtiger? Dass alles immer so läuft, wie du dir das vorstellst? Oder dass alles immer klappt?"

Der Mann boxte gegen die Türverkleidung und der Dämon gab dazu ein Knurren von sich – sagte jedoch nichts. Was der Dienerin recht war, denn so konnte sie sich besser konzentrieren.

Sie fuhren aus der Stadt heraus auf die Autobahn. Geraldine beschleunigte und die Dienerin ebenfalls – achtete aber genauestens darauf, ihren Abstand beizubehalten.

„Glaubst du wirklich, sie führt uns zu ihren Eltern?" nahm der Dämon das Gespräch wieder auf.

„Ich hoffe es." gab sie zurück, „sie sind nicht mehr da, ihr Mann ist nicht mehr da, sie selbst wohnt in dem Haus bei den anderen. Alles Anzeichen dafür, dass sie sie sich verstecken geschickt hat. Wäre das, was ich machen würde, wenn die Eltern meiner besten Freundin... muss ich zum Glück nicht."

„Aber warum sollte sie so dumm sein, zu ihnen zu fahren?"

„Vielleicht ist sie es, vielleicht auch nicht. Das finden wir heraus. Wenn ja – gut für uns. Wenn nein – anderer Plan."

Der Mann verzog das Gesicht: „Der wie lautet?"

„Er kommt, wenn wir ihn brauchen." erwiderte die Dienerin knapp.

„Na gut."

Geraldine wechselte die Autobahn in Richtung Hannover, was schonmal einen guten Eindruck machte. Doch gleich an der ersten Raststätte fuhr sie ab und parkte ganz hinten in einer Ecke. Die Dienerin parkte in einiger Entfernung, holte ein Fernglas aus dem Handschuhfach und beobachtete. Dann zog sie laut hörbar die Luft ein:

„Ich glaub es nicht. Hier..." Sie wollte ihrem Beifahrer das Fernglas reichen, der jedoch winkte ab:

„Ich brauche sowas nicht. Ich sehe es auch so."

Die Dienerin gab ein zufriedenes Grunzen von sich: „Das ist sehr interessant."

„Ja, ist es." stimmte der Dämon ihr zu, „und ändert so einiges."

Sie ließ das Fernglas sinken: „Heißt das, mein Plan ist passé?"

„Nein. Wir fahren ihr weiter hinterher. Auch wenn wir im Grunde schon wissen, was sie vorhat. Und, dass sie nicht so dumm ist, wie du gehofft hast."

„Vielleicht..."

„Du denkst positiv – weiter so. Ich denke realistisch. Heute Abend wird es so einige Planänderungen geben. Bei dir. Und bei uns."

84

Die Visionen waren beide erfolgreich verlaufen und Geraldine und Annie dementsprechend guter Laune, als sie wieder zurückkehrten. Sie verbrachten den Nachmittag gemütlich auf der Couch – mit viel zu vielen Keksen. Von den anderen gesellte sich niemand zu ihnen. Z war oben und blieb es auch; Christopher und Michelle besuchten Steve und Katiana.

„Da müsste ich auch mal wieder hin." stellte Annie kauend fest, „habe die Kinder so lange nicht gesehen."

„Mach doch einfach." nuschelte Geraldine, „bin mir sicher, dass du dich nicht groß anmelden musst."

„Ja. Die nächsten Tage mal."

„Vielleicht komme ich mit."

„Echt?" Annie blickte sie erstaunt an, „du? Und die?"

Geraldine zuckte mit den Schultern: „Kann auch gutgehen."

„Ja. Kann."

Gegen Abend kehrten Christopher und Michelle zurück und Christopher schaffte es, Z zu einer Serienfolge zu überreden, was hieß, dass sie das Wohnzimmer einnahmen. Die Frauen verzogen sich in die Küche. Wobei Annie unauffällig die noch etwa halbvolle Dose mit Keksen mitnahm. Geraldine freute das – Michelle eher nicht:

„Ich muss echt aufpassen. Sonst gibt es bald eine komplette Runde neuer Klamotten."

„Wem sagst du das?" kicherte Geraldine, während Annie die Brauen hochzog:

„Du hast doch gar keine gegessen bisher."

„Steve und Katiana hatten auch welche." entgegnete Michelle.

„Oh." Annie nickte, hielt in der Bewegung, einen Keks in ihrem Mund verschwinden zu lassen, inne, betrachtete ihn eingehend, und schüttelte dann den Kopf, „warum sollen wir eigentlich so darauf achten? Auf unsere schlanke Linie? Ist doch egal."

„Ich achte eigentlich mehr auf unseren schlanken Geldbeutel." gab Michelle zurück.

„Eh... das ist ein Argument." Annie steckte sich den Keks trotzdem in den Mund und nahm sich direkt den nächsten. Was Michelle auflachen ließ: „Was habt ihr morgen vor?"

Geraldine und Annie sahen sich an: „Bisher nichts, warum?"

„Wir hatten überlegt, mal wieder alle zusammen zu holen." klärte Michelle sie auf, „in den ganzen Irrungen und Wirrungen haben wir das kaum geschafft seit... ja – vor Weihnachten, im Grunde. Kein besonderes Thema. Einfach nur mal wieder als Gruppe hier sitzen und... ein bisschen austauschen."

„Wem so was passiert ist in der letzten Zeit." ergänzte Annie sarkastisch.

Michelle legte den Kopf schief: „Du weißt, was ich meine."

„Ja. Schon."

„Gut."

„Und... gerne." Annie blickte Geraldine fragend an, die sich ihr ohne zu zögern anschloss:

„Sind wir dabei."

Michelle lächelte: „Fein."

85

Doch aus diesem Vorhaben sollte nichts werden. Denn am nächsten Morgen standen zwei Wachmänner vor der Tür, die ihnen einen Wisch entgegenstreckten, der besagte, dass Geraldine und Annie sie zu Jesus zu begleiten hatten.

„Was will denn der FP schon wieder?" stöhnte Annie auf, worauf sich die Wachmänner verwundert ansahen:

„Der wer?"

„Ach nichts." wiegelte Annie ab, „einen Moment. Ich brauche noch Schuhe."

„Müssen wir laufen?" erkundigte sich Geraldine.

Der eine Wachmann schüttelte den Kopf: „Nein."

„Das ist schonmal gut."

Sie sparten es sich, die Wachmänner mit Fragen zu löchern, da sie davon ausgingen, dass sie nichts wussten, was über ihren Auftrag hinausging. Diesmal betraten sie das Gebäude nicht durch den Haupteingang, sondern durch die Tiefgarage. Am Fahrstuhl übernahmen die Jünger und brachten sie – wie gewohnt – zu Jesu Büro.

„Eigentlich hatten wir heute was vor." begrüßte Annie diesen schnippisch, erntete dafür aber nur ein spöttisches Lächeln:

„Tja. Schade. Dauert nicht lange. Vielleicht könnt ihr es also noch machen. Je nachdem, was es ist. Und wo es stattfindet."

Geraldine zog die Brauen zusammen: „Wo?"

„Außerhalb der Landesgrenzen ist okay." erwiderte Jesus fröhlich.

„Was soll das denn heißen?"

„Könnt ihr euch nicht denken?" Er kicherte, „kleiner Tipp: Es ist nicht so interessant für mich, was ihr heute machen wollt. Viel interessanter ist, was ihr gestern gemacht habt."

„Gestern...?" Geraldine erstarrte – und Annie neben ihr wurde bleich: „Gestern...?"

„Ich hatte euch einen Deal vorgeschlagen." fuhr Jesus fort, „ihr dürft bleiben, wenn ihr euch ruhig verhaltet. Und ihr habt zugestimmt. Dachtet wohl, ihr wärt schlau mit den Verkleidungen und so. Gut – habt ihr lange genug geschafft – das gestehe ich ein. Ich hatte keine Ahnung. Wäre auch nie drauf gekommen, bis ihr mir letztens hier im Büro verraten habt, dass ihr das könnt. Aber in dem Zusammenhang: Seid ihr wirklich so naiv, dass ihr glaubt, ich nehme euch einfach beim Wort? Warum sollte ich das denn tun?"

„Du hast uns beobachtet?" fuhr Annie entrüstet auf.

„Sowas mache ich nicht selbst. Dafür habe ich Leute."

„Und was genau haben die gesehen?" hakte Geraldine nach. Jesu schnippte mit den Fingern in ihre Richtung:

„Dich haben sie gesehen, wie du dich an einem Rastplatz umgezogen hast. Und bei dir haben sie im Kofferraum das hier gefunden..." Er hielt Annie ein unordentliches Bündel entgegen, das diese trotzdem sofort erkannte: „Mein... he – ihr könnt nicht einfach..."

„Du wirst feststellen, dass wir sehr viel können." Mit einem Mal klang Jesu Stimme hart und kalt, „brauche ich eine richterliche Genehmigung, um euch beschatten zu lassen? Nein. Denn ich bin der Chef. Vom ganzen Land. Brauche ich einen Durchsuchungsbefehl, um jemand in dein Auto schauen zu lassen? Nein. Denn ich bin der Chef. Vom ganzen Land. Brauchen wir Ankläger und Verteidiger, damit ich euch ausweisen lassen kann? Nein. Denn ich bin der Chef. Vom ganzen Land. Ihr seht – alles ganz einfach."

„Nicht einfach." ging Geraldine dagegen, „wenn wir an die Öffentlichkeit gehen..."

„Die Öffentlichkeit?" wiederholte Jesus lachend, „ihr meint die Leute, die laut letzten Umfragen zu 74% mit dem einverstanden sind, was hier im Land gerade passiert?"

„Wir sind Deutsche. Schlimm, dass so sagen zu müssen, aber..."

„Wen juckt das?" würgte Jesus sie ab, „wir haben momentan eine Ausreisequote von über 1.000 Menschen pro Tag. Und fast die Hälfte davon sind Deutsche."

Annie starrte ihn entgeistert an: „Die lässt du alle ausweisen?"

„Nein. Das dürften vielleicht..." Jesus tippte sich ans Kinn, „2% sein. Der Rest geht freiwillig. Aus Protest. Oder Solidarität. Oder Prinzip. Sie finden alle ihre Gründe. Und sind zum Glück so nett, sich brav abzumelden. Nicht bei mir – bei ihren Behörden. Wegen Steuern und Versicherung und so. Macht es einfacher, den Überblick zu behalten. Wie dem auch sei: Ihr fallt nicht auf. Kein Hahn kräht nach euch. Also geht hübsch heim, packt eure Sachen und..." Er machte eine wegwerfende Handbewegung.

Annie schluckte: „Wo sollen wir hin?"

„Das ist mir sowas von egal."

„Sollen wir auf der Straße schlafen?"

„Gut, gut." Jesus seufzte tief, „ich bin kein Unmensch. Sondern ein Mensch. Ihr habt drei Tage Zeit. Die beiden Männer, die euch herbegleitet haben, werden euch so lange bewachen. Damit keiner von euren Freunden auf die Idee kommt, euch einfach irgendwo zu verstecken. Sucht euch etwas. Ein

Hotel, ein Ferienhaus. Die Saison ist rum – dürfte günstig sein. Ihr werdet schon was finden. Das tun alle anderen schließlich auch. In drei Tagen begleiten sie euch zu einem Grenzübergang eurer Wahl. Oder zum Flughafen."

„Oder zum Bahnhof." setzte Geraldine hinzu.

„Damit ihr woanders in Deutschland wieder aussteigt? Nein. Wir wollen mal ganz sichergehen. Entweder, sie sehen euch die Grenze überqueren oder in ein Verkehrsmittel steigen, das mit euch die Grenze überquert."

Geraldine blitzte ihn böse an: „Was glaubst du, damit zu erreichen?"

„Ruhe." erwiderte er, „von euch. Sonst nichts."

„Und wenn wir wiederkommen?"

„Oh – wir sind in der Lage, die Eingänge zu überwachen."

„Bei 1.000 Leuten am Tag?"

Jesus stieß die Luft aus: „Ihr scheint nicht zugehört zu haben. Das ist die Zahl derer, die raus wollen. Die Zahl derer, die rein wollen, ist deutlich geringer. Und die, bei denen man das Wörtchen ‚wieder' ergänzen muss, stellen davon nur einen Bruchteil dar. Die sind wir in der Lage, zu kontrollieren. Und auszusieben, wer nicht mehr darf."

Annie hob drohend eine Faust: „Irgendwann wirst du stürzen. Komplett."

„Ja – das höre ich öfters." Jesus lehnte sich zurück und gähnte demonstrativ, „von Leuten wie euch. Jetzt stürzt ihr erstmal. Viel Spaß dabei."

86

Christopher weigerte sich, die beiden Wachmänner ins Haus zu lassen, was diese sehr gelassen nahmen und sich davor postierten. Drinnen begann derweil die große Diskussion:

„Er kann das nicht machen." ereiferte sich Michelle, „das ist nicht rechtens."

„Und an wen sollen wir uns wenden?" schoss Annie zurück, „den Bundesgerichtshof?"

Geraldine zuckte resigniert die Achseln: „Sehen wir den Tatsachen ins Auge: Er ist ein Diktator. Er kann machen, was er will. Ganz egal, ob es rechtens ist."

„Was ich mich ja frage: Warum ist das überhaupt passiert?" Z sah nachdenklich aus dem Fenster.

„Na – jemand muss uns gesehen haben. Also..." Geraldine schluckte, „mich. Beim Umziehen."

„Ja, schon. Aber..." Er wandte sich ihr zu, „warum? Gott will doch, dass ihr den Menschen helft. Oder nicht?"

„Hm. Tja. Das ist eine gute Frage." Annie fuhr sich über die Wangen – und dann zu Christopher herum, „Pfarrer?"

„So hast du mich schon ewig nicht mehr genannt." erwiderte dieser erstaunt.

„Jetzt ist es wieder soweit."

„Auch wenn es nicht stimmt." warf Z ein.

Annie schenkte Christopher ein schwaches Lächeln: „Für mich wirst du das immer bleiben."

„Wie lieb von dir." gab er zurück.

Michelle boxte ihm gegen den Oberarm: „Ideen?"

„Erstmal Fragen." Christopher sah Geraldine an, „warst du vorsichtig. So wie sonst auch?"

„Mehr als." erwiderte diese, „ich bin rausgefahren und bis fast zum Ende durch und habe geschaut, wer da sonst so steht. Da war eigentlich niemand. Bis auf ein Auto. Aber das kam nach mir. Und hat ganz am anderen Ende gehalten. Mit bloßem Auge können die nichts gesehen haben. Zumal mein Auto beim Umziehen zwischen ihnen und mir war."

„Das werden dann wohl deine Verfolger gewesen sein." vermutete Z.

„Scheint so."

„Und wenn sie auf dich angesetzt waren, dürften sie ausgerüstet gewesen sein für Situationen, wo ,das bloße Auge' nicht mehr ausreicht."

„Gut." Christopher blies die Backen auf, „dann schließen wir mal aus, dass es versagen von unserer Seite war. Zunächst mal bleibt: Der FP hat sich entschieden, euch zu überwachen und da greift Gott natürlich nicht ein."

„Aber sonst ziehe ich mich oft genug zuhause um." entgegnete Geraldine, „es war ja gerade Teil des Sicherheitssystems, dass ich es nicht unten in der Tiefgarage mache, wo jeden Moment der Fahlstuhl aufgehen kann, sondern wo, wo es leer ist. Da hätte er schon irgendwie..."

„Wisst ihr, was ich denke?" unterbrach Michelle sie gedankenverloren.

„Nein. Was denn?"

„Dass wir verschwinden sollten."

„Äh?" machte Christopher und als Michelle darauf nicht reagierte, wurde Geraldine deutlicher:

„Nähere Ausführungen?"

Michelle zuckte zusammen: „Ja. Natürlich. Ich frage mich gerade, ob Gott vielleicht will, dass wir gehen? Ich meine... wir sprechen hier alle davon, dass ihr bestraft worden seid. Aber sehen wir es doch mal realistisch: Dieser Mann wird unser schönes Land in Grund und Boden stampfen und wenn er damit fertig ist, wird nichts mehr übrig sein. Wollen wir das erleben? Ich nicht. Ich wäre geblieben. Ganz klar. Aber doch nur, weil ich denke, dass es falsch ist, einfach abzuhauen. Jetzt müsst ihr das. Er hat euch gezwungen. Aber vielleicht solltet ihr das als Wink nehmen. Dass Gott euch die Freiheit gibt, diese Schmach hier hinter euch zu lassen. Und wohin zu gehen, wo es besser ist. Und da würde ich mich nur zu gerne anschließen."

„Das ist auch ein Standpunkt." Christopher massierte sich nachdenklich das Kinn, „ein ziemlich guter sogar."

„Aber was ist mit den ganzen Dämonen?" wandte Annie ein, „dieses Land ist überflutet. Und es werden bestimmt noch mehr."

Michelle hob die Hände: „Das darfst du mich nicht fragen. Aber es ist doch auffällig, dass ihr die letzten Wochen keine einzige Vision hattet."

„Wir hatten andere Sorgen."

„Eben. Das war immer so: Wenn ihr euch mit anderen Dingen beschäftigen musstet, hat Gott das ausgesetzt. Darauf konntet ihr euch verlassen. Und heute... gestern geht es wieder los und prompt ist die erste auch die letzte. Da könnt ihr mir nicht erzählen, dass ihm das durchgerutscht ist. Er mag nicht aktiv eingreifen – aber er dreht die Dinge schon gerne so, wie er sie braucht."

„Bisher bin ich noch nicht überzeugt." erklärte Geraldine skeptisch.

„Musst du auch nicht sein." stellte Michelle klar, „denn: Die Entscheidung ist gefallen. Zumindest für euch beide. Ihr habt zu gehen. Ob ihr wollt oder nicht. Ob Gott das will oder nicht. Wenn er wirklich der Meinung wäre, dass ihr zwingend hierbleiben müsstet, dann wird in den nächsten drei Tagen etwas geschehen, was das bewirkt. Wenn nicht... bleibt für euch nur die

Frage: geht ihr und leidet darunter? Oder geht ihr und freut euch darüber? Strafe oder Chance? Das ist das Einzige, wo ihr euch entscheiden müsst."

Christopher ergriff Michelles Hand: „Und du willst mit?"

„Mich hält hier nichts mehr. Leute, ja. Aber die können auch alle gehen." Einen Moment zögerte er – dann richtete er sich auf: „Ich mach dir einen Vorschlag: Wenn in den nächsten drei Tagen nichts passiert und die beiden gehen müssen – dann gehen wir mit."

„Ehrlich?" Michelle sah ihn halb unsicher halb dankbar an.

Christopher lächelte traurig: „Irgendwer muss doch auf sie aufpassen."

„Na danke." Annie verzog beleidigt das Gesicht. Geraldine auch – allerdings erfreut:

„Ja – danke.

„Gern geschehen." gab Christopher zurück.

„Was ist mit dir, Z?" wandte sich Michelle an diesen und er schreckte leicht auf:

„Ich... gehe auch. Zurück in meine Wohnung."

Annie runzelte die Stirn: „Ist das eine Lösung?"

„Ich will alleine sein."

„Das kannst du auch, wenn du mit uns kommst."

„In die Fremde?"

„Da bist du erst recht alleine." schnaubte Geraldine.

Z hob abwehrend die Hand: „Ich möchte nicht diskutieren. Es war nie die Rede davon, dass wir alle gehen. Und für mich ist auch weiterhin nicht die Rede davon."

„Wie du meinst."

„Bleibt die Frage – wohin?" Annie blickte in die Runde – und zu ihrer Überraschung begann Z daraufhin zu lächeln:

„Nun... da zumindest kann ich euch helfen. Es gibt da dieses Haus in Spanien. Das jetzt... mir gehört."

„Dir?"

„Eltern tot. Bruder tot. Niemand sonst kann Ansprüche erheben."

Annie rümpfte die Nase: „Ein einfaches ‚Ja' hätte genügt."

„Wir können es benutzen?" hakte Geraldine nach.

„Ich benutze es nicht. Zumindest im Moment. Für die Zukunft überlege ich, dorthin zu gehen. Daher habe ich es auch behalten. Im Gegensatz zu ihrem normalen Haus. Das habe ich verkauft. Aber jetzt steht es leer. Von daher hier nun: Ja."

„Danke."

„Nichts zu danken."

„Also wäre das der Plan?" Annie ließ erneut den Blick schweifen, „wir warten, bis unsere Zeit um ist und dann fliegen wir nach Spanien?"

„Fahren." verbesserte Christopher und bekam von Annie einen konsternierten Blick zurück:

„Fahren?"

„Das ist kein Urlaub. Das ist ein Umzug. Wenn wir Pech haben, können wir dieses Land hier nie wieder betreten."

„Naja – wir beide schon." warf Michelle ein und er nickte:

„Das ist richtig. Daher werden wir auch dieses Haus hier nicht verkaufen. Damit wir einen Unterschlupf haben, wenn wir ihn mal brauchen. Nichtsdestotrotz: Für euch ist das eine Auswanderung. Da packt man nicht nur die Badeklamotten ein. Da nimmt man alles mit, was man hat. Auch das Auto."

Annie schlug sich gegen die Stirn: „So schlimm hatte ich mir das gar nicht vorgestellt."

„Meine Sachen passen gar nicht alle in mein Auto." murmelte Geraldine mehr zu sich selbst. Christopher hörte sie trotzdem:

„Werden wir schon hinkriegen. Wir haben ja mehrere Autos. Und zur Not fahren wir auch mehrmals."

„Mehrmals?" wiederholte Annie entsetzt.

„Michelle und ich. Über die nächsten Jahre verteilt."

„Mir wird schlecht."

„Wenn der FP schnell verschwindet, brauchen wir viele Sachen gar nicht zu holen." versuchte Michelle, ihnen Mut zu machen, „beschränken wir uns also erstmal auf das, was wir auf jeden Fall brauchen. Und den Rest irgendwann später."

Christopher nickte: „Das geht auch."

„Können wir dann den Schlüssel bekommen?" wandte sich Geraldine an Z.

„Den hat der Nachbar." erwiderte dieser.

„Okay..."

„Ich melde euch an."

„Wäre einfacher, wenn du dabei wärst." probierte es Annie noch einmal, doch Z winkte ab:

„Glaube ich. Danke, nein."

„Schade."

87

Z verabschiedete sich als erster aus dem Haus. Gleich am nächsten Tag. Und das auch schon richtig.

„Du gehst also davon aus, dass wir weggehen." folgerte Annie, als sie mit der Umarmung dran war.

„Schon."

„So wenig Vertrauen?"

„Nein." entgegnete er, „aber wenn Gott nicht gewollt hätte, dass ihr geht, hätte er es so weit gar nicht kommen lassen."

„Aha." machte Geraldine.

„Meine Meinung."

„Aha." machte Annie.

Hastig wechselte Z das Thema: „Bleiben wir in Kontakt."

„Natürlich." erwiderte Geraldine, „gerne. Aber telefonieren ist teuer. Lieber schreiben."

„Kriegst du."

Sie war die letzte, die er drückte. Dann nahm er seinen letzten Karton und fuhr davon.

88

Am nächsten Tag kamen Steve und Katiana mit den Kindern vorbei. Sie hatten auch überlegt, sie zu begleiten, sich dann aber entschieden, dass es ihren Enkeln nicht guttun würde, ihre Schulbildung in einem Land fortzusetzen, dessen Sprache sie nicht verstanden. Was die anderen natürlich voll und ganz nachvollziehen konnten. Ihre Verabschiedung fiel deutlich umfangreicher aus. Auch Johanna kam noch hinzu, hielt es allerdings knapp. Was wahrscheinlich mit den Tränen zu tun hatte, die sie schon bei ihrer Ankunft in den Augen trug.

89

Am folgenden Tag rief Annie Maximilian an. Sie ging inzwischen auch davon aus, dass Gott ihre Abreise nicht mehr verhindern wollte und hatte daher das Bedürfnis, sich in Ruhe zu verabschieden. Er war ziemlich geschockt, als er erfuhr, was ihnen bevorstand, doch sie beruhigte ihn schnell:

„Uns wird es dort besser gehen als euch hier. Höchstwahrscheinlich."

„Kann passieren, ja." gab er zurück.

„Seid ihr glücklich?"

„Ja. Ja, das sind wir." Es klang ein wenig verhalten und die Erklärung dafür folgte prompt: „Es ist mir fast peinlich, das zu sagen in so einer Zeit, aber..."

„Das muss es nicht." versicherte sie ihm, „du hast so lange gewartet. Du hast es dir verdient."

„Das ist nett."

„Ist wirklich ernst gemeint. Du bist so ein guter Mensch. Du verdienst Glück in deinem Leben. Nicht so wie ich."

„Was soll das denn bedeuten?" fragte Maximilian misstrauisch.

„Ich habe wieder Mist gebaut." flüsterte Annie, „und dafür..."

„...wirst du genauso wenig bestraft wie für all den anderen Mist. Oder alle anderen für ihren Mist." fügte er noch hinzu.

„Aber das... hier... jetzt...?"

„Gott hat dich erwählt." erklärte Maximilian, „für etwas Besonderes. Etwas Großes. Und wenn du meine Meinung hören willst: Das ist genau der Grund, warum ihr jetzt geht."

„Wie das?"

„Er will euch schonen. Er weiß, wie ihr seid. Ihr stürzt euch kopfüber in jeden Kampf. Und davon gibt es hier gerade genug und es werden täglich mehr. Da zermürbt ihr euch, reibt euch auf. Das will er nicht, denke ich."

„Damit wir die Füße hochlegen können." schnaubte Annie, „während andere rödeln."

Maximilian seufzte: „Seien wir ehrlich, Annie: Der Typ muss weg. Und eines Tages wird es soweit sein. Keine fremde Regierung wird ihn stürzen. Wir müssen das tun. Das Volk. Und stürzen heißt in diesem Fall, ihn wirklich persönlich anzugehen. Ihn – und seine Begleiter. Das könnt nur ihr. Und sehr wenige andere. Darauf müsst ihr euch vorbereiten. Und es ist gut, wenn ihr das in Ruhe tun könnt. Denn... das wird der härteste Kampf eures Lebens."

„Jetzt fahre ich gleich viel unwohler weg."

„Es wird alles so geschehen, wie es richtig ist. Das war immer so."

„Immer? Hm..."

„Denkst du nicht?"

„Ich denke gerade nach."

„Dann denk mal nach." Maximilian wartete einen Moment, „bin gespannt, ob du was findest, wo es nicht stimmt."

„Also so auf Anhieb..." setzte Annie an, doch er ging noch einmal dazwischen:

„Einschränkung: Ich meine langfristig. Es gibt immer wieder Situationen, die uns so erscheinen, als wären sie schiefgegangen. Aber irgendwann viel später stellt sich heraus, dass dem nicht so ist. Manche dieser Ergebnisse magst du vielleicht noch nicht haben."

„So kann man es natürlich auch machen." murrte sie, „bei allem, was offen ist sagen, da kommt noch was."

„Das nennt man Vertrauen."

„Hm... ja."

90

Auch Geraldine telefonierte an diesem Abend. Mit Suji.

„Dass ich von dir nochmal etwas höre, hätte ich nicht erwartet." begrüßte diese sie und Geraldine schluckte:

„Ich weiß – ich bin eine untreue Freundin."

„Ich dachte eher, dass du sauer auf uns bist. Weil wir uns entschieden haben, in eine ganz normale Gemeinde zu gehen. Auch wenn dort nach Vorgabe gepredigt wird."

„Ich bitte dich." wehrte Geraldine ab, „das ist eure Entscheidung. Nein. Ich hatte einfach nur... sehr viel anderes im Kopf."

„Und das muss jetzt raus?" vermutete Suji.

„Wie meinst du das?"

„Rufst du deswegen an? Sollen wir reden?"

„Nein." Geraldine atmete tief ein, „dafür habe ich keine Zeit mehr."

„Mehr?"

„Ich muss weg. Jesus schmeißt uns raus."

Suji schnappte nach Luft: „Euch? Wegen..."

„Ein Mann, der Dämonen als Freunde hat, sieht Leute nicht gerne, die sie vertreiben." erklärte Geraldine tonlos.

„Was kann ich tun?"

„Mir auf Wiedersehen sagen."

„Das klingt, als würdest du auf den Mond fliegen. Geraldine – wir können doch Kontakt halten."

„Du siehst ja, wie gut ich das kann." Geraldine ließ ein trauriges Fiepen hören, doch Suji ging direkt dagegen:

„Mach dir keinen Kopf. Dann schreibe ich dir halt. Mit lauter Fragen. Und du brauchst nur ‚Ja' oder ‚Nein' zu antworten. Am besten mit der Zahl der Frage davor – damit ich weiß, worauf es sich bezieht."

„Du bist doof." Geraldine musste wider Willen lachen, „und eine sehr gute Freundin. Ich schreibe auch – versprochen."

Suji lachte nicht: „Wir werden uns wiedersehen. Das weißt du."

„Das hoffe ich." flüsterte Geraldine, „sehr sogar."

91

Es passierte nichts mehr. Und so klingelten die beiden Wachmänner, von denen die kompletten drei Tage über immer zumindest einer vor der Tür gestanden hatte, schließlich an eben dieser und erklärten freundlich, aber bestimmt, dass es Zeit war zu gehen.

„Wir müssen erst einladen." Geraldine schleppte zwei Koffer an ihnen vorbei Richtung Auto.

„Natürlich." Einer der beiden streckte die Hand aus, „brauchen Sie Hilfe?"

Erstaunt blieb sie stehen: „Sie wollen uns helfen?"

„Sie sind keine Schwerverbrecher und wir sind es auch nicht."

„Wir werden so behandelt, als wären wir es." stellte Annie, die – ebenfalls bepackt – hinzugekommen war, trocken fest.

„Schwerverbrecher kommen ins Gefängnis." entgegnete der andere Wachmann und versuchte, ihr einige der diversen Taschen von der Schulter zu nehmen. Sie wich zurück:

„Und wie nennen Sie uns dann?"

„Abgeschobene."

„Kein großer Unterschied." brummte sie.

Der Wachmann schüttelte den Kopf: „Verbrecher sind Täter, Abgeschobene sind Opfer."

„Vom... von Jesus."

„Von ihren eigenen falschen Entscheidungen." korrigierte der andere Wachmann.

Geraldine schnaubte leise: „Ah, jetzt, ja."

„Ich denke, wir kommen klar." Annie setzte sich – langsam – wieder in Bewegung, Geraldine tat es ihr gleich. Die Wachmänner traten zur Seite: „Wie Sie meinen."

92

Es gab kein Verabschiedungskomitee, als sie mit den drei vollbepackten Autos aus der Einfahrt des nun dunklen und verschlossenen Hauses auf die Straße bogen. Niemand war da, der ihnen hinterherwinkte. Lediglich die beiden Wachmänner sahen zu, wie sie das Grundstück verließen, stiegen dann in ihren eigenen Wagen und folgten ihnen. In dieser Kolonne zogen sie auf die Autobahn Richtung Süden. Viele Stunden später erreichten sie die Grenze nach Österreich. Hier blieb das vierte Auto zurück und nur die ersten drei fuhren weiter. Kurz hinter der Grenze machten sie zum ersten Mal Rast.

„Meint ihr, sie warten?" Annie blickte nachdenklich in die Richtung, aus der sie gekommen waren, „ob wir zurückkommen?"

Christopher schüttelte den Kopf: „Kann ich mir kaum vorstellen. Wir wären schließlich blöd, wenn wir einfach umdrehen und den gleichen Übergang benutzen. Die Wachposten in den Häuschen werden unsere Fotos haben."

„Annies und meins." berichtigte Geraldine.

„Das meinte ich."

„Wir könnten uns im Kofferraum verstecken." sinnierte Geraldine. Worauf Annie abwinkte:

„Wozu? Wir wollen doch gar nicht zurück."

„Wollen wir nicht?"

„Also..." Annie räusperte sich, „wenn ich ganz ehrlich bin... habe ich viel über das nachgedacht, was Michelle gesagt hat. Und ich finde, sie hat recht. Wir sind raus. Wir sind den Stress los. Alles, was mich hindert, mich darüber zu freuen ist – war – mein schlechtes Gewissen. Das versucht hat, mir einzureden, dass der Stress sein muss. Dass er Teil meines Lebens ist und ich ihn auszuhalten habe. Jetzt ist beides weg – der Stress und das Gewissen. Das fühlt sich gut an."

„Dahin komme ich hoffentlich auch noch." seufzte Geraldine.

„Wird schon." Annie senkte die Stimme, „was ist eigentlich mit... na... du weißt schon."

„Der, dessen Name nicht genannt werden darf." witzelte Michelle und Christopher lachte auf. Geraldine dagegen rollte mit den Augen:

„Sein Name darf genannt werden. Ich habe Nils geschrieben."

„Kommt er nach?" erkundigte sich Annie, „mit deinen Eltern?"

„Erstmal nicht. Wir wurden in Frankfurt beschattet, ohne es zu merken. Und selbst wenn sich unsere Begleiter an der Grenze vertschüsst haben, ist es nicht auszuschließen, dass der FP wissen will, wo wir uns aufhalten. Und uns daher jemand folgt, von dem wir nichts wissen."

Christopher nickte: „Wäre vernünftig. Von seiner Warte aus."

„Eben. Also gehen wir auf Nummer sicher. Er ist uns los – da freut er sich bestimmt. Aber dass damit abgegolten ist, dass wir ihn haben auffliegen lassen, kann ich mir nicht vorstellen. Sonst hätte er uns einfach gleich damals schon rausgesetzt, irgendwie, wenn ihm das reichen würde. Was mit deinen... was er gemacht... beauftragt hat, zeigt mir, dass er diesbezüglich auf mehr sinnt. Was heißt, Nils und meine Eltern sind nach wie vor in Gefahr. Vor allem, da er ja nun machen kann, was er will..."

„Aber du kannst ihn nicht ewig versteckt halten." wandte Annie ein.

„Will ich auch gar nicht." stellte Geraldine klar, „nur so lange, bis ich sicher weiß, dass wir in Spanien unsere Ruhe haben. Das dürfte ja relativ schnell rauszufinden sein. Schließlich haben wir unseren Aufpassern nicht gesagt, wo es hingeht. Also kann der FP nicht vorplanen und jemanden schicken, der sich einnistet. Wer auch immer von ihm abgestellt ist, ist da unten genauso fremd wie wir. Und fällt auf. Und da wir dank Z ja schon einheimische Kontakte haben..."

„Verstanden." Annie tippte sich an die Schläfe, „also aufpassen auf Autos und Menschen, die uns verdächtig erscheinen. Und dann fragen, ob jemand sie kennt."

„Du hast es erfasst."

„Und wenn klar ist, dass wir sicher sind?"

„Sie wissen nicht, wo Nils ist. Sie wissen nicht, wo wir sind. Also kann er von dort zu uns kommen, ohne dass es jemand mitkriegt."

Michelle sah auf die Uhr: „Sollen wir weiterfahren?"

„Haben wir es eilig?" gab Annie zurück.

„Ich habe keine große Lust auf eine Nacht im Auto und keinen Bedarf, all unsere Sachen im Auto auf einem Hotelparkplatz abzustellen."

„Heute schaffen wir das eh nicht mehr."

„Schon klar. Aber wenn wir heute weit kommen, schaffen wir es morgen. Und dann muss ich das, worauf ich keine Lust habe, nur einmal mitmachen."

„Auto oder Hotel." folgerte Annie, doch Michelle schüttelte den Kopf:

„Auto. Bei Hotel hatte ich ‚Bedarf' gesagt. Das ist also ausgeschlossen."

„Super."

„Sie hat schon Recht." stimmte Christopher seiner Frau zu, „wenn uns jetzt einer beklaut, stehen wir ziemlich dumm da."

„Gut." Annie streckte sich, „dann eben weiter."

93

Die Nacht in den Autos war sehr ungemütlich und sie entschieden sich schon früh am Morgen, weiterzufahren. Sie fuhren den ganzen Tag durch, machten ausschließlich kurze Pausen, und erreichten schließlich – als es gerade zu dämmern begann – die spanische Grenze. Von hier aus war es nicht mehr so weit, dass sie einer weiteren Rast bedurften. Sie erreichten das Haus kurz vor Mitternacht. Was einerseits schön war – andererseits jedoch ungünstig. Denn sie hatten ja keinen Schlüssel und konnten den Nachbarn um diese Uhrzeit nicht mehr aus dem Bett klingeln. So gab es doch eine zweite unbequeme Nacht. Die wenigstens dadurch erträglicher wurde, dass sie am nächsten Morgen einen ausgedehnten Spaziergang machen konnten. Denn dass ihnen hier jemand etwas klaute, konnten sie sich nicht vorstellen. Es war keine Touristenzeit und die Anwohner hatten sicherlich alles, was sie brauchten. Irgendwann schaute Michelle auf die Uhr und entschied, dass es spät genug war, dass sie den Schlüssel holen konnten. Sie trafen den Nachbarn auf dem Weg zum Bäcker und er bot an, ihnen etwas mitzubringen, was sie dankend annahmen. Als er zurückkam, hatten sie die Autos bereits leergeräumt und sogar schon einiges davon auf die Zimmer verteilt. Es gab drei im Obergeschoss, was die Aufteilung leicht machte. Sie bezahlten die Brötchen, räumten schnell die Kiste mit den Lebensmitteln aus, die sie mitgebracht hatten, und setzten sich dann erst einmal in die Küche an den Tisch. Christopher sprach ein kurzes Gebet – dann sah er die anderen nacheinander an:

„Willkommen in Spanien."

„In unserer neuen Heimat." antwortete Annie.

„In unserem neuen Leben." Geraldine.

94

Die Flure im Vatikan waren still. Selbst hier – so weit weg vom eigentlichen Ort des Geschehens – spürte man dessen Auswirkungen. Auch der Beamte, der ihn führte, sagte nichts. Und es schien Miguel nicht so, als habe das mit persönlicher Abneigung zu tun.

Die anderen waren bereits alle versammelt. Doch anders als er das erwartet hatte, standen sie nicht beieinander und flüsterten – und blickten ertappt auf, als er den Raum betrat. Sie saßen alle auf ihren Plätzen – und blickten vor sich auf den Tisch.

„Ihr seid ein Bild für die Götter." entfuhr es ihm unwillkürlich.

„Es gibt keine Götter." erhielt er als Antwort.

„Stimmt. Und wenn man euch so ansieht, könnte man meinen, es gäbe auch keinen Gott."

„So fühlt man sich in Zeiten wie diesen." Es klang müde – resigniert. Was ihn verärgerte:

„Wir haben schon oft unseren Glauben in die Menschheit aufgegeben. Aber unseren Glauben in Gott?"

„Warst du nicht der erste, der den aufgegeben hat?"

Miguel zuckte wie getroffen zusammen. Was niemand sah, da die Blicke immer noch alle auf den Tisch gerichtet waren. „Scheinbar bin ich auch der erste, der ihn wiederhaben will." brachte er nach einem Moment des Zögerns hervor, „hoffentlich bleibe ich nicht der einzige."

Nun sah doch jemand zu ihm auf. Der ehemalige Papst: „Was willst du, Miguel?"

„Einer der Gründe, weswegen diese Kirche so viele Gläubige hat, ist dass wir in Zeiten der Not immer den Weg gewiesen haben. Jetzt ist eine Zeit der Not. Und es ist an uns, das wieder zu tun." erklärte er mit lauter Stimme. Erreichte damit aber nur, dass der ehemalige Papst wieder wegsah:

„Die Menschen wollen das nicht."

„Einer der Gründe, weswegen diese Kirche so viele Gläubige verliert, ist dass wir nach den Zeiten der Not nie aufgehört haben, den Weg zu weisen. Was ich damit meine: Wir haben den Menschen Regeln gegeben. Das hat ihnen geholfen. Aber wir hätten den Absprung schaffen müssen. Moral wird immer gebraucht. Kommt sie abhanden, stellen wir sie wieder her. Aber die strenge Hand, mit der wir das tun... ist nur für den Zeitraum der Herstellung notwendig."

„Ich denke, wir haben es verstanden." erwiderte der ehemalige Papst, „jetzt – nach der dritten Wiederholung."

Miguel überging diese Spitze: „Das freut mich. Dann versteht ihr sicher auch, worauf ich hinauswill."

„Sag es uns trotzdem. In deinen Worten."

Miguel setzte sich auf den freien Stuhl am Kopfende: „Schon als dieser Mann auf dem Thron Deutschlands noch als der Sohn Gottes galt, haben wir als Kirche an Relevanz verloren. Auf den ersten Blick schien das gerechtfertigt – aus den Gründen, die ich gerade nannte. Unser Einfluss war stark aber nicht nur gut – somit war es richtig, ihn zu begrenzen. Doch wir haben uns immer weiter nach unten drängen lassen. Wir sind nicht einfach zwei Schritte zurückgetreten, dort stehengeblieben und haben dann überlegt, wie wir von dort aus weitermachen können. Nein – wir sind in einen Schritt stetigen Rückwärtslaufens verfallen und tun das bis heute. Wir sind alle am Boden zerstört. Was für eine Auswirkung hat das auf unsere Gläubigen?"

„Sie folgen uns nicht mehr." murmelte ein Bischof zu seiner linken.

„Ganz genau. Und wie gesagt: Der Sohn Gottes hat uns zu Recht abgelöst. Aber jetzt weiß die ganze Welt, dass er ein Lügner ist. Sie haben keinen Halt mehr. Sie brauchen uns wieder. Also müssen wir uns wieder aufrichten."

Der ehemalige Papst bedachte ihn mit einem verbitterten Blick: „Warum sollten wir?"

Zustimmendes Gemurmel war zu hören und Miguel seufzte tief:

„Das hatte ich befürchtet. Ihr sitzt hier wie ein Haufen Fünfjähriger, denen man im Sandkasten die Schippe weggenommen hat. ‚Warum sollten wir?‘ Weil es unsere Pflicht ist, Leute zu Gott zu führen. Wir haben einen Eid geschworen. Ihm. Dem Vater. Dieser Eid wurde nicht dadurch hinfällig, dass uns sein ‚Sohn‘ unsere irdische Macht genommen hat. Und selbst wenn, würde er jetzt wieder aufleben. Wir mögen unsere Macht nicht wiedererlangen. Aber unser Auftrag bleibt bestehen. Und beleidigt zu sein und zu sagen ‚Der wollte uns nicht, jetzt wollen wir nicht mehr‘ ist keine Option. Wir müssen für die Menschen da sein."

„Und wie stellst du dir das vor?" fragte ein anderer Bischof und sein Tonfall ebenso wie sein Blick dabei machten Miguel mehr als deutlich, dass er sich keine Antwort erhoffte. Er gab sie trotzdem:

„Es gibt zwei Ebenen, momentan. Deutschland und den Rest der Welt. Der Rest der Welt scheint mir nicht so problematisch. Weil der ihn nicht interessiert. Dort können wir mit dem arbeiten, was er uns geliefert hat: Die Menschen in der Erkenntnis begleiten, dass er ein Lügner ist. Und das nicht mit ‚Wir haben es die ganze Zeit gewusst, nur ihr nicht‘, sondern ausnahmsweise mal mit der Wahrheit. Er hat uns genauso geblendet. Wir haben genauso unseren Weg verloren. Das, was wir schaffen müssen, ist ihn schnellstmöglich wiederzufinden. Und das da draußen glaubhaft zu vermitteln. Wenn die Menschen uns darin vertrauen, dass wir gerade jetzt in der Lage sind, sie wieder auf den richtigen Weg zu bringen, werden sie zu uns kommen. Sie werden uns dankbar sein."

„Das bleibt abzuwarten." drang es zu ihn hinüber.

„Schon. Aber wenn wir nichts tun, brauchen wir auch nicht zu warten. Unser Part kommt zuerst."

„Und deine Rolle dabei?" Die Stimme des ehemaligen Papstes klang spöttisch, „willst du uns führen?"

„Nein." entgegnete Miguel, „mein Platz ist in Deutschland. Das ist das Land, in dem er passiert. Der große Umbruch, der sich so oder so auf den Rest der Welt auswirken kann. Dort muss unser Einfluss noch viel stärker sein. Vor allem politisch. Da sehe ich mich."

„Ja, politisch kannst du."

Wieder ignorierte er den Angriff: „Meine Verfehlungen der Vergangenheit prädestinieren mich in gewisser Weise, das stimmt."

„Verfehlungen..." wiederholte ein Bischof und gleich mehrere andere lachten auf, „wie wäre es, wenn du uns von der Verfehlung erzählst, die zu deiner Absetzung geführt hat? Als du den Job bereits hattest, nachdem du jetzt ganz eindeutig wieder strebst."

„Tue ich nicht." widersprach Miguel vehement, „und..." Er stand auf, „was glaubt ihr wohl, warum es dazu nie zufriedenstellende Details gab? Weil die Geschichte von vorne bis hinten gelogen war. Jesus wusste um die Macht dieser Kirche. Er wollte sie eindämmen. Er hat unser Oberhaupt seiner Position enthoben, unsere Kirche ganz insgesamt klein zu machen versucht. Aber dank guter Argumente waren wir in der Lage, uns trotzdem einen Platz ganz oben zu sichern. Das wollte er nicht. Also hat er mich ausgestoßen. Mit dem ältesten Trick der Welt: eine Lüge und falsche Zeugen. Ich habe nie etwas gemacht. Ich habe mitgespielt. Weil unser Einfluss nicht so weit reichte, dass wir ihm Kontra hätten geben können. Ich wollte das Ansehen dieser Kirche dadurch retten, dass ich mein eigenes verliere. Es hat nicht so funktioniert, wie ich das hoffte. Er war auf alles vorbereitet. Ist das scheinbar bis heute. Aber ich habe in seinem Zirkel gesessen..."

„Andere auch." wurde er unterbrochen – und ging direkt darauf ein:

„Wo sind sie? Wo sind diese anderen? Stehen sie nicht Sonntag für Sonntag auf der Kanzel ihrer leeren Kirche und predigen Hoffnungslosigkeit? Wir können froh sein, dass ihre Kirchen leer sind. Sie würden nur zur Erhöhung der Selbstmordrate beitragen. Sie haben gekuscht. Vom ersten Moment an."

„Und du?" kam natürlich die Nachfrage.

„Ich habe nur so getan. Aus taktischen Gründen. Und habe jetzt genug Angriffspunkte, um ihm gegenübertreten zu können. Mit Worten. Mit Argumenten. Ich kann ihn dazu bringen, die Kirche wieder stark zu machen. Allein durch verbales Geschick. Keine Drohungen, keine Machtspielchen. Wir haben die Chance, in diesem Land Einfluss zu nehmen. Das ist bitter notwendig, wenn wir es nicht komplett verlieren wollen."

Der ehemalige Papst erhob sich ebenfalls und trat auf ihn zu: „Du scheinst dir das sehr genau überlegt zu haben."

„Ich wäre nicht hier, wenn ich das nicht hätte." entgegnete Miguel.

„Das macht zugegebenermaßen Sinn."

„Das heißt: Du nimmst Deutschland und wir den Rest."

„Alleine schaffen wir das nicht. Wir sind nur wenige. Natürlich müssen wir alle Priester rund um den Erdball animieren, mitzuziehen. Aber es braucht solche, die das in Angriff nehmen."

„Das meinte ich. Du dort und wir..." Der ehemalige Papst ließ den Satz in der Luft hängen – und bekam seine Bestätigung trotzdem:

„Ja. So denke ich mir das."

Ein vielsagendes Lächeln erschien auf seinem Gesicht: „Was willst du dafür?"

„Dafür?" Miguel blickte ihn verwirrt an.

„Du machst selten etwas ohne Hintergedanken."

Miguel kniff die Lippen zusammen: „Wir werden nie wieder so groß sein, wie wir das einmal waren. Die Zeit deiner Position ist abgelaufen. Wir werden ein ganz neues System entwickeln müssen. Eine neue Hierarchie."

„Und da siehst du dich ganz oben." vermutete einer der Bischöfe.

„Ich wiederhole mich: Ein ‚ganz oben' gibt es dann nicht mehr. Es gibt eine oberste Ebene. Eure Ebene." Miguel beschrieb mit der Hand einen Kreis durch den Raum und deutete zuletzt auf sich, „da sehe ich mich auch, ja. Aber das wäre nur gerecht. Schließlich mache ich den gleichen Job wie ihr."

„Tust du?"

„Wenn wir das umsetzen, worum ich euch bitte."

„Gerechtigkeit also."

„Ja, so kann man es nennen." nickte Miguel.

Der ehemalige Papst blickte ihn lange und durchdringend an. Dann wandte er sich ab und setzte sich wieder: „Wir werden darüber nachdenken."

„Nicht zu lange, hoffe ich." sagte Miguel leise.

Ein Schnauben war zu hören: „Geduld ist eine Tugend."

„Das mag sein. Aber in Zeiten wie diesen wird aus Geduld schnell Zögern. Und das können wir uns nicht leisten."

„Bleib hier." erklärte der ehemalige Papst mit einem Blick in die Runde, „lass dir ein Quartier geben. Wir werden nicht so lange brauchen, dass sich die Rückfahrt für dich lohnt."

Ein Lächeln huschte über Miguels Gesicht: „Das klingt gut."

95

Becka lag auf dem Bett, als die SMS kam. Sie las sie und verzog das Gesicht. Dann stand sie auf, ging in die Küche, wo Lotta am Tisch saß und ein Buch las, und zeigte sie ihr. Lotta zog die Augenbrauchen hoch:

„Das ist interessant."

„Interessant?" schnaubte Becka, „das ist unverschämt. Sie will reden? Mit mir? Was bildet die sich ein? Sie hat doch, was sie will. Wen sie will. Warum sollte ich mit ihr reden wollen?"

„Nun..." Lotta musterte sie eingehend, „die Frage, die du dir stellen musst, lautet: ‚Willst du Z zurück?'"

„Ja. Nein. Ja."

„Okay. Zwei ‚Ja', ein ‚Nein'. Das nehme ich mal so. Denken wir also Taktik: Z fühlt sich verletzt. Von dir. So wie du dich von ihm, nur wahrscheinlich noch stärker. Weil das mit Marie nicht wieder gutzumachen geht. Wenn du ihn also zurückwillst, brauchst du zwei Dinge. Erstens: Einen Zugang zu ihm. Wissen, wie sein Zustand ist, hilft da ungemein. Und das kann sie dir besser liefern als die meisten anderen. Zweitens: Keine Konkurrenz. Sie muss die Finger von ihm lassen, sonst kämpfst du nicht in erster Linie für

Z, sondern gegen sie. Sie will reden? Mit dir? Fein. Geh hin. Und dann redest du. Mit ihr. Mach ihr klar, wie die Hackordnung aussieht: Frau – Freundin. Wenn sie das nicht versteht... gut. Dann wird sie die Finger nicht von ihm lassen. Aber dann outet sie sich als schlechter Charakter. Und Z mag eigentlich keine schlechten Charakter."

Becka sackte auf den freien Stuhl: „Du weißt genau, dass ich zu müde bin, dir zu widersprechen."

„Weiß ich." nickte Lotta.

„Gut. Dann schreibe ich wohl zurück."

„Tu das. Und... bitte sei genauso neutral wie sie."

„Das kriege ich grad noch hin." Becka seufzte, „hoffe ich."

96

„Liebe Bürger dieses Landes. Die Lage hat sich beruhigt. Das sehe ich, das seht ihr bestimmt auch. Der freie Fall ist gestoppt und nun können wir versuchen, uns wieder nach oben zu arbeiten. Es hat viel Bewegung gegeben. Solche, die nicht mit uns zusammenarbeiten wollten – an einer besseren Zukunft – haben uns verlassen. Das ist traurig. Aber sie waren Störelemente. Von denen es nun keine mehr gibt. Also können wir die Ärmel hochkrempeln und es angehen. Zuvor jedoch gilt es, eine wichtige Frage zu klären. Die uns alle betrifft. Und ich richte sie auch an euch alle. Da draußen – in den Ländern, die sich als unsere ‚Nachbarn‘ bezeichnen – nennt man mich ‚Diktator‘ und euch ‚unterworfenes Volk‘. Wir werden ihnen beweisen, dass weder das eine noch das andere stimmt. Dieses Land ist eine Demokratie. Nach wie vor. Ich mag der sein, der mit Vorschlägen an euch herantritt. Aber ihr seid die, die entscheiden. Eine solche Entscheidung brauche ich nun von euch. Wir stehen an einer Gabelung. Und können nur einen Weg gehen. Unsere Nachbarn drücken von außen gegen uns. Wollen Sanktionen, falls wir nicht machen, was sie verlangen. Sie wollen uns vorschreiben, wie unser Leben auszusehen hat. Ihr habt davon noch nicht viel mitbekommen. Ich habe versucht – so gut es ging – es von euch fernzuhalten. Doch es ist so. Sie üben Druck aus. Ihnen gefällt unser neues System nicht. Sie wollen uns zwingen, Rückschritte zu machen.

Ich sage: Wir lassen uns nicht zwingen. Es gibt zwei Möglichkeiten, damit umzugehen: Ausdehnung oder Eingrenzung. Ersteres hieße, dass wir uns rüsten. Und dann gegen sie marschieren. Das würde uns alle viel kosten. Und wahrscheinlich nur wenig bringen. Friede zunächst auf keinen Fall. Irgendwann vielleicht Ruhe. Doch überzeugen würden wir sie kaum. Sie wollen nicht sein wie wir. Also werden sie nie klein beigeben. Die andere Variante ist, dass wir uns abkapseln. Unsere Grenzen schließen außer für die, die einen guten Grund haben, hierher zu kommen. Wir werden ihnen zeigen, dass wir ohne sie klarkommen. Dass wir uns nicht von ihnen diktieren lassen. Sie nennen uns Diktatur, dabei sind sie es, die sich so verhalten. Uns gegenüber. Zeigen wir ihnen die kalte Schulter. Zeigen wir ihnen, dass wir sie nicht brauchen. Dass wir unseren neuen Aufschwung auch ohne sie hinbekommen. Das sind die beiden Möglichkeiten. Ihr seht, dass ich zu einer davon tendiere. Das kann ich nicht verhehlen. Aber das soll euch trotzdem nicht anleiten. Ihr habt die freie Entscheidung. Ab morgen früh um 8 Uhr werden für zwei Tage in allen Rathäusern Deutschlands Beamte eure Stimmen entgegennehmen. Wir werden keinen großartigen Aufstand veranstalten und Kabinen mit Urnen aufstellen. Wir wollen nicht nur euer Kreuz. Wir wollen eure Meinung. Schreibt sie auf. Gebt sie ab. Dann wissen wir alles, was ihr dazu denkt. Das, meine Freunde, ist wahre Demokratie."

97

Coleen lag schon im Bett, als die SMS kam. Sie las sie und verzog das Gesicht. Machte das Licht an und setzte sich auf. Becka wollte also reden. Dann wurde es jetzt ernst. Sie hatte die leise Hoffnung gehegt, dass es dazu nie kommen würde. Und trotzdem geahnt, dass es unvermeidlich war. Und gleichzeitig auch richtig und wichtig. Denn die Reaktion von Zs Freundinnen hatte ihr vor Augen geführt, dass der Weg, den sie zu gehen gedachte, nicht so einfach war, wie sie sich das vorgestellt hatte. Es galt so manche Hürde zu überwinden und dies war eine davon. Eine der schwersten. Doch gleichzeitig auch eine der entscheidendsten. Wenn sie Becka dazu brachte, aufzugeben, hatte sie endlich freie Bahn. Denn dann konnte niemand mehr behaupten, sie hätte Z manipuliert. Dann war die

Sache mit ihm und Becka endgültig beidseitig beendet. Das Schöne war, dass sie dafür noch nicht einmal in die Trickkiste greifen musste. Sie hatte alles, was sie brauchte: Zs Entscheidung. Er war zu ihr gekommen nach der Trennung von Becka. Er war derjenige, der es angeleiert hatte, dass sie zusammengekommen waren. Das konnte sie Becka unter die Nase reiben. Und selbst wenn sie versuchte, sich dagegen zu wehren, würden ihre Argumente verpuffen. Denn dieses eine Argument zählte mehr als alle anderen. Und zur Not hatte sie auch noch ein anderes. Das ebenfalls gewichtig war. Und nicht nur Beckas Argumente entkräften, sondern auch ihren Willen brechen würde. Und irgendwie empfand Coleen durchaus eine gewisse Freude bei dem Gedanken daran, es einzusetzen. Sie legte sich wieder hin und knipste das Licht aus. Sie würde heute nicht mehr antworten. Auch wenn die Antwort kurz und einfach war.

98

Die Stimmung im Saal hatte sich kaum verändert. Sie starrten schon wieder alle vor sich hin. Bei ihrer Meinung dagegen war das anders:
„Du hast es gesehen?" empfing ihn der ehemalige Papst, „gestern?"
„Habe ich." nickte Miguel.
„Das gibt den Ausschlag. Wir waren uns uneins, ob wir deinem Wunsch entsprechen wollen. Was dich betrifft. Jetzt sind wir das nicht mehr. Geh. Nach Deutschland. Und schau, was du für unsere Kirche tun kannst."
„Das werde ich." Miguel verbeugte sich, „vielen Dank."
„Das ist eine schwarze Stunde." krächzte der ehemalige Papst.
Miguel legte die Handflächen aneinander: „Wir sind das Licht in der Dunkelheit."
„Mögen wir sie durchdringen." murmelte ein Bischof.
„Werdet ihr denn auch was tun?" Miguel sah durch den Raum, „oder bin ich der Einzige, der auszieht?"
„Wir tun unseren Teil." erwiderte der ehemalige Papst, „darauf kannst du dich verlassen."
„Klingt gut. Weitere Lichter."
„Wir wünschen dir Erfolg."

„Ich wünsche euch Segen." Miguel beschrieb mit der Hand ein Kreuz in der Luft – und mehrere andere taten es ihm nach:
„Den wünschen wir dir auch."

99

,Neutraler Ort.' lautete die SMS. Gefolgt von einer Uhrzeit und einer Adresse. Becka rollte mit den Augen. Sie konnte nur hoffen, dass sich hinter dieser Adresse nicht Coleens beste Freundin verbarg. Auf zwei gegen eine hatte sie keine Lust. Und würde ich auch nicht darauf einlassen.

100

„Clara."
„Miguel. Diesmal klingst du fröhlich."
„Ja." bestätigte er, „ich bin einen entscheidenden Schritt weitergekommen."
„Wobei?"
„Dem Weg nach vorne. Und nach oben."
„Hast du dich wieder bei Jesus eingeschleimt?" erkundigte sich Clara spöttisch.
„Weder noch."
„Weder noch? Ich habe nur eine Sache genannt."
„Weder Jesus noch eingeschleimt." führte Miguel aus, „ich habe mit meinen ehemaligen Vorgesetzten gesprochen. Im Vatikan. Und sie dazu überredet, mich hier wieder einzusetzen. Als Haupt der Katholischen Kirche in Deutschland."
Clara stieß einen leisen Pfiff aus: „Wie hast du das denn geschafft? Ihnen gesagt, was sie hören wollten? Das wäre nämlich schleimen."
„Ich habe ihnen gesagt, was sie hören mussten." erklärte Miguel gelassen, „das war genau das Gegenteil. Es war hart und schmerzvoll für sie. Und gleichzeitig... genugtuend."
„Das kann ich mir vorstellen. Aber wieso lassen sie dich wieder?"

„Weil sie verzweifelt sind. Und weil sie es selbst nicht machen wollen. Hier in die Höhle des Löwen gehen. Es ist eine bekannte Diskrepanz. Auf der einen Seite der Unwille, sich in Situationen zu begeben, die potenziell gefährlich sind. Auf der anderen Seite das schlechte Gewissen, die Gläubigen vor Ort im Stich zu lassen. Ich habe ihnen einen Ausweg eröffnet. Durch den sie drum herum kommen."

„Aber sie mögen dich doch gar nicht mehr." stellte Clara fest – und Miguel schnaubte leise:

„Jesus hat sich selbst ins Abseits gestellt. Das konnte ich nutzen. Für meine Rehabilitierung. Er hat einmal gelogen, also lügt er immer."

„Du hast ihnen verkauft, dass er dich ausgebootet hat."

„So in der Art, ja."

„Und das hat gereicht?"

„Natürlich nicht." Miguel räusperte sich, „das Wichtigste ist der Glaube. Wenn auch nur auf dem Papier. Aber wenn man damit wedelt, geht alles. Ich habe ihnen verkauft, dass ich es für Gott tue."

„Und das tust du nicht." folgerte Clara.

„Gott könnte mir nicht egaler sein. Er hat mich fallen gelassen – jedes Mal, wenn ich ihn brauchte. Er hat mir nie etwas gegeben, wonach ich mich ausgestreckt habe."

„Vielleicht solltest du es einfach nicht bekommen. Weil es nicht gut für dich ist."

„Dann sollte er mir nicht das Verlangen danach geben."

„Das Verlangen kommt eventuell vom..."

„Willst du es mir madig machen?" unterbrach er sie unwirsch, „oder freust du dich mit, dass ich wieder Zugang kriege? Den wir beide dringend brauchen."

„Natürlich freue ich mich." erwiderte sie hastig, „wann wird es soweit sein?"

„Bald. Erst müssen ein paar rechtliche Dinge geklärt werden. Bei meinen Leuten. Danach werde ich um eine Audienz bitten. Und dann sehen wir weiter."

„Also ist noch gar nichts klar."

„Formsache." wiegelte er ab, „ich bin in einigen Tagen wieder offiziell der Anführer der größten Kirche in Deutschland. Das kann er nicht ignorieren.

Und mich als Person auch nicht. Er hat alle Gläubigen vor den Kopf gestoßen mit seiner Flunkerei. Wenn er will, dass sie ihm wieder wohlgesonnen sind, brauchte er Hilfe von innen. Die kann ich ihm bieten."

„Das können andere auch." sinnierte Clara. Womit sie Miguel nicht aus der Ruhe brachte:

„Aber ich schätze mal, dass ich der Einzige bin, der die Bereitschaft dazu aufbringt. Und zudem der, der den meisten Einfluss nehmen kann. Was bringt es ihm, wenn irgendein Priester auf seiner Seite steht? Viel besser ist es, wenn der Chef aller Priester auf seiner Seite steht. Und die restlichen Kirchen... keiner will es sich mit dem anderen verscherzen."

Clara seufzte: „Ich verstehe immer noch nicht, was uns das bringen soll."

„Wir kehren zurück zu deinem Plan: umbringen. Diesmal mache ich den Fehler nicht, auf Zufälle zu vertrauen. Sobald ich da drin bin, bringe ich dich rein. Und dann..."

„...haben wir ein Problem. Ich habe noch keinen Ersatz für Lili."

„Nicht?" Miguel war sichtlich enttäuscht, „warum nicht?"

„Weil ich keine Ahnung hatte, dass ich mich beeilen muss. Das werde ich jetzt natürlich tun. Aber es ist gut möglich, dass ich nicht so schnell bereit bin, wie du."

„Das ist sehr schade." Miguel zögerte, „aber... okay. Dann halte ich es zur Not eine Weile mit ihm aus. Beeil dich einfach jetzt."

„Das sagte ich doch, dass ich das tue." brummte Clara verärgert.

„Ja..." säuselte Miguel, „das sagtest du."

101

‚Neutraler Ort.' lautete die SMS. Gefolgt von einer Uhrzeit und einer Adresse. Coleen rollte mit den Augen. Sie konnte nur hoffen, dass sich hinter dieser Adresse nicht Beckas beste Freundin verbarg. Auf eine gegen zwei hatte sie keine Lust. Und würde ich auch nicht darauf einlassen.

102

Clara saß vor dem Computer und ging die Liste durch, die Miguel ihr besorgt hatte. Ihre Stimmung schwankte zwischen Hoffen und Bangen. Da standen so einige drauf, die geeignet sein konnten. Mit einer Gabe. Jemand anders mit mehreren konnte sie nicht finden. Was hieß, dass sie zwei Personen brauchte, wenn sie den Stand von zuvor wieder herstellen wollte. Und das bedeutete doppelte Arbeit und doppeltes Risiko. Schließlich gab die Liste keinerlei Auskünfte darüber, wie gut die entsprechenden Leute ihre Gabe beherrschten. Und auch nicht darüber, wie sie zu dem standen, was gerade im Land geschah. Und wie offen sie dafür waren, daran aktiv etwas zu ändern. Sie machte die Liste zu. So kam sie nicht weiter. Sie brauchte eine Alternative. Die es ihr erlaubte, anders vorzugehen. Mit maximal einer weiteren Person. Oder sogar ganz alleine. Nur... wie sollte das gehen? Sie seufzte. Machte den Computer komplett aus. Aus dem Nachbarraum drang Gepolter zu ihr hinüber. Sie seufzte erneut. Und nahm ihre Gedanken mit.

103

Sie trafen sich am Gartentor. Und ihre Blicke sprühten Funken. Fast eine Minute standen sie nur da und funkelten sich an. Dann war Becka die erste, die ihre Fassung wieder einigermaßen in den Griff bekam:
„Deine beste Freundin?" zischte sie und deutete auf das Haus.
„Das hätte ich dich gefragt." fauchte Coleen zurück.
Becka stutzte: „Du mich?"
„Du hast doch die Adresse geschickt."
„Moment... ich? Nein. Du..."
In diesem Moment ging die Haustür auf und eine Frau kam heraus: „Ihr dürft ruhig näherkommen. Das Tor ist nicht abgeschlossen."
Becka und Coleen wechselten einen verwirrten Blick. Dann quetschten sie sich gemeinsam durch das Tor und sahen die Frau misstrauisch an. Die ihnen strahlend entgegenlächelte:
„Tut mir leid, dass ich euch ein wenig täuschen musste, aber..."

„Täuschen?" fiel Becka ihr ins Wort, „Sie haben die Adresse geschickt?"

„Ich habe alle Nachrichten geschickt."

„Woher haben Sie meine Nummer?"

„Genau." setzte Coleen hinzu.

„Aus Zs Adressbuch." erklärte die Frau fröhlich und Becka erstarrte: „Sind Sie etwa seine neueste... Errungenschaft?"

„Bäh." machte Coleen laut.

Die Frau winkte ab: „Aber mit Nichten. Wir haben früher zusammengearbeitet. Mein Name ist Patrizia und ich..."

„Vom Fernsehen." Coleen tippte sich an die Stirn.

„Ganz richtig."

„Wusste ich doch, dass ich Sie irgendwo schonmal..."

„Wir können ‚du' sagen." Patrizia deutete hinter sich, „und ihr könnt gerne reinkommen."

Die beiden Frauen rührten sich nicht: „Was soll das Ganze?"

„Bitte. Nicht hier auf der Straße."

Becka deutete hinter sich: „Die Straße ist da hinten."

„Bitte." wiederholte Patrizia – drehte sich um und ging ins Haus.

Die beiden Frauen wechselten einen weiteren Blick. Dann folgten sie ihr. Ihre Wohnung lag gleich im Erdgeschoss. Auf dem Tisch im Wohnzimmer standen zwei dampfende Tassen.

„Haben Sie noch weiteren Besuch?" erkundigte sich Coleen.

„Für euch." Patrizia nahm auf dem Stuhl Platz, vor dem keine Tasse stand, „ich wusste ja, wann ihr kommen würdet."

Coleen ließ sich ebenfalls nieder und schnupperte: „Früchtetee. Na, wegen mir. Was wollen Sie von uns?"

„Bitte, Patrizia, bitte." antwortete diese und sah zu Becka auf, die sich mit einem abschätzenden Blick Coleen gegenüber niederließ: „Was wollen Sie – Patrizia?"

„Wie bereits gesagt, kannten Z und ich uns früher. Leider kam es zu einem... Bruch und danach zu einigen unschönen... aber lassen wir das. Fakt ist: Ich bin immer an interessanten Stories interessiert. Das war doppelt gemoppelt – aber ihr wisst, was ich meine. Z und seine beiden Freundinnen haben mir zu einem großen Karrieresprung verholfen. Und dieses Niveau versuche ich zu halten. Der Jesusmann war danach dran. Aber auch er hat sich inzwischen erledigt. Zumindest für mich. Also muss ich mich anderweitig umschauen. Und da höre ich so Gemunkel, dass Z und ihr beide eine sehr interessante Dreiecksbeziehung am Laufen habt."

Beckas Augen verengten sich: „Gemunkel?"

Coleens ebenfalls: „Von wem denn?"

„Meine Quellen bleiben vertraulich." wiegelte Patrizia ab, „das war immer schon so."

„Und Sie glauben, wir erzählen Ihnen etwas dazu?" Becka lachte spöttisch auf – und wieder tat Coleen es ihr nach:

„Ich rede weder mit Ihnen noch mit ihr." Sie nickte in Beckas Richtung, die das nun ihrerseits zurückgab:

„Dito."

Patrizia hob die Hände: „Wenn ihr mit mir nicht reden wollt... gut. Aber ihr seid beide hergekommen, um miteinander zu reden. Euch gegenseitig die Meinung zu sagen. Ich mag das initiiert haben. Aber ihr wart beide dafür. Also tut das. Unterhaltet euch. Sprecht euch aus. Und ich... lasse euch dabei allein." Sie zog etwas aus der Tasche, „ich habe hier ein Diktiergerät. Das lege ich auf den Tisch. Wenn ihr am Ende nicht wollt, dass ich es höre, löscht es einfach. Aber wer weiß? Vielleicht kommt ihr ja zu dem Schluss, dass es gar nicht so schlecht wäre, wenn die Wahrheit ans Licht kommt."

„Sie scheinen sie ja schon zu kennen." stellte Becka trocken fest.

„Wie gesagt... Gemunkel." Patrizia lächelte gewinnend, drückte den Aufnahmeknopf des Gerätes und entfernte sich dann. Schloss sogar die Wohnzimmertür hinter sich. Becka und Coleen sahen sich an.

„Wenn du mir etwas..." setzte Becka schließlich an, doch Coleen hob den Finger:

„Ich will keine Aufnahme hiervon. Sowas hat uns bisher nur Ärger gebracht."

„Dir, meinst du wohl."

„Ich schalte es jetzt ab." Coleen drückte ,Stopp', „und... dir auch."

Becka schnaubte verächtlich: „Du hast den Ärger verursacht."

Wieder ahmte Coleen sie nach: „Aha?"

Und aus Becka brach es heraus: „Du hast mit meinem Mann geschlafen. Nachdem wir geheiratet hatten. Und wenn ich richtig zwischen den Zeilen

lese, war das nicht das einzige Mal. So wie du auf ‚Abschiedsgeschenk'
rumgeritten bist."

„Ich bin nicht nur darauf rumgeritten." kicherte Coleen und Becka fauchte
laut:

„Du bist widerlich."

„Unter der Gürtellinie." Coleen hob die Hand, „kontraproduktiv. Sehe ich
ein. Entschuldigung." Sie nahm einen Schluck Tee, „manchmal platzt es
einfach so aus mir raus. Aber von nun an: gesittet."

Becka blickte sie skeptisch an: „Bin gespannt, wie gut das klappt."

„Es fängt damit an, dass ich darauf nicht eingehe. Stattdessen eine Frage
vorab: Woher weißt du das überhaupt? Dass wir Sex hatten? Das war nicht
auf dem Tape."

„Das hat Z auch gedacht. Leider..." Becka biss sich auf die Lippen, „hat ihm
deine Superfreundin eine gekürzte Version geschickt. Du dagegen hattest
anscheinend das Original. Das ging noch ein wenig weiter."

Coleen schlug sich auf die Stirn: „Ich hätte es mir anhören sollen."

„Tja – hättest du das mal getan. Dann wäre euer kleiner One?- Two?-
Three?-Night-Stand nicht..."

„Okay." unterbrach Coleen sie, „jetzt sind wir an dem Punkt, wo es hart für
dich wird." Sie trank einen weiteren Schluck, „schneller, als ich dachte, aber
gut. Es waren nicht eins, zwei, drei – es waren mehr, als ich zählen kann.
Und das braucht dich nicht zu animieren, Witze über meine
mathematischen Fähigkeiten zu machen. Ich meine das ernst. Z und ich
hatten schon Sex, bevor er dich überhaupt kannte. Und wir hatten Sex, als
er dich kannte. Bevor ihr zusammen wart, während ihr zusammen wart. Die
ganze Zeit über. Jedes Mal, wenn er bei mir war. Was glaubst du wohl,
warum er bei mir war?"

Becka starrte sie an. Stürzte – um Zeit zu gewinnen – die halbe Tasse Tee
auf einmal herunter. Und brachte trotzdem nur ein Stottern hervor: „Er...
sagte... du bräuchtest... Hilfe."

„Ja." nickte Coleen, „Hilfe. Brauchte ich. Mit meiner Libido. Und er
witzigerweise ganz genauso. Was glaubst du wohl, wie es geschafft hat,
all die Jahre bei dir so standhaft zu bleiben? Allein durch Willenskraft? Oder
‚christlichen Glauben'?"

Becka zuckte zusammen: „Ja. Er hat gesagt, dass er das nicht brau..."

„Liebes Bisschen." Coleen vergrub für einen Moment das Gesicht in den Händen, „du kennst ihn aber schlecht. Und ihr wollt ein Paar sein? Er braucht das ständig und immer. Und der Knaller: Er hat das für dich getan. Ist das nicht verrückt? Ab dem Zeitpunkt, wo ihr zusammen wart, versteht sich. Jedes Mal kam da so ein Satz: ‚Bei Becka will ich rein bleiben.' Ist einfach, wenn man bei Coleen in Ruhe unrein sein kann."

Becka leerte ihre Tasse: „Das ist gelogen."

Auch Coleen nahm einen großen Schluck. Und leckte sich dann genüsslich über die Lippen: „Nein. Sorry. Glaub mir: Das ist die Stunde der Wahrheit. Er hat dich jahrelang angelogen und ich habe mitgemacht. Würde das auch weiterhin tun, wenn es noch einen Sinn hätte. Aber... den hat es nicht."

Tränen schimmerten in Beckas Augenwinkeln: „Warum bist du hier?" hauchte sie, „warum hast du zugesagt? Du hast doch alles. Ihn." Sie zögerte, „die Genugtuung. Das ist es, oder? Das alles nur selbst zu wissen, reicht dir nicht. Du willst, dass ich es weiß. Du willst mich leiden sehen."

„Ich will dich gar nicht leiden sehen." widersprach Coleen vehement, „du bist mir so egal wie ein löchriger Strumpf. Aber ich habe Z nicht."

„Nicht? Er hat...?"

„Ich habe. Wir haben seine beiden Tussis getroffen. Die mit den Gaben. Wie die mich angeschaut haben... au weia. Dabei wart ihr schon seit Wochen... egal. Ich kann nicht mit Z zusammen sein, wenn wir es weiter geheim halten müssen. Das war schlimm genug, als du noch ein Thema warst, aber da habe ich es akzeptiert. Ich habe es auch danach am Anfang akzeptiert, weil ich wusste, was das für einen Stress hervorrufen würde. Das wollte ich uns allen ersparen. Also habe ich gewartet. Aber inzwischen weiß ich, dass das nichts werden wird. Außer, du ziehst deinen Anspruch auf ihn offiziell zurück."

„Was ich nicht tun werde." Becka verschränkte die Arme, „im Gegenteil: Ich bin hier, um dir zu sagen, dass du deinen zurückzuziehen hast. Er ist mein Mann. Wir werden das geradebiegen. Ich will ihn zurück. Und er will..."

„...mich." würgte Coleen sie ab, „das ist das, was du nicht zu verstehen scheinst. Was ich dir zu vermitteln versuche. Er hat sich für mich entschieden. Vor vielen, vielen Jahren schon."

„Er hat mich geheiratet." beharrte Becka mit zittriger Stimme.

„Ja. Und da wollte er mit mir aufhören. Das gebe ich offen zu. Was dann zu der Szene geführt hat, die du bereits kennst. Da war ich sauer – keine Frage. Aber... soll ich dir was Lustiges erzählen?"

„Lieber nicht." Becka fühlte sich mit einem Mal ganz schwummrig im Kopf.

„Du wurdest schwanger." tat Coleen es unbeirrt trotzdem, „und weißt du, was dann kam? Er. Zu mir. Und... bei mir. Sorry – schon wieder so ein..." Sie kicherte unkontrolliert, schüttelte sich dann und sah Becka ernst an: „Ich sage es anders: Du hattest ein Kind im Bauch und plötzlich keine Lust mehr. Er dagegen hatte genauso viel Lust wie sonst auch. Und jede Menge Frust, weil er sie nicht loswerden konnte. Also ist er dahin gegangen, wo er wusste, dass er sie befriedigt kriegt. Zu mir. Ich hatte ihn aufgegeben. Ich habe in Selbstmitleid gebadet ob meiner Niederlage. Ich war kurz davor, dir die Aufnahme selbst zu schicken. Einfach nur aus blankem Neid. Und dann stand er vor der Tür. Hat sich entschuldigt. Entschuldigt! Und gefragt, ob wir weitermachen können. Da habe ich nicht ,Nein' gesagt. Und seitdem läuft es wieder. Lief es – bis jetzt. Aber... seit diesem Tag gab es keine Unterbrechungen mehr in unserem unregelmäßigen Zyklus. Nicht während deiner Schwangerschaft, nicht vor der Geburt, nicht nach der Geburt. Gut – da wart ihr schon auseinander, aber... wenn er dich wirklich zurückgewollte hätte – schon da – hätte er das nicht gemacht, oder? Unsere Beziehung war intakt. Geheim, aber intakt. Ganz egal, was er dir gesagt haben mag – wir waren ein Paar. Und werden das auch wieder werden. Das verspreche ich mir. Dir. Mir. Dir. Ihr. Hihihi. Ihm." Wieder brach ein Kichern aus Coleen heraus – das dafür sorgte, dass die Tränen an Beckas Wangen herunterzulaufen begannen. Beides irritierte Coleen. Also schloss sie für einen Moment die Augen und schwenkte dann ein wenig um:

„Du kannst dich doch auch damit trösten, ihn gehabt zu haben. Richtig, meine ich. Ihr hattet Sex. Das Beste, was man von ihm kriegen kann. Den besten überhaupt, den man..." Sie hielt inne. Blinzelte verunsichert angesichts dieser Worte – die sie so eigentlich nicht hatte aussprechen wollen. Doch auch Becka schien ein wenig neben der Spur, denn ihre Antwort lautete ähnlich:

„Ja... Sex mit Z... wenn es nach mir gegangen wäre, wären wir gleich beim ersten Date... hätte ich damals gewusst, wie gut er ist, hätte ich ihn dazu gezwungen." Becka starrte mit leicht glasigen Augen vor sich hin – und Coleen ließ sich davon anstecken:

„Was glaubst du wohl, warum ich all die Jahre nicht lockergelassen habe? Ich hätte auch andere haben können. Aber er..."

„So zärtlich..." seufzte Becka.

„So ausdauernd..." seufzte Coleen.

„Seine Hände..."

„Seine Zunge..."

„Und erst sein..." Becka grinste verschämt – und Coleen wippte ausgelassen mit dem Kopf:

„Ja... sein..."

„So groß..."

„So lang..."

„So dick..."

„So hart..."

„Ich wünschte, er wäre jetzt hier..." Becke blickte sehnsuchtsvoll aus dem Fenster und Coleen folgte ihrem Blick:

„Ja... das wünschte ich auch..."

Fast eine Minute saßen sie so da, während leichte Zuckungen ihrer beider Körper durchliefen. Dann wandte sich Becka Coleen langsam zu:

„Was hast du gemacht?"

„Ich?"

„Wie hast du ihn... verwöhnt?"

„Das willst du wissen?"

Becka rieb sich über die Brust: „Spüren."

„Ich zeige es dir." Coleen fuhr sich durch die Haare, „wenn du es mir zeigst."

„Was?"

„Was du gemacht hast."

„Einverstanden."

„Jetzt? Hier?"

„Wir sind allein. Das Tape ist aus."

„Dann komm her..."

Becka stand auf, ging um den Tisch herum, nahm Coleens Hand und führte sie zur Couch. Dort zog sie sie auf sich und gab ihr einen Kuss. Dann noch einen, dann noch einen. Bis sich ihre Lippen gar nicht mehr voneinander lösten. Ihre Hände wanderten wild aneinander auf und ab und es dauerte nicht lange, bis sie anfingen, sich gegenseitig auszuziehen. Irgendwann hatten sie nur noch ihre Unterwäsche an, dann nicht einmal mehr die. Sie streichelten sich gegenseitig und stöhnten leise dabei. Zunächst. Dann wurde das Stöhnen lauter. Bis ein Piepen sie aus ihrer Umarmung riss. Sie sahen sich an. Und das Piepen brach ab.

104

Zunächst hatte Z gar nicht drangehen wollen, als sein Handy klingelte. Doch dann hatte er die Nummer gesehen und sie mit etwas in Verbindung gebracht, was ihm ein unbehagliches Gefühl in der Magengegend erzeugt hatte:
„Hallo?"
„Hallo Z." war eine verzerrte Stimme erklungen – und seine Vorahnung bestätigt worden: seine Erpresserin. Er hatte sich trotzdem bemüht, ruhig zu bleiben:
„Immer noch gut im Stimme verstellen."
„Technik, Z. Die Wunder der Technik. Und ich präsentiere dir heute ein weiteres Wunder: das Videotelefon. Hast du auch, weiß ich. Soll ich dir sagen, welcher Knopf es ist?"
„Willst du dich mir zeigen?" hatte er spöttisch gefragt, „da hat das mit der Stimme aber wenig Sinn."
„Nein." war es zurückgekommen, „ich will dir etwas zeigen. Gleich. Aber vorher müssen wir reden."
„Worüber? Ich habe nichts mehr, womit du mich erpressen kannst. Ich habe alles verloren. Alle Menschen, die ich liebe, sind gestorben oder haben mich verlassen."
Die Frau hatte gekichert: „Da ist der entscheidende Unterschied: Manche haben dich nur verlassen."
„Willst du mir damit drohen?" hatte er gezischt und ein noch lauteres Kichern war ihm entgegengeschlagen:

„Aber nein. Nur eine Feststellung. Dass du noch Menschen hast, die du verlieren kannst. Aber eben auch gewinnen. Mein erster Versuch war plump und undurchdacht. Ich habe dir vage Versprechungen gemacht und Drohungen ausgesprochen. Diesmal versuchen wir es andersrum: Ich sage dir ganz genau, was ich will. Und anstatt einer Strafe, wenn du nicht mitmachst, biete ich dir eine Belohnung, wenn du es tust."

„Das klingt nicht wirklich überzeugend."

„Dann lass mich dich überzeugen. Und am besten unterbrichst du mich nicht. Denn das, was ich dir zeigen will, kann jeden Moment einsetzen."

Er hatte die Stirn gerunzelt: „Einsetzen?"

„Ich habe dir gesagt, dass ich will, dass du Dämonen für mich umbringst." war die Frau fortgefahren, „jetzt sage ich dir ganz konkret, welche. Nämlich die, die den falschen Jesus bewachen. Es ist so: Ich will ihn weghaben. Er soll dahin zurück, wo er behauptet, herzukommen. In den Himmel. Oder die Hölle. Darüber kann man sich ja streiten. Auf jeden Fall: Solange die Mächte der Finsternis bei ihm sind, geht das nicht. Sie haben ihn schon einmal vor dem sicheren Tod gerettet und..."

„Äh... das..." war es Z herausgerutscht, bevor er sich hatte bremsen können, doch auf das fragende

„Ja?" vom anderen Ende hatte er es noch retten können:

„Ach... nichts. Red weiter."

„Danke. Das soll nicht nochmal vorkommen. Daher brauche ich dich. Du machst sie platt, ich mache ihn platt."

„Du?" hatte er überrascht hervorgestoßen – und diesmal war ihm die Antwort der Frau am anderen Ende wie ein Rettungsversuch vorgekommen:

„Oder lasse ihn plattmachen. Wie auch immer. Das lass meine Sorge sein."

Er war darauf nicht eingegangen: „Und du glaubst, dass ich das tue, weil...?"

„...es richtig ist. Das weißt sogar du. Wir wollen exakt das gleiche. Freiheit für dieses Land. Von ihm. Aber... wie schon angedeutet... ich habe auch etwas für dich. Siehst du... da sind diese beiden Frauen. Die du beide liebst. Nur, dass das halt nicht geht. Denn sie wollen das nicht. Sie wollen beide die Einzige für dich sein. Das ist dein Problem. Du willst sie beide und das hast du auch versucht, hinzukriegen. Aber es ist nicht gutgegangen. Und jetzt hast du keine von ihnen mehr."

„Was deine Schuld ist." hatte er gefaucht und der Tonfall der Frau hatte sich verändert – was selbst trotz der Verzerrung wahrnehmbar gewesen war: „Zum Teil, ja. Das gebe ich zu. Und entschuldige mich dafür. Jetzt und hier. Es tut mir sehr leid."

„Zum Teil?"

„Coleen..." hatte sie angesetzt und er sie wütend unterbrochen: „Du hast sie benutzt. Sie wusste nichts davon."

„Sie wusste nichts davon? Z. Hat sie dir das erzählt?"

„Sie hat mir erzählt, dass du da warst. Und uns aufgenommen hast."

„Ja, schon. Aber..." Die Frau hatte gezögert, „siehst du denn nicht, dass da eine riesengroße Logiklücke in dieser Geschichte klafft? Die Aufnahme startet nicht erst mit euch im Bett, sondern weit vorher. Wie hätte ich denn ahnen sollen, dass ihr miteinander Sex haben würdet, wenn ich das nicht vorher mit ihr abgesprochen hätte? Sie war meine Mittäterin. Sie wollte dich verführen. Deswegen warst du da. Und deswegen war ich da. Das war es, was ich aufnehmen wollte. Davon wusste sie nichts, das stimmt. Aber dass sie dich dazu bringt, es ein letztes Mal mit ihr zu treiben... das war geplant. Wie sonst hätte es ablaufen können?"

Z hatte geschwiegen.

„Was zum drüber nachdenken, hm? Aber nicht jetzt. Jetzt beschäftigen wir uns damit, wie es besser werden kann. Du willst sie – beide. Du willst Sex mit ihnen. Nun – das kannst du haben."

Er war zusammengezuckt: „Bitte?"

„Drück auf den Knopf. Ich zeige es dir."

Langsam hatte Z das Handy vom Ohr genommen, einige Momente darauf gestarrt und dann widerwillig das Symbol gedrückt, das das Display anschaltete. Er hatte niemanden gesehen. Nur einen leeren Flur.

„Bereit?" war ihre Stimme erklungen.

„Ja."

„Gut. Dann..."

Eine Hand war erschienen, die vorsichtig eine Glastür aufgestoßen hatte. Durch den Spalt hatte er Geräusche gehört, die ihn stark an die Erotikfilme erinnert hatten, die er als Teenager eine Zeitlang heimlich im

Nachtprogramm geschaut hatte. Doch dann war das Bild um die Ecke geglitten und er hatte gesehen, dass hier kein Film lief. Auf der Couch hatten zwei nackte Frauen gelegen und er war erstarrt. Becka und Coleen. „Was hast du mit ihnen gemacht?" hatte er gebrüllt, worauf ein unschuldiges

„Ich...?" zurückgekommen war. Das er nicht einmal ansatzweise als glaubhaft betrachtet hatte:

„Du."

„Ich habe sie hierher zu mir nach Hause eingeladen." hatte sie gelassen erklärt und Z war in sich zusammengesackt:

„Sind sie besessen?"

„Niemals. Das weiß ich, dass du das nicht wollen würdest."

„Was dann? Bedrohst du sie?"

Die Frau hatte gelacht: „Medikamente, Z. Ein Entspannungsmittel. Wenn ich es mal so nennen darf. Du dürftest es eigentlich kennen. Als großer Serienfan. Wird gerne verwendet in bestimmten... Situationen... Es entspannt den Körper. Und das Gehirn. Und baut dabei Hemmungen ab. Sie haben über Sex geredet. Mit dir. Und das hat sie scharf gemacht. Und jetzt... Was glaubst du wohl, wie sie abgehen würden, wenn du jetzt hier wärst? Ist das nicht das, was du willst? Sie beide – gerne auch gleichzeitig?"

„Das ist... das ist... das ist..." hatte Z vor sich hin gestottert und die Frau einen Vorschlag für das Ende unterbreitet:

„...geil?"

Z war auf die Knie gesunken: „Sie sind nicht sie selbst."

„Das ist dein einziges Problem? Dass sie unter einem Einfluss stehen? Ich habe dich richtig eingeschätzt."

„Das ist nicht mein einziges Problem. Das viel größere Problem ist, dass sie es jedes Mal bereuen würden, wenn sie wieder zu sich kommen."

„Wer sagt denn, dass sie das müssen?" hatte sie zurückgegeben – worauf Z wieder aufgesprungen war:

„Lass sie frei."

„Frei? Sie könnten gehen, wenn sie das wollten. Aber wie du siehst, wollen sie das nicht. Und das Medikament kann ich nicht beeinflussen. Das baut sich von selber ab."

„Wo hast du sowas her?"

„Brauche ich. An anderer Stelle."

„Für andere Leute?"

„Das braucht dich nicht zu interessieren." hatte sie knapp erklärt und Z angefangen zu brüllen:

„Du bist erbärmlich. Sag mir, wo du bist und ich komme vorbei und..."

„Du willst wissen, wo ich bin?" war sie dazwischengegangen, „nun – das kann ich dir zeigen. Warte..."

Das Bild hatte angefangen, wild hin und her zu wackeln. Undeutlich hatte Z erkennen können, wie sie die Wohnung verließ und ins Freie trat; einen Weg entlangging und schließlich auf dem Bürgersteig Halt machte.

„Wir sind..." Sie war herumgeschwenkt, „hier."

„He." war es Z entfahren, „das kenne ich. Da wohnt..." Schweiß war ihm auf die Stirn getreten, „das ist deine Wohnung?"

„So ist es." hatte die Frau geantwortet und der Schweiß hatte sich an seinem ganzen Körper ausgebreitet:

„Patrizia?"

„Z." war sie darüber hinweg gegangen, „ich habe dir ein Angebot gemacht. Jetzt ist die letzte Gelegenheit, dazu ‚Ja' zu sagen. Wir haben das gleiche Ziel: Jesus auslöschen. Hilf mir. Bitte. Und wenn du deine beiden Gespielinnen nicht willst – auch gut. Das war ja nur ein Angebot. Ein Vorschlag zur Güte. Sie können gehen, sobald es abgeklungen ist. Ich werde sie nicht aufhalten. Und sie werden so beschämt sein, dass sie dir hinterher nie wieder etwas vorwerfen werden. Auch ein Vorteil, oder? Je nachdem, wie du dich dann entscheidest."

„Ich habe mich bereits entschieden." hatte er geflüstert, „ich weiß, wo du wohnst. Ich war schon einmal dort. Zehn Minuten – länger brauche ich nicht. Ich werde kommen und sie da rausholen. Und dann werde ich dich..."

„Zehn Minuten?" hatte sie gelacht, „das wird leider nicht reichen. Zehn Sekunden. So viel Zeit hättest du. Aber das... dürftest du nicht schaffen."

„Wovon redest du?"

„Du lehnst ab? Letzte Chance?"

Er hatte die Faust geballt: „Wenn du dich wagst, da wieder reinzugehen..."

„Oh, glaub mir – da kriegen mich keine zehn Pferde mehr rein." Sie hatte ein leises Seufzen von sich gegeben, „apropos zehn: Die Zeit läuft... ab jetzt. Du kannst mitzählen, wenn du willst." Sie hatte die Kamera geneigt und auf einen kleinen Kasten gerichtet, den sie in der Hand hielt. Mit einem roten Knopf darauf. Den sie mit dem Zeigefinger heruntergedrückte.

„Was?" jaulte Z auf, „was ist das? Was hast du…? Was machst…?"

„Schau hin." Die Kamera schnellte wieder zum Haus empor, „du wirst es gleich…"

Sie wurde unterbrochen. Durch die Explosion. Die die Scheiben, hinter denen sich das Wohnzimmer befand, zum Bersten brachte und es in einen Feuerball verwandelte, der sich bis nach draußen ausdehnte. Der Knall war ohrenbetäubend. Doch er wurde von Zs Schrei noch übertönt.

„Ja… schrei nur." schnaubte die Frau höhnisch, „als ob das jetzt noch was nützen würde. Ich werde ihn auch ohne dich gestürzt kriegen. Du hättest zum Helden werden können. Jetzt bist du nur noch ein Versager. Du hättest alles gewinnen können. Jetzt hast du alles verloren. Für immer. Du meintest vorhin, sie hätten dich alle verlassen oder wären gestorben. Nun… jetzt ist nur noch letzteres der Fall."

„Ich finde dich." Z schüttelte wie von Sinnen sein Handy, „ich kriege dich."

„Zehn Minuten?" Sie lachte, „was glaubst du, wie weit entfernt ich in zehn Minuten sein werde? Mach es gut, Z. Ein schönes Leben weiterhin. Und wundervolle Träume."

105

Er brauchte mehr als zehn Minuten. Und die Einsatzkräfte waren bereits am Werk, als er eintraf. Die Feuerwehr zumindest, denn für alle anderen gab es erst einmal nichts zu tun. Die Sanitäter warteten darauf, in die Wohnung zu gelangen – wenn ihnen auch klar war, dass sie niemanden lebend daraus würden bergen können. Alle anderen, die sich im Haus befunden hatten, waren auf der Straße versammelt. Immerhin das war eine gute Nachricht. Die Opfer beschränkten sich auf diese eine Wohnung. Für Z war es nicht klar, dass in der Wohnung niemand mehr lebte. Weswegen er auch direkt versuchte, hineinzugelangen, als er eintraf. Und von einem Polizisten daran gehindert wurde:

„Was genau möchten Sie?"

„Da waren Leute drin, die ich kenne." stieß er panisch hervor.

„Okay. Das ist schlecht." Der Polizist ihm gegenüber nickte verständnisvoll, wich aber keinen Zentimeter zur Seite. Sodass Z nichts anders übrigblieb, als seinen Versuch, sich vorbeizudrängeln, aufzugeben:

„Wann gehen Sie rein?"

„Wir?"

„Der Notarzt."

„Lieber Herr..." Der Polizist blickte ihn fragend an.

„...Husmann." ergänzte Z automatisch.

„...Husmann. Sie scheinen mir vernünftig zu sein. Daher werde ich nicht um den heißen Brei herumreden. Wer auch immer sich in dieser Wohnung aufgehalten hat..."

„Rebecca." entfuhr es Z erleichtert, als selbige in sein Blickfeld trat.

Sie nickte ihm knapp zu – „Z." – die Augen gerötet, das Gesicht tränenverschmiert. Wozu er sich einen Kommentar nicht verkneifen konnte:

„Wie siehst du denn aus?"

„So wie du." entgegnete sie und er wippte mit dem Kopf auf und ab:

„Ja. Eben."

„Heute ist ein schwarzer Tag." flüsterte Rebecca und Z lief es kalt den Rücken herunter. Sein Blick fiel auf die kaputten Fenster und die dunklen Flecken, die sie umringten. Sie waren eine Botschaft. Sie hatten eine Botschaft. Die sich in einem Wort zusammenzufassen ließ: Zerstörung. In seinem Hirn begann es zu arbeiten. Die Illusion, dass es weniger schlimm war, als es auf dem Handy gewirkt hatte, begann zu verblassen. Und die Realität hielt Einzug. Langsam zwar nur – aber trotzdem hart. Er schloss die Augen und stöhnte auf:

„Der schwärzeste von allen."

„Kollegin?" fragte der Polizist dazwischen.

„Wir..." Rebecca zögerte, schüttelte sich kurz und richtete sich dann gerade auf, „wir kennen uns."

„Von früheren Vergehen?"

„Von früheren Anschlägen."

„Bitte?" entfuhr es dem Polizisten und Z öffnete die Augen wieder:

„Wir... ich wurde mal von einem Auftragskiller verfolgt."

„Ach, mach Sachen."

„Es stimmt." unterstützte Rebecca ihn. Ihr Kollege griff sich grübelnd ans Kinn:

„Vielleicht war er das hier auch?"

Z schüttelte den Kopf: „Er ist tot. Und ich weiß, wer das hier war."

„So?" Die Brauen des Polizisten gingen hoch.

„Die Frau, die hier wohnt. In der Wohnung. Patrizia..."

„Fangen Sie doch vielleicht vorne an." Der Polizist zückte einen Notizblock und einen Stift – worauf Z sich ein genervtes Seufzen nicht verkneifen konnte:

„Vorne. Wundervoll. Kurzversion: Ich habe meine Frau betrogen. Vor langer Zeit. Sie dort..." Er deutete auf das Haus, „hat das irgendwie mitgekriegt. Und versucht, mich damit zu erpressen. Aber..."

„Davon weiß ich nichts." Rebecca blickte ihn scharf an und Z ebenso zurück:

„Wieso auch?"

„Erpressung ist ein Fall für die Polizei." belehrte ihn der Polizist und er lachte auf:

„Ja – weil Sie dabei auch eine extrem hohe Aufklärungsrate haben."

Der Polizist verzog das Gesicht: „Woher wollen Sie das wissen?"

„Nur geraten." konterte Z und als der Polizist zu einer weiteren Retour ansetzte, legte Rebecca ihm eine Hand auf die Schulter – und Z einen Moment später die andere, worauf dieser tief durchatmete:

„Wollen Sie hören, was ich zu sagen habe?"

„Ja." brummte der Polizist.

„Ich habe mich nicht drauf eingelassen. Meine Frau hat mich verlassen. Die Erpressung ist geplatzt."

„So kann man es natürlich auch machen."

„Heute hat sie mich wieder angerufen."

Der Polizist sah auf: „Wenn Sie sagen, wieder... Sie wussten damals schon, wer es war?"

Z schüttelte den Kopf: „Nein. Das weiß ich erst seit heute. Aber sie hat sich auf damals bezogen. Wusste Dinge, die sie sonst nicht wissen könnte."

„Ah. Der Klassiker."

„Was sind Sie eigentlich für ein Polizist?" fuhr Z auf und sein Gegenüber zusammen:

„Bitte?"

„Haben Sie den ‚Sarkast des Monats'-Preis gewonnen?"

„Das ist durchaus eine gute Frage." schaltete sich Rebecca wieder ein. Ihr Kollege warf ihr einen wütenden Blick zu und behielt diesen auch Z gegenüber bei:

„Erzählen Sie einfach."

Z schielte zu Rebecca, aber diese bemerkte ihn nicht. Also machte er weiter:

„Sie hat mich angerufen. Vorhin. Und meinte, meine Frau..."

„Ex-Frau?" unterbrach ihn der Polizist fragend.

„Wir sind getrennt, nicht geschieden."

„Ah."

„...meine Frau und meine Ex... Freundin..."

„Die, mit der sie sie..."

„...mit der ich sie betrogen habe, ja." Z wedelte ungeduldig mit den Händen, „die wären beide hier. Und sie würde sie beide dazu überreden, mich zurückzuwollen. Wenn ich mache, was sie sagt."

Der Polizist legte den Kopf schief: „Was genau wäre das denn?"

„Das..." Z brach ab und diesmal reagierte Rebecca auf seinen Blick:

„...ist nicht so wichtig. Wie wollte sie sie überreden?"

Z schluckte: „Drogen."

„Das ist nicht wirklich ‚überreden'." bemerkte der Polizist trocken.

„Wegen mir. Ist doch egal."

„Sie haben ‚Nein' gesagt, nehme ich an."

„Habe ich. Und dann..." Z schaute wieder zu den Fenstern hinüber. Die Sanitäter begaben sich gerade nach drinnen. ‚Um ihre Leichen zu bergen.' schoss es Z durch den Kopf – und in ihm brach ein Damm. Das ganze Gespräch über hatte sein Gehirn dafür gesorgt, dass die Erkenntnis, die er bei seinem ersten Blick auf das Haus gewonnen hatte, in seinem Unterbewusstsein eingesperrt blieb. Sich nicht ausbreitete. Und er so die Fragen beantworten und die Geschichte erzählen konnte. Jetzt war es damit vorbei. Und die Verbreitung geschah schlagartig. Gelangte binnen eines einzigen Augenblicks in sein Bewusstsein. Wo sie ihn traf wie eine scharfe Klinge. Tränen liefen an seinen Wangen herunter. Er begann, unkontrolliert zu schluchzen und zu zittern. Rebecca legte ihm den Arm um die Schultern:

„Ich denke, das reicht erstmal. Fahr nach Hause, Z."

„Moment." hielt ihr Kollege ihn auf, „wir sind noch nicht fertig. Der Täter..."

„Die Täterin." verbesserte Z, „ich habe Ihnen gesagt, wer es ist."

„Und Sie sind sich da sicher?"

Z nickte stumm. Rebecca warf ihrem Kollegen einen warnenden Blick zu und führte Z zu seinem Auto zurück:

„Kommst du klar? Willst du zu den anderen fahren?"

„Sind alle weg." erwiderte Z tonlos.

„Weg?"

„Ausgewiesen."

Rebecca riss die Augen auf: „Ernsthaft?"

„Ich bin allein." Z vergrub das Gesicht in den Händen, „wirklich. Komplett. Allein."

Sanft zog Rebecca seine Hände wieder weg und sah ihn eindringlich an: „Ruf sie an. Sie mögen fort sein. Aber sie sind nicht aus der Welt. Versprochen?"

Z nickte wieder. Dann stieg er ein und fuhr davon. Rebecca blickte ihm hinterher. Und dann auf, als ihr Kollege sie ansprach:

„Bist du sicher, dass es klug war, ihn einfach gehen zu lassen?"

Sie nickte langsam: „Er ist nicht der Täter. Er ist das Opfer. Er muss sich jetzt ausruhen. Und ich… muss das auch."

„Jetzt auf einmal?" Ihr Kollege warf ihr einen irritierten Blick zu, „du wolltest mit hierherkommen. Der Chef hat gesagt, geh heim und du…"

„Ich weiß." seufzte sie, „ich hatte das Gefühl, hier nützlich sein zu können. Und habe mein Bestes gegeben. Aber jetzt habe ich das Gefühl, nützlich gewesen zu sein. Verstehst du? Er war der Grund für mich, hierher zu kommen. Das hat ihm geholfen. Von daher… du kommst hier alleine klar. Und ich…"

„Dieses Gefühl… hat etwas mit… kommt von deinem… von dem, was du glaubst? Gott?"

„Tja… ja. Wahrscheinlich." Sie seufzte erneut.

„Du glaubst also weiterhin an ihn." folgerte ihr Kollege, „auch wenn sein Sohn sich als falsch entpuppt hat."

„Er hat auch noch einen richtigen Sohn. Und dass der hier das nicht ist, war mir schon lange klar. Aber ernsthaft – ich muss mich…"

„Kein Problem. Meld dich ab. Ich kümmere mich um den Rest."

Rebecca lächelte schwach: „Danke."

106

Rebeccas Kollege leitete eine Großfahndung nach Patrizia ein. Allerdings mussten sie gar nicht lange suchen. Sie fanden sie am ersten Ort, an dem sie nachsahen: in ihrem Büro beim Fernsehsender. Sie war gerade dabei, einige Sachen einzupacken.

„Verreisen wir?"

Sie fuhr herum: „Wie es scheint, nicht."

„Sie sind verhaftet." Die Polizistin drehte ihr die Hände auf den Rücken und ihr Kollege ließ die Handschellen zuschnappen, „unter dem dringenden Tatverdacht, ihre Wohnung in die Luft gesprengt zu haben. Während sich Personen darin befunden haben."

Patrizia kniff die Lippen zusammen: „Ich sage nichts."

„Müssen Sie nicht." erwiderte der Polizist, „dafür haben wir unsere Spezialteams."

„Folter?"

„Spurensuche. Wir können Sie überführen, ohne dass Sie reden. Zum Beispiel..." Er zog etwas aus ihrer Handtasche, „das da. Was haben wir denn da?"

„Eine Waffe." murmelte Patrizia.

„Ja. Eine Waffe. Interessant." Der Polizist ließ sie in den Beutel gleiten, den seine Kollegin ihm hinhielt, „braucht man die oft, wenn man auf Reportage geht?"

„Man ‚geht' nicht auf Reportage." korrigierte Patrizia ihn entnervt, „man ‚macht' eine Reportage. Und damit ‚geht' man auf Sendung."

„Ach..." Die Polizistin lächelte spöttisch, „wären Sie doch bei Ihrer Tat genauso clever gewesen wie jetzt. Dann hätten sie Ihren Namen nicht verraten und keiner würde Sie verdächtigen. Wobei... eigene Wohnung... vielleicht schon. Und... für uns ist das gut. Wenn die Menschen in genau den richtigen Momenten zur Dummheit neigen. Wir gehen dann mal. Und ihr..." Sie nickte zwei weiteren Kollegen zu, die bisher an der Tür gewartet hatten, „...könnt euch in aller Ruhe hier umschauen."

107

Von den Nachbarn waren sie nett aufgenommen worden. Das war auch nicht weiter verwunderlich – schließlich waren diese Leute es gewohnt, dass Fremde das Haus bewohnten. Und natürlich war ihnen auch nicht verborgen geblieben, was in Deutschland im Moment los war. Sie ernteten viel Mitleid – auch ohne, dass sie erzählten, dass sie gezwungen worden waren, zu gehen. Es schien fast, als würde jede der Nachbarsfamilien irgendjemanden kennen, der anderen Flüchtlingen Unterkunft gewährte.

„Das ist schon ironisch, oder?" sinnierte Geraldine eines Morgens beim Frühstück, „früher war Deutschland das Land, in das alle gekommen sind, wenn sie ein besseres Leben wollten."

„Gut für uns, dass wir sie alle aufgenommen haben." entgegnete Christopher, „denn so werden wir jetzt auch aufgenommen."

„Das ist wahr. Macht es aber nicht besser."

„Wir werden das durchstehen." Christopher blickte sie aufmunternd an und sie lächelte – was er für ein gutes Zeichen hielt. Zumindest so lange, bis sie ihren nächsten Gedanken aussprach:

„Ich beginne immer mehr zu glauben, dass eine endgültige Lösung für ihn gefunden werden muss."

Michelle verschluckte sich an ihrem Brötchen und begann zu husten: „Endgültig im Sinne von ‚Kopf ab'?"

„Oder Arme. Oder Beine." schlug Annie vor, „oder alles."

Michelle schauderte: „Grausam."

„Bildhaft." widersprach Geraldine, „aber es geht auch weniger grausam. Gift. Kopfschuss. ICE."

Christopher legte die Stirn in Falten: „ICE."

„Der fährt am schnellsten." Geraldine begann zu kichern.

Christopher nicht: „Ist das eine neue Art von Humor, die ich noch nicht kenne?"

Annie schon: „Galgenhumor, würde ich sagen."

„Der geht anders." murmelte Michelle.

„Aber der Begriff passt."

„Ich denke, wir sollten uns keine solchen Gedanken machen." Christopher griff nach der Marmelade, „wir haben das Einzige versucht, was wir konnten. Das hat nicht geklappt. Alles weitere…" Er ließ den Satz in der Luft hängen – und bekam von den drei Frauen ein bedrücktes Nicken zurück.

„Jetzt können wir sowieso nichts mehr tun." fasste Annie es zusammen – worauf Christopher die Marmelade wieder wegstellte, ohne sich etwas genommen zu haben:

„Doch. Wir können etwas tun. Endlich auftauen. Seit wir hier angekommen sind, sind alle um uns herum freundlich zu uns."

Michelle legte den Kopf schief: „Wir etwa zu ihnen nicht?"

„Doch. Schon. Aber nur gezwungen. Lasst euch anstecken. Von Menschen, die ihre Lebensfreude noch nicht verloren haben. Obwohl sie in einem Land wohnen, dem es schon viel länger schlecht geht als uns. Wir hatten eine schwere Zeit – die letzte Zeit. Aber im Gegensatz zu Menschen in Teilen von Afrika oder Asien ist das nichts. Die haben Kriege – seit Jahrzehnten. Rassenunterdrückung. Frauenunterdrückung. Glaubensunterdrückung. Und, und, und. Wir jammern immer nur auf hohem Niveau und das tun wir jetzt auch. Sehen wir es, wie es ist: Unser Land steckt in einer tiefen Krise. Aber es ist eines von sehr wenigen Ländern auf diesem Planeten, das in diesem Jahrtausend noch keine solche hatte. Und schaut euch das letzte Jahrhundert an. Da hat unser Land zwei Krisen für die ganze Welt heraufbeschworen. Trotzdem geht es uns heute wieder so gut. Das ist ein Wunder. Das ist der Segen Gottes. Er hätte uns vernichten können. Im Alten Testament hat er das. Völker, die sein Volk angegriffen haben, sind reihenweise ausgelöscht worden. Uns hat er nicht nur am Leben gelassen – er hat uns die Möglichkeit gegeben, einen Aufschwung in Gang zu bringen. Mit den Fehlern von damals als warnendes Beispiel Deutschland zu einem Land zu machen, in dem sowas eigentlich nie wieder passieren kann."

Michelle verzog skeptisch das Gesicht: „Und was passiert jetzt gerade?"

„Ich sagte ‚eigentlich'. Wisst ihr…" Christopher schob seinen Teller von sich und lehnte sich zurück, „ich habe mir viele Gedanken gemacht über Jesu Wahl seines Sitzes. Diese ganze Geschichte, die er da gesponnen hat von wegen ‚Das ultimative Zeichen der Versöhnung mit den Juden' und so… das ist eine ganz knifflige Sache. Weil da Wahrheit dabei ist. Aber auch Hintergedanken."

„Lässt du uns an all dem teilhaben?" hakte Annie nach.

„Wenn ihr wollt."

„Klar."

Doch bevor er anfangen konnte, deutete Michelle auf das halbe Brötchen auf seinem Teller:

„Willst du das noch?"

Er stutzte: „Eigentlich... schon, ja. Aber du kannst..."

„...es dir schmieren. Damit du reden kannst."

Christopher klappte den Mund auf: „Öh... was?"

„Lassen wir die Emanzipation mal für 30 Sekunden unter den Tisch fallen. Du bist Redner von Beruf. Im weitesten Sinne. Also rede. Und ich bin Hausfrau. Im allerweitesten Sinne. Also..."

„...hausfraust du." fiel Annie ihr lachend ins Wort.

„Genau." grinste Michelle und nahm sich die Marmelade, die Christopher zuvor schon in der Hand gehabt hatte. Während dieser nur dasaß und sie anstarrte. So lange, dass sein Brötchen fertig war, bevor er auch nur einen Satz hervorgebracht hatte. So aß er es dann doch zuerst und Geraldine konnte sich ein

„Das hat seinen Zweck aber nun völlig verfehlt."

nicht verkneifen, das Michelle allerdings gelassen nahm:

„Einmal im Leben darf ein Mann auch so etwas erleben."

Geraldine und Annie brachen in Gelächter aus, während Christopher ansetzte, seiner Frau die Zunge herauszustrecken, was diese allerdings mit einem lauten

„Erst nach dem Zähneputzen darfst du das." unterband.

Daraufhin musste auch er lachen: „Kriegst du. Jedes Mal von jetzt an."

„Dann weiß ich zumindest sicher, dass du sie putzt." gab sie zurück.

„Als ob du das nicht jedes Mal nachkontrollieren würdest."

Alle drei Frauen blinzelten verwirrt.

„Öhm..." versuchte Christopher, die Situation zu retten, „ich meine... wenn wir uns küssen, dann... naja... dann... sie... mit... der Zunge..."

„Lalalalala." begann Annie laut zu singen und hielt sich dabei die Ohren zu.

Geraldine deutete auf sie: „Schließe ich mich an."

Christopher bedachte Michelle mit einem entschuldigenden Blick, doch diese zuckte nur mit den Schultern:

„Du verdirbst die Kinder. Wenn sie Mist bauen, bist du verantwortlich."

Praktisch gleichzeitig verstiegen sich Geraldine und Annie in lautstarke Proteste, die die anderen beiden nicht verstanden und schließlich dafür sorgten, dass Christopher die Hände hob:

„Genug. Bitte. Da tut mir der Kopf weh."

„Mir auch." stimmte Michelle ihm zu, „und ich würde jetzt wirklich gerne hören, was du zu sagen hast."

Annie sprang auf: „Ich auch. Aber nicht hier. Sondern auf der Couch."

108

„Nun." begann Christopher, als sie alle ins Wohnzimmer umgezogen waren, „Der FC-jetzt-FP in Deutschland. Von seiner Seite war es sicherlich nur eine Provokation. Weil Jesus nun mal Jude war. Er wollte einfach testen, wie weit er gehen kann – gleich ganz am Anfang. Was die Juden dazu sagen, was die Deutschen dazu sagen, was alle anderen dazu sagen. Hinzu kam die Geschichte mit dem jüdischen Unglauben in Bezug auf Jesus und das Neue Testament. Auch das war Taktik. Ein weiteres Austesten. Das er gewonnen hat. Beides, meine ich. Ab dem Moment wusste er, dass er ungestört schalten und walten kann. Wenn da Widerstand gekommen wäre... weiß nicht, ob er so einfach... aber das ist müßig. Was ihn angeht, können wir es also abhaken. Er wollte seine Grenzen wissen. Er hat sie erfahren. Aber es geht ja über ihn hinaus. Auf der einen Seite sind da die Dämonen. Auf der anderen Seite ist da Gott. Denn auch von ihm wissen wir ja, dass er seine Finger mit drin hat."

„Wie das klingt." murmelte Annie.

„Er hat dazu beigetragen. Sagen wir es so. Für die Erfüllung des Wortes."

„Schon besser."

Christopher lächelte ihr zu. Dann fuhr er fort: „Fangen wir mal mit Gott an. Das, was in den Jahrzehnten seit dem zweiten Weltkrieg passiert ist, zeigt ganz deutlich, dass Gott unserem Land wohlgesonnen ist. Wirtschaftlicher Aufstieg, blühende Gemeinden – wir haben maßgeblich zur Vereinigung Europas beigetragen, führen Handel mit allen Kontinenten, haben den Grundstein für das Ende des Ost-West-Konflikts mitgelegt. Das wäre ohne ihn nie gegangen. Für so etwas braucht man seinen Segen. Den hatten wir –

als Volk – ganz eindeutig. Und seinen Segen kriegt man nicht, wenn er einen hasst."

„Man kriegt ihn aber, wenn einem nicht vergeben ist." wandte Geraldine ein, „wenn man trotzdem darum bittet. Es heißt also nicht, dass er uns vergeben hat. Das mit der Versöhnung ist also…"

„Das stimmt." nickte Christopher, „grundsätzlich segnet Gott auch, wenn etwas unvergeben ist. Aber es kommt – zumindest meiner Meinung nach – auch auf die Größenordnungen an. Auf beiden Seiten. Bei uns sind das auf der einen Seite das Vergehen – das man meiner Ansicht nach ohne große Diskussion als das schlimmste und größte bezeichnen kann, das die Menschheit je erlebt hat. Und auf der anderen Seite der Aufschwung seitdem – den man meiner Ansicht nach im Gegensatz dazu als groß in einem positiven Sinne bezeichnen kann. Und das wiederum ist für mich etwas, wo ich denke, das wäre nicht passiert, ohne, dass er uns vergeben hat. Zumal ich weiß – aus verschiedensten Quellen – dass damals, nach Kriegsende, sehr viel und sehr intensiv um Vergebung gebetet wurde. Nicht vom kompletten Volk natürlich. Aber von den Gläubigen. Für das Volk. Und wie wir schon in der Bibel sehen, erkennt Gott solche Menschen oder Menschengruppen durchaus als Stellvertreter für ihr Volk an. Bei Mose war das so, bei den Propheten, ebenso bei Jesus selbst und später den Aposteln. Wobei ich das natürlich einschränke – nur, damit keine falschen Ideen entstehen: Alle, die aus dem dritten Reich herausgekommen sind und nicht um Vergebung gebeten haben, werden wahrscheinlich auch keine bekommen haben – auf einer persönlichen Ebene. Und sofern sie etwas gemacht haben, was der Vergebung bedurfte.

Michelle zog die Brauen hoch: „Jeder, der sich nicht gewehrt hat, hat doch im Grunde schon…"

„Du – das ist alles nur hypothetisch." wiegelte Christopher hastig ab, „es mag durchaus sein, dass es damals keinen einzigen Menschen mehr in Deutschland gab, den Gott als unschuldig betrachtet hat. Und es mag sein, dass Leute, die Juden versteckt oder zumindest nicht verpfiffen haben, wenn sie wussten, dass andere sie verstecken, eben doch… keine Ahnung. Die Weltkriege sind sowieso ein Thema, an das ich mich nach wie vor ungern rantraue. Aber mir geht es um die Nachwirkungen. Kommen wir mal weg von den Leuten, die dabei waren. Nehmen wir mal uns. Alle, die

danach geboren wurden. Keiner von denen ist damit belastet. Menschlich –
natürlich. Aber nicht von Gott aus. Es gibt in der Bibel dieses Bild, dass die
Sünde eines Menschen sich bis in die siebte Generation fortpflanzt und
selbst die noch darunter zu leiden hat. Das ist heute nicht mehr so.
Spätestens seit Jesus. Also... dem echten."
Michelle grinste: „Schon klar."
„Der andere heißt ja auch FP." bemerkte Annie, worauf Michelle nickte:
„Richtig." und Geraldine den Kopf schüttelte:
„Eigentlich heißt er Gidon."
„Da kann er sich wahrscheinlich selbst nicht mehr dran erinnern." seufzte
Annie, bevor Christopher es schaffte, wieder zu übernehmen:
„Wie dem auch sei. Das Entscheidende ist: Wir alle hier sind vor Gott für
unsere eigenen Sünden verantwortlich. Nicht für die unserer Vorfahren. Für
die sind sie selbst verantwortlich. Und damit kommen wir zu den
Dämonen. Gott hat unser Land gesegnet. Er hat die Dummheit der
Menschen damals genutzt, denen die danach kamen, eine neue Klugheit zu
geben. Unsere Verfassung ist so ziemlich einzigartig auf der Welt."
„Das wir traurig sind?" unterbrach Annie ihn verwirrt, „das sind viele
andere bestimmt auch."
Geraldine tippte ungeduldig mit dem Fuß auf den Boden: „Das Buch,
Annie, das Buch."
„Welches...? Oh – klar. Sprich weiter."
„Ich kann auch Grundgesetz dazu sagen." kicherte Christopher, „ein sehr
wertvolles Dokument. Und mit einer der Gründe, weswegen so viele andere
zu uns gekommen sind. Weil wir Dinge garantieren, die sie in ihrer Heimat
nicht haben. Natürlich nicht in Perfektion. Jedes System hat Fehler. Und
Löcher, die man ausnutzen kann. Keine Frage. Aber wir haben gelernt. Und
das ist dem Feind ein Dorn im Auge. Ich bin der festen Überzeugung, dass
das der wahre Grund ist, warum sich der FP in Deutschland niedergelassen
hat. Das mag er selbst noch nicht einmal wissen. Aber für seinen obersten
Vorgesetzten ist das wesentlich. Wir sind das Land, das er in die dunkelste
Dunkelheit geführt hat. Und danach hat Gott es von dort zurück ins Licht
geführt. Wir sind der Beweis für Gottes Vergebung. Gottes Versöhnung. Ja
– für seine reine Gegenwart. Niemand – keine Menschenseele – wäre im
Stande gewesen, uns so etwas zu verzeihen. Ich glaube, es gab viele

Menschen in vielen anderen Ländern, die am liebsten alle Deutschen einfach umgebracht hätten. Aber Gott hat gewirkt. Er hat die angerührt, die das Sagen hatten. Er hat dafür gesorgt, dass uns unsere Grausamkeit nicht mit gleicher Münze zurückgezahlt wurde. Wir haben versucht, ein ganzes Volk ausrotten. Das hat hinterher keiner mit uns gemacht. Obwohl sie es gekonnt hätten. Und es bestimmt sogar eine Menge Zustimmung gegeben hätte. Uns ist Gnade geschehen... sagt man das so? Egal. Wir haben Gnade bekommen. Von den Menschen. Von Gott. Von Gott durch die Menschen. Diese Gnade ist Teil unserer Geschichte. Jeder, der dafür offen ist, kann sie sehen. Und dadurch Gott verstehen."

„Und du denkst, das wollen die Dämonen zerstören." vermutete Geraldine, lag damit aber falsch:

„Das können sie nicht. Wenn ich sage, sie ist Teil der Geschichte, dann meine ich das wörtlich. Sie ist unwiderlegbar festgehalten. Da geht nicht dran zu rütteln. Aber sie können etwas anderes tun: Der Welt beweisen, dass wir nichts gelernt haben. Dass die Gnade nichts gebracht hat. Dass wir im Grunde nur gewartet haben, bis ein wenig Gras über die Sache gewachsen ist. Bis sich alle um uns herum beruhigt haben und keiner mehr Befürchtungen hat. Und dann erneut zuschlagen."

Annie rieb sich die Wange: „Aber der FP ist nicht aus Deutschland. Es muss den Leuten doch klar sein, dass..."

„Der Führer kam auch nicht aus Deutschland." unterbrach Christopher sie ein wenig unsanft, „darauf kommt es nicht an. Es kommt auf das Volk an. Wie die Menschen, die Massen damit umgehen. Ob sie gegen ihn gehen oder mit ihm. Danach wird beurteilt. Und genau da liegt auch das Problem. Denn bisher sieht man nichts davon, dass eine riesige Protestwelle durchs Land schwappt. Es gibt was, vereinzelt. Aber nicht in dem Ausmaß, dass man von außen sagen könnte: Dieses Volk ist auf dem Weg zurück zu einem demokratischen Staat. Stattdessen dürfte es eher heißen: Dieses Land ist auf dem Vormarsch in ein zweites drittes Reich."

Michelle schüttelte den Kopf: „Das glaube ich nicht. Allein schon, weil es diesmal keinen Krieg geben wird. Die Wahl war eindeutig, wie Steve und Katiana das geschrieben haben. Die Grenzen gehen zu. Mehr nicht."

„Warte mal ein paar Jahre ab. Momentan sind alle auf ihre eigene Sicherheit bedacht. Aber das wird sich ändern."

„Düstere Prognose." brummte Michelle missmutig – und schuf damit einen Ansatzpunkt für Geraldine:

„Die mich wieder zu meiner ursprünglichen Anmerkung bringt: Das alles wird nicht passieren, wenn der FP nicht mehr da ist."

„Und ich bin mir sicher, dass viele andere auch so denken." erklärte Christopher, „viele, die noch in Deutschland sind. Er wird verschwinden – davon gehe ich aus. Ich glaube nur nicht, dass das unsere Aufgabe ist. Und deswegen verordne ich jetzt Entspannung."

„Während unser Land zu Grunde geht. Sogar noch viel schlimmer, als ich dachte – wenn man deinen Ausführungen Glauben schenken darf."

„Ich spekuliere nur."

Geraldine seufzte: „So übermäßig abwegig ist es leider gar nicht."

„Gott hat unser Land nicht umsonst aufgebaut." stellte Christopher klar, „er wollte ein Zeichen senden. An alle Länder. Und er lässt sich seine Zeichen nicht kaputtmachen. Wir wissen, dass er den FP mit an die Macht gebracht hat. Er ist auch Teil seines eigenen Plans. Und selbst wenn es für uns eine böse Überraschung war, dass er nach seiner Entlarvung seine Macht nicht abgeben musste, kann ich mit Sicherheit sagen, dass Gott davon nicht überrascht war. Sein Plan läuft noch – das weiß ich. Und wir müssen nichts tun als abwarten."

„Wie lange?" fragte Annie unruhig.

Christopher zuckte die Achseln: „Wochen, Monate, Jahre."

„Jahre? Da bin ich voll viel älter als jetzt."

Geraldine musste unwillkürlich lachen: „Wenn das dein größtes Problem ist..."

109

Als Lotta die Nummer erkannte, die ihr Handy anzeigte, atmete sie tief durch: „Z."

„Lotta." antwortete dieser mit krächzender Stimme, „du hast versucht, mich zu erreichen."

Sie zögerte: „Ich suche Becka."

„Du suchst..." Er stockte, „warum?"

„Wir... stehen in Kontakt. Ab und zu. Und ich... suche sie."

„Lotta." Z stöhnte auf, „Scheisse."

„Z?"

„Tschuldigung. Nein. Nicht Tschuldigung. Lotta. Wie soll ich dir...? Wie soll ich das...?"

Ein ungutes Gefühl machte sich in ihr breit: „Ist ihr etwas passiert?"

„Sie ist tot, Lotta." brach es aus ihm heraus, „sie ist tot."

Lotta wurde schwarz vor Augen. Sie tastete nach der Wand – fand sie – dann nach dem Stuhl – fand ihn – plumpste darauf und hauchte: „Was?"

„Sie ist tot." wiederholte Z erneut.

Ein Gedanke durchzuckte ihren Kopf. Der einfach so heraussprudelte: „Warst du es?"

Z begann zu weinen. Bitterlich. Was ihr nicht nur ihre Frage beantwortete, sondern auch ihren Kopf wieder klärte:

„Z – Entschuldigung. Jetzt bin ich dran. Entschuldigung. Was... was ist passiert?"

„Ich will nicht darüber sprechen." wimmerte er, „du findest es im Internet. Oder in der Zeitung. Zumindest hier in Frankfurt."

„Ich bin in Frankfurt."

Das Wimmern brach ab: „Was? Warum?"

„Nur so." wich sie aus, „ich darf sein, wo ich will."

„Natürlich. Natürlich. Natürlich."

Sie legte den Kopf auf die Tischplatte: „Was geschieht jetzt?"

„Ich weiß es nicht." Z schluckte „vielleicht gehe ich weg. Ich kann einfach nicht mehr. Ich habe meine komplette Familie begraben in den letzten Monaten. Ich kann einfach nicht mehr."

„Dann geh."

„Willst du mich loswerden?" fragte er scharf.

„Ich will, dass du tust, was dir guttut. Was du brauchst."

„Das ist nett. Ja – das ist nett."

Z legte auf. Und die Fassade, die Lotta so schnell und krampfhaft aufgebaut hatte, brach genauso schnell wieder in sich zusammen. Sie weinte hemmungslos. Den ganzen restlichen Abend über – bis sie in einen unruhigen Schlaf fiel.

Am nächsten Tag blieb sie lange liegen. Wesentlich länger als sonst. Sie ließ die Gedanken kreisen. Und erhob sich erst, als sie ihre Entscheidung getroffen hatte. Ihre Sachen waren schnell gepackt, das Taxi wartete schon, als sie fertig war. Sie ließ sich zur Bank bringen, wo sie all ihr Geld abhob. Unterwegs gab sie ihrem Vermieter Bescheid, dass sie ausgezogen war. Bedankte sich für alles und verabschiedete sich für immer. Nächste Station war der Hauptbahnhof. Hier kaufte sie ein Ticket nach Nürnberg. Eine Stadt, in der sie noch nie zuvor gewesen war. Genau deshalb kaufte sie es. Sie steuerte einer ungewissen Zukunft entgegen. Und fühlte tief in sich, dass sie dafür komplett bei null anfangen musste. Sie wusste nicht, was sie erwarten würde. Nicht einmal, wovon sie leben würde, wenn ihr Geld aufgebraucht war. Wobei sie davon ausging, dass sie mit ihrer Vorbildung auch dort einen ganz normalen Job finden konnte – so wie das in Frankfurt auch geklappt hatte. Eines jedoch wusste sie ganz sicher: Sie wollte mit Gott nichts mehr zu tun haben. Er hatte ihr alles und alle genommen. Sogar die einzige Freundin, die sie nach so langer Zeit des Alleineseins gefunden hatte – sie war für immer fort. Die Worte des Engels fielen ihr wieder ein. Die Aufnahme, die er ihr gegeben hatte. Für den Moment, wenn sie sich nicht nur alleine fühlte, sondern auch alleine war. Jetzt war dieser Moment gekommen. Doch sie wollte sie nicht mehr hören. Sie wollte keine klugen Worte und keine aufmunternden Sprüche. Sie wollte, dass Gott sie in Ruhe ließ. Er hatte ihr nichts als Leid gebracht in ihrem Leben. Und es wurde Zeit, dass damit Schluss war. Dass sie selbst dem ein Ende setzte.

110

Auch Zs Sachen waren schnell gepackt. Bei ihm lag das allerdings daran, dass er nicht viel mitnahm. Er plante keinen langfristigen Aufenthalt. Er verspürte einfach ein Bedürfnis, das er zuvor noch nie verspürt hatte: sein Leid mit anderen zu teilen, anstatt damit alleine zu bleiben. Und gerade weil ihm das so neu und so fremd war, wusste er, dass er danach handeln musste. Das Einzige, was ihn hier noch gehalten hätte, wäre die Untersuchung der Polizei gewesen. Doch ein Anruf bei Rebecca hatte genügt, um ihn dahingehend zu beruhigen:

„Wir brauchen dich wenn dann nur als Zeugen. Da könnte es natürlich sein, dass die Erpressungsgeschichte auf den Tisch kommt. Aber das sehen wir, wenn es soweit ist. Erstmal kannst du dich um dich selbst kümmern. Wenn etwas sein sollte, melde ich mich bei dir."

Dafür war er sehr dankbar und so galt sein nächster Anruf Geraldine. Die leicht verärgert war, dass er ihren Hinweis bezüglich der hohen Auslandskosten schon wieder vergessen zu haben schien.

„Geht schnell." entschuldigte er sich dafür, „ich wollte nur sagen, dass ich euch besuchen komme."

„Oh." Ihre Stimmung wandelte sich sofort, „das ist nett."

„Ja. Wir sehen uns morgen. Oder übermorgen. Je nachdem, wie lange ich brauche."

Dann legte er auf, bevor sie weitere Fragen stellen konnte. Schaffte sich damit die Möglichkeit, erst zu erzählen, was passiert war, wenn er mit ihnen zusammensaß. Und bewies ihr ganz nebenbei, dass er die Kosten wirklich im Auge hatte. Mit einer Reisetasche in jeder Hand verließ er seine Wohnung, packte sie und dann sich selbst ins Auto und fuhr los – Richtung Spanien.

111

Sein Leben lang hatte Jakob für das gekämpft, woran er glaubte. Und er hatte genug Siege errungen, um zu wissen, dass es sich lohnte. Um die Liebe seiner Frau hatte er gekämpft. Als sie von ihm am Anfang so gar nichts hatten wissen wollen. Er hatte sie erobert. Und nun konnten sie auf fast 20 Jahre Ehe zurückblicken. Um seine Vision hatte er gekämpft. Eine eigene Gemeinde – nur finanziert durch die Mitglieder. Unabhängig von sämtlichen staatlichen Institutionen. Nicht nur finanziell. Sondern auch geistlich. Er hatte sie gegründet und gebaut. Und hätte auf fast 15 Jahre zurückblicken können – wäre die Gemeinde nicht geschlossen worden. Das war seine erste Niederlage gewesen. Und diese Niederlage hatte ihn mutlos werden lassen. Er hatte sich zurückgezogen und war der Aufforderung von Jesus, sich seinem Kreis von Kirchenmännern anzuschließen, ohne zu murren gefolgt. Eine leise Stimmte hatte noch in ihm geflüstert, dass er so vielleicht etwas erreichen konnte. Und eventuell hätte er das sogar. Doch er hatte sich keinerlei Mühe gegeben, es überhaupt zu versuchen. Hatte nicht nach Gelegenheiten gesucht oder nach Verbündeten. Er hatte einfach dagesessen – die meiste Zeit geschwiegen und nur ab und zu ein paar gewisperte Bemerkungen eingestreut. Meistens sarkastisch und selten konstruktiv. Hatte seine Meinung gesagt, wenn er gefragt wurde und manchmal stattdessen etwas, wovon er wusste, dass der Fragende es hören wollte. Er war weich geworden. Und verbittert. Und das machte ihm zu schaffen. Seit der ebenso schrecklichen wie beruhigenden Offenbarung, dass der Mann, der sie anführte, nicht Gottes Sohn war, hatten sich immer mehr Zweifel an seinem Verhalten in ihm breit gemacht. Bedingt in erster Linie durch die Tatsache, dass Jesus nicht verschwunden war. Seine Macht war ungebrochen – eher noch grösser geworden. Denn nun hatte er selbst solche in der Hand, denen er vorher nur als Berater zur Seite gestanden hatte. Ein Lügner regierte dieses Land. Ein Mann mit gespaltener Zunge, der den Menschen Verbesserung versprach und gleichzeitig Verschlechterung produzierte. Er blendete sie – dabei war es so offensichtlich, dass nichts von dem, was er tat, das Leben besser machte. Lediglich radikaler. Die Entscheidung, sich von den Nachbarländern abzuschotten, war als Demokratie verkauft worden. Die Bürger hatten entschieden. Darüber freuten sich viele. Mitspracherecht – das war es, was sie wollten. Und übersahen dabei vollkommen, dass die Wahl, vor die man sie gestellt hatte, nur schlechte Möglichkeiten enthalten hatte. Es war eine entweder-oder-Entscheidung gewesen, doch wenn man sich die Mühe machte, genau hinzusehen, war es schlicht überdeutlich, dass keine der beiden Optionen in die richtige Richtung führte. Sondern einfach nur in die Isolation. Die Entscheidung war mit großer Mehrheit gefallen, doch in diesem Fall lagen weder die Mehrheit noch die Minderheit richtig. Die einzigen, die hier einen klaren Kopf hatten, waren die wenigen, die sich enthalten hatten. Die nicht in der ersten Statistik auftauchten, die das Ergebnis widerspiegelte, sondern in der zweiten, die nur am Rande erwähnt wurde: die der Wahlbeteiligung. Sie war hoch gewesen. Aber auch nicht so hoch, dass er nicht Hoffnung haben konnte, dass unter denen, die nicht gewählt hatten, eine große Anzahl an Leuten war, die es durchschauten, dass sie betrogen wurden. Und genau diese Leute musste er ansprechen. Er musste zurück in den

Kampf. Das war eine Überlegung, die schon vor der Wahl in ihm herumgegeistert war. Doch die Entscheidung war erst gefallen, als er vor einigen Tagen die traurige Ruine seiner ehemaligen Gemeinde besucht hatte. Vollkommen ausgebrannt stand sie da und wirkte wie ein Mahnmal nach einem Weltkrieg. Das war seine Errungenschaft gewesen. Dafür hatte er so lange gekämpft. Und nun war sie nicht mehr zu retten. Aber das, worum er eigentlich gekämpft hatte, war nicht dieses Gebäude. Es war der Geist, der darin gewohnt hatte. Der Geist Gottes. Der nach wie vor da war. Und darauf wartete, dass er weiter für ihn kämpfte.

Der Plan war im Grunde einfach, weil nicht neu: Demonstration. Schon einmal hatte er eine solche mitorganisiert und auch wenn er diesmal alleine dastand, wusste er genau, was er zu tun hatte. Zumal er dieses Mal den großen Vorteil hatte, dass er nicht so vorsichtig sein musste. Die Demonstration gegen den vermeintlichen Sohn Gottes war auch in seinem Bekanntenkreis von einigen als Blasphemie bezeichnet worden und er hatte sehr genau aufpassen müssen, wen er einweihte und wen nicht. Bei einer Demonstration gegen den unrechtmäßigen Anführer ihres Landes war das nicht so. Solche Demonstrationen waren gesetzlich erlaubt und mussten lediglich angemeldet werden. Jeder konnte teilnehmen, keiner durfte bestraft werden – sofern er sich anständig verhielt. Und er hoffe doch inbrünstig, dass alle das tun würden. Die einzige Hürde war also im Grunde die Streuung der Information. Wofür er sich Rat bei Freunden und Bekannten holte. Er hoffe, aus ihren Meinungen eine Linie herausbilden zu können und das konnte er – sogar sehr klar: soziale Netzwerke. Das war das Stichwort.

Der Rest ging schnell. Die Genehmigung war kein großes Problem. Zwar war er sich sicher, dass Jesus – wie er sich nach wie vor nannte – seine Anfrage auf den Tisch bekommen hatte, doch wenn er sein inoffizielles Image als Diktator nicht offiziell machen wollte, konnte er nicht ‚Nein' dazu sagen. Er mochte das Volk einigermaßen gut im Griff haben. Aber ein Verbot der Meinungsfreiheit würde auf jeden Fall für negative Schlagzeilen sorgen. Mit der Erlaubnis in der Tasche legte er einen Termin fest und verbreitete diesen im Internet. Er bekam keine Rückmeldungen, aber das war ihm von vorneherein klar gewesen. Viele würden sich nicht outen wollen, sondern lediglich die anonyme Masse nutzen, um ihrem Protest

Ausdruck zu verleihen. Natürlich war das mit einer gewissen Ungewissheit verbunden. Würde er mit 10 Leuten dastehen? Mit 100? Vielleicht mit 1.000? Er hatte keine Ahnung. Er musste es einfach abwarten.

Am Tag der Demonstration war er schon sehr früh auf dem Rathausplatz. Das Regierungsgebäude wirkte wie immer. Keine zusätzlichen Sicherheitsbeamten und kein Polizeiaufgebot. Anscheinend ging Jesus davon aus, dass kaum jemand kommen würde und sah es daher als nicht notwendig an, Vorkehrungen zu treffen. Doch Jesus irrte sich und Jakob durfte erleben, dass er wirklich nicht alleine war. In den nächsten paar Stunden versammelten sich so viele Leute auf dem Platz, dass Jakob die Menge nicht mehr überschauen konnte. Er hatte einige Mitarbeiter vom Fernsehen gesehen, die allerdings irgendwann wieder abgezogen waren. Erst hatte ihn das enttäuscht, aber nun begriff er, dass sie nicht etwa gegangen waren, weil nichts passierte, sondern vielmehr, weil ihnen schon früher als ihm der Ansturm klargeworden war, der kommen würde. Weshalb sie mit einem Hubschrauber zurückkehrten, auf dem groß das Logo des Fernsehsenders prangte. Sie filmten von oben und so wie sie hin und her flogen, schien sich die Menge der Menschen die ganze Zeil entlang zu erstrecken. Jakob konnte es kaum fassen. Und vergaß vor lauter Freude, dass sie ja einen Grund hatten, hier zu sein. Dann stieß ihn jemand an und reichte ihm ein Megaphon.

„Danke." erwiderte er überrascht, „wo haben Sie das denn...?"

„Darf nie fehlen." bekam er zurück.

„Das ist wahr..."

Die nächste halbe Stunde verbrachte Jakob damit, seinen Gedanken Luft zu verschaffen. Und die Reaktionen der Menschen erinnerten ihn an ein Rock-Konzert. Zu seiner rechten konnte er beobachten, wie die Wachmänner im Inneren des Gebäudes die Fernseher einschalteten, die in der Eingangshalle hingen. Sie übertrugen die Bilder der Demonstration live aus dem Hubschrauber. Und das, was er sehen konnte, hatte wirklich die Ausmaße einer Konzertveranstaltung. Alle nähergelegenen Haupt- und Nebenstraßen waren angefüllt mit Menschen. Von denen mehr als 90% garantiert nicht einmal hören konnten, was er brüllte. Doch sie alle schienen das Bedürfnis zu haben, ihrem Unmut Ausdruck zu verleihen. Jemand nahm ihm das Megaphon weg. Anscheinend hatten auch noch andere den

Drang, etwas zu sagen. Aber das war ihm ganz recht. So konnte er sich besser auf das konzentrieren, was das Fernsehen zeigte. Am unteren Bildrand wurde eine Zahl eingeblendet. Anscheinend hatte die Crew im Hubschrauber versucht, die Anzahl der Personen zu schätzen. Er konnte die Zahl auf die Entfernung nicht lesen, er allerdings erkannte sehr wohl, dass sie sechsstellig war. Und vorne keine Eins stand. Ihm wurde fast ein wenig schwummerig, als er darüber nachsann, was das zu bedeuten hatte. Was für einen Eindruck das auf den Mann machen musste, der dort drinnen seinen illegitimen Regierungsgeschäften nachging.

Genau das sollte er kurze Zeit später wirklich erfahren. Denn einer der Wachmänner kam heraus und bat ihn, ihm nach drinnen zu folgen. Da immer noch jemand in das Megaphon brüllte, bemerkte niemand seinen Abgang. Im Inneren blieb der Wachmann stehen. Neben einer Gestalt, die ihm den Rücken zudrehte. An der Stimme erkannte er sie allerdings sofort: „Da hast du ganz schön was zusammengetrommelt."

Er schluckte – richtete sich dann aber stolz auf: „Ich habe keinen einzigen davon direkt angesprochen. Nur das Datum und den Ort verbreitet. Gekommen sind sie alle von alleine."

„Das glaube ich dir sogar. Weswegen ich keine rechtlichen Schritte gegen dich einleiten werde."

„Wie könntest du das? Diese Demo ist genehmigt."

„Das ist keine Demo." zischte Jesus, „das ist ein Mob. Würde ich jetzt da raus gehen, würden sie mich umbringen. Meine Jünger ganz genauso."

Jakob drehte sich von Jesus weg der Fensterfront zu: „Siehst du das da draußen? Sind diese Menschen gewaltbereit? Nein. Sie stehen alle nur da."

„Und was schreit er?"

„Weiß ich nicht. Ich verstehe ihn nicht mal da draußen. Und ab der fünften Reihe verstehen ihn auch alle anderen nicht mehr. Der kann sie nicht anstacheln."

„Wie dem auch sei." Jesus trat rückwärts einen Schritt auf ihn zu, „das ist mir zu gefährlich. Sag den Leuten, sie sollen gehen. Andernfalls rückt die Polizei an und zerstreut sie."

„Wie sollte das denn gehen?" fragte Jakob irritiert.

Jesus zuckte mit den Schultern: „Wird schon."

Jakobs Blick wanderte zwischen den Menschen vor dem Gebäude und Jesus hin und her. Bis der Wachmann ihn antippte. Er warf einen letzten Blick hinter sich, doch Jesus stand einfach nur da. Und er war kurze Zeit später wieder draußen. Versuchte, das Megaphon zu fassen zu kriegen, schaffte es nicht und dachte sich schließlich: ,Was soll das? Was will er machen? Oder seine Helfer? Wir bleiben.' Ob er es wirklich geschafft hätte, die Menge zum Gehen zu bewegen und so zu verhindern, was weiter geschah, war eine müßige Frage, die er sich Zeit seines Lebens trotzdem immer wieder stellte. Auf jeden Fall machte Jesus seine Drohung war und schickte Polizisten. Die von der Menge natürlich total überfordert waren und in Ermangelung von Alternativen praktisch sofort zur gewaltsamen Vertreibung übergingen. Und damit die bisher so friedlichen Demonstranten dazu zwangen, sich zu wehren. An mehreren Stellen an den äußeren Rändern des Auflaufs kam es zu Schlägereien zwischen beiden Seiten. Von denen sich schnell Nachricht nach überallhin verbreitete. Das führte zu einer Massenpanik. Keiner wollte sich prügeln müssen – alle so schnell wie möglich weg. Aber überall dort, wo sie hin flüchten konnten, warteten bereits die Polizisten. Und missdeuteten das Begehren der Leute, schnellstmöglich weg zu kommen, als Angriff. Was verständlich war, denn die Masse von Menschen, die sich dicht an dicht und in rasendem Tempo auf sie zubewegte, wirkte alles andere als friedlich – sie wirkte gefährlich. So griffen die Polizisten auch die Fliehenden an und es kam zu einer regelrechten Schlacht, die bis in die frühen Abendstunden andauerte. Der Hubschrauber kreiste nach wie vor über der Fußgängerzone und filmte. Doch außerhalb des Gebäudes war Jakob der Einzige, der das beachtete. Alle anderen waren viel zu sehr damit beschäftigt, irgendwie aus der Gefahrenzone zu kommen. Er selbst tat das Einzige, was ihm einfiel: Er hämmerte an die Tür und als der Wachmann, der ihn zuvor begleitet hatte, zu ihm trat, flehte er ihn an, Jesus zu holen, damit er die Polizisten stoppte. Jesus kam auch wirklich. Aber er hatte nur drei Sätze für ihn, bevor er wieder ging:

„Das liegt nicht mehr in meiner Hand. Und es ist auch nicht meine Verantwortung. Es ist deine."

Bis spät in den Abend hinein harrte Jakob auf dem Platz aus. Dann zeigten ihm die Fernseher in der Vorhalle, dass auch die letzten Auseinandersetzungen abgeklungen waren. In den Spätnachrichten wartete er vergeblich auf einen Bericht davon. Erst am nächsten Tag berichteten die Medien von einem Auflauf gewalttätiger Regierungsgegner, die erst versucht hatten, das Gebäude zu stürmen und dann – als ihnen dies nicht gelang – auf die Einsatzkräfte losgegangen waren, die sich ihnen tapfer in den Weg gestellt hatten. Die Zahl der Toten wurde auf 136 Polizisten und 5 Demonstranten beziffert – die der Verletzten auf mehr als 800 Polizisten und knapp 100 Demonstranten. Das zumindest war die Version, die der Öffentlichkeit präsentiert wurde. Und die dementsprechend auch Jakob sah. Wenn er auch so seine Zweifel an ihrem Wahrheitsgehalt hatte. Damit lag er richtig. Denn in Wirklichkeit war kein einziger Polizist ums Leben gekommen – die 141 Todesopfer waren allesamt Demonstranten gewesen, von denen auch kein einziger bei den Gewaltausbrüchen gestorben war, sondern bei der panischen Flucht. Und unter den ungefähr 900 Verletzten befanden sich zwar Polizisten, allerdings gerade mal 20. Diese Zahlen kannten nur Jesus und sein engster Stab. Und waren sehr zufrieden damit. Für sie bedeutete der Ausgang der Demonstration einen Sieg. Für Jakob dagegen eine weitere Niederlage. Denn selbst wenn der Bericht wirklich nicht wahr war, war doch etwas passiert, was nicht hatte passieren sollen. Das kreidete er sich zu großen Teilen an. Und gab den Kampf, in den er gerade erst eingestiegen war, direkt wieder auf.

112

Entgegen seinen Erwartungen hatten sich die neuen Bewohner seines Ferienhauses keine Sorgen um ihn gemacht und als Z in die Einfahrt fuhr, kam niemand aus dem Haus gerannt, um ihm um den Hals zu fallen und zu fragen, was los war. Stattdessen musste er klingeln, damit man ihm öffnete und wurde einfach empfangen wie ein ganz normaler Besucher. Das ertrug er nicht. Und noch auf der Türschwelle brach er weinend in sich zusammen.

20 Minuten später – seine Koffer waren ausgeladen und standen im Flur – war er endlich fähig, wieder normal zu sprechen. Die ganze Fahrt über hatte er sich gezwungen, nicht an die Geschehnisse der letzten Tage zu denken.

Nun brach es aus ihm heraus. Und es dauerte nicht lange, da weinten alle anderen Anwesenden ebenfalls. Als er geendet hatte, war das Schluchzen der einzige Laut, den man hören konnte. Es dauerte lange, bis einer von ihnen in der Lage war, etwas dazu zu sagen. Dann war es Annie, die das Schweigen brach:

„Wann ist die... sind die Beerdigungen?"

Z schrak zusammen: „Das weiß ich gar nicht. Ich... ich bin einfach abgehauen. Rebecca meinte, wenn die Polizei noch was braucht, meldet sie sich. Aber... daran habe ich gar nicht gedacht."

„Musst du auch nicht." beruhigte ihn Geraldine, „du hattest genug davon."

„Willst du denn hingehen?" Christopher sah ihn fragend an und Z senkte den Kopf:

„Ganz ehrlich...?"

„Ich rufe Rebecca an. Vielleicht kann sie da was machen." Geraldine rannte geradezu aus dem Wohnzimmer. Sie war froh, einen Moment nach draußen zu kommen – und das im wahrsten Sinne des Wortes, denn sie ging zum Telefonieren in den Garten. In ihrem Kopf drehte sich alles. Es musste einfach aufhören. Auch diese Tragödie stand mit dem FP in Verbindung. Nicht er hatte sie angezettelt, aber seine Gegner. Die zu feige waren, ihn direkt anzugreifen und daher versuchten, andere dafür zu rekrutieren. Das musste ein Ende haben. Sie erreichte Rebecca schließlich und diese versicherte ihr, dass beide Familien informiert worden waren und Z sich um nichts Sorgen zu machen brauchte. Das gab sie weiter, sobald sie wieder im Haus war, und auf dessen Gesicht machte sich Erleichterung breit. Dann gähnte er laut.

„Du solltest dich hinlegen." schlug Michelle vor, „nach so einer langen Fahrt."

„Ja." nickte er, „besser. Nur... wo?"

„Oben ist doch Platz."

Z blickte skeptisch in die Runde und nach Geraldine Aufzählung – „Ein Zimmer haben Christopher und Michelle, eines habe ich, eines hat Annie." – noch mehr:

„Damit wäre doch alles belegt."

„Wir teilen es einfach neu auf." entgegnete Geraldine.

Z zog die Brauen hoch: „Okay, dann… hm…"

„Und halten uns dabei an die gleichen Regeln, die schon damals als Kinder auf den Sommerfreizeiten galten: verschiedene Geschlechter istgleich verschiedene Zimmer."

„Woher kennst du das denn?" wunderte sich Z.

„Von dir. Heißt also: ‚Frauen in ein Zimmer, Männer in ein Zimmer'. Denn ansonsten müsstest du zu Annie oder mir, denn Christopher und Michelle sind schon zu zweit und da wäre nur noch der Teppich frei – wobei… wahrscheinlich wäre eher das Bett frei, aber da will ich nicht näher drüber nachdenken. Und ich bin verheiratet und Annie zwar alleine, aber es täte sicherlich keinem von euch beiden gut, in eurer emotionalen Verfassung ein Zimmer zu teilen. Daher machen wir es so, wie ich gesagt habe. Punkt. Und ich will keinen Widerspruch und kein Gemecker."

Annie blinzelte halb irritiert, halb amüsiert: „Wer sollte da widersprechen oder meckern?"

„Ganz genau." stimmte Z ihr zu, „deine Ausführungen wie auch deine Vehemenz dabei waren komplett unnötig. Weil es uns allen von Anfang an klar war, wie diese neue Aufteilung aussehen würde. Dass ich gezögert habe, lag lediglich daran, dass ich nicht direkt sagen wollte: ‚Gebt mir ein Einzelzimmer'. Weil ich es unhöflich fand, hier als letzter anzukommen und dann drauf zu pochen. Aber es passt schon so. Und keiner hätte dir widersprochen. Oder überhaupt etwas anderes vorgeschlagen."

„Da hat er Recht." nickte Annie.

„Dann…" Geraldine atmete tief aus, „sorry. Weiß auch nicht, was in mich gefahren ist."

„Sei dir verziehen." Z lächelte ihr zu, so gut er das zu Stande brachte, stand dann auf, nahm seine Taschen und verschwand damit nach oben. Gefolgt von Annie, damit sie ihre Sachen in Geraldines Zimmer räumen konnte.

„Kann es vielleicht sein, dass du deinen Mann vermisst?" wandte sich Michelle derweil an Geraldine und diese zuckte zusammen:

„Wen?"

„Ehrm… wen? Ernsthaft?"

„Ja, nein, klar, natürlich. Ich vermisse ihn. Das stimmt. Aber ich weiß ihn lieber in Sicherheit."

„Ja…" Michelle nickte bedächtig, „wie lange eigentlich noch?"

„Hm?"

„Wir wollten abwarten, ob wir hier was zu befürchten haben. Und dann..."

„Zs Geschichte ändert das." erklärte Geraldine entschlossen.

„So?"

„Patrizia wollte ihn einspannen. Für gegen den FP. Und hat sich nicht gescheut, dafür jemanden umzubringen."

„Ja." Michelle nahm ihr Nicken wieder auf, „aber jetzt hat sie gegen Z nichts mehr in der Hand. Sorry, wenn ich das so hart sage. Aber ist so. Und ganz abgesehen davon sitzt sie im Gefängnis."

„Glaubst du, sie arbeitet allein?" entgegnete Geraldine, ihren Tonfall beibehaltend, „ich nicht. Schließlich sollte Z nur die Dämonen wegmachen. Schätzt ihr Patrizia wirklich so ein, dass sie mit einem Gewehr auf der Lauer liegt? Da gibt es andere, ganz bestimmt. Und wenn sie nicht mit ihr zusammenarbeiten, dann eben einzeln. Annie und ich können auch, was Z kann. Und das ist auch nicht mehr geheim. Der FP dürfte es jedem erzählt haben, der sich in seinem Dunstkreis befindet. Und wer weiß, wo es von dort aus hingeht. Nein. Wir sind nach wie vor gefährdet. Und die Leute in unserem Dunstkreis auch."

Nun schüttelte Michelle den Kopf: „Du bist paranoid."

„Erinnerst du dich an Sven?" schoss Geraldine – nun eindeutig verärgert – zurück.

„Was hat der schon zustande gebracht?"

„Steve und Katiana hatten mal Kinder. Nicht nur Enkel."

Michelle erstarrte – und sagte nichts mehr. Christopher dagegen sah Geraldine vorwurfsvoll an:

„Das war unnötig."

Doch Geraldine ließ sich kein schlechtes Gewissen machen. Im Gegenteil – sie wurde noch vehementer: „Leute – ehrlich: Schlagt mich für das, was ich jetzt sage, aber... Z – hat alle verloren, die ihm nahestanden. Annie – hat alle verloren, die ihr nahestanden. Ich bin die letzte von uns, die noch jemanden hat. Und auch wenn ihr das egoistisch findet – dabei würde ich es gerne belassen. Das ist kein Club, in den ich gehören muss."

Christopher atmete tief ein: „Ich denke, Z ist nicht der Einzige, der sich mal hinlegen sollte."

„Was soll das denn heißen?" fauchte sie ihn an.

„Das soll heißen, dass ich den Inhalt deiner Worte verstehe. Mir aber die Worte an sich trotzdem nicht gefallen. Du hast Angst – das ist verständlich. Und wenn du Nils und deine Eltern weiter versteckt halten willst, ist das deine Entscheidung. Da wird dir keiner von uns widersprechen. Aber die Angst nimmt viel zu viel Raum in dir ein. Das sollte sie nicht – damit macht sie dich krank."

Geraldine atmete schwer und setzte mehrmals zu einer Erwiderung an, aus der dann nichts wurde. Z, der sich inzwischen zusammen mit Annie wieder zu ihnen gesellt hatte, nutzte dies, um sich einzuklinken:

„Worum genau geht es bei euch?"

„Um Patrizia." erwiderte Christopher, seine Worte vorsichtig wählend, „ihr Vorhaben und ihre Vorgehensweise. Ihr…"

„Darum, dass sie das nicht alleine durchgezogen haben kann." fiel Geraldine ihm ins Wort, „und meine Familie daher weiter gefährdet ist."

Z schluckte. Und nickte: „Ich denke auch nicht, dass Patrizia alleine gearbeitet hat. Aber wenn dann hatte sie nur noch Kontakte. Leute, die ihr Informationen geliefert haben. Die braucht sie für so ein Unterfangen. Sie war sehr eindeutig in dem, was sie gesagt hat. Und ich bin mir sehr sicher, dass sie die Wahrheit gesagt hat. Weil es ihr eher unfreiwillig herausgerutscht ist. Sie selbst wollte den FP erschießen – nicht irgendjemand anders. Aber ich kann auch verstehen, dass du dieses Risiko nicht eingehen willst. Das würden wir alle hier genauso machen."

Annie setzte sich neben sie und legte ihr den Arm um die Schultern. Geraldine ließ den Kopf hängen:

„Es tut mir leid, wenn ich ausgetickt bin. Ich bin einfach überfordert."

„Das sind wir alle." sagte Christopher leise, „was auch genau der Grund ist, weswegen ich permanent versuche, euch dazu zu bringen, die ganze Sache ruhen zu lassen."

„Das versuchen wir ja. Es kommt von alleine immer wieder was dazu."

„Das stimmt leider." Christopher seufzte, „beten wir einfach dafür, dass ein wenig Ruhe einkehrt."

„Ja." schloss Michelle sich an, „tun wir das. Und danach legen wir uns alle hin. Ohne Ausnahme. Ohne Wiederrede."

„Mama?" fragte Annie verwundert.

Michelle lachte auf: „Das hättest du wohl gerne."

„Naja... da wir fast alle keine mehr haben..."

„Ich bin..." Michelle stutzte, „gar nicht älter als ihr."

„Aber du wirkst so." gab Annie zurück, worauf Michelle aufstöhnte:

„Christopher – verteidige mich."

„Du..." begann dieser hastig, „wirkst auf jeden Fall reifer."

„Reifer?" jaulte sie auf, „das ist noch schlimmer als älter."

Annie begann zu kichern: „Die Hilfe eines Mannes..."

„Öhm..." Christopher ruderte hilflos mit den Armen in der Luft, „lasst meine Frau in Ruhe."

„Oh ja." schnaubte Michelle, „das war schon viel besser."

„Augen zu, Mund zu, beten." Christopher setzte seinen strengsten Blick auf und Annie hob beeindruckt den Daumen:

„Okay. Das war wirklich gut."

113

Am liebsten hätte Jesus Miguel einfach wieder vor die Tür gesetzt, ohne sich überhaupt anzuhören, was er zu sagen hatte. Doch der Brief, den ihm seine Jünger in die Hand gedrückt hatten, trug das Siegel der Katholischen Kirche. Was hieß, dass Miguel in ihrem Auftrag hier war. Wie auch immer er das geschafft hatte. Und es war wichtig, dass er es sich mit der Kirche nicht verscherzte. Die streng Gläubigen – und von ihnen gab es viele in diesem Land – waren seine stärksten Gegner. Weil sie von ihm am meisten enttäuscht waren. Wie er feststellen musste, war das auch genau der Punkt, um den es Miguel ging:

„Das Massaker, das hier vor kurzem stattgefunden hat, wird dir persönlich natürlich nicht angelastet. Schließlich warst du nicht da draußen und hast dich geprügelt. Aber einen Beigeschmack in deine Richtung hat es schon. Vor allem, weil die Demonstranten komplett friedlich waren, bevor deine Leute aufgetaucht sind. Das belegen die Bilder. Und auch, wenn du die Geschehnisse danach so darstellen lässt, wie es für dich am besten ist, machen sich die Leute ihre eigenen Gedanken."

„Die du natürlich kennst." warf Jesus mit spöttischem Unterton ein.

„Die Menschen, die an diesem Tag hier waren, gehören zum Großteil zur Gruppe der ‚regelmäßigen Kirchgänger‘ – jeglicher Konfession. Diese Menschen hast du angreifen lassen. Das verschlechtert ihr Bild von dir gewaltig. Ein Bild, das bereits sehr angekratzt ist. Schließlich hast du dich als die höchste Figur in ihrem Leben ausgegeben. Oder zweithöchste – je nachdem, wie man die Dreieinigkeit betrachtet."

„Ich soll mich also anbiedern."

Miguel verschränkte die Arme: „Folgendes ist Fakt: Die Kirche ist die mächtigste Institution in diesem Land – neben dem politischen Apparat, natürlich. Aber: Sie kann wesentlich besser Einfluss nehmen. Über das, was du sagst, macht sich jeder seine eigenen Gedanken. Und entscheidet sich dann dafür oder dagegen. Das, was wir sagen – sonntags, von der Kanzel – gilt. So wie es gesagt wird. Weil man uns glaubt, dass wir eine Verbindung nach ‚da oben‘ haben. Und daher Weisheit und Wahrheit verkünden. Im Grunde weißt du das auch. Deswegen hast du ja all die Gesetze erlassen, die unsereins an dich gebunden haben. Von dir haben die Menschen das auch geglaubt, dass du diese Verbindung hast – stärker sogar noch als wir. Jetzt wissen sie es besser. Wenden sich von dir ab – und zu uns hin. Wir haben sie in der Hand. Du nicht. Oder höchstens mit Gewalt. Aber wieviel Gewalt kannst du ausüben? Willst du das Land dem Militär übergeben? Oder der Polizei? Damit sie alles gewaltsam niederschlagen, was sich erhebt? Es gibt schon ein Gesetz gegen größere Versammlungen. Glaubst du, das interessiert momentan? Deine ganze Person fordert die Menschen zum Widerstand auf. Da ändert auch deine Wahl nichts dran. Es mögen viele für A oder B gestimmt haben. Aber hast du dir die Wahlbeteiligung angeschaut? Unter 60%. Was glaubst du, geht in den Köpfen dieser über 40% vor? Die sind gegen dich. Auf der ganzen Linie. Die haben nicht gewählt, weil sie alles schlecht finden, was du sagst. Weil sie weder A noch B gutheißen konnten. Und ich könnte mir vorstellen, dass das durchaus auch in vielen der Kommentare widergespiegelt wurde, die du nach der Wahl so geflissentlich unter den Tisch hast fallen lassen mit: ‚Waren interessant, haben uns sehr geholfen‘. Der Protest wird nicht abnehmen, er wird steigen. Und da Christen nun mal eine gewisse Tendenz dazu haben, friedlich zu sein, werden auch ihre Proteste immer friedlich sein. Während deine Maßnahmen dagegen immer gewalttätig sein werden. Was meinst du, was das für einen Eindruck macht? Du wirst jetzt schon ‚Diktator‘ genannt. Und mit diesem Begriff verbindet keiner etwas Positives. Aber es gibt trotzdem solche und solche. Es gibt die ‚normal Schlimmen‘ und die ‚extrem Schlimmen‘. Die Könige und die Tyrannen. Du kannst ein König sein. Der einfach seine Herrschaft nicht abgeben will. Das ist nervig, aber man kommt damit klar. Der Normalbürger sowieso, weil er die Herrschaft ja selbst gar nicht will und es ihm im Alltag auch größtenteils egal sein kann, wer sie hat. Aber du bist auf dem Weg, ein Tyrann zu werden. Und das nimmt keiner hin. Im schlechtesten Fall hast du jeden Tag eine Schlacht. Im besten Fall hast du bald ein leeres Land. Aber... ich kenne deine Absichten. Die Absichten deiner Chefs. Sie wollen kein leeres Land. Sie brauchen die Menschen. Denn die sind das Ziel. Also...?"

„Also was?" schnaufte Jesus, als Miguel nicht weitersprach.

Dieser legte den Kopf schief: „Ich dachte, es wäre dir klar, was jetzt kommt. Aber ich spreche es auch gerne aus: Ich kann dir die Kirche beschaffen. Ich bin vom Vatikan offiziell zum ‚Oberhaupt der Katholischen Kirche in Deutschland‘ ernannt worden."

Jesus rümpfte die Nase: „Herzlichen Glückwunsch."

„Kein anderer wollte den Job." winkte Miguel ab, „aber für dich ist es gut, dass ich ihn habe. Denn ich habe etwas, was alle anderen nicht haben: kein Interesse mehr an den Zielen der Kirche. Ich habe auch kein Interesse an deinen Zielen, aber ich drehe mich dorthin, wo der Wind hin weht. Das ist für mich persönlich am besten. Daher... ich sorge dafür, dass dir die Kirche folgt. Sicherlich nicht jeder einzelne Gläubige. Aber diejenigen, die zu ihnen sprechen. Sie werden dich akzeptieren. Sie werden dich nicht kritisieren. Sie werden in allem, was du tust, versuchen, das Gute zu sehen. Weil ich ihnen sage, dass sie das tun sollen. Und die Mehrheit derer, die ihnen zuhört, wird sich dem anschließen. Das ist gut für dich. Auf der ganzen Linie. Weniger Protest, mehr Anhänger. Nicht so lautstark für dich wie deine Jünger – aber mindestens mal neutral. Solche Menschen bleiben ruhig. Und sie bleiben da. Das ist es, was du willst. Oder nicht?"

„Ja." bestätigte Jesus mit versteinerter Miene, „das ist es, was ich will. Die Frage ist nur: Was willst du?"

„Deine Akzeptanz für meine Position." erwiderte Miguel, „eine öffentliche Entschuldigung für das ‚Missverständnis‘, das damals zu meiner

Absetzung geführt hat. Du darfst dir gerne etwas ausdenken. Vielleicht hat dich jemand angelogen. Oder die Beweise waren schlichtweg falsch. Du warst damals ja vage – das kannst du nutzen. Und danach... bleibe ich, wo ich bin. Ich wollte einfach immer nur nach oben. Und das Problem war jedes Mal, dass andere dort oben – inklusive dir – der Meinung waren, mich bekämpfen zu müssen. Dabei ist oben doch genug Platz für uns alle. Ich will nicht kämpfen. Ich will es einfach genießen. Im Grunde so wie du: mich zurücklehnen und daran erfreuen, dass ich auf die anderen herabschauen kann. Du von deinem Büro, ich von meinem Büro. Du politisch, ich religiös. Geistlich. Wie auch immer."

„Das heißt, du hast keine Pläne gegen mich." Jesu Blick wurde misstrauisch – Miguels blieb gelassen:

„Die hatte ich schon damals nicht."

„Damals warst du ein Risiko für mein Image."

„Tja." Miguel lachte auf, „dein Image ist den Bach runter. Also hat sich das erledigt. Heute bin ich eher eine Chance für dein Image."

Jesus seufzte tief: „Nun gut. Ich lasse mich darauf ein. Und mir was einfallen, was ich den Menschen zu dir sagen kann."

„Sehr schön." Miguel erhob sich, „dann kann es ja eigentlich nur noch bergauf gehen."

114

In den folgenden Monaten wurde das Leben in ihrem neuen Zuhause mehr und mehr zur Routine:

Geraldine konnte endlich unter Beweis stellen, dass sie wirklich Sprachen studiert hatte. Indem sie sich in fast fließendem Spanisch verständigte, wo auch immer sie hinging. Weshalb sie damit betraut wurde, sämtliche offiziellen Gespräche zu führen. Denn natürlich meldete sich irgendwann ein Beamter der spanischen Regierung bei ihnen und überprüfte sie. Das Ergebnis war eine Aufenthaltsgenehmigung, die es allerdings alle paar Jahre zu erneuern galt. Eine Arbeitserlaubnis erhielten sie nicht. Doch da sie nicht vorhatten, arbeiten zu gehen, war das kein Problem, was Geraldine dem Beamten auch glaubhaft versicherte.

Z kam langsam über all seinen Schmerz hinweg. Auf Michelles Anraten hin hatte er Beckas Eltern und Bruder Briefe geschrieben, in denen er sein Beileid ausdrückte, sie aber auch darum bat, keinen Kontakt zu ihm aufzunehmen, da er mit diesem Kapitel seines Lebens abschließen wollte. Ein Vorhaben, das er auch wirklich in die Tat umzusetzen gedachte, wenn auch auf seine Weise: Gemeinsam mit Christopher hatte er noch am selben Tag einen der Kellerräume vom Gerümpellager zum Hobbyraum umfunktioniert und die beiden verbrachten sehr viel Zeit dort unten und schauten zusammen Serien. Die Frauen wünschten sich natürlich, dass sie diese Zeit auch mit Reden verbrachten, doch sie drängten sie nicht. Dazu musste Z den Anstoß geben – freiwillig. Einen Unterschied merkte man ihm dennoch an. Auch wenn die Anzahl seiner Insiderwitze und Zitate wieder deutlich zunahm. Seit der Zeit, wo der echte Yannik noch Teil der Gruppe gewesen war, hatten sie nicht mehr so wenig von dem verstanden, was er sagte. Aber auch damit ließen sie ihn. Alles, was ihm guttat, war ihnen recht.

Annie war diejenige, die trotz der Sprachbarriere am meisten Kontakt zu den Einheimischen hatte. Zu den Männern, wohlgemerkt. Und das ging auch nicht von ihr aus. Sie schien einfach gut anzukommen – äußerlich und mit ihrer Art. Und natürlich hatte sich schnell herumgesprochen, dass sie noch zu haben war. Der Ort, in dem sie wohnten, war ziemlich klein und die Auswahl an ‚paarungswilligen Weibchen' – wie Annie es eines Abends ausdrückte – daher gering. Doch sie schien nicht sonderlich erpicht zu sein, sich auf einen ihrer Verehrer einzulassen. Sie genoss es, ein wenig zu flirten, achtete aber ganz genau darauf, wie weit sie damit ging und welche Zeichen sie sendete. Die anderen betrachteten das trotzdem mit einer gewissen Sorge. Schließlich bedeutete ihre neue Vernunft nicht, dass auch ihre Gegenüber immer vernünftig sein würden. Und wirklich: einer dieser verstand die Grenzen, die sie zog, leider nicht und machte unsanfte Bekanntschaft mit ihrem Turnschuh. Sie beteuerte hinterher vehement, sie habe auf sein Schienbein gezielt und ihn nur aus Versehen dort getroffen, wo es am meisten wehtat. Was ihr auch wirklich sehr leid tat. Immerhin hatte es zur Folge, dass alle anderen gewarnt waren und weitere Probleme in diese Richtung traten nicht auf – wenn sie auch nicht davon abließen, sie zu umwerben. Schließlich glaubte jeder von ihnen, der Eine zu sein, auf den sie gewartet hatte. Annie genoss das – es war etwas anderes als die

Einsamkeit, die sie zuvor so oft gespürt hatte. Manchmal jedoch bat sie einen der anderen, sie zu schütteln oder zu kneifen. Damit der Genuss nicht überhandnahm und sie etwas Dummes tat. Was auch jedes Mal Wirkung zeigte. Denn natürlich taten sie ihr den Gefallen.

In unregelmäßigen Abständen bekamen sie Nachrichten von Steve und Katiana, Johanna oder auch Maximilian oder Suji. Meistens waren es kurze Zusammenfassungen, wie das Leben in der alten Heimat so lief. In der Regel waren sie unspektakulär – nur manchmal war etwas dabei, was für Diskussionen sorgte. Die immer damit endeten, dass sie froh waren, es nur noch von außen mitbekommen zu müssen.

So erfuhren sie zum Beispiel, dass Miguel wieder an der Spitze der Katholischen Kirche stand und sich eine Menge Mühe gab, Werbung für Jesus zu machen. Warum er das tat, wusste niemand so genau, doch es zeigte Wirkung, denn die Ablehnung gegen Jesus ging unter den Gläubigen – zumindest seiner Kirche – deutlich zurück.

Sie erfuhren auch, dass der Strom der Ausreisen mehr und mehr abebbte und Prognosen besagten, dass bis zum Jahresende die letzten das Land verlassen haben würden, die aus politischen Gründen gingen.

Sie erfuhren, dass Jesus eine weitere Verordnung für die Kirchen erlassen hatte, die besagte, dass es allen Menschen mit Gaben untersagt war, diese zu benutzen. Ansonsten drohte ihnen das gleiche Schicksal, das schon die Freunde hatten auf sich nehmen müssen.

Sie erfuhren, dass die geheimen Gottesdienste im Tunnel unter Frankfurt, aus denen sie sich zum Schutz der anderen Teilnehmer ausgeklinkt hatten, nach wie vor weiterliefen, und der Andrang dabei so sehr zunahm, dass man inzwischen überlegte, es auf mehrere Uhrzeiten undoder Standorte zu verteilen.

Und sie erfuhren, dass Patrizia inzwischen für schuldig befunden und verurteilt worden war. Diese Nachricht erhielten sie von Rebecca. Die Z eine lange E-Mail schrieb, in der sie auch Informationen preisgab, die ganz eindeutig nicht für die Öffentlichkeit freigegeben waren. Bei der Durchsuchung ihres Büros und ihres Autos waren mehrere Waffen und Sprengstoff gefunden worden. Letzterer entsprach dem Sprengstoff, der auch in ihrer Wohnung benutzt worden war. Und eine der Waffen wurde mit einem bis dato ungeklärten Mordfall in Verbindung gebracht, der kurz vor dem Bombenanschlag in Frankfurt verübt worden war. Die Verbindung zwischen dem Mann und Patrizia war ebenso ungeklärt wie ihre Verbindung zu Becka und Coleen und zu diesem Punkt schwieg sie sich auch aus. Sie hatte allerdings ein komplettes Geständnis unterschrieben – ohne jegliches Zögern – und das Gericht ihr die Höchststrafe von 25 Jahren ohne Bewährung auferlegt, die sie nun absaß.

Weitere Informationen dazu erhielten sie von Niklas, der Christopher eine kurze E-Mail schrieb, dass er die Erlaubnis bekommen hatte, auch im Frauengefängnis predigen zu dürfen – einmal pro Monat nur, aber das war immerhin etwas. Dort hatte er Patrizia auch bereits getroffen, aber sie hatte sich geweigert, mit ihm zu reden und war auch nicht zu seinem Gottesdienst erschienen.

Z nahm das alles mit versteinerter Miene auf und beteiligte sich im Anschluss auch nicht an der Debatte zu Patrizias Gründen und Absichten. Sie kamen damit auch nicht weit. Schließlich hatten sie nichts in der Hand außer dem, was die Polizei wusste und der Erpressung von Z.

„Ich glaube, sie hatte einfach so intensiven Kontakt mit dem FP, dass sie schnell gemerkt hat, dass er ein Betrüger ist." fasste Geraldine ihre Gedanken irgendwann zusammen, „sie war überall mit ihm. Hat alle Wunder gesehen. Und dabei vielleicht erkannt, dass etwas faul ist. Schließlich war er das nie. Sondern der Engel. Oder die Dämonen. Keine Ahnung. Aber wenn sie ihn als Gefahr gesehen hat... Und irgendwann ist sie ein bisschen durchgedreht. Hat gedacht, er müsste so dringend weg, dass alles dafür getan werden muss. Ganz egal, wer dabei zu Schaden kommt." Die anderen stimmten ihr da zu – hauptsächlich, weil sie keine anderen Theorien hatten und zudem das dringende Bedürfnis, dieses Drama abhaken zu können. Zu retten gab es dabei sowieso nichts mehr. Warum also weiter darauf herumreiten? Und Z damit Schmerzen zufügen. Trotzdem waren sie dankbar für die Infos, die sie bekamen, denn die Medien berichteten von alledem nichts. Nachrichten aus Deutschland drangen nicht mehr ins Ausland. Außer denen, die Jesus im Ausland zeigen wollte. Was sich hauptsächlich auf ihn beschränkte – auf Veranstaltungen, die er abhielt und bei denen die Leute ihm zujubelten.

„Solche Bilder kenne ich sonst nur aus anderen Ländern..." brummte Annie eines Abends und Z neben ihr nickte düster:

„Ja. Er hat sich die richtigen Vorbilder gesucht."

„Schlimm nur, dass es bei uns auch funktioniert." Christopher blickte enttäuscht drein, „wenn man bedenkt, wo wir herkommen…"

„Angst." sinnierte Michelle, „mangelnde Alternativen. Und nicht jeder kann einfach seine Sachen packen und gehen. Kranke oder alte Verwandte – guter Grund, um zu bleiben, wenn sie nicht mitkönnen. Die Menschen müssen sich arrangieren. Nicht jeder ist stark genug, den Ärger zu ertragen, den Auflehnung mit sich bringt."

Das war der Moment, wo Geraldine – zum ersten Mal seit langem – wieder damit anfing: „Ich bin immer noch der Meinung, wir müssten etwas tun."

„Das weiß ich." versuchte Christopher sofort, es abzuwehren, „aber ich denke…"

Sie ließ ihn nicht: „Ich denke, wir sollten uns zusammensetzen. Und das endlich mal ausdiskutieren. Komplett. Mit allen. Personen wie Meinungen. Alles auf den Tisch. Was jeder will. Was jeder denkt. Ob einer vielleicht schon eine Idee hat. Oder gar einen Plan. Kein abwürgen und kein abwiegeln. Einfach anfangen und so lange weitermachen, bis wir uns entweder an die Gurgel gehen oder es abhaken können. Komplett. Jeder. Für sich." Sie sah in die Runde und da keiner widersprach, fügte sie noch ihren letzten Satz hinzu: „Oder wir zu dem Schluss kommen, dass wir etwas tun müssen und das dann in Angriff nehmen."

Das zog einige leise Seufzer nach sich – mehr jedoch nicht. Sodass Christopher schließlich für alle antwortete:

„Nun gut. Machen wir. Einzige Bedingung: nicht gleich. Jeder kriegt Zeit, sich vorzubereiten. Mit seinen Argumenten. Und – noch eine einzige Bedingung: die Mehrheit entscheidet. Wir sind fünf, also geht das. Keine Alleingänge hinterher und kein ‚Ich stimme da nicht zu, also mache ich, was ich will.' Entscheidung ist Entscheidung. Einverstanden?"

Geraldine nickte: „Einverstanden."

115

Auch mit Nils stand sie in regelmäßigem Kontakt und so war er natürlich über alles informiert, was bei ihnen vor sich ging. Inklusive der Tatsache, dass sie nicht mehr in Deutschland und damit – hoffentlich – aus der Gefahrenzone waren. Dass sie trotzdem vorsichtig war und bei ihm kein Risiko eingehen wollte, verstand er voll und ganz. Vor allem, nachdem sie ihm von Becka und Coleen geschrieben hatte. Ihre Eltern dagegen hatten gar kein Verständnis dafür, dass sie sich im Grunde inzwischen alle versteckten und das an verschiedenen Orten. Nicht, dass sie wieder in die Öffentlichkeit hinaus wollten. Doch sie vertraten die nicht ganz abwegige Meinung, dass Stärke auch durch Anzahl entstand und es daher sinnvoll war, wenn sie sich alle am gleichen Ort aufhielten. Nils erwähnte das Geraldine gegenüber nicht, weil er genau wusste, was sie dazu sagen würde und er nicht der Botschafter beider Seiten in einer endlosen Diskussion sein wollte. Leider hatte er ganz zu Anfang den Fehler gemacht, ihnen zu sagen, wo genau Geraldine war, und so war es gar nicht relevant, dass er ihre Idee nicht weitergegeben hatte – sie standen einfach eines Morgens mit gepackten Koffern im Flur und ihr Vater rief: „Wir fahren." Nils fiel aus alles Wolken und versuchte, die Tür zu blockieren. Aber Gerd war kräftiger als er und schaffte es, ihn zur Seite zu drängen.

„Ihr macht einen großen Fehler." keuchte er, „wenn euch etwas passiert.... und die Fahrt nach Spanien ist lang und anstrengend."

„Deswegen nehmen wir ja auch den Bus." gab Diana zurück und er hielt erstaunt inne:

„Bus?"

„Von hier nach München mit dem Überlandbus. Und dann runter nach Barcelona mit dem Fernreisebus. Das ist für uns entspannend und außerdem komplett unauffällig. Oder glaubst du wirklich, dass die Spitzel unseres neuen Anführers jeden einzelnen kontrollieren, der da einsteigt?"

„Wahrscheinlich nicht, aber..."

Gerd legte ihm die Hand auf die Schulter: „Nils – du bist ein guter Mann. Ein guter Ehemann. Ein guter Mensch überhaupt. Aber Geraldine hat einen Dickkopf. Und einen Hang zur Überreaktion. Was nicht immer schlecht ist. Aber manchmal halt übertrieben. Wir werden dort genauso heil ankommen, wie wir hier abfahren."

„Und ich?"

„Da wir mal davon ausgegangen sind, dass du dich nicht darauf einlassen würdest, haben wir dir kein Ticket gekauft." klärte Diana ihn auf, „aber das ist nicht schwer. Du kannst nachkommen, wenn du willst."

Damit ließen sie Nils stehen und machten sich auf den Weg zur Bushaltestelle. Er überlegte kurz, ob er ihnen hinterhereilen und versuchen sollte, sie zur Umkehr zu überreden. Doch er wusste auch, wo Geraldine ihren Dickkopf herhatte. Und sah es daher als sinnvoller an, sie einfach vorzuwarnen, dass er die Kontrolle verloren hatte. Und sie sie in Kürze übernehmen musste.

116

Die Strecke von München nach Barcelona fuhr Henning inzwischen zweimal die Woche. Und die Strecke wieder zurück natürlich auch. Auch, wenn er es gerne anders verkaufte. Das war sein Standardwitz am Anfang jeder Fahrt: zweimal hin, aber nur einmal zurück. Kaum einer lachte darüber. Er schob das darauf, dass es kaum jemand verstand. Dabei fand es einfach nur kaum jemand lustig. Vor allem nicht die Leute, die er momentan chauffierte. Ihnen war selten nach Lachen zu Mute. Schließlich fuhren die meisten von ihnen nicht zum Vergnügen mit ihm mit. Sondern weil sie Deutschland verlassen wollten. Für immer. Oder zumindest für sehr lange Zeit. Darauf waren sie alle eingestellt. In seinen Augen war das pessimistisch. Das Land würde ich erholen und alles wieder gut werden. Das war sein Ansatz. Bei dem er allerdings unter den Tisch fallen ließ, dass es den meisten Leuten, die seinen Bus bestiegen, gar nicht um die wirtschaftliche oder politische Lage ging – sondern einfach um das Miteinander im Alltag. Das eindeutig gestört war. Was ihm selten auffiel, da er seine Zeit fast ausschließlich in seinem Bus und auf der Couch vor dem Fernseher verbrachte. Und wenn der Fernseher lief, schaute er keine Nachrichten. Er war so gut wie gar nicht über das informiert, was um ihn herum geschah. Er hatte seine Wohnung, er hatte seine Arbeit – das reichte ihm. Er hatte keine Frau. Aber die brauchte er auch nicht. Er hatte auch kein Haustier. Auch das brauchte er nicht. Er hatte keine richtigen Freunde. Das fand er manchmal schade. Aber nur in den wenigen Momenten, in dem ihm langweilig war. Was meistens abends zuhause passierte – in den 20 Minuten, die er brauchte, um sich von der Couch ins Bad zu schleppen, bevor er ins Bett ging. Dann war er manchmal traurig, dass niemand da war, mit dem er reden konnte. Doch am nächsten Morgen war das schon wieder weg. Er lebte von Fastfood aus der Tiefkühltruhe. Weil es ihm am besten schmeckte. Er trank gerne Bier. Aus demselben Grund. Er trank durchaus auch nicht nur abends auf der Couch. Sondern manchmal morgens, bevor er sich auf den Weg zur Arbeit machte. Er spürte davon nichts. Was für ihn bedeutete, dass der Alkohol keinen Einfluss auf seinen Körper hatte. Das war ein Trugschluss – ihm jedoch nicht bewusst. Eines allerdings war ihm sehr wohl bewusst – und gleichzeitig auch der Grund, weswegen er trotz seiner mangelhaften Teilnahme am täglichen Leben bemerkt hatte, dass in Deutschland etwas nicht stimmte: Die Fahrten von München nach Barcelona waren so gut wie immer ausgebucht, momentan. Die Rückfahrten dagegen meistens fast leer. Und er hatte ein gutes Gesichtergedächtnis und war sich daher im Klaren, dass kaum einer von denen, die mit ihm hinfuhren, auch wieder mit ihm zurückfuhren. Manche wählten sicherlich einen anderen Bus. Oder die Bahn. Oder das Flugzeug. Doch er konnte wetten, dass diese Quote nicht sonderlich hoch lag. Was hieß, dass viele von ihnen in Spanien blieben. Das war ihm zunächst seltsam vorgekommen. Denn um diese Jahreszeit war es in Spanien genauso unangenehm wie hier. Wenn nicht gar schlimmer. Denn hier gab es immerhin Schnee. Nach einiger Zeit des Wunderns hatte er schließlich begonnen, seine Fahrgäste diesbezüglich auszufragen. Was diese ihm nicht übelgenommen hatten. Im Gegenteil. Schließlich hatten sie etwas, was sie bedrückte, und nicht wenige diesbezüglich ein ziemlich großes Mitteilungsbedürfnis. Und so hatte er festgestellt, dass er mir seiner Einschätzung richtig lag. Was ihm fast wie ein neuer Witz vorkam: einmal hin, gar nicht zurück. Natürlich gab es Ausnahmen. Tage, an denen der Bus zurück nach Deutschland ebenfalls voll belegt war. Das war gut so, denn sonst hätte er sich Sorgen um seinen Arbeitsplatz gemacht. Die Tickets waren billig und das rentierte sich für den Betreiber nur, wenn bei möglichst vielen Fahrten möglichst viele Menschen an Bord waren. Der momentane Trend war da nicht gerne gesehen. Und auch wenn Henning dafür nichts konnte, war er doch derjenige, der es zu spüren bekommen würde. Davor graute ihm. Denn was er ohne seine Arbeit machen sollte, wusste er nicht.

Auch an diesem Tag war der Bus bis auf den letzten Platz gefüllt. Am Morgen hatte Henning nicht anders gekonnt, als sich ein Bier zu gönnen. Er war am Vorabend im Sessel vor dem Fernseher eingeschlafen und hatte eine sehr ungemütliche Nacht verbracht, von der er sich nicht mehr hatte erholen können. Er hatte gehofft, das Bier würde ihn wach machen, aber das war nicht der Fall. Mit etwas mehr Allgemeinbildung hätte er sich stattdessen einen Kaffee geholt – am Kiosk neben dem Abfahrtsportal. Doch auch damit kannte er sich nicht aus. Er hatte nie die Motivation besessen, sich in etwas einzuarbeiten, was über seinen Alltag hinausging. Seinen Witz sparte er sich heute. Er hatte selbst keine Lust darauf. Es fiel ihm schwer, sich zu konzentrieren und hätte er sich nicht solche Sorgen um seinen Arbeitsplatz gemacht, hätte er wahrscheinlich seinen Chef angerufen und darum gebeten, ersetzt zu werden. Doch er wollte beweisen, dass er unersetzlich war. Und fuhr trotz leichten Schwindelgefühls los. Die Fahrgäste waren ruhig. Weil ebenfalls noch müde. Das kam ihm bei seiner Stimmung entgegen. Bei seiner Aufmerksamkeit nicht. Immer wieder merkte er, wie seine Gedanken ins Nichts drifteten und schon bevor sie die Autobahn erreicht hatten, die Richtung Grenze führte, riss ihn mehrfach ein Hupen zurück in die Realität und er konnte gerade noch so eine Kollision vermeiden. Die Fahrgäste bemerkten davon nichts. Oder gingen davon aus, dass das beim Busfahren einfach dazugehörte. Der stärkere setzte sich durch. Auf der Autobahn ging es leichter. Denn hier musste er nicht so viel aufpassen. Seiner Meinung nach zumindest. Hier musste er nur auf seiner Spur bleiben und das Tempo im Auge behalten. Wegen der Kontrollen. Bußgelder wurden ihm vom Gehalt abgezogen. Sie waren der Grenze schon ziemlich nahe, als es passierte. Die Müdigkeit übermannte Henning kurzzeitig und für den Bruchteil einer Sekunde fielen ihm die Augen zu. Das allein war nicht schlimm. Die Strecke ging geradeaus und er hatte genug Abstand zu seinem Vordermann. Schlimm war seine Reaktion darauf. Denn als er wieder hochschreckte, zuckte er so stark zusammen, dass er das Lenkrad verriss. Der Bus machte einen Satz nach links auf die mittlere Spur, wo er ein vorbeifahrendes Auto touchierte. Der Fahrer konnte nicht mehr rechtzeitig reagieren und das Auto geriet außer Kontrolle. Es krachte in ein weiteres Auto auf der Überholspur, überschlug sich und landete quer auf der Fahrbahn. Henning wollte ausweichen, riss das Lenkrad viel zu stark in die andere Richtung und trat gleichzeitig so fest er konnte auf die Bremse. Der Bus geriet seinerseits ins Schlingern und kippte um. Die Fahrgäste wurden von ihren Sitzen geschleudert und purzelten kreuz und quer durch den Bus. Auf der Seite rutschte dieser fast ungebremst weiter, prallte gegen das auf dem Kopf liegende Auto und änderte die Richtung zum Standstreifen hin. Die Funken, die durch die Reibung des Metalls auf dem Asphalt entstanden, setzten die Reifen in Brand und von dort griff das Feuer auf eine Benzinspur über, die sich aus dem Tank des kaputten Autos auf die Autobahn ergoss. Kurz darauf stand das Auto in Flammen. Der Bus jedoch rutschte weiter – seine Insassen hilflos durcheinanderschreiend und krampfhaft versuchend, sich irgendwie festzuhalten – durchbrach die Leitplanke, drehte sich dadurch so, dass das Dach nach vorne gerichtet war – und prallte mit voller Wucht gegen einen Brückenpfeiler. Der massive Beton war für das Gerüst des Busses mehrere Nummern zu hart und quetschte ihn zusammen wie eine leere Dose. Für die Menschen, die sich im Inneren befanden, bedeutete das den sicheren Tod. Auch für Henning, der noch gar nicht richtig begriffen hatte, was eigentlich geschah, als das Dach über ihm nachgab und ihn unter sich begrub.

Die Autobahn wurde mehrere Stunden komplett abgesperrt. Die Rettungskräfte hatten die ganze Zeit über die Hoffnung, noch Überlebende bergen zu können. Aber diese Hoffnung wurde enttäuscht. 72 Personen starben an diesem Tag – im Bus oder den beteiligten Autos. Verletzte gab es keine. Und zum ersten Mal in ihrer Karriere saßen die Rettungssanitäter da und dachten sich, dass sie sich das sehnlichst gewünscht hätten.

117

Die leere Gegenfahrbahn kam Diana irgendwie seltsam vor und so stieß sie Gerd an und deutete aus dem Fenster. Auch er war sofort alarmiert. Dann jedoch entspannte er sich:

„Wir sind doch schon in Spanien. So weit reicht sein Einfluss nicht. Und wenn sie uns wirklich was wollten, würden sie unsere Fahrbahn sperren. Nicht die andere."

„Da hast du Recht."

Einige Minuten später erfuhren Sie den Grund für die Leere auf der anderen Seite: Die Gegenrichtung war gesperrt. Komplett. Wegen eines Unfalls. Unter einer Brücke konnten sie die flackernden Lichter der Einsatzwagen erkennen und als sie hinüberblickten, sahen sie einen Reisebus auf der Seite liegen. Sein Dach war komplett eingedrückt – offenbar war er mit dem Brückenpfeiler kollidiert. Doch das war nicht das, was ihnen beiden kalte Schauer den Rücken hinabjagten ließ. Das lag an etwas anderem: Der Bus sah genauso aus wie der, in dem sie saßen. Ihr Fahrer schien das auch bemerkt zu haben, denn er stieß einen lauten Jaulton und dann einen Fluch aus.

„Alles in Ordnung?" fragte jemand.

„Das ist einer von unseren. Das ist..." Der Fahrer stockte, „das muss der Henning sein..."

„Ihr... Kollege...?" Bestürztes Gemurmel brach aus.

„Moment." Der Fahrer griff zu seinem Funkgerät und schon wenige Augenblicke später hatte er Gewissheit – es war der Bus seines Kollegen.

„Kannten Sie ihn gut?" fragte jemand anders.

„Eher flüchtig. Blieb meistens für sich allein."

„Familie?"

„Nicht, dass ich wüsste." Der Fahrer gab sich einen Ruck, „und nun bitte – ich muss mich konzentrieren. Jetzt erst recht."

„Natürlich."

Sie erreichten Barcelona unbeschadet, Geraldines Eltern waren trotzdem froh, den Bus verlassen zu können. Der Fahrer sah immer noch mitgenommen aus, lächelte ihnen aber aufmunternd zu:

„Viel Glück."

„Ihnen auch." gab Diana zurück, „und vor allem: Gute Heimreise."

„Danke."

Sofort machten sie sich auf die Suche nach einem Plan für den Nahverkehr aus der Stadt heraus, doch zu ihrer Überraschung stand ihnen auf einmal ihre Tochter gegenüber. Die alles andere als glücklich aussah.

„Jetzt ist sie die Erwachsene und wir die Kinder." flüsterte Gerd und Diana kicherte:

„Ja. Wir waren unartig."

Geraldine hatte sie durchaus gehört: „Wie ich sehe, geht es euch blendend. Wie schön, dass euch meine Gefahrensituation wieder in innigem Spaß vereint."

„Ach, Geraldine..." Ihr Vater lächelte ihr zu, „mach mal einen Punkt."

„Ich mache lieber drei Kreuze. Wenn ich euch wieder in Sicherheit weiß."

„Sind wir." versicherte ihre Mutter, „waren wir die ganze Zeit. Sind wir hier genauso wie du."

„Ich weiß das noch gar nicht. Ob ich hier sicher bin." Geraldine schluckte laut – und ihre Mutter sah sie mitleidig an:

„Es tut uns sehr leid wegen all der Leute in deinem Freundeskreis. Und wir werden uns nicht anmaßen, von Zufall zu reden. Wir verstehen die Relevanz deiner Arbeit durchaus. Vor allem im Zusammenhang mit dem Arsch auf dem Thron unseres Landes. Für den seid ihr ein Ärgernis. Ich bin mächtig stolz auf dich."

„Und ich erst." schloss sich ihr Vater an und Geraldine begann zu schluchzen:

„Ach... du... ihr... ich..."

„Komm mal her."

Sie nahmen sich zu dritt in den Arm und Geraldine verlor kein verärgertes Wort mehr. Trotzdem machte sie auf der Fahrt zum Haus gleich klar, dass sie nicht lange bleiben konnten:

„Das ist kein Ferienhotel. Wir haben jetzt schon ein Zimmer zu wenig. Und wenn ich ganz ehrlich bin... hätte ich lieber meinen Mann hier als euch. Nicht böse gemeint, aber..."

„Wir waren auch mal zusammen." erinnerte ihr Vater sie, „wir verstehen das schon."

Geraldine warf einen Blick in den Rückspiegel: „Waren. Also seid ihr..."

„...sehr gut miteinander ausgekommen in den letzten Monaten. Besser als befürchtet." fügte er noch hinzu und ihre Mutter lachte:

„So ist das halt, wenn man seine Freiheit komplett beschnitten bekommt. Dann macht es einem auch nichts mehr aus, wenn der andere mit dabei ist."

Geraldine rümpfte die Nase: „Ihr seid unmöglich."

„Wir versuchen nur, dir das Thema gleich wieder madig zu machen." klärte ihr Vater sie auf, „du kennst unseren Standpunkt, du kennst unsere Entscheidung, und wenn du denkst, dass deine Aktion uns wieder zusammenbringt, dann hast du dich getäuscht. Wir halten zusammen – für dich und füreinander. Schließlich will keiner von uns, dass dem anderen etwas passiert. Aber ‚halten' ist alles, was da passiert. Zusammenkommen tun wir nicht mehr. Und das ist dabei hoffentlich auch nicht deine Priorität."

„Es wäre ein netter Nebeneffekt gewesen." murmelte Geraldine.

Gerd beugte sich vor: „Wie lange sollen wir das denn noch so machen?"

„Ich weiß es nicht." gestand sie, „eine Weile noch."

„Worauf wartest du denn?"

„Eine Entscheidung."

„Von?"

„Uns."

„Für?"

„Einen Gegenschlag."

Ihre Eltern wechselten einen verstörten Blick: „Gegenschlag."

Geraldine atmete tief ein: „Einen endgültigen Gegenschlag."

118

Eingehender äußerte sich Geraldine zu diesem Thema nicht. Die ganze Woche über, die ihre Eltern da waren und Geraldine und Annie zwangen, auf der Couch im Wohnzimmer zu schlafen, ruhten alle entsprechenden Überlegungen. Trotzdem – oder gerade deswegen – war es eine nette Zeit. Selbst Z und Annie, von denen Geraldine befürchtet hatte, die Anwesenheit ihrer Eltern könne sie traurig machen, freuten sich, sie da zu haben. Sie waren nun wirklich alle gezwungen, sich zu entspannen und mit der Zeit gefiel ihnen das gar nicht mal so schlecht.

Dann jedoch kam der Tag, an dem Geraldine ihrer Nachricht an Nils, dass sie gut angekommen waren, eine weitere folgen lassen konnte, dass sie auch gut wieder abgereist waren, und nachdem sie zwei bange Tage auf seine

Nachricht bezüglich ihrer Ankunft bei ihm gewartet hatte, war sie endlich bereit für das lange geplante Gespräch.

„Sie sind wieder in Sicherheit." folgerte Annie, als Geraldine zum Abendessen mit dem Handy in der Hand und einem Lächeln im Gesicht erschien:

„Ja. Da, wo sie vorher waren. Und diesmal bleiben sie hoffentlich auch dort."

„Macht sicher keinen Spaß."

„Natürlich nicht. Aber gerade jetzt ist es wichtig, dass sie von der Bildfläche verschwunden bleiben."

„Je nachdem, wie wir uns entscheiden." wandte Z ein und Annie schloss sich direkt an:

„Eben. Die Regeln sind dir hoffentlich noch bewusst: Mehrheit entscheidet." Natürlich wusste Geraldine, dass das ihr galt und so nickte sie – wenn auch wenig freudig: „Ja, ja. Ich bin dabei."

„Gut. Dann... nach dem Essen fangen wir an."

119

Sie sprachen reihum, wobei Michelle – die den Anfang machte – nicht viel zu sagen hatte. Sie merkte lediglich an, dass es ihr in Spanien gut genug gefiel, dass sie sich vorstellen konnte, für immer zu bleiben und dass sie grundsätzlich gegen jegliche gewaltsame Lösung war. Danach war Annie dran, die sich ebenfalls gegen Gewalt aussprach, allerdings zugab, dass Jesus auf lange Sicht unhaltbar war und sie sich auf jeden Fall zu beteiligen gedachte, sollte die Entscheidung fallen, dass sie etwas unternahmen. Als nächstes kam Z und er nutzte die Zeit, die er durch seine knappen Vorredner gewonnen hatte, nur zu gerne für sich aus:

„Als ich anfing, mir hierzu Gedanken zu machen, waren meine Überlegungen fast ausschließlich von einem Gefühl geprägt: Rache. Dieser Mann ist direkt oder indirekt für den Tod meiner gesamten Familie verantwortlich. Mein Bruder und seine Frau – sie wären noch am Leben, wenn er nicht Hass gegen sie geschürt hätte. Meine Eltern – sie wären nicht in Neapel gewesen, wenn das nicht passiert wäre. Meine Nichten – sie wären nicht in der Schweiz gewesen, wenn das nicht passiert wäre. Meine Tochter – sie wäre noch am Leben, wenn er mich nicht als seinen Feind betrachtet und seine Mithelfer gegen mich ausgesandt hätte. Meine Frau und meine Freundin – und es ist mir egal, wie das jetzt klingt – sie wären noch am Leben, wenn mich nicht andere als seinen Feind betrachtet hätten. Das sind die Fakten, die vor mir liegen. Das ist es, was für mich die Basis bildet für alles, was ich mir überlegt habe. Oder vielleicht sollte ich besser sagen: was sich gebildet hat. Denn hätten wir es so gemacht wie ursprünglich geplant und schon letzte Woche hier gesessen, dann wäre ich jetzt fertig. Würde noch einen tollen Abschlusssatz sagen wie ‚Das wird er mir büßen‘ oder ‚Dafür wird er bezahlen‘. Aber dann kamen deine Eltern, Geraldine, und ich hatte mehr Zeit. Zum Überlegen. Und zum Beruhigen. Und dabei ist etwas Interessantes herausgekommen: Die Rachegelüste sind verschwunden. Fast zumindest. Aber sie sind nur noch sehr klein und leise in meinem Hinterkopf. Nicht mehr einflussnehmend. Und trotzdem... ist das Ergebnis das gleiche. Verbunden mit meinem Bedürfnis, ihn bezahlen zu lassen, hatte ich nämlich schon einen Plan, wie das gehen kann. Sehr schnell sogar, denn er ist nicht von mir. Ich konnte ihn mir einfach abschauen. Und dieser Plan passt für mich immer noch. Auch ohne jegliches persönliche Bedürfnis. Und genau deswegen erzähle ich ihn euch. Gleich. Wenn ihr ihn hören wollt. Nachdem alle anderen gesprochen haben. Weil ich das für mich sagen kann: Ich habe mit einer falschen Motivation angefangen und darauf etwas aufgebaut. Nun ist die falsche Motivation weg und das, was ich gebaut habe, steht immer noch. Das macht es für mich richtig. Zu planen und zu tun.“

Geraldine wartete noch einen Moment, bevor sie weitermachte. Für den Fall, dass Z noch etwas anfügen wollte. Tat er nicht und so holte sie tief Luft: „Ich bin diejenige von uns dreien, die bisher noch niemanden verloren hat. Aber ich lebe jeden Tag mit der Angst, dass es doch noch dazu kommen könnte. Und das schaffe ich nicht für den Rest meines Lebens. Wir dachten, es wäre vorbei in dem Moment, wo es rauskommt. Und es hätte vorbei sein können – trotz der Tatsache, dass er dabei seine nicht Macht eingebüßt hat. Nein – gerade deswegen. Er hätte uns nichts mehr tun müssen. Wir waren besiegt. Aber das, was danach passiert ist, hat mir eines gezeigt: Er ist nicht unser einziger Gegner. Es gibt noch andere und einige davon stehen sogar auf unserer Seite. Sie wollen das gleiche wie wir. Aber ihre Methoden fordern unschuldige Opfer. Und schon sind wir wieder alle in der Schusslinie. Ich will keine Gewalt – das will hier denke ich keiner. Aber ich sehe keinen anderen Weg. Weil mir einfach klargeworden ist, dass wir niemals Ruhe haben werden, solange er da ist. Wir sind mit ihm verknüpft. An so vielen Punkten. Wir wissen das. Er weiß das. Andere wissen das. Unsere Gaben stellen für ihn eine Gefahr dar. Also geht er uns an. Für andere stellen sie eine Waffe da. Also gehen sie uns an. Wir kommen nicht raus aus diesem Spiel. Es gibt nur einen Weg: das Spiel beenden. So sehe ich das."

Sie blickte Christopher an, der als einziger noch übrig war. Doch dieser schien seinen Gedanken nachzuhängen und so stupste Michelle ihn leicht an:

„Christopher?"

„Ja..." machte er abwesend, schüttelte sich kurz – und wann dann voll da: „Das geht alles ein wenig an der Ursprungsfrage vorbei. Die eigentlich lautete: ‚Machen wir etwas oder vertrauen wir darauf, dass jemand anders etwas macht?' Ihr habt Gründe für eure Gedanken. Für euren Wunsch zu handeln. Aber: Sind wir auch diejenigen, die handeln sollen? Dafür habe ich bisher noch keine Argumente gehört. Was den anderen Punkt angeht, würde ich sagen, sind wir uns einig: Der FP muss weg. Mindestens mal von seinem Thron gestoßen werden. Besser noch: komplett verschwinden. Ob das nun ‚umbringen' heißt oder ‚einsperren'... ich bevorzuge letzteres. Aber er darf keinen Einfluss mehr haben. Nur dann kann das Land geheilt werden. Nur dann kriegen wir – das Volk – es zurück. Was wir alle wollen, denke ich. Denn selbst wenn es hier sehr schön ist und ich auch kein Problem hätte, hierzubleiben, würde ich das doch viel gerner tun, wenn ich wüsste, dass ich jederzeit in meine Heimat zurückkehren kann und dort mit offenen Armen empfangen werde. Mich auf den Straßen fröhlich und frei bewegen könnte und... so weiter. Das ist keine Frage. Die Frage ist das andere: wir oder nicht wir. Ihr habt Gaben. Aber keine davon hilft uns hierbei. Und: Ihr seid nicht Gottes Auftragskiller. Eigentlich wäre das ein Job für die Engel. Aber ich denke mal, die kommen hier nicht. Unter den Menschen dagegen mag es welche geben, die Gott dafür auserwählt hat, genau so etwas zu tun. Und denen sollten wir nicht im Weg stehen.

Beziehungsweise: uns unnötig aufreiben oder gar opfern, wenn sie schon dabei sind, etwas zu schmieden."

Z räusperte sich: „Klingt gut. Ist aber nicht ganz richtig. Du sagst, unsere Gaben nützen nichts. Für sowas. Das stimmt nicht. Das ist doch genau der Grund, weswegen Patrizia mich angegangen ist."

„Ist das die Einleitung zu deinem Plan?" erkundigte sich Geraldine.

„Sagt ihr es mir."

„Wir hatten gesagt, es kommt alles auf den Tisch. Also auch alle Ideen."

„Gut." nickte Z, „im Grunde kennt ihr es auch schon. Denn ich hatte es ausgeführt, als ich euch erzählt habe, was... naja... passiert ist. Patrizia wollte mich, damit ich für sie Dämonen beseitige. Die Dämonen, die den FP bewachen. An ihm drankleben, um ihn rumfliegen – wie auch immer. Sie selbst wollte sich um ihn kümmern. Mit einer Waffe, nehme ich an. Sie hatte ja welche, wie wir jetzt wissen. Er ist ein Mensch. Eine Kugel in den Kopf..."

„Er ist schon einmal einem Anschlag entkommen." unterbrach Annie ihn.

„Richtig. Aber das war der Engel. Also... Yannik. Quasi. Er ist nicht mehr da."

„Er ist da."

„Ja. Hier. Bei uns. Dir. Aber nicht in dieser Rolle. Die Dämonen können den FP so nicht schützen. Patrizia dachte das und ich habe mal nicht widersprochen. Aber es ist so: Sie können weder Kugeln stoppen noch Kugelwunden heilen."

Annie sah Z prüfend an: „Sicher?"

„Gehe ich mal von aus." erwiderte dieser mit leichter Unsicherheit, bekam aber Hilfe von Christopher:

„Ich denke schon, dass Z da richtig liegt."

Doch Annies Blick blieb: „Dein Vorschlag ist also, dass du...? wir...? uns die Dämonen vornehmen und irgendwer anders schießt ihn ab."

„Ja." bestätigte Z, „ganz simpel."

„Und sehr gruselig."

„Da stimme ich dir zu. Aber Christophers Frage war ja: ‚Gibt es Anzeichen dafür, dass wir dazu auserwählt sind?' Und die versuche ich zu beantworten. Was braucht es für so einen Plan? Meiner Meinung nach fünf Dinge. Erstens: Motivation. Die haben wir. Selbst wenn keiner der sein will, der abdrückt. Aber das kann ja noch werden. Zweitens: Ideen. Die haben wir auch. Eine zumindest, aber die reicht. Drittens: Helfer. Ein besseres Wort fällt mir nicht ein. Aber damit meine ich uns. Die wir dafür sorgen können, dass die Dämonen nicht eingreifen."

„Zu dritt?" Annie blinzelte konsterniert, „gegen... wie viele von denen hat er?"

Z zuckte die Achseln: „Das weiß ich nicht."

„Ich schätze: viele."

„Ihr wart doch schon bei ihm und habt..." Weiter kam Michelle nicht, da Annie heftigst den Kopf schüttelte:

„Da war er nicht drauf vorbereitet. Und: Da hatte er keine Notwendigkeit, davon auszugehen, dass wir gegen ihn Gewalt anwenden. Und: Da haben wir keine Gewalt gegen ihn angewendet."

„Öhm..." Christopher hob die Hand, „könntest du das nochmal...?"

„Ich glaube, Annie will sagen..." versuchte Geraldine, diese zu unterstützen, aber das brauchte sie gar nicht:

„Ich will sagen: Wir haben nur die Dämonen platt gemacht, die da waren, um in Ruhe mit ihm reden zu können und dann genau das auch getan. Also hatte er von sich aus keinen Grund, weitere Dämonen hinzuzurufen – was er bestimmt kann – und die Dämonen hatten – sofern sie ihn vielleicht von weiter weg noch beobachten – keinen Grund, von sich aus hinzuzukommen. Sie haben uns gelassen – und er uns auch. Weil die Situation es nicht anders brauchte. Wenn wir aber hingehen und plötzlich einer eine Waffe zieht... was glaubt ihr wohl, wie schnell da Verstärkung da sein wird? Dann kämpfen wir nicht nur einmal am Anfang, sondern die ganze Zeit über – bis es erledigt ist. Und selbst wenn so ein Schuss schnell abgefeuert ist, kann es doch lange dauern, bis es dazu überhaupt kommt."

„Aber wart ihr nicht mal in der abgebrannten Gemeinde und habt reihenweise...?" setzte Michelle erneut an – und wieder hatte Annie direkt etwas parat:

„Da wussten sie nicht, dass wir das alle können. Falsch: Da wussten sie nicht einmal, dass wir überhaupt wieder was können. Diesmal sind sie vorbereitet. Auf alles, was wir können."

„Okay... dann... habe ich nichts mehr." Michelle blickte Z an – der zu allseitiger Überraschung lächelte:

„Lass es ruhig viele sein. Je mehr da sind, desto mehr machen wir weg."

„Ah…" machte Annie laut, was aus seinem Lächeln ein Lachen werden ließ: „Anscheinend habe ich ein besseres Gedächtnis als ihr."

Christopher legte den Kopf schief: „So?"

„Wir brauchen mehr Leute. Die uns helfen können. Die können, was wir können."

„Das hast du schön zusammengefasst." lobte Annie ihn sarkastisch – erntete aber wieder nur ein Lachen dafür:

„Ich dachte, damit macht es vielleicht ‚Klick' bei euch."

Michelle schüttelte den Kopf: „Nein."

„Dann… was reimt sich auf ‚Klick'?"

„Kick." schlug Annie vor, „soll ich dich treten?"

„Stick." entgegnete Z.

Was Annie nicht weiterbrachte: „Stick? Wie in…?"

Geraldine dagegen schon: „Mensch – USB-Stick. Wir haben… die Liste."

„Wir haben die Liste." bestätigte Z, „von Yannik. Mit allen Leuten in ganz Deutschland, die Dämonen sehen undoder austreiben können. Hilfe, so viel wir wollen."

„Wenn sie mitmachen."

„Das ist die Frage. Ich würde trotzdem sagen, es sieht schonmal ordentlich aus. Rein argumentativ."

Geraldine nickte – mit einem durchaus zufriedenen Ausdruck im Gesicht: „Und viertens und fünftens?"

„Dazu kommen wir jetzt." erwiderte Z, „fangen wir mir viertens an: Mittel. Im Sinne von: Waffe. Die Kugel, die ihn trifft, muss schließlich irgendwo herkommen."

„Und da scheitern wir." stellte Annie trocken fest, „denn wir haben keine Waffe. Und werden ganz sicher auch nirgendwo eine auftreiben."

„Tja… und da… irrst du dich." Z grinste sie an – und sie starrte zurück: „Da irre ich mich?"

Auch die anderen drei gerieten aus dem Häuschen:

„Du hast eine Waffe?"

„Gekauft?"

„Patrizia geklaut?"

„Bist du verrückt?"

Z hob lachend die Hände: „Ad 1: Ja. Ad 2: Nein. Ad 3: Auch nein. Ad 4: Meiner Meinung nach ebenfalls nein."

Geraldine lehnte sich zurück: „Ich bin gespannt."

Und Annie sich vor: „Ich bin entsetzt."

Z ebenfalls: „Erinnert ihr euch an Yanniks Beerdigung?"

„Dunkel." gab Annie zurück.

„An Lotta?"

„Auch dunkel."

„Sie hatte einen Auftritt. Einen einprägsamen."

„Ich... ja." Geraldines Miene hellte sich auf, „ich erinnere mich. Sie hat dir eine Pistole gegeben. Von ihrem Vater. Und sowas gesagt wie ‚Damit müsste ich dich eigentlich erschießen'."

Z seufzte: „Ja. Das hat sie. Aber das haben wir ja klären können."

„Du willst Lotta nach einer Waffe fragen?" vermutete Michelle, „oder ihren Vater?"

„Und wieder: nein und nein. Es geht mir um diese Waffe. Die, die sie mir gegeben hat."

Christopher riss die Augen auf: „Die hast du noch?"

„Ich habe sie damals mitgenommen." antwortete Z, „als ich abgehauen bin. Hierher. Denn ich war ja hier. Erst alleine. Und dann mit Zach."

Christophers Augen wurden noch grösser: „Sie ist hier?"

„Ja. Ich habe oft damit dagesessen und sie angestarrt. Aber dann, als ich weiter war – mir selbst vergeben und von Gott vergeben lassen konnte – da wollte ich sie loswerden. Wir haben sie im Garten vergraben. Haben sogar eine Schatzkarte gemalt. Und in zwei Teile gerissen und geteilt. Wie die kleinen Kinder."

„Gefährlich für kleine Kinder." murmelte Michelle leise vor sich hin.

„Aber..." setzte Geraldine im selben Moment laut an, „hast du die Karte noch? Deinen Teil?"

Z zuckte die Achseln: „Keine Ahnung."

„Was würde das nützen?" wandte Annie ein, „Zach hatte die andere Hälfte."

„Das stimmt." Geraldine ließ den Kopf hängen, „und das ganze Dorf umgraben..."

„Äh..." unterbrach Z sie amüsiert, „ihr vergesst, dass ich kein Alzheimer habe."

Geraldine sah auf: „Hä?"

„Ich habe die Waffe doch vergraben. Ich finde sie auch ohne Karte. Die war nur ein Scherz. Zur Auflockerung eines sehr ernsten Momentes."

„Okay." Annie blies die Backen auf und ließ dann langsam die Luft entweichen, „ich bin platt. Hier im Garten liegt also eine Schusswaffe rum. Die du ausbuddeln und für... gegen... den FP verwenden willst."

Z hob eine Hand: „Ich zähle nur an den Fingern ab. Fünf Dinge hatte ich genannt. Vier davon sind jetzt abgehakt. Natürlich könnte die Waffe nicht mehr funktionieren. Dann wäre der Plan hinfällig. Aber das ist doch genau der Punkt, um den es dir auch ging: passt es oder passt es nicht? Wenn sie geht, dann passt es. Wenn nicht, dann nicht."

„Fehlt noch das letzte." bemerkte Geraldine.

„Ja. Fünftens: Gelegenheit. Wir müssen an ihn ran. Am besten natürlich, wenn er alleine ist – menschlich gesehen. Aber grundsätzlich natürlich erstmal überhaupt. Oder überhaupt erstmal grundsätzlich. Nur ein Witz. Auf jeden Fall ist das für mich der entscheidende Punkt. Denn theoretisch kommen wir nicht einmal mehr über die Grenze. Was heißt, dass sich diese Möglichkeit ergeben muss. Wenn sie das tut, sollten wir es auch tun. Und wenn nicht..."

„...dann nicht." vollendete Christopher.

Geraldine sah Z fragend an: „Und da hast du auch eine Idee?"

„Ja." nickte dieser, „Miguel."

„Die Nase." entfuhr es Annie während Geraldine sich am Kopf kratzte: „Wieso gerade der? Können wir dem nicht weiter aus dem Weg gehen?"

„Seit die Sache mit..." Z schluckte mehrmals, „seit diese Sache passiert ist, hat in meinem Kopf eine Lampe geblinkt. Und ich wusste die ganze Zeit nicht, warum. Aber inzwischen ist es mir klar geworden. Es war der letzte Puzzlestein für mich: Patrizia und Miguel. Bilden ein Team. Oder haben es zumindest."

Das Kratzen wurde stärker: „Wie kommst du denn darauf?"

„Miguel war derjenige, der uns die E-Mail geschrieben hat, dass wir den Bericht und die Beweise abliefern sollen. Aber Patrizia war die, die es bekommen hat. Also müssen sie doch zusammengearbeitet haben –

zumindest da. Und da sie das mit Sicherheit beide in der Hoffnung getan haben, den FP dadurch loszuwerden, liegt für mich der Schluss nahe, dass diese Zusammenarbeit hinterher weitergegangen ist und auch Patrizias nächster Plan – mit mir – ein Gemeinschaftswerk war."

„Aber das hieße ja…"

„Ja." Z kniff die Lippen zusammen, „das heißt, dass Miguel davon wusste. Höchstwahrscheinlich. Er ist mitverantwortlich für den Tod von Becka und Coleen."

„Ich fasse es nicht." keuchte Annie, aber Christopher hob die Hände:

„Das ist nicht bewiesen. Da müssen wir ganz doll aufpassen. Solche Anschuldigungen…"

„Wir müssen weder einen Beweis er- noch eine Anschuldigung vorbringen." unterbrach Z ihn ruhig, „alles, was wir tun müssen, ist ihn kontaktieren und ihm sagen, dass wir die Verbindung bezüglich des Berichts herstellen können. Die E-Mail haben wir noch. Die Adresse steht da drin. Das ist ein eindeutiger Hinweis auf ihre Zusammenarbeit. Das reicht schon. Denn angenommen, wir würden das der Polizei geben, würde die auch automatisch an weitere Verbindungen denken – ganz egal, ob es dafür Beweise gibt."

„Also erpressen wir jetzt ihn." sinnierte Annie mit skeptischer Miene – von der sich Christopher anstecken ließ:

„Das häuft sich in letzter Zeit."

Z winkte ab: „Wir brauchen das erstmal nur, um seine Aufmerksamkeit zu erregen. Vergesst nicht: Er will den FP genauso dringend weghaben wie wir. Und auch sein Plan beinhaltete, dass er dabei stirbt. Wenn wir also zu ihm gehen und vorschlagen, genau das zu machen, was er sowieso machen wollte – da kann er doch nur gewinnen. Dafür verschafft er uns bestimmt gerne Zutritt."

Geraldine schürzte die Lippen: „Das mit Patrizia ist also…"

„…Plan B. Wenn er uns am Anfang ignoriert, stecken wir ihm das, damit er zuhört. Und wenn er uns zuhört und sich weigert, stecken wir ihm das, damit er mitmacht. Aber wie gesagt: Ich gehe davon aus, dass er das nur allzu gerne tun wird."

342

Geraldine sah Annie an – dann Christopher – dann Michelle. Keiner von ihnen schien sehr angetan von Zs Ausführungen. Sie dagegen war das auf jeden Fall:

„Damit wäre deine Liste also abgehakt."

„Richtig." nickte Z, „und die Zeichen sind gleich mit integriert."

Michelle runzelte die Stirn: „Zeichen?"

„Naja – eben dass die Waffe funktionieren muss. Wir Verstärkung bekommen müssen. Und zum FP gelangen müssen. Kann schließlich auch sein, dass Miguel sagt: ‚Würde ich gerne, kann ich aber nicht.' Wir wissen nicht, wieviel Einfluss er wirklich nehmen kann. Es kann an jeder Stelle scheitern. Und dann wissen wir genau, dass nicht unsers ist. Aber wenn wir bis zum Ende kommen..."

„Für mich scheitert es schon an dem Punkt, dass keiner von uns bereit sein wird, den Abzug zu betätigen." entgegnete Michelle, was Annie direkt aufgriff:

„Wir drei sind da sowieso raus." Sie deutete auf Geraldine, Z und sich, „wir haben anderes zu tun in dem Moment."

„Äh…" Michelle zuckte mit dem Kopf, „ihr glaubt doch nicht etwa, dass ich... oder Christopher... Christopher?" Erst jetzt bemerkte sie, dass Christopher gar nicht mehr zuzuhören schien. Sie stieß ihn an – mehrfach. Seine Augen waren starr geradeaus gerichtet. Und blieben dies auch – selbst, als er anfing zu sprechen:

„Ein Puzzleteil. Ein weiteres. Puzzleteil. Sie fallen. Aber nicht auf den Boden. Sondern an ihre Plätze. Manchmal ist das schlimm. Manchmal will man das Bild gar nicht sehen."

Die drei Freunde starrten ihn verwirrt an:

„Alkohol?"

„Drogen?"

„Zahnpasta?"

Michelle warf ihnen einen verärgerten Blick zu und strich ihm sanft über den Kopf: „Soll ich dir ein Glas Wasser holen?"

„Das wäre nett." sagte er abwesend, „aber es ändert nichts. Es löscht nur den Durst."

So blieb Michelle sitzen: „Was ändert es nicht?"

Und Christopher holte tief Luft: „Es ist so seltsam, dass einem im Leben Dinge passieren, die man einfach nicht einordnen kann. Man trägt sie mit sich rum. Hakt sie irgendwann ab. Vergisst sie. Obwohl sie sich einem nie eröffnet haben. Oder man dachte, das hätten sie und konnte es nicht begreifen. Wollte es nicht wahrhaben. Weil es keinen Sinn ergeben hat. Und dann... ganz plötzlich... weiß man, dass alles falsch war. All die Annahmen. Interpretationen. Auslegungen. Dann sieht man es vor sich. Das Richtige. Die Wahrheit. Das Bild."

„Wasser. Schnell." wies Annie Michelle an, doch die probierte es noch einmal mit streicheln:

„Letzte Chance, vernünftig zu reden. Sonst kippe ich dir eine komplette Flasche über den Kopf."

Das brachte ihn zurück und er wandte sich ihr zu: „Über den Kopf? Wie wäre es mit in den Mund?"

„Dann wird dir schlecht."

„Das ist mir bereits."

Aus dem sanften Streicheln wurde ein weniger sanftes Schütteln: „Was ist denn? Sag schon."

„Annie wird sich freuen." Christopher lächelte traurig, „oder auch nicht – das bleibt abzuwarten."

„Freuen?" wiederholte Annie, „worüber? So, wie du dreinschaust..."

„Der Moment – er ist da. Der Moment, auf den du gewartet hast. In dem ich verstehe. Und erzähle."

„Ich verstehe gar nichts. Aber wenn du erzählst, dann... kommt das vielleicht."

„Das Bild daheim im Wohnzimmer. Das wir abgehängt haben, bevor wir…"

„Du meinst das Bild, das die van der Veldes...?" unterbrach Michelle ihn verwundert und er nickte:

„Ja. Genau. Aber das hat damit nichts zu tun. Es hat ihnen etwas gesagt. Das war eine gute Sache. Aber das ist nicht alles. Das Bild war nicht nur für sie. Sondern auch für mich. Für sie war es Erkenntnis. Für mich war es Erinnerung. An das, was ich davor gesagt bekommen habe."

Annie schlug sich auf die Stirn: „Dein Wort."

„Mein Wort."

„Wollte ich das wissen?"

„Ich dachte. Warst du das nicht?"

„Ich weiß nicht mehr."

„Ich auch nicht."

„Egal. Jetzt kommt es?"

„Jetzt kommt es."

Doch zunächst kam nichts – auch auf Zs „Wir warten." hin nicht. Stattdessen schaute Christopher wieder ins Leere. Was Michelle irgendwann zu viel wurde:

„Wenn du den umbringst, der vorgibt, kein Mensch zu sein, aber einer ist – dann bitte nicht um Vergebung." sprach sie es aus.

Ein weiteres trauriges Lächeln huschte über Christophers Gesicht: „Du weißt es noch. Das dachte ich mir."

„Ich könnte es nie vergessen." Eine plötzliche Erkenntnis huschte über Michelles Gesicht. Die die drei Freunde allerdings nicht teilten:

„Ich hinke total hinterher." maulte Annie für sie, „was soll das? Und vor allem: bedeuten?"

Christopher gab sich einen Ruck und richtete sich auf: „Als ich damals Sven... Ich dachte, es ginge um ihn. Ich dachte, ich hätte ihn einfach falsch verstanden. Also... den, der es mir gesagt hat. Er konnte nicht so gut deutsch. Ich dachte, er meint ‚...der vorgibt, ein Mensch zu sein, aber keiner ist...' Im Sinne von: ‚Dämon in Mensch'. Oder: ‚Unmensch'. Das passte auf Sven. Und es wäre mir nie in den Sinn gekommen, dass ich in meinem Leben mehrere Leute umbringen könnte. Er war schon schlimm genug. Deswegen habe ich nicht um Vergebung gebeten. Und bitter dafür bezahlt. Aber so ist es nicht. Er hat es schon richtig gesagt. Und ich es richtig gehört: ‚...der vorgibt, kein Mensch zu sein, aber einer ist...'."

Z schlug den Bogen als erster: „Der FP."

„Ja. Das kann nur er sein."

„Ach du liebes Bisschen. Bist du dir sicher?"

„Ich wäre nie drauf gekommen." erklärte Christopher, „einfach so, ohne Anlass oder Anhaltspunkte. Aber jetzt sitzen wir hier. Haben einen Plan. Haben eine Waffe. Und ein Ziel im Visier. Einen Menschen, der vorgibt, keiner zu sein. Oder es zumindest lange Zeit getan hat. Wenn das nicht zusammengehört, dann..."

„Das ist verrückt." fiel Michelle ihm lautstark ins Wort, die jetzt, wo er es den anderen erklärt hatte, nicht mehr an sich halten konnte, „total verrückt. Durchgeknallt. Und abgelehnt. Ich verbiete dir hiermit, den FP zu erschießen."

„Wenn es meine Bestimmung ist?" Christopher griff nach ihrer Hand, doch sie zog sie weg:

„Bestimmung? Das kommt davon, wenn man alle drei Star Wars Filme am Stück guckt. Hier ist nichts mit Bestimmung."

„Seit dem Tag wo diese drei unser Haus betreten haben, ist fast nichts mehr ohne Bestimmung passiert. Das gefällt mir genauso wenig wie dir – in vielen Momenten. Aber es ist nicht von der Hand zu weisen."

„Du willst wirklich noch ein zweites Leben beenden?" Michelle starrte ihn fassungslos an, „war das erste nicht eben gerade keine Bestimmung?"

„Das stimmt – das war es nicht." gab Christopher zu, „das war ein Fehler. Mein Fehler. Ein Unfall – zunächst. Und dann eine Fehlinterpretation. Weil ich es mir zurechtgeschraubt habe. Aber das muss ich hier nicht. Nicht mal eine einzige Drehung brauche ich hier. Es passt. Alles. Wie angegossen. Und das... ist Bestimmung."

„Das ertrage ich nicht." Michelle sprang auf und sprintete die Treppe hoch. Kurz darauf fiel die Tür ihres Zimmers ins Schloss. Christopher sah ihr hinterher:

„Ich werde ihr ein wenig Zeit lassen. Und dann gehe ich hoch."

Annie legte sich die Hand auf den Bauch: „Ist dir immer noch schlecht?"

„Ja."

„Mir auch."

„Und mir noch viel mehr." kam es von Z und auch Geraldine blickte nicht sonderlich glücklich drein – dafür aber entschlossen:

„Also ist es entschieden. Wir bringen den FP um."

„Es scheint so, ja." seufzte Christopher, „es scheint so, als wäre es entschieden gewesen, lange bevor wir uns hier zusammengesetzt haben. Gott ist schaurig, manchmal."

„Er puzzelt." murmelte Annie, „mit uns."

„Ja. So kann man das nennen."

120

Auch am nächsten Morgen war Michelle extrem schlecht gelaunt. Christopher hatte es anscheinend nicht mehr geschafft, mit ihr zu reden. Oder war nicht weit gekommen. Sie sagte keinen Ton – bis Geraldine es schließlich nicht mehr aushielt:

„Das ist für uns alle sehr unschön. Aber wir hatten eine Abmachung: Die Mehrheit entscheidet."

„Ihr habt also schon abgestimmt?" fuhr Michelle auf, „ohne mich?"

„Nein. Wir haben noch nicht abgestimmt. Aber ich glaube, es ist eindeutig, wie diese Abstimmung aussehen wird."

„Du warst auch dafür." erinnerte Annie sie, „dass wir das so machen, meine ich."

„Das war, als es hieß, dass ‚wir' vielleicht ‚was' machen." konterte Michelle aufgebracht, „es war nie die Rede davon, dass mein Mann nochmal zum Mörder wird."

„Das ‚nochmal' hättest du dir sparen können." brummelte dieser – bekam das aber gleich wieder zurück:

„Nein. Hätte ich nicht. Denn das ist genau der Punkt. Wir hatten das schon einmal. Du und der böse Mann. Der danach nicht mehr am Leben war. Erinnerst du dich, was dann passiert ist?"

„Damals habe ich auf eigene Faust gehandelt. Im Affekt. Ohne groß darüber nachzudenken."

„Und dass du jetzt nachdenkst, macht es anders."

„Das Wort..." begann Christopher – weiter kam er nicht:

„Das Wort hattest du damals auch schon. Sogar so griffbereit, dass du gleich danach gehandelt hast."

„Und das war falsch. Das weiß ich jetzt. Weil es so nicht lautete. Ich habe es mir zurechtgebogen. Diesmal ist das nicht so."

Michelle schlug sich die Hände auf die Ohren: „Ich kann das nicht hören."

„Du musst es aber hören." Annie griff danach und zog sie sanft wieder weg, „so hart das ist. Wir werden abstimmen – mit oder ohne dich. Die Entscheidung wird fallen. Sie ist bereits gefallen. Die Abstimmung ist nur noch eine Formsache. Keiner hier will das. Aber... 80 Millionen Menschen leben in unserem Land. Vielleicht sogar mehr. Bin da nicht immer auf dem

Laufenden. Wie viele davon hat er schon vertrieben? Wie viele wird er noch vertreiben? Wir waren ein Staat vieler Nationen. Nationalitäten, meine ich. Ein Staat der Offenheit und des Miteinanders. Das geht alles den Bach runter. Und wie ist es mit denen, die noch da sind? Geht es ihnen gut? Wie viele sind inzwischen ein Ziel für seine Freunde? Wie viele verlieren wir gerade – auf einer ganz anderen Ebene? Wir haben uns gestern gefragt: ‚Sind wir dran oder nicht?' Die Antwort war eindeutig – meinst du nicht auch?"

„Die Antwort macht mir Angst." flüsterte Michelle.

Annie nickte: „Mir auch. Glaub mir, mir auch."

„Ich mache dir einen Vorschlag." schaltete sich Z ein, „leg ein Vlies aus."

„Ein was?" Michelle sah ihn verblüfft an – Geraldine ebenso:

„Das Ding von... Ginseng?"

„Ja." schnaubte Annie, „Ginseng. Bestimmt. Der erste Asiate in der Bibel."

„Mach dich nur lustig. Als ob du..."

„Gilead." fiel Annie ihr stolz ins Wort und diesmal war es Z, der schnaubte: „Knapp daneben ist auch vorbei. Gideon."

Annie runzelte die Stirn: „Was war dann nochmal Gilead?"

„Die Heimatstadt von Roland." antwortete Z automatisch.

„Roland? Der ehemalige hessische...?"

„Der aus Dark Tower."

„Okay." Annie winkte ab, „das kenne ich auf keinen Fall. Also muss es noch eine andere Bedeutung haben."

Z hob die Hände: „Wäre mir nicht bekannt."

„Und wir schlingern wieder dahin..." seufzte Geraldine – und Christopher griff ein:

„Richtig. Bleiben wir bei Gideon. Ich finde die Idee gut. Im Grunde ist sie ganz einfach – und auch nicht nur für dich." Er warf seiner Frau einen aufmunternden Blick zu, „wir sagen: Wenn in einem Zeitraum X etwas passiert, was zu unserem Plan beiträgt, dann wissen wir, dass wir in umsetzen sollen. Wenn etwas passiert, was dagegenspricht, dann..."

„Super Idee." motzte diese sarkastisch, „und ihr überlegt euch einfach was und..."

„Es muss von außen kommen." unterbrach Z sie, „ohne jeglichen Einfluss von irgendwem hier."

„Kannst du damit leben?" Christopher griff nach Michelles Händen, doch diese zog sie weg:

„Muss ich wohl."

„Nein, so nicht." Diesmal erwischte er sie und hielt sie fest, „ganz ernst: Kannst du damit leben?"

Michelle funkelte ihn böse an – und Geraldine kam ihm zur Hilfe:

„Ich glaube, was er meint, ist: Vertraust du darauf, dass wenn Gott will, dass wir das machen, er uns alle heil da durchträgt?"

„Danke – ja." Christopher atmete durch, „genau das."

Michelle entwand sich seinem Griff und verbrachte den Rest des Frühstücks mit Schweigen. Als sie aufstand, sagte sie schließlich: „Heute. Nur heute. Wenn etwas passiert, bevor ich ins Bett gehe – zu einer normalen Zeit – dann... ja. Und es muss eindeutig sein. Nichts zum ewig dran rum interpretieren." Dann ging sie nach oben, ohne eine Antwort abzuwarten.

121

Sie blieb nicht lange oben. Denn nach dem Frühstück checkte Christopher seine E-Mails. Und rief sie wieder nach unten. Die anderen standen schon um den Laptop herum und lasen. Christopher deutete ihr, dazu zu kommen:

„Da."

„Was?" gab sie unwirsch zurück.

„Lies."

„Zu viele Köpfe. Ich sehe nichts."

Geraldine wollte ihr Platz mache, aber Christopher hatte eine andere Lösung:

„Ich lese es vor. Kein Problem. Es ist eine E-Mail von Steve. In der er schreibt: ,Hallo liebe...' bla bla bla... wir brauchen nicht alles – hier: ,...außerdem haben wir erfahren, dass Miguel sich in den nächsten Tagen aus persönlichen Gründen auf eine Auslandsreise begeben wird. Und zwar nach Spanien. Wir wissen nicht genau, wohin und Spanien ist groß. Aber wir dachten, wir warnen euch, damit ihr ihm nicht aus Versehen über den Weg lauft. Des Weiteren...' Okay – das reicht."

„Das ist es?" fragte Michelle verwirrt.

Christopher nickte: „Ja, das ist es."

„Verstehe ich nicht."

„Wie wir gestern festgestellt haben, ist Miguel unsere beste Chance, heimlich a) wieder ins Land und b) zum FP zu kommen." übernahm Geraldine die Erklärung, „gestern wussten wir noch nicht, wie wir an ihn rankommen. E-Mail schien die beste Alternative, aber das kann er ignorieren, wenn er will. Doch jetzt kommt er hierher. Hier zu uns. Wo wir ihn direkt angehen können. Und er kommt aus persönlichen Gründen. Wo er bestimmt keinen großen Anhang dabeihaben wird."

Michelle wurde blass: „Das habt ihr vorhin schon gewusst, als wir beim Essen saßen. Deswegen habt ihr den Vorschlag gemacht."

„Stimmt gar nicht, wir..." stemmte sich Annie empört dagegen, wurde jedoch von Christopher unterbrochen:

„Das E-Mail kam um 9:23 Uhr. Da saßen wir noch am Tisch. Ich habe vorher nicht geschaut – aber selbst wenn du mir das nicht glauben würdest... es war noch nicht da."

„Na gut. Toll." Michelle verschränkte die Arme, „aber wo ist er? Ich meine – wo geht er hin? Wisst ihr das?"

„Nein." gab Geraldine zu.

„Dann... wenn ihr das rauskriegt... bin ich zufrieden. Heute. Bevor ich..."

Christopher seufzte: „Genau wie Gideon."

„Na und?" fauchte sie ihn an, „bin ich halt so. Ist mir doch egal. Bevor du jemanden erschießt – einfach so." Sie drehte sich um und stiefelte davon.

Christopher wollte ihr hinterher, doch Annie hielt ihn zurück:

„Lass sie. Ich finde das in Ordnung. Steve weiß es nicht. Also werden es alle unsere anderen Kontakte auch nicht wissen. Das ist nichts, wo wir mogeln können. Entweder, Gott zeigt es uns, oder... nicht."

„Nun gut. Sollen wir denn suchen? Oder nur warten?"

„Tja – das ist die große Frage." Z kratzte sich am Kinn, „wüsstest du denn, wo wir suchen könnten?"

„Hm..." tat Geraldine es ihm gleich, „nein."

„Dann hätte sich diese Frage auch geklärt."

122

So warteten sie erstmal. Ohne Michelle, die sich wieder verzogen hatte – diesmal nach draußen. Es passierte nichts und nach einigen Stunden gingen Z und Christopher hinunter in den Keller, um irgendeine Serie zu schauen.
„Wollt ihr herausfinden, wer ‚A' ist?" rief Geraldine ihnen hinterher.
„Das wissen wir schon längst." kam es von Z zurück, „jetzt wollen wir herausfinden, was Grunkle Stan mit den Journals vorhat."
Geraldine sah Annie an: „Ich verstehe kein Wort von dem, was sie reden."
„Du bist auch blöd, dass du fragst." erwiderte diese lachend.
„Ja. Der Versuch, mit meinem nicht vorhandenen Wissen anzugeben... sollte ich lassen."
„Immerhin beschränken sie sich mit ihren eigenen Ausbrüchen an ‚Fach'sprache auf Momente, in denen man drüber weggehen kann."
„Das ist wahr." nickte Geraldine, „die Quote der Situationen, in denen man wirklich nachfragen muss, ist deutlich zurückgegangen."
Annie deutete in Richtung Küche: „Sollen wir was kochen?"
„Was ist denn in dich gefahren?" konterte Geraldine konsterniert, „leben wir jetzt das Klischee? Männer vor dem Fernseher, Frauen in der Küche?"
„Nein. Aber wir können davon ausgehen, dass Michelle heute keine Lust haben wird. Und wir brauchen sie besänftigt. Da wird es bestimmt helfen, wenn wir es ihr auch wirklich abnehmen. Von uns aus. Und was unsere Männer betrifft... das nächste Restaurant ist zu weit weg und zu teuer, als dass ich die in die Küche lassen würde. Außerdem ist es schade um die schönen Lebensmittel."
„Das ist ganz schön gemein. Die Schnitzel, die Z letztens gebraten hat, waren..."
„...gar nicht angebrannt." Annie kicherte, „das stimmt."
„...lecker, wollte ich sagen." beendete Geraldine ihren Satz selbst anders.
Annie legte den Kopf schief: „Wie sollte ein Schnitzel nicht lecker sein? Das legst du in die Pfanne und drehst es ein paarmal. Es hat den Geschmack schon vorher. Es darf ihn nur nicht verlieren. Und das ist... gut – für manchen ist selbst das eine Kunst. Aber wenn man mal drüber nachdenkt..."

„Sehe ich ein. Gut." Geraldine winkte ab, „kochen wir was. Weil wir beide das ja auch so viel besser können."

Annies Kopf geriet noch schiefer: „Ich denke, du bist verheiratet?"

„Klischee, Annie. Weißt du, was das Wort bedeutet?"

„Ist eine Blume, richtig? Ja – weiß ich." schwenkte Annie hastig um, als sie Geraldines Blick sah, „aber Nils arbeitet den ganzen Tag. Du nicht."

„Ich bin den ganzen Tag bei euch. War ich, meine ich."

„Und du hast abends nie...?"

„Er isst in der Kantine." klärte Geraldine sie auf, „hat er – muss ich auch hier sagen. Abends warm war nie sein Fall. Zum Glück. Natürlich haben wir Essen gemacht. Brot. Salat. Was, was schnell und einfach geht. Und zusammen. Wo man mit essen wirklich mehr Zeit verbringt als mit zubereiten."

„Das klingt sehr sinnvoll."

„Solltest du dir merken. Für dann, wenn du verheiratet bist."

Annie verzog das Gesicht: „Witzig."

„Nee – wieso?"

„Weil wir beide wissen, dass das nie passieren wird."

„Also... es mag sein, dass du da was weißt, was ich nicht weiß."

„Soll ich vielleicht einen von den Spaniern nehmen?"

„Nein." entgegnete Geraldine, „du sollst deinen Traummann nehmen. Der irgendwo da draußen rumläuft. Und unter Umständen das gleiche denkt, wie du: ‚Das wird nie was'. Und dann trefft ihr euch und es wird doch was."

„Sagt sich leicht, wenn es schon was geworden ist."

„Wie war mein Leben vor Nils? Hatte ich auch nur eine einzige sinnvolle Beziehung? Da hast du Vorsprung."

„Jaja." Annie wandte sich motzig ab – doch Geraldine griff nach ihrer Schulter und drehte sie wieder zurück:

„Wirklich, Annie, bitte. Wir müssen nicht vergleichen wie Fingernägel. Aber bitte – gib nicht auf. Er wird kommen. Und wenn ich mich auf die Suche nach ihm machen muss mit einem Foto von dir in der Tasche, das ich jedem einzelnen Mann auf der ganzen Welt zeige. Zwischen 18 und 58."

„28 und 48 wäre mir lieber."

„Wegen mir auch das. Warte einfach. Wenn das hier vorbei ist... jetzt gerade wäre es doch total ungünstig, oder? Mit allem, was wir vielleicht vorhaben. Aber danach...“

„Ja – danach...“

123

Als das Essen fertig war, brüllten sie in den Keller hinab und kurz darauf kamen Z und Christopher wieder zum Vorschein. Sie sahen mitgenommen aus. Was Geraldine sofort alarmierte:

„Ist was passiert?“

„Stan...“ hauchte Christopher.

„...ford.“ hauchte Z.

Und Geraldine schlug sich auf die Stirn: „Und schon wieder bin ich so dumm und frage.“

Was Annie in Gelächter ausbrechen ließ.

Christopher sah sich um: „Wo ist Michelle?“

„Noch nicht zurück.“ antwortete Geraldine, „sollen wir anfangen oder sollen wir sie suchen ge...?“

„Das kannst du dir sparen.“ unterbrach Z sie nach einem Blick ins Wohnzimmer.

„Hm?“ Geraldine streckte verwundert den Kopf durch die Tür.

Und dort saß sie. Einfach so. Still. Und unbeweglich.

Christopher drängelte sich zwischen Geraldine und Z: „Michelle?“

Sie antwortete nicht. Aber Christopher sah sofort, dass sie weinte. Und binnen einer Sekunde saß er neben ihr:

„Michelle? Was ist los?“

„Ich weiß es.“ flüsterte sie mit tränenerstickter Stimme.

„Du weißt... was weißt du?“

„Ich war draußen.“

„Das wissen wir.“

„Bin gelaufen.“

„Das ist gut.“

„Habe mich unterhalten.“

„Das ist auch gut." Christopher stutzte, „äh... wie?"

„Manche können Englisch." schniefte Michelle, „ich kann auch Englisch. Dafür muss man nicht studiert haben."

„Danke." brummte Geraldine im Hintergrund, „verziehen."

Christopher beachtete sie gar nicht: „Mit wem hast du dich unterhalten? Was haben sie gesagt?"

„Der Mann – ganz am Ende der Straße." Michelle deutete in eine unbestimmte Richtung, „er war ganz aufgeregt. Hat auf den Nachbarn eingeredet. Wild gestikuliert."

„Also eine ganz normale Unterhaltung." stieß Annie kichernd hervor – und wurde ebenfalls ignoriert:

„Als er mich gesehen hat, meinte er: ‚Your boss is coming to my hometown.'"

Christopher erstarrte: „Der FP kommt? Hierher?"

„Nein." Ein weiteres Schniefen, „er weiß, dass wir gläubig sind. Er meinte Miguel."

„Miguel kommt hierher?"

„Nein. In seinen Geburtsort."

„Seinen? Miguels? Oder den von dem Mann?"

„Beide. Sie kommen beide aus dem gleichen Ort. Ursprünglich. Seine Mutter – von dem Mann – wohnt dort noch. Sie hat es ihm erzählt. Dass Miguel dorthin kommt. Übermorgen. Der Bürgermeister war informiert. Und hat es natürlich gleich allen erzählt."

„Damit sie ihn empfangen." vermutete Z.

Michelle schüttelte den Kopf: „Eben gerade nicht. Er kommt mit einem Privatjet. Und dann vom Flughafen mit einer Limousine. Aber nur er und der Fahrer. Er hat keine Termine und will niemanden sehen oder sprechen. Keiner weiß, was er dort will. Aber da er da geboren ist... er hat den Bürgermeister gebeten, dass man ihn in Ruhe lässt. Und, dass ein Haus geräumt ist. Das sowieso leer steht."

„Sein Haus. Das Haus seiner Eltern." äußerte Z eine weitere Vermutung und diesmal nickte Michelle:

„Ja. Das. Das Haus."

„Aber das ist ja... das bedeutet ja..." Geraldine begann, aufgeregt hin und her zu laufen. Michelle blickte auf und sie vorwurfsvoll an:

„Es bedeutet, dass ihr eure Antwort habt. Es bedeutet, dass ihr es machen werdet. Dass Christopher es machen wird. Ich hatte so gehofft. Es schien so unmöglich. Aber... aber..." Sie konnte nicht weitersprechen, als heftige Schluchzer sie übermannten.

Annie setzte sich auf ihre andere Seite: „Gott kann manchmal richtig fies sein, oder? Du wolltest die Antwort. Krasser hätte er sie dir nicht geben können."

„Er ist gemein." heulte Michelle auf.

„Sag ich doch."

„Nein, er ist nicht gemein." Christopher gebot Annie mit einer Geste, zu schweigen, „er ist fürsorglich. Er hat dir die Antwort gegeben. Aber nicht nur darauf. Sondern auch auf das andere: Er will, dass wir das tun. Also wird er uns auch beschützen. Wir werden wiederkommen. Frei. Und nicht nur wir werden frei sein. Alle anderen auch. Durch ihn."

Michelle drückte sich an ihn: „Ich will das nicht."

„Du musst nicht mitkommen." sagte Annie doch etwas – und Michelle fuhr zu ihr herum:

„Als ob das einen Unterschied machen würde."

„Vielleicht nicht. Aber das ist wie... wie eine Herz-OP. Vorher hat man Angst. Und hinterher vielleicht noch Bedenken wegen der Nachwirkungen. Aber sie verbessert den Zustand. Und darauf kommt es an."

Geraldine ging vor Michelle in die Hocke: „Willst du etwas essen?"

„Nein." erwiderte diese und kuschelte sich noch enger an ihren Mann. Der zu ihrer Überraschung allerdings aufstand und sie mit sich hochzog:

„Doch. Willst du. Ich zwinge dich. Genauso, wie du mich immer wieder zwingst, wenn es mir so geht."

„So?"

„Doof."

Sie schlang ihre Arme um seinen Hals: „Ich will dich nicht verlieren."

Und er seine um ihre Taille: „Und das wirst du auch nicht. Versprochen."

„Du versprichst mir das?"

„Nein. Gott verspricht dir das. Hat er bereits."

124

„Sag mal…" wandte sich Geraldine an Christopher, als Michelle am Abend im Bad verschwunden war, „ich muss dich nochmal auf dieses Wort ansprechen. Jetzt, wo Michelle außer Hörweite ist. Denn… irgendwie…"
Christopher legte das Buch weg, in dem er gelesen hatte: „Was ist damit?"
„Naja – ganz ehrlich: Privatsphäre ist eine sehr richtige und wichtige Sache und es ist total nachvollziehbar, dass du etwas, was nur für dich bestimmt ist, auch bei dir behältst. Bis auf deine Frau. Aber – ganz ehrlich: Du hattest von Anfang an – von unserer ersten Begegnung an – eine Aussage von Gott, dass du mal jemanden umbringen wirst? Und hast es nie für nötig befunden, das in die Gruppe einzubringen?"
„Ähm…" machte Christopher und blickte sie unfröhlich an – und danach Annie und Z genauso, die sich, die Spültücher noch in den Händen, aus der Küche zu ihnen gesellten, „ganz so ist es nicht. Ich meine… ein Wort ist ein Wort. Im Sinne von: Etwas, das man nicht auf Anhieb versteht. Und das beinhaltet halt auch, dass es nicht wirklich wörtlich ist. Sondern bildlich."
„Es ist also eigentlich eher ein Bild." warf Annie ein und er seufzte:
„Diese Begrifflichkeiten… das ist eine sehr schwierige Sache. Aber im Grunde auch nicht relevant. Der Inhalt ist das. Und da… ganz ehrlich – um es mal mit deinen Worten zu sagen: Ich bin beim besten Willen nicht davon ausgegangen, dass ich wirklich jemandem das Leben nehmen würde. Ganz im Gegenteil: Ich bin fest davon ausgegangen, dass das niemals passieren wird. Also… so. Am Anfang hat es mich erschreckt – ja. Und dann bin ich… sind wir zu dem Schluss gekommen, dass es eine Metapher sein muss. Die ich nicht begreifen oder einordnen konnte. Aber so ist das halt mit einem Wort. Das versteht man nicht, bis es passiert. Dann kamt ihr – und ich dachte: ‚Das wird es sein.' Ihr beschäftigt euch mit Dämonen. Also wird es damit zu tun haben. Dass ich irgendwann mal da mit rein komme. Einen Menschen befreien muss. Einen Dämon verscheuchen muss. Irgendsowas. Das erschien mir durchaus plausibel, dass da ein Zusammenhang besteht. Dann ist das mit Sven passiert und ich saß da und dachte: ‚Mist – doch wörtlich.' Dann habe ich geschnallt, dass es das nicht war und dachte: ‚Puh – doch nicht wörtlich.' Und jetzt bin ich wieder an dem ‚Mist'-Punkt. Aber erst seit jetzt. Dazwischen… nicht."

„Okay." Geraldine nickte, „das ist nachvollziehbar. Aber trotzdem…"

„Hättet ihr mir helfen können?"

„Nun… nein."

Christopher nickte ebenfalls: „Eben drum."

125

Sie hatten das Haus genau beschrieben bekommen und so war es kein Problem, es zu finden. Sie parkten am Rande des Ortes und gingen den restlichen Weg zu Fuß. Hinter den Fensterscheiben diverser Häuser konnten sie Gesichter oder Gestalten wahrnehmen. Die Leute hielten natürlich nicht nach ihnen Ausschau. Sondern nach Miguel. Aber sie waren fremd hier und viele stellen wahrscheinlich einen Zusammenhang her. Geraldine war es, die dies laut aussprach:

„Wisst ihr – ich dachte ja, man hält uns vielleicht auf. Aber da keiner weiß, weswegen Miguel wirklich kommt… Eventuell glauben sie, er kommt wegen uns. Ein konspiratives Treffen, sozusagen."

„Hoffen wir nur, dass er davon nichts merkt, bevor er da ist." erwiderte Annie, „sonst geht er gleich wieder und wir erwischen ihn nicht."

„Da brauchst du dir keine Sorgen zu machen." Z deutete die Straße hinunter, „da hinten ist er."

Geraldine fuhr herum: „Echt? Dann sollten wir uns beeilen. Es ist sicher besser, wenn wir ihn erst an seinem Ziel treffen. Und nicht mitten auf der Straße."

„Stimmt."

Bald hatten sie das Haus erreicht und schon kurz darauf kam Miguel in Sicht. Auch er war zu Fuß unterwegs und schien komplett in Gedanken versunken. Erst, als er fast schon bei ihnen war, sah er auf. Und erstarrte.

„Überraschung." begrüßte ihn Geraldine.

„Böse Überraschung." gab er zurück, „wie kommt ihr hierher?"

„Fügung." antwortete Annie.

„Führung." antwortete Z.

Miguel kniff die Augen zusammen: „Spioniert ihr mir nach?"

„Das wäre von Spanien aus ein wenig schwierig." entgegnete Geraldine.

„Bitte?"

„Wir wurden ausgewiesen. Schon vergessen?"

„Er könnte euch auf mich angesetzt haben."

Z schnaubte leise: „Ja – weil die Wahrscheinlichkeit so wahnsinnig groß ist, dass wir für ihn arbeiten."

Miguel zuckte die Achseln: „Jeder will etwas."

„Du schließt von dir auf andere."

„Mag sein."

„Wir wohnen jetzt hier in der Nähe." klärte Annie ihn auf, was Z gleich ein wenig korrigierte:

„Nähe im weitesten Sinne."

Sie warf ihm einen Blick zu: „Wegen mir."

„Aber dass ihr hier seid – das ist kein Zufall." Miguel blickte weiterhin misstrauisch drein und Geraldine bestätigte seine Vermutung:

„Nein. Wir haben mitgekriegt, dass du herkommst. Dorfklatsch. Und da wir sowieso mit dir reden wollten..."

Aus dem Misstrauen wurde Verwunderung: „Ihr. Mit mir."

„Wir hatten unsere Differenzen. Du mit uns. Wir mit dir. Und glaub mir – nichts wäre für uns alle schöner, als dass jeder seines Weges geht. Aber wir haben ein gemeinsames Ziel. Das hast du sehr deutlich gemacht, als du uns die E-Mail wegen der Unterlagen geschrieben hast."

„Darum geht es? Seid ihr sauer?"

„Sauer, dass es nicht funktioniert hat. Aber dafür kannst du nichts. Nein. Das war gut. Clever. Wir wussten nicht, was wir damit machen sollen. Das hat sehr schön ineinandergegriffen." Geraldine seufzte, „leider umsonst."

Miguel legte den Zeigefinger an die Lippen: „Und das soll sich ändern."

„Genau. Es kann wieder ineinandergreifen – du und wir. Bei einem weiteren Versuch."

„Ein weiterer Versuch."

„Wir haben einen Plan." erklärte Z, „wir brauchen nur eine Kleinigkeit. Zugang."

„Zu Jesus." folgerte Miguel und Z klatschte in die Hände:

„Gut mitgedacht."

„Und den wollt ihr durch mich."

„So ist es."

Ein spöttisches Lächeln erschien auf Miguels Gesicht: „Und ich soll euch helfen, weil...?"

„Zwei Gründe." Geraldine hob drei Finger, „A-tens: Der Plan auf das hinausläuft, worauf auch dein eigener letzter Plan hinauslaufen sollte: Jesu Tod."

„Mein eigener..." setzte Miguel verblüfft an, doch Geraldine überging ihr: „B-tens: Weil wir von dir und Patrizia wissen."

„Von mir und..." Aus der Verblüffung wurde Verwirrung, „was wisst ihr da? Oder glaubt zu wissen?"

„Ihr arbeitet zusammen." fasste Annie es zusammen und Miguel nickte verstehend:

„Ich habe sie benutzt. Genau wie damals mit... euren Aufnahmen. Ich habe ihr das zugespielt, was ich hatte, und euch dazu gebracht, euren Teil beizutragen. Das war alles. Sie kennt mich nicht persönlich. Ich habe die gleiche anonyme E-Mail-Adresse benutzt wie zuvor. Vielleicht hat sie es mitgekriegt, dass ich dahinterstecke, als ihr mich damals bloßgestellt habt. Aber selbst wenn – sie hat sich nie bei mir gemeldet. Sie hat die Sachen einfach verwendet. So wie ich das gehofft hatte. Also hatte ich auch keinen Grund, an sie heranzutreten."

Z runzelte die Stirn: „Du kennst sie nicht persönlich."

„Nein."

„Du hattest nichts mit ihr geplant."

„Nein."

„Und du weißt auch nichts davon, dass sie ihre Wohnung in die Luft gesprengt hat, um mich zu überreden, ihr zu helfen."

Miguel schrak zusammen: „Was? Nein. Ich meine... das mit der Wohnung – das weiß ich. Das war in den Nachrichten. Aber dass das mit euch zu tun hatte... Moment: Es gab zwei Opfer. Willst du... willst du etwa sagen, dass...? Wer...?"

Z kniff die Lippen zusammen: „Becka. Und Col... jemand anders."

„Becka." wiederholte Miguel entsetzt, „das... das... das tut mir so leid."

„Ja. Mir auch."

„Davon wusste ich nichts. Ehrlich. Wirklich. Ich habe nie mit ihr gesprochen. Nie. Und was meinen Plan angeht: Ja, ich hatte einen. Mit völlig anderen Leuten. Die ihr alle nicht kennt. Er ist gescheitert. Aber schon vorher. Er war im Gange, als euer Freund mit den Beweisen kam. Wir haben ihn seinetwegen abgeblasen und... seitdem bereue ich das."

„Ja..." seufzte Geraldine, „kann ich nachvollziehen."

„Aber was immer Patrizia... da habe ich nichts mit zu tun." beteuerte Miguel weiter und Z nickte langsam:

„Das macht diese Sache hier einfacher. Emotional zumindest. Kannst du uns helfen?"

Miguel atmete tief aus: „Ihr wollt ihn also umbringen."

„Von ‚wollen' kann keine Rede sein." entgegnete Annie.

„Das stimmt wohl. Wie genau denkt ihr euch das?"

„Hm..." Geraldine fuhr sich über die Wange, „würde es dich sehr umhauen, wenn ich sage, dass wir dir das nicht verraten wollen?"

„Ganz und gar nicht." erwiderte Miguel, „ich frage nur, weil meine Leute immer noch bereitstehen. Wenn ihr Hilfe braucht..."

Annie sah ihn neugierig an: „Was hast du denn zu bieten?"

„Eine Schützin."

„Eine die schießen kann?"

„Das heißt es, ja."

„Hm... das wäre..." Annie griff sich Geraldine und Z und zog sich mit sich zwei Schritte zurück, „was denkt ihr?"

„Ich denke, wir sollten bei unserem Plan bleiben." entgegnete Geraldine.

„Aber Chri... also... das wäre doch eine Erleichterung für..."

„Bestimmt. Und für Mmm... auch. Aber: Wir haben schon einmal einen Plan geändert, den wir so bekommen hatten. Erinnert ihr euch? Bei Steve und Katiana auf dem Hof? Das ist nicht gutgegangen. Alles steht fest. Wir sollten nicht daran rütteln."

Z nickte unterstützend und so ließ sich Annie seufzend darauf ein:

„Gut. Einverstanden. Also..." Sie trat wieder auf Miguel zu, „danke. Für das Angebot. Aber wir haben, was wir brauchen."

„Bis auf einen Weg zu ihm." stellte Miguel trocken fest.

Geraldine nickte: „Genau."

„Nun. Wen betrifft das denn alles?"

„Uns drei. Und Christopher."

Miguel tippte sich ans Kinn: „Für ihn ist das kein Problem. Zumindest die erste Hälfte. Die da lautet: nach Deutschland. Für dich im Übrigen auch nicht, Z. Weshalb ich vorschlagen würde, dass ihr beide auf dem normalen Weg zurückkehrt. Ihr seid freie Bürger und die Grenzposten haben so viele Bilder da hängen von Leuten, die nicht mehr reindürfen, dass sie nicht auf Leute achten werden, die da nicht dabei sind. Und selbst wenn – soll er doch wissen, dass ihr zurück seid. Wenn ihr sowieso zu ihm wollt, wird er es eh erfahren."

„Okay." war alles, was Z dazu sagte, daher machte Miguel direkt weiter: „Bleibt ihr beide. Nun... ich mag euch mal übers Ohr gehauen haben, aber ich bin kein Berufsverbrecher, der geheime Verstecke in seinem Auto hat und binnen einer Stunde gefälschte Pässe auftreiben kann. Wenn ihr durch mich zurückwollt, dann nur mit mir zusammen."

Annie runzelte die Stirn: „An deiner Hand."

„In meinem Flugzeug." korrigierte er.

„Dein Flugzeug?"

„Das Flugzeug von der Regierung, das ich für diesen Trip benutzen durfte. Und das ich sicherlich nicht noch öfter benutzen darf. Das hier ist eine Ausnahme. Daher..."

„Warum bist du eigentlich hier?" wechselte Geraldine unvermittelt das Thema – und schlagartig schaltete Miguel auf Defensive um:

„Geht euch das was an?"

„Du bist hier geboren, richtig?"

„Das wisst ihr also."

„Du hast es uns im Grunde selbst erzählt."

„Nicht, dass es hier war."

„Wir können addieren."

„Fein." Miguel kniff die Lippen zusammen, „dann addiert mal folgendes obendrauf: Das ist eine private Angelegenheit. Die für mich sehr schmerzhaft ist. Die ich auf jeden Fall noch erledigen werde – ganz egal, was wir jetzt entscheiden. Und die ich vor allem alleine erledigen werde. Da gibt's keine Diskussion."

„Das darfst du." versuchte Annie, beschwichtigend auf ihn einzuwirken, „natürlich."

„Und fragt mich nicht, was es ist. Ich werde es euch nicht sagen. Ihr kennt einen Teil meiner Geschichte. Diesen Teil müsst ihr nicht kennen."

„Absolut in Ordnung. Willst du dann erst…?" Geraldine nickte zum Haus, aber Miguel schüttelte den Kopf:

„Nein. Dafür will ich Ruhe. Lasst uns erst überlegen, was wir machen."

„Ideen?" Sie blickte ihn fragend an – und zu ihrer Überraschung nickte er – wenn auch verhalten:

„Ja. Wird euch nicht gefallen. Frage daher vorab: Wie weit seid ihr bereit zu gehen?"

„So weit wie es sein muss." schoss Geraldine zurück.

„Auch persönlich?"

„Auch das."

„Also wärt ihr bereit, euch etwas Nuttiges anzuziehen, bis zum geht nicht mehr zu schminken und dann an meinen Armen laut kichernd durch die Gegend zu laufen?"

Annie schüttelte sich irritiert: „Äh… was?"

Und auch Geraldine war alles andere als angetan: „Ist das hier das Frauenbild?"

„Nein." widersprach Miguel, „es ist das Priesterbild. Auf der ganzen Welt. Traurig, oder?"

„Ich komme nicht hinterher." Annie blickte Geraldine Hilfe suchend an. Doch diese zuckte nur mit den Schultern und Z – als sie den Blick weiterwandern ließ – ebenfalls. So landete sie schließlich wieder bei Miguel – der ein schwaches Lächeln auf den Lippen hatte:

„Dann erkläre ich es langsam und ausführlich: Ich bin ein Priester. Ich habe ein Gelübde abgelegt. Das enthält, dass ich enthaltsam bin. Aber Mensch ist Mensch und alle Menschen wissen, dass man nicht enthaltsam sein kann. Stimmt natürlich nicht. Kann man. Bin ich. Ihr habt also nichts zu befürchten. Aber die Welt glaubt mir nicht. Nicht nur mir – allen, die das sagen und es wirklich sind. Man glaubt es nicht. Weil man es für unmöglich hält. Also glauben die Menschen, dass wir das heimlich tun. Mit Chorknaben, unbefriedigten Ehefrauen, oder eben mit solchen, die sich auf alles einlassen, was ihnen Geld oder Spaß bringt."

Annie riss die Augen auf: „Wir… wir sollen so tun als…?"

„Ich bin in sehr bedrückter Stimmung aus Deutschland abgereist. Das hat jeder mitgekriegt. Warum auch nicht? Es stimmt schließlich. Den Grund kennt keiner. Aber alle wissen, dass man nicht lange in so einer Stimmung bleiben kann. Oder will. Und was gibt es Besseres dagegen, als Ablenkung? Mit ein oder besser zwei sexy jungen Hüpfern, die alles für mich tun, woran ich Freude habe."

„Das ist erbärmlich." zischte Geraldine – brachte Miguel aber nicht aus der Ruhe:

„Ja. Eben. Genau das ist es. Und gerade deswegen ist es so brillant. Überlegt doch mal: Auch wenn man mit einer Privatmaschine fliegt, wird man am Flughafen immer kontrolliert. Außer, man ist eine Person, die offiziell gar nicht da sein sollte. Auf wen trifft das zu? Agenten oder Bundesbeamte. Die einen geheimen Auftrag haben. Die kommen so durch. Oder junge Mädchen an der Hand eines hochrangigen Kirchenmitglieds. Die ihm das geben, wovon alle wissen, dass er ohne nicht leben kann. Die aber nie irgendwo erfasst werden dürfen, weil er sonst mächtig Ärger kriegen würde. Was keiner will. Schließlich ist er von der Kirche und damit ein guter Mann. Und er hat ein hartes Leben mit all dem Verzicht. Da gönnt man ihm doch seinen Spaß. Und drückt mal ein Auge zu. Winkt seine beiden aufgeheizten Begleiterinnen einfach durch. Damit er schnellstmöglich zur Sache kommen kann. Und man braucht sich auch keine Sorgen zu machen, dass sie danach irgendwas anstellen werden. Weil der Kirchenmann ja keine Spuren hinterlassen will. Also wird er sie schon genauso unauffällig wieder loswerden, wie er sie angeschleppt hat. Äh... damit meine ich jetzt nicht Beton an die Füße. Sondern heimlich über die Grenze oder so."

Geraldine fuhr sich über die Haare: „Weißt du, was das Schlimme ist?"

„Nein, was denn?"

„Dass das eine ganze Menge Sinn macht. Auf eine ekelhafte Art und Weise."

„Weißt du, was ich schlimm finde?" schaltete sich Z wieder mit ein.

„Nein, was denn?" wiederholte Geraldine Miguels vorherige Frage.

„Dass er das einfach so aus dem Ärmel schütteln kann."

„Er... steht direkt vor dir." brummte Miguel gereizt, „und ich schüttele das aus dem Ärmel, weil ich nicht der erste Priester bin, der das so macht. Und auch nicht der letzte sein werde. Wie gesagt: mein Gelübde steht. Könnt ihr mir glauben oder nicht. Wenn nicht, seid ihr in guter Gesellschaft. Nicht nur mit der Gesellschaft, sondern auch mit meinen eigenen Brüdern. Also... nicht die Brüder, die hier gewohnt haben. Meine Glaubensbrüder. Was glaubt ihr wohl, wie oft ich im Vatikan oder auch an anderen Orten ‚unter der Hand' angesprochen werde von anderen meiner Konfession? ‚Wenn du was brauchst, sag Bescheid. Wir haben da Mittel und Wege.' Das hier ist eines dieser Mittel, einer dieser Wege. Sehr beliebt. Unter denen, die es sich leisten können. Schließlich muss man für alles bezahlen. Das Flugzeug, die Frauen, manchmal sogar die Beamten."

Z schnalzte mit der Zunge: „Du solltest wirklich mal aufräumen in dem Laden."

„Das würde ich zu gerne." gab Miguel zurück.

„Würde?"

„Im Moment gibt es andere Baustellen."

Annie legte die Handflächen aneinander: „Deswegen stehen wir hier – nicht wahr?"

„Goldrichtig."

„Wenn du für uns etwas bezahlen musst..."

Wieder huschte ein Lächeln über Miguels Gesicht: „...legt ihr es mir aus?"

„Ja." nickte Annie, „auf jeden Fall."

„Das ist süß. Aber der Flieger ist kostenfrei und die Beamten am Flughafen sicher nicht teuer. Erst recht nicht, wenn ihr es schafft, euch so herzurichten, dass ihr teuer aussieht. Dann glauben sie mir bestimmt, dass ich kaum noch Geld übrighabe."

Annie sah Geraldine an: „Machen wir's?"

„Wir machen's." antwortete diese ohne jegliches Zögern.

Miguel blickte fröhlich drein: „Fein."

Und Annie daraufhin nicht mehr so: „Du freust dich?"

„Auf eure Gesellschaft? Eher weniger. Aber wenn euer Plan aufgeht, bin ich ihn los. Und musste es nicht einmal selber tun. Darüber freue ich mich bestimmt."

„Dann lassen wir dich jetzt alleine." entschied Geraldine.

Miguel hob beide Daumen: „Ganz genau. Fahrt nach Hause und sucht euch was Passendes aus dem Schrank raus. Oder kauft was, wenn ihr nichts habt. Macht euch zurecht. So schlimm wie möglich und dann noch zwei Nummern obendrauf. Soll schließlich wirken."

Annie verzog das Gesicht: „Meinst du nicht, da übertreibst du?"

Geraldine ebenso: „Oder findest du das witzig?"

„Liebe Mädels." Miguel atmete tief ein und aus, „wir mögen unsere Differenzen haben, aber jetzt führt leider kein Weg mehr vorbei an einem Kompliment: Ihr seid beide helle Köpfe und das sieht man euch auch an. Wenn ihr euch zurecht macht, seht ihr aus wie Damen. Ihr sollt aber aussehen wie Schlampen. Also bitte nicht da aufhören, wo ihr selbst denkt, dass es reicht. Das wird nicht reichen. Dafür ist euer Niveau zu hoch. Lasst Z mitschauen. Der wird wissen, wie es zu sein hat."

„He." machte dieser empört.

„Nichts gegen dich persönlich. Du warst deiner Frau sicherlich immer treu. Aber Männer haben ein Gespür für den Unterschied zwischen schön und billig."

Z zog eine beleidigte Schnute und wandte sich ab. Weshalb Geraldine übernahm:

„Wir kriegen das schon irgendwie hin. Wo treffen wir uns?"

„Ich fliege morgen zurück." antwortete Miguel, „ich übernachte am Flughafen. Gebt mir eure Adresse. Mein Fahrer holt euch morgen früh ab."

„Nicht schon besser heute Abend?" hakte Annie nach und Miguel blinzelte der verdutzt:

„Äh..."

„Wegen der Glaubwürdigkeit." setzte sie eilig hinzu.

Er schüttelte den Kopf: „Würden wir diese Nacht schon ‚Party' machen, wäre es nicht glaubwürdig, dass ich euch morgen mitnehme."

„Stimmt auch wieder."

„Dann gehen wir jetzt wirklich." Geraldine nickte Miguel zu – Annie ebenso:

„Miguel – danke."

„Danke euch. Wenn es vorbei ist. Und..." Miguel legte Z die Hand auf die Schulter, „trotz aller Differenzen... Was auch immer dir passiert ist – es tut mir leid."

126

Z und Christopher fuhren noch am selben Abend los. Nachdem sie Geraldine und Annie dabei geholfen hatten – hauptsächlich durch Ab- und

Zerschneiden – aus den offenherzigsten Klamotten, die sie besaßen, etwas zu machen, das ihrer aller Meinung nach als ‚schlampenhaft' durchgehen konnte. Zum Einkaufen hatten sie weder Zeit noch Lust. Um das Make-Up wollte Michelle sich kümmern. Schließlich brachte sie Erfahrung aus dem Theater mit und war zuversichtlich, dass sie die beiden ‚auf das niedrigstmögliche Niveau hinabschminken' konnte. Was diese mit einem Seufzer zur Kenntnis nahmen. Die Verabschiedung zwischen Christopher und Michelle war lang und tränenreich. Annie nahm sie in den Arm, als das Auto um die Ecke bog.

„Ihr passt auf ihn auf." bat Michelle sie leise und Annie streichelte ihr über den Oberarm:

„Tun wir. Und du hältst die Stellung."

„Mache ich."

127

Z fuhr die ganze Nacht hindurch, während Christopher neben ihm schlief. Die Waffe hatten sie unter dem Beifahrersitz festgeklebt. Sie unbemerkt über die Grenze zu bringen war ein weiteres Zeichen, wie Z vor ihrer Abfahrt angemerkt hatte. Sie war nach wie vor voll funktionstüchtig – Z hatte sie nur ein wenig von der Erde befreien müssen. Sie enthielt allerdings nur eine Kugel. „Mehr Versuche werde ich eh nicht kriegen, bevor sich jemand auf mich stürzt." hatte Christopher dazu gemurmelt.

Am Morgen erreichten sie die deutsche Grenze, an der sie sich in eine Schlange einreihten, die zwar nicht sonderlich lang war, dafür aber nur sehr schleppend vorankam. Sie brauchten eine ganze Weile, bis sie endlich dran waren, wurden dann jedoch einfach durchgewunken. Der Wachmann warf lediglich einen strengen Blick in ihre Gesichter und drückte dann den Knopf, der die Schranke öffnete. Einige Kilometer hinter der Grenze hielten sie und Christopher löste Z ab. Dieser schlief nun – allerdings nur, bis sie kurz vor München in eine Vollsperrung gerieten. Christophers scharfe Bremsung ließ ihn aufschrecken und die nächsten Stunden verbrachten sie damit, sich gegenseitig mit Witzen aus Serienfolgen wachzuhalten, bis es schließlich weiterging. So war es bereits gegen Abend und sie beide ziemlich fertig, als sie in der Einfahrt ihres Hauses hielten. Sie schleppten sich nach drinnen – ohne Gepäck aber dafür mit der Waffe – und fielen sofort ins Bett.

128

Geraldine und Annie lagen zu diesem Zeitpunkt bereits im Bett. Im selben Haus. Was Z und Christopher vor lauter Müdigkeit allerdings nicht bemerkten. Und auch Geraldine und Annie wachten nicht auf, als die beiden eintrafen. Ihr Tag war ebenfalls anstrengend gewesen. Auf eine sehr andere Art:
Die Limousine hatte vor dem Haus gehalten, kurz nachdem Michelle mit ihnen fertig geworden war. Sie hatten wirklich zum Fürchten ausgesehen und der Fahrer ihnen einen entsprechend herablassenden Blick zugeworfen und sich nicht einmal die Mühe gemacht, sein Augenrollen vor ihnen zu verbergen. Sie hatten das als gutes Zeichen genommen: Er hielt sie für echt – und das wollten sie ja. Am Flughafen war er direkt bis zu dem Flieger gefahren, in dem Miguel bereits wartete. Eine Stewardess hatte sie an Bord geleitet und dann mit einem leisen Seufzer die Tür geschlossen.
„Es ist krass, wie sehr das wirkt." Annie hatte sich auf einen der Sitze fallen lassen, „alle glauben, wir sind die letzten Bienen der Unterschicht."
Miguel hatte die Brauen hochgezogen: „So nennt man das bei euch?"
„Annie nennt selten Dinge so wie sie wirklich heißen." hatte Geraldine gekichert und Annie ihr daraufhin die Zunge herausgestreckt:
„Tue ich wohl."
„Tust du nicht."
„Tue ich..."
„Leise. Bitte." Miguel hatte die Hände gehoben, „das Personal mag nicht reinkommen. Aber sie sind nach wie vor auf der anderen Seite der Tür."
Geraldine hatte ihn kritisch gemustert: „Du verlangst jetzt aber nicht, dass wir den ganzen Flug über stöhnen und dummes Zeug sagen wie: ‚Ja, genau so mag ich's' oder ‚Fester, härter, schneller' oder..."
„Du scheinst dich auszukennen" hatte Miguel sie lachend unterbrochen.
„Gesunder Menschenverstand."

„Na – gesund… Aber ich kann dich beruhigen. Ich hatte erst überlegt, einen entsprechenden Film zu kaufen. Um die Geräusche zu simulieren. Aber das… wenn man den Film nicht kennt und nicht weiß, was sie reden…"

„Reden?" hatte Annie irritiert wiederholt und Miguel war leicht rot geworden:

„Zwischendurch. Denke ich. Schätze ich. Vermute ich. Ich… habe mich auf jeden Fall für laute Musik entschieden. Legen wir los."

An eine Unterhaltung war bei dem Krach, der kurze Zeit später aus den Boxen gedröhnt und den ganzen Flug über angedauert hatte, nicht mehr zu denken gewesen. Was den beiden Frauen allerdings ganz recht gewesen war und wovon sie auch den Eindruck gewonnen hatten, dass Miguel es bei seinen Überlegungen durchaus mitbedacht hatte. Kurz bevor sie gelandet waren, hatte er ihnen gedeutet, sich hinzustellen. Sie hatten sich angesehen und getan wie geheißen. Er war zu ihnen getreten und hatte begonnen, an ihren Klamotten herumzuzupfen.

Annie hatte sich zunächst dagegen gewehrt: „Was soll das? Was machst du?"

„Ich soll aussehen, als hättet ihr das…" Er hatte an Annies Oberteil gezogen und so ihre rechte Schulter freigelegt, „…nicht angehabt während des Fluges. Und erst jetzt schnell wieder übergezogen."

„Deine Liebe zum Detail ist wirklich unheimlich."

„Es steht sehr viel auf dem Spiel. Auch für mich."

„Das ist wahr." hatte sie genickt, „na gut. Dann ropp mal."

Er hatte sie verwirrt angestarrt: „Was?"

„Mach weiter."

„Okay."

Auch hier waren sie von einer Limousine erwartet worden, neben der zwei Beamte des Zolls gewartet hatten. Sie hatten die Gesichter verzogen, als Geraldine und Annie hinter Miguel die Gangway hinuntergestiegen waren. Sie hatten sich beide die höchsten Schuhe angezogen, die sie besaßen. Und die sie zuvor nur bei Anlässen getragen hatten, bei denen sie nur wenig hatten laufen müssen. Und vor allem: keine Treppen steigen. Dementsprechend ungelenk hatten sie ausgesehen, was ihre Wirkung auf die Anwesenden noch verstärkt hatte. Und Miguel hatte seine Rolle gut gespielt: „Äh… die Damen gehören zu mir." hatte er genuschelt – in einem

Tonfall, der gesetzt hätte wirken sollen, es aber nicht getan hatte. Was genau richtig gewesen war. Die Beamten hatten einen vielsagenden Blick gewechselt und einer von ihnen schnell die hintere Autotür geöffnet: „Natürlich, eure Eminenz. Einen schönen Tag Ihnen noch." Annie hatte einen leichten Hickser von sich gegeben, als sie ins Auto geklettert war und Geraldine daraufhin losgeprustet. Die Beamten hatten sich erneut angesehen und sie einen schlimmen Moment lang die Befürchtung gehabt, es versaut zu haben. Doch anscheinend hatten die Beamten ihren Ausbruch dahingehend gedeutet, dass sie genauso betrunken war wie ihre Freundin und daher nur hastig die Tür hinter ihnen zugeschlagen.

„Du bist..." hatte Geraldine angesetzt und Miguel den Finger auf die Lippen gelegt und nach vorne gedeutet. Eine Glasscheibe trennte sie vom Fahrer, doch die war, wie er ihnen leise verständlich gemacht hatte, unter Umständen nicht komplett schalldicht.

„Wir fahren zu mir." hatte er sie aufgeklärt, „und ihr kommt mit ins Haus. Bis der Wagen weg ist. Ich nehme an, ihr habt Wechselkleidung da in der Tasche?"

Annie hatte genickt: „Die Handtasche ist der Frau bester Freund. Da passt alles rein."

„Naja – fast." hatte Geraldine das sofort relativiert, „aber wir haben Kleidung bei uns im Haus."

Diese Aussage hatte Miguel gar nicht gefallen: „Es wäre einfach gut, wenn ihr von mir nicht so..."

„Wir reden wirr – Entschuldigung." war Geraldine ihm ins Wort gefallen, „das ist die Rolle. Wir haben Sachen dabei. Oberteil, Hose. Nur keine Schuhe. Und keine Schminksachen."

„Die haben nicht mehr reingepasst." hatte Annie ergänzt.

„Aber von dir zu uns kommen wir damit. Und da bleiben wir dann sowieso erstmal."

Der Fahrer hatte ihnen die Tür geöffnet, als sie ankamen, sein Gesicht dabei jedoch ebenfalls Bände gesprochen und sie waren froh gewesen, als sie endlich im Haus waren.

„Wie ertragen solche Frauen das?" hatte Annie aufgestöhnt, während sie ihre Wechselklamotten hervorgekramt hatte, „immer so angeschaut zu werden."

Geraldine hatte die Achseln gezuckt: „Entweder sind sie wirklich ständig betrunken, oder sie bekommen genug Geld dafür."

„Oder beides." Miguel hatte ungeduldig in die Hände geklatscht, „und jetzt trennen sich unsere Wege. Also seht zu. Das Bad ist da hinten."

Geraldine hatte den Kopf schief gelegt: „Hast du es eilig?"

„Ja."

„Hast du was vor?"

„Ich bin das Oberhaupt der Katholischen Kirche." hatte er leicht genervt erwidert, „ich habe einen Zeitplan. Voller Termine. Und mal davon ausgehend, dass weder die Bediensteten am Flughafen noch der Chauffeur den Leuten, die ich gleich treffe, etwas davon erzählen wird, dass ich euch mitgebracht habe, kann ich euch nicht als Ausrede für eine Verspätung nutzen. Was ich auch gar nicht will. Das war dazu da, euch hierher zu bringen. Nicht, meinen Ruf zu ruinieren. Das brauche ich nicht nochmal."

Annie – die bereits auf dem Weg zum Bad gewesen war – hatte sich noch einmal umgedreht: „Beim ersten Mal warst du..."

„...selbst dran schuld. Ja – ich weiß, dass das die allgemeine Meinung ist. Aber dieses Mal bin ich es definitiv nicht. Also gönnt es mir, dass ich Zeitpunkt jetzt wieder zum normalen Leben zurückkehre."

„Natürlich. Mach das. Wir beeilen uns." Annie war im Bad verschwunden. Und Geraldine hatte sich ihr – um Miguel zu zeigen, dass sie ihn wirklich ernst nahmen – direkt angeschlossen.

Der Weg von Miguel zum Haus war anstrengend gewesen. Zum einen, weil sich die Schuhe für einen längeren Weg genauso wenig geeignet hatten wie für Treppen. Zum anderen, weil sie hinter jeder Ecke jemanden erwartet hatten, der sie erkennen und verpfeifen würde. Doch letzteres war nicht geschehen und Annie gegen ersteres irgendwann auf die Idee gekommen, die Schuhe einfach auszuziehen. Was an den Füssen zwar ein wenig kalt, insgesamt aber um einiges angenehmer gewesen war. So hatten sie das Haus ohne Zwischenfall erreicht.

129

„Meinst du eigentlich, unsere Visionen sind für immer rum?" hatte Annie gefragt, während sie die letzten Reste Make-Up entfernt hatten, „wenn wir ihn besiegt haben, meine ich?"

„Es verschwinden nicht alle Dämonen, nur weil er verschwindet." hatte Geraldine entgegnet.

„Das ist wahr."

„Ich schätze mal, wir kehren zum Alltag zurück. Wo ich gar nichts dagegen habe."

„Ja... mal so hier und da einen austreiben... ach..." Annie hatte geseufzt, „was für eine Vorstellung."

„So weit sind wir leider noch nicht." Geraldine hatte die Abschminktücher zurück in den Schrank gepackt, „was willst du machen? Einkaufen? Oder telefonieren?"

„Geh du mal einkaufen." hatte Annie erwidert, „du hast hier nicht so lang gewohnt, dich kennt man nicht so gut."

„Mag sein. Dann... du weißt, wo du den Stick findest?"

„Im Keller in der Schublade."

„Gut."

„Welcher ist es?"

„Musst du probieren."

„Steht nichts drauf?"

„Das war der Sinn der Sache."

„Auch wahr. Gut. Ich finde ihn schon."

„Bis später."

Geraldine war losgezogen – hatte aber nur so viel gekauft, dass sie durch den Tag kamen. Den Großeinkauf konnten die Männer machen, wenn sie da waren. Bei ihrer Rückkehr war Annie in ein Telefonat vertieft gewesen. Hatte dabei allerdings alles andere als glücklich ausgesehen. Was sich danach auch nicht geändert hatte:

„Bisher habe ich fünf erreicht. Von denen einer bereit wäre, mitzumachen."

„Wie viele stehen auf der Liste?" hatte Geraldine sich erkundigt.

„47. Also... insgesamt natürlich mehr. Aber das sind die, die in der Umgebung wohnen."

„Dann haben wir ja noch was vor uns. Lili?"

„Versucht." Annie hatte die Nase gerümpft, „sie ist nicht die eine."

„Natürlich nicht." war es Geraldine herausgerutscht.

„Habe auch nicht lange diskutiert."

„Besser so. Sonst kriegt sie Angst und rennt zu ihm. Was sagst du überhaupt?"

„Wer ich bin. Das hat sich als guter Einstieg erwiesen. Denn wir sind in der Branche sowas wie Stars. Nach wie vor."

„Stars." Geraldine hatte losgeschnaubt, „Branche."

„Na – unter den Austreibern." hatte Annie ausgeführt und das Schnauben war noch lauter geworden:

„Ich weiß schon, was du meinst. Klingt trotzdem komisch."

„Schon. Aber hilft. Und dann... dass wir wissen, dass Jesus unter dämonischem Einfluss steht. Und den beseitigen wollen. Das ist nicht gelogen, lässt aber den schlimmen Teil außen vor."

„Klingt gut." hatte Geraldine genickt, „machst du da weiter? Dann nehme ich die andere Liste."

Annie hatte überrascht geblinzelt: „Andere Liste?"

„Lili konnte beides – sehen und austreiben. Aber ich schätze mal, dass sie damit so ziemlich einzigartig sein dürfte."

„Bis auf uns. Tjaja... Stars halt..."

Geraldine hatte sich gegen die Stirn geschlagen: „Wenn ich durch bin, drucke ich deine Autogrammkarten aus. Aber im Ernst: Wegen mir können wir die Listen kurz abgleichen. Aber ich schätze mal... auf jeden Fall brauchen wir Leute aus beiden Gruppen."

„Und dann bilden wir Teams."

„Dachte ich."

„Klingt gut." hatte Annie gelächelt, „okay. Dann mach ich weiter."

Bis in die Abendstunden hatten sie telefoniert. Dann war es ihnen zu spät erschienen. Die Bilanz war nicht gerade berauschend gewesen: Von den 47 Personen, die Dämonen austreiben konnten, hatte Annie 36 erreicht. Lediglich 17 davon hatten Bereitschaft signalisiert. Bei Geraldine hatte es ein wenig besser ausgesehen: 20 der 29 Kandidaten, die sie erreicht hatte, hatten sich positiv zu ihrer Anfrage geäußert. Den Rest hatten sie auf den nächsten Tag verschoben und waren zu Bett gegangen.

130

Am nächsten Morgen bemerkten sie einander und fielen sich erstmal um den Hals.

„Na?" Christopher zwinkerte den beiden Frauen zu, „wie gehts unseren beiden Vögeln?"

„Hä?"

„Das war ein Wortspiel. Mit Vögeln und... nun... vögeln."

„Einmal klein und einmal groß geschrieben." ergänzte Z lachend.

„Ihr seid echt Knaller... köpfe." brummte Annie und Geraldine rollte mit den Augen:

„Hat euch die Fahrt für den Witz gelangt? Oder musstet ihr die Nacht noch dafür wachbleiben?"

„Gereizt, gereizt." erwiderte Christopher gelassen, „aber Spaß beiseite: Ihr seid heil angekommen."

„Sind wir." bestätigte Geraldine, „und kurz davor, unser Team zu vervollständigen."

„Das klingt gut."

„Bisher noch nicht so." entgegnete Annie, „ein paar mehr dürfen es gerne noch werden."

Christopher winkte ab: „Wird schon. Wie geht es dann weiter?"

„Z?" wandte sich Geraldine an diesen und er zuckte merklich zusammen: „Wieso ich?"

„Dein Plan."

„Na gut. Lasst mich..." Er zögerte, „gebt mir Zeit, bis ihr soweit seid. Dann sage ich euch, was ich denke. Wenn ich bis dahin etwas denke."

131

Kurz vor dem Mittagessen stand fest, dass sie neben sich selbst insgesamt auf 28 Personen zurückgreifen konnten, die Dämonen sahen und 23, die sie austreiben konnten.

„Das ist okay." erklärte Geraldine nachdenklich nickend, „nicht überragend, aber es geht. Wie sieht es bei dir aus?"

„Tja…" Z blies die Backen auf, „ich habe mir so einiges überlegt. Brauche aber eure Meinung dazu."

„Natürlich. Lass hören."

„Gut." Er beugte sich vor, „aber hört ganz genau zu. Ich sage alles nur einmal."

„Öhm…" machte Annie und er kicherte in sich hinein:

„Das war nur ein Spaß."

132

„Miguel."

Clara stutze: „Das wollte ich gerade sagen."

„Dachte ich mir." bekam sie zurück und war noch verwirrter:

„Warum…?"

„Sonst sage ich immer deinen Namen." stellte Miguel amüsiert fest.

„Stimmt."

„Ich hatte mal Lust auf was anderes."

Clara brummte leise: „Dir scheint es ja blendend zu gehen."

„Tut es." erwiderte er.

„Grund?"

„Wir haben bald, was wir wollen."

„So? Warum weiß ich davon nichts?"

„Weil ich es selbst erst seit gestern weiß."

„Gestern." wiederholte sie langsam.

„Konnte ich nicht sprechen." klärte Miguel sie auf, „heute kann ich es."

„Heiser?"

„Gesellschaft."

„Verstehe."

„Wirklich?"

Clara atmete tief ein und schaffte es, ruhig zu bleiben ob seiner nervigen Überschwänglichkeit: „Erklär doch noch ein bisschen."

Das tat Miguel gerne: „Wir hatten einen Plan. Den wir haben sausen lassen. Wir wollten ihn beide nochmal probieren. Das brauchen wir jetzt nicht mehr. Denn andere Leute haben diesen Plan auch. Die können wir einfach machen lassen."

„Bist du dir sicher, dass das gutgeht?"

„Wir sind nicht involviert. Du gar nicht und ich bin nur... Mitwisser. Sonst nichts."

„Und wir kommst du dazu?" hakte sie nach.

„Sagen wir mal... es mussten ein paar Spezialisten ins Land kommen. Das habe ich übernommen."

„Mutig."

„Nicht wirklich." wehrte er ab.

„Und wann ist es soweit?"

„In den nächsten Tagen. Aber ihren genauen Zeitplan kenne ich nicht."

„Und was machen wir, wenn es nichts wird?"

„Selbst weiter."

Die Gedanken in Claras Kopf rasten. Irgendwie klang ihr das alles viel zu unausgegoren. Allerdings konnte das auch daran liegen, dass Miguel sehr darauf bedacht schien, sich aus dem Plan so weit wie möglich herauszuhalten. Was sich wiederum positiv auswirken konnte, wenn es schiefging. Denn dann war er – hoffentlich – komplett außen vor und sie konnten wirklich weitermachen. Zu verlieren gab es dabei also eigentlich nichts. So gab sie sich einen Ruck:

„Na schön. Dann warten wir mal. Ich nehme an, ich merke, wenn was passiert?"

„Oh, da bin ich mir ganz sicher."

133

Sie nahmen den gleichen Eingang in den Tunnel, den sie schon früher immer genommen hatten. Es war dunkel und stickig. Und niemand war zu sehen oder zu hören.

„Seid ihr euch sicher, dass hier um diese Zeit wirklich noch etwas stattfindet?" flüsterte Annie, während sie vorsichtig an den Gleisen entlangschlichen, „es hieß doch, dass sie da was ändern wollten."

„So sicher, wie man sich sein kann." gab Geraldine zurück.

„Na gut."

„Wie war denn dein Gespräch mit Jakob?" wandte Geraldine sich an Christopher und dieser gab einen undefinierbaren Laut von sich:

„Er ist sehr geknickt. Weiß nicht genau, warum. Ist wohl was passiert, während wir weg waren. Aber er macht mit."

„Das ist gut. Ohne ihn würde es schwierig."

„So groß ist seine Rolle nun auch wieder nicht." wandte Annie ein, doch Geraldine dachte in eine andere Richtung:

„Aber er ist der Einzige, dem wir noch vertrauen können."

„Das stimmt natürlich."

„Hast du ihm erzählt, was geschehen wird?" fragte Geraldine weiter.

„Nein." antwortete Christopher, „wollte er auch gar nicht wissen."

„Auch gut."

Sie erreichten die Abzweigung zum Servicetunnel. Nach wie vor war kein Licht zu erkennen. Was Annie leise seufzen ließ: „Dann hoffen wir mal, dass wir nicht umsonst hier runtergekommen sind."

„Ein Gottesdienst ist nie umsonst." entgegnete Christopher.

„Du weißt, was ich meine."

„Na klar."

In Spanien waren sie nie im Gottesdienst gewesen. Die Sprachbarriere hatte dabei den Ausschlag gegeben. Zs Idee, den geheimen Gottesdienst in ihren Plan einzubauen, war ihnen daher entgegengekommen. Aber jetzt, wo sie hier unten waren, hatten sie alle nur noch einen Gedanken. Der mit dem zu tun hatte, was sie sich für danach vorgenommen hatten.

Sie blieben weitestgehend im Schatten – nicht wissend, wie die übrigen Anwesenden zu ihnen standen. Lediglich bei dem Pfarrer, der glücklicherweise wirklich da war und auch die Predigt hielt, hofften sie auf eine positive Reaktion. Seine Botschaft war leider genauso mutlos wie früher und Christopher überlegte noch kurz, ob er ihn darauf vielleicht auch ansprechen sollte. Doch dann verschob er das. Sie hatten Wichtiges zu bereden und zudem ließ es sich nicht gut an, wenn er ihn gleich zu Beginn vor den Kopf stieß.

Als der Gottesdienst vorbei war und sich die dunklen Gestalten vorsichtig ihren Weg zurück an die Oberfläche bahnten, betrachtete Geraldine sie eingehend. Sie hatte gehofft, die Frau anzutreffen, der sie früher das Geld gegeben hatten. Sie hatte sogar einen gefüllten Umschlag mit dabei und sich eine wohlformulierte Entschuldigung für ihr plötzliches Abtauchen zurechtgelegt. Aber die Frau war nicht da. So konzentrierte sie sich auf den Pfarrer und legte ihm, als auch er gehen wollte, die Hand auf die Schulter: „Bleiben Sie noch einen Moment." raunte sie ihm ins Ohr und er zuckte zusammen – wohl in dem Glauben, jemand wolle ihm etwas Böses. „Wir sind Freunde." fügte sie daher hastig hinzu.

Als alle anderen weit genug entfernt waren, machte Z eine Taschenlampe an.

Der Pfarrer erstarrte: „Ihr?"

„Ja." bestätigte Geraldine, „wir sind wieder da."

„Das ist gefährlich." wisperte er unglücklich, „sehr gefährlich."

„Warum wir wieder da sind, ist noch viel gefährlicher."

Aus Unglück wurde Entsetzen: „Und damit kommt ihr zu mir?"

„Wir brauchen Ihre Hilfe."

„Meine..."

„Es muss etwas geschehen." unterbrach Annie ihn sanft, aber bestimmt, „und nur durch Sie können wir das möglich machen."

Bevor er etwas erwidern konnte, begann Geraldine, ihm den Plan darzulegen. Er hörte aufmerksam zu und sie konnten sehen, wie er sich nach und nach entspannte.

„Wie Sie sehen, haben Sie keinen gefährlichen Teil." beendete sie ihre Ausführungen und er atmete tief aus:

„Das hätte ich auch nicht gemacht. Bei aller Liebe, aber..."

„Werden Sie dies denn machen?" erkundigte sich Annie vorsichtig.

Er nickte – wenn auch zögerlich: „Ich werde es versuchen."

„Versuchen heißt?" hakte Z nach.

„Ich bin kein Schauspieler. Ich kann nicht garantieren, dass niemand etwas merkt."

Christopher legte ihm die Hand auf die Schulter: „Seien Sie einfach natürlich. Dann geht das schon."

„Wann ist es denn soweit?"

„Übermorgen. Morgens um halb acht wird Jakob auf Sie warten. Vor der offiziellen Runde."

„In Ordnung."

„Uns beide melden Sie morgen an." Christopher deutete auf Z und sich selbst, „für die gleiche Zeit."

„Mache ich."

„Und dann..." schaltete sich Z ein, „wenn Sie bei ihm waren... verschwinden Sie."

„Verschwinden?" wiederholte der Pfarrer erschrocken.

„Nach Hause, meine ich."

„Oh. Gut. Natürlich. Klar."

„Wenn irgendetwas schiefgeht – hier: unsere Nummer." Geraldine hielt ihm einen Zettel entgegen, den er hastig einsteckte:

„Und wenn bei euch was schiefgeht?"

„Dann wird das Leben überübermorgen noch genauso unerträglich sein wie heute."

134

Am Dienstag um kurz nach 7 Uhr erreichten Geraldine und Annie die ausgebrannte Ruine von Zs alter Gemeinde. Jakob war schon da. Einige ihrer Rekruten ebenfalls. Die restlichen kamen in der nächsten halben Stunde hinzu. Dann wandte sich Geraldine an die Gruppe:

„Seid ihr bereit?"

„Wissen wir, wie viele es sein werden?" erkundigte sich eine Frau.

„Laut unseren Informationen waren sowohl alle Pfarrer als auch alle Jünger besessen, als sie die Waffen holen gegangen sind. Genau kann das natürlich niemand sagen – schließlich kann sich keiner richtig daran erinnern. Aber unser Kontaktmann sagte, es hätten hinterher alle über den gleichen Gedächtnisverlust geklagt. Natürlich kann das jemand gespielt haben, aber..."

„...aber das kann uns egal sein." fiel Annie Geraldine ins Wort, „wir brauchen nur eine ungefähre Zahl. Wenn wir die beiden Gruppen zusammenfassen, landen wir bei um die 60."

Ein Raunen ging durch die Gruppe: „60 Dämonen?"

„Das sind für jeden hier ungefähr zwei bis drei." stellte Annie klar, „und groß nach ihnen Ausschau halten werdet ihr ja nicht müssen."

Ein Mann meldete sich: „Ich habe sowas noch nie gemacht."

„Das haben so einige von euch wahrscheinlich nicht." Geraldine blickte ernst in die Runde, „aber wir sind viele. Wir können einander helfen."

Ein anderer Mann meldete sich: „Warum seid ihr nur zu zweit? Wo ist...?"

„Unser Kollege mit den fehlenden Restbuchstaben betätigt sich anderweitig." wiegelte Geraldine ab, „das hier ist nicht unser einziges Schlachtfeld. Und es mag durchaus sein, dass welche von ihnen zurückbleiben."

„Zurückbleiben? Wo?"

„Beim FP... ich meine: bei Jesus."

Wieder ein Raunen: „Jesus? Auf ihn habt ihr es abgesehen?"

„Er gehört ins Gefängnis." sagte Annie mit fester Stimme, „oder ins Grab. Wir wollen natürlich ersteres. Aber wir sind auch mit letzterem zufrieden. Alles, damit er nicht an der Macht bleibt. Dieses Land braucht das. Und wir brauchen euch dafür. Wer sich das nicht zutraut..."

„Ihr habt es am Telefon erklärt." kam es von einer Frau zurück, „wir wären nicht hier, wenn wir das nicht täten."

„Wir haben die Grundregeln erklärt." korrigierte Geraldine, „jetzt wird es ernst. Wenn also noch jemand aussteigen will..."

„Ich." ließ sich der Mann, der sich zuerst gemeldet hatte, vernehmen, „wenn es geht."

„Natürlich. Hier wird niemand gezwungen."

„Kann ich dann gehen?"

„Hm..." Geraldine überlegte kurz, „nein."

„Nein?" wiederholte der Mann erschrocken und einige um ihn herum blickten ebenfalls entsprechend drein.

„Das ist eine heikle Situation." fuhr Geraldine schnell fort, „die nur funktionieren kann, wenn die Geheimhaltung gewahrt bleibt. Nichts gegen dich – aber wir kennen dich nicht. Wir können nicht riskieren, dass du..."

Der Mann nickte verstehend: „Dann warte ich im Auto."

„Ich lieber auch." schloss sich eine Frau ihm schüchtern an, „wenn das... geht."

Geraldine seufzte leise: „Natürlich. Tut das. Es wird nicht lange dauern. Hoffe ich."

„Da kommen schon die ersten." informierte Annie sie.

„Dann geht es bald los. Versteckt euch."

135

Zur gleichen Zeit betraten Z und Christopher das Regierungsgebäude. Der Pfarrer erwartete sie bereits, trat aber unruhig von einem Fuß auf den anderen:

„Gut, dass ihr schon da seid." begrüßte er sie lautstark, „ich muss nämlich etwas Wichtiges erledigen. Wartet in unserem Besprechungsraum. Ich komme dann zu euch."

Sie folgten ihm, während er ihnen den Weg zu dem Raum wies, in dem sich die Pfarrer sonst trafen. Heute war er leer. Genau, wie es sein sollte. An der Tür ließ er sie allein:

„Ich..."

Christopher lächelte beruhigend: „Keine Eile, Herr Pfarrer."

Er verschwand um die Ecke und sie hörten, wie er an eine Tür pochte. Z nickte Christopher zu. Es ging los.

136

Jesus stöhnte laut auf, als es klopfte: „Herein."

Vorsichtig öffnete der Pfarrer die Tür: „Oh... äh... Jesus. Es ist etwas..."

„Was ist denn?"

„Die anderen... meine... meine Kollegen. Und die Jünger, sie..."

Jesus schnaubte ungeduldig: „Was ist mit ihnen?"

„Sie sind nicht hier." brachte der Pfarrer es heraus – und hatte dabei den Eindruck, dass sein Unbehagen sehr glaubwürdig wirkte. Sein Gegenüber reagierte auf jeden Fall wie erhofft – er runzelte die Stirn:

„Nicht hier?"

„Sie treffen sich woanders."

„Woanders? Warum das denn?"

„Sie hecken etwas aus. Sie wollen gegen dich vorgehen. Sie wollten mich auch dafür. Und ich habe ‚Ja' dazu gesagt. Aber natürlich bin ich hierhergekommen und..." Der Pfarrer brach hechelnd ab. Er hatte all dies so schnell wie möglich hervorgestoßen, um seiner Bedrückung weiter

Ausdruck zu verleihen – und erzielte erneut die erwünschte Wirkung: Jesus vergrub das Gesicht in den Händen:

„Das musste irgendwann passieren." Einen Moment lang saß er in sich versunken da. Dann wurde er sich gewahr, dass er noch Besuch hatte, und sah diesen an: „Gut. Danke, dass du es mir gesagt hast. Geh nach Hause. Lass mich allein."

„Natürlich. Natürlich."

Der Pfarrer schloss die Tür und Jesus die Augen: ‚Wenn sie etwas planen, haben sie Schlechtes im Herzen. Das sollte gehen, oder?' dachte er. Dann öffnete er die Augen wieder.

137

Der Pfarrer marschierte geradewegs zum Ausgang, wurde dort allerdings aufgehalten:

„Was ist denn mit Ihrem Besuch?"

„Oh... die..." Er schenkte dem Wachmann ein gewinnendes Lächeln, während er nach einer Ausrede suchte. Glücklicherweise fand er schnell eine: „Jesus wollte sie sehen. Ich muss mich dafür um etwas anderes kümmern."

„Na gut." nickte der Wachmann und gab den Ausgang frei, „wie Sie meinen."

138

Geraldine und Annie lugten durch den Spalt der Kellertür. Beide Gruppen waren versammelt – die Geistlichen und die Jünger. Natürlich konnten sie nicht sagen, ob es alle waren. Aber es waren viele – und das war auf jeden Fall ein gutes Zeichen. Die Kluft zwischen beiden Lagern war deutlich zu erkennen: Sie saßen auf je einer Seite des Raumes – mit einer Menge Abstand dazwischen. Hatten beim Hereinkommen kein Wort miteinander gewechselt. Und wechselten auch jetzt keine Blicke. Eines jedoch taten sie alle: Sie hörten zu. Jakob, der seine Rede hielt. Die beiden Frauen konnten seine Worte nicht verstehen, doch er sprach ohne längere Pausen und die übrigen Anwesenden hingen an seinen Lippen. Es schien also alles gut zu laufen. Daran hatten sie zuvor noch gezweifelt. Denn Jakob hatte nicht den Eindruck erweckt, als habe er etwas vorbereitet. Doch der Ort an sich schien ihn zu inspirieren. Was auch verständlich war. ‚Lange wird das aber nicht mehr gut gehen...' dachte Annie gerade, als Geraldine sie anstieß. Dann sah sie es auch. Schatten. Viele Schatten. Die zwar nur einige wenige der anwesenden Personen richtig in Besitz nahmen, sich bei allen anderen aber fest von außen ankletteten. Sie atmeten erleichtert auf. Jakob schien sich an ihre dringende Vorgabe gehalten zu haben, die negativen Gefühle seiner Zuhörer anzusprechen. Und sie dadurch so offen wie möglich für einen Angriff zu machen. Dass es für die ‚harte Variante' bei tiefgläubigen Menschen nicht reichen würde, hatten sie durchaus vermutet. Ebenso jedoch, dass die Dämonen von sich aus auf jeden Fall alles versuchen würden. Und Jakob daher entsprechende Anweisungen gegeben. Nach dem Grund hatte er sie nicht gefragt und dies sie zunächst verunsichert. Aber anscheinend hatte er es entweder von alleine verstanden oder genug Vertrauen zu ihnen. Geraldine griff zu ihrem Handy: ‚Es geht los' schrieb sie und schickte es ab. Dann deutete sie den anderen, ihr zu folgen.

139

Zs Handy summte leise. ‚Es geht los' stand auf dem Display, als er es einschaltete. „Scheiße." entfuhr es Christopher und Z nickte. Dann schritten sie langsam den Gang entlang und klopften an die Tür zu Jesu Büro.

140

Die Neulinge machten ihre Sache gut. Wenn sie natürlich auch wesentlich länger brauchten. Und nicht ganz so koordiniert waren. Doch Geraldine und Annie hatten sich vorher besprochen, dass sie sich komplett zurückhalten und nur als Rückhalt dienen würden. Das hatten sie nicht laut gesagt, um niemandem Angst zu machen, aber es erwies sich als richtige

Entscheidung. Sie kümmerten sich um die, die zu fliehen versuchten, und ihre Rekruten erledigten den Rest. So entkam ihnen keiner. Und schon wenige Minuten, nachdem die Runde der Geistlichen und Jünger von den Schatten heimgesucht worden war, war sie von diesen schon wieder befreit.

141

Jesus blickte sie entnervt an, als sie eintraten: „Was wollt ihr denn hier?"

„Erstmal..." Z streckte beide Hände in verschiedene Richtungen aus. Das sah komisch aus, doch Jesus lachte nicht. Er wusste, was das zu bedeuten hatte. Christopher lachte auch nicht. Er öffnete die große Bibel, die er mitgebracht und bei der Eingangskontrolle neben dem Metalldetektor in die Schale gelegt hatte. Sie hatte eiserne Verschläge, die das Röntgengerät gestört hatten. Doch keiner der Wachmänner hatte es sich angemaßt, eine Bibel zu kontrollieren. Es hatte Christopher einige Tränen gekostet, ein Loch in die Seiten zu schneiden, um die Waffe darin verstecken zu können. Doch nun war das nicht mehr wichtig. Der Zweck war erfüllt. Er richtete die Waffe auf Jesus:

„Letzte Worte, Gidon?"

Z sah ihn schief an: „Wir hatten gesagt, dass wir ihn nicht respektlos behandeln wollen."

„Das war ernst gemeint." erwiderte Christopher, ohne den Blick von Jesus abzuwenden.

„Oh." machte Z und Jesus schnaubte verächtlich:

„Ja – oh. Letzte Worte? Glaubt ihr echt, ihr könntet mich...?" Während er sprach, schielte er zur Decke, was Christopher nicht entging:

„Deine Freunde werden nicht kommen, Gidon. Niemand wird kommen. Zumindest nicht, bevor der Schuss fällt. Dann wird jemand kommen. Um deine Leiche wegzuräumen. Und die ganze Welt wird jubeln."

„Na – das waren Worte, die ich nicht mehr toppen kann." Jesus lehnte sich zurück, „tu es einfach. Du wirst sehen, was du davon hast."

„Das... werden wir alle." Christopher drückte ab. Der Knall war ohrenbetäubend und der Rückstoß riss seinen Arm nach oben. Trotzdem traf die Kugeln ins Ziel. Auf Jesu Stirn erschien ein rotes Loch, aus dem Blut hervorquoll. Seine Augen weiteten sich:

„Ich sterbe...?"

Christopher ließ die Waffe sinken: „Es tut mir leid."

„Was soll das?"

„Es musste sein."

„So war das nicht..." Jesus stockte, „es war so geplant?"

„Es ging nicht anders."

„Komme ich jetzt zu dir?"

Christopher kniff verwirrt die Augen zusammen: „Zu mir? Ich..."

„Christoper..." unterbrach Z ihn leise, „ich glaube, er redet nicht mit dir."

„Nicht?" sagten Christopher und Jesus gleichzeitig – beide mit deutlicher Verwunderung in der Stimme.

Die Tür wurde aufgerissen und Wachmänner stürmten herein.

„Vergebung?" stieß Jesus in diesem Moment hervor, „ich brauche keine Vergebung."

Sie richteten ihren Waffen auf Christopher, der seine fallen ließ, und Z, der die Hände hob.

„Ich habe immer alles richtig..." Jesu Kopf sackte zur Seite. Seine Augen wurden glasig.

Christopher drehte sich zu den Wachmännern um: „Der Diktator Deutschlands ist tot. Macht mit uns, was ihr wollt. Aber macht mit ihm, was ihr müsst. Zeigt ihn allen. Damit dieses Land aufatmen kann."

Die Wachmänner kamen dem gleich nach: sie atmeten auf. Und funkten dann wild durcheinander, um sich Anweisungen zu holen. Wenige Minuten später standen fast alle hochrangigen Politiker, die sich im Gebäude befunden hatten, im Büro oder auf dem Gang davor.

„Sie waren das?" wandte sich einer von ihnen an Christopher. Der daraufhin die Hände an dem Mund legte:

„Es musste einfach sein."

„Sie wissen, was das bedeutet?" rief ein anderer Politiker von draußen und Christopher streckte die Hände nach vorne:

„Ich nehme jede Strafe in Kauf."

„Strafe? Wir nehmen die Strafe in Kauf. Seine Leute..."

„...werden nichts mehr tun." ging Z laut dazwischen, „dafür ist gesorgt."

Getuschel brach los. Das darin gipfelte, dass eine Politikerin deutlich verängstigt

„Sind Sie sicher?" fragte.

Z nickte langsam: „Das bin ich. Wenn etwas passieren könnte, wäre es das längst."

Die Politiker sahen sich ebenso rat- wie verständnislos an. Dann gab sich eine von ihnen einen Ruck:

„Wir sollten die Pressestelle informieren. Dass Jesus einen tragischen Unfall hatte. Und die Regierungsgeschäfte wieder an uns zurückgefallen sind. Und wir sollten alle herholen, die fehlen. Vor allem den ehemaligen Innenminister. Ihn brauchen wir jetzt am allermeisten. Es gibt viel zu besprechen."

Die Gruppe wandte sich ab und leise Gespräche setzten ein.

„Eh..." machte Christopher darüber hinweg, „was wird aus uns?"

Ein Politiker drehte sich um: „Ihnen? Wer sind Sie?"

„Ich... habe ihn erschossen."

„Aber er hatte einen Unfall. Wie können Sie ihn da erschossen haben? Security?"

„Direkt hier." meldete sich der Wachmann, der neben Christopher stand.

„Ah, wie praktisch. Geleiten Sie diese Männer nach draußen. Ich denke nicht, dass sie befugt sind, sich hier aufzuhalten." Er klinkte sich wieder bei seinen Kollegen ein und der Wachmann deutete Z und Christopher, mit ihm zu kommen. Ersterer hob die Waffe auf und steckte sie ein. Während letzterer unsicher dreinblickte:

„Und dann?"

Eine Politikerin sah auf: „Nach Hause werden sie schon alleine finden, meinen Sie nicht auch?"

„Natürlich."

Z und Christopher sahen sich an. Und folgten dem Wachmann zum Ausgang.

142

Es war sehr still im Haus. Sie saßen im Wohnzimmer. Ein jeder starrte vor sich hin. Keiner von ihnen sagte etwas. Dann riss sie der Alarm von Zs Handy aus der Erstarrung.

„Eine Sendung?" stieß Annie entsetzt hervor, „was? Wie geht das denn?"

Sie rechneten mit dem Schlimmsten. Doch es war der Pressesprecher der Regierung, der auf dem Bildschirm erschien:

„Liebe Mitbürger. Bitte entschuldigen Sie, dass wir uns dieser Methode bedient haben, um Sie vor den Fernseher zu bringen. Es wird das letzte Mal sein. Doch wir fanden es passend bei diesem Anlass. Liebe Mitbürger – es erfüllt mich mit großer Trauer, ihnen allen mitteilen zu müssen, dass unser geliebter Anführer Jesus vor wenigen Stunden bei einem tragischen Unfall ums Leben gekommen ist. Die Führung dieses Landes wird daher ab jetzt sofort wieder von der vorherigen Regierung übernommen. Die bis zur nächsten Wahl in zwei Jahren im Amt bleiben wird. Eine Verschiebung dieses Termins sollte nicht notwendig sein. Vor wenigen Minuten ist eine erste Sondersitzung des Bundestages zu Ende gegangen, ob wir den von ihm eingeschlagenen politischen Kurs für dieses Land beibehalten wollen. Das Ergebnis war einstimmig: Nein. Wir wollen wieder dorthin zurück, wo wir vorher waren. Und entsprechende Maßnahmen wurden bereits beschlossen und werden schnellstmöglich umgesetzt. Weitere werden zeitnah folgen. Trotzdem wird es sicher eine Weile dauern, bis alle Veränderungen spürbar sein werden. Ich kann an dieser Stelle allerdings schon verkünden, dass alle Grenzen zu unseren Nachbarn noch im Laufe dieses Tages wieder geöffnet werden und auch die diplomatischen Beziehungen wieder aufgenommen werden... werden. Des Weiteren werden alle von Jesu Regierung veranlassten Ausweisungen rückgängig gemacht. Wir prüfen noch, inwieweit dazu Unterlagen vorhanden sind, aber ich hoffe einfach mal, dass diese Botschaft jeden erreicht, den es betrifft. All unseren Landsleuten und Nachbarn: Willkommen zurück in Deutschland. Vielen Dank."

Das normale Programm lief weiter und Z schaltete ab. Es kehrte wieder Stille ein, aber diesmal dauerte sie nur kurz. Dann wurden sie in dröhnendes Gehupe getaucht, das durch das offene Fenster von der Straße hereindrang.

„Eine Hochzeit?" wunderte sich Annie.

Geraldine trat ans Fenster: „Ein Autokorso"

„Komisch..." Z kratzte sich am Kopf, „beim Fußball war doch gar..."

„Mensch..." unterbrach Annie ihn auflachend, „die Leute feiern."

„Im Gegensatz zu uns." entgegnete Z und Christopher seufzte laut:

„Ich fühl mich nicht nach feiern."

Geraldine schloss das Fenster: „Sie anscheinend schon."

143

Und tatsächlich. Als sie für die Abendnachrichten nochmals den Fernseher anschalteten, gab es nichts zu sehen als jubelnden Bürger, die die Straßen in sämtlichen Großstädten zu Fuß oder mit Autos verstopften. Wild hupten und laut brüllten; ihrer Freude freien Lauf ließen.

„Das erinnert mich an die Bilder zum Mauerfall." sinnierte Z, „nur... diesmal überall."

Christopher nickte: „Im Grunde ist es auch so ähnlich."

„Ist euch klar, dass wir das waren?" Geraldine sah die anderen an – und Z schüttelte sich:

„Ich heule gleich."

„Dann heule ich mit." murmelte Christopher.

Annie schlang Geraldine die Arme um den Hals: „Wir haben es geschafft. Wir. Geschafft. Geschafft, geschafft, geschafft."

Diese begann zu lachen – verstummte aber wieder, als Christopher laut und tief einatmete:

„Und wir sitzen hier."

„Ja." bestätigte sie, „wir sitzen hier."

Christopher schrak auf: „Ich meine, wir sind nicht im Gefängnis."

„Und ich meine, wir sind nicht da draußen." gab Geraldine zurück.

Z legte den Kopf schief: „Willst du mitfeiern?"

„Na klar. Wie albern sind wir denn eigentlich? Seit Stunden hocken wir hier. Und blasen Trübsal. Dabei sind wir frei. Wir – sind frei. Alle – sind frei. Wenn das nicht zum Feiern ist...?"

Annie klatschte in die Hände: „Ich bin dabei."

Z und Christopher dagegen kniffen beide zeitgleich die Lippen zusammen: „Ich fühle mich leer."

„Ich fühle mich schwarz."

„Lasst uns beten." schlug Annie vor, „bevor wir feiern gehen. Und dann... nein – auch noch davor... sollten wir Michelle anrufen. Und Nils."

„Ja." Christopher sah an die Decke, „das ist eine gute Reihenfolge."

Sie schlossen die Augen. Und sagten nichts. Zumindest nicht laut. Es sprach jeder für sich mit Gott. Irgendwann stand Geraldine auf und verschwand mit ihrem Handy nach draußen. Christopher folgte ihr wenig später. Annie blickte Z traurig an:

„Es hat so viel gekostet. Dich."

„Und dich." gab er mit brüchiger Stimme zurück.

„Darf ich weinen?"

„Nur wenn ich es auch darf."

Sie weinten beide. Eng aneinander gekuschelt. Bis Geraldine zurückkam:

„Nanu? Wollt ihr doch ein gemeinsames Zimmer?"

Annie zog eine Schnute: „Kuh."

Z ebenfalls: „Zicke."

„Ich frag ja nur." kicherte sie – und fand nur einen Moment später beide ihre Handgelenke umklammert:

„Komm her. Und mach mit."

„Sorry, aber..." Sie ließ sich auf die Couch ziehen, „okay."

Geraldine kamen keine Tränen. Aber sie saß mit den anderen da. Bis Z irgendwann durchatmete:

„Sollen wir raus?"

„Vorsichtig." warnte sie, „Christopher sitzt auf der Treppe. Und ich glaube, er braucht noch Zeit."

„Er hatte den schwersten Job von uns allen." stellte Annie schaudernd fest.

Geraldine nickte: „Ja. Und er wird nicht leichter."

„Was meinst du damit?"

„Es hieß, er soll nicht um Vergebung bitten. Ich bin mir sicher, dass das ein Zeichen sein sollte, dass es nicht nötig ist. Das könnte ihn trösten. Aber ich glaube, er würde gerne. Und das macht ihn ein wenig fertig."

„Dann gehen wir ihn aufheitern." erklärte Z bestimmt, was Geraldine kritisch sah:

„Meinst du wirklich, dass...?"

Z blickte sie ernst an: „Wir machen das immer. Jemanden in Ruhe lassen, wenn er das will. Mit mir habt ihr das auch gemacht – immer wieder. Und hat es mir was gebracht? Nein. Also probieren wir was anderes."

„Dürfen wir das bei dir dann auch?" hakte Annie lächelnd nach.

Z brummte leise: „Wohl oder übel – ja."

„Dann auf."

Christopher stand vor dem Haus. War allerdings nicht mehr am Telefonieren. Die drei Freunde traten zu ihm.

„Bei Michelle alles klar?" erkundigte sich Annie vorsichtig.

„Ja." antwortete er, ohne sie anzusehen.

„Bei dir auch?"

„Nein."

Annie warf Z einen auffordernden Blick zu, doch dieser schüttelte nur unmerklich den Kopf und fragte leise:

„Kommt sie her?"

„Ich fahre hin." entgegnete Christopher.

„Echt? Ach... klar – die ganzen Sachen holen."

Nun wandte Christopher sich ihnen doch zu: „Nein. Ihr könnt eure Sachen holen. Oder wir schicken sie euch. Aber ich muss hier raus. Nicht für Jahre wie das letzte Mal. Und nicht ohne Kontakt. Aber diese Freude hier... das ist nicht für mich. Sie kommt durch einen Akt der Gewalt. Meinen Akt der Gewalt. Damit muss ich klarkommen. Und das kann ich nur, wenn ich Ruhe habe."

„Sollen wir mitkommen?" schlug Annie vor und Z sich mit der Hand gegen die Stirn:

„Ruhe, Annie."

„Wir können ruhig sein." schoss Annie zurück, „manchmal."

Christopher lächelte traurig: „Das ist lieb. Aber nein. Nur Michelle und ich. Ich brauche jetzt nur sie. Und sie braucht nur mich. Das ist für uns beide schlimm."

Geraldine nickte: „Dann lassen wir euch."

„Gut. Dann..." Christopher schickte sich an, zum Auto zu gehen – was Annie verwundert blinzeln ließ:

„Du fährst jetzt gleich?"

„Ich muss." erwiderte er, „ich will. Macht es gut. Und euch um uns keine Sorgen. Feiert. Genießt. Das Land wird heilen. Und wir werden es auch."

Mit einem kurzen Winken stieg Christopher ins Auto, reihte sich in die Schlange der hupenden Fahrzeuge ein – und bog dann in eine unbefahrene Nebenstraße ab. Die drei Freunde standen unschlüssig vor der Haustür. Ziemlich lange.

„Wir sollten immer mal reinhören bei ihnen." sagte Geraldine irgendwann.

„Werden wir tun." Annie einige Momente später.

Schließlich gab sich Z einen Ruck: „Und was tun wir? Nach dem Feiern, meine ich."

„Naja..." Geraldine hob die Hände, „wir hatten ja schon überlegt, dass wenn alles wieder normal wird... es das auch für uns wird. Mit Aufträgen und so."

„Das könnte schon sein."

Annie warf Z einen Blick zu: „Oder ohne Aufträge und so."

„Tja..." Z verzog das Gesicht, „ich schätze mal, dass – so traurig das klingt – alle meine Argumente dagegen inzwischen hinfällig sind."

„Wir zwingen dich nicht." erklärte Geraldine sofort.

„Nein. Ihr nicht."

„Und Gott auch nicht."

„Nein. Er auch nicht."

Annie kratzte sich am Kopf: „Wer denn dann?"

„Mein Gewissen." seufzte Z, „noch nicht. Aber das wird kommen."

„Dann... komm du, wenn es kommt."

Geraldine und Z sahen sich an – und brachen beide in Gelächter aus. Annie starrte sie verdutzt an, aber Geraldine winkte nur ab:

„Lassen wir das so stehen. Schließlich wissen wir, was du sagen wolltest."

„Sehe ich auch so." stimmte Z ihr zu, „und: Nein. Ich denke, es ist besser, wenn ich kein langes Tänzchen aufführe. Entscheidung jetzt. Ausführung auch."

„Vielleicht gönnt uns Gott ja allen noch ein paar Tage Urlaub." überlegte Geraldine und nun war auch Annie wieder bei der Sache:

„Wir können ihn ja bitten."

„Tun wir." Geraldine griff sich Annies linke und Zs rechte Hand, „Lieber Gott – danke für deine Hilfe. Und bitte lass uns uns erstmal ein wenig erholen. Oder so. Amen."

Z nickte anerkennend: „Kurz und knackig."

„So wie ich." kicherte Annie und die beiden anderen wechselten erneut einen Blick:

„Au weia. Können wir die wirklich mitnehmen?"

„Müssen wir wohl."

Nun war es Annie, die sich ihre Hände schnappte: „Nicht labern – auf geht's."

144

Das Leben hätte sich nicht andersartiger anfühlen können. Die Stimmung – wo auch immer sie hinkamen. Das Lächeln in den Gesichtern. Die Bilder im Fernsehen. Selbst das Wetter schien mitzumachen. Fast alle waren glücklich. Immer wieder konnte man mitten auf der Straße beobachten, wie sich Menschen um den Hals fielen, die sich – aus verschiedenen Gründen – lange nicht gesehen hatten. Sämtliche aufgrund der Gesetze von Jesus verurteilten Personen wurden aus dem Gefängnis entlassen. Auch Niklas, der sich kurz bei ihnen meldete, aber natürlich auf der Suche nach Christopher war und sich entschloss, ihm ein E-Mail zu schreiben. Und selbst diejenigen, die Jesus voller Inbrunst nachgefolgt waren, verhielten sich weitestgehend still. Obwohl nie etwas dazu öffentlich bekanntgegeben worden war, erzählte Rebecca den Freunden bei einem kurzen Gespräch, dass Regierung wie auch Polizei mit Ausschreitungen seiner Anhänger gerechnet hatten. Doch entweder hatten diese ohne ihn keinen Mut mehr dazu oder sie waren zu der Einsicht gelangt, dass sein Weg für sie persönlich zwar vielleicht angenehmer gewesen war, für das gesamte Land aber untragbar. Vielleicht waren sie auch von der Freude angesteckt worden, die überall herrschte. Und hatten dadurch erkannt, dass das Leben so eigentlich doch besser war.

145

Die drei Freunde hatten Mühe, angesteckt zu bleiben. Die Euphorie, die sie am ersten Abend so plötzlich überfallen hatte, hatte nicht einmal diesen über komplett gehalten. Zu schwer lastete nach wie vor auf ihnen, was sie dafür hatten tun müssen. Die Erinnerungen an die entscheidenden Momente verblassten langsam. Und richtig hart hatte es ja auch nur Christopher getroffen. Trotzdem fiel es ihnen schwer, es einfach so abzuhaken.

Glücklicherweise gab es eine Menge Menschen um sie herum, die sich bemühten, ihnen das zu erleichtern. Sie hatten einige Tage gebraucht, um zu registrieren, dass die Aufhebung der Gesetze für sie selbst natürlich auch galt und sie ihre Anwesenheit dementsprechend nicht mehr geheim halten mussten. Seitdem hatten sie in sehr regelmäßigen Abständen Besuch von Leuten, die sich sehr freuten, sie wiederzusehen. Steve und Katiana schauten mit ihren Enkeln vorbei, die Annie sofort in Beschlag nahmen, um ihr alles zu erzählen, was sie in der letzten Zeit so erlebt hatten. Johanna klingelte am Tag danach zusammen mit ihrer Tochter und überreichte ihnen mehrere riesige Bleche mit Kuchen, die sie ganz spontan gebacken hatte, verabschiedete sich dann aber gleich wieder, um das Mädel irgendwo hinzubringen. Maximilian und Monique standen am darauffolgenden Samstag gleich morgens mit Brötchen vor der Tür und blieben den ganzen Tag – wobei sie es praktisch nicht schafften, ihre Hände voneinander zu lösen, ganz egal, was sie gerade taten. Was zu großem Amüsement und schließlich dazu führte, dass Annie und Z im Wechsel versuchten, sie irgendwie dazu zu bringen. Durch erschrecken, hypnotisieren oder einfach nur ziehen. Und auch Suji und Jimin ließen sich blicken, was Geraldine zunächst dazu animierte, in eine lange und ausführliche Entschuldigung auszubrechen, was für eine untreue Freundin sie war und warum genau sie sich schon wieder so lange nicht gemeldet hatte. Doch die beiden nahmen ihr das nicht übel – und unterbrachen sie irgendwann.

All diese Besuche sorgten dafür, dass sie sich zumindest ein bisschen zu entspannen begannen – verbunden mit der Tatsache, dass sie wirklich keine Visionen bekamen. Trotzdem gab es da immer noch etwas, was sie stimmungstechnisch ausbremste. Und sie konnten nicht wirklich den Finger darauf legen, was das war.

146

Auch bei Christopher und Michelle ging es langsam wieder bergauf. Ihm hatte es schon geholfen, dass sie ihm bei seiner Ankunft einfach um den Hals gefallen war, anstatt ihn zu beschimpfen oder ihm Vorwürfe zu machen. Anschließend hatte sie ihn ins Wohnzimmer gezogen, wo zu seiner Freude ihr Teppich auf dem Boden lag. Auch das hatte dazu beigetragen, dass er gleich zu Beginn einen großen Schritt in Richtung Besserung hatte machen können. Seitdem gingen sie viel spazieren. Beteten viel gemeinsam, wobei Christopher dann meistens den lauten Part übernahm. Sie sprachen nur wenige Male über das, was in Frankfurt passiert war. Beim ersten Mal erzählte er. Beim zweiten Mal sagte sie ihre Meinung dazu. Und beim dritten Mal hakten sie es als erledigt ab. Seine Vorgabe – das Wort – machte Christopher zu schaffen. Doch er wusste, wo es herkam und dass es daher richtig war, sich daran zu halten. Er musste lediglich sein eigenes Gewissen überwinden und Michelle half ihm dabei, so gut sie konnte. Indem sie ihn auf andere Gedanken brachte. Sie nahmen auch Kontakt zu einigen Leuten in der Heimat auf – wenn auch nur schriftlich und in der Hauptsache, um sie zu bitten, sie erst einmal in Ruhe zu lassen. Niklas bildete da die Ausnahme: Seine Mail an Christopher beinhaltete – neben seiner Freilassung – noch zwei weitere Verkündungen. Zum einen, dass Simon und er nun wirklich zu heiraten gedachten. Sogar kirchlich, denn dort schien nach der jüngeren Vergangenheit ein Umdenken genau in die gegenteilige Richtung stattgefunden zu haben und vieles, was vor Jesus noch argwöhnisch beäugt worden war, war jetzt nach ihm anscheinend gar kein Problem mehr. Allerdings wollten sie sich Zeit mit den Vorbereitungen lassen und es erst einmal auch genießen, sich nicht mehr verstecken zu müssen. Was Christopher durchaus nachvollziehen konnte, wenn er auch nach wie vor so seine Schwierigkeiten hatte, was seine eigene Offenheit anging. Trotzdem sprach er ihnen in seiner Antwortmail seine Glückwünsche aus und nahm sich insgeheim vor, die Zeit bis dahin ebenfalls zum Vorbereiten zu nutzen. Zur dritten Neuigkeit musste er sich allerdings ausgiebiger äußern: Niklas Entscheidung, nicht wieder in den normalen Kirchendienst zurückzukehren, sondern Pfarrer des Gefängnisses – oder besser gesagt: der Gefängnisse – zu bleiben. Das fand Christopher gefährlich und schrieb ihm das auch. Schließlich waren alle die, die zu Unrecht dort gesessen hatten, nun wieder verschwunden, und übrig blieben nur die wirklichen, echten Verbrecher. Doch gerade unter diesen schien Niklas nach wie vor große Fortschritte zu machen und so ließ er sich auf Christophers Anmerkungen gar nicht erst ein, sondern schrieb ihm nur zurück, dass das der Platz war, an dem Gott ihn haben wollte. Was Christopher schließlich hinnahm.

Ansonsten war er froh, Abstand zu haben. Von den Geschehnissen, aber auch von den Leuten, die damit verbunden waren. Er hatte nichts gegen sie – im Gegenteil: Sie waren ihm nach wie vor sehr wertvoll. Aber er spürte einfach, dass er sich von ihnen lösen musste. Und sei es nur für eine Weile. Um ihnen danach wieder gegenübertreten zu können, ohne dass all das erneut hochkam, was sie zusammen durchgemacht hatten.

147

Luzifer öffnete das Tor. Das hatte er noch nie getan. In all den Jahrtausenden nicht. Wer sich hinter diesem Tor befand, war gefangen. Für alle Ewigkeit. Es war der Ort, den alle Dämonen fürchteten. Bei dem sie anfingen zu winseln, wenn sie nur daran dachten. Er war dunkler als die Dunkelheit, kälter als die Kälte, leerer als die Leere. Und dennoch gut gefüllt – inzwischen. Gerade jetzt waren wieder viele hinzugekommen. Doch hier war geteiltes Leid nicht weniger Leid. Sondern eher mehr. Sie verletzten sich gegenseitig mit ihrer Angst. Mit ihrer Hoffnungslosigkeit. Wenn es einen Ort im Universum gab, zu dem der Begriff ‚Heulen und

Zähneklappern' passte, so lag er hinter diesem Tor. Das immer verschlossen war. Man kam von außen hindurch. Problemlos. Aber in die andere Richtung ging es nicht. Nur Luzifer konnte einen herauslassen. Und das tat er nicht. Bis jetzt. Es war ein Schock, als es plötzlich aufging. Und seine schemenhafte Gestalt in dem fahlen Licht erschien, das von außen hineinleuchtete. „Du. Du. Du." Er deutete nicht. Sie wussten dennoch, wen er meinte. Und drei kleine Flammen der Hoffnung leuchteten auf. Und verschwanden sofort wieder, als das Tor hinter ihnen zufiel. Für alle anderen ging die Qual weiter.

Die drei Dämonen folgten ihm. Schweigend. So wie er auch. Sie wagten nicht, etwas zu sagen, bevor er etwas sagte. Es dauerte lange, bis er das tat. Erst, als sie einen flachen Stein erreichten, auf dem ein lebloser Körper lag. Er deutete darauf. Und sah sie dann wütend an:

„Was macht er hier? Könnt ihr mir das sagen?"

Auch jetzt schwiegen sie. Weil sie keine Antwort für ihn hatten.

„Er sollte der Schlüssel sein, war es nicht so? Der Schlüssel zur Erde. Für mich. Hieß es nicht so?"

„Er ist nur ein Mensch." wagte sich einer der Dämonen zu flüstern.

„Er sollte aber nicht nur ein Mensch sein." zischte Luzifer zurück, „dafür solltet ihr sorgen. Ihr und eure Untergebenen und dieser... dieser Engel. Wo ist der Engel?"

Die Dämonen wechselten unbehagliche Blicke: „Das wissen wir nicht."

„Natürlich nicht. Gar nichts wisst ihr. Was frage ich euch überhaupt? Ich werde euch nichts mehr fragen. Stattdessen werde ich euch etwas sagen. Ich werde euch sagen, was ich will."

Er funkelte sie wütend an und sie schwiegen wieder.

„Ja... was ich will." fuhr er nach einiger Zeit fort, „ihn hier will ich nicht. Ich habe keinen Spaß an ihm. Nein. Wenn ich ihn nur sehe, muss ich an das Versagen denken. Von euch allen. Wenn ich wenigstens richtig…"

Der Körper regte sich. Öffnete die Augen und sah Luzifer an: „Bist du es?"

„Weiß nicht, wen du meinst." schnaubte Luzifer genervt.

„Der, dem ich diene."

„Dann ja. Leider hast du das nicht so gemacht, wie ich das wollte. Sehr enttäuschend."

„Was kann ich tun?"

„Verschwinden." Luzifer machte eine wegwerfende Geste und der Körper tat genau dies. Dann wandte er sich wieder den Dämonen zu:

„Jesus. Pah. Wäre er doch bloß der Echte. Dann hätte ich Freude hier. Aber nein. Die Fälschung war nicht gut genug für die Menschen und jetzt landet sie natürlich da unten. Er sollte andere dorthin schaffen. Das war der Plan. Warum hat er nicht funktioniert? Hm?"

Diesmal konnten die drei Dämonen nicht schweigen. Es war nur allzu deutlich, dass Luzifer eine Antwort erwartete. So nahm einer von ihnen schließlich all seinen Mut zusammen:

„Er... er hat welche dorthin..."

„Keinen, der nicht auch von alleine da aufgeschlagen wäre." würgte Luzifer ihn aufgebracht ab, „und nicht in der Menge, die ich mir erhofft hatte. Er ist und bleibt auf der ganzen Linie eine Enttäuschung. Und wisst ihr, wem ich diese Enttäuschung zu verdanken habe? Euch. Chef, Chef, Chef. So habt ihr euch stets genannt. Und nennen lassen. Groß getan – das habt ihr. ,Oh... wir sind mächtig. Oh... wir sind stark. Oh... wir sind klug.' Und was ist passiert? Sie haben euch abserviert. Alle drei. Ihr seid erbärmlich. Niedere Kreaturen. Fast so niedrig wie die Menschen." Luzifer gab ein Fauchen von sich, „Menschen... wie ich sie hasse. Und wisst ihr, wen ich unter ihnen ganz besonders hasse? Die gleichen wie ihr. Unsere einzige Gemeinsamkeit. Drei an der Zahl. So wie ihr. Gottes große Krieger. Ihr seid an ihnen gescheitert. Er ist an ihnen gescheitert. Sie müssen weg. Sie... will ich dort unten sehen. Nicht ihn. Nicht irgendwen. Sie. Diese drei. An ihnen will ich meine Wut auslassen. An ihnen will ich meine Freude zurückgewinnen. Ich will sie haben. Und ihr werdet sie mir beschaffen. Das ist eure Chance, euch zu rehabilitieren. Solch eine Chance hat vor euch noch keiner gekriegt."

„Das wissen wir." antworteten die drei Dämonen im Chor.

„Gut für euch."

„Wir sollen sie also umbringen... lassen." folgerte einer von ihnen und Luzifer gab ein erzürntes Brüllen von sich:

„Ihr – seid – so – dumm! Natürlich nicht. Wo kommen sie denn hin, wenn ihr sie jetzt umbringt? Hm? Zu den Lebenden. Wollen wir sie da haben? Nein. Wo wollen wir sie haben? Bei den Toten. Kriegen wir sie von dort hierher? Nein."

Die drei Dämonen schwiegen wieder.

„Versteht ihr mich? Auch nur das geringste Bisschen?"

„Wir verstehen dich." antwortete der Erste hastig.

„Wir überlegen." der Zweite darauf.

„Wie das gehen kann." der Dritte darauf.

Luzifer schnaubte ärgerlich: „Überlegt gefälligst woanders. Ich will euch nicht mehr sehen. Seht zu, dass ihr sie kriegt. Dann könnt ihr sie von mir aus umbringen lassen. Wenn ihr es schafft, könnt ihr hier draußen bleiben. Wenn nicht, kommt ihr zurück hinter das Tor."

Luzifer wandte sich ab – doch einer der Dämonen hielt ihn auf:

„Was ist mit dem Pfarrer?"

„Um den braucht ihr euch keine Sorgen zu machen." gab Luzifer zurück.

„Wieviel Zeit haben wir?"

„So wenig wie möglich."

148

Es hatte eine Weile gedauert, aber schließlich waren die drei Freunde zu der gleichen Erkenntnis gelangt wie Christopher: Sie standen sich selbst im Weg. Ihr reines Zusammensein – noch dazu in dem Haus, das wie sonst nichts anderes ein Symbol für ihre gemeinsame Arbeit war – sorgte dafür, dass sie die düsteren Ereignisse der letzten Zeit nicht abschließen konnten. So setzen sie sich zusammen – und nahmen Abschied voneinander. Versprachen sich, dass es nur vorübergehend war. Nur so lange, bis es jedem von ihnen wieder besser ging. Gut, im Idealfall. Doch bis dahin brauchten sie Abstand:

„Wir müssen uns ja nicht aus dem Weg gehen. Wenn wir uns mal wo treffen – schon okay."

„Und es muss auch keiner wieder die Gemeinde wechseln, oder?"

„Nein, natürlich nicht."

„Gut."

149

Seit dem vorherigen Sonntag gingen sie alle in Jakobs neue Gemeinde. Die Regierung hatte dafür gesorgt, dass sein zu Jesu Zeiten unbearbeitet verschwundener Antrag auf Schadensersatz für das abgebrannte Gebäude nun vorrangig behandelt worden war und von einem Teil des Geldes hatte Jakob eine leerstehende Lagerhalle angemietet, in der er nun Gottesdienste abhielt, bis er genug Geld gesammelt hatte, um ein neues Gebäude bauen zu können. Am gleichen Platz, an dem seine alte Gemeinde demnächst abgerissen werden würde. Auch sie hatten dafür schon gespendet. In der Lagerhalle hing ein kleiner Kasten, da Jakob nicht das sonntägliche Opfer dafür verwenden wollte. Doch da ein Großteil seiner ehemaligen Mitglieder gleich vom ersten Treffen an dabei gewesen war, hatten die Freunde keine Bedenken, dass es lange dauern würde, bis Jakob konkrete Pläne machen konnte. Ihre anderen Gemeinden waren dagegen noch nicht so weit. Was ungut war, denn das Bedürfnis der Leute nach Gott hatte sich durch Jesu Schreckensherrschaft vervielfacht und die Kirchen, die Gottesdienste abhielten, waren gnadenlos überfüllt. aber so mancher ihrer Hirten schien erst einmal Zeit zu brauchen, in sich zu gehen und seine eigene Rolle in den Geschehnissen zu verarbeiten. Wofür die Freunde durchaus Verständnis hatten. Wenn es auch der Situation abträglich war. Sandra und Karsten gehörten beide dazu, weswegen ihre Gemeinde geschlossen blieb und seine den Gottesdienst ohne ihn abhielt. Z hatte noch überlegt, da mitzumachen, dann aber doch entschieden, sich den anderen anzuschließen. Geraldines alte Gemeinde blieb dagegen aufgelöst. Die ursprünglichen Mitglieder waren in ihren neuen Gemeinden inzwischen weitestgehend verankert und verspürten keinen Bedarf mehr nach etwas Eigenem. Zudem war Pascal vor kurzem weggezogen. Und Suji und Jimin schlossen sich ebenfalls Jakobs Gemeinde an. Den meisten Zulauf hatte allerdings der Pfarrer, der die geheimen Gottesdienste im Tunnel abgehalten hatte. Er selbst hatte das gar nicht publik machen wollen, doch einige der regelmäßigen Teilnehmer hatten keine Mühen gescheut, ausfindig zu machen, welche Gemeinde er ‚in Wirklichkeit' betreute und es hinterher allen weitererzählt, die es hören wollten. Natürlich nicht, ohne ihn für seinen Mut und sein Durchhaltevermögen zu rühmen, was ihm extrem peinlich war und was er sich in seinen Predigten regelmäßig verbat. Immerhin waren diese nun positiver. Er sprach viel über den Glauben, die Liebe und die Hoffnung. Und viele andere Geistliche, die zunächst unsicher gewesen waren, wie genau sie sich nun inhaltlich verhalten sollten – die gar Probleme damit hatten, sich wieder selbst Themen auszudenken, wo es keine Vorgaben mehr gab – ließen sich von ihm darin anstecken. Das Verlangen der Menschen nach der guten Botschaft war da und ihre Freude, sie frei verkünden zu können, ebenfalls.

Die Freunde suchten nicht mehr den Kontakt zu ihm. Auch er gehörte für sie in diese dunkle Vergangenheit, die sie abzuschließen suchten. Lediglich die Frau, der sie das Geld gegeben hatten, spürte Geraldine noch auf. Um dann mit Freuden festzustellen, dass ihr Leben wieder so in der Bahn war, dass sie ihre Hilfe nicht mehr brauchte. Sie sagte ‚Auf Nimmerwiedersehen' als Geraldine ging – doch die wusste, dass das nett gemeint war. Und ganz abgesehen davon sah sie das genauso.

150

Die einzige größere Gruppe, der es schlecht ging, waren die Jünger. Wobei es komplett falsch war, sie nach wie vor als ‚Gruppe' zu bezeichnen. Sie mochten etwas gemeinsam haben – aber sie beschäftigten sich allesamt alleine damit. Direkt im Anschluss an die polizeilichen Fragerunden – die das Ende von Jesu Regime zwangsläufig mit sich gebracht hatte – waren sie auseinandergegangen. Ein jeder zu sich nach Hause. Wo sie sich verkrochen und ihrem Selbstmitleid hingegeben hatten. Dem Bewusstsein, dass sie in dieser Angelegenheit die größten Verlierer waren. Wegen ihrer Dummheit. Sie hatten zu 100% geglaubt – und waren zu 100% betrogen worden. Und nun waren sie verloren. Das war ein Gedanke, den sie alle teilten. In dem sie vereint waren. Wie auch in dem Mangel an Offenheit für die eigentlich ziemlich offensichtliche Erkenntnis, dass es nur eines einzigen Gebetes bedurfte, daran etwas zu ändern.

151

Da ‚Abstand' auch räumlich galt, packten Geraldine und Z im Anschluss an das Gespräch ihre Sachen und zogen zurück in ihre Wohnungen. Auch Annie überlegte, ob sie das Haus verlassen sollte. Doch auf den Stress, eine neue Wohnung zu suchen, hatten sie keine Lust. Also blieb sie, wo sie war.

152

In der ersten Nacht alleine schliefen sie alle schlecht. Geraldine machte sich Sorgen um Nils und ihre Eltern, Z trauerte allen seinen geliebten Menschen nach, und Annie begann wieder, über ihre Vergangenheit nachzudenken. Das war der große Nachteil des Alleineseins: Man konnte sich mit nichts anderem befassen als dem, was sich in einem befand.

153

Für Geraldine löste sich dieses Problem gleich am nächsten Morgen. Denn da schrak sie auf. Von dem Geräusch eines Schlüssels, der sich in der Wohnungstür drehte. Sie sprang aus dem Bett, sprintete in die Küche, schnappte sich eine Bratpfanne – und kam damit gerade rechtzeitig in den Flur, um sie Nils nicht über den Schädel zu ziehen.
„Da schickst du mich weg, damit ich in Sicherheit bin, und das einzige Unheil droht mir zuhause von dir." keuchte er, als er sich nach seinem Hechtsprung zur Seite wieder aufrappelte. Geraldine half ihm nicht. Sie war immer noch fassungslos:
„Nils?"
„Der bin ich."
„Was machst du hier?"
„Wohnen." Er schob sie ein Stück nach hinten, um die Tür schließen zu können, „darf ich doch, oder?"
„Aber du solltest..." setzte sie an, doch er unterbrach sie direkt:

„Es ist vorbei, oder nicht? Das Gespenst ist verscheucht – gut gemacht, im Übrigen – und das Land wieder in Frieden. Also muss ich nicht mehr verkrochen bleiben."

Da sie sich nach wie vor nicht rührte, nahm er ihr die Bratpfanne ab, stellte sie auf den Boden, legte ihr den Arm um die Schultern und führte sie zur Couch.

„Meine Eltern?" fragte Geraldine, als sie dort angekommen waren.

„Habe ich zuhause abgeliefert." antwortete Nils, „also – jeden in seinem Zuhause."

„Und du denkst, dass...?"

„Ich habe dich so vermisst." Der Kuss, den ihr gab, vertrieb die Worte, die ihr noch auf der Zunge lagen. Und die Gedanken, die in ihrem Kopf dazugehörten, ebenfalls.

Allerdings nicht lange. Denn als Geraldine einige Stunden später einkaufen ging, stand ein Mann auf der anderen Straßenseite, der so aussah, als würde er nicht in diese Gegend gehören. Und zudem ziemlich unheimlich. Er war groß und breit und von oben bis unten tätowiert – zumindest soweit sie das sehen konnte. Er beobachtete sie, während sie die Straße entlangging, was sie aus den Augenwinkeln wahrnahm, und als sie sich beim Überqueren der Straße zu ihm umdrehte, verschwand er schnell in einem Hauseingang. Schon waren die unguten Gedanken wieder da und als sie die Stufen zur Haustür hochstieg, konnte sie ihn zwar nicht mehr sehen, hatte aber den Eindruck, in einem anderen Hauseingang den Hauch einer Bewegung wahrgenommen zu haben. Sie zwang sich, es Nils nicht zu erzählen und den restlichen Tag über auszublenden. Doch sobald am Abend das Licht aus war und sie im Bett lag, fingen ihr Hirn wieder an zu rattern. Und gab erst Ruhe, als sie einschlief.

154

Auch Annie hatte mit ihren Gedanken zu kämpfen. Die letzten Monate hatten so viel mit sich gebracht, dass sie kaum Zeit gefunden hatte, sich mit all dem auseinanderzusetzen, was sie dabei selbst betraf. Der Tod ihrer Eltern mit einbegriffen. Diesen konnte sie zum Glück schnell abhandeln:

Daran traf sie keine Schuld. Das war einzig und allein das Werk von Jesu Agenten gewesen. Oder wie auch immer man die bezeichnen mochte, die seine Drecksarbeit erledigt hatten. Schlimmer wog in ihr, dass immer mehr Erinnerungen aus ihrer Kinder- und Jugendzeit an die Oberfläche gespült wurden. Erinnerungen, bei denen sie jedes Mal von neuem nachgrübeln musste, in welche Kategorie sie gehörten – echt oder gefälscht. Das war alles andere als einfach, denn die Grenzen waren fließend. Natürlich gab es solche, die eindeutig waren: Ihre Schulzeit war echt gewesen – ebenso ihre Ausbildung und ihre Arbeitsstelle sowie die Wohnung, in der sie währenddessen gelebt hatte. Also konnte sie davon ausgehen, dass Mitschüler, Kollegen und Nachbarn ebenfalls dort eingeordnet werden konnten. Wenn es auch durchaus sein mochte, dass sie ihr zu ihrer gemeinsamen Zeit nicht so nahegestanden hatten, wie sie das bisher geglaubt hatte. Auf der anderen Seite war da all das, was sie unter dem Überbegriff ‚Horror' ablegte: der Sex und die Gewalt und alles andere, was irgendwie in diese Richtung ging. Diese Erlebnisse waren unecht – und das beruhigte sie ungemein. Denn es half ihr, sich selbst den jahrelangen Einfluss des Dämons zu verzeihen. ‚Besser im Zimmer sitzen und von Sex träumen als andersrum.' dachte sie mehr als einmal bei sich und nickte jedes Mal erleichtert vor sich hin. Trotzdem blieben Fragen – gerade, was Personen betraf. Hatte sie wirklich gar keine Freunde gehabt? Hatte sie wirklich niemanden näher kennengelernt, nachdem sie von zuhause ausgezogen war? Und vor allem: Wie hatten all die anderen sie betrachtet? Als graues Mäuschen, als schrägen Vogel? War sie am Ende eine von denen gewesen, die sich immer überall reingedrängt hatten, obwohl sie gar nicht erwünscht gewesen waren? Die immer auf ‚beste Freundin' gemacht hatte mit Leuten, die sie nicht einmal gemocht hatten und davon – von ihr – nur genervt gewesen waren? Sie wünschte sich nichts sehnlicher, als irgendjemand fragen zu können. Und ertappte sich mehr als einmal dabei, wie sie im Internet Namen eingab in der Hoffnung, auf ein bekanntes Gesicht zu stoßen. Doch was sollte sie schreiben? ‚Sag mal... waren wir befreundet, früher?' Des Öfteren entfloh ihr ein spöttisches Lachen, wenn sich solche Ideen durch ihr Hirn schlängelten und je länger sie so dasaß und sich Gedanken machte, die zu keinem Ergebnis führten, desto bewusster wurde ihr, dass sie auf dem besten Weg war, den Kurs des Dämons alleine weiterzuführen – und ihre Gegenwart genauso zu gestalten, wie er ihre Vergangenheit gestaltet hatte: alleine zuhause sitzen und das Leben ausschließlich in ihrem Kopf stattfinden lassen. Was genau das Gegenteil von dem war, was sie eigentlich erreichen wollte. Sie wollte es abschließen, um endlich in Frieden und Freiheit vor die Tür gehen zu können. Und da sich der Zustand, den diese beiden Begriffe beschrieben, nicht einstellte, ging sie einfach so vor die Tür. Nahm ihre Gedanken mit. Und verbrachte die Zeit draußen ebenfalls ausschließlich mit grübeln. Worüber sie sich jedes Mal ärgerte, wenn sie zurückkam. So beschloss sie, es auf die harte Tour zu probieren. Was für sie bedeutete, dem Zustand, in dem sie sich so lange befunden hatte, so nahe zu kommen wie irgend möglich. Sie verdunkelte das komplette Haus und setzte sich dann in ihrem Zimmer auf den Boden. Mit Tee und Süßigkeiten. Und schwor sich, nicht wieder aufzustehen, bis sie es nicht ein für alle Mal in sich entknotet hatte. Die nächsten Stunden über beschäftigte sie sich mit so nutzlosen Fragen wie ‚Wäre das Leben besser, wenn ich damals dagegen angekämpft hätte?‘ – ‚Was hätte ich alles erreichen können, wäre ich nicht gefangen gewesen?‘ – ‚Was wäre jetzt anders, wäre ich anders?‘ von denen sie schon von vorneherein wusste, dass sie keine Antwort finden würde. Trotzdem halfen ihr diese Fragen. Denn sie sorgten dafür, dass sie begann, ihr Leben chronologisch aufzurollen. Gegenwart und Vergangenheit zu verknüpfen. Und ersteres als Konsequenz aus letzterem zu betrachten. Was wiederum eine Erkenntnis hervorbrachte, die sie schockiert aufstöhnen ließ: Ihre Eltern waren wegen ihr gestorben. Es mochte ein Dämon oder Mensch gewesen sein. Aber sie war der Grund. Ihre Gabe. Ihr Leben. Genau wie sie dafür verantwortlich war, dass das Verhältnis zwischen ihr und ihren Eltern so lange brach gelegen hatte. Wäre sie in der ersten Hälfte ihres Lebens anders gewesen, hätte sie in der zweiten Hälfte ganz normalen Kontakt zu ihnen gehabt. Und wäre dann wahrscheinlich – genau wie Geraldine – in dem Moment, wo es brenzlig wurde, auf die Idee gekommen, sie in Sicherheit zu bringen. Ganz abgesehen davon, dass der Dämon keinen Grund gehabt hätte, ihre Mutter anzugehen, wenn sie nicht zuvor so lange von ihm beeinflusst worden wäre. Dann wären ihre Eltern noch am Leben. Diese Erleuchtung brachte sie zum Weinen. Und sie weinte, bis sie zur Seite umkippte und der Schlaf sie übermannte.

155

Z dagegen ging es besser. Was in erster Linie an der Frau lag, die er beim Einkaufen getroffen hatte. Und danach noch des Öfteren auf der Straße. Sie schien neu in der Gegend zu sein, denn er hatte sie zuvor noch nie gesehen. Andererseits war er selber ja auch lange weg gewesen. Es mochte also durchaus auch sein, dass sie ihn für neu hielt. Gesprochen hatte er mit ihr noch nicht. Nur ab und an einen Blick gewechselt. Der von ihrer Seite durchaus interessiert wirkte. Und auch wenn er dieses Interesse in keiner Weise erwiderte, regte sich in ihm doch ein gewisses Verlangen. Sie sah sehr gut aus. Und er ertappte sich manchmal dabei, dass er in Gedanken mit den Händen ihren Körper entlangglitt und sie dabei auszog. Hinterher war ihm das aber immer peinlich und so verbot er es sich schließlich und nahm sich stattdessen vor, sie beim nächsten Mal wirklich anzusprechen. Ohne tiefere Hintergedanken – einfach so. Um zu schauen, was passierte.

156

So vergingen die Wochen. Wochen, in denen alle die in Deutschland, die wirklich nach einem neuen Sinn in ihrem Leben gesucht hatten, ihre Antworten bekamen. Und diejenigen, bei denen es nur eine Kurzschlussreaktion gewesen war, wieder in ihren Trott zurückfielen. Die letzten Kirchen machten wieder auf – ihre Vorsteher mit neuer Kraft gestärkt und neuem Glauben gesegnet. Die Regierung stellte alle internationalen politischen und wirtschaftlichen Beziehungen wieder her. Viele, die das Land verlassen hatten, kehrten wieder zurück. Es kam der Punkt, an dem viele gesagt hätten, es habe sich gar nichts verändert. Und an dem noch viel mehr am liebsten gesagt hätten, dass alles nur ein böser Traum gewesen war.

157

Die Treuen saßen in ihrem Gruppenraum. Der Fernseher lief – allerdings ohne Ton.

„Ich kann es immer noch nicht fassen."

„Ich auch nicht. Wie konnten sie nur?"

„Einfach so. Tot."

„Was wohl mit ihm geschehen ist?"

„Was wohl? Er wurde verbrannt und irgendwo verstreut."

„Das hätten wir verhindern sollen."

„Verhindern? Wie das?"

„Ja – das hätte uns nur geschadet. Wir müssen uns bedeckt halten."

„Sollen wir einfach rumsitzen?"

„Ganz und gar nicht. Wir machen das Einzige, was jetzt richtig ist: Wir rächen ihn. Und zwar ganz gewaltig."

„Genau. Sie haben die Grenzen wieder geöffnet. Sind zu jedem nett und heißen ihn Willkommen. Das nutzen wir. Und dann machen wir sie fertig."

„Wen jetzt genau?"

„Alle. Alle, die dran beteiligt waren. Das dürfte nicht schwer rauszukriegen sein. Die sind bestimmt alle stolz darauf."

„Sehe ich auch so. Ein bisschen rumfragen – dann haben wir sie."

„Und was genau machen wir dann mit ihnen?"

„Da wird uns schon noch was einfallen."

„Auf jeden Fall was, was die ganze Welt in Angst und Schrecken versetzt."

„Ganz richtig."

„Sollten wir aber zuerst überlegen. Ohne Plan dahin zu fahren..."

„Hast recht. Gut. Dann… überlegt sich jeder was. So grausam wie nur möglich. Und dann treffen wir uns wieder."

158

„Miguel. Du erinnerst dich noch an mich."

„Sollte ich das nicht?"

„Ich habe lange nichts gehört. Und dich auch nicht erreicht." Clara gab sich keine Mühe, ihren Ärger zu verbergen, und Miguel hüstelte verlegen:

„Es war ein wenig Chaos. Da musste ich mich erst drum kümmern. Ich dachte, das könntest du dir denken."

„Wenn man erstmal da angekommen ist, wo man hinwollte, vergisst man gerne, wer einen auf dem Weg so alles begleitet hat."

„Nun..." Mit der Verlegenheit war es schlagartig vorbei, „ich kann nicht verhehlen, dass unsere Partnerschaft bisher keinerlei Erfolge vorweisen kann. Aber ich weiß deine Fähigkeiten trotzdem zu schätzen. Und deine immerwährende Bereitschaft."

„Das klingt, als wäre ich eine Nutte." beschwerte sich Clara.

„Das sollte es nicht. Aber wie sollte ich das, was du tust, sonst beschreiben?"

„Du musst es gar nicht beschreiben. Und du musst mir erst recht keinen Honig ums Maul schmieren. Sag mir einfach, was du willst."

„Dich fragen, was du willst." erwiderte Miguel, „ganz ernst. Ich hatte ein Ziel, du hattest ein Ziel. Ich habe mein Ziel erreicht. Ohne deine Hilfe, letzten Endes. Aber nicht ohne deine Ermutigung – hier und da. Von daher ist es mir wichtig, mein Glück zu teilen. Sag mir, wie."

Clara nahm sich Zeit – mehrere Minuten. Und wählte ihre Worte dann mit Bedacht: „Ich bin nicht gerne ganz oben. Da ist das Rampenlicht. Ich mag kein Rampenlicht. Ich mag den Schatten hinter dem Rampenlicht."

„Dort willst du hin?" hakte Miguel verwundert nach, „in den Schatten?"

„Ich denke nicht politisch." klärte sie ihn auf, „ich habe keinen Platz in einer Regierung. Aber du hast jetzt Einfluss. Und ich habe – wie du so schön sagst – Fähigkeiten. Ich bin mir sicher, dass es an deiner Seite einen Platz für mich gibt."

„Du meinst, dass ich dich brauchen kann." folgerte er.

„Denkst du nicht?"

„Ich hoffe schon, dass die Zeiten, in denen ich auf unlautere Methoden zurückgreifen musste, vorbei sind."

Clara schnaubte amüsiert: „Wie sollten sie das sein?"

„Jesus ist weg." entgegnete Miguel ernst.

„Aber Jesus war nicht der Auslöser dieser Art des menschlichen Umgangs. Er mag ihn auf die Spitze getrieben haben. Doch wir waren schon lange vor ihm so. Und werden es auch lange nach ihm noch sein. Gerade da, wo du jetzt bist – ganz oben – läuft es nur so ab. Das wirst du schon noch merken. Und dann wirst du froh sein, jemanden wie mich zu haben. Die kein Problem damit hat, mal anzupacken und sich dabei die Finger schmutzig zu machen."

„Und damit bist du zufrieden."

„Du strebst nach Macht. Ich strebe nach Einfluss. Was auch eine Art von Macht ist, wenn man es genau nimmt. Einfluss auf Menschen. Einfluss auf Geschehnisse. Das ist es, was ich will. Du erreichst dein Ziel durch Reden. Ich durch handeln. Also rede du. Und lass mich handeln. Wenn es notwendig ist."

Nun war Miguel mit überlegen dran. Und entschied, dass er diesen Vorschlag gar nicht schlecht fand: „Willst du eine offizielle Anstellung?"

„Dann müsste ich für die Kirche arbeiten." wehrte Clara ab, „keine Ahnung, wie du das noch aushältst. Aber für mich ist das nichts."

„Anders ginge es bei mir nicht."

„Stimmt wohl. Bei mir aber schon. Du kannst mich ‚freie Mitarbeiterin‘ nennen."

„Im Bereich?"

„Planung und Durchführung." Sie kicherte leise und er ließ sich anstecken: „Klingt gut."

„Finde ich auch."

159

Die Freunde sahen sich nur noch sonntags. Und sprachen auch dann nicht viel miteinander. Geraldine hatte Nils, Suji und Jimin, mit denen sie ihre Zeit verbrachte. Annie wirkte meistens in sich gekehrt und wenn sie mit Maximilian und Monique zusammenstand, redeten diese meistens und sie nickte nur. Z dagegen schien wie auf einem anderen Stern. Wozu er allerdings nichts sagte. Steve und Katiana versuchten nach bestem Wissen und Gewissen, mit ihnen allen ins Gespräch zu kommen, was nur leidlich funktionierte. Johanna hielt sich komplett raus. Und schien darüber nicht einmal unglücklich.

160

Unter der Woche lief es für sie alle genauso weiter, wie es begonnen hatte. Wenn auch vieles vorangeschritten war. Z hatte die Frau wirklich angesprochen. Und sie sich darüber gefreut. Es hatte noch eine ganze Zeit gedauert, nachdem er den Entschluss gefasst hatte – aber irgendwann hatte er all seinen Mut zusammengenommen und ihn in die Tat umgesetzt. Seitdem trafen sie sich regelmäßig. Und verbrachten viele schöne Stunden zusammen. Ausschließlich mit reden allerdings. Wovon er deutlich spürte, dass ihr das nicht reichte. Sie wollte mehr – doch dafür war er noch nicht bereit. Warum, sagte er ihr nicht. Wie er sich überhaupt zu großen Teilen seines Lebens ausschwieg. Und es einfach dabei beließ, um ein wenig Geduld zu bitten. Die sie gerne bereit war, ihm zu geben. Was er wiederum dankend annahm. Und sich erlaubte, ihr Bild zumindest mit in den Schlaf zu nehmen, wenn er sich abends hinlegte. Ohne etwas damit zu tun.

161

Geraldine redete nicht. Zumindest nicht über das, was sie bedrückte. Auch nicht mit dem, den es am meisten betraf: Nils. Sie war sich inzwischen nicht mehr nur sicher, dass er noch in Gefahr schwebte – sie wusste es. Denn nachdem sie den Mann mit den Tätowierungen noch mehrfach in ihrer Nähe gesehen hatte – und das nicht nur bei ihnen in der Straße – hatte eines Tages eine Nachricht im Briefkasten gesteckt: ‚Du hast unseren Meister vernichtet. Wir werden dich vernichten.' Sie hatte sie zerrissen und in der Toilette heruntergespült. Doch es waren weitere Nachrichten gefolgt. So wie der Mann ihr zu folgen schien. Des Öfteren überlegte sie, ob sie sich an Rebecca wenden sollte. Aber eine innere Stimme riet ihr, es nicht preiszugeben. Sondern eine Möglichkeit zu finden, selbst damit fertig zu werden. Es schien auf jeden Fall so, als habe der Mann keine Komplizen. Wenn sie ihn also aus dem Weg räumte, war vielleicht alles gut. Doch diesen Gedanken verbot sie sich – gleich beim ersten Mal, als er ihr in den Sinn kam. Das war nichts, was zur Debatte stand. Worüber sie überhaupt nachdenken wollte. Tagsüber klappte das gut. Nachts, wenn Nils neben ihr lag, weniger. Dann musste sie sich anstrengen, ihn zu unterbinden. Und stellte morgens manchmal fest, dass er sie bis in ihre Träume verfolgt hatte.

162

Annie dagegen redete viel. Und oft. Mit Maximilian. Über die immer gleichen Themen. Und bekam von ihm immer die gleichen Antworten. Die sie mit nach Hause nahm. Eine Weile in sich herumtrug. Und dann entschied, dass sie nicht stimmten. Spätestens, wenn sie im Bett lag, wurde ihr das klar. Und noch etwas anderes wurde ihr klar – auch an einem Abend, nachdem sie mit Maximilian gesprochen hatte: Eigentlich war sie gar nicht schuld. Eigentlich war Gott schuld. Er war der, der ihr diese Gaben gegeben hatte. Erst die Visionen, dann die anderen. Hätte er das nicht getan, wäre sie für alle Dämonen oder bösen Menschen dieser Welt vollkommen uninteressant gewesen – ihr ganzes Leben lang. Wegen ihm war der Dämon an sie herangegangen. Wegen ihm hatte dieser sie so lange in seiner Gewalt gehabt. Wegen ihm hatte sie den Kampf gegen die Dämonen aufgenommen. Wegen ihm waren ihre Eltern gestorben. Und nicht nur sie. Zs Bruder genauso. Und seine Tochter. Und so viele andere. Yannik, die Kinder von Steve und Katiana. Sie alle. „Alles nur wegen dir." sagte sie laut in Richtung Decke. Dann drehte sie sich zur Seite und schlief ein.

163

Christopher schickte jedem von ihnen ein großes Paket. Das keine Überraschungen, dafür aber jede Menge Sachen enthielt, um die sie ihn gebeten hatten. Sachen, die sie vermissten undoder dringend brauchten. Er schickte auch einen Brief mit, auf dessen Umschlag er vermerkt hatte, dass sie ihn gemeinsam lesen sollten. So trafen sie sich und öffneten ihn. Wie sich herausstellte, war es eine Art Predigt. Die er zwar nicht gehalten, aber aufgeschrieben hatte. Für sie.
„Auf ihn ist wirklich Verlass." grinste Geraldine.

„Ja." nickte Annie, „nur schade, dass wir ihn hinterher nicht auseinandernehmen können. So wie sonst immer."

„Wir können ihm ja unsere ganze Kritik zurückschreiben." schlug Z vor.

„Gute Idee."

Annie wedelte mit dem Papier: „Wer liest vor?"

„Du." gab Geraldine zurück.

„War ja klar."

„Du hast die schönste Stimme."

Annie zog eine Schnute: „Haha."

„Nein wirklich." beteuerte Geraldine und obwohl sie dabei ganz eindeutig ein Lachen zu unterdrücken versuchte, ließ Annie sich darauf ein:

„Hallo ihr Lieben,

Michelle und ich liegen fast jeden Abend zusammen auf dem Teppich und... unterhalten uns. (Na? Seid ihr erschrocken, was jetzt kommen könnte?) Über Gott und die Welt. Im wahrsten Sinne des Wortes. Ich rede über Gott und sie über die Welt. Manchmal auch andersrum. Eine der Sachen, die wir dabei entdeckt haben, möchte ich euch gerne weitergeben. Sie steht nicht in Zusammenhang zu irgendwas, was hier passiert ist oder was uns gemeinsam passiert ist. Und ich kann mir auch nicht vorstellen, dass es für euch einen Zusammenhang gibt. Aber ich fand es spannend, daher... legen wir los:

Es geht um Jeremia. Der in seinem Buch ja auch Worte an andere Völker richtet. Nicht nur an Israel. Ich habe da immer so drüber weggelesen. Weil ich dachte, der Inhalt an sich wäre das Wichtige. Also habe ich mir da rausgezogen, was auch immer ich finden konnte. Aber Michelle, die sowas ja immer ein wenig neuer betrachtet, meinte: ‚Warum eigentlich? Warum Botschaften an andere Völker, wenn die doch gar nicht gerettet werden?' Das ist eine gute Frage. Denn die Bibel sagt ganz eindeutig, dass Israel das auserwählte Volk ist. Und alle anderen dementsprechend nicht. Also habe ich ein wenig hin und her geblättert und versucht, das Alte Testament auch mit neuen Augen zu sehen. Und siehe da: mir ist etwas aufgefallen. Das kommt da öfter. Nicht nur bei Jeremia, auch bei anderen Propheten redet Gott zu anderen Völkern, anderen Königen. Gibt ihnen, nimmt ihnen, verheißt ihnen. Genauso wie bei Israel. Das hat mich stutzig gemacht und weil ich die Frage nach dem ‚Warum' dort nicht beantworten konnte, habe ich weitergeblättert. Ins Neue Testament. Und bin bei Paulus hängengeblieben, der da schreibt: ‚Gott hat zu allen Zeiten zu allen Menschen gesprochen.' Kein wörtliches Zitat. Aber die einfachste Zusammenfassung. Das ist schon ein Hammer, oder? Da habe ich immer geglaubt, alle anderen um Israel herum wären von vorneherein verloren gewesen. Was mich teilweise schon ein wenig sauer gemacht hat. Dass das Zufallsprinzip entschied, ob man bei den Geretteten geboren wird oder nicht. Ich erinnere mich, dass Becka mal mit einer ähnlich gerichteten Frage zu mir kam. Da habe ich ihr genau das erzählt. Dass ich das unfair finde. Schließlich können wir nicht entscheiden, aus wessen Bauch wir schlüpfen. Aber diese Erkenntnis verändert das alles. Wenn Gott bei allen Völkern war – auch damals schon – dann heißt das, dass alle gerettet werden konnten – auch damals schon. Wie er zu ihnen gesprochen hat, das weiß ich nicht. Aufzeichnungen scheint es dazu ja keine zu geben. Vielleicht sollte ich mir meinen Indiana Jones Hut aufsetzen und danach suchen gehen. Nur wo? Nein, werde ich nicht tun. Die Zeit der Abenteuer ist vorbei. Und meine Ausführungen im Grunde auch. Keine Ahnung, ob sie euch etwas bringen. Aber ich finde das sehr interessant. Weil es für mich Gott nochmal in ein ganz anderes Licht rückt. Er hat nie Menschen im Stich gelassen oder von vorneherein verurteilt. Er hat keine Völker entstehen lassen, die von Anfang an keine Chance hatten. Er hatte früher ein auserwähltes Volk. Aber er hat auch da schon alle Menschen geliebt. Und das tröstet mich. Nicht bei irgendwas Konkretem. Aber einfach so ganz allgemein.

Das soll es mal gewesen sein. Wenn ihr dazu Gedanken habt – schreibt ruhig. Ich bin gespannt.

Euer Christopher."

Geraldine sah Z an: „Weißt du, was für eine Frage von Becka er meint?"

„Ja..." erwiderte dieser langsam, „so dunkel. Ich kriege sie nicht mehr zusammen – sorry. Ist ganz lange her. Ich weiß nur noch, dass sie sie so ziemlich jedem Pastor gestellt hat, den wir kennen. Keiner wusste eine Antwort."

„Schade. Hätte mich auch interessiert."

„Wie gesagt – sorry."

„Schon okay." Geraldine winkte ab – und Annie erneut mit dem Brief: „Bringt euch das irgendwas? So für jetzt, meine ich?"

Z schüttelte den Kopf: „Nee."

„Auch nicht." schloss Geraldine sich an.

„Na dann." Annie zuckte mit den Schultern, „aber trotzdem nett, dass er geschrieben hat."

„Finde ich auch." schloss sich Geraldine auch hier an.

Annie griff hinter sich: „Packen wir es in die Schublade."

„Unsere ganz besondere Schublade." kicherte Z und sie machte mit: „Und wie."

Einige Minuten saßen sie noch schweigend da – dann schlug sich Z auf die Oberschenkel:

„Tja dann... würde ich mal wieder."

„Ich auch." schloss Geraldine sich ein weiteres Mal an.

Z deutete auf den Tisch: „Sollen wir noch aufräumen helfen?"

„Den Keksteller und die drei Tassen?" Annie lächelte amüsiert, „das schaffe ich gerade noch so."

„Gut. Dann..." Z hob zum Abschied die Hand, „bis Sonntag."

„Ja. Bis Sonntag." erwiderte Annie und wollte schon die Tassen einsammeln, da legte Geraldine ihr die Arme um die Schultern – allerdings nur kurz:

„Mach es gut."

Annie sah auf: „Du auch."

164

Vor dem Sonntag sahen sie sich zwar nicht mehr, sprachen aber über den Computer miteinander. Um sich gegenseitig zu bestätigen, dass der Alltag sie wirklich wieder eingeholt hatte. Sie hatten alle eine Vision gehabt. Jeder eine andere. Was bedeutete, dass sie sie getrennt zu erledigen hatten. Das fanden sie nicht schlimm, kam es ihrem Wunsch nach Abstand doch entgegen. Und auch die Visionen an sich nahmen sie gelassen. Das war Routine und daher ungefährlich. Im Vergleich zu dem, was sie hinter sich gebracht hatten, schon fast lapidar. Und zudem mussten sie sich nicht mehr verkleiden. Sie konnten einfach losziehen und ihre Arbeit machen. Ohne, dass jemand etwas Böses sagte. Auch Steve, Katiana und Johanna holten sie wieder ins Boot. In der gleichen Aufteilung wie zuvor. Alle drei waren froh, dass es sich nur um normale Aufträge zu handeln schien und dementsprechend bereit, dabei zu helfen.

165

Auch den Freunden tat es gut, wieder anderen zu helfen. Das stellten sie alle drei an diesem Tag fest. Es schürte in ihnen aber auch die Tatsache, dass sie selbst momentan hilflos waren – zumindest an einigen Punkten. Was für sie alle Folgen hatte – in Form von Entscheidungen:

Geraldine entschied sich, den tätowierten Mann das nächste Mal, wenn sie ihn sah, zur Rede zu stellen. Die Chance dazu bot sich ihr gleich am nächsten Tag, doch als er sie auf sich zukommen sah, verschwand er um eine Hausecke und als sie diese erreichte, war er weit und breit nicht mehr zu sehen. Das passierte ihr in den darauffolgenden Tagen noch zweimal und trotzdem gab er weder seinen Beobachtungsposten auf, noch das Hinterlassen von Nachrichten mit Drohungen und Warnungen. Geraldine spürte förmlich, wie sich ihre Nerven dem Ende näherten. Und als am Abend des dritten Versuchs der Gedanke an eine endgültige Lösung wieder aufflammte, wehrte sie sich nicht dagegen. Es musste etwas geschehen. Da führte kein Weg dran vorbei.

Z entschied sich, endlich einen Schritt weiter zu gehen. Was dazu führte, dass er die Frau, als sie sich das nächste Mal trafen und gemeinsam durch den Park spazierten, irgendwann an den Schultern fasste und ihr einen Kuss gab. Den sie freudig erwiderte. Es fühlte sich schön an. Und dann wieder nicht. Richtig. Und dann wieder nicht. Er war hin- und hergerissen. Zwischen seinem Verlangen und seinen Gefühlen. Aber er machte weiter. Damit. Weiter gehen tat er nicht. Das war ihm zu schnell. Und sie nahm das hin. Froh über diesen einen Schritt. Doch in seinen Gedanken waren die nächsten Schritte schon abrufbereit. Und es war eigentlich nur eine Frage der Zeit, bis er sie umzusetzen gedachte. Das Verlangen war stärker als die Gefühle. Inzwischen zumindest. Nicht von Anfang an gewesen. Aber mit jedem Tag verschob sich die Gewichtung mehr und mehr. Und als er an diesem Abend ins Bett ging und ihr Gesicht vor seinem inneren Auge erschien, blieb er nicht tatenlos. Sondern ließ sich auf das ein, was seine Phantasie ihm eingab.

Annie entschied sich, dass Gott ihr eine Entschuldigung schuldete. Für alles, was er in ihrem Leben angerichtet hatte. Und da sie sich sicher war, dass er nur darauf reagieren würde, wenn sie auf Konfrontationskurs ging, entschied sie sich zudem, nicht mehr in den Gottesdienst zu gehen. So lange, bis sie ihre Entschuldigung hatte. Er wollte sie sein Kind nennen, das wusste sie. Aber dafür musste er etwas tun. Wenn sie ihm wichtig war, würde er das. Sie musste einfach nur darauf warten.

166

So kam es, dass sie an dem Sonntag nach ihrem Treffen zu Christophers Brief schon nicht mehr im Gottesdienst auftauchte. Die anderen bemerkten das natürlich. Aber sie fragten nicht nach. Schließlich war es ihre freie Entscheidung, ob sie kam oder nicht.

167

Die Schule, auf die Alyssia ging, war die größte Schule in ganz Russland. Fast 1.600 Schülerinnen und Schüler wurden hier unterrichtet. Das hatte Vor- und Nachteile. Auf der einen Seite war die Auswahl an Freundinnen und auch an Freunden so groß, dass Alyssia nie alleine war. Auch außerhalb des Unterrichts nicht. Und vor allem jetzt, wo sie 15 war und ihr Interesse an Jungs so groß wie nie zuvor, fand sie es geradezu entzückend, Tag für Tag die Qual der Wahl zu haben. Sie war immer offen für Neues – was für viele ihrer Freundinnen genauso galt. Und für die Jungs ebenfalls.

Weswegen es nie dazu kam, dass sie einen dieser Jungs ihren Eltern vorstellte. Dafür waren die Techtelmechtel, die sie mit ihnen hatte, einfach zu kurz. Natürlich hoffte sie trotzdem, eines Tages den Richtigen zu treffen. Den Einen. Den Mann fürs Leben. Das hofften sie alle. Und vertrieben sich die Zeit, bis es soweit war, mit der großen Menge an Falschen. Was erheblich durch den einen großen Nachteil erschwert wurde: viele Schüler hieß auch viele Klassen und damit viele Lehrer. Wodurch so gut wie nie Unterricht ausfiel. Denn selbst wenn mal wirklich eine Lehrkraft nicht anwesend war, gab es immer genug Möglichkeiten, die Schüler zu verteilen und ihnen trotzdem Unterricht ‚zu gewährleisten'. Alyssia hasste diesen Begriff. Ihre Eltern dagegen fanden ihn toll. Weil er das bedeutete, was sie sich von Schule erwarteten: das maximale Ausmaß an Bildung. Alyssia dagegen wünschte sich ein maximales Ausmaß an Freizeit. Was dadurch unterbunden wurde und die Zeit, die sie mit ihren Freundinnen oder eben Freunden verbringen konnte, erheblich einschränkte.

Das war jedoch so ziemlich das Einzige, worüber sich Alyssia beschweren konnte, denn der Unterricht war locker. Die Lehrplätze an der Schule waren heiß begehrt, da der Staat mit der Schulleitung darin übereingekommen war, dass die hohe Anzahl an Schülern für Lehrer eine höhere Belastung darstellte, und so wurden sie besser bezahlt. Was – so hätte man meinen können – auch zu einer höheren Motivation führte, den notwendigen Stoff zu vermitteln. Doch genau das Gegenteil war der Fall: Wer einmal hier war, der ‚hatte es geschafft'. Und genoss das. Indem er sich selbst nicht mehr Arbeit machte, als es unbedingt sein musste. Die Schulleitung wusste das und duldete es auch – wohl in dem falschen Glauben, die Lehrer könnten ihnen weglaufen, wenn sie sie zu sehr drängten. Die Schüler wussten das ebenfalls und freuten sich darüber. Vermieden es aber, es zu sehr auszunutzen, weil es da ja schließlich auch noch ihre Eltern gab. Die nichts davon wussten, da Leitung, Lehrer und Schüler gleichermaßen erpicht darauf waren, es vor ihnen geheim zu halten. Sie waren die einzige Gruppe, die wirklich etwas dagegen hätte tun können. Und das wollte niemand.

So wurde auch nie offen darüber diskutiert. Sondern jeder verhielt sich so, wie ihm das gefiel. Was im Klartext hieß: Wenn Alyssia sich in der Pause ganz spontan unsterblich in einen Jungen verliebte, der nicht in ihrer Klasse war, dann fiel die nächste Stunde für sie einfach mal aus und sie blieb mit ihm auf dem Schulhof und knutschte. Ihre Abwesenheit wurde von ihren Freundinnen mit einem lapidaren „Der war schlecht" erklärt, was die anwesende Lehrkraft mit einem Schulterzucken hinnahm. Den verpassten Stoff schrieb sie hinterher einfach ab. Schließlich war es nur sehr selten etwas, was sie wirklich langfristig wissen musste. Nur auswendig können bis zur nächsten Abfrage. Und dann wieder vergessen. Insgesamt konnte man das Leben also als locker bezeichnen und das gefiel allen Involvierten sehr gut.

Das alles änderte sich mit dem Krieg – wenn auch nur wenig. Die Schule lag abseits genug, dass kaum jemand Angst hatte, sie könnte getroffen werden, und da die Schüler nicht aus den Großstädten kamen, sondern aus unzähligen kleinen Siedlungen, galt dies größtenteils auch für ihr Zuhause. Sorgen um das eigene Wohlbefinden machte sich also so gut wie keiner. Trotzdem war der Krieg natürlich schnell das Thema Nummer 1. Jeder hatte eine Meinung dazu. Viele einen Plan, wie man gewinnen konnte. Es gab Diskussionen, die weitaus hitziger waren als sonst, und sehr viele Stunden verbrachten sie schlicht damit, vor dem Fernseher zu sitzen und die Nachrichten zu verfolgen. Wo sie Bilder sahen, die weit weg schienen. Unwirklich. Obwohl es um die Städte ihres eigenen Landes ging. Umso grösser war das Entsetzen, als sie eines Tages ihr eigenes Schulgebäude im Fernsehen sahen. Niemand von ihnen hatte mitbekommen, dass hier etwas passiert war. Nicht einmal das Team vom Fernsehen hatten sie bemerkt. Das war auch kein Wunder, denn die Aufnahme war in der vorherigen Nacht entstanden. Sie alle hatten am Morgen das Loch auf dem Schulhof gesehen. Oder besser gesagt: die frische Erde, die dieses Loch bedeckte. Aber alle Fragen diesbezüglich waren von den Lehrkräften abgebügelt worden. Nun erhielten sie die Antwort – aus dem Fernsehen: Eine russische Rakete hatte nach dem Start eine Fehlfunktion angezeigt und war daher ‚gecancelt' worden. Was bedeutete, dass man sie einfach während des Fluges ausgeschaltet und zu Boden hatte stürzen lassen. Unglücklicherweise hatte man sie dabei nicht mehr steuern können und so war sie auf dem Schulhof eingeschlagen – ohne zu explodieren, zum Glück. Soldaten hatten sie im Anschluss geborgen und das Loch behelfsmäßig geschlossen. Und das war im Grunde alles, was es zu berichten gab. Zumindest dachten sie das alle. Schüler, Lehrer, Schulleitung – und auch Eltern und Regierung. In

Wirklichkeit war da noch eine winzige Kleinigkeit, die sie alle übersahen: Auch bei einem reinen Absturz entwickelten Raketen beim Aufprall eine enorme Wucht. Die sich wesentlich weiter in den Boden ausgebreitet hatte, als irgendjemand vermutete. So beschränkte sich der Schaden nicht nur auf den Asphalt. Auch das Gasrohr, das in ihn eingebettet war und die Schule mit Energie versorgte, hatte einen Schlag abbekommen. Der einen kleinen Riss versursacht hatte, durch den nun Gas austrat. Zunächst füllte es nur die Zwischenräume der Gesteinsbrocken, die das Rohr bedeckten und konnte auch nicht über diese hinaus, da sie wiederum mit Erde bedeckt waren. Doch dann beauftragte die Schulleitung eine Handwerksfirma damit, das notdürftig versorgte Loch komplett zu reparieren. Was während der Unterrichtszeit oder den nachmittäglichen Sonderstunden in Musik oder Sport natürlich nicht ging, denn Bauarbeiten störten die Konzentration. So arbeiteten die Handwerker am Abend, als es bereits dunkel war, und das auch mir ziemlich schlechter Laune – schließlich hätten sie um diese Zeit eigentlich schon Feierabend gehabt. Die Tatsache, dass die Erde durch die anhaltende Kälte inzwischen festgefroren war und sie sich extrem anstrengen mussten, um sie auszuheben, tat ihr übriges. Und als sie schließlich kurz vor Schluss mehrfach ein metallenes Schaben hörten, machten sie sich nicht die Mühe, großartig nachzusehen, woher dieses kam, sondern schaufelten die Erde und die losen Steine einfach fertig aus dem Loch, füllten dieses mit Asphalt und sahen zu, dass sie nach Hause kamen. So blieb nicht nur der bereits vorhandene Riss unbemerkt – er wurde durch ihr grobes Vorgehen auch noch vergrößert. Und setzte sich in den nächsten Tagen bis hinein ins Gebäude fort. Wo er irgendwann gegen das Ventil stieß, dass das Rohr mit dem Heizaggregat verband. Hier konnte er nicht mehr weiter und breitete sich daher um das Ventil herum aus, bis das Rohr komplett durchtrennt war. Der Hausmeister merkte davon nichts, als er am nächsten Morgen die Heizung anschaltete. Er war in Eile, denn er musste noch alle Fenster schließen. In den kalten Monaten blieben diese tagsüber geschlossen, damit die Wärme der Heizung im Gebäude blieb und die Schüler und Lehrer damit gesund. Nachts jedoch wurden sie allesamt aufgerissen, um den Gestank, den all diese Personen tagsüber im Gebäude verteilten, wieder loszuwerden. Doch natürlich sollte es bereits warm sein, wenn die Schüler eintrafen. Damit sie sich nicht am Ende noch beschwerten und die Eltern bei der Schulleitung aufkreuzten. So ignorierte er das leise Zischen, das einsetzte, sobald er das Ventil öffnete und schlurfte wieder davon. Was dem Gas die Möglichkeit gab, sich unbemerkt auszubreiten. Zunächst im Keller und dann weiter nach oben.

Die ersten, die es merkten, waren dementsprechend die Klassen im Erdgeschoss. Ein Junge hatte die zweifelhafte Ehre, als erster über Kopfschmerzen zu klagen, seine Banknachbarin war die erste, die ohnmächtig von ihrem Stuhl kippte. Sie war auch die erste, die starb – doch das bekam schon keiner mehr mit. Das Gas war geruchsneutral und so verging viel zu viel Zeit, bis die Lehrkräfte in den Klassen gedanklich weit genug gekommen waren, um die Bedrohung wirklich einordnen zu können. Und als das endlich der Fall war, reagierten sie allesamt falsch. Ihre erste Sorge galt den Kindern – nicht der Luft. Was dazu führte, dass sie nicht etwa die Fenster aufrissen, um für Sauerstoff zu sorgen. Sondern die Türen, um die Kinder nach draußen zu bringen. Allerdings war das Gas auf den Fluren natürlich genauso verteilt wie in den Klassenräumen. So kam kaum einer wirklich weit.

In den oberen Stockwerken merkte man davon zunächst nichts. Auch Alyssia hatte andere Sorgen. Sie dachte an einen Jungen. Den sie am Ende der Pause gesehen hatte. Und den sie nicht mehr geschafft hatte, anzusprechen. Sie überlegte fieberhaft, wie sie ihn in der nächsten Pause wiederfinden konnte. Ihre Banknachbarin meldete sich und fragte, ob sie auf Toilette dürfte. Natürlich durfte sie – das war hier kein Problem. 20 Minuten später war sie allerdings noch nicht zurück – was selbst Alyssia aus ihren Gedanken riss und die Lehrerin leicht unruhig werden ließ. Sie beauftragte zwei andere Mädchen, nach ihr suchen zu gehen und wieder vergingen Minuten, ohne dass diese zurückkehrten. So machte sich die Lehrerin schließlich selbst auf den Weg ins Erdgeschoss, wo die Toiletten untergebracht waren. Sie kam bis zur Treppe, wo sie die beiden Mädchen zusammengekrümmt und regungslos liegen sah – und fing an zu schreien. Binnen Sekunden war die ganze restliche Schule auf den Beinen. Alle wollten nach unten. Und das war ihr großer Fehler. Denn das Gas kam ihnen entgegen. Und hüllte sie bald alle ein. Nur sehr wenige kamen auf die Idee, wieder kehrtzumachen, als sie ihre Kameraden vor sich zusammenbrechen sahen. Alyssia war eine von ihnen. Ihr Vater war

Installateur und sie kannte sich mit Gas ein wenig aus. Leider nicht genug, um zu wissen, dass einem nichts passierte, wenn man einfach die Luft anhielt und hindurchrannte. Weswegen sie stattdessen vor dem Gas davon nach oben rannte. Wo ihr dann auch der rettende Gedanke kam, einfach ein Fenster zu öffnen und Luft nach drinnen zu lassen. So sprintete sie in einen der Klassenräume und tat dies. Schloss vorher allerdings noch die Tür hinter sich, damit das Gas sie nicht verfolgen konnte. Die Luft klärte ihren vernebelten Kopf wieder auf und ein weiterer Gedanke schoss hindurch: damit hatte sie nur sich selbst geholfen – allen anderen nicht. Und obwohl sich ihre Gedanken normalerweise fast ausschließlich um ihr eigenes Glück und Wohlergehen drehten, wusste sie doch, dass man Menschen in Not immer half. Sie begann zu schreien, doch weit und breit war niemand, der sie hören konnte. Sie schaute auf die Uhr. Es würden noch Stunden vergehen, bevor die ersten Eltern kamen, um ihre Kinder zu holen. Bis dahin lebte hier keiner mehr. Sie musste handeln. Ihr Handy hatte sie nicht. Die Lehrer sammelten sie am Anfang jeder Stunde ein. Die einzige wirkliche Maßnahme, an die sie sich jemals gehalten hatten. Also musste sie selbst nach draußen und Hilfe holen. Sie schaute nach unten. Fünf Stockwerke war tief. Aber sicher nicht unüberwindbar. Wenn sie vorsichtig war und versuchte, die dicken Büsche zu treffen – dann zog sie sich vielleicht ein paar Schürfwunden zu, aber damit konnte sie leben. Sie kletterte aus dem Fenster, hängte sich ans Fensterbrett, um noch ein wenig Höhe einzusparen – und ließ los. Der Aufprall war hart, obwohl sie die Büsche traf. Sie waren bei weitem nicht so stabil, wie das von oben auf sie gewirkt hatte. Die Zweige bogen sich unter ihrem Gewicht einfach auseinander und gaben den Weg auf den Boden frei. Der aus Beton bestand, denn die Büsche waren nur in keinen Löchern gepflanzt, die darin eingelassen waren. Sie kam mit den Beinen zuerst auf und die Wucht des Aufpralls brach sie ihr. Sie schrie vor Schmerzen und kippte aus den Büschen auf den Beton. Leider hatte sie mit den Armen reflexartig nach ihren Beinen gegriffen und war daher nicht schnell genug, sich für den Aufprall abzustützen. Sie schlug mit dem Kopf auf und wurde bewusstlos.

Einige Stunden später standen die Eltern vor der Schule und warteten darauf, dass ihre Kinder herauskamen. Was nicht passierte. Und sie verwunderte. Von außen sah alles ganz normal aus. Bis einem Vater schließlich beim näheren Hinsehen auffiel, dass da jemand auf dem Schulhof zu liegen schien. Ganz in der Ecke vor dem Gebüsch. Mit einigen weiteren Eltern eilte er dorthin und fand Alyssia, die inzwischen tot war. Sie lag in einer großen Lache aus Blut – das aus der Wunde an ihrem Kopf ausgetreten war. Der Vater schaute sich um, dann hoch und sah das offene Fenster.

„Sie muss gesprungen sein." rief er aus.

„Aber warum?" fragte jemand anders zurück.

Sie eilten weiter zum Schulgebäude, rissen die Türen auf – und fingen schlagartig an zu husten.

„Gas!" brüllte einer und sie zogen sich zurück – jedoch nicht, ohne vorher die vielen leblosen Körper wahrzunehmen, die drinnen kreuz und quer verteilt lagen.

Die Feuerwehr kam schnell. Mit Gasmasken marschierten sie ins Gebäude und blieben fast eine Stunde verschwunden. Dann kamen sie zurück – und keiner von ihnen sagte ein Wort. Das Leck war gefunden und gestopft – so viel ließ sich zumindest der Einsatzleiter entlocken. Die restlichen Informationen erhielten die schon durch die lange Wartezeit gebeutelten Eltern erst durch einen Beamten der Schulbehörde, der von den Rettungskräften herbeigerufen worden war. Er verkündete – vor den Anwesenden und später noch einmal vor laufender Kamera – die schreckliche Bilanz dieses ‚tragischen Unglücks'. Alle Lehrer und Schüler, die sich an diesem Tag im Gebäude aufgehalten hatten, waren ums Leben gekommen. Mehr als 1.800 Personen. Alyssia wurde einzeln erwähnt, da sie als Einzige versucht hatte, Hilfe zu holen. Dessen war man sich zwar nicht sicher, aber es klang besser, als dass sie aus Panik oder Verzweiflung in den Tod gesprungen war. Sie wurde als Heldin gefeiert. Was ihren Eltern keinerlei Trost war.

168

Bei den nächsten Visionen gaben sie sich nicht einmal mehr Bescheid. Weil ihnen allen dreien am betreffenden Morgen beim Frühstück durch den Kopf ging, dass das eigentlich nicht notwendig war. Ihre Arbeit war Routine und

Gespräche dazu zwar nett, aber nicht zwingend erforderlich. Und auch danach berichteten sie sich nicht gegenseitig von ihrem Erfolg. Was in diesem Fall schade war, denn für jeden von ihnen hatte dieser Auftrag eine Besonderheit parat. Zu der ein Austausch mit Sicherheit interessant gewesen wäre, denn es war bei ihnen allen ein und dieselbe Besonderheit: Zwei Sätze, die sie von ihren Opfern zu hören bekamen. Und die jedes Mal gleich lauteten: ‚Danke, dass Sie mich befreit haben. Jetzt sollten Sie sich selber befreien.‘ Das sprach bei ihnen allen genau in das hinein, was sie bedrückte und bedrängte. Und gab dem, was sie in den Wochen zuvor in sich zusammengesponnen hatten, eine ganz neue Wendung.

169

Bei Geraldine löste er aus, dass sie endlich klare Sicht auf die Gefahrensituation bekam, die sie umgab. Und einen Blick dafür, dass es nicht der Mann war, der sie in ihren Gedanken gefangen hielt. Es waren Nils und ihre Eltern. So rief sie sie zusammen, erzählte ihnen von dem Mann und den Nachrichten, die sie alle bereits vernichtet hatte, und forderte sie dann auf, erneut ihre Sachen zu packen und zu verschwinden. Sie duldete keinen Widerspruch. „Wenn ich das lösen will, muss ich zur Polizei. Das ist mir jetzt klar. Aber das kann ich nur tun, wenn ich euch in Sicherheit weiß. Also bitte... geht. Ihr hattet einen sicheren Ort. Ich gehe davon aus, er ist noch da." Ihre Eltern wehrten sich kaum, Nils gar nicht. Er hatte die Zeit seit seiner Rückkehr damit verbracht, sich um einen neuen Job zu bemühen und damit bisher keinen Erfolg gehabt. Weil er einfach nicht mehr dahinterstand. Seine Gedanken gingen seit einigen Wochen gar in Richtung Umschulung und er war froh, ein wenig Zeit zu bekommen, sich damit auseinanderzusetzen. So fuhren sie davon. Und Geraldine sah ihnen hinterher – und gleichzeitig auf die andere Straßenseite. Wo der tätowierte Mann stand und das ebenfalls tat. Sie machte sich innerlich darauf gefasst, ihn zu blockieren, falls er die Verfolgung aufnehmen wollte. Doch das passierte nicht. Er blieb einfach stehen. Und griff auch nicht zum Telefon. Das war gut. Er schien sich der Tragweite dieser Abfahrt also nicht bewusst zu sein. Was die Chancen für Nils und ihre Eltern erhöhte, unbemerkt an ihr

Ziel zu kommen. Und ihr damit die Freiheit gab, endlich offiziell Maßnahmen gegen ihn einzuleiten. Sie rief Rebecca an und verabredete sich für den nächsten Tag mit ihr auf dem Revier. Dann ging sie ins Bett. Und schlief so gut wie schon lange nicht mehr.

170

Bei Annie löste er aus, dass sie sich bei Gott entschuldigte. Für ihr ungebührliches Verhalten. Sie verspürte einfach den Drang, das zu tun. Sagte ihm aber trotzdem, wie verletzt sie war durch alles, was ihr Leben ihr zugemutet hatte. Und dass diese Entschuldigung nicht hieß, dass sie ihn aus der Verantwortung nahm. Es ging ihr danach stimmungsmäßig nicht besser, doch nur wenige Minuten später klingelte das Telefon und vier Kinderstimmen brüllten ihr abwechselnd in die Ohren, ob sie vorbeikommen wollte. Das heiterte sie schlagartig auf und sie verbrachte einen sehr schönen Nachmittag mit den vieren, der sich noch fortsetzte, nachdem sie ins Bett gegangen waren. Steve und Katiana saßen auf der Couch und einem Impuls folgend, sagte sie nicht ‚Auf Wiedersehen‘ wie eigentlich geplant, sondern fragte, ob sie sich dazusetzen dürfte. Keine zwei Minuten später schüttete sie ihnen unter Tränen ihr Herz aus. Bis weit nach Mitternacht saßen sie zusammen und als sie ging, waren all die dummen Gedanken, die sie die ganze Zeit mit sich herumgeschleppt hatte, nicht nur ausgesprochen, sondern ausgelöscht. Es hatte nicht einmal vieler Worte von Katiana bedurft, um sie auf die richtige Spur zu bringen. Dass sich die Guten gegenseitig die Schuld gaben, war nicht richtig. Die Bösen waren schuld. Das mochte schwarz-weiß-Denken sein, aber in diesem Fall traf es zu. Gott hatte sie auserwählt, aber er hatte sie nicht verflucht. Das hatten die Dämonen getan. Auf sie konnte sie ihren Ärger konzentrieren. Und sich selbst konnte sie aus dieser Gleichung komplett herausnehmen. Das sagte sie sich auch, als sie sich ins Bett legte: „Ich bin nicht schuld daran." Dann schlief sie ein. Tief und fest und friedlich.

171

Bei Z löste er aus, dass er sich die Frage stellte, was er eigentlich wollte. Die Antwort kam schnell und eindeutig: Sex. Mit einer Frau. Mit dieser Frau. Doch das war nur sein Verlangen. Es war nicht sein Bedürfnis. Sein Bedürfnis war nach wie vor, alleine zu sein. Beziehungstechnisch, zumindest. Denn er war weit davon entfernt, Becka und Coleen überwunden zu haben. Sie waren der Stich, den er jedes Mal verspürte, wenn er an diese Frau dachte. Wenn er sie sah. Mit ihr redete. Und inzwischen auch, wenn er sie berührte. Das war nicht richtig. Nicht für ihn. Und auch nicht für sie. Sie wollte ihn, das war eindeutig. Aber er konnte sich ihr nicht geben. Er konnte ihr nur etwas geben. Das, was er selbst von ihr wollte. Und das war nicht genug. Weder für ihn noch für sie. Zumindest ging er davon aus. Vielleicht war es für sie auch genug. Nur – das wollte er dann auch wieder nicht. Er wollte keine Frau, die nur Sex wollte und sonst nichts. Also durfte er auch kein Mann sein, der nur Sex wollte und sonst nichts. Es blieb nur eine Möglichkeit: Er musste es beenden. Was er auch tat, als sie sich das nächste Mal sahen. Sein ursprünglicher Plan war gewesen, zu schauen, wie weit er mit seinen Händen vordringen konnte, ehe sie ‚Stopp' sagte. Stattdessen sagte er ‚Stopp'. Und konnte in ihren Augen lesen, dass ihr das gar nicht schlimm war. Ihre gesamte Reaktion ging in diese Richtung. Sie weinte nicht oder kämpfte oder bettelte. Das hätte er auch nicht gewollt, aber es hätte zumindest gezeigt, dass ihr etwas an ihm lag. Sie aber zuckte nur mit den Schultern und murmelte: „Wenn du meinst." Dann drehte sie sich um und ging davon, ohne sich noch einmal umzublicken. In diesem Moment war Z froh, dass er sich nicht darauf eingelassen hatte. Ihr Gesicht tauchte trotzdem noch einmal vor seinem inneren Auge auf, als er sich am Abend hinlegte. Doch als er es diesmal zur Seite schob, verschwand es praktisch sofort. Und mit ihm jenes Verlangen, das er jedes Mal in diesem Zusammenhang verspürt hatte. Seine Gefühle wogen eben doch mehr. Und das war nicht einmal traurig – es war gut. Ein guter und richtiger Gedanke. Mit dem er guten Gewissens einschlief.

172

Die folgenden Tage waren geprägt von Geraldines Überlegungen, Nils wieder zurückzuholen. Die dadurch ausgebremst wurden, dass sie den Mann – den die Polizei bisher nicht hatte aufspüren können – zwar nicht mehr zu Gesicht bekam, er aber trotzdem noch in der Lage war, Nachrichten zu hinterlassen. Von Annies Besuchen bei Steve und Katiana, bei denen sie sich so manche Schürfwunde zuzog, denn die vier Kinder waren inzwischen doch alle eher als Teenager zu bezeichnen und ihr Umgang sowohl untereinander als auch mit ihr bei Weitem nicht mehr so lieb und brav, wie das früher einmal der Fall gewesen war. Was ihrer Freude daran allerdings keinen Abbruch tat. Und von Zs Versuch, sich von seinen ständigen Sexgedanken ein für alle Mal zu lösen – auch verbunden mit in der Hoffnung, dass er irgendwann wirklich noch einmal eine neue Beziehung haben würde, die er dann vernünftig zu führen gedachte. Die Abende verbrachten sie dabei alle drei bei sich zuhause auf der Couch –in dem starken Bedürfnis, sich von dem, womit sie sich geistig wie körperlich den Tag über beschäftigt hatten, eine Pause zu gönnen. Sich abzulenken. Was auch problemlos möglich war – durch das, was das Fernsehen zeigte. Allerdings nicht aus Deutschland. Sondern aus den USA. Oder besser gesagt: aus dem Weltraum.

173

Gavin und Sheryl waren Astronomen aus Passion. Auf der Erde gab es kaum etwas, was sie ihrer Aufmerksamkeit für würdig hielten. Nicht einmal sie selbst, interessanterweise, denn eigentlich hätten sie gut zueinander gepasst und in den wenigen Gesprächen, die sie mit den paar Freunden, die sie hatten, manchmal führten – und bei denen der jeweils andere nicht dabei war – gaben sie schon ein ums andere Mal zu, dass sie das selbst auch so sahen. Aber während ihre Freunde dann jedes Mal wieder Hoffnung schöpften, dass das irgendwann dazu führte, dass sie sich endlich richtig ‚wahrnahmen' und zusammenkamen, bezogen die beiden das lediglich auf ihre gemeinsame Leidenschaft. Und das damit verbundene

Desinteresse an allem irdischen. So kam es, dass sie mehr Zeit miteinander verbrachten als so manches Pärchen in ihrem Bekanntenkreis, während dieser Zeit aber trotzdem kaum etwas voneinander mitbekamen. Weil sie viel zu beschäftigt damit waren, in den Himmel zu starren und den Sternen bei längst abgeschlossenen Veränderungen zuzusehen. Was die meiste Zeit über ein sehr fruchtloses Unterfangen war, denn die Wandelungen, die am Firmament geschahen, mochten vielfältig sein – zu sehen war davon meist recht wenig. Und wenn dann beschränkte es sich auf einzelne Feststellungen wie ‚Cygnius 37.37 ist nicht mehr da' oder ‚Notron 46-Delta-C scheint schwächer zu werden'. Diese Bezeichnungen waren nicht offiziell. Sie hatten sie sich selbst ausgedacht. Das war der Anfang ihrer gemeinsamen ‚Arbeit' gewesen – so hatten sie sich kennengelernt. Gavin hatte mit seinem Teleskop vor seinem Haus gesessen – mitten in der Nacht. Sheryl war vorbeigelaufen – auf dem Weg nach Hause von einer furchtbaren Party, auf der sie zu lange mit einem unflätigen Kerl hatte tanzen müssen. Sie hatte Gavin dort sitzen sehen und ihn gefragt, was um alles in der Welt er tat. „Ich gebe den Sternen neue Namen." hatte er verkündet, „welche, die ich mir auch merken kann." – „Darf ich mitmachen?" hatte Sheryl gefragt und seit seinem zögerlichen „Ja, okay." hatte es kaum ein Wochenende gegeben, an dem sie nicht des Nachts gemeinsam den Himmel beobachtet hatten. Das war inzwischen fast zehn Jahre her und weder die Tatsache, dass sie beide alleine waren und sich beide in ihren einsamsten Stunden selbst befriedigten und dabei an den jeweils anderen dachten, noch die Tatsache, dass in diesen zehn Jahren nie irgendetwas am Himmel geschehen war, dass ihnen für länger als 20 Minuten Gesprächsstoff gebracht hatte, führte dazu, dass sie erkannten, dass das wahre Glück viel näher lag, als sie beide das glaubten. Sie blieben dabei: Dort oben lag etwas verborgen, das sie zu finden gedachten. Sie mussten nur Geduld haben.
Und schließlich wurde diese Geduld belohnt: Es war eine sternenklare, sehr warme Nacht und Sheryl hatte extra eine riesige Dose Eiscreme mitgebracht, damit sie möglichst lange durchhalten konnten. Seit dem Ausbruch des Krieges hatte sich ihrer beider Bedürfnis, der Welt zu entkommen, noch verschärft. Sie wohnten ziemlich genau in der Mitte der USA und waren daher nicht betroffen. Doch die schrecklichen Bilder, die inzwischen Tag für Tag über den Bildschirm flimmerten, hatten ihnen

deutlich gemacht, dass die Erde ein böser Ort war. Sie glaubten nicht wirklich an Außerirdische. Und daran, dass diese kommen und sie holen würden. Aber sie hofften schon, ein Zeichen zu finden. Das ihnen den Weg in eine bessere Zukunft wies. An diesem Abend bekamen sie ein Zeichen. Undeutlich zunächst. Und ob es auf etwas Gutes hindeutete, konnten sie auch nicht sagen. Eines jedoch wussten sie recht bald – im Sinne von: viele Stunden später. Es war kein Stern. Dafür leuchtete es nicht hell genug und bewegte sich zu schnell. Und: Bei der Kurve, die es nahm, würde es für ziemlich lange Zeit zu sehen sein, bis es wieder zu weit von der Erde entfernt war, um wahrgenommen zu werden. Als es hell wurde und sie es nicht mehr richtig erkennen konnten, beratschlagten sie noch eine Weile und kamen schließlich darin überein, dass es ein Asteroid sein musste. Der friedlich seine Bahnen durch das Universum zog.

Begonnen hatte die Geschichte dieses Asteroiden mehr als 30 Jahre zuvor. Bis zu diesem Zeitpunkt war er noch Teil eines sehr kleinen, planetenähnlichen Himmelskörpers gewesen, der von der Erde aus nicht zu sehen war. Und seit Jahrtausenden auf der immer gleichen Umlaufbahn umherzog, ohne dass etwas ihn aus der Ruhe hätte bringen können. Doch in besagtem Moment ging ein Ruckeln durch ihn hindurch. Der dafür sorgte, dass an seiner Oberfläche Risse entstanden.

Zur gleichen Zeit...
Das Ehepaar vor der Tür war ihr vollkommen unbekannt. Weshalb sie auch nur ein Stirnrunzeln von ihr bekamen anstelle einer anständigen Begrüßung. Doch damit schienen sie gerechnet zu haben, denn sie übernahmen selbst die Initiative:
„Frau Vandenbergh?" fragte die Frau unsicher.
„Ja?" fragte die Angesprochene zurück.
„Hallo. Wir heißen Schneider. Wir kennen uns nicht, aber... sie hatten..."
Frau Schneider brach ab und schluckte laut – für ihren Mann das Zeichen, sich einzuklinken:
„Ihre Tochter hatte heute eine sehr unglückliche Begegnung mit unserer Tochter."
„Oh." machte Frau Vandenbergh, „ja. Warten Sie – ich hole meinen Mann."

Sie tappte leise durch den Flur ins Wohnzimmer, wo ihr Mann auf der Couch saß und las:

„Du solltest besser mal kommen."

Er folgte ihr an die Haustür.

„Hallo." begann Herr Schneider sofort, „Schneider. Ihre Tochter..."

„Das sind die Eltern von dem Mädchen, das Geraldine wehgetan hat." unterbrach Frau Vandenbergh ihn ein wenig unhöflich und ihr Mann zog die Brauen zusammen:

„Aha."

„Ja..." Frau Schneider räusperte sich verlegen, „wie Sie sich sicher denken können, ist uns das ganz enorm unangenehm. Man sagt ja immer, Kinder machen mal Dummheiten. Aber das soll keine Ausrede sein."

„Wir sind gekommen, um uns zu entschuldigen." setzte ihr Mann hinzu.

Frau Vandenbergh legte den Kopf schief: „Sie?"

„Ja. Annegret war leider nicht davon zu überzeugen, dass es gut und richtig ist, mitzukommen. Sie ist manchmal ein wenig..." Nun brach Herr Schneider ab und seine Frau half ihm aus:

„...schwierig."

„Ja..." setzte Herr Vandenbergh an ohne jegliche Ahnung, wo er damit hinwollte. Weshalb auch für ihn seine Frau übernahm:

„So sind Kinder. Unsere Geraldine auch, manchmal. Und sie schläft sowieso. Der Schlag auf den Kopf hat sie..." Sie hob die Hände und Frau Schneider schluckte erneut:

„Das tut mir leid."

„Es wird wieder. Sie muss sich nur ausruhen."

„Da sind wir beruhigt."

„Oh ja." schloss Herr Schneider sich ihr an. Und warf seiner Frau dann einen Seitenblick zu, mit dem er andeuten wollte, dass seiner Meinung nach nun alles gesagt war. Doch sie sah das anders:

„Wissen Sie... sie ist eigentlich so ein aufgewecktes Kind. So ein tolles Mädchen."

Herr Schneider nickte unterstützend.

„Meine Mutter hat ihr eine große Zukunft prophezeit."

Das Nicken brach ruckartig ab: „Das hättest du jetzt nicht sagen müssen..."

Seine Frau wandte sich ihm zu: „Ich will doch nur, dass sie nicht denken, Annegret sei irgendwie..."

„Denken wir nicht." beruhigte Frau Vandenbergh sie hastig, „es ist schon in Ordnung."

„Und solche Voraussagen treffen alle Großeltern." fügte Herr Vandenbergh an, „wir haben uns sowas auch schon anhören dürfen."

Frau Schneider schüttelte heftig den Kopf: „Meine Mutter ist eine sehr gläubige Frau. Sie hat von Gott Gaben bekommen. Wenn sie so etwas sagt, dann stimmt es immer."

Die Vandenberghs wechselten einen vielsagenden Blick. Den Herr Schneider sehr wohl bemerkte und seine Frau am Arm zupfte. Sie bemerkte jedoch weder das eine noch das andere:

„Sind Sie gläubig?"

Herr Vandenbergh stutzte: „Bitte?"

„Glauben Sie an Gott?"

„Sie?" gab er die Frage zurück.

„Ja. Natürlich." erwiderte Frau Schneider vehement und auf Herrn Vandenberghs Gesicht erschien ein seltsamer Ausdruck:

„Müsste dann nicht Ihre Tochter...?"

„Ich bitte dich." fiel seine Frau ihm ins Wort, „lass das bleiben."

„Ich sage ja nur..."

Herr Schneider seufzte laut: „Glauben Sie uns: Wir haben uns diese Frage auch schon gestellt. Wir können nur hoffen und beten, dass sich so etwas nicht wiederholt."

„Nun..." Frau Vandenbergh nickte langsam, „das ist eine Möglichkeit."

„An die Sie nicht glauben." vermutete Frau Schneider.

„Nun..." wiederholte Frau Vandenbergh, kam jedoch nicht weiter, da ihr Mann übernahm:

„Nichts gegen Gott. Aber wir bevorzugen einen etwas moderneren Ansatz. Bei dem man selbst denkt. Und bei unserer Tochter probieren wir es mit erziehen. Anstatt nur mit hoffen und beten."

Seine Frau schnaubte entrüstet: „Ich hätte dich im Wohnzimmer lassen sollen."

„Sie sind ungehalten." Frau Schneider biss sich auf die Lippen, „ich kann das verstehen."

„Mein Mann meint das nicht so." versuchte Frau Vandenbergh, die Situation zu beruhigen, doch ihr Mann ließ sich nicht so einfach ausbremsen:

„Ich meine einfach, dass manchmal..."

„Weißt du was?" würgte sie ihn ab, „sie haben sich entschuldigt. Das reicht doch, oder?"

„Also..."

Frau Vandenbergh wartete nicht ab, ob ihr Mann das vielleicht anders sah, sondern streckte Frau Schneider die Hand entgegen: „Vielen Dank, dass Sie vorbeigekommen sind. Das war wirklich sehr freundlich."

„Das war doch unsere Pflicht." erwiderte diese. Dann drehten sie und ihr Mann sich um und gingen davon.

Frau Vandenbergh schloss die Tür und sah ihren Mann düster an: „Unfreundlicher ging's nicht mehr."

„Ich finde es einfach daneben, wenn Leute ihr Hirn ausschalten, nur weil sie sich von Gott ‚führen' lassen möchten." verteidigte er sich, „wenn es ihn gibt und er uns geschaffen hat, dann hat er uns sicherlich mit Absicht einen Verstand gegeben. Zum Beispiel, damit wir ihn einsetzen. Und warten, dass er was tut, ist kein Ersatz für eigenes Handeln. Die müssen ihre Tochter selber in den Griff kriegen. Und nicht hoffen, dass eine übernatürliche Macht das für sie übernimmt. Das war alles, was ich sagen wollte."

„Nun gut." Frau Vandenbergh atmete tief aus, „da stimme ich dir zu. Ich wünschte nur, du hättest es anders formuliert."

„Zu spät. Aber auch egal. Die werden wir eh nie wiedersehen."

„So groß ist der Ort hier nicht." wandte Frau Vandenbergh ein, doch ihr Mann winkte ab:

„Aber wann sind wir schonmal im Ort unterwegs?"

„Auch wahr."

„Außerdem kann ich mir gut vorstellen, dass sie uns von sich aus aus dem Weg gehen werden."

Ihr Gesicht verdüsterte sich: „Jetzt auf jeden Fall."

Seines dagegen hellte sich auf: „Na also."

Frau Vandenbergh seufzte, während ihr Mann ins Wohnzimmer zurückkehrte. Oben an der Treppe stand Geraldine in ihrem Schlafanzug – ihre Hälfte des Bildes in der Hand – und überlegte, ob sie fragen sollte, was los war. Aber ihr Kopf tat noch weh und sie wusste, dass ihre Eltern sie schon einweihen würden, wenn es wichtig für sie war. Also musste sie sich keine Sorgen machen. Mit einem müden Lächeln kehrte sie zurück in ihr Zimmer. Schaltete das Licht wieder aus. Und ließ die Rollläden unten. Sie legte sich ins Bett, schloss die Augen – und schlief ein.

Die Schneiders waren inzwischen zuhause angekommen. Den Weg hatten sie schweigend zurückgelegt. Damit nicht am Ende jemand etwas mitbekam. Nun allerdings – im Schutz des eigenen Heimes – brach es aus Frau Schneider heraus:

„Und wieder eine Familie mehr, die uns nicht mehr leiden kann."

„Was musstest du auch von deiner Mutter und Gott anfangen?" konterte ihr Mann genervt.

„Sollte ich etwa nicht? Wir haben den Auftrag, seine gute Botschaft weiterzugeben."

„Aber doch nicht in so einer Situation."

Frau Schneider ließ sich auf einen Stuhl fallen: „Vielleicht war das falsch. Aber ich wollte doch erklären…"

„Ist auch egal." winkte ihr Mann ab, „es hat nicht funktioniert. Sie mögen uns nicht mehr."

„Aber das ist auch nicht das, was ich meine."

„Sondern?"

„Annegret." Frau Schneider senkte die Stimme, „schon wieder. Wenn das so weitergeht, können wir uns auf der Straße bald gar nicht mehr blicken lassen. Weil alle mit dem Finger auf sie zeigen und sagen: ‚Das ist das Kind, das sich nicht benehmen kann'."

„Was sollen wir denn tun?" entgegnete Herr Schneider, „etwa wegziehen? Willst du das?"

„Nein. Aber wenn es nicht mehr anders geht…"

Herr Schneider setzte sich seiner Frau gegenüber: „So weit sind wir noch nicht. Und was Annegret angeht… wir müssen einfach vertrauen, dass Gott uns eine Lösung schenkt."

„Sie ist so…" Sie schluckte, „wütend."

„Vertrauen." wiederholte er.

„Ja. Vertrauen." wiederholte auch sie.

Frau Schneider stand auf und trottete mit gesenktem Kopf in die Küche. Ihr Mann blieb sitzen, wo er war, und blickte die Wand an. Auf dem Flur stand Annie in ihrem Kleidchen – ihre Hälfte des Bildes in der Tasche – und überlegte, ob sie fragen sollte, was los war. Aber sie wusste, dass ihre Eltern immer nur über sie redeten und nie mit ihr. Und es daher keinen Zweck hatte. Mit stummen Tränen in den Augen kehrte sie zurück in ihr Zimmer. Schaltete das Licht aus. Und ließ die Rollläden herunter. Sie setzte sich auf den Boden, schloss die Augen, öffnete sie wieder – und starrte in die Dunkelheit.

Die Risse, die den Himmelskörper bedeckten, breiteten sich über fast zwei Jahrzehnte hinweg immer mehr aus. Bis irgendwann seine innere Stabilität nicht mehr gegeben war. Er brach auseinander und bildete eine Ansammlung großer und kleiner Gesteinsbrocken, die sich über eine ziemlich große Fläche verteilten, zunächst aber auf der gleichen Umlaufbahn blieben.

Zur gleichen Zeit...
Sie hatte ihre engste Hose und ihr engstes Oberteil an. Sie wollte ihren Körper so sehr betonen wie möglich. Ein Körper, der schon ziemlich weit gereift war für ihre gerade mal 14 Jahre. Was man von ihrem Geist leider nicht behaupten konnte. Denn sonst hätte sie verstanden, dass zwischen ‚einen wesentlich älteren Mann anhimmeln' und ‚einen wesentlich älteren Mann verführen' ein großer Unterschied bestand. Traum und Wirklichkeit gehörten getrennt. Im Normalfall. Sie – war kein Normalfall. Was auch daran zu erkennen war, dass sie vorgesorgt hatte – für den Fall, dass es nicht funktionierte.
„Z." hauchte sie in einem Tonfall, den sie für verführerisch hielt.
Er dagegen nicht: „Ja?"
„Gefalle ich dir?"
Z runzelte die Stirn: „Seltsame Frage."
„Wieso?"
„Na, ich bin erwachsen. Du nicht. Da denke ich über sowas gar nicht nach."

Coleen verschränkte die Arme: „Du bist noch nicht wirklich lange erwachsen. Und vor ein paar Jahren haben die Mädchen in meinem Alter geheiratet und Kinder gekriegt."

„Vor ein paar 100 Jahren vielleicht." entgegnete Z.

„Und die waren damals noch nicht so weit."

„So weit?"

Sie streckte ihm die Rundungen ihres Körpers entgegen: „So... weit."

Z machte unwillkürlich einen Schritt zurück: „Coleen – was soll das?"

„Ist das nicht eindeutig?"

„Eindeutig ja. Aber irgendwie..."

„Also gefalle ich dir nicht." folgerte sie enttäuscht.

Er seufzte: „Coleen. Du bist ein wunderhübsches Mädchen. Betonung auf ‚Mädchen'."

Aus enttäuscht wurde beleidigt: „Du nimmst mich nicht ernst."

„Ich nehme dich sehr ernst." widersprach er, „aber ich war auch mal 14. Vor wirklich nur ein paar Jahren, wie du selbst gerade festgestellt hast. Ich weiß, dass man da schräg drauf ist."

„Sex zu wollen ist nicht ‚schräg drauf sein'." keifte sie, „die meisten Leute auf dieser Welt haben Sex. Und da sagt keiner, dass sie schräg drauf sind."

Er legte den Kopf schief: „Sex?"

„Du weißt, was das ist?"

„Natürlich. Du?"

„Blöde Frage."

„Berechtigte Frage. Hast du wirklich eine Ahnung, wovon du da genau redest?"

„Praktisch nicht. Wie auch? Aber ich weiß, wie es geht, und ich weiß, dass es phantastisch ist."

„Und ich weiß, dass du dafür noch zu jung bist."

Sie funkelte ihn an: „Sagt wer?"

„Du im Grunde selber." gab er zurück.

„Ich sehe doch, wie du mich anschaust."

Z lachte auf: „Da irrst du dich leider gewaltig. Ich schaue dich an. Aber nicht so."

Urplötzlich begann sie zu weinen. Und er erschrak:

„Coleen? Was ist los?"

„Ich bin hässlich." jammerte sie, „du willst mich nicht. Niemand will mich."

„Aber das ist doch..." Vorsichtig kam er näher und tätschelte unsicher ihren Oberarm, „ich sagte doch bereits, dass du... eines Tages wir jemand kommen und..."

„Und was?" fauchte sie, als er abbrach, „mich aus reinem Mitleid nehmen?"

„Aus Liebe." verbesserte er.

„Liebe." Sie schnaubte verächtlich, „weißt du überhaupt, was das ist?"

„Äh..."

„Ich weiß, was Liebe ist. Liebe ist das, was hier drinnen ist." Sie klopfte sich auf die Brust, „und das kann ich nicht abstellen."

Z sah sie mit großen Augen an: „Willst du damit sagen, du liebst mich?"

„Das findest du wieder albern." Sie schniefte laut, „weil ich zu jung bin."

„Das habe ich nicht gesagt."

„Wolltest du aber sagen."

Er schüttelte den Kopf: „Nein. Wollte ich nicht."

„Bitte geh." Coleen deutete mit großer Geste auf die Zimmertür.

„Was? Warum?"

„Wenn du mich nicht willst, dann... keiner will mich. Meine Schwester spricht nicht mit mir, meine Mutter hat mich verlassen, mein Vater hasst mich..."

Z zog die Brauen hoch: „Da übertreibst du aber ein wenig, meinst du nicht? Deine Schwester ist einfach älter als du. Und deine Mutter ist noch da. Und dein Vater... nun..."

„Also siehst du es auch."

„Ich sehe, dass er manchmal ziemlich streng ist. Aber als Hass würde ich das nicht bezeichnen."

„Du kennst ihn nicht, wenn wir hier zuhause sind. Nur aus der Gemeinde."

Z zuckte alarmiert zusammen: „Schlägt er dich?"

„Nein." erwiderte Coleen, „er hat andere Methoden."

„Coleen, das..."

„Hilf mir, Z." stieß sie hervor, „bitte."

„Natürlich. Wie?"

„Mach, dass ich es vergessen kann. Gib mir etwas Schönes. Gegen das Schlechte. Gegen den Schmerz."

Z zögerte: „Soll ich dich in den Arm nehmen?"

„Ja. Das…" Coleen streckte die Hände nach ihm aus, „und mehr."

Woraufhin er die seinen wieder sinken ließ: „Das hatten wir doch schon. Mehr…"

„Heute ist eine Frau vor meinen Augen überfahren worden." unterbrach sie ihn hektisch.

Er kniff die Augen zusammen: „Das denkst du dir aus."

„Tue ich nicht. Es ist passiert. Auf dem Nachhauseweg. An der Ampel. Ich habe noch geschrien. Aber sie…" Sie brach ab.

„Das ist furchtbar. War sie…?"

„…tot? Natürlich. Wie sollte man das überleben? Mensch gegen Auto."

„Und was hast du gemacht?"

„Ich? Ich bin weggelaufen. So schnell ich konnte."

Z sah Coleen bedrückt an: „Meinst du, du kannst schlafen?"

„Ja." erwiderte sie, „wenn du mit mir schläfst."

„Coleen, das…"

„Willst du, dass es mir besser geht?"

„Natürlich will ich das."

„Dann rette mich. Mach, dass es hell wird in mir."

„Das geht auch anders."

„Ich wüsste nicht, wie."

„Dann überlegen wir mal."

Sie stampfte mit dem Fuß auf: „Ich will nicht überlegen. Ich weiß, was mir hilft. Das Schönste, was es gibt. Darunter hilft nichts."

„Das Schönste, was es gibt?" wiederholte er zweifelnd.

„Alle, die Sex haben, sagen, es sei das Schönste, was es gibt."

„Da ist was dran. Wenn man es kann…"

„Lass es uns lernen. Gemeinsam. Zusammen. Wenn es heute nicht gleich schön ist… das kann es werden."

„Das…" Z fuhr sich verzweifelt durch die Haare, „das…"

„Stören dich die Bärchen? Kindisch, ich weiß. Kommt bald weg. Ich dachte an Herzen. Oder Blumen…"

„Es ist nicht die Tapete. Es ist gar nicht das Umfeld. Es ist die Situation. Das ist alles… das ist falsch."

Auch das gefiel ihm – und die Stimme, die dagegen schrie, wurde leiser und leiser. Auch Coleen gefiel es. Sie stöhnte leise, wand sich zwischen seinen Händen hin und her – und griff ihm mit der Hand in den Schritt. In diesem Moment war es um Z geschehen. Er zog sie zu sich heran und stolperte dann rückwärts zum Bett. Wo er sich hinsetzte und sie auf seinen Schoss zog. Seine Hände umfassten nun beide ihren Hintern und er gab ihr einen langen Kuss. Ihre Schenkel legten sich um seine Hüften und sie ließ ihre Hüften hin und her kreisen. Dann griff sie erneut zwischen seine Beine und öffnete seine Hose.

Ein letztes Mal bäumte er sich dagegen auf: „Das geht nicht. Nein."

„Natürlich geht das." widersprach sie.

„Dafür komme ich ins Gefängnis."

„Wenn es jemand erfährt."

„Und du wirst schwanger."

„Ich bin doch nicht blöd." Aus ihrer Tasche förderte sie ein Kondom zu Tage, das sie gekonnt auspackte.

Z starrte sie an: „Wo hast du das her?"

„Gekauft." Coleen zuckte die Achseln.

„Das darfst du schon?"

„Z. Ich bin kein Kind mehr."

„Du hast das geplant. Alles."

„Ich habe davon geträumt. Und wollte, dass der Traum Wirklichkeit wird."

Z seufzte leise: „Genau das habe ich vorhin auch gedacht."

„Dann lass uns Wirklichkeit machen. Aus unser beider Traum."

Die Stimme in Zs Kopf verstummte. Sie war besiegt. Sein Verlangen schlug seine Vernunft. Er wollte sie. Er wollte es. Und sie wollte ihn. Was es noch viel besser machte. Er konnte einfach nicht mehr zurück. So drückte er sie hoch, packte ihre Hose und zog sie an unten. Gekonnt wand sie sich heraus und saß nur wenige Augenblicke später wieder auf seinem Schoss.

„Ist das dein erstes Mal?" fragte sie, als er in sie eindrang.

Er nickte keuchend: „Ja."

„Dann haben wir etwas gemeinsam." Coleen begann, sich auf und ab zu bewegen – während Z noch unbeweglich dasaß:

„So hatte ich mir das nicht vorgestellt."

„Tja – das... haben wir nicht gemeinsam."

Die losen Gesteinsbrocken trudelten mehr auf ihrer Umlaufbahn, als dass sie flogen, und immer wieder gab es dabei Kollisionen. Durch die einige von ihnen in noch kleinere Teile zerfielen. Und andere von ihrem Kurs abkamen. Einer davon bekam durch einen solchen Zusammenstoß einen kräftigen Schub. Der dafür sorgte, dass er nicht wie alle anderen einfach nur sanft ins All entschwebte, sondern mit ordentlicher Geschwindigkeit einen neuen Kurs einschlug. Der allerdings in keiner Weise in Richtung Erde führte.

Zur gleichen Zeit...

Geraldine ließ die Tür leise hinter sich zu fallen, atmete ein paarmal tief ein und aus und überlegte dann, wie lange sie warten sollte. Sie musste nicht einmal warten, bis sie diese Frage zu Ende gedacht hatte – da ging die Tür erneut auf und die Frau trat heraus, mit der sie gerade eben noch einen Blick gewechselt hatte:

„Na? Auch fehl am Platz?"

Geraldine nickte: „Total."

„Freut mich, Annie." Die Frau streckte ihr die Hand entgegen – und Geraldine zögerte:

„Ich heiße nicht Annie."

„Ich schon."

„Oh. Klar." Nun ergriff sie die Hand doch, „Geraldine."

„Du?" hakte Annie vorsichtig nach.

„Äh... ja. Genau."

Annie ließ sich auf den Boden sinken und deutete Geraldine, es ihr gleichzutun: „Dann erzähl mal."

„Was?" Geraldine setzte sich neben sie, „was soll ich denn erzählen?"

„Was dir auf dem Herzen liegt. Dir liegt doch etwas auf dem Herzen."

„Das man das so sehr sieht... aber gut: Ich bin auf der Suche nach jemandem, der Dämonen austreiben kann."

„Oh." machte Annie, „weil?"

„Ich Dämonen sehen kann. Aber eben nicht austreiben. Und es sehr frustig ist, ihnen dabei zuzuschauen, wie sie andere Menschen vernichten, ohne etwas dagegen tun zu können."

„Das ist verständlich. Nun... ich kann keine Dämonen austreiben. Aber ich habe Visionen."

Geraldine legte den Kopf schief: „Visionen?"

„Von Menschen, die Böses tun."

„Auch nicht schlecht."

„Oh, doch." widersprach Annie, „meistens schon."

„Und was suchst du?"

„Einen Sinn. Dahinter."

„Nun..." Geraldine tippte sich ans Kinn, „der könnte ja durchaus darin liegen, dass... warum suchen wir nicht gemeinsam?"

„Hm... gerne. Aber... was soll das bringen? Mir, meine ich. Und was soll ich bringen? Dir, meine ich."

„Ich bin mir sicher, dass es da schon was geben wird." Geraldine lächelte Annie aufmunternd zu und diese zuckte schließlich mit den Schultern: „Na, wenn du meinst..."

Die Tür öffnete sich ein weiteres Mal und die beiden Frauen sahen auf. Ein Mann und eine Frau kamen aus dem Saal, beachteten sie aber nicht weiter. Sie waren in ein leises, aber intensives Gespräch vertieft, das ein wenig lauter wurde, als sie die Tür geschlossen hatten. Trotzdem war es nicht laut genug, dass Geraldine oder Annie verstehen konnten, was sie sagten. Zielstrebig steuerten die beiden auf den Ausgang zu und der Mann hielt der Frau die Tür auf. Sie strahlte ihn dafür an und er nahm das als Zeichen, ihre Hand zu ergreifen, was sie anstandslos geschehen ließ. Dann fiel die Ausgangstür hinter ihnen zu und ein breites Grinsen trat auf Annies Gesicht:

„Wir sind anscheinend nicht die Einzigen, die sich heute Abend gefunden haben..."

Geraldine starrte sie verständnislos an und so nickte Annie den beiden hinterher und setzte zu einer Erklärung an. Die Geraldine ziemlich weit hergeholt vorkam.

Es allerdings nicht war. Wie Lili ihr hätte bestätigen können, hätte sie die Erklärung ebenfalls gehört. Doch sie war längst auf dem Parkplatz in einen innigen Kuss vertieft und dachte nicht im Traum daran, ins Gebäude zurückzukehren. Der Kuss war wundervoll. Genauso wundervoll wie der Mann, der ihn ihr gab. Toby. Den sie eine Stunde zuvor noch gar nicht gekannt hatte. Der sich einfach mit einem schüchternen Lächeln neben sie gesetzt hatte, kurz bevor die Veranstaltung losgegangen war. Sie hatte das Lächeln erwidert und seins sich dadurch in ein breites Strahlen verwandelt, das wiederum sie angesteckt hatte. Leise flüsternd hatten sie besagte Stunde hinter sich gebracht. Sich einander vorgestellt, sich gegenseitig erzählt, was sie hierhergeführt hatte, sich – nun wieder schüchtern – gestanden, dass sie sich interessant fanden. Dann hatten die beiden Frauen in kurzem Abstand den Raum verlassen und waren nicht zurückgekehrt. Und sie waren – komplett ohne Worte – übereingekommen, dass dies nachahmenswert war. Es hatte sich als richtige Entscheidung erwiesen. Denn nun bekam Lili diesen wundervollen Kuss. Der erst abbrach, als sie hinter sich ein Geräusch hörten. Es waren die beiden Frauen, die versuchten, möglichst unauffällig an ihnen vorbei zu ihren Autos zu gelangen. Lili wurde ein wenig rot und schaute schnell von ihnen weg. Toby, der sie im Arm hielt, kicherte leise:

„Ist dir das peinlich? Dass wir hier stehen wie zwei Teenager auf dem Schulhof?"

Sie schüttelte den Kopf: „Nein. Es ist nur... aufregend. Aufreibend. Und ganz und gar unerwartet."

„Wem sagst du das? Aber du hast kein schlechtes Gewissen, oder?"

Sie sah ihn an: „Warum sollte ich?"

„Du hast gesagt, du wärst wegen deiner Schwester hergekommen. Weil sie Hilfe braucht."

„Das ist richtig. Aber das ist ja nicht vom Tisch. Vielleicht finde ich die Hilfe woanders. Und ich kann ihr ja auch selbst helfen. Es wäre halt nur... einfacher, wenn..."

Toby strich ihr über die Haare, runzelte aber gleichzeitig die Stirn: „Klingt kompliziert. Willst du darüber reden?"

„Ja. Schon." gab Lili zurück, „aber nicht jetzt. Jetzt will ich küssen."

Er lachte auf: „Sicher?"

„Ja. Du musst dir wirklich keine Sorgen um sie machen. Es ging nur darum, eine... wirklich komplizierte Situation etwas zu entkompliziti... entzukomplizi... entkomzupli..."

„Zu vereinfachen."

Sie nickte dankbar – und bekam den nächsten wundervollen Kuss.

Der Gesteinsbrocken passierte einen Asteroidengürtel, dessen Einschläge kleine Krater auf seiner Oberfläche hinterließen, ihn aber weder seine Geschwindigkeit reduzieren noch seinen Kurs ändern ließen. Er brachte den Gürtel schließlich hinter sich und setzte seinen Weg unbeirrt fort.

Zur gleichen Zeit...

Yannik blickte Z verschlafen entgegen. Und zudem in Unterhose.

„Äh... anziehen? schlug Z vor.

„Äh... heimgehen?" konterte Yannik.

„Ich... komm dann mal rein." Z drängelte sich an Yannik vorbei und dieser rieb sich über den Nacken:

„Ja... komm doch rein."

Lotta erschien im Flur. Ebenfalls nur in Unterwäsche. Reflexartig legte sie sich die Hände auf den BH. Doch Z reagierte nicht im Geringsten darauf, sondern hob einfach grüßend die Hand:

„Hallo Lotta."

„Nein." zischte sie zurück.

Er stutzte: „Nein?"

„Du. Nicht. Hier. Jetzt."

„Doch. Ich. Hier. Jetzt."

„Das war eine Aufforderung." Sie funkelte Z wütend an – und Yannik griff ein:

„Geh schonmal vor. Ich bin in spätestens zwei Minuten da."

„Aber allerspätestens." Sie drehte sich um und verschwand im Schlafzimmer.

Z musterte Yannik kritisch: „Ihr habt was vor?"

„Ja, Z." seufzte dieser, „wir haben etwas vor. Wir sind ein Paar. Wir dürfen Sachen vorhaben. Zu jeder Tages- und Nachtzeit. Ohne dein Wissen und ohne deine Erlaubnis."

„Schon gut, schon gut." wiegelte Z ab, „ich brauche deine Hilfe."

„1 Minute 30."

„Ich habe eine Gabe." begann Z hastig.

„Ja. Zum falschen Zeitpunkt aufkreuzen. Bist du gut drin."

„Nein. Ja. Vielleicht. Ich kann Menschen heilen."

Yannik blinzelte: „Bitte?"

„Glaub mir einfach. Ich kann Menschen heilen."

„Okay. Aber wir sind beide kerngesund."

„Ich habe zwei Frauen getroffen."

„Und die willst du heilen." vermutete Yannik, aber Z schüttelte den Kopf: „Nein, die sind auch kerngesund."

„Oh. Verstehe. Öh... das heißt... verstehe ich nicht. Was ist denn mit Becka?"

„Becka? Was...? Ach Mensch, Yannik." Z schlug sich gegen die Stirn, „nicht so. Die können auch was. Was ähnliches. Und ich würde gerne bei ihnen mitmachen."

Yannik legte die Stirn in Falten: „Und?"

„Ich traue mich nicht.

„Eh..."

„Ich habe das bisher noch niemandem erzählt. Und... ich bin auch noch nicht sonderlich gut darin. Ich..." Z trat verlegen von einem Bein aufs andere, „könntest du so tun, als könntest du das?"

Yannik starrte ihn an: „Ich? So tun?"

„Ja. Nur für ganz kurz. Für den Anfang."

„Und dann sagst du ihnen die Wahrheit und versprichst dir was genau davon?"

„Dass sie mir das nachsehen."

Yannik blickte einen Moment an Z vorbei ins Leere. Und ihn dann wieder direkt an: „Gehen sie in die Gemeinde?"

„Ja."

„Halten sie es mit der Ehrlichkeit genauso wie du?"

„Wie denn?"

„Nicht so genau."

Z lief rot an: „Ich... ich habe Angst, es zu verpatzen."

„Und du glaubst, dass sie dir die Lügerei eher verzeihen als einen Fehler."

„Ja."

„Hm... okay..." Yannik versank ihn Gedanken. Bis Lottas Stimme in den Flur schallte:

„Die zwei Minuten sind um."

„Sofort." rief er laut und wandte sich dann wieder an Z: „Solltest du nicht eigentlich mehr Vertrauen in deine Mitchristen haben?"

„Du findest das dumm, was ich hier tue." vermutete Z – und lag richtig damit:

„Ja, ganz gewaltig sogar."

„Aber du machst mit?"

„Z... ich..." Yannik deutete den Flur entlang, „meine Freundin wartet da drin auf mich. Gehst du, wenn ich ‚Ja' sage?"

„Postwendend."

„Und... wenn du dann – möglichst schnell – mit der Wahrheit rausrückst... darf ich dann verschwinden und du hast den Ärger alleine?"

„Natürlich."

„Gut. Dann... da ist die Tür." Yannik öffnete selbige und Z atmete tief aus:

„Yannik..." sagte er laut, „du bist der beste Freund, den man haben kann."

Lottas Kopf erschien in der Schlafzimmertür: „Der Meinung bin ich auch. Weswegen du jetzt endlich verschwinden solltest.

Der riesige Gesteinsbrocken zog eine Spur hinter sich her. Die Asteroidensplitter, die auf ihm eingeschlagen waren, hatten nicht nur kleine Teile aus ihm herausgebrochen, sondern auch rundherum seine Oberfläche gelockert. Dieser feine Steinstaub verflüchtigte sich nun. Allerdings war es so wenig, dass seine Masse dadurch kaum verringert wurde.

Zur gleichen Zeit...

Sabine begann zu strahlen, als sie ihren Sohn zwischen den anderen Leuten entdeckte. Sofort eilte sie zu ihm, legte ihm den Arm um die Schultern und zog ihn in eine ruhigere Ecke:

„Es ist schön, dich hier zu sehen."

„Ebenso."

„Was führt dich her?"

„Nun..." Er zögerte, „eigentlich..."

„Oh. Sie."

„Ja. Tragisch."

„Sehr." seufzte Sabine, „sehr. Aber wir werden sie wiedersehen."

„Das stimmt."

Sie musterte ihn durchdringend: „Und sonst so?"

„Ach, Mama..." lachte er, „wenn du wieder deine Frage stellen willst – tu es einfach."

„Na gut. Hast du ‚die Eine' schon gefunden?"

Ihr Sohn lächelte über das ganze Gesicht: „Ja. Habe ich."

„Echt?"

„Sie steht da hinten an dem Tisch." Er streckte den Zeigefinger aus – und ließ ihn enttäuscht wieder sinken, „sie stand da hinten an dem Tisch. Jetzt ist sie weg."

Sabine blinzelte verdutzt: „Wie weg? Wartet sie denn nicht auf dich?"

„Ich... kenne sie gar nicht. Ich hätte sie erst angesprochen. Wollte gerade meinen Mut zusammennehmen, als du mich abgegriffen hast."

„Oh. Das tut mir leid. Wenn ich das gewusst hätte... Warum hast du nichts gesagt?"

„Sie war ja vor 30 Sekunden noch da. Ich dachte halt nicht, dass sie so schnell verschwindet."

„Hm..." machte sie, „weißt du, ob sie aus der Gemeinde ist?"

Er schüttelte den Kopf.

„Beschreib sie mal."

Sabine lauschte der Beschreibung, konnte ihrem Sohn aber keine positive Rückmeldung geben: „Sagt mir nichts. Aber das muss nichts heißen. Komm doch einfach nächste Woche wieder. Dann ist sie bestimmt auch wieder da."

Er nickte und bemühte sich um ein Lächeln: „Das werde ich dann mal tun."

Der riesige Gesteinsbrocken geriet in die Umlaufbahn eines Planeten. Er folgte ihm eine Weile darin, doch letzten Endes reichte die Anziehungskraft des Planeten nicht aus, um ihn längerfristig zu binden. So zog er weiter seine eigene Bahn, die sich nun allerdings deutlich verändert hatte.

Zur gleichen Zeit...

Z lag auf dem Bett. Coleen streichelte ihm über den nackten Oberkörper, doch er reagierte nicht darauf.

„Was ist los?" fragte sie.

„Nichts." gab er zurück.

„Das kannst du deiner Freundin erzählen."

„He – red' nicht so." fuhr er sie an, „ich liebe sie."

„Und deswegen liegst du hier." spottete sie, „mit mir."

„Ich tue das, um dir zu helfen. Beschwerst du dich?"

„Nein. Mit geht es schlecht; du kommst – im wahrsten Sinne des Wortes; mir geht es gut. Das ist fein so."

„Und für mich ist es fein zu wissen, dass es dir hilft."

Sie verzog das Gesicht: „Du brauchst nicht so zu tun, als würde es dir nicht helfen. Ich habe dich nämlich durchaus durchschaut. Dein ganzes Gerede davon, dass du bei ihr stark sein willst... dass du diese Beziehung so führen willst, wie es richtig ist... das würdest du nicht schaffen, wenn es mich nicht gäbe."

„Ich bin eben nicht stark." entgegnete er.

„Nicht so stark. Aber so stark müsstest du auch nicht sein."

Stille trat ein. Coleen streichelte weiter. Z lag weiter da. Und richtete sich dann so ruckartig auf, dass Coleen vor Schreck fast vom Bett kippte: „Warum wolltest du eigentlich nie richtig mit mir zusammen sein?"

„Ich bin kein Beziehungsmensch." erwiderte sie, nachdem sie ihre ursprüngliche Stellung wieder eingenommen hatte, „das weißt du."

„Aber du könntest es werden."

„Es gibt viel zu viele Momente, in denen ich allein sein will."

„Das könntest du."

Sie hob eine Hand: „Stopp – ist das ein Antrag?"

„Antrag?" wiederholte er ratlos.

„Willst du mich fragen, ob ich deine Freundin werde?"

„Nein. Ich habe eine Freundin. Mit der ich zusammen sein will. Ich will einfach nur wissen, ob es für dich nicht vielleicht auch jemanden geben könnte."

„Als Ersatz für dich?"

„Nun..." setzte er an und ein Grinsen trat auf ihr Gesicht:

„Schon verstanden. Du hast eine Freundin und eine Liebhaberin. Also könnte ich auch einen Freund und einen Liebhaber haben."

„So habe ich das nicht gemeint."

„Doch, hast du. Und das ist okay. Finde ich nett, dass du dir solche Gedanken machst. Musst du aber nicht. Ich bin hiermit glücklich. Und wenn ich wirklich mal jemand anders haben wollte... würde ich das schon hinkriegen."

„Das glaube ich dir aufs Wort." brummte er und das Grinsen verschwand: „Was steht da zwischen den Zeilen?"

„Nichts. Nur... dass ich aus eigener Erfahrung weiß, wie gut du jemanden rumkriegen kannst."

„Nur, wenn er von sich aus offen dafür ist. Und das warst du."

„Ich habe das gemacht, weil ich dir einen Ausgleich schaffen wollte. Zu deiner Familiensituation."

„Und das tust du seitdem. Dafür bin ich dir dankbar. Werde das auch weiterhin jedes Mal sein." Sie seufzte, „es ist schlimm in diesem Haus."

„Irgendwann kannst du hier weg."

„Ja… irgendwann… Wenn ich studieren will, muss ich hierbleiben. Wegen dem Geld."

„Du kannst arbeiten gehen."

„Ach, Z." Coleen tippte ihm mit dem Zeigefinger auf den Brustkorb, „so viele Überlegungen. So viele Gedanken. Die alle nur mit mir zu tun haben. Und rein gar nichts mit dir."

„Ja. Und?"

„Du versuchst, mich abzulenken. Und damit meine ich nicht die Ablenkung, die ich normalerweise von dir kriege."

„Und die du heute auch noch kriegen wirst. Keine Angst."

„Habe ich nicht. Aber vorher…" Ihr Zeigefinger hörte auf zu tippen – und fuhr stattdessen in Schlangenlinien in Richtung seines Bauchnabels, „nicht nur du kennst meine wunden Punkte. Ich kenne deine auch. Und so wie du mir hilfst, will ich dir helfen. Also mach den Mund auf. Und sag mir, was dich bedrückt."

Er zögerte: „Es wird dir nicht gefallen."

„Das ist bei solchen Sachen meistens so."

„Ich kann auch mit Be... darüber reden."

„Könntest du das, hättest du das." entgegnete sie.

Er seufzte. Und nickte: „Wir haben den Dämon konfrontiert. Vor ein paar Wochen."

„Und das macht dir immer noch zu schaffen?"

„Ich hatte eine Vision."

Sie riss die Augen auf: „Du? Vision?"

„Ja."

„Wovon?"

Er schwieg.

„Z. So kommen wir nicht weiter."

Z sank zurück auf das Kissen. Und schloss die Augen: „Ich stand am Rand einer weiten Wiese. Viele Leute waren auf der Wiese versammelt. Die ich alle kannte. Du warst da. B war da. Meine Eltern, mein Bruder. Alle meine Freunde. Aus der Schule, aus der Uni, aus der Gemeinde, sogar aus dem Fußballverein. Sie standen alle da. Und warteten auf mich. Ich schritt langsam zwischen ihnen hindurch und jedes Mal, wenn ich an jemandem vorbeiging, umarmte mich die Person. So als wären sie mir alle für irgendwas unendlich dankbar. Schließlich war ich auf der anderen Seite der Wiese angekommen. Hatte alle Leute passiert. Ich drehte mich zu ihnen um. Erwartete, ihre strahlenden Gesichter zu sehen. Ich wollte wissen, weshalb sie mich so freudig empfingen. Doch als ich mich umdrehte, war die Wiese übersät mit verwesenden Körpern. Sie schrien nicht oder stöhnten. Es war komplett still. Sie lagen in sich zusammengekrümmt da und zerfielen vor meinen Augen zu Staub. Ihre Haut, ihr Fleisch, ihre Sehnen. Bis nur noch die Knochen übrig waren. Die langsam zerbröselten. Schließlich stand ich vor lauter kleinen Häufchen. Ich drehte mich weg, denn das wollte ich nicht sehen. Und stand mir selbst gegenüber. Nicht in echt. Es war ein Spiegel. Ein großer. Groß genug, dass ich mich darin komplett sehen konnte. Er stand direkt vor mir. Und begann zu sprechen. Nicht der Spiegel – das Ich im Spiegel. Es zeigte nicht wirklich mich. Nicht das, was ich tat. Es hatte ein eigenes Leben. Und eine eigene Stimme. Die gar nicht klang wie meine. Und dann wieder doch. So, als hätte ich sie verstellt. Und es sagte: ‚Das wird mit allen geschehen, die du kennst. Und du bist schuld daran. Es gibt nur einen Ausweg: Bring dich um.' Und das tat ich. Ohne zu zögern hob ich die Hände und presste sie mir fest auf die Wangen. Ich spürte, wie meine Haut zu brennen anfing. Dann erfüllte der Schmerz meinen ganzen Körper. Ich sah auf meine Hände – sie lösten sich vor meinen Augen auf. Ich blickte an mir herab – mein ganzer Körper tat das gleiche. Dann spürte ich, wie meine Augen zerfielen. Es wurde schwarz, doch der Schmerz blieb. Noch eine Weile. Dann war er vorbei, denn ich war tot."

Coleen gab ihm einen Kuss auf die Stirn: „Ein ganz normaler Albtraum."

„Du hast es nicht gesehen."

„Nicht im Traum. Im Fernsehen schon des Öfteren."

„Aber es ist noch nicht fertig."

„So? Ich dachte..."

„Diese Szene war fertig. Aber es ging noch weiter."

Sie runzelte die Stirn: „Noch schlimmer?"

„Noch schlimmer." bestätigte er.

„Okay. Ich mache mich gefasst."

„Einen Moment lang war alles schwarz. Dann..." Er schluckte, „sah ich mich. Beim Sex. Von der Perspektive her konnte ich nur mein Gesicht sehen, aber es war eindeutig, was ich tat."

Sie unterdrückte ein Kichern: „Ja, das ist wirklich schrecklich, sich selbst dabei zu sehen. Deswegen schauen sich Pornodarsteller bestimmt nie ihre eigenen Filme an. So wie viele normale Schauspieler im Übrigen auch nicht. Aber ich – die ich dich regelmäßig dabei anschaue, kann dir versichern, dass du ganz und gar nicht schlecht dabei..."

„Das ist nicht witzig." fauchte er.

„Aber auch nicht gruselig." gab sie zurück.

„Ich wurde älter."

„Hm?"

„Dabei. Ich alterte. Und der Hintergrund veränderte sich. Und die ganze Zeit über schluchzte ich. Laut und klagend."

„Okay." Sie schürzte die Lippen, „das klingt wirklich ein wenig seltsam. Aber ich verstehe immer noch nicht, warum dich das so verstört. Vor allem, wenn es schon Wochen her ist."

„Wegen Annie." seufzte er und sie schlug sich vor Schreck auf den Mund: „Du hattest Sex mit Annie?"

„Was? Nein. Annie hatte auch eine Vision."

„Von dir beim Sex."

„Nein. Von einer Frau beim Sex. Aber das, was sie beschrieben hat... es klang genauso. Das Schluchzen, das Altern, der Hintergrund. Es ist, als hätte sie die andere Seite gesehen. Die Frau zu mir."

„Okay. Und?"

„Sie hat die Frau nicht erkannt. Aber..." Er brach ab und sie piekste ihn in die Seite:

„Aber?"

Z wandte sich Coleen zu. Sah ihr lange in die Augen. Und flüsterte dann: „Ich glaube, dass du es bist."

„Ich?" wiederholte sie verblüfft, „wie kommst du denn darauf?"

„Weil du die einzige Frau bist, mit der ich bisher Sex hatte."

„Und das ehrt mich – nach wie vor. Aber es ist trotzdem sehr weit hergeholt."

„Ist es nicht." widersprach er, „denn da ist noch der Hintergrund. Der sich verändert hat. Es war Tapete. Erst mit Bärchen drauf. Dann mit Blümchen. Dann mit Blitzen. So wie diese da an der Wand."

Sie lächelte amüsiert: „Ja, meine Tapeten waren allesamt Sonderanfertigungen. Die sonst niemand hat. Und wenn ich mich recht erinnere, hattest du schon bei unserem allerersten Mal ein Problem damit. Deswegen habe ich sie ja gewechselt."

„Coleen..."

„Vielleicht sollte ich dein Gewissen beruhigen. Ich gehe Annie besuchen. Und dann wird sich ja zeigen, ob..."

„Das wirst du nicht." Reflexartig griff er nach ihrem Handgelenk, „was ist, wenn sich dich wirklich erkennt? Was soll ich dann machen?"

Sie entwand sich seinem Griff: „Hat sie dich gesehen?"

„Nein."

„Na also. Deine Seite kennen nur du und ich. Wenn du es so machst wie sonst auch immer und niemand anders davon erzählst, kann da gar nichts passieren."

„Du tust das trotzdem nicht."

„Gut." seufzte sie, „dann tue ich es nicht. Ich habe auch keinerlei Bedarf, das zu tun. Es war nur eine Überlegung, wie wir es aus deinem Kopf kriegen könnten."

Er seufzte ebenfalls: „Das muss anders gehen, fürchte ich."

„Nun..." Sie zwinkerte ihm zu, „dann würde ich sagen, wir probieren es mal auf die Art, die bei mir immer hilft, wenn ich etwas loswerden will."

„Indem wir das tun, worum es dabei geht." folgerte er.

„Das würden wir doch sowieso jetzt tun."

„Ja, da hast du schon Recht."

Coleen drückte gegen Zs Schulter, bis er auf dem Rücken lag und rollte sich dann auf ihn: „Z, ehrlich. Wir wissen beide, dass das nicht richtig ist, was wir hier machen. Von einem christlich-moralischen Standpunkt aus. Deine Eltern fänden es schlimm, meine Eltern fänden es schlimm. Deine Mutter würde weinen, meine… äh… würde weinen. Dein Vater würde ein paar strenge Worte mit dir wechseln, mein Vater würde... schreien, wahrscheinlich. So wie immer. Und dann ist da deine Freundin. Die würde... hm... gehen, vielleicht. Mit der einen oder anderen Ohrfeige zum Abschied. Aber das war alles vorher auch schon so. Das war beim letzten Mal so. Und beim vorletzten. Und beim vorvorletzten. Und es wird auch beim nächsten und beim übernächsten Mal so sein. Höchstwahrscheinlich. Eine Vision oder ein Traum oder was es auch immer war, ändert daran nichts. Es nimmt dich mit – okay. Ist auch verstörend, sowas zu sehen. Aber es ist und bleibt in deinem Kopf. Und wie alles, was man nur in seinem Kopf sieht, wird es mit der Zeit verblassen. Das hier dagegen verblasst nicht. Weil wir es oft genug auffrischen. Was ich für dich tue. Und du für mich. Damit du stark sein kannst. Und ich glücklich."

Er lächelte sie an: „Das war eine tolle Rede."

„Und du hast deinen Sarkasmus zurück." maulte sie.

„Ganz und gar nicht. Das war ernst gemeint. Und du hast Recht: Lassen wir uns keine Schreckgespenster einjagen." Er umfasste ihre Hüften, „lass uns einfach machen, wofür wir beide hier sind."

Der riesige Gesteinsbrocken näherte sich einem Stern, der gerade dabei war, zu verlöschen. Auf der Erde würde dies erst viele Jahre später zu sehen sein. Er wohnte diesem Ereignis schon jetzt bei. Und dieses Ereignis hatte einen Einfluss auf ihn. Denn der Druck, der von dem Stern ausging, presste sich ihm entgegen und so änderte er seine Richtung erneut. Und dieses Mal wirklich in Richtung Erde.

Zur gleichen Zeit...

Den alten Mann an der Tür hatte sie noch nie gesehen. Aber er war auch nicht wichtig. Wichtig war der, der mit ihm kam.

„Du bist also sein treuer Diener."

„Ja, das bin." bestätigte der Dämon, „seit sehr langer Zeit."

„Ich weiß." Die Dienerin winkte ab, „was hast du mir zu sagen?"

„Dass ich weiß, wo das Problem liegt. Sie hat Visionen."

„Die Frau? Aber das hatte sie doch schon die ganze Zeit."

„Ja. Aber nicht von der Zukunft. Und nicht von sich selbst."

Die Dienerin horchte auf: „Sie sieht also die Attentate."

„Da bin ich mir sicher." Der alte Mann nickte zur Unterstreichung der Worte – doch es waren genau diese, auf die die Dienerin mehr Gewicht legte:

„Bist du dir sicher. Du weißt es also nicht."

„Natürlich nicht." zischte der Dämon, „wie denn? Ich war weg die letzte Zeit. Aber das lässt sich leicht überprüfen. Sag deinem Attentäter einfach, er soll eine weitere Tat planen. Etwas... Abwegiges. Und dann ein paar Tage warten. Das gibt mir Zeit, es zu klären."

„Und wenn du Recht hast – was machen wir dann?"

„Oh..." Der alte Mann gab ein Kichern von sich, „ich hätte da schon ein paar..."

Es klingelte.

„Und das ist er auch schon." erklärte die Dienerin mit leichter Überheblichkeit in der Stimme. Auf die der Dämon nicht einging:

„Dann gehe ich jetzt. Es ist besser, wenn er nichts von mir weiß."

„Sehe ich genauso."

Der alte Mann drehte sich um und stieg die Treppe hinab. Die Dienerin schloss die Tür, damit ihr nächster Besucher nicht merkte, dass er vorher bei ihr gewesen war. Erst, als es klopfte, öffnete sie wieder. Vor ihr stand der Attentäter. Sie ließ ihn eintreten, führte ihn allerdings nicht ins Wohnzimmer, sondern schloss lediglich die Tür hinter ihm und blieb stehen, wo sie war. Sie hatte keine Lust auf ein längeres Gespräch – wollte ihm einfach nur seinen Auftrag mitteilen. Kam dazu zunächst jedoch nicht. Da er direkt loslegte:

„Ich habe nachgedacht. Und ich denke, dass wir sie nicht umbringen sollten. Zumindest nicht alle. Zachäus könnte uns nützlich sein mit dem, was er kann."

Die Dienerin runzelte die Stirn: „Die Bösen umbringen."

„Er kann auch die Guten umbringen. Das funktioniert nach dem gleichen Prinzip."

„Weißt du woher?"

Er schnaubte unwirsch: „Ein bisschen was habe ich auch gelernt in den letzten Jahren."

„Und du glaubst allen Ernstes, er läuft zu uns über." behielt sie ihre Skepsis bei.

„Man muss es nur versuchen."

„Und wie stellst du dir das vor?"

Er grinste breit: „Ich habe etwas gegen ihn in der Hand."

„Nämlich?"

„Ich bin ihm gefolgt. Zu einer Frau. Ich habe sie beobachtet. Durchs Fenster."

Die Dienerin blies die Backen auf: „Und sie hatten Sex."

„Woher...?" wunderte er sich.

„Das war doch klar, dass das jetzt kommt."

„Okay. Nun?"

„Was – nun?"

Er verzog genervt das Gesicht: „Das ist doch..."

Aber das konnte sie auch: „Gar nichts ist das."

„Sie war nicht seine Freundin."

„Na und?"

„Na und?" wiederholte er konsterniert – und die Dienerin seufzte resigniert:

„Schau dich doch mal um. Sex ist inzwischen dermaßen in der Gesellschaft etabliert, da kräht kein Hahn mehr nach. Vor ein paar tausend Jahren – da hätte man mit sowas einen Skandal auslösen können. Da wurden Prostituierte noch gesteinigt. Aber heute? Heute stellst du eine Kamera ins Zimmer und lädst es hinterher im Internet hoch. Dann wirst du sogar als Star gefeiert."

„Aber mir einer fremden Frau..." setzte er erneut an.

„David hat sich auch eine fremde Frau ins Bett geholt. Und sogar ihren Mann umgebracht. Und die Massen haben ihn trotzdem geliebt."

Er blinzelte verwirrt: „Welcher David?"

„Der König." Sie gähnte überdeutlich, „von Israel."

„Wie kommst du denn jetzt auf den?"

„Der Chef war dabei. Beteiligt. Hat er mir erzählt. Hat nicht geklappt. Warum sollte es heute?"

„Weil es nicht um die Massen geht. Sondern um ihn. Zachäus."

Die Dienerin leckte sich über die Lippen: „Ich bin meinem Freund treu. Und er ist mir treu. Aber damit sind wir in der Minderheit. Fremdgehen ist ein Kavaliersdelikt. Eine Bagatelle. Ein Sport. Ein Hobby. Damit lockst du niemanden irgendwo hervor. Die Einzige, die wir damit kriegen könnten, ist seine Freundin. Die würde ihn dann verlassen. Na und? Er hat doch Ersatz. Dann geht er halt zu der anderen. Die wird sich bestimmt freuen, ihn komplett für sich zu haben."

„Aber glaubst du nicht, dass ihm das peinlich...?"

„Peinlich? Sicherlich. Aber genug, ihn auf unsere Seite zu zwingen? Niemals. Er arbeitet mit Christen zusammen. Die vergeben alles. Das ist ihr Gesetz."

Er verschränkte die Arme: „Ich denke, es ist einen Versuch wert."

„Und ich denke, du solltest einfach machen, was man dir sagt." herrschte sie ihn an, „was ich dir jetzt sagen werde, um genau zu sein."

Der Mann, der früher als Sven bekannt gewesen war, brummte ungehalten vor sich hin, nickte dann aber und hörte ihr zu. Ihre Ausführungen waren kurz und enthielten nicht die revolutionären Planänderungen, die er sich erhofft hatte. Im Grunde enthielten sie überhaupt keine Änderungen. Und so ging er wieder einmal mit dem Gefühl, dass er sich den Besuch hätte sparen können.

Der riesige Gesteinsbrocken hatte durch den Druck, der von dem Stern ausgegangen war, zusätzlich einen weiteren Schub bekommen, und zog nun mit weitaus höherer Geschwindigkeit seines Weges. Weswegen er die Umlaufbahn des Planeten, der auf seiner Bahn lag, durchquerte, ohne von seiner Anziehungskraft berührt zu werden. Sein Kurs blieb bestehen. Sein Tempo auch.

Zur gleichen Zeit...

Die Nummer kannte die Dienerin nicht und meldete sich daher nur mit: „Ja?" Die Stimme am anderen Ende erkannte sie allerdings sehr wohl: „Ich brauche deine Hilfe."

Sie unterdrückte ein Lachen: „Soso."

„Kein dummes Gerede. Es ist wirklich wichtig."

„Wo bist du?"

„Ich wurde enttarnt. Ich verschwinde erst einmal." Die Worte sprudelten nur so aus ihm heraus, „allerdings habe ich alle meine Waffen in meiner Wohnung. Ich konnte es nicht riskieren, dorthin zurückzukehren."

Sie schlug sich mit der freien Hand auf die Stirn: „Das ist sowas von unklug. Warum hast du kein Versteck?"

„Niemand außer mir hat diese Wohnung je betreten." rechtfertigte er sich.

„Aber jetzt wissen sie, wo du wohnst."

„Ja."

„Wie kommt das?"

„Der Freund von einem meiner Ziele hat die Wohnung direkt nebendran."

Ein weiterer Schlag: „Das ist ja noch viel unkluger. Warum hast du denn das gemacht?"

„Die Wohnung war zuerst da." ging die Rechtfertigung weiter, „danach kamen meine Ziele. Ich habe es selbst erst dann gemerkt. Und ich dachte, es könnte ein Vorteil sein."

„Unter Umständen hast du die Wohnung auch genau deswegen bekommen." stellte sie trocken fest, „um es zu nutzen."

„Das hätte er mir vorher sagen können." Er klang wie ein mauliges Kind. Und genau das sagte sie ihm auch:

„Du bist kein Baby mehr. Er ist nicht der Meinung, dir alles vorkauen zu müssen."

„Wirst du dich denn kümmern?"

„Wie soll ich denn reinkommen?"

„Ich bin mir sicher, dass auch du in der Lage bist, eine Tür ohne Schlüssel zu öffnen." Die Ironie in seiner Stimme war nicht zu überhören. Allerdings eröffneten seine Worte ihr die Möglichkeit zum Konter:

„Ein Profi hätte seine Tür mit mehr als nur einem Schloss gesichert. Sprengstoff, zum Beispiel."

„Ich bin ein Profi." knurrte er, „und ich habe Sprengstoff. Aber den vergeude ich nicht für sowas. Und hatte das auch niemals nötig. Ich mache das seit Jahren. Und noch nie hat jemand mein Versteck gefunden."

„Einmal ist immer das erste Mal. Und eine ganz normale Wohnung als Versteck..."

„Wie steht es?" unterbrach er sie aufgebracht.

Diesmal unterdrückte sie das Lachen nicht: „Null für dich auf jeden Fall. Aber ich werde die Waffen holen. Und vielleicht die eine oder andere benutzen."

Er gab ein Zischen von sich: „Mach sie nicht kaputt."

„Ich habe so den Eindruck, dass ich damit besser umgehen kann als du." schoss sie genüsslich zurück.

„Das können wir gerne testen."

„Ja. Wenn du dich wieder hierher traust."

„Der Tag wird kommen." Seine Stimme klang drohend – doch die Dienerin nahm es gelassen:

„Fein. Ich warte. Und jetzt sollte ich lieber mal. Oder... nicht?"

„Ja." Ein langes Zögern, „danke."

„Das war schwer, hm?"

„Es gibt Schwereres." bemühte er sich nun um eine passende Retour – bekam sie aber postwendend wieder zurück:

„Für dich auf jeden Fall."

Der riesige Gesteinsbrocken durchquerte einen Teil des Raums, in dem es nichts gab. Keine Sterne, kleine Planeten – nicht das feinste Staubkorn fand sich hier. So konnte er seine Geschwindigkeit ungehindert beibehalten.

Zur gleichen Zeit...

Der Verkäufer war gerade damit beschäftigt, sein Kleingeld zu zählen, als die Frau an ihn herantrat. Die Geschehnisse des vorherigen Tages hatten die Nachfrage deutlich gesteigert und auf seinem Gesicht lag ein freudiger Schimmer. So blickte er erst auf, als sie ihn ansprach:

„Sehen Sie diese drei da draußen?"

„Äh..." Er kniff die Augen zusammen, „ja. Meine Augen sind noch sehr gut."

„Fein. Sprechen Sie sie an. Damit sie nicht weggehen. Bevor ich weg bin."

„Sind Sie von der Polizei?" fragte er misstrauisch und sie setzte ein – hoffentlich beruhigendes – Lächeln auf:

„Nein. Lediglich eine Freundin. Wir planen eine Überraschungsparty und sie sind zu früh dran. Deswegen sollen sie mich auch nicht sehen."

Der Verkäufer nickte überschwänglich: „Na – bei sowas helfe ich doch gerne."

„Vielen Dank."

Die Frau verzog sich in eine Ecke und beobachtete, wie die drei den Laden betraten. Der Verkäufer machte wirklich, was sie verlangt hatte. Das war gut. Und wichtig. Sie trat neben den Mann, der kurz nach ihnen hereingekommen war, und nun an der gegenüberliegenden Wand die Buchrücken betrachtete.

„Wie war deine Schweigezeit?" wisperte sie und er fuhr zusammen: „Was...?"

„Dreh dich nicht um." fügte sie hastig hinzu, „schau weiter geradeaus."

Er warf ihr dennoch einen kurzen Seitenblick zu: „Lotta?"

„Ja. Hallo Christopher."

„Was machst du hier?"

„Ich bin wegen dir hier. Und wir haben nicht viel Zeit. Also schweig und hör zu."

Christopher schwieg.

„Du darfst gerne bestätigen, dass du das tun wirst."

„Oh. Natürlich. Ja."

Lotta atmete tief ein: „Ich weiß, wo du warst und was du dort gemacht hast. Und ich weiß, für wen die Ketten sind, die du in dem geheimen Raum angebracht hast. Jetzt bist du hier, weil der Dämon fürchtet, dass die Offenbarung von gestern etwas mit ihnen zu tun hat. Er hat dich hier hereingeschickt, um sie zu belauschen. Aber er ist draußen geblieben. Damit Geraldine ihn nicht sieht. Das ist gut."

Christophers Miene wurde verzweifelt: „Kannst du mir helfen?"

„Nein. Ich habe nur eine Botschaft für dich. Du hast einen schweren Fehler gemacht, aber Gott wird ihn nutzen. Der Weg, den du eingeschlagen hast, wird hart werden. Für dich und für die anderen. Doch du musst ihn bis zum Ende gehen. Auch in Momenten, wo du frei bist und dich wehren könntest, darfst du es nicht tun. Das Ganze kann nur enden, wenn er ins Gefängnis kommt. Und dafür sind sie noch nicht bereit."

„Sie?"

„Z wird ihn dorthin schicken. Aber dieser Dämon hat mehr Macht als alle, denen er bisher gegenübergestanden hat. Er muss wachsen, um es zu schaffen. Wachsen durch Schmerz und Leid. Das du ihm zufügen wirst."

„Aber das..." begehrte Christopher auf und sie hob die Hand – und griff dann damit nach einem Buch:

„Du hast diesen Weg gewählt. Jetzt gibt es kein Zurück mehr. Es wird eine Zeit kommen, wo er dich komplett kontrolliert. Dann werden dich deine Engel beschützen und du wirst nicht daran zerbrechen. Aber wenn er dich verlässt – und das wird er – wird dein Verlangen, ihn auszusperren, groß sein. Die Tür für ihn zu zu machen. Das zu tun, was eigentlich richtig ist. Du darfst es nicht tun. Nur, wenn er in dir ist, kann Z ihn auslöschen. Und nur, wenn er ihn auslöscht, kann dieser Weg zum Guten führen."

„Das schaffe ich nicht."

„Dann werdet ihr verlieren." Lotta drehte sich von ihm weg, „ich werde jetzt gehen. Mach du, was der Dämon dir aufgetragen hat. Und, was ich dir aufgetragen habe. Aber: Erzähle ihnen niemals, dass du mit mir gesprochen hast."

Christopher riskierte einen weiteren Blick in ihre Richtung: „Woher weißt du das alles?"

„Ich bin die, von der die Zeitungen berichten. Doch meine Zeit, mich ihnen zu zeigen, ist noch nicht gekommen. Sie wird kommen. Aber bis dahin dürfen sie es nicht wissen."

Lotta warf einen vorsichtigen Blick auf die Rücken der drei Freunde, die nach wie vor in ein Gespräch mit dem Verkäufer vertieft waren. Dann verließ sie eilig den Laden. Auf der anderen Straßenseite blieb sie stehen und beobachtete, wie zuerst die drei und dann Christopher aus dem Laden kamen und davongingen. Sie sah ihnen nach, bis sie in der Menge verschwunden waren. Dann wandte sie sich ab.

Der riesige Gesteinsbrocken stieß mit einem anderen Gesteinsbrocken zusammen. Der sich viele Jahre zuvor auf ähnliche Weise gelöst hatte, wie er selbst, und dann langsam in den leeren Raum geschwebt und dort schließlich zur Ruhe gekommen war. Dieser ruhende Brocken war porös und brüchig. Und wurde bei ihrem Aufeinandertreffen von dem fliegenden zertrümmert, ohne dass dieser auch nur einen Hauch von seinem Kurs abwich. Lediglich seine Geschwindigkeit verringerte sich dadurch ein kleines bisschen.

Zur gleichen Zeit...

Die Straßen in dem kleinen Ort waren komplett leer. Hier war nur Leben, wenn die Touristen sich einnisteten. Was einer der Gründe war, weshalb der Chef seine Untergebenen hierher bestellt hatte. Er wollte ungestört sein. Der andere Grund hatte mit seiner Situation zu tun. Er wollte sich nicht zu lange vom Haus entfernen, für den Fall, dass seine beiden Zielobjekte die Abwesenheit seines Opfers bemerkten. Eine gewisse Zeit konnte er noch mit einem Spaziergang erklären – mehrere Stunden bestimmt nicht. Und es war nicht gut, wenn sie jetzt schon etwas merkten. Er wollte dieses Spiel so lange ausreizen, wie es möglich war. Zwei Frauen näherten sich und er versteifte sich. Waren sie das? Diese Frage wurde schon im nächsten Augenblick beantwortet:

„Wir sind es."

„Sehr unauffällig." brummte er.

„Wärst du es nicht, wäre die Antwort einfach ‚Wer?' gewesen." verteidigte sich der eine Dämon und schon spürte er Wut in sich aufsteigen. Doch es brachte ihn nicht weiter, wenn er diese an ihnen ausließ – im Gegenteil: Sie würden sich leichter auf das einlassen, was er sagte, wenn er freundlich zu ihnen war. Also bemühte er sich darum:

„Lassen wir das mal so stehen. Zum Thema."

„Müssen wir morgen nochmal alle verschwinden?" erkundigte sich der andere Dämon, „das hat überhaupt keinen Spaß gemacht. Und einige von uns konnten nicht mehr zurück."

Christopher runzelte die Stirn: „Wieso das?"

„Was denkst du denn?" gab der Dämon patzig zurück.

„Das ist eines der katholischsten Länder der Welt. Und ihr wollt mir ernsthaft erzählen, dass euch die Leute die Tür zugemacht haben?"

„Die Katholiken mögen an alten Riten festhalten. Aber das heißt ja nicht, dass die Leute nicht glauben. Wenn einer hier zur Beichte geht, dann meint er es ernst. Oft zumindest."

„Traurig, traurig." Der Chef seufzte tief, „sollten wir verhindern."

„Versuchen wir ja." mischte sich der andere Dämon ein, „wird so natürlich nicht einfacher."

„Ihr müsst morgen nicht verschwinden." beruhigte er sie, „dieser Teil des Plans ist abgehandelt."

„So? Erfolgreich?"

„Ja. Dank eurer grandiosen Fähigkeit, Befehlen zu folgen, habe ich erreicht, was ich erreichen wollte: Sie sind kurz vor dem Durchdrehen."

Die eine Frau machte große Augen: „Nur durch diesen einen Tag?"

„Natürlich nicht." erwiderte der Chef, „was denkst du denn? Ich bearbeite sie seit Wochen. Tagsüber in diesem Körper mit jeder Menge destruktivem Verhalten. Und nachts schleiche ich ein wenig um sie herum."

Nun machte die andere Frau große Augen: „Um sie herum?"

„Hinein kann ich nicht. Sonst bräuchte ich den ganzen Aufstand ja nicht."

„Schon klar. Aber was soll das nützen – um sie herum?"

„Wenn man genug Macht hat – so wie ich – dann kann man auch aus der Entfernung etwas ausrichten." erklärte der Chef hochtrabend und bemerkte vor lauter Stolz auf sich selbst nicht, dass das

„Wow.", dass eine der Frauen daraufhin ausstieß, vor Sarkasmus nur so triefte. Schließlich war das keine Fähigkeit, die er für sich allein in Anspruch nehmen konnte und seine beiden Gegenüber sich dessen durchaus bewusst. Ebenso wie der Grenzen, die ein solches Vorgehen mit sich brachte. Die auch er sicher nicht in der Lage war, weiter auszudehnen. Vor allem nicht bei Zielobjekten, die von der Gegenseite besonders geschützt wurden. Doch all das dachten die beiden nur und sagten es nicht, ließen seinem immer noch schwelgerischen

„Deswegen bin ich der Chef. Und ihr nicht." allerdings ein

„Dann sag uns, oh Chef – was kommt morgen?" folgen, das ihn dann doch stutzig werden ließ – wie sie an dem Gesicht des Mannes sehen konnten, in dem er sich befand:

„Der nächste Schritt. Ihr seid alle da."

Die beiden Frauen sahen sich an:

„Das wird nicht einfach. Die ganzen Menschen dazu zu bewegen, in die Innenstadt zu gehen."

„Die haben schließlich auch normale Dinge zu erledigen."

Christopher legte den Kopf schief: „Ihr werdet das hinkriegen. Sonst gibt es Probleme."

„Mit ihnen?"

„Mit mir."

„Oh."

Eine der Frauen hob den Zeigefinger: „Was versprichst du dir eigentlich davon?"

„Sie sollen versagen." erwiderte der Chef, „auf der ganzen Linie. Sie soll euch sehen. Und Angst kriegen. Und er soll versuchen, euch zu vernichten. Und es nicht schaffen."

„Weil wir vorher abhauen." folgerte der eine Dämon.

„Richtig."

„Sie kann uns also noch nicht festhalten." folgerte der andere Dämon.

„Nein. Und das wird sie auch nie lernen."

„Aber sagtest du nicht, dass...?"

„...sie das lernen will. Aber warum sollte ich sie lassen?" Christopher grinste breit, „vordergründig unterstütze ich sie. Aber das ist gefährlich. Das kann sie gegen mich richten. Gegen jeden von uns."

Die Frauen nickten: „Guter Punkt."

„Natürlich." entgegnete der Chef.

„Also sind wir morgen auf der sicheren Seite." fasste der Dämon den für ihn wichtigsten Punkt zusammen.

Christopher zuckte die Achseln: „Wenn ihr schnell genug seid."

„Und wenn nicht?"

„Dann... wisst ihr."

Die beiden Frauen wechselten einen weiteren Blick:

„Das gefällt mir gar nicht."

„Ich will kein Kanonenfutter sein."

„Mein Plan ist so angelegt, dass euch nichts passiert, wenn ihr es anständig macht." erklärte der Chef ungeduldig, „wenn nicht, kann ich auch nichts dafür."

„Wir werden es hinkriegen."

„Versprochen."

Christopher musterte sie kritisch: „Besser ist das. Und jetzt solltet ihr zurückkehren. Ihr seid nicht die Einzigen, mit denen ich reden muss."

„Wir sind schon weg."

Die beiden Frauen entfernten sich und er zog sein Handy aus der Tasche. Er wählte eine Nummer und kurz darauf meldete sich eine verschlafene Stimme:

„Ja?"

„Ich." gab er zurück und der Tonfall änderte sich schlagartig:

„Oh. Ich bin wach."

„Das solltest du immer sein."

„Ich bin ein Mensch. Ich brauche Schlaf."

„Wenn ich anrufe."

„Ich habe die Nummer nicht erkannt."

„Okay."

„Was ist?" fragte sie, „ich meine... was kann ich tun?"

„Das, was du tun willst."

„Oh. Oh! Wirklich? Mein Plan? Wundervoll!"

„Weniger Ausgelassenheit – mehr Professionalität." wies der Chef sie an, doch sie war nicht zu bremsen:

„Beides kann Hand in Hand gehen."

„Nun gut." seufzte er – und sie beruhigte sich wieder:

„Darf ich fragen, warum?"

„Ich habe sie bald soweit. Und dann werden sie tun, was ich will. Aber wie ich bereits angemerkt habe: Langfristig gesehen ist es gut, etwas zu haben, womit ich sie immer wieder unter Druck setzen kann."

„Du stimmst mir also zu, was den Plan B betrifft. Das ging schnell."

„Vorsicht." zischte der Chef drohend und sie gab ein Geräusch von sich, das wohl entschuldigend sein sollte:

„Ich wollte nur meiner Freude Ausdruck verleihen. Nochmal."

„Das darfst du. Natürlich. Es freut mich, dass es dich freut."

„Gut. Dann werde ich so schnell wie möglich handeln." Ihr Enthusiasmus gefiel ihm. Dennoch verspürte er das Bedürfnis, etwas Kritisches zu sagen:

„Nicht vorschnell bitte – sonst geht es schief."

„Niemals. So schnell wie möglich heißt genau das, was es heißt. Du kannst dich auf mich verlassen."

Christopher nickte vor sich hin: „Glücklicherweise stimmt das."

„Danke."

„Ich zähle auf deinen Erfolg."

Er legte auf und ging zurück zum Haus. Es war alles still. Seine beiden Zielobjekte schliefen tief und fest. Das war gut. Dann konnte der nächste Tag kommen. Der nächste Schritt. Auf dem Weg, sie zu besitzen.

Der riesige Gesteinsbrocken näherte sich einem Mond, der einen Planeten umkreiste. Langsam zog dieser auf seiner Umlaufbahn dahin und hätte der Gesteinsbrocken immer noch die gleiche Geschwindigkeit gehabt wie vor dem Zusammenstoß mit dem anderen Gesteinsbrocken, wäre er in den Mond eingeschlagen und zerstört worden. Doch nun war er langsamer und so zog der Mond seinen Kreis und er knapp an ihm vorbei – weiter auf seinem Weg.

Zur gleichen Zeit...

Die Dienerin blickte den Mann ihr gegenüber eindringlich an. So eindringlich, dass es diesem schließlich zu bunt wurde:

„Ist irgendwas?"

„Ich frage mich... sind Sie... ein Mensch?"

„Was sollte ich sonst sein? Ein Alien?"

„Nein. Ein..."

„Ah – ein Dämon." Der Mann nickte verstehend – und schüttelte dann den Kopf, „nein. Ich bin kein Dämon. Für meine Loyalität bedarf es keiner Zwangsmaßnahmen. Genau wie bei dir, vermute ich mal."

„So ist es." bestätigte sie.

„Dann sind wir uns da ja einig. Könnten wir dann zum Geschäftlichen kommen?"

„Natürlich." Sie lehnte sich zurück, „du kannst mir Papiere besorgen, habe ich gehört."

Ein misstrauischer Ausdruck erschien auf seinem Gesicht: „Gehört? Von wem?"

„Meinem Chef."

„Oh. Der."

„Ja. Der. Er meinte, du hättest auch schon andere... ausgerüstet."

„Das habe ich sehr wohl." erklärte der Mann stolz, „und du brauchst das gar nicht so pikiert zu sagen. Es lag nicht an meiner Arbeit, dass er sich am Ende tot wiedergefunden hat."

Die Dienerin kratze sich am Kopf: „Er?"

„Du weißt, wen ich meine."

„Ich denke, ja."

„Nun gut." Der Mann stützte die Ellenbogen auf den Tisch, „dann stellen wir erstmal eines klar: Ich ‚beschaffe' nicht. Ich bin kein Spediteur. Ich bin ein Künstler. Ich ‚erstelle'. Alles. Vom Foto bis zur Unterschrift."

„Die werde ich schon noch selbst leisten können." sagte sie lächelnd.

„Umso besser."

„Kosten?"

„Ich werde gut versorgt."

„Umso besser."

Er legte die Stirn in Falten: „Äffst du mich nach?"

„Nein." wehrte sie ab, „es... passte nur gerade."

„Was brauchst du?"

„Pässe. Zwei. Mit diesen..." Sie legte einen Zettel auf den Tisch, „Namen. Und für den einen... den hier..." Sie tippte darauf, „Zeugnisse."

„Zeugnisse?" wiederholte er irritiert.

„Ja. Schule, Ausbildung, mehrere Arbeitsstellen – sowas."

„Das hatte ich auch noch nicht."

„Na – da kannst du doch froh sein, dass ich vorbeigekommen bin."

Er legte die Hand ans Kinn: „Soll ich auch die Texte schreiben?"

„Kannst du nicht?" fragte sie überweich, „so als echter Künstler?"

„Natürlich kann ich das." schoss er zurück.

„Dann ist ja gut. Sollten nicht zu gut sein. Das erregt Misstrauen."

„Und was willst du damit?"

„Werde ich dir nicht sagen. Wobei ich behaupten würde, dass es eigentlich recht offensichtlich ist."

„Und wenn jemand nachforscht?" bohrte der Mann weiter.

„Habe ich welche an der Hand, die dafür sorgen können, dass bei diesen Nachforschungen das herauskommt, was herauskommen soll."

Der Mann stutzte: „Äh?"

„Die, die du und ich nicht brauchen." führte die Dienerin aus.

„Äh? Oh. An der Hand?" Er machte große Augen, „du... gibst ihnen Befehle?"

„Tue ich, ja." erwiderte sie gelassen.

„Und sie hören drauf?"

„Tun sie, ja." wiederholte sie noch gelassener.

Er nickte anerkennend: „Alle Achtung. Aber was genau...?"

„Angenommen, jemand ruft in einer Firma an, von der ich ein Zeugnis habe. Und fragt dort nach der zuständigen Person. Dann werden sie diese zuständige Person..." Sie ließ den Satz in der Luft hängen, doch der Mann winkte ab:

„Verstehe, verstehe."

„Fein. Könnten wir dann zur Sache kommen?"

„Dafür brauche ich dich nicht." entgegnete er.

„Äh..." Sie legte den Kopf schief, „Fotos?"

„Gut – dafür schon."

Der riesige Gesteinsbrocken geriet in das Blickfeld einer kleinen Sonde, die viele Jahre zuvor von der Erde ausgesandt worden war. Eine riesige Gruppe von Forschern hatte viele weitere Jahre davor daran gearbeitet, sie mit allerlei technischen Geräten auf dem neuesten Stand der Technik auszurüsten. Ihr einen Antrieb einzubauen, der klein und leicht genug war, dass sie problemlos hohe Geschwindigkeiten erreichen konnte und sie zeitgleich praktisch unendlich mit Energie versorgte. Weil er sich durch die Sonne immer wieder auflud. Ebenso hatten sie ihr eine Funkverbindung eingebaut, die auf praktisch unendliche Entfernung Daten und Bilder übertragen konnte. Von denen sie sich neue – und vor allem: spektakuläre – Erkenntnisse über das Universum versprachen. Bisher hatte die Sonde ihren Weg brav beschrieben und ihre Informationen genauso brav gesendet. Bis sie auf den Gesteinsbrocken traf. Von dem Moment an, in dem er in ihr Blickfeld trat, dauerte es nur ein paar Sekunden. Dann zerschellte sie an seiner Oberfläche und zerbarst in viele kleine Teile. Die Forscher versuchten, anhand der letzten Übertragung herauszufinden, was genau passiert war. Und kamen dabei zum richtigen Ergebnis – welches ihnen leider nichts mehr nützte. Der Gesteinsbrocken dagegen zog, davon vollkommen unberührt, weiter seinen Weg.

Zur gleichen Zeit...

„Miguel, lange nicht gesehen." Der Priester hinter dem Schreibtisch blickte ihm erfreut entgegen, „was kann ich für dich tun?"

„Ich brauche deine Hilfe. Bei einem Projekt." Miguel holte einige Bögen Papier hervor. Sein Gegenüber nahm sie und studierte sie eine Weile: „Das Projekt, an dem du bereits arbeitest."

„Ich unterstütze." korrigierte Miguel.

„Und nun willst du mehr als das."

„Nein, im Grunde nicht."

Der Priester sah verwundert auf: „Was dann?"

„Dieses Projekt kann einen großen Schritt nach vorne machen. Aber nur, wenn es den Beistand einer großen Organisation erhält."

„Wie wir."

Miguel nickte: „Richtig."

„Was genau heißt ‚Beistand' in diesem Fall?" erkundigte sich der Priester.

„Schirmherrschaft."

„Mehr nicht?"

„Mehr nicht."

„Keine finanzielle Hilfe? Keine menschliche Hilfe?"

Miguel schüttelte den Kopf: „Weder, noch."

„Das ist einfach. Solange die Ausrichtung stimmt."

„Das tut sie. Sie helfen Menschen, die besessen sind."

„Ah." Der Priester tippte sich an die Schläfe, „dein Spezialgebiet."

„Mein Spezialgebiet sind die Dämonen, die dahinterstehen." korrigierte Miguel erneut.

„Wegen mir. Aber ihr passt zusammen."

„Das tun wir wohl."

„Und was ist dieser große Schritt?" hakte der Priester nach.

„Sie wollen von Amateuren zu Profis werden." erklärte Miguel, „von Leuten ohne Plan zu Leuten mit Plan. Mit Konzept. Mit Philosophie."

„Klingt auch philosophisch."

Miguel verzog das Gesicht: „Müssen wir so um den heißen Brei reden?"

„Tun wir nicht. Wenn du willst, dass wir als Kirche dem unser Siegel aufdrücken, musst du mehr liefern als blumige Umschreibungen."

„Sie wollen eine Klinik einrichten." kam Miguel dem nach, „ein Zentrum. In dem sich Leute behandeln lassen können."

„Medizinisch?"

„Seelisch."

Der Priester wippte mit dem Kopf: „Das – ist wirklich mal neu."

„Und es kann groß werden. Wenn wir helfen."

„Weil sich keiner um sie schert, wenn sie nicht richtig wirken."

„Weil sie dann keiner ernst nimmt."

Der Priester lächelte traurig: „Ist es nicht erstaunlich, dass uns Sonntag für Sonntag die Gläubigen weglaufen? Aber wenn es darum geht, etwas mit Ernsthaftigkeit zu unterlegen, sind wir immer gut genug."

„Das ist unser Los." seufzte Miguel, „aber der Glaube findet auf viele Weisen den Weg unter die Leute."

„Das ist wahr, Bruder."

„Also kann ich auf deine Hilfe zählen?"

„Gibst du mir schriftlich, dass keine Aktivitäten darüber hinaus notwendig sind? Dass wir keine Mitarbeiter und keine Mittel abstellen müssen?"

„Das kann ich gerne machen." Miguel griff sich ein leeres Blatt von dem Stapel neben der Schreibunterlage, holte einen Stift aus der Tasche und schrieb dann eine Weile. Mit seiner Unterschrift vollendete er sein Werk und reichte legte es dann auf den Schreibtisch. Der Priester überflog es: „Gut. Ansonsten müsste ich damit vor die Versammlung. Und mir dort die Zustimmung holen. So kann ich es selbst entscheiden."

„Der schnelle Weg ist immer der beste." Miguel lächelte dankbar und sein Gegenüber bekreuzigte sich:

„Dann geh – mit dem Segen unseres Herrn."

„Und du." Miguel tat es ihm gleich. Dann verließ er das Büro und wandte sich auf dem Gang nach rechts in Richtung der Aufzüge. Damit fuhr er nach oben in den vorletzten Stock. Hier betrat er ein weiteres Büro.

„Miguel, welch seltener Anblick." wurde er auch hier freudig empfangen. Er hob die Hand zum Gruß: „So ist das, wenn man keine Verwendung für die Zuwendungen des Fleisches hat."

„Und wie immer mit den Bildern." Der Priester hinter dem Schreibtisch lachte, „du kannst auch einfach sagen, du bist sparsam."

Miguel lachte mit – brach aber schnell wieder ab: „Das bin ich. Aber nicht einfach so. Ich wusste immer, dass ich mein Geld eines Tages für etwas Besonderes brauchen würde. Dieser Tag ist nun gekommen."

„Dein Geld?" Der Priester zog die Brauen hoch, „alles Geld?"

„Alles Geld." bestätigte Miguel.

„Das kann ich dir nicht geben. Das ist mehr als du tragen kannst. Ganz abgesehen davon, dass du draußen damit nicht sicher bist. Wir haben keine Koffer mit Handschellen wie in den alten Filmen."

„Du sollst es mir auch nicht geben. Du sollst es transferieren. Auf dieses Konto." Er holte ein weiteres Blatt Papier aus der Tasche und reichte es seinem Gegenüber. Dieser betrachtete es eingehend:

„In Deutschland?"

„In Frankfurt, um genau zu sein."

„Die Stadt der Banken."

„Die Stadt meiner Bestimmung."

Der Priester blickte auf: „Hoffentlich nicht bei den Banken."

„Nein." erwiderte Miguel lächelnd, „meine Bestimmung folgt dort genauso dem Pfad des Herrn, wie sie es hier getan hat."

„So soll es sein, Bruder." Der Priester ruckelte an der Maus, die vor ihm stand, und zu seiner rechten erwachte der Computerbildschirm zum Leben. Miguel stand ein wenig unschlüssig da: „Brauchst du noch etwas?"

„Dein Versprechen, dass du damit weise umgehst." antwortete der Priester, während er tippte.

„Der Zweck ist bereits bestimmt. Und die Entscheidung war weise – das darfst du mir glauben."

„Was ist mit dem Geld, das weiterhin kommt?"

„Das kann bleiben, wo es ist. Schließlich muss ich auch von etwas leben."

Der Priester unterbrach seine Arbeit: „Kannst du davon leben?"

Miguel kicherte leise: „Wie du schon sagtest: Ich bin sparsam."

„Dann geh – im Frieden Gottes." Der Priester bekreuzigte sich – und auch ihm tat Miguel es gleich:

„Und du."

All das wussten Gavin und Sheryl nicht, als sie zum ersten Mal einen Blick auf den riesigen Gesteinsbrocken warfen. Sie waren an seiner Geschichte auch gar nicht interessiert und machten sich ebenso keine Gedanken über die Gefahr, die vielleicht von ihm ausging. Sie hegten lediglich die Hoffnung, dass er ihnen ein wenig Abwechslung in dieser trostlosen Zeit bieten konnte. Weshalb sie sich von diesem Tag an jede Nacht trafen, um ihn weiter zu beobachten.

Zur gleichen Zeit...
Cheyenne saß auf dem Bett und drehte die Visitenkarte zwischen den Fingern hin und her. Sie hatte eine Entscheidung zu treffen. Eine Entscheidung, die ihr Leben nachhaltig verändern würde. Und nicht nur das ihre. Sollte sie es wirklich tun? Sollte sie die Nummer wählen, die darauf abgedruckt war? Er wollte das, das stand vollkommen außer Frage. Er wartete auf ihren Anruf. Hoffte wahrscheinlich sogar darauf. Aber was konnte daraus Gutes hervorgehen?
Sicher – er konnte ihr etwas geben, was ihr sonst niemand geben konnte. Einen Teil von ihr wieder aufleben lassen, den sie schon tot geglaubt hatte. Doch gleichzeitig würde sich dadurch alles verändern. Ihr komplettes Leben würde auf den Kopf gestellt. Und unter Umständen gingen dann Beziehungen kaputt, die ihr sehr viel wert waren. Weil es eigentlich – zumindest betrachtete sie es so – fast unmöglich war, beides miteinander zu vereinen. Sollte sie das riskieren? Die Menschen zu verletzen, die ihr lieb und teuer waren, nur aufgrund einer vagen Hoffnung, dass ihr diese unerwartete Möglichkeit neue Erfüllung brachte? Was, wenn er es dabei nicht beließ? Wenn er weiter ging? Diesen einen – entscheidenden – Schritt, von dem sie sich vollkommen sicher war, dass sie ihn niemals gehen wollen würde. Von dem sie aber eigentlich fast genauso sicher sein konnte, dass er ihn auf jeden Fall gehen wollen würde. Weil das – im Grunde genommen – seine größte Motivation war. Und wenn sie sich erst einmal darauf einließ, einzusteigen, würde er nur schwerlich zu stoppen sein. Und ganz bestimmt nicht, ohne dass es Scherben gab. Sie seufzte laut. Ganz egal, für was sie sich entschied – es würde auf jeden Fall Scherben geben. Und die Frage war eigentlich nur: Welche davon waren für sie am wenigsten schlimm.
Das Telefon klingelte und sie schrak zusammen. Blickte auf das Display – und riss die Augen auf. Starrte die Nummer an. Dann die Karte in ihrer Hand. Und ballte diese zu einer Faust. Dann nahm sie ab: „Ich kann es echt

nicht fassen, dass du den Nerv hast, hier anzurufen. Bei mir zuhause. Was glaubst du wohl, was passiert, wenn mein Mann drangeht? Mach das nie wieder."

Sie legte wieder auf, ohne eine Antwort abzuwarten – und schrak dann ein weiteres Mal zusammen, als es leise an der Tür klopfte:

„Chy?"

„Ja?" gab sie mit zittriger Stimme zurück.

Zachs Kopf erschien im Türrahmen: „Essen ist fertig."

„Oh. Ah. Oh. Ich..." stotterte sie und Zach sah sie unsicher an:

„Wer war das eben?"

„Das?" Cheyenne zuckte mit den Schultern: „Falsch verwählt."

Er kicherte, aber nur kurz. Dann kehrte der Ausdruck zurück: „Und in echt?"

Sie ließ den Kopf hängen: „In echt war es Papa."

„Klang nicht gut."

„Wir... sind ein wenig aneinandergeraten." Trotzig sah sie zu um auf, „zufrieden?"

„Nein. Aber das ist auch nichts, wofür man sich schämen muss. Das passiert innerhalb einer Familie."

„Bei uns nicht." flüsterte sie und er nickte:

„Das stimmt. Bisher nicht. Bei uns schon. Von daher: Willkommen im Club."

Cheyenne biss sich auf die Lippen: „Gibst du mir einen Moment? Ich... muss mich kurz sammeln."

„Natürlich. Wir warten unten."

„Ich komme gleich."

Zach schloss die Tür und Cheyenne stand auf. Das war der letzte Tropfen, der noch gefehlt hatte. Der letzte Faden war durchschnitten. Er selber hatte ihn zerschnitten. Er hatte ihr versprochen, sie entscheiden zu lassen. Und nun drängte er. Wahrscheinlich in der Hoffnung, sie in seine Richtung zu treiben. Nun – genau das Gegenteil erreichte er damit. Mit einem leisen Seufzer riss sie die Visitenkarte in viele kleine Teile und warf sie in den Papierkorb.

Einige Wochen vergingen, bis Gavin anmerkte, die Flugbahn des Asteroiden brächte ihn ziemlich nah an die Erde heran. Allerdings sagte er das in einem Tonfall und mit einem Gesichtsausdruck, die nur sehr deutlich zeigten, dass ihm das keine Sorgen bereitete. Im Gegenteil: Er schien es für spannend zu halten und Sheryl war ganz seiner Meinung. Sie überlegten eine Weile, ob sie es den Behörden melden sollten. Kamen dann aber zu dem Schluss, dass die mit den Flugkörpern aus Russland genug zu tun hatten.

Zur gleichen Zeit...
Monique saß auf dem Bett und drehte das Foto zwischen den Fingern hin und her. Sie hatte eine Entscheidung zu treffen. Eine Entscheidung, die ihr Leben nachhaltig verändern würde. Denn der ursprüngliche Plan hatte vorgesehen, die Vergangenheit vollständig ruhen zu lassen. Doch ihre Beziehung zu Gott war inzwischen so intensiv und sie hatte für so viele Leute um sich herum Zeichen von ihm bekommen, die dazu gedient hatten, ihr Leben zu verändern, dass sie den Gedanken nicht von der Hand weisen konnte, dass dieses Zusammentreffen ein Zeichen für sie selbst gewesen war. Er hatte einfach dagestanden. In einer der Sitzreihen. Sich mit Annie und Geraldine unterhalten. Schon in diesem Moment hätte sie zu ihm gehen können. Ihn ansprechen können: „Hallo Maximilian – wir haben uns lange nicht gesehen." Aber sie hatte es nicht über sich gebracht. Weil sein Anblick sie auch erschreckt hatte. Da war sie so weit von den Orten ihrer Vergangenheit entfernt und doch war er hier. Und er hatte nicht den Eindruck gemacht, als sei er nur ein zugereister Gast. Er war Teil der Gesellschaft – hier. So hatte sie etwas extrem Unhöfliches getan: sie war einfach wieder gegangen. Noch vor der Trauung, einfach abgehauen. Vermisst hatte man sie natürlich. Gleich mehrere Leute hatten am nächsten Tag bei ihr nachgefragt. Und sie hatte sich bei ihnen allen entschuldigt – beim Brautpaar am allermeisten. Die Wahrheit hatte sie keinem von ihnen erzählt. Hatte körperliche Probleme vorgeschoben. Was noch nicht einmal gelogen war, denn bei seinem Anblick hatte sie sich wirklich nicht mehr gut gefühlt. Inzwischen jedoch war Zeit vergangen. Zeit, es zu verkraften. Zeit, sich damit abzufinden, dass er sie mit Sicherheit nicht gesehen hatte und es daher alleine in ihrer Hand lag. Zeit, sich damit zu beschäftigen, dass Gott

den Moment für gekommen sah, dass sie den einzigen wirklichen Fehler, den sie aus ihrer Vergangenheit mitgenommen hatte, wieder gutmachte: ihm aus dem Weg gegangen zu sein. Zeit, sich damit anzufreunden, dass Gott eben auch für sie ab und zu ein Zeichen hatte. Und so wie sie es den anderen sagte, die von ihr seine Zeichen bekamen, konnte sie es auch sich selbst sagen: Es war ein Fehler, diesen Zeichen nicht zu folgen. Nicht, weil Gott dann zornig wurde. Sondern weil man verpasste, was er für einen vorbereitet hatte. Schon lange war sie sich bewusst, dass Gott ihr Maximilian ins Leben gestellt hatte, um sie auf den richtigen Weg zu bringen. Es hatte nicht so reibungslos funktioniert, wie er es sich wahrscheinlich gewünscht hatte. Doch es hatte funktioniert. Und Maximilian selbst war die Belohnung dafür. Er war der Grund für ihre Umkehr und gleichzeitig ihr Gewinn. Als Grund hatte er bereits gedient – als Gewinn bisher noch nicht. Und dafür schien es nun Zeit zu sein.

Sie seufzte und schloss die Augen. Ihr Hirn versuchte weiter, Gedanken zu spinnen. Um die Überlegungen bis ins Unendliche auszudehnen. Dabei war die Entscheidung längst gefallen. Sie legte das Foto beiseite und griff zum Telefon.

„Ja?" meldete sich eine vertraute Stimme am anderen Ende.

„Max?" fragte sie trotzdem zur Sicherheit.

„Ja?" fragte er zurück.

Sie holte tief Luft: „Nicky."

Am anderen Ende herrschte so lange Stille, dass sie schon fürchtete, er habe einfach aufgelegt:

„Bist du noch da?"

„Nein." kam es zurück und sie wusste nicht, wie sie darauf reagieren sollte: „Nein?"

„Geistig."

Ihr Magen drehte sich um: „Du bist wütend."

„Ich bin..." Wieder eine Pause, „gefühlte 5.000 Sachen auf einmal. Aber Wut gehört nicht dazu."

Das beruhigte sie. Mehr noch – es freute sie. Und ermöglichte ihr einen weiteren Schritt: „Gehören schöne Sachen dazu?"

„Eine ganze Menge." erwiderte er und sie konnte hören, dass er das ernst meinte.

Also ging sie den nächsten Schritt: „Können wir uns treffen?"

„Denken wir denn, dass das gut für uns ist?"

Nicht die Antwort, die sie sich erhofft hatte, aber auch nicht die, vor der sie sich gefürchtet hatte. Und ein Ansatzpunkt, die Hoffnung siegen zu lassen: „Es ist so viel Zeit vergangen. Sind die Wunden nicht geheilt?"

„Die Wunden sind geheilt." beruhigte er sie weiter, „aber ist das ein Teil unseres Lebens, den wir wiederhaben wollen?"

„Es war nie ein Teil unseres Lebens. Deines. Und meines. Aber nicht unseres. Wir kriegen nichts Altes zurück. Nur Neues hinzu."

„Das klingt..." Er schien es nicht zu wissen – und sie wagte einen Vorschlag: „...vernünftig?"

„...weise."

„Ich bin da, wo du bist." flüsterte sie – doch das verstand er natürlich nicht: „Soll heißen?"

„Geistig. Geistlich."

„Wirklich?" Jetzt klang er voller Hoffnung – und diese Hoffnung konnte sie siegen lassen:

„Wirklich. Und körperlich auch." setzte sie hinzu, „zumindest in der Nähe."

„Wieder verstand er nicht: „Körperlich?"

„Räumlich. Geographisch."

„Oh. Oh... wirklich?"

Sie kicherte: „Wirklich."

Und dann kam sie – die Frage – die auch ihre eigene Hoffnung siegen ließ: „Wann hast du denn Zeit?"

„Jetzt." stieß sie hervor.

Maximilian am anderen Ende seufzte leise: „Dann sag mir, wo ich hinkommen soll."

Die Diskussion über die Meldung ihrer Entdeckung brach in der Zeit danach nicht ab und schließlich floss dabei ein Argument mit ein, das ihr eine neue Wendung gab. Sheryl brachte es ein und Gavin sprang praktisch sofort darauf an: Diejenigen, die einen Himmelskörper entdeckten, durften ihn auch benennen. Ob das für Zivilisten galt, war ihnen nicht bekannt, doch es würde sich zumindest lohnen, das zu erfragen.

Zur gleichen Zeit...

Becka saß auf dem Bett und drehte die Tablettenschachtel zwischen den Fingern hin und her. Sie hatte eine Entscheidung zu treffen. Eine Entscheidung, die ihr Leben nachhaltig verändern würde. Allein schon von den Umständen. Seit Z angefangen hatte, seinen Dienst für Gott zu verrichten, war ihr Leben in eine Routine gelangt. Sie ging arbeiten und er machte sein Ding. Jetzt machte er das nicht mehr, doch die Routine blieb. Sie ging weiterhin arbeiten und er kümmerte sich um ihr Zuhause. Was prächtig funktionierte. Aber wenn sie nun wirklich hinging und ihn fragte und er ‚Ja' sagte und es klappte – dann war sie auf einmal auch zuhause. Notgedrungen. Natürlich konnte sie nach ein paar Monaten wieder arbeiten gehen. Doch das wollte sie auf keinen Fall. Ein Baby war ein Geschenk Gottes. Und die Tatsache, dass sie als Frau für mindestens die ersten paar Monate genetisch darauf ausgelegt war, als Nahrungsquelle zu dienen, war für sie ein unumstößliches Zeichen, dass es richtig war, dass die Mutter bei ihrem Kind blieb. Sofern das ging. Finanziell waren sie abgesichert. Aber so viel Zeit miteinander – konnte das gutgehen? Vor allem, wenn man den Zustand betrachtete, den ein Baby mit sich brachte: Schlafmangel, Gereiztheit, unberechenbare Tagesabläufe. Taten sie sich damit einen Gefallen? Es konnte natürlich auch wundervoll sein. Sie würden sich ergänzen und hätten beide weniger Stress. So oder so – wer konnte das schon sagen? Und dann war da die große Frage: Wollte Z überhaupt Kinder? Sie hatten nie darüber gesprochen. In den ersten Jahren, weil es noch nicht dran war. Und in den letzten Jahren, weil er bei seiner Aufgabe ein normales Leben ausgeschlossen zu haben schien. Das hatte sich geändert – die Hochzeit war ein Beweis dafür. Und jetzt konnte es sich weiter ändern.

Sie seufzte. Die Entscheidung lag auf der Hand. Keiner der Gedanken, die sie sich hier machte, fand eine Antwort ohne Z. Alle ihre Fragen gingen an ihn. Und es machte keinen Sinn, sich zu überlegen, wie seine Antworten aussehen könnten. Er musste sie selbst geben. Und dafür musste sie ihn fragen. Die ganz einfachen Fragen stellen: ‚Z – willst du Kinder?'. Im Grunde war es sogar nur eine Frage. Und von ihm nur eine Antwort.

Sie legte die Tablettenschachtel wieder zurück in die Schublade. Sie würde sie weiter nehmen. Einfach damit aufzuhören war nicht fair. Sie würde sie nehmen, bis sie ihr ‚Ja' hatte. Und wenn sie keins bekam, würde sie ihn bearbeiten. So wie sie das immer tat. Auf die freundliche Art und Weise. Denn die wirkte bei ihm am besten.

„Becka?" kam in diesem Moment Zs Stimme aus der Küche, „wo bist du?"

„Im Schlafzimmer." rief sie zurück, „warum?"

„Es gibt Frühstück."

„Du hast Frühstück gemacht?"

„Frühstück ist nicht wirklich etwas, das man machen kann. Ich habe die Sachen auf den Tisch gestellt. So wie eigentlich fast jeden Morgen." setzte er hinzu und sie biss sich auf die Lippen:

„Ja. Natürlich. Entschuldigung."

„Alles in Ordnung bei dir?"

„Warte kurz. Ich komme. Dann müssen wir nicht so schreien." Sie stand auf und atmete tief durch. So wie es aussah, würde sie ihre Chance bekommen – gleich jetzt.

Es dauerte eine ganze Weile, bis Gavin jemanden in der richtigen Behörde erreichte, der ihm zudem die richtige Auskunft geben konnte. Die Antwort ließ ihn nach Beendigung des Telefonats laut aufjubeln und anschließend sofort erneut zum Hörer greifen. Der Jubelschrei wiederholte sich am anderen Ende. Nun waren sie beide berühmt.

Zur gleichen Zeit...

Rebecca saß auf dem Bett und drehte die Kette zwischen den Fingern hin und her. Sie hatte eine Entscheidung zu treffen. Eine Entscheidung, die ihr Leben nachhaltig verändern würde. Sollte sie es wirklich wagen? Diesen Schritt gehen, der für so ziemlich alle anderen Menschen vollkommen normal war und über den viele von ihnen daher wahrscheinlich überhaupt nicht großartig nachdachten? Sondern sich einfach freuten, ihn gehen zu können? Eine Beziehung aufzubauen zu einem anderen Menschen war Teil des natürlichen Kreislaufs. Und ein wundervoller Teil noch dazu. Über den man sich im Grunde nur Gedanken machen musste, wenn man in dem anderen – dem potenziellen Partner – nicht den sah, den man sehen wollte. Wenn er innerlich oder äußerlich nicht den eigenen Träumen, Wünschen und Vorstellungen entsprach. Was bei Peter nicht so war. Er entsprach allem, was sie sich jemals erträumt, gewünscht oder vorgestellt hatte. Er war der Richtige für sie. Und sie hatte das vom ersten Augenblick an gespürt – und nur sehr kurze Zeit später sicher gewusst. In jenem Moment, als sich ihr dank eines Geistesblitzes eröffnet hatte, dass sein ein wenig seltsames Verhalten ihr gegenüber daher rührte, dass es ihm mit ihr genauso ging. Er sie für die Richtige hielt. Von da an hätte es leicht sein können. Keine peinlichen Dates, bei denen man um den heißen Brei herumstammelte, weil man nicht wusste, wie der andere reagieren würde. Keine krampfhaften Versuche, sich immer und ständig von seiner besten Seite zu präsentieren, weil man nicht wusste, ob dem anderen die normale Version genügte. Das alles hätten sie sich sparen können. Beziehungsweise: sie hatten es sich auch gespart. Doch sie hätten gleich zum nächsten Schritt übergehen können: der Beziehung. Und genau das – hatten sie nicht getan. Bewusst – und auf ihren Wunsch hin. Denn da war ein anderer Punkt, der sich in dieser Zeit ziemlich schnell und ziemlich eindringlich in ihr Bewusstsein geschlichen hatte: die Gefahr. Sie hatten den gleichen Beruf. Und waren damit auch den gleichen Gefahren ausgesetzt. Sie für sich konnte damit gut umgehen. Aber der Gedanke, sich jedes Mal, wenn er sich von ihr verabschiedete, Sorgen machen zu müssen, ob er auch wiederkommen würde, behagte ihr gar nicht. Und andersrum zu wissen, dass er sich um sie genau die gleichen Sorgen machen würde, noch viel weniger. Das war kein Leben. Das war nur Qual. Und zerstörte mit der Zeit alles, was man an Beziehung aufzubauen versuchte. So jedenfalls war ihre Argumentation gewesen – damals vor so langer Zeit. Als Peter eigentlich den nächsten Schritt auf sie zu hatte gehen wollen. Und sie stattdessen einen Schritt von ihm weg gegangen war. In der Zeit danach war ihr Umgang miteinander deutlich abgekühlt. Er hatte ihre Entscheidung akzeptiert – aber auch keinen Hehl daraus gemacht, dass er sie a) für falsch hielt und b) nicht damit umgehen konnte. Nicht mit ihr umgehen konnte. Zumindest nicht so wie vorher. Wenn sie sich distanzierte, musste er das auch tun. Das war nicht schön gewesen – aber unvermeidlich. Sie hatten sich seltener gesehen – und dabei weniger gesprochen. Über lapidare Dinge wie das Wetter oder den Stress des Alltags.

Bis er dann vor einigen Wochen ganz unvermittelt vor ihrer Tür gestanden hatte. Mit einem kleinen Kästchen in der Hand, dessen Inhalt sich als

Halskette entpuppte. Sie hatte ihn fragend angesehen. Und er eine kurze Rede gehalten, die er ganz offensichtlich des Öfteren im Vorfeld geübt hatte: „Das... ist ein Zeichen von mir für dich. Es mögen Jahre vergangen sein, seit wir an dem Punkt waren, uns unserer Liebe hinzugeben. Aber auch wenn unser Verhältnis seitdem erkaltet ist, sind es meine Gefühle für dich nicht. An diesem Punkt darfst du mich unterbrechen, wenn deine es sind. Dann höre ich hier auf..."

Er hatte eine Pause gemacht, sie jedoch nicht unterbrochen, also war er fortgefahren:

„Für mich ist das ein Beweis, dass wir füreinander geschaffen sind. Mein Herz klopft noch genauso wie bei unserer ersten Begegnung. Und das obwohl so viel Abstand zwischen uns ist. Was, wenn nicht das, sollte mir das zeigen? Dies ist kein Heiratsantrag. Dies ist ein Freundschaftsantrag. Für diese ganz besondere Art von Freundschaft, die man nur mit einer Person haben kann. Weiter denke ich noch nicht. Ein Schritt nach dem anderen. Ich kenne deine Bedenken. Du hast sie sehr deutlich gemacht. Aber jetzt mache ich etwas deutlich: Sie sind mir nicht egal – aber ich will mich auch nicht von ihnen bestimmen lassen. Wenn man die Furcht Herr über sein Leben sein lässt, dann wird man nichts jemals schaffen. Das will ich nicht. Für mich selbst nicht, für dich nicht, für uns beide zusammen nicht. Und wir gehören zusammen – das weiß ich und das weißt du. Daher... nimm diese Kette. Lass sie in der Schachtel. Bewahre sie gut auf. Und denk genauso gut darüber nach, was du wirklich willst. Ob das, was dir dabei im Weg steht, wirklich so unüberwindbar ist. Und wenn du zur richtigen Antwort gelangt bist – kleiner Tipp: sie lautet ‚Nein' – dann sag mir Bescheid. Dann komme ich wieder. Und lege dir diese Kette an."

Er hatte sich umgedreht und war davongegangen – ohne überhaupt abzuwarten, ob sie darauf reagieren wollte. Das hatte sie zunächst geärgert, aber der Ärger war schnell verflogen. Und ein anderes Gefühl hatte sich in ihr breit gemacht: Hoffnung. Dass es doch noch werden könnte.

Und nun saß sie hier – und drehte zum X-ten Mal diese Kette zwischen den Fingern hin und her. Bisher immer ergebnislos. Weil es sie einfach zu viel Überwindung kostete. Heute jedoch war das anders. Weil sie heute offen genug war für einen Gedanken, der ihr in all den Jahren immer durchgegangen war: Sie war mit ihrer Furcht nicht allein. Und Herr über ihr Leben war eigentlich ein ganz anderer. Dem sie ihre Furcht bringen konnte. Der ihr damit half. Und der den Mann, den sie liebte, bestimmt genauso beschützen würde, wie er das mit ihr schon in so vielen Situationen getan hatte. Das war der entscheidende Punkt – für ihre Entscheidung. Sie legte die Kette zurück in das Kästchen und steckte es ein.

Eine halbe Stunde später stand sie vor Peters Tür. Als er öffnete, hielt sie ihm das Kästchen entgegen: „Deine Kette."

Ein trauriger Ausdruck erschien auf seinem Gesicht: „Soll ich sie zurücknehmen?"

Sie schüttelte den Kopf: „Nein. Du sollst sie mir umlegen."

Wieder musste er lange warten, doch den Gefallen, sich durch das ständige hin und her verbinden und die Zeit dazwischen in den Warteschleifen abschrecken zu lassen, und einfach aufzulegen, tat Gavin ihnen nicht. So landete er letzten Endes wirklich bei jemandem, der ihm helfen konnte – wenn auch nur, damit er endlich aus der Leitung verschwand. Die Antwort fiel – mit einigem Zögern – positiv aus. Und so wählte er auch diesmal direkt nach dem Auflegen schon die nächste Nummer. Der Schrei am anderen Ende war noch lauter als zuvor. Und er konnte nicht anders: Er schrie mit.

Zur gleichen Zeit...

Lotta saß auf dem Bett und drehte den Ring zwischen den Fingern hin und her. Sie hatte eine Entscheidung zu treffen. Eine Entscheidung, die ihr Leben nachhaltig verändern würde. Wenn auch nur das ihre. Ihre Versuche, mit ihren Eltern über Yannik zu reden, waren allesamt gescheitert. Ihr Vater hatte ihr Beileid gewünscht und dann seine übliche Rede gehalten, dass bei zu engen Bindungen am Ende nur die Enge blieb und sie sich daher schnellstmöglich wieder öffnen sollte. Mehr bekam sie nicht. Ihre Mutter hatte ihr ebenfalls Beileid gewünscht. Und dann inhaltlich genau das gleiche gesagt wie ihr Vater. Nur – wie üblich – mit ganz anderen Worten und wesentlich mehr Tränen. So war es wie eigentlich immer in ihrem Leben: Ihre Eltern waren sich einig, ohne es zu merken und sie stand da und wusste nicht, ob ihre Entscheidung, genau das Gegenteil zu tun, nur ein kindliches Aufbegehren war oder echte Vernunft. Sie hatte auch Gott schon danach gefragt, doch im Gegensatz zu den ausführlichen und überdeutlichen Eindrücken, die sie für andere Leute bekam, war seine Antwort für sie praktisch nicht zu gebrauchen. Das war wahrscheinlich logisch. Die anderen waren ihre Arbeit. Sie war privat. Und da redete er ihr nicht rein. Unter Umständen, weil ihre Entscheidung keine großen Auswirkungen haben würde. Außer eben für sie selbst. Und diese Unfähigkeit, eine Entscheidung zu treffen, war es schließlich, worauf sie die Entscheidung basierte, die sie traf: Wenn sie nicht mit vollem Herzen sagen konnte, dass ihre Liebe für Yannik vorbei war, dann war es auch noch nicht Zeit, mit ihm abzuschließen. Erst, wenn sie ihn aufgeben konnte, konnte sie ihn aufgeben. Sie seufzte und steckte den Ring wieder an den Finger. Er war das Zeichen für ihre Liebe. Und genau deswegen würde sie ihn weiterhin tragen. Sie blickte auf, als sie eine Bewegung wahrnahm.

„Du bist es." seufzte sie.

Der Engel räusperte sich: „Ein wenig mehr Begeisterung."

„Beim ersten Mal war ich begeistert. Beim zweiten auch. Sogar noch beim zehnten. Bin ich mir sicher. Aber inzwischen bist du einfach nur... wie ein normaler Bekannter für mich."

„Ihr Propheten seid alle gleich."

„Weil wir uns daran gewöhnen, dass Engel uns besuchen?"

„Wir mögen es, wenn man sich nicht an uns gewöhnt."

„Diva." brummte sie und der Engel lachte auf:

„Danke."

Lotta lachte nicht mit – sondern wurde geschäftsmäßig: „Für wen hast du was?"

„Für dich." erwiderte der Engel – und sie riss die Augen auf:

„Für mich?"

„Jetzt habe ich meine Überraschung doch noch." freute sich der Engel.

„Das kannst du laut sagen." Lotta spürte, wie ihr Herzschlag sich verschnellerte und schaffte es nur mit Mühe, ruhig zu bleiben. Was noch dadurch erschwert wurde, dass der Engel weiter scherzte:

„Soll ich wirklich?"

„Besser nicht. Sag – was ist es?" konnte sie sich nun doch nicht mehr beherrschen.

Und der Engel tat ihr den Gefallen und kam zur Sache: „Du hast gerade eine Entscheidung getroffen. An etwas festzuhalten."

„Und schon ist der Herr zur Stelle und lässt seinen Boten die Unsinnigkeit dessen erläutern." Lotta ließ den Kopf hängen.

„Ganz und gar nicht." widersprach der Engel, „deine Entscheidung hat lediglich eine andere Entscheidung nach sich gezogen."

„Nämlich?"

„Dir ist eine Rolle zugedacht in dem Planabschnitt, der demnächst beginnt. Bisher war nicht klar, wie genau sich diese Rolle gestaltet. Es gab zwei Möglichkeiten. Abhängig von der Entscheidung, die du gerade getroffen hast."

Sie rollte mit den Augen: „Und die Leute nennen mich vage."

„Frustrierend, nicht wahr?" Der Engel kicherte, „wenn ich dir für andere solche Botschaften gebe, stört dich das nie. Und wenn sie sich beschweren, auch nicht. Aber selber...?"

„Soll ich lachen?"

„Wir sind beide Teil einer Kette. Der Herr kennt den Plan. Ich sage dir, was er mit sagt. Und du sagst den anderen, was ich dir sage. Wie stille Post. Nur ohne Verluste. Und in diesem Fall mit einer Station weniger."

„Mit anderen Worten: Du hast genauso wenig Ahnung, worum es geht, wie ich."

„So wie immer."

„Glaube ich dir." schnaubte Lotta – worauf der Engel direkt konterte: „Doch nicht so wie immer."

Sie kratzte sich am Kopf: „Sollte ich das erkennen?"

„Nur eine positive Randerscheinung." erwiderte der Engel, „die du nicht vergessen solltest. Um meinetwillen. Würde mir so manchen Besuch erleichtern, wenn du einfach... aber zurück zu dir: Der Tag wird kommen, an dem er – der, der kommt – dich in seinen Kreis aufnehmen will. Dazu sollst du ‚Ja' sagen. Aber – und das ist wichtig – nicht ohne Gegenleistung. Fordere einen Beweis. Seiner Macht. Eine Demonstration. Seiner Fähigkeiten. Er wird dir freie Wahl lassen. Und du musst das wählen, was du dir am sehnlichsten wünscht. Das – und nur das – sollst du von ihm fordern. Dass er das Unmögliche möglich macht. Und dir zurückgibt, was du so vermisst. Alles in dir wird schreien, dass das nicht sein darf. Selbst, wenn er es könnte. Dass es gegen alles geht, was du von Gott weißt und was Gott dir gesagt hat. Und dass es allem entgegenläuft, was du denkst, dass in Bezug auf ihn erreicht werden sollte. Denn es wäre – es ist – ein Zeichen, das alle, die es mitbekommen, von ihm überzeugen wird. Was eigentlich nicht geschehen soll. Doch du musst es geschehen lassen. Du musst es erbitten und annehmen. Es ihn dann tun lassen. Und dich ihm danach anschließen. Egal, wie viele Warnlampen in dir zu blinken und wie viele Sirenen zu heulen anfangen. Nur so und nicht anders darf es sein. Und noch etwas muss sein – danach. Du darfst dich nicht erklären. Niemandem. Auch nicht denen, die dir am nächsten stehen. Auch nicht denen, die dich am kritischsten betrachten. Die Welt mag sich gegen dich stellen – stell du dich auf seine Seite."

„Du machst das inzwischen ziemlich gut mit den Bildern. Sehr... bildhaft."

„Danke. Aber hast du zugehört?"

Lotta nickte: „Natürlich."

„Und verstehst du es?" bohrte der Engel nach.

Lotta schüttelte den Kopf: „Natürlich nicht. Aber das ist ja normal und auch nicht notwendig. Ich werde mich daran halten."

„Das ist gut. Das ist wichtig."

„Ich weiß." Diese letzten Worte gingen ins Leere. Der Engel war weg. Auch das war sie gewohnt. Tausend verschiedene Gedanken begannen in ihrem Kopf zu rasen. Sie würde Yannik wiederbekommen? Wann? Wie? Warum? Einige Minuten ließ sie sie laufen. Dann rief sie sich zur Ordnung. Sie würde keine weiteren Antworten in sich finden. Und auch von Gott keine bekommen. Sie würde einfach abwarten müssen. Und seinen Anweisungen folgen.

Mit ein wenig schlotterigen Knien standen Gavin und Sheryl vor der großen Tür, bis ihnen ein wichtig aussehender Mann diese öffnete. Für die erste Zeit ihres Besuches wurden sie nicht übermäßig zuvorkommend behandelt. Sie waren Amateure in einem Gebäude voller Profis und keiner konnte sich vorstellen, dass sie etwas wussten, was diesen entgangen war. Dann jedoch bekam Gavin die Gelegenheit, das riesengroße Teleskop richtig einzustellen und als dieses das, was es einfing, auf den ebenso riesengroßen Monitor im Raum projizierte, stockte allen Anwesenden der Atem.

Zur gleichen Zeit...

Anya saß auf dem Bett und drehte den USB-Stick zwischen den Fingern hin und her. Sie hatte eine Entscheidung zu treffen. Eine Entscheidung, die ihr Leben nachhaltig verändern würde. Und nicht nur das ihre. Doch das ihre auf jeden Fall am meisten. Vor allem im Hinblick auf den Ungehorsam, den sie damit vollführte. Denn wenn sie diesen Schritt ging, gab es kein Zurück mehr. Alles, was sie bis jetzt getan hatte, konnte man ihr als ‚Maßnahmen für den Notfall', als ‚besser vorbereitet sein' auslegen. Hiermit jedoch ging sie darüber hinaus. Rief die Veränderung hervor, für die sie sich bisher nur bereitgehalten hatte. Sie ärgerte sich maßlos, dass alles so kompliziert geworden war. Am Anfang hatte sie so einen klaren Plan gehabt: Zachäus auf ihre Seite bringen. Zu zwingen, besser gesagt. Sie hatte alles dafür getan, das zu erreichen. Alle Hebel in Bewegung gesetzt. Opfer gebracht – vor allem auf menschlicher Ebene. Ihre ‚Freundschaft' mit Jeanette – wie sich Coleen albernerweise ihr gegenüber ausgegeben hatte – war nur eines davon. Doch der Gedanke, ihrem Chef einen großen Dienst zu erweisen, hatte sie angestachelt. Und ihre Enttäuschung darüber, dass er ihr ihren Wunsch verbot, im Hintergrund verschwinden lassen. Und nun? Nun hatte sich alles ins Gegenteil verkehrt: Das, worauf sie alle diese Mühe konzentriert hatte, war hinfällig – zunächst durch das Verbot, den Plan weiterzuverfolgen und jetzt – wo sie ihn heimlich wieder aufgenommen hatte – durch Zachäus selbst. Der sich durch sein eigenes Fehlverhalten komplett aus ihrem Fokus katapultiert hatte. Er konnte nicht mehr, was sie von ihm brauchte. Er war unnütz für sie. Ein Misserfolg, für den sie zum Glück nichts konnte. Was sie ein klein wenig darüber hinwegtröstete, dass sich all die Arbeit nun als umsonst erwies. Sie hatte ihn abgehakt und sich auf andere Sachen konzentriert. Sich geärgert und abgewandt. Aber nun konnte sie sich nicht mehr abwenden. Denn diese anderen Sachen hatten eben auch die Erfüllung ihres eigenen Wunsches beinhaltet. Jenes Wunsches, für den sie sich bei ihrem neuen Chef die Erlaubnis erschlichen hatte. Auf den sie sich im Anschluss so lange und so intensiv – und so erfolglos – konzentriert hatte. Die Tatsache, dass ausgerechnet Zachäus jetzt das bekam, was sie sich schon so lange wünschte – dass er, der Versager, beschenkt wurde mit ihrem Geschenk – während sie, die sie so viel investiert hatte, leer ausging – das war einfach unhaltbar. Das konnte sie nicht hinnehmen. Dafür musste sie sich rächen. Und der Stick in ihrer Hand war das Mittel dazu. Wenn sie ihn Coleen gab, würde die zwar im ersten Moment wütend sein – dann aber die Vorteile erkennen, die er mit sich brachte. Es bestand kein Zweifel daran, dass sie Zachäus' Ehe zerstören würde, um ihn selbst zu bekommen. Und sie konnte sich zurücklehnen und zusehen, wie alles auseinanderbrach. Das würde ihr zwar nicht helfen, aber zumindest Genugtuung verschaffen.

Die Türklingel ertönte, was sie zunächst ignorierte. Dann erklang eine Stimme aus dem Flur:

„Anya? Für dich."

Sie steckte den USB-Stick in die Tasche und eilte auf den Flur. Die Wohnungstür stand offen. Und eine ihr unbekannte Frau davor. Also wusste sie, wer es war.

„Danke." rief sie in Richtung der sich gerade schließenden Küchentür. Dann wandte sie sich der Frau zu: „Du?" fragte sie.

„Ich." antwortete die Frau.

„Was ist los?"

„Ich habe mitbekommen, dass du deinen Plan bezüglich Zachäus weitergeführt hast."

Sie zuckte mit den Schultern: „Ich dachte, es könnte nichts schaden."

„Obwohl ich dir verboten habe, es zu tun." zischte der Chef, „ich kann nur Diener brauchen, die mir treu sind."

„Ich war immer treu." entgegnete sie verärgert.

„Und wie nennst du das hier dann?"

„Umsichtig."

„Aha." Die Frau schnaubte, „inwieweit ist das umsichtig, was du getan hast?"

„Ich wollte einfach vorbereitet sein für den Fall..."

„Für den Fall." unterbrach er sie, „und als klar war, dass dieser Fall nicht eintritt – was hast du da gemacht?"

Sie stockte: „Ich..."

„Sprich es ruhig aus." forderte der Chef.

„Ich dachte einfach..."

„Du dachtest, dass es lustig wäre, es auf jeden Fall durchzuziehen – ob es nun Sinn macht oder nicht."

Sie schloss für einen Moment die Augen – und gewann ihre Sicherheit zurück: „Es ist doch egal, jetzt. Und passiert ist auch nichts."

„Du bist nicht weitsichtig genug, um alles, was passiert, wirklich einschätzen zu können."

„In der Vergangenheit..."

„Das hier ist die Gegenwart." unterbrach er sie unsanft.

„Dann werde ich in Zukunft..."

„...deinen eigenen Weg gehen." Der Chef ließ die Frau eine wütende Fratze schneiden, „wie schon gesagt: ich kann mit Dienern, die ungehorsam sind, nichts anfangen."

Sie wurde blass: „Ich habe jahrelang gedient."

„Mir nicht."

„Du hast damals auch noch gedient." erinnerte sie ihn und die Frau ballte die Fäuste:

„Alleine dafür müsste ich dich umbringen. Aber aufgrund deiner Treue zu meinem..." Der Chef schnaubte leise, „...Vorgänger lasse ich dich am Leben. Mach damit, was du willst."

„Aber..."

Die Frau drehte sich um und stieg die Treppe hinab. Anya wollte ihr am liebsten hinterherrufen, doch das war unklug. Dann öffneten sich Türen und das galt es zu vermeiden. So schloss sie die ihre ebenfalls wieder, dann die Augen und seufzte tief. Das war ein Dämpfer. Der andererseits aber gut zu dem passte, womit sie sie gerade beschäftigte. Z. Und ihre Rache. Denn wenn sie nun keine Dienerin mehr war, unterstand sie auch nicht mehr den Vorgaben des Chefs. Und seine Verbote waren für sie haltlos. Was im Klartext hieß, dass sie wirklich – genau wie er es gesagt hatte – machen konnte, was sie wollte. Und was sie wollte, war genau das: Zachäus Schaden zuzufügen. Nicht mehr für den Chef – oder seine große Sache. Sondern nur noch für sich – und ihre eigene kleine Sache.

Eine Hand legte sich auf ihre Schulter: „Alles in Ordnung?"

Sie ergriff die Hand und drückte sie: „Ja. Alles in bester Ordnung."

Die Meldung, dass der ‚Runkmeyer-Pietry-Asteroid' in Richtung Erde zog, und in etwas mehr als einem Jahr so nah an sie herankommen würde, dass man ihn mit bloßem Auge sehen konnte, verbreitete sich schnell. Zumindest in den USA. Über die Landesgrenzen hinaus wurde die Meldung nicht getragen. Was damit zu tun hatte, dass die Regierung aufgrund des Krieges strenge Auflagen verhängt hatte, was die Nachrichtenfreiheit anging. Der Asteroid war davon betroffen. Obwohl er mit dem Krieg nicht das Geringste zu tun hatte. Gavin und Sheryl war das egal. Sie freuten sich darüber, dass ihr Name nun fast täglich im Fernsehen genannt wurde. Und darauf, den Asteroiden schon bald ohne Teleskop beobachten zu können.

Zur gleichen Zeit...
Michelle saß auf dem Bett und drehte den Haustürschlüssel zwischen den Fingern hin und her. Sie hatte eine Entscheidung zu treffen. Eine Entscheidung, die ihr Leben nachhaltig verändern würde. Und nicht nur das ihre. Sondern auch das von Christopher. Und noch mehr das von Valentina. Weil sie diejenige war, die am meisten darunter leiden würde. Aber eben auch die, um die es dabei ging. Sie hatte sich nach der Scheidung komplett zurückgezogen. Sie ging arbeiten – doch das war das Einzige, was sie noch aktiv tat. Ansonsten saß sie zuhause und drehte sich um ihre eigenen kruden Gedanken. Wütende, aggressive Gedanken. Die schon dafür gesorgt hatten, dass sie die zaghaften Versuche von Ravi, auf sie zuzugehen und die Wogen zu glätten, unwirsch abgewiegelt hatte. Ihn zurückgewiesen hatte, ohne wirklich zuzuhören. Und das, obwohl es bedeutet hätte, dass sie ihre Kinder doch wieder hätte sehen können. Regelmäßig sogar. Michelle hatte versucht, zu vermitteln. Diesmal für ihn. Aber es hatte nichts genützt. Valentina hatte sich nicht darauf eingelassen. Hatte wie ein beleidigtes Kind in der Ecke gestanden und vor sich hingemurmelt, dass die Chance vertan war. Und dabei nicht gemerkt, dass sie sich gerade selbst um diese Chance brachte. Michelle hatte auch versucht, Christopher anzutreiben, dass er einschritt. Doch das tat Christopher nie. Sein Beschützerinstinkt stand ihm dabei im Weg. Er wollte seiner Schwester nichts Schlechtes zumuten – nicht einmal, wenn es auf lange Sicht etwas Gutes brachte. Also haute er nicht auf den Tisch und nahm kurzfristige Verletzungen in Kauf, um langfristige Verbesserung zu erreichen. Das war kein Zustand, der auf Dauer haltbar war. Valentina musste auf die Füße kommen. Und die einzige Möglichkeit, die Michelle noch sah, war ein harter Schnitt. Den sie schon längst vollzogen hätte, wenn es nicht so gute

Argumente geben würde, die dagegensprachen. Valentina aus ihrer Lethargie zu wecken – sie quasi zum Umdenken zu zwingen – indem sie einfach aus ihrem Leben verschwanden, war eine drastische, aber wirkungsvolle Maßnahme. Die leider die Gefahr barg, nach hinten loszugehen. Denn dann waren sie nicht mehr da, um sie vor dem kompletten Absturz zu retten. Michelle kannte Valentina nicht gut genug, um einschätzen zu können, in welche Richtung sie tendieren würde. Aber sie kannte die Familiengeschichte und wusste daher, welche Gefahren grundsätzlich bestanden. Und dann waren da Christopher und sie selbst. In die Fremde zu ziehen, kam für sie nicht in Frage. Selbst jetzt, wo Christopher eine Einnahmequelle aufgetan hatte, wollte sie nicht einfach ins Ungewisse starten. Die einzige Möglichkeit bestand für sie in der Rückkehr in ihr Zuhause. Aber diese Rückkehr würde zwangsläufig auch mit dem Wiedersehen gewisser Leute und dem Verlangen nach der Ausübung gewisser Tätigkeiten einher gehen. Was sie beim besten Willen nicht wollte. Sie war froh, dass Christopher das alles hinter sich gelassen hatte und wusste, dass Christopher darüber mindestens genauso froh war. Sie seufzte. Und wünschte sich, mit einem der beiden anderen darüber reden zu können. Doch weder Christopher noch Valentina würden für ein solches Gespräch offen sein. Weil sie mit dem Status Quo zufrieden waren. Und die Probleme nicht wahrhaben wollten, die er mit sich brachte.

Unten klingelte das Telefon und sie hörte, wie Valentina abnahm. Sie meldete sich normal, doch schon beim nächsten Satz schlug ihre Stimme einen deutlich verärgerten Ton an. Es dauerte nicht lange, dann legte sie auf und Michelle konnte sie laut schnaufen hören. Und dann Christophers Stimme:

„Danke, dass du sie abgewimmelt hast. Ich hätte wirklich nicht mit ihnen reden wollen."

„Du weißt also, wer es war."

„Ich kann es mir denken. Deiner Wortwahl nach zu urteilen. Und deinem Tonfall."

Valentina lachte auf: „War passend, oder?"

„Sehr. Wie gesagt: nie wieder mit diesen Leuten. Nur... es klang schon ein wenig zu geübt. Sowohl die Wortwahl als auch der Tonfall."

„Und das ist nicht gut?"

„Solltest du dir nicht angewöhnen." Christophers Stimme wurde weich – so wie immer, wenn er versuchte, seiner Schwester etwas Kritisches zu sagen. Und wie auch immer widersprach sie ihm:

„Doch, sollte ich."

„Wofür sollte das gut sein?"

„Für meinen neuen Posten als Chefsekretärin."

„Chef..." Christopher stockte, „was?"

„Ich wollte es nicht sagen, bis... ach..." Mit einem Mal klang Valentina fröhlich und gelöst, „ich wollte euch einfach überraschen. Mein Chef hat mich gefragt, ob ich seine persönliche Assistentin werden will."

„Ist das dein Ernst?"

„Mein voller." Fast schon überschwänglich.

„Und du hast hoffentlich ‚Ja' gesagt."

„Natürlich."

Nun jubelte auch Christopher los: „Was für eine Chance."

„Eine Herausforderung." brachte das bei Valentina sofort den Ernst wieder zurück, „die mich viel Kraft kosten wird."

„Wir sind für dich da. Immer."

„Nur vielleicht nicht immer hier." ergänzte Michelle leise für sich und Valentinas

„Das weiß ich." nahm sie als Bestätigung dafür – auch wenn es natürlich Christopher galt, der gar nicht mehr zu bremsen war:

„Wir sollten das feiern."

„Sollten wir. Wo ist Michelle?"

„Oben, glaube ich. Ich hole sie."

Schnell steckte Michelle den Schlüssel ein. Als Christopher die Tür aufstieß, lächelte sie ihm gekünstelt entgegen.

„Michelle. Du wirst nie erraten, was..." legte er sofort los, doch neben der Fröhlichkeit auch noch Ahnungslosigkeit zu spielen, war zu viel für sie:

„Valentina wird befördert." unterbrach sie ihn daher.

Er runzelte die Stirn: „Oh."

„Ich habe euch gehört. Die Tür..."

„...stand halb offen. Klar." Seine Miene hellte sich wieder auf, „kommst du?"

„Sofort."

Als Christopher wieder auf dem Weg nach unten war, verstaute sie den Schlüssel in ihrer Nachttischschublage. Dann ging sie ebenfalls nach unten und das Lächeln auf ihrem Gesicht war nun nicht mehr gekünstelt. Das konnte die Chance sein, auf die sie gewartet hatte. Die Sache, durch die doch noch alles besser wurde. Ohne, dass sie drastische Maßnahmen ergreifen mussten.

Die amerikanische Bevölkerung hatte – soweit nicht von anderen, durch den Krieg hervorgerufenen Prioritäten abgelenkt – sehr überschwänglich auf den Asteroiden reagiert. Schnell war klar gewesen, von wo aus man ihn am besten würde beobachten können und natürlich wollte jeder, der es sich einrichten konnte, zur richtigen Zeit an genau diesem Ort sein. Urlaube wurden gebucht oder umgelegt und viele Firmen richteten schon weit im Voraus einen Notdienst für die entsprechende Zeit ein, der aus Desinteressierten bestand und so allen anderen die Möglichkeit gab, dem Ereignis aus nächster Nähe beizuwohnen.

Zur gleichen Zeit...
Coleen saß auf dem Bett und drehte den USB-Stick zwischen den Fingern hin und her. Sie hatte eine Entscheidung zu treffen. Eine Entscheidung, die ihr Leben nachhaltig verändern würde. Und nicht nur das ihre. Doch die Frage, die viel wichtiger war, lautete: In welche Richtung würde sich ihr aller Leben verändern? Würde Z wirklich zu ihr kommen? Oder war die Gefahr nicht wesentlich grösser, dass sie ihn damit so wütend machte, dass er sie noch weiter von sich wegstieß? Er hatte seine Entscheidung getroffen. Eine endgültige Entscheidung. Und wenn sie diese Entscheidung nun zerstörte, richtete sie damit Schaden an, der vielleicht nicht wieder gutzumachen war. Auch in ihm. Dann machte sie sich nicht zur geliebten Alternative, sondern zur gehassten Konkurrentin. Und das wollte sie nicht. So sehr es sie auch traf, dass sie ihn nicht bekommen hatte. So sehr es sie auch verletzte, dass der Tag nie gekommen war. Der Tag, von dem sie von ihrer Teeniezeit an geträumt hatte. An dem er nicht nur im Geheimen, sondern auch ganz offiziell ihr gehören würde. Der Tag, an dem ‚Wir sehen uns so oft es geht‘ nicht mehr nur ‚alle paar Monate‘ bedeutete, sondern ‚täglich‘. Sie hatte die Hoffnung nie aufgegeben, dass dieser Tag kommen

würde. Hatte dafür gearbeitet, gekämpft. So einiges getan, was nicht gut und nicht rechtens war. Auch ihm gegenüber. Immer in dem Glauben, dass er es ihr verzeihen würde. Es als Liebesbeweis betrachten würde. Der Tag ihres 18ten Geburtstags hatte das sein sollen. Doch zu diesem Zeitpunkt war er bereits mit Becka zusammen gewesen. Was diesen Plan zunichte gemacht hatte. Und ihre Hoffnung extrem gedämpft, wenn auch nicht vollends erstickt. Sie hatte weiter geglaubt – weiter gekämpft. Und nun hatte sie alles verloren. Der Moment, als Z durch die Tür gestürmt war und ihr um die Ohren gehauen hatte, dass sie ihn all die Jahre angelogen hatte – er kam ihr vor, als wäre es gestern gewesen. In diesem Moment war es zwischen ihnen zerbrochen. Seine Entscheidung hatte da bereits festgestanden. Auch das hatte er ihr in diesem Moment entgegengeschleudert. Dass er schon davor um Beckas Hand angehalten hatte. Sie hätte ihn also sowieso nicht bekommen. Und doch hätte sie etwas zu ihm aufrechterhalten können. Nun ging das nicht mehr. Der Abschied, den sie von ihm bekommen hatte, war das Höchste, wozu er sich fähig gefühlt hatte. Und die Chance, dass er sich wieder in ihre Richtung wandte, wenn sie ihn noch einmal hinterging, war nicht sonderlich groß. Sie hatte ihn vergrault. Mit ihrem falschen Verhalten. Also würde er nicht zurückkommen, wenn sie sich weiterhin falsch verhielt. Alles, was sie tun konnte, war abwarten. Hoffen, dass das „Ich verzeihe dir.", das er ihr bei ihrer letzten Begegnung ins Ohr geflüstert hatte, irgendwann auch in sein Herz sackte. Und er dann wieder offener für sie wurde. Für sie als Mensch. Für sie als Frau würde er von alleine nicht mehr offener werden. Dafür musste sie dann selbst sorgen. Und das mit dem gleichen Geschick und vor allem der gleichen Geduld, wie sie es damals getan hatte. Womit die Entscheidung gefallen war. Sie würde ihren Weg gehen – nicht Elisas. Elisa dachte, dass sie Rache wollte. Aber sie wollte keine Rache. Sie wollte Liebe. Seine. Ihn einfach zurück. Sie wollte ihm nichts Böses tun. Sie wollte ihm Gutes tun. Und, dass er ihr Gutes tat. Sie nahm den Stick und packte ihn zurück in den Umschlag, in dem Elisa ihn ihr gegeben hatte. Dann zog sie die Schreibtischschublade auf, in der sie alle wichtigen Briefe sammelte. Sie schob den Umschlag ganz nach unten. Es war besser, wenn niemand aus Versehen darüber stolperte. Dann setzte sie sich zurück aufs Bett, ließ sich zurücksinken und schloss die Augen. Sie hatte verloren. Sie war verloren. Das machte sie unendlich traurig.

Die Türklingel ließ sie aufschrecken. Sie erwartete keinen Besuch. Vielleicht war es Elisa. Aber mit ihr wollte sie eigentlich nicht reden. So ging sie nicht gleich zur Wohnungstür, sondern schlich in die Küche und schaute vorsichtig aus dem Fenster. Als sie sah, wer es war, war es mit aller Vorsicht dahin. Sie stürmte zur Tür und riss sie auf:

„Z? Du..."

„Lass mich rein." bat er.

„Natürlich." Sie trat zur Seite, „klar. Ich... bin nur überrascht, dass du..."

„Unsere letzten Begegnungen waren nicht nur freundlich." unterbrach er sie unsicher.

„Das stimmt."

„Nimmst du mir das noch übel?" Die Unsicherheit wurde stärker – und sie sah einen Punkt zum Ansetzen:

„Du hast mir verziehen. Ich habe dir verziehen."

„Das ist gut. Dann kann ich mich darauf verlassen, dass unser Geheimnis weiterhin ein Geheimnis bleibt?"

„Natürlich. Immer. Ich werde nie etwas sagen."

„Das ist gut."

„Das hast du schonmal gesagt." kicherte sie.

Er biss sich auf die Lippen: „Und ich werde es noch ein drittes Mal sagen. Hinterher."

„Hinterher?" In ihrem Kopf begannen die Gedanken zu rasen. Sollte das etwa heißen, dass sie gar nirgendwo mehr ansetzen musste? Sollte es:

„Coleen. Über viele Jahre hinweg war ich für dich da, wenn es dir schlecht ging. Habe dir geholfen. Auf eine sehr spezielle Art und Weise. Jetzt geht es mir schlecht. Und daher brauche ich jetzt deine Hilfe."

Sie hatte Mühe, ruhig zu bleiben: „Auf eine sehr spezielle Art und Weise?"

„Ganz genau." nickte Z und Coleen sprang ihm lachend um den Hals:

„Das ist gut."

Die kleine Ortschaft am Rande der Rocky Mountains, die als günstigster Sichtpunkt auf den Asteroiden berechnet worden war, war so schnell überbucht gewesen, dass die örtlichen Behörden eine Diskussion angestoßen hatten, einige kleinere Waldstücke abzuholzen, um mehr Platz für den Ansturm zu schaffen. Der Vorschlag war schließlich abgelehnt worden. Hier hatte das Tourismusgeschäft nie geboomt und sobald der Asteroid vorübergezogen war, würde das auch nicht mehr der Fall sein. Dafür langfristig die Natur zu zerstören, war keine sinnvolle Idee. So einigte man sich stattdessen darauf, einen Notfallplan aufzustellen – denn trotz des Buchungsstopps ging man davon aus, dass sehr viele Leute spontan hinzukommen würden. Auch Gavin und Sheryl hatten bereits ein Zimmer gebucht. Mit als erste. Wobei die Betonung auf ‚ein Zimmer‘ lag, denn sie hatten sich breitschlagen lassen, das Zimmer zu teilen, um anderen die Möglichkeit der Buchung zu geben. Obwohl es ein Einzelzimmer war. Und sie daher zusammen im Bett würden schlafen müssen. Was sie bisher noch nie getan hatten. Insgeheim hatten sie beide direkt im Anschluss an die Buchungsbestätigung damit begonnen, darüber nachzudenken, ob bei dieser Gelegenheit nicht vielleicht mehr passieren konnte. Laut geäußert hatte das allerdings keiner von ihnen.

Zur gleichen Zeit...
Lili saß auf dem Bett und drehte das Telefon zwischen den Fingern hin und her. Sie hatte eine Entscheidung zu treffen. Eine Entscheidung, die ihr Leben nachhaltig verändern würde. Und nicht nur das ihre. Sondern auch das ihrer Schwester. Zum Guten – das war natürlich die Absicht dahinter. Für sie beide. Denn sie beide konnten dann frei sein. Bibi von ihrer Sucht. Und sie selbst von ihrer Angst. Die Angst, die sie schon so lange mit sich herumtrug. Seit dem Tag, an dem vor ihren Augen die alte Frau erschossen worden war. Die die gleiche Gabe besessen hatte wie sie selbst. Die sie um Hilfe gebeten hatte, da sie bei einer ihrer Patientinnen alleine nicht weitergekommen war. Sie hatte diese Hilfe geben wollen, hatte sogar leichte Fortschritte festgestellt von Besuch zu Besuch – und war dann beinahe selbst zum Opfer geworden. 24 Stunden später waren sie wieder zuhause gewesen und noch im Flugzeug hatte sie sich – und ihrem Mann neben sich – geschworen, dass sie ihre Gabe nie wieder einsetzen würde. Ein Schwur, den sie nur wenige Stunden später schon wieder gebrochen hatte. Als sie Bibi gesehen hatte. Die ihr über Monate hinweg etwas vorgegaukelt hatte. Sie war so fest davon überzeugt gewesen, dass es vorbei war – und hatte damit so falsch gelegen. Bis heute war es nicht vorbei. Sie war weiterhin ihre Patientin. Glücklicherweise ihre einzige Patientin. Denn seit der Geschichte

mit dem Mann, der fremdgegangen war – und sie ihren Schwur ein weiteres Mal hatte brechen lassen – hatte es keine weiteren Situationen gegeben, in denen sie ihre Gabe für andere hatte einsetzen müssen. Und genau das war der Punkt: Wenn sie es schaffte, dass Bibi ihre Sucht endlich losbekam – dann würde sie ihre Gabe wirklich nicht mehr einsetzen müssen. Und das war in dieser neuen Zeit das Beste, was ihr passieren konnte. Denn die Angst von damals – die die ganzen Jahre über immer nur irgendwo in ihrem Hinterkopf vor sich hin geschwelt hatte – war wieder in den Vordergrund getreten. Wegen Jesus. Es war schon ironisch, dass ausgerechnet jemand, der sich Sohn Gottes nannte, dafür gesorgt hatte. Doch inzwischen war sie sich sicher, dass er sich eben wirklich nur so nannte. Und es nicht war. Dafür wichen seine Taten viel zu sehr von dem ab, was sie wusste und kannte. Von dem, was sie Sonntag für Sonntag zu hören bekam. Lange war sie unsicher gewesen. Aber das, was sie letzten Sonntag gesagt bekommen hatte, hatte das geändert – komplett. Der Priester war auf sie zugekommen. Nach dem Gottesdienst. Hatte sie und ihren Mann in die Sakristei gebeten und dort leise, aber eindringlich auf sie eingeredet. Dass er sich Sorgen um sie machte. Wegen ihrer Gabe. Weil es aus dem Kreis der Jünger bereits Erkundigungen gegeben hatte. Zu Menschen mit Gaben. Auf die weder er noch irgendein anderer Priester oder Pfarrer oder Pastor eingegangen waren. Weil es dabei schließlich um Privatpersonen ging. Deren Informationen herauszugeben ohne ihre Zustimmung nicht möglich war. Doch sie alle waren sich sicher, dass das letzte Wort noch nicht gesprochen war. Dass es höchstwahrscheinlich einfach zu einer weiteren offiziellen Anweisung von Jesus persönlich kommen würde. Und sie die Daten dann herausgeben mussten. Ob sie wollten oder nicht. Weswegen er ihr nahegelegt hatte, ihre Gabe nicht aktiv auszuüben. „Wenn du nichts tust, dann ist das so, als hättest du nichts. Und dann muss ich dich nicht nennen. Nicht ganz astrein, aber sicherlich besser.“ Sie hatte ihm gedankt. Für sein Entgegenkommen und seinen Mut. Und erklärt, dass sie das sowieso schon lange nicht mehr tat. Ihre Gabe war da – aber sie machte nichts damit. Bibi hatte sie dabei unter den Tisch fallen lassen. Die kleine Unwahrheit sozusagen erwidert. Doch in genau diesem Moment war der Gedanke losgetreten worden: ‚Es wäre möglich, das wirklich wahr zu machen.‘ Wenn auch nur mit drastischen Maßnahmen, die unter Umständen dazu führten, dass das Verhältnis zwischen ihnen zerbrach – im schlimmsten Fall für immer. Und genau deswegen zögerte sie. Weil sie ihre Schwester liebte. Und sie nicht verlieren wollte. Sie ließ das Telefon fallen und hob es seufzend wieder auf. In diesem Moment machte es hinter ihr ‚Plopp' und sie fuhr zusammen. Erschrocken blickte sie sich um – und schrie auf. Hinter ihr auf dem Bett saß ein Mann. Er legte den Finger auf die Lippen:

„Psst. Ich weiß, du bist allein. Aber die Nachbarn könnten dich hören und die Polizei rufen."

„Sollten sie mal besser." keuchte sie, „was wollen Sie? Hat er Sie geschickt?"

„Ich brauche wohl nicht zu fragen, wen du mit ‚er' meinst."

„Höflichkeit scheint nicht Ihre Stärke zu sein."

„Entschuldigung." Der Mann hob die Hände, „das passiert mir andauernd. Ist ein Sprachproblem. Deutsch hat diese Eigenarten... naja – ‚er' hat das wahrscheinlich auch von mir. Oder ich von ihm – weiß nicht."

Lili sprang auf: „Ich zähle bis drei und wenn Sie dann nicht weg sind..."

„Hast du wirklich was, was du dann tun kannst?" unterbrach er sie lächelnd.

Sie sackte wieder zurück aufs Bett: „Nein."

„Dann ist es ja gut, dass ich dir nichts Böses will. Ich könnte dir allerdings ein paar Tipps für die Fortführung dieses Satzes geben. Die Lampe da zum Beispiel..." Er deutete auf selbige und Lilis Ärger kehrte so schnell zurück, wie er verschwunden war:

„Was wollen Sie?"

„Keine Tipps? Gut dann zum Punkt: Du bist dabei, eine Entscheidung zu treffen. Du hast Angst davor. Und diese Angst lähmt dich. Und führt am Ende dazu, dass du gar keine Entscheidung triffst. Was gleichbedeutend ist mit: es bleibt alles, wie es ist. Aber damit ist Bibi nicht geholfen. Klar – am Anfang mag sie dich beschimpfen. Aber glaubst du wirklich, sie findet es toll, sich in ständiger Abhängigkeit zu befinden? Sie will das auch loswerden. Und spätestens, wenn sie es los ist, wird sie dir um den Hals fallen. Und heulen. Und du dann auch. Und dann ist alles wieder gut."

„Witzig."

„Nein – ganz und gar nicht. Vollkommen ernst." Der Mann bemühte sich, seine Worte mit seinem Gesichtsausdruck zu unterstützen, doch Lili blieb skeptisch:

„Und das wissen Sie einfach so."

„Nun... ja."

„Weil Sie..."

„Ja?" Er nickte heftig – was sie in diesem Zusammenhang nicht verstand: „Hä?"

„Ich dachte, da käme noch was."

„Von Ihnen sollte was kommen." entgegnete sie.

„Okay." Der Mann schmunzelte, „dann... Raterunde: Was ist weiß und kann einfach so auftauchen, ohne die Tür zu benutzen?"

Lili war nicht zum Schmunzeln zu Mute: „Was soll der Blödsinn?"

„Ich finde es schöner, wenn die Leute von selbst drauf kommen. Es immer für sie auszusprechen, ist langweilig. Also – rate."

„Ich rate nicht."

„Du bist langweilig."

„Ich bin gereizt."

„Okay. Das gestehe ich dir zu. Und wir sollten auch keine Zeit vergeuden. Manchmal kommen die Aufträge so spontan... nun denn: Ich – bin – ein – Engel. Tadaa... Fanfare. Leider keine echte. Aber ich habe geübt. Wie klingt es?"

„Dämlich." fauchte sie, „und ich glaube Ihnen kein Wort."

„Nicht?" Er ließ enttäuscht die Unterlippe hängen, „gut. Dann... das hier..." Es machte ein zweites Mal ‚Plopp' und er war verschwunden. Dann ein drittes Mal und er war wieder da. Lili ließ das Telefon erneut fallen. Doch diesmal hob sie es nicht wieder auf. Sie bemerkte es gar nicht:

„Ein Engel." hauchte sie, „hier. Bei mir. Einfach so."

„Ja. Und ja. Und ja. Und nein. Nicht einfach so. Ich gehe nicht von Tür zu Tür – oder besser gesagt: von Bett zu Bett... nein, das klingt nicht gut – gar nicht gut – ganz und gar falsch – streich das – bleiben wir lieber bei Tür zu Tür. Also: Ich gehe nicht von Tür zu Tür und erzähle jedem was, der aufmacht. Dieser Besuch ist etwas sehr Besonderes. Was dir ein Zeichen sein sollte, dass auch meine Botschaft etwas sehr Besonderes ist. Im Sinne von: hören und befolgen."

Lili atmete tief aus: „Ich soll es also tun. Meine Schwester in der Entzugsklinik anmelden. Ohne ihr Wissen. Und sie dann ins Auto packen und hinbringen. Ohne ihr Wissen."

„Nein." widersprach er vehement, „genau das sollst du nicht."

„Nicht? Aber... das macht doch keinen Sinn. Ich meine... eben sagten Sie noch, dass sie es loswerden will... soll. Und dass ich mich entscheiden soll."

Der Engel hob einen Finger: „Ah – damit kommen wir zu der dramatischen Wendung der Ereignisse. Ich will eine Entscheidung von dir – das ist richtig. Aber nicht diese. Ich will, dass du dich genau in die entgegengesetzte Richtung entscheidest. Nicht, alles dranzusetzen, dass du deine Gabe nicht mehr einsetzen musst. Sondern, dich dafür zu öffnen, sie wieder wesentlich mehr einzusetzen. Und auch nicht nur für deine Schwester."

„Bitte was?" fuhr Lili auf, „ich bin doch nicht verrückt."

Aber der Engel blieb gelassen: „Gehst du in die Kirche?"

„Ja."

„Glaubst du an Gott?"

„Ja."

„Vertraust du ihm?"

„Ja."

„Dann sag das nicht nur, sondern tu das auch."

In Lilis Kopf drehte sich alles: „Das heißt... ich soll es für uns beide schlechter machen? Bibi bleibt abhängig und ich begebe mich wieder in Gefahr?"

Wieder ein Lächeln: „Du hast das mit dem Vertrauen noch nicht so verstanden, hm?"

„Nein. Ich verstehe nicht. Erkläre mir."

„‚Es' – wäre das Wort, dass da zweimal... Hilfe." Er schlug sich gegen die Stirn, „ich verbringe zu viel Zeit mit den Grammatikschändern. Also: Vertrauen heißt ja nicht blind vertrauen. Deswegen kann ich dir folgendes sagen: Für Bibi wird gesorgt werden. Auf diese wundersame Art und Weise, die nur der Herr zu leisten vermag. Du musst dir nicht ihre Wut auflasten und sie wird da landen, wo sie landen soll: In guten Händen, die wissen, was sie tun. Und... der Rest des dazugehörigen Körpers weiß es natürlich auch. Ähm.. auch das klang... ich meinte damit den Kopf und das Herz. Es sind Profis. Das will ich sagen. Und sie werden ihr helfen. Komplett."

„Komplett." wiederholte sie leise, „und dann ist sie frei?"

„Dann ist sie frei."

„Und ich nicht."

„Wenn du mit ‚frei' in Bezug auf dich meinst: ‚Bin ich von meiner Aufgabe entbunden?' – dann nein. Das bist du nicht. Wie bereits gesagt. Wenn du es allerdings – was ich besser fände – auf deine Angst beziehen würdest – da kannst du frei werden. Auch: komplett."

„Komplett."

„Nicht so zweifelnd." bat der Engel – doch darauf verdüsterte Lili nur das Gesicht:

„Entschuldigung. Aber du brätst mir das hier alles so über. Ziehst irgendwelche Schleifen, bei denen ich nicht hinterherkomme; andere, die ich nicht nachvollziehen kann; und noch andere, die ich nicht einmal verstehe. Was denkst du denn? Dass ich das einfach abnicke?"

„Du sagst ‚du'." kicherte er, „sehr schön. Hab ich dich endlich soweit."

„Das spielt doch jetzt keine Rolle."

„Wohl wahr. Und nein – du musst es nicht einfach abnicken. Wenn ich gleich weg bin, kannst du genau da weitermachen, wo ich dich unterbrochen habe: dasitzen und nachdenken. Nur dann mit wesentlich mehr Informationen. Aber vergiss nicht: Der Herr hat einen Engel zu dir geschickt. Wenn er dafür nicht dein Vertrauen verdient, dann weiß ich auch nicht, was er sonst noch tun könnte."

„Sie einfach heilen." schlug sie vor und der Engel wippte mit dem Kopf:

„Gut – ja. Das könnte er. Ich meine: Das kann er. Aber das wird er nicht. Weil – wie du sehr wohl weißt – der Prozess bei so einer Sache eine sehr wesentliche Rolle spielt. Wenn es einfach weg ist, lernt sie nichts daraus. Und hat auch nicht die Möglichkeit, sich langsam hineinzufinden in dieses neue Leben. Dann ist die Gefahr sehr groß, dass es irgendwann von vorne losgeht. Denn eines ist sehr wichtig: Sie muss es selbst auch wollen. Sie bekommt diese Hilfe. Aber wenn sie sich nicht darauf einlässt, nützt sie ihr nichts. Die Entscheidung muss sie selbst fällen, die Offenheit selbst wählen. Sonst ist es für umsonst. Und das wäre es genauso, wenn der Herr es einfach wegnehmen würde. Mehr sogar, denn dann wäre sie gar nicht aktiv beteiligt. Und würde erst recht keine Entscheidung fällen."

„Das ist einzusehen."

„Freut mich."

„Und ich?" hakte sie nach, „meine Angst?"

„Wenn du mit nachdenken fertig bist... oder eigentlich noch viel besser schon vorher – triff auch du eine Entscheidung, die mit Offenheit verbunden ist: Mach die Augen zu und sag: ‚Gott – nimm sie mir weg.' Ich verspreche dir, es wird etwas passieren."

„Einfach so."

„Oh – du wirst das immer wieder sagen müssen. Aber es wird auch immer wieder etwas passieren. Und jedes Mal wird die Angst ein bisschen weniger sein. Bis sie irgendwann ganz weg ist. Auch das ist ein Prozess."

„Nun gut." Lili verzog das Gesicht, „dann haben wir ja beide was vor uns. Und was ist nun mit meiner Gabe?"

„Es werden sich Leute bei dir melden." erklärte der Engel, „besser gesagt bei Bibi. Weil ja keiner sonst weiß, wo du bist."

„Mein..." setzte sie an, doch er winkte sofort ab:

„Ja – der weiß es auch. Aber den kennen diese Leute nicht. Bibi kennen sie. Auf jeden Fall werden sie sie bitten, dich zu bitten, dich mit ihnen zu treffen und dann werden sie dich bitten, ihnen zu helfen. Mit dem, was du kannst. Und du wirst es machen."

„Werde ich."

„Äh... es wäre sehr, sehr nett – und zudem im Sinne des Erfinders – wenn du das tun würdest."

„Dann werde ich wohl."

„Das freut mich." Er deutete eine leichte Verbeugung an, „ich gehe gerne mit guten Nachrichten zurück."

„Musst du das Gott noch weitergeben?" fragte sie verwundert, „hat er es nicht sowieso gehört?"

„Schon. Aber wir sprechen trotzdem darüber. Er will nicht nur die reinen Infos, sondern auch meine Einschätzung dazu."

„Na dann..."

„Ja – dann..."

Es machte erneut ‚Plopp' und Lili war wieder allein. Sie schüttelte sich – dann nochmal – und dann nochmal. Doch die Bilder verschwanden nicht. Also mussten sie echt sein. Ein Engel hatte sie besucht. Gott hatte ihr einen Engel geschickt. Wie konnte sie da ablehnen, was er verlangte? Sie hob das Telefon auf und legte es auf den Nachttisch. Das brauchte sie jetzt nicht mehr. Alles, was sie jetzt tun musste, war – abwarten.

Die Alarmglocken sprangen an und rissen die Techniker aus ihren Tagträumen. Seit Gavin und Sheryl dagewesen waren, hatten sie kaum etwas anderes getan, als den Asteroiden im Auge zu behalten. Mit diversen Satelliten und Sonden. Die nun etwas Beunruhigendes zu vermelden hatten: Entgegen allen zuvor angestellten Berechnungen hatte die Anziehungskraft des Mars anscheinend Einfluss auf die Flugbahn des Asteroiden genommen. Die Wissenschaftler waren aufgrund seiner errechneten Geschwindigkeit davon ausgegangen, dass dies nicht der Fall sein würde. Doch damit schienen sie falsch gelegen zu haben. Denn die Flugbahn des Asteroiden hatte sich verändert. Er steuerte nun nicht mehr an der Erde vorbei. Er steuerte direkt auf sie zu.

In einem Chatroom, für den man eine codierte Einladung benötigte, trafen sich die führenden Köpfe mehrerer Länder. Von denen die meisten davor nicht einmal gewusst hatten, dass es diesen Asteroiden gab. Sie alle hatten sich bisher darauf verlassen, dass die USA als technisch am besten ausgerüstetes Land jegliche Entdeckung sofort vermelden würde. So schweifte die Diskussion zunächst für längere Zeit ab. Man verstieg sich in Anschuldigungen über Unwahrheiten, die darin gipfelten, dass die amerikanischen Wissenschaftler den Regierungen der anderen Länder vorwarfen, die USA im Krieg nicht zu unterstützen. Dies führte dazu, dass einer nach dem anderen erbost den Chatroom verließ und die Amerikaner alleine zurückblieben. Ohne jegliches Ergebnis zu der Frage, was zu tun war.

Zur gleichen Zeit...

Dann bewegte sich ihr Spiegelbild. Aber nicht so, wie sie sich bewegte. Valentina hob den linken Arm. Ihr Spiegelbild nicht.

„Wer bist du?" fragte sie aus reinem Reflex.

„Deine Rettung." antwortete ihr Spiegelbild. Das war zu viel für sie. Sie wurde bewusstlos und fiel nach hinten um. Doch sie wurde aufgefangen und als sie kurz darauf wieder zu sich kam, blickte sie in ihr eigenes Gesicht.

„Du... bist... ich." stotterte sie und bekam ein sanftes Lachen als Antwort:

„Nicht ganz. Ich sehe aus wie du."

„Wer bist du? Was bist du?"

„Ich bin ein Engel."

„Ein Engel?" wiederholte sie konsterniert, „euch gibt es nicht."

„Sollte dir meine Anwesenheit nicht das Gegenteil beweisen?"

„Vielleicht. Vielleicht aber auch..."

„Wir haben keine Zeit zu verlieren." unterbrach der Engel sie, „du wirst Gelegenheit haben, über all das nachzudenken. Aber zuerst musst du verstehen."

„Verstehen? Was denn?"

„Du bist das Zünglein an der Waage, Valentina. Christopher ist wichtig. Für Gottes Plan. Aber er ist vom Weg abgebogen und du unterstützt ihn darin. Du bist seine Beraterin. Leider berätst du ihn falsch."

„Michelle ist auch noch da." entgegnete sie leicht pikiert.

„Ihr Glaube war leider nie stark genug, um dem standzuhalten. Ohne seine Hilfe. Aber sie können beide zurückkehren. Auf den richtigen Weg. Mit deiner Hilfe."

Valentina seufzte: „Was soll ich tun?"

„Sterben." gab der Engel zurück und sie zuckte so stark zusammen, dass er fester zupacken musste, um sie weiterhin zu halten:

„Sterben? Ist das dein Ernst?"

„Es gab viele andere Gelegenheiten, doch ihr habt sie alle verstreichen lassen." erklärte er, „dies hier ist nun die letzte. Die Zeit drängt. Christopher hat einen Platz, an dem er sein muss. Wenn er ihn nicht einnimmt, wird vieles nicht so geschehen können, wie es geschehen soll."

„Gott ist doch Gott. Er kann alles geschehen lassen."

„Er versucht immer, den Weg zu gehen, der am wenigsten Leid mit sich bringt."

Valentina runzelte die Stirn: „Und wenn ich sterbe, ist das dieser Weg?"

„Ja."

„Toll." Sie rümpfte die Nase, „jetzt fühle ich mich wichtig."

„Das solltest du." sagte der Engel leise, „es kommt nicht oft vor, dass einer von uns zu einem von euch kommt und ihm sagt, was passieren wird."

„Gut. Okay. Was wird passieren?"

„Du wirst machen, was du schon vorhattest. Du wirst zum Flughafen fahren. Es ist alles vorbereitet. Der Flug wird ausgebucht sein, doch ein Platz wird für dich frei werden. Eine Frau, die ihren Mann verlassen wollte, wird es sich anders überlegen und dir ihr Ticket geben. So wirst du nicht auf der Passagierliste auftauchen."

„Illegal?" Valentina kniff die Augen zusammen, „warum?"

„Das Flugzeug wird abstürzen." fuhr der Engel fort, „und du wirst sterben. Zusammen mit allen anderen. Aber ich werde deinen Platz einnehmen. Christopher und Michelle wissen nicht, dass du heute schon fliegst. Sie werden nichts Böses vermuten, wenn ich morgen in der Tür stehe."

„Aber... warum du? Warum nicht ich?"

„Weil dieser Teil des Plans zu wichtig ist. Du glaubst nicht. Selbst ich habe dich bisher noch nicht überzeugen können von der Existenz unseres Schöpfers. Wenn wir dich schicken, wirst du nicht tun, was getan werden muss."

„Also bringt ihr mich um." folgerte sie. Aber der Engel schüttelte den Kopf: „Das Ticket hättest du auch so bekommen, den Flug auch so genommen. Wir greifen nicht in die Geschehnisse ein, die schon im Gange sind. Ich bin nur hier, um es dir zu erzählen."

„Und wenn ich mich weigere? Und nicht fliege?"

„Dann werden alle anderen trotzdem sterben."

„Aber ich nicht."

„Du nicht." bestätigte er, „du wirst weiterleben wie bisher. Nichts wird sich ändern. Christopher wird nicht dort hinkommen, wo er hinkommen soll. Und sehr viele weitere Menschen werden deswegen ihr Leben verlieren."

„Aber es muss doch eine Chance geben..." setzte sie an, kam aber nicht weiter:

„Das hier ist deine Chance. Mach dich nun auf den Weg zum Flughafen." Der Engel wollte sie auf die Füße stellen, aber sie wehrte sich:

„Und wenn ich verspreche, dass ich es ihm auf jeden Fall sagen werde?"

„Gottes Plan für dich steht. Aber glaube mir – bevor es vorbei ist, wirst du wissen, wie besonders du für ihn bist. Und du wirst den Plan nicht mehr ändern wollen."

„Aber..." Valentina landete mit dem Kopf auf dem Teppich. Der Engel war verschwunden. Sie rappelte sich auf und binnen Sekunden durchfluteten die Gedanken ihren nun brummenden Schädel: Sie war verrückt. Sie hatte sich gestoßen oder war einfach überlastet. In solch einer Situation kein Wunder. Es gab keine Engel. Und niemand konnte voraussagen, dass ein

Flugzeug abstürzen würde. Sie schüttelte sich ein paarmal, dann ergriff sie ihren Koffer, verließ das Hotel und fuhr mit dem Taxi zum Flughafen. Dort angekommen, erkundigte sie sich nach dem nächsten Flug nach München und erfuhr, dass dieser schon ausgebucht war. Verärgert ging sie davon, aber eine Frau hielt sie auf:

„Sie wollen nach München?"

„Ja." antwortete sie, „wieso?"

„Hier – nehmen sie mein Ticket." Die Frau hielt ihr einen Umschlag entgegen, „Sie müssen nur noch einsteigen."

Valentina zögerte: „Warum das denn?"

„Mein Mann, er... er hat etwas Dummes gemacht und ich dachte, ich könnte ihm niemals verzeihen. Aber ich liebe ihn und..."

„Ich verstehe." sagte Valentina langsam und nahm der Frau das Ticket aus der Hand, „vielen Dank. Und hier..." Sie holte wie mechanisch ihre Geldbörse hervor, „das Geld."

„Vielen Dank Ihnen." Die Frau steckte die Scheine in die Tasche, „und alles Gute."

„Ja. Danke. Ihnen auch."

Die Frau verschmolz mit der Menge und Valentina blickte das Ticket wie versteinert an. Dann hörte sie die Durchsage. Sie hatte noch zehn Minuten, das Gate zu erreichen. Sie drehte sich einmal im Kreis, um die richtige Richtung zu finden, und sprintete los. Sie schaffte es gerade noch so und die Stewardess wies ihr ihren Platz zu. Mit einem flauen Gefühl im Magen setzte sie sich, schnallte sich an und blickte aus dem Fenster.

„Du bist wirklich hier." erklang eine Stimme neben ihr und sie fuhr herum. Doch da war niemand. „Du kannst mich nicht sehen. Du glaubst, meine Stimme kommt von außerhalb, aber das stimmt nicht. Das ist nur, wie dein Gehirn verarbeitet. Ich bin in dir."

„Wer bist du?" dachte Valentina.

„Alle Achtung." antwortete die Stimme, „die meisten fangen zuerst laut an zu reden. Oder fragen laut, ob sie laut reden sollen."

„Wenn ich das tue, werfen sie mich hier raus."

„Das ist gut möglich."

„Du hast meine Frage nicht beantwortet."

„Ich bin, der ich bin."

Valentina legte die Stirn in Falten: „Ist das ein Rätsel?"

„Nein. Eine überaus gängige Beschreibung für mich. Aber du hast mein Buch nie gelesen."

„Und jetzt willst du, dass ich das nachhole."

„Dafür haben wir keine Zeit mehr."

„Das dachte ich mir fast." Sie seufzte leise, „dein Bote hat es angekündigt."

„Aber du bist trotzdem hier."

„Ich habe ihm nicht geglaubt."

„Aber nun glaubst du?"

„An dich?"

„Ja."

„Ich weiß es nicht."

„Was für Beweise willst du noch?"

„Dich sehen." schoss es ihr durch den Kopf – und da sie das sehr passend fand, aber nicht genau wusste, ob es so ausreiche, dachte sie es noch einmal bewusst. Und bekam ein gedehntes

„Tja..." zurück.

Sie zog die Brauen hoch: „Was?"

„Diese Antwort war dann doch so wie immer."

„Ist das schlimm?"

„Ganz und gar nicht. Ich habe damit gerechnet. Und bin froh. Denn so soll es sein."

„Soll? Warum?"

„Du wirst geopfert. Damit eine Kursänderung von statten gehen kann. Aber du bist nicht mein Kind. Das macht mir das Opfer sehr schwer."

„Dann lass es." schlug sie vor.

„Das geht nicht. Aber wann auch immer ein solcher Fall eintritt, gibt es eine letzte Tür. Diese hier. Wer mich sieht, der muss sterben. Das war das Gesetz von Anbeginn der Zeit. Doch wenn ich dich dadurch retten kann... wenn ich dich überzeugen kann, dass du zu mir gehörst... dann kann dieser Moment etwas Gutes bewirken."

„Dann... nimm mich doch einfach so auf." lautete ihr nächster Vorschlag.

„Die Entscheidung liegt bei dir. Ihr alle müsst euch selbst entscheiden. Das kann ich nicht für euch machen."

Valentina verzog das Gesicht: „Aber im Grunde ist es gar keine Entscheidung, oder? Du überwältigst mich dermaßen, dass ich sowieso sage, was du hören willst."

„Es entscheiden sich immer wieder Leute dagegen. Das ist sehr traurig, aber es passiert. Viel zu oft."

„Warum sollte jemand so dumm sein?"

„Dumm war keiner von ihnen. Sie waren alle nur gefangen. In ihrem Stolz, ihrem Selbstmitleid, ihrer Enttäuschung, ihrer Überzeugung. Diese Liste ließe sich ewig fortführen."

„Und das denkst du dir nicht nur für mich aus, um mich rumzukriegen?"

„Kennst du Judas Iskariot?"

Sie nickte vor sich hin: „Durchaus, ja."

„Er war der erste, bei dem ich das getan habe. Das erste Opfer des neuen Bundes zwischen mir und euch."

„Wie hat er sich entschieden?"

Auf diese Frage erhielt sie keine Antwort – sondern eine Gegenfrage: „Bist du bereit?"

„Bereit?"

„Das Flugzeug wird nicht in der Luft abstürzen, sondern gleich beim Start. In wenigen Sekunden wird all das hier vorbei sein. Entscheide dich jetzt."

„Ich dachte, du zeigst dich und dann entscheide ich mich."

„Willst du mich sehen?"

Sie schloss die Augen: „Ja. Ich will dich sehen."

Und Gott zeigte sich ihr. Nur für den Bruchteil einer Sekunde. Doch es reichte aus, dass sie ihr ganzes Leben vor sich sah. Ihr ganzes, falsches Leben. Jede Entscheidung, die sie getroffen hatte, kam ihr schlecht und unnütz vor. Sie fing wieder an zu weinen und kniff die Augen noch fester zu.

„Ich glaube an dich." rief sie in ihrem Inneren, „ja – ich glaube an dich. Bitte... vergib mir. Bitte vergib mir alles. Hol mich zu dir. Oh bitte – hol mich zu dir."

Gott antwortete nicht mehr. Aber sie spürte etwas in sich: eine Gewissheit. Dass alles gut werden würde. Und mit dieser Gewissheit öffnete sie die Augen wieder.

Anstatt weiter über Maßnahmen nachzudenken und diese dann so schnell wie möglich einzuleiten, entschieden sich die amerikanischen Wissenschaftler, zunächst zu berechnen, wo genau der Asteroid einschlagen würde. Das Ergebnis war ernüchternd: Mitten auf dem südamerikanischen Kontinent würde er herunterkommen und dabei höchstwahrscheinlich große Teile davon vernichten. Mit dieser Erkenntnis wurden sie schließlich beim Präsidenten vorstellig, der allerdings nach wie vor andere Sorgen hatte und sie daher an seinen wissenschaftlichen Berater verwies. Dieser nahm sich lange Zeit für sie, stellte dann allerdings als erstes die Frage, wie hoch der Schaden im eigenen Land sein würde. Das schockierte die Wissenschaftler ein wenig und er schwenkte hastig um und versprach, sich darum zu kümmern, dass die Regierungen aller südamerikanischen Länder informiert wurden und zudem Hilfe zugesichert bekamen. Insgeheim war ihm jedoch klar, dass die USA mit keinem dieser Länder diplomatische Beziehungen pflegten, die eng und fest genug waren, dass eine solches Ansinnen wirklich realistisch war.

Zur gleichen Zeit...
Den Mann, der vor der Tür stand, kannten sie nicht. Er dagegen schien sie ziemlich gut zu kennen:
„Frau Schneider, Herr Schneider." begrüßte er sie freundlich, „es ist schön, Sie endlich persönlich kennenzulernen. Ich habe schon so viel von Ihnen gehört."
„So?" Annies Vater blickte ihm misstrauisch entgegen, „und wer sind Sie?"
„Ich denke, das sollten wir drinnen besprechen." Der Mann wollte sich an ihnen vorbeidrängeln, doch Ernst versperrte ihm den Weg:
„Ich denke, das sollten wir genau hier besprechen."
„Dann werde ich Ihnen zuerst etwas zeigen."
Für den Bruchteil einer Sekunde leuchtete es vor ihren Augen auf. Nicht so hell, dass sie sie zusammenkneifen mussten. Aber doch hell genug, dass sich Annies Mutter die Hand vor den Mund schlug und ihr Vater einen lauten Seufzer ausstieß. Beide waren leichenblass geworden. Worauf ihr Gegenüber als erstes einging:
„Warum denn so trübselig?"
„Sie sind... ein Engel." keuchte Ellengard.

„Ja. Genau." nickte dieser, „das ist ein Grund zum Freuen. Nicht zum Angst kriegen."

Ernst wich zurück: „Wollen Sie uns bestrafen?"

„Ach..." Der Engel verdrehte die Augen, „ihr wieder. Zu viele Geschichten gehört. War ja klar. Vergesst das alles mal. Ist nichts mit Flammenschwert. War früher mal ab und zu. Aber die sind schon lange weggepackt. Und ehrlich – die würde man auch leuchten sehen ohne, dass ich etwas tue. Das wäre sehr eindeutig. Können wir jetzt reingehen? Nur für den Fall, dass ein Nachbar etwas mitbekommen hat?"

„Natürlich. Folgen Sie uns."

Die Gesichtsfarbe von Annies Eltern hatte sich noch nicht erholt, als sie sich im Wohnzimmer niederließen. Und als der Engel anfing, sie aufzuklären, worum es ihm ging, blieb es auch weiterhin dabei. Er erzählte ihnen die Geschichte ihrer Familie – drei Generationen. Und von den Opfern, die sie hatten bringen müssen. Die Generation vor ihnen, die Generation nach ihnen. Annies Mutter liefen Tränen an den Wangen herunter, als er davon berichtete, dass er einst der Schutzengel ihrer Mutter gewesen war. Und dass sie gestorben war, um etwas in Gang zu bringen, was von Annie vollendet werden würde. Seine eigene Beteiligung ließ er dabei außen vor. Er brauchte ihre Offenheit. Und wusste, dass er sie so nicht bekam. Er erzählte auch, dass er bald Annies Schutzengel werden würde. Und dann mit dafür sorgen konnte, dass sie ihre Aufgabe erfüllte. Dass sie Erfolg hatte. Und dass er sich auch bemühen würde, dass zu den Opfern, die sie bereits gebracht hatte, keine weiteren hinzukamen. Das alles nahmen ihre Eltern mit einer Mischung aus Schrecken und Faszination auf.

Dann kam der Teil, der ihm am unangenehmsten war: Ihr eigenes Opfer. Denn wieder war ein Punkt erreicht, an dem ein solches gebracht werden musste, um etwas in Gang zu bringen. Und wieder würde er direkt beteiligt sein:

„Ihr seid die Familie der Tragik." seufzte er, „die alles gibt, bis zum Letzten. Ihr werdet reich dafür belohnt werden. Das klingt erstmal nicht so toll. Aber mehr kann ich euch nicht versprechen."

„Für Annie tun wir alles." erwiderte Ellengard mit zittriger Stimme.

Der Engel lächelte sie an: „Das weiß ich. Und trotzdem möchte ich es nicht von euch verlangen."

„Müssen wir auch sterben?" fragte Ernst mit belegter Stimme.

„Nein. Aber ihr werdet leiden müssen. Schmerzen. Körperlich. Geistig."

„Dann ist das eben so."

Ellengard beugte sich vor: „Werden wir sie wiedersehen? Danach?"

„Natürlich."

„Und wenn etwas schiefgeht?"

„Dann werdet ihr sie trotzdem wiedersehen. Nur ein bisschen später."

„Ich habe noch so viel, was ich ihr sagen möchte." Sie lehnte sich an ihren Mann und dieser legte den Arm um sie. Der Engel blickte sie streng an: „Sie darf nichts davon wissen, dass etwas bevorsteht."

„Aber wenn sie denkt, wir lieben sie nicht..."

„Das weiß sie, dass ihr das tut."

„Ich will ihr das sagen." beharrte Ellengard, „persönlich."

„Das wird nicht gehen." entgegnete der Engel, „dann macht sie sich Sorgen. Und das soll sie nicht."

Ernst verzog das Gesicht: „Sie soll vollkommen unvorbereitet sein?"

„Wenn sie es nicht ist, baut sie Mauern auf. Das ist so bei ihr. Das hat sie sich antrainiert. Aber es gibt eine andere Möglichkeit. Ich nutze sie gerne. Ich nehme Sachen für Leute auf. Gebe sie ihnen. Sage ihnen, dass sie sie sich anhören sollen. Zu einem bestimmten Zeitpunkt."

„Können wir das machen?" Annies Mutter blickte den Engel schüchtern an. Dieser nickte: „Ja, schon. Nur habe ich nichts zum Aufnehmen dabei."

„Wir haben einen alten Kassettenrekorder." erinnerte sich Ernst, „da ist ein Mikrofon dran."

„Dann macht das. Und packt ihn dann weg. Wenn alles vorbei ist, kann sie es hören. Oder ihr sagt es ihr direkt."

„Wenn es gut geht, sagen wir es ihr direkt. Wenn nicht..." Ellengard schluckte, „sagen Sie ihr, wo er ist? Ich werde ihn da in den Schrank tun."

„Dazu wird es nicht kommen." wiederholte der Engel, doch sie blieb hartnäckig:

„Versprechen Sie mir, dass Sie es ihr sagen werden."

Der Engel nickte langsam: „Ich verspreche es."

„Was wird geschehen?" erkundigte sich Ernst unsicher, „mit uns?"

„Ich werde wiederkommen. Und dann werde ich euch um etwas bitten. Ihr müsst es tun. Ganz egal, was es ist. Es muss geschehen."

Annies Vater richtete sich auf: „Wenn Gott, unser Herr, das will – für Annie – dann tun wir das."

„Ihr seid wahrlich eine Familie, die alles gibt." Der Engel stand auf. Annies Eltern blieben sitzen. Sie hatten nicht den Eindruck, dass sie ihn zur Tür begleiten mussten. Und das war für ihn auch in Ordnung. Denn noch bevor er die Tür erreicht hatte, verschwand er einfach.

Es war genauso gekommen, wie der Berater des Präsidenten das vorausgesehen hatte: Die Regierungen der betroffenen Länder hatten sich höflich für die Informationen bedankt und erklärt, dass sie diese zu prüfen gedachten. Seitdem hatte er nichts mehr von ihnen gehört. Fast täglich hatten die Wissenschaftler diesbezüglich bei ihm angefragt und nachdem er ihnen immer wieder die gleiche Antwort hatte geben müssen, hatte er sie schließlich angewiesen, ihre eigenen Kontakte zu nutzen. Wenn sie es schafften, ihren Wissensstand an Wissenschaftler vor Ort weiterzugeben, die dann wiederum Einfluss auf ihre Regierungen nehmen konnten, war vielleicht noch etwas zu retten. Doch auch von ihnen hatte er nun schon länger nichts mehr gehört. Was entweder bedeutete, dass sie fieberhaft an einer Lösung arbeiteten und keine Zeit hatten, ihn zu informieren, oder dass sie kein Glück gehabt hatten. Er war von Haus aus ein pessimistischer Mensch. Und ging daher davon aus, dass letzteres der Fall war.

Zur gleichen Zeit...

Die Dienerin kauerte hinter einem Baum und beobachtete das Hotel. Ihre Zielobjekte waren darin verschwunden, doch in beiden Zimmern brannte noch Licht. Draußen war es längst dunkel, aber solange sie noch wach waren, hatte es keinen Sinn, dass sie sich hineinschlich. Schließlich hatte sie etwas Gefährliches vor und selbst wenn sie ungesehen nach drinnen kam, würde man die Schüsse mit Sicherheit hören. Also war es gut, wenn möglichst viele Leute schliefen – ihre Zielobjekte auf jeden Fall.

Die Tür des Hotels öffnete sich und zwei Gestalten traten ins Freie. Sie waren dick eingepackt und stapften durch den Schnee auf sie zu. An der Bank am Ende des Parkplatzes machten sie Halt und setzten sich. Die Dienerin kniff die Augen zusammen, um besser sehen zu können. Der Mond schien hell genug und glücklicherweise hatten sie sich genau unter eine Straßenlaterne gesetzt. Die Frau drehte ihr den Rücken zu, doch den Mann konnte sie deutlich erkennen. Sie unterdrückte einen Jubelschrei. Genau wegen ihm war sie hier. Und die Frau war seine Frau. Wer sonst sollte es sein? Die Kinder waren nicht dabei, aber ein Blick zum Hotel sagte ihr, dass sie wahrscheinlich gerade ins Bett gegangen waren, denn genau in diesem Moment erlosch in ihrem Zimmer das Licht. Das erleichterte die Sache zusehends. Zwei gezielte Schüsse hier draußen. Dann der dritte in Richtung Berg. Natürlich würde sie sich dann noch mehr beeilen müssen. Denn das veränderte die Reihenfolge. Wobei sie den dritten Schuss natürlich auch erst am Schluss abgeben konnte. Eine Weile wägte sie ab, was die bessere Alternative war. Dann traf sie ihre Entscheidung, legte die Pistole, die sie für den Einbruch ins Hotel hatte verwenden wollen, beiseite und griff stattdessen nach dem Gewehr.

Auf der Bank saßen sich Pirmin und Rosita gegenüber. Rosita weinte. Pirmin nahm ihre Hand. Er hatte eine gewisse Härte in seine Worte gelegt. Weil er davon ausgegangen war, dass er anders nicht an sie herankommen würde. Doch nun – jetzt wo es zu spät war – sah er etwas in ihr, was ihm all die Jahre zuvor komplett verborgen geblieben war: Sie hatte ihre Tochter geliebt. Die Tochter, die sie nach und nach in seine Verantwortung abgeschoben hatte von dem Tag an, an dem sie zusammengekommen waren. Die sie bei ihm gelassen hatte, als sie gegangen war. Und von der sie ab diesem Moment allen erzählt hatte, dass sie ihr genommen worden war. Genau darauf hatte er sich berufen, als sie eben das Hotel verlassen hatten: „Das, was du immer behauptet hast – jetzt ist es wirklich so." hatte er gesagt und damit den kompletten Zweck seines Hierseins in zwei Sätzen erfüllt. Es war ihm wichtig gewesen, dass sie es wusste. Eigentlich nur für sein eigenes Gewissen. Doch nun erkannte er, dass es auch für ihr Gewissen hatte sein müssen. Sie war gar nicht die harte Frau, die sie immer vorgegeben hatte, zu sein. Sie hatte Gefühle, die nur den richtigen Anstoß gebraucht hatten, um an die Oberfläche zu gelangen. Ihm kamen selbst die Tränen bei dem Gedanken daran, wie gut es ihrer Tochter – die eigentlich immer mehr seine Tochter gewesen war, obwohl zwischen ihnen keine Blutsverwandtschaft bestanden hatte – getan hätte, hätte sie dies zu ihren Lebzeiten gewusst. Er dachte an seine Frau. Seine jetzige Frau. Seine richtige Frau. Die Frau, die für ihre Tochter zur Mutter geworden war. Sie waren eine Familie gewesen. Sie dagegen war allein geblieben. Hatte vielleicht ihren Spaß gehabt. Und trotzdem so viel verpasst. So viel bekommen. Und trotzdem auf so viel verzichtet. Mitleid stieg in ihm auf. Er wollte es irgendwie wieder gutmachen, dass er so grob vorgegangen war. Doch dazu kam er nicht mehr, denn in genau diesem Moment traf ihn eine Kugel zwischen den Augen. Er sackte nach vorne. Rosita stieß einen Schrei aus, der schnell wieder erstarb, als eine zweite Kugel in ihrem Hinterkopf einschlug. Auch sie sackte nach vorne. Und die beiden Menschen, die vor so langer Zeit einmal ein Paar gewesen waren, saßen da, als wäre es wieder wie damals. Als sie noch frisch verliebt gewesen waren.

Die Dienerin unterdrückte erneut einen Freudenschrei. Keiner der beiden war von der Bank gekippt. So wie sie da jetzt saßen, wirkten sie von außen, als würden sie sich einfach nahe sein wollen. Und dabei würde sie niemand stören wollen. Also konnte sie davon ausgehen, dass sie unentdeckt blieben, bis es zu spät war. Für sie selbst hieß das allerdings nicht, dass sie sich nun Zeit lassen konnte. Im Gegenteil: Jetzt kam der schwierige Part. Sie legte das Gewehr wieder an, blickte durch das Zielfernrohr, visierte den Gipfel des Berges an und feuerte den Schuss ab. Dann warf sie das Gewehr zur Seite, schnappte sich die Pistole und rannte los.

Der riesige Gesteinsbrocken war der Erde inzwischen so nahe, dann man ihn schon mit bloßem Auge erkennen konnte, wenn man ganz genau hinsah. Gavin und Sheryl taten das. Es waren nur noch wenige Tage, bis es soweit sein würde. Dann würden sie in die Rocky Mountains fahren und den Asteroiden aus nächstmöglicher Nähe sehen. Oder auch nicht, denn während sie ihn betrachteten, hatte Sheryl ganz stark das Gefühl, dass etwas nicht stimmte und bat Gavin, für die Nacht das Teleskop aus dem Schrank zu holen. Dort lagerte es seit einigen Wochen, da sie ihre Nächte inzwischen doch endlich mit genau dem verbrachten, worauf ihre Freunde jahrelang gehofft hatten: Sex. Ergeben hatte sich dies eher durch Zufall, als Gavin scherzhaft vorgeschlagen hatte, für die gemeinsame Nacht im Hotel zu üben. Aus dem Scherz war eine ernsthafte Überlegung geworden, aus dieser ein erster echter Test und bei diesem war eines zum anderen gekommen. Seitdem hatte sich vieles für sie verändert – vor allem ihre Sicht auf sich selber und die Welt. Es erschien ihnen alles so viel wertvoller und sie verbrachten kaum noch Zeit damit, über den Himmel und die Sterne zu reden. Damit, sie sich anzuschauen, zudem praktisch gar keine mehr. Aus den weiteren zaghaften Versuchen, sich körperlich näher zu kommen, war eine Beziehung geworden, in der sie deutlich spürten, wie sehr sie das in all den Jahren zuvor vermisst hatten und jede Nacht lebten sie das nun aus. Für sie war das wundervoll. Für viele andere dagegen schlecht. Denn die beiden standen zumindest in losem Kontakt zu vielen Astronomen auf beiden amerikanischen Kontinenten und hätten sie die Kursänderung des Asteroiden sofort mitbekommen, so hätten sie direkt alle gewarnt. Politik hin oder her. So allerdings bemerkten sie die Veränderung erst, als der Asteroid schon fast da war. Und die panischen Nachrichten, die Gavin anschließend in den diversen Foren postete, in denen sie sich mit den anderen austauschten, wurden zwar sehr ernst genommen, kamen aber trotzdem deutlich zu spät.

Einige Tage später hatte sich der Asteroid so weit genähert, dass alle, die sich ein wenig mit Geographie auskannten, Zweifel daran bekamen, ob die Regierung seine Flugbahn richtig berechnet hatte. Es gingen viele Anrufe und E-Mails bei diversen Behörden ein und da der Präsident inzwischen nicht mehr den Krieg als Vorwand für alles nehmen konnte, wessen er sich nicht annehmen wollte, trat er schließlich vor die Presse und gab offiziell bekannt, dass der Asteroid auf der Erde einschlagen würde. Dass man dies schon seit geraumer Zeit wusste und auch bekannt war, wo. Dass man die dortigen Regierungen informiert habe und hoffe, dass diese entsprechende Maßnahmen ergriffen. Er hatte zunächst vorgehabt, den Ort des Einschlags nicht näher zu konkretisieren, doch ein Blick in die Gesichter der Journalisten zeigte ihm, dass das nicht umsetzbar war. So wandte er sich in einem improvisierten Appell direkt an die Regierungen aller Länder Südamerikas und bot ihnen nochmals – vor den Augen der ganzen Welt – seine Hilfe an.

In diesen Ländern war durch die Informationen der amerikanischen Wissenschaftler schon so einiges passiert, das allerdings von den Regierungen geheim gehalten worden war, um Panik in der Bevölkerung zu verhindern. Durch die Neuigkeiten, die Gavin im Internet verbreitete, änderte sich dies ein wenig, doch genau wie er und Sheryl hatten viele ihrer Kollegen in den entsprechenden Ländern nur einen sehr kleinen Freundeskreis. So wurde sich der Großteil der Menschen dort erst, als sie den amerikanischen Präsidenten im Fernsehen sahen, gewahr, in welcher Gefahr sie schwebten. Natürlich hatten auch sie den schwarzen Punkt längst bemerkt, der seit geraumer Zeit am Himmel zu sehen war und der von Tag zu Tag grösser wurde. Sie hatten ihm jedoch keinerlei Bedeutung beigemessen. Dies änderte sich nun schlagartig.

Es entstand genau die Panik, die die Regierungen hatten verhindern wollen. Zu tausenden flohen die Menschen aus ihren Häusern in Richtung Norden und Süden in der Hoffnung, dem Einschlag entgehen zu können. Jegliche Worte der Beruhigung, die die Regierungschefs dieser Länder nun rund um die Uhr in Fernsehen und Radio übertrugen, blieben dabei ungehört. Die Menschen wollten einfach nur noch weg. Und behinderten sich dabei gegenseitig. Keine der Straßen, die sie versuchten zu nehmen, war für derartiges Verkehrsaufkommen ausgelegt. Und diejenigen, die es zu Fuß probierten, kämpften hart mit den Tücken der Natur. Trotzdem gaben sie nicht auf. Das Leben war ihnen lieb und teuer. Und sie gedachten alle, es sich zu erhalten. Sich und denen, die ihnen am Herzen lagen.

Der Asteroid trat währenddessen in die Erdatmosphäre ein und die Reibung sorgte dafür, dass er sich stark erhitzte. Dadurch splitterten viele kleine Steinchen von ihm ab, die bei einem normalen Wurf auf der Erde wahrscheinlich maximal einer Fensterscheibe hätten gefährlich werden können, bei dieser Geschwindigkeit aber zu tödlichen Geschossen werden konnten. Die Gesamtgröße des Asteroiden verringerte sich dadurch ein wenig, allerdings bei weitem nicht genug, um seine Gefahr für die Erde zu verringern.

Inzwischen war er so nahe, dass er in großen Teilen des Kontinents die Sonne verdunkelte. Und immer noch waren die Menschen auf der Flucht. Die Möglichkeiten, die zur Verfügung standen, waren sehr begrenzt. Bis ein paar Tage zuvor waren regelmäßig Flugzeuge Richtung Nordamerika oder Australien abgeflogen und jeder, der es sich hatte leisten können und schnell genug gewesen war, hatte einen Platz an Bord ergattert. Doch es kamen keine Flugzeuge mehr zurück und so lagen die Flughäfen irgendwann einsam und verlassen da und auch diese Option war erschöpft. Viele, die es zunächst mit dem Auto versucht hatten, hatten dies mittlerweile aufgegeben. Ihre Fahrzeuge mitten in den kilometerlangen Staus stehenlassen und sich zu Fuß auf den Weg gemacht. Es glich fast einer Völkerwanderung, wie die Menschen querfeldein von dannen zogen. Immer noch von einem letzten Fünkchen Hoffnung erfüllt, es irgendwie in Sicherheit zu schaffen.

Und dann schlug der Asteroid ein. Er hatte einen Durchmesser von fast 75 Kilometern und traf das Gebiet, in dem Bolivien, Brasilien und Paraguay aneinandergrenzten. Binnen Sekunden stand im Umkreis von mehr als 120 Kilometern alles in Flammen und eine riesige Druckwelle walzte vom Einschlagspunkt aus kreisförmig davon und zerstörte über 230 Kilometer weit alles, was ihr in den Weg kam. Die vielen kleinen Steine regneten wie überdimensionaler Hagel auf die umliegenden Regionen herab und richteten bis hinunter nach Argentinien weiteren großen Schaden an. Der Asteroid selbst sackte in einen über 40 Kilometer tiefen Krater ab. Sein Aufprall setzte zudem eine Kettenreaktion in der Erdkruste in Gang, die die tektonischen Platten in Bewegung brachte. Über mehrere Tage hinweg gab es auf dem ganzen Kontinent starke Erdbeben, die Häuser und Brücken zum Einsturz brachten. Kraftwerke explodierten, Dämme fielen in sich zusammen. Es war die größte Katastrophe, die die Menschheit seit der Sintflut erlebt hatte.

Erst viele Wochen später, nachdem sich der Staub vollständig gelegt hatte, sollten die Regierungschefs der betroffenen Länder, die sich natürlich rechtzeitig in Sicherheit gebracht hatten, eine Bestandsaufnahme machen. Deren Abschlussbericht besagte, dass die Anzahl der Todesopfer nicht einmal geschätzt werden konnte, man aber davon ausging, dass sie im hohen sieben- wenn nicht gar achtstelligen Bereich lag. Und dass weite Teile des Kontinents auf lange Sicht gar nicht mehr oder nur mit aufwändigen und teuren Maßnahmen wieder bewohnbar zu machen waren. Die Flüchtlinge zogen derweil in stetigen Strömen in Gebiete, die unberührt geblieben waren – hauptsächlich nach Nordamerika. Wo man eigentlich ganz andere Prioritäten hatte, als sich um sie zu kümmern.

Gavin und Sheryl waren doch in die Rocky Mountains gefahren. Weil sie das Hotelzimmer nicht mehr kostenfrei hatten stornieren können. Dort saßen sie vor dem Fernseher und waren entsetzt über die Bilder der Zerstörung, die sich ihnen boten. Gleichzeitig waren sie enttäuscht, weil ihnen ein wunderbares Schauspiel entgangen war, auf das sie sich sehr gefreut hatten. Auch den Namen ‚Runkmeyer-Pietry-Asteroid' mochten sie nun nicht mehr hören. Es war kein schönes Gefühl, in Verbindung mit etwas so Schlimmem zu stehen. Und da sie von Schreckensbildern seit dem Krieg wirklich genug hatten – sie einfach nicht mehr sehen wollten – schalteten sie den Fernseher ab und gaben sich stattdessen ihren Gefühlen hin. Und freuten sich darüber, dass der Asteroid zumindest eine gute Sache mit sich gebracht hatte.

174

Auch in Deutschland bekam man die Auswirkungen des Einschlags zu spüren. In Form einer Welle von Flüchtlingen, wie sie das Land zuvor noch nie gesehen hatte. Sie kamen nicht speziell hierher. Sie kamen einfach nach Europa. Mit jedem Schiff, das vom amerikanischen Kontinent hinüberfuhr. Die Regierung richtete Notlager ein und stellte Gelder bereit. Doch die Anzahl der Menschen war so groß, dass das nur ein Tropfen auf den heißen Stein war.

In Frankfurt merkte man davon jedoch kaum etwas. Zwar saß die Regierung nach wie vor hier, allerdings kamen die Flüchtlinge in den Hafenstädten an und wurden daher innerhalb der nahegelegenen Regionen verteilt. In denen auch die Kirchen fleißig mithalfen. Mit Unterkünften, Essen und Kleidung. Wofür man in erster Linie Miguel danken musste, der sofort nach der Katastrophe einen Krisenrat aller Kirchenführer einberufen hatte, bei dem schnell und unkompliziert eine Menge Maßnahmen beschlossen worden waren, für die jede Kirche für sich oder gar der politische Apparat diverse Wochen benötigt hätten. Seine Assistentin kümmerte sich um die Umsetzung dieser Maßnahmen. Keiner wusste, wer sie war, denn sie erledigte ihre Arbeit ausschließlich per E-Mail oder Telefon und ging persönlichen Gesprächen konsequent aus dem Weg. Sie begründete dies damit, das bisschen Privatleben, das ihr neben dieser Aufgabe noch blieb, ungestört verbringen zu wollen und niemand nahm ihr das übel. Denn alle waren froh, dass er so eine kompetente Hilfe zur Seite stehen hatte. Es war also alles weitestgehend im Griff und auch die drei Freunde befassten sich daher nur am Rande damit. Sie alle hatten andere Sorgen. Oder besser gesagt: nicht mehr.

175

Annie ging es besser, weil sie jeden Morgen mit dem Gefühl erwachte, dass das Leben wieder in Ordnung war. Dass all die Tragödien sie nur stärker gemacht hatten. Und dass sie daher in der Lage war, auch jede weitere Tragödie zu meistern. Darüber hinaus hatte Katiana ihr bei ihrem letzten Treffen einen Gedanken mitgegeben, der eine Menge weiteren Trost gebracht hatte: Ihre Eltern mochten tot sein, aber sie waren auch bei Gott. Dort ging es ihnen gut. Und sie – Annie – würde sie dort wiedersehen. Es war ihr fast ein wenig unheimlich, als sie merkte, dass sie sich darauf regelrecht freute. Einen schlimmen Moment fragte sie sich, ob sie vielleicht wieder Selbstmordgedanken hatte. Doch dann schob sie das beiseite und rügte sich selbst für diesen Blödsinn. Es war bestimmt nicht ungewöhnlich, dass einem der Gedanke, seine Liebsten im Himmel zu treffen, Freude bereitete. Sie da oben freuten sich darauf schließlich auch.

176

Z ging es besser, weil er den Eindruck hatte, seinen Fokus geradegerückt zu haben. Er tat sich nach wie vor schwer, mit anderen über sein Innenleben zu reden, doch da Jakob jetzt wieder voll und ganz Pastor war, der wie früher den Zustand seiner Mitglieder am Gesicht ablesen konnte, führte er mit ihm zwei sehr wertvolle Gespräche, die ihm viel von seinen

Schuldgefühlen nahmen und ihn außerdem in dem Glauben stärkten, dass er es wirklich eines Tages verdaut und verarbeitet haben würde. Damit einher ging die Erkenntnis, dass er mit allem Neuen bis zu diesem Tag warten musste. Was ihn überhaupt nicht störte. Denn wenn er heil war, konnte es auch gelingen. Und das war es ja, was er wollte.

177

Geraldine ging es besser, weil der Tag näher rückte, die sie auserkoren hatte, Nils die Rückkehr zu erlauben. Die Suche der Polizei hatte nichts ergeben, doch es war schon länger kein Zettel mehr im Briefkasten gewesen und am dritten Tag ohne hatte sich Geraldine eben jene Grenze gesetzt: zwei Wochen frei davon und sie würde ihr Heim offiziell wieder für sicher erklären. Und Nils anrufen, dass er zurückkommen konnte. Davon war sie nicht mehr weit entfernt. Und zählte jeden Tag in freudiger Erwartung herunter – immer in dem Moment, wenn sie den Briefkasten öffnete und ihn leer fand – von der normalen Post mal abgesehen.

178

Daneben liefen die Visionen weiter. Mit blendendem Erfolg. Nicht nur, was die Austreibungen an sich anging, sondern auch, was die Arbeit ihrer drei Unterstützer anging. So gut wie jeder, den sie befreiten, meldete sich hinterher bei ihnen und ließ sich weiterhelfen. Davon berichteten sie sich inzwischen jeden Sonntag im Gottesdienst. Den sonstigen Abstand behielten sie nach wie vor bei. Aber sie spürten alle, dass das nicht mehr lange notwendig sein würde. Eine gewisse innere Annäherung fand bereits statt. Sie hatten nur alle keinen Bedarf, es zu überstürzen.

179

„Eure Zeit ist um. Was habt ihr vorzuweisen?" Luzifer blickte seine drei Untergebenen herausfordernd an. Doch ihnen war klar, dass es nur eine rhetorische Frage war. Er war immer über alles informiert. Und wollte wahrscheinlich nur testen, ob sie versuchten, sich herauszureden. Was sie dementsprechend nicht taten:

„Sie sind noch nicht soweit."

„Ihr wisst, was das heißt."

„Wir..."

„Am liebsten würde ich euch aufschlitzen." Seine Stimme war kaum mehr als ein Flüstern, „wenn das ginge. Halt – es ginge ja sogar. Aber nein. Ich will sie einfach zu dringend. Ihr seid die Einzigen, die sie beschaffen können. Nach mir selbst. Aber ich... so nah bei ihnen... schon bei dem Gedanken wird mir schlecht. Nein. So gerne ich euch jegliche Strafe angedeihen lassen wollen würde – bevor ich euch zurück hinter das Tor schicke – ist doch das Verlangen nach ihnen größer. Also macht weiter. Mit Erfolg. Endlich."

„Natürlich."

„Sagt mir, was ihr gemacht habt."

Die Dämonen wechselten unbehagliche Blicke: „Wir... also... wir..."

„Es ist doch ganz offensichtlich, dass eure Taktik nicht funktioniert. Also sagt sie mir. Damit ich sie verbessern kann."

„Also zunächst mal..." Einer der Dämonen richtete sich auf, „arbeitet jeder von uns für sich."

„Natürlich." schnaubte Luzifer, „das hätte ich mir denken können."

„Ich wollte das nicht." erklärte einer der anderen Dämonen laut, „ich wollte ein Team. So wie wir das zuletzt auf der Erde gemacht haben."

„Weil das auch so prächtig funktioniert hat." kommentierte das der dritte Dämon und Luzifer gebot ihnen mit einer Geste, zu schweigen:

„Gar nichts hat funktioniert. Bei keinem von euch."

Der erste Dämon funkelte die anderen beiden wütend an: „Ich will nicht als Versager gelten, nur weil wir nicht alle drei bekommen haben. Also nimmt jeder einen. Wenn ich es schaffe – bleibe ich. Auch wenn die beiden es nicht schaffen."

„Das weißt du so genau?" hakte Luzifer samtweich nach.

Der Dämon erstarrte: „So hatte ich es verstanden."

„So hatte ich es aber nicht gesagt."

„Was heißt das?"

„Erstmal nichts." würgte Luzifer ihn ab, „los – erzählt."

Wieder sahen sich die drei Dämonen an. Keiner wollte den Anfang machen. Bis Luzifer schließlich auf einen von ihnen deutete – und er keine Wahl mehr hatte:

„Wir haben uns jeder einen von ihnen vorgenommen. Und versucht, ihre Schwächen auszunutzen."

„Ihre Schwächen."

„Bei Geraldine ist es die Angst. Um ihre geliebten Menschen. Damit wollte ich sie kriegen. Ich habe mir jemanden gesucht. Der bedrohlich aussieht. Habe ihn ihr über den Weg laufen und Botschaften schreiben lassen."

„Das klingt ja wirklich sehr bedrohlich." spottete Luzifer.

„Am Anfang hat es funktioniert." verteidigte sich der Dämon, „sie ist schier zerflossen vor Angst. Ist immer paranoider geworden. Aber dann..."

„Ja... ,Aber dann'. Das ist es, wovor mir immer graut."

„Sie hat ihren Mann und ihre Eltern weggeschickt. Und seitdem..." Der Dämon sackte in sich zusammen, „geht es nicht mehr."

„Natürlich nicht." erwiderte Luzifer genervt, „weil sie ihre Angst auf ganz einfache Weise abstellen konnte. Was dachtest du denn? Dass sie den Typen mit der Axt erschlägt?"

„Es war eine Idee. Sie hat Gott die Schuld gegeben."

„So?"

„Das habe ich ihr eingeflüstert."

„Eingeflüstert." wiederholte Luzifer noch genervter.

„Ich kann nicht in sie rein. Wenn sie mich bemerkt, habe ich keine Chance. Aber ich habe sie von außen beeinflusst, so gut es ging. Nacht für Nacht."

„In der Nacht."

„Die anderen können uns auch sehen." erinnerte ihn der Dämon, „wir müssen Abstand wahren."

„Müsst ihr. Verstehe. Nun gut. Du schonmal nicht. Der nächste?" Diesmal deutete Luzifer gleich und der Dämon, den es traf, verlor keine Zeit:

„Ich habe im Grunde das gleiche gemacht. Bei Annie. Ich wollte ihre Unsicherheit nutzen. Sie nagt immer noch an dem, was ich mit ihr gemacht habe."

„Ja... deine glorreiche Vergangenheit. Was bringt sie dir?"

„Ich habe ihr eingeflüstert, dass alles Schlechte, was ihr widerfährt, durch Gott entstanden ist. Und sie ohne ihn besser dran wäre."

„Wie realistisch." stieß Luzifer hervor.

Nun begann auch der zweite Dämon, sich zu rechtfertigen: „Sie dachte das schon vorher. Ich musste es nur verstärken."

„Und hast du?"

„Zuerst."

„Lass mich raten: Aber dann..."

„Sie hat einfach zu viele Leute, die gut auf sie einreden. Tagsüber. Wenn ich nichts machen kann."

„Nichts machen kann." Luzifer gab ein lautes Stöhnen von sich.

„Bei ihr ist es auch so, dass..."

„Ja. Ja. Ja." unterbrach Luzifer ihn, „ihre Stärken, eure Schwächen. Wie ich davon die Schnauze voll habe. Will ich noch einen Versagensbericht hören? Muss ich wohl. Auf, auf."

Der dritte Dämon zögerte: „Ich habe ihm eine Frau vorbeigeschickt."

„Eine Frau."

„Er hatte sein Leben lang Probleme mit Sex. Zwei Frauen, die er miteinander betrogen hat. Im Grunde. Die sind beide weg. Ich dachte, das hält er nicht lange durch. Also habe ich eine betört. Dass sie ihn betört."

„Und das wollte er nicht." Luzifer lachte hämisch, „sowas aber auch."

„Er..." Wieder ein Zögern, „war sehr nett zu ihr. Sie haben sich sogar geküsst."

„Geküsst, oh. Die größte aller Sünden. Und sonst?"

„Sonst ist nichts passiert."

Luzifer wandte sich ab und ließ sie allein. Sie überlegten einen Moment, ob das hieß, dass sie gehen durften. Dann hörten sie einen schmerzerfüllten Schrei. Und dann noch einen. Und noch einen. Und beschlossen, lieber doch zu bleiben. Und zu warten. Was sie auch nicht lange tun mussten. Denn nach mehreren weiteren Schreien war Luzifer wieder da:

„Ich musste mich abreagieren. Ihr seid eine Schande. Wisst ihr das? Für mich. Für das ganze Universum. Widerlich. Armselig. Erbärmlich. Allein für euch müsste ich ein weiteres Tor hinter dem Tor bauen. Vielleicht mache ich das auch. Wenn ihr nicht mit Ergebnissen zurückkommt."

Die Dämonen begannen zu zittern: „Aber was...?"

„Was ihr falsch gemacht habt? Alles. Einfach alles. Über Jahrtausende hinweg habe ich mich von den Menschen ferngehalten, während ihr ganz nah bei ihnen wart. Und trotzdem kenne ich sie besser als ihr. Was euer Fehler ist? Ihr schaut nicht nach. In sie rein. Das könnt ihr – glaubt mir. Auch ohne sie einzunehmen. Sie tragen ihre Gefühle auf der Stirn mit sich herum. Und bei den dreien da kann ich sie euch sogar sagen ohne, dass ich mich ihnen nähern muss. Von hier aus. Geraldine: musste mit ansehen, wie ihre beiden Freunde alles und jeden verloren haben. Natürlich sorgt sie sich um ihre eigene Familie. Aber geht sie deswegen in die Offensive und greift ihre Feinde von sich aus an? Nein. Natürlich nicht. Weil sie weiß, dass ihre einzige Stärke im Kampf gegen uns liegt. Und nicht im Kampf gegen ihresgleichen. Dort wird sie immer den Kürzeren ziehen. Weswegen sie dort auch immer den defensiven Ausweg wählen wird. Sie versteckt sich. Und ihre Leute. Wartet ab. Und hofft, dass die Gefahr vorübergeht. So einfach ist das. Annie: Unsicherheit. Natürlich hat sie die. Natürlich verdankt sie das dir. Aber was bewirkt Unsicherheit? Dass man unsicher ist. Und jetzt weiß sie, dass sie das ist. Jetzt weiß sie, dass ihr halbes Leben eine Lüge ist. Und was macht sie da? Sie stellt alles in Frage. Nicht nur von damals. Auch von heute. Alles, was in ihrem Kopf ist – oder in ihren Kopf kommt – wird durchgekaut. Und das wieder und wieder und wieder. Sie wird nichts mehr einfach so glauben. Und auch das verdankt sie dir. Und dementsprechend macht sie das Einzige, was in so einer Situation vernünftig ist: Sie holt sich Rat bei anderen. Ihre Meinungen. Ihre Erkenntnisse. Und die nimmt sie dann für sich. Weil sie sich der Gedanken anderer sicherer sein kann als ihrer eigenen. Und dann Z: Ja. Z. Ein Mann. Ein Mann will Sex. Immer. Überall. Ist das wirklich alles, was ihr über Männer gelernt habt? In all der Zeit? Bei all euren Aufträgen? Dass Männer einen Drang haben, sich fortzupflanzen? Männer sind auch Menschen. Und haben Gefühle. Die mögen des Öfteren unter anerzogener oder antrainierter Härte verschwinden – aber sie sind da. Und wie fühlt sich ein Mann, der gerade die beiden Frauen verloren hat, mit denen Sex hatte? Die beiden einzigen Frauen, mit denen er Sex hatte? Zwischen denen er sich sein halbes Leben lang nicht entscheiden konnte? Die er beide besitzen wollte und nun beide verloren hat? Geht so ein Mann hin und sagt: ‚Dann tröste ich mich eben mit irgendeiner Fremden – Hauptsache, ich habe wieder Sex'? Nein. Natürlich nicht. Ganz im Gegenteil. Er trauert. Um sie. Um die eine. Um die andere. Und das letzte – das allerletzte – was er will, ist Sex. Weil es ihn an sie erinnert. Weil das das ist, was er mit ihnen hatte. Und auch immer noch mit ihnen haben will. Er will nichts Neues. Er will das Alte zurück. Das ist der Mensch. Das alles. Und das ist gar nicht mal schwer. Man muss es nicht mal mögen. Man muss es einfach nur verstehen. Ich mag es nicht. Es schaudert mich. Solche Gedanken zu denken. Aber ich tue es trotzdem. Weil es der Schlüssel dazu ist, sie kleinzukriegen. Wenn ihr das versteht, versteht ihr sie. Und wenn ihr sie versteht, besiegt ihr sie."

„Dann sag uns, was wir tun sollen."

„Das, was ihr tun solltet, könnt ihr nicht mehr tun. Denn im Grunde habt ihr euch verraten. Sie mögen nicht konkret wissen, dass ihr dahintersteckt. Schließlich wähnen sie euch vertrieben. Aber das ist auch vollkommen egal für sie. Denn wenn sie sich zusammensetzen und die Erlebnisse der letzten Wochen durchsprechen, werden sie ganz schnell darauf kommen, dass sie alle versucht worden sind. Das kennen sie bereits. Das ist nicht schwer zu durchschauen. Also nützt es nichts mehr, für jeden von ihnen einen wirklich passenden Ansatzpunkt zu finden. Nein. Wir – das heißt: ihr – habt keine andere Wahl, als auf die Methode zurückzugreifen, die wir aufgegeben haben, als der Mensch mit Denken anfing."

„Rohe Gewalt." rief einer der Dämonen aus.

„Ah – das kennt ihr noch."

„So lange ist es noch gar nicht her." bemerkte einer der anderen Dämonen.

„In meinen Augen – viel zu lange." brummte Luzifer gereizt, „weswegen es eigentlich sogar ein ganz schöner Gedanke ist."

„Wir dürfen sie also foltern." folgerte der dritte Dämon, „und dadurch gefügig machen."

„Ja. Dürft ihr. Müsst ihr. Und bitte – gemeinsam diesmal. Wenn wieder jeder von euch alleine versucht, an sie ranzugehen, seid ihr schneller wieder hier, als euch lieb ist. Und mir erst recht. Also tut einmal etwas Vernünftiges und rauft euch zusammen."

„Aber sie können uns austreiben." setzte der zweite Dämon an, „und dann..."

„...landet ihr wieder da, wo ihr eigentlich jetzt schon hingehört." unterbrach Luzifer ihn ungehalten, „ich denke, ihr seid gut im Flüstern. Also flüstert gefälligst."

„Aber das hat nichts..."

„Nicht zu ihnen, ihr Versager. Sucht euch andere. Menschen. Die uns wohlgesonnen sind. Ihr alle hattet Diener zum einen oder anderen Zeitpunkt. Davon gibt es doch noch mehr, oder nicht? Gerade jetzt. Wo Jesus sich als Fälschung herausgestellt hat. Da sind so viele zu uns übergelaufen."

Die Dämonen blickten unsicher drein: „Warst du nicht letztes Mal sauer, dass...?"

„Ich wollte die Gottgläubigen." erklärte Luzifer, „nicht die, die sowieso schon abtrünnig waren. Es betet mich keiner jetzt an, der vorher Gott angebetet hat. Nur solche, die vorher niemanden angebetet haben. Das war der Plan. Sie von Gott weg zu mir hin zu kriegen. Das wollte ich. Das habe ich nicht bekommen. Die anderen... waren schon da, bleiben auch da. Sie sind lediglich offener geworden. Bringt mir kaum was. Aber euch jetzt eine ganze Menge. Also..."

„Wir sind schon auf dem Weg." Eilig drehten die Dämonen sich um und sahen zu, dass sie wegkamen.

„Und das nächste Mal, wenn ich euch rufe, bringt ihr sie mit." brüllte Luzifer ihnen hinterher, „oder ihr könnt gleich da hinten durch das Tor schleichen. Ohne ein einziges Wort von mir."

180

Es war fast wie damals, als sie sich zum ersten Mal getroffen hatten. Sie drei – alleine in Christophers Haus. Sich mehr oder weniger fremd. Damals mehr, heute weniger. Und dennoch irgendwie nicht mehr so nah, wie in der Zeit zwischendrin.

„Es ist schön, euch wiederzusehen." Annie lächelte den anderen beiden zu, „so... privat."

„Gleichfalls." gab Z zurück.

„Es ging mir ziemlich schlecht – eine Zeitlang. Danke, dass ihr mir das nachgesehen habt."

Geraldine seufzte: „Du warst nicht die Einzige."

„Jetzt geht es mir besser." erklärte Annie freudig und Geraldine schloss sich an:

„Mir auch."

„Und trotzdem habe ich den Eindruck, dass wir umeinander rumtanzen, wie Teenager beim ersten Date." Z rieb sich das Kinn, „machen wir es doch einfach: Wollen wir uns gegenseitig erzählen, was los war? Oder nein?"

„So jetzt gleich am Anfang?" Geraldine schüttelte den Kopf, „nein."

„Gut – bin ich dabei. Annie?"

„Ich hätte." erwiderte diese, „aber es muss auch nicht sein. Sowieso... ich bin damit durch."

Geraldine wiegte den Kopf hin und her: „Ich noch nicht ganz. Aber bald."

„Bald." wiederholte Z mit hochgezogenen Brauen.

„Naja – gedanklich schon. Aber... ich sage zumindest so viel: Nils und meine Eltern sind wieder weg. Ein paar Tage noch. Dann kommen sie zurück. Und dann... ist alles wieder normal."

„Das freut mich." Z warf ihr einen aufmunternden Blick zu – auf den hin sie das Thema wechselte:

„Glaubt ihr, Christopher kommt zurück?"

„Irgendwann bestimmt auch." antwortete Annie.

„Was machen wir dann?"

„Weiter wie bisher." antwortete Z.

Geraldine schürzte die Lippen: „Fühlt sich irgendwie komisch an."

„Ja, das tut es." stimmte Z ihr zu, „und ich kann dir auch sagen, warum."

„Dann sag: Warum?"

„Weil der große Klimax vorbei ist."

Geraldine runzelte die Stirn: „Ist das was Schweinisches?"

„Ausnahmsweise nicht." erwiderte Z, was Annie zum Lachen brachte:

„Ausnahmsweise."

„Ich meine einfach nur: Wir hatten eigentlich nie eine Zeit, in der wir über einen längeren Zeitraum einfach nur unsere Arbeit gemacht haben. In dieser Besetzung schon gar nicht."

„Besetzung?" wiederholte Annie auch das – diesmal jedoch fragend.

„Na, dass wir alle einfach so rausgehen." fuhr Z daher fort, „am Anfang konnte jeder genau eine Sache. Die haben wir lange geübt und irgendwann damit gearbeitet. Dann sind wir reich und berühmt geworden und plötzlich war es vorbei. Dann fing es wieder an – so wie es jetzt ist. Und wir mussten es heimlich tun. Bis vor kurzem. Und praktisch die ganze Zeit über lief nebenher dieser Plan. Immer wieder kam irgendwas dazu. Ein Schnipp hier, ein Schnapp da. Visionen von Dämonen – reimt sich nur aus Versehen – Visionen von Engeln. Alles hat sich darum gedreht. Und jetzt? Ist das alles vorüber. Rum. Schluss – Aus – Ende. Wir haben unsere Gaben immer noch. Und machen das, was wir von Anfang an tun sollten. Aber im Grunde zum ersten Mal richtig."

Annie kratzte sich am Kopf: „Ich verstehe immer noch nicht, warum das schlecht sein soll."

„Ist es doch gar nicht. Ganz im Gegenteil. Aber es fühlt sich seltsam an. Es ist die Ruhe nach dem Sturm. Wenn nichts mehr kommt. Damals haben wir gedacht, das wäre das Einzige, was wir tun sollen. Dem war nicht so. Jetzt auf einmal ist es wirklich das Einzige, was wir tun sollen. Das kommt mir auch komisch vor. Ich warte ständig darauf, dass irgendwo eine Bombe platzt – bildlich gesprochen. Wir sind über Jahre hinweg von einem Drama ins nächste gestolpert. Und auf einmal ist Stille. Die kann einem ja nur unangenehm sein."

„Also ist das jetzt unser Leben?" hakte Geraldine nach, „Visionen erledigen und sonst nichts?"

„Ja. Und wisst ihr was?" Zs Augen begannen zu leuchten, „so gewöhnungsbedürftig ich das momentan noch finde, so sehr bin ich mir sicher, dass ich es bald schon sehr schön finden werde. Überlegt mal: Wir sind finanziell abgesichert. Wir haben unser Hauptquartier und trotzdem jeder eine Wohnung. Wir..."

„Äh..." machte Annie dazwischen.

„Du bist nur zu faul, eine zu suchen." zog Geraldine sie auf, „wir helfen dir gerne."

„Okay…" Annie verzog leicht angesäuert das Gesicht – doch Z war nicht mehr zu bremsen:

„Wisst ihr noch, was wir damals überlegt haben, wie das laufen könnte? Immer mal ein Auftrag und den Rest der Zeit zur freien Verfügung? Das haben wir jetzt."

Geraldine war immer noch nicht überzeugt: „Es fühlt sich so leer an."

„Es fühlt sich deshalb leer an, weil wir nicht mehr gewohnt sind, Zeit zu haben. Zumindest nicht mit gutem Gewissen. Wir müssen lernen, sie zu füllen. Halt nicht mit Mord und Totschlag, sondern mit Ruhe und Frieden. Und Freuden und Familie."

„Familie." Geraldine blickte Z bedrückt an – und dieser blickte fröhlich zurück:

„Ihr seid meine Familie. Dafür müssen wir nicht blutsverwandt sein."

„Das ist nett, Z." sagte Annie leise, „was sich auch nur aus Versehen reimt."

Z kicherte: „Und genau deswegen finde ich auch…" Er brach ab, als sein Handy klingelte und drehte sich ein wenig zur Seite: „Hallo? … Oh, Monique, das ist aber eine… Ein Wort? … Ah. … Aha. … Okay. … Ja. … Danke. … Danke, dir auch." Er legte auf und die beiden Frauen sahen ihn erwartungsvoll an:

„Monique?"

„Sie hatte ein Wort für mich." erklärte Z mit einem seltsamen Ausdruck im Gesicht, „so als… prophetisch Begabte… und so. Aber das… ist privat. Fällt in die Ecke, des momentan nicht erzählens. Zumal ich so spontan eh nicht weiß, was es bedeutet. Okay?"

„Klar." nickte Geraldine hastig, „vollkommen okay."

„Gut. Wo war ich?"

Geraldine überlegte kurz: „Du findest was."

„Auch." ergänzte Annie.

Z überlegte länger: „Ich finde was? Ich finde auch was? Ich finde auch? Ja… jetzt: Ich finde auch, dass wir die Zeit, die wir gemeinsam verbringen, nicht damit vergeuden sollten, auf Biegen und Brechen nach einem arbeitsbezogenen Thema zu suchen, mit dem wir uns intensiv auseinandersetzen können. Sondern dass wir einfach überlegen sollten, wozu wir Lust haben, und das dann tun. So wie normale Leute. Vielleicht hätte ich den Satz einfach sagen sollen statt der ellenlangen Erklärung: Wir sind jetzt normale Leute. Mit Gaben, die so sind wie für andere ihr Job."

„Eis essen." schoss Annie blitzschnell heraus.

Geraldine war ihr dicht auf den Fersen: „Tee trinken."

„Das schließt sich nicht gegenseitig aus." grinste Z, „gibt's sogar im gleichen Laden."

„Dann nichts wie los." Annie sprang auf, „bevor es dunkel wird."

Z prustete los: „Es wird in ungefähr acht Stunden dunkel."

„Der Weg zu Eisdiele ist weit. Und ihr seht beide nicht so aus, als wärt ihr körperlich fit."

„Aber du." gab Geraldine zurück.

Annie klopfte sich erst auf den Bauch und dann auf den Oberschenkel: „Ich trainiere. Täglich."

„Was denn? Stillhalten?"

Annie blickte Geraldine herausfordernd an: „Machen wir ein Wettrennen. Von hier bis zur Eisdiele. Dann sehen wir ja, wer stillhält und wer nicht."

„Ich bin Schiedsrichter." entgegnete diese achselzuckend und Annie brach in Gelächter aus:

„Das will ich sehen."

„Was gibt es da zu sehen?"

„Als Schiedsrichter musst du den Start und das Ziel überwachen."

Ein weiteres Zucken: „Dann fahre ich zwischendrin eben mit dem Auto."

„Ich glaube, wir gehen ganz normal." entschied Z und deutete dann auf Geraldine, „und schleifen sie in der Mitte mit."

Annie seufzte übertrieben: „Darauf wird es hinauslaufen."

„Laufen vor dem Essen ist ungesund." brummte Geraldine.

Annie packte ihren linken Arm und zog: „Das ist ein dummer Spruch."

„Stammt aus einem Bauernkalender." Geraldine rührte sich nicht.

Z packte ihren rechten Arm und zog ebenfalls: „Dann war es ein dummer Bauer."

„Mit dicken Kartoffeln." Geraldine kam langsam auf die Füße.

Und Annie verdrehte die Augen: „Gehen wir lieber – bevor das Eis kalt wird."

„Der war noch dümmer." stellte Geraldine trocken fest.

„Höchstens 2%."

181

Der Mann saß vor seinem Altar und betete. Zu seinem Herrn. Von dem er wusste, dass er der einzig wahre Herr war. Auch wenn er dafür bisher keinerlei Bestätigung erhalten hatte. An diesem Tag sollte er sie erhalten. Mehr noch: Seine Gebete wurden erhört. Er wurde erwählt. Für eine Aufgabe. Eine sehr wichtige. Der Mann spürte, wie sich etwas in ihm veränderte. Er konnte es nicht wirklich beschreiben. Aber es fühlte sich gut an. Kraftvoll. Dann hörte er die Stimme zum ersten Mal:

„Willst du mir dienen?"

„Natürlich." flüsterte er, „immer."

„Das ist gut. Dann übernehme ich dich nicht vollständig."

„Auch das darfst du. Wenn du willst."

„Wir werden sehen, ob es notwendig ist. Zieh dich an. Aber auf keinen Fall schwarz. Wir wollen nicht auffallen."

„Wo gehen wir hin?" fragte er.

„Das lerne gleich zu Beginn: Keine überflüssigen Fragen."

„Natürlich." erwiderte er erschrocken, „niemals."

„Dann tu es. Sofort. Die Zeit drängt. Wie müssen uns mit den anderen treffen."

„Anderen." wiederholte er – und setzte hastig hinzu: „Das war keine Frage."

„Gut. Sehr gut. Beeile dich."

Der Mann stand auf, ging ins Schlafzimmer an den Kleiderschrank und suchte sich Kleidung heraus. Dann verließ er seine Wohnung.

182

Die Frau fuhr gerade von der Arbeit heim und hörte laut Musik. Sie trommelte dazu auf dem Lenkrad herum. Ein Zucken durchlief sie – gefolgt von einer Stimme, die ihren Namen rief. Und sie damit so sehr erschreckte, dass sie fast gegen eine Straßenlaterne fuhr. Sie stellte die Musik ab, hielt am Bordstein, und blickte sich um:

„Hallo?"

„Du hörst mich. Gut."

Verstört rieb sie sich die Augen: „Wer spricht da?"

„Der, zu dem du sprichst, wenn du alleine bist."

„Satan."

„Sein Stellvertreter. Er selbst... ist verhindert."

Sie richtete sich auf: „Wie kann ich dir dienen?"

„Gleich die richtige Frage. Das ist fein. Fahr nicht nach Hause. Dreh bei der nächsten Gelegenheit um. Ich habe einen Auftrag für dich."

„Wirst du mich begleiten?"

„Das habe ich vor."

„Werde ich Dinge tun, die man sonst nicht tut?"

„Ganz sicher."

„Werde ich Ärger dafür bekommen?"

„Du wirst vor allem dafür belohnt werden."

Sie nickte entschlossen: „Dann mache ich es."

„Ich hätte dir auch keine Wahl gelassen."

Sie legte die Stirn in Falten: „Aber ich kann doch ‚Nein' sagen."

„Du kannst es freiwillig tun. Bewusst. Oder ich kann es tun. Durch dich."

„Das erste ist mir lieber."

„Dachte ich mir."

Sie setzte den Blinker, vergewisserte sich, dass die Straße frei war, und wendete: „Wo soll ich hinfahren?"

„Erstmal einfach geradeaus."

183

Der Mann drehte die Dusche auf und hängte sein Handtuch auf den Haken. Er hasste es, im Fitnessstudio zu duschen. Aber zuhause war die Dusche kaputt. Der Schlauch war undicht und schon nach zwei Minuten stand das ganze Bad unter Wasser. Also duschte er hier. Er prüfte die Temperatur und als sie stimmte, stellte er sich unter den Strahl. Etwas durchzuckte ihn. Er dachte zunächst, sein Körper hätte auf das Wasser reagiert. Dann hörte er die Stimme:

„Beeil dich."

Der Mann blickte sich um: „Hallo?"

„Nicht lauf rufen. Da sind noch andere in der Kabine. Die sollen uns lieber nicht hören."

„Bist du in meinem Kopf?" dachte er angestrengt.

„Ja, das bin ich."

„Wer bist du?"

„Dein bester Freund."

Er schüttelte sich verwundert: „Carlos?"

„Dein noch besserer bester Freund. Von dem niemand etwas weiß – nicht einmal Carlos."

Erleuchtung stieg in ihm auf: „Du bist..."

„Du hast mir dein Leben geweiht."

„Vor langer Zeit schon."

„Und jetzt belohne ich dich dafür."

„Danke." sagte er aus Versehen. „Danke." dachte er schnell hinterher.

„Indem ich dir eine Aufgabe gebe."

„Alles." Wieder aus seinem Mund. „Alles." Wieder in Gedanken.

„Spar dir die laute Version. Dann musst du nicht alles wiederholen."

Diesmal klappte es: „Natürlich."

„Gut. Weiter so."

„Was kann ich tun?"

„Trockne dich ab. Zieh dich an. Nimm deine Tasche, bring sie ins Auto. Lass es stehen. Wir haben eine Verabredung. Aber da kommst du leichter zu Fuß hin."

Er stellte das Wasser ab: „Mit wem?"

„Ich sage dir alles, was du wissen musst."

„Das reicht mir."

„Dann tu es jetzt."

184

Sie trafen sich an einer Straßenkreuzung. Sahen sich an. Sagten nichts. Und gingen dann schweigend zusammen weiter. Jeder von ihnen hatte die gleichen Fragen im Kopf: Wo gingen sie hin? Wer erwartete sie dort? Was hatten sie dort zu tun? Die Dämonen entschieden, dass es einfacher war, wenn sie ihnen die Antworten lieferten. So befahlen sie ihnen, stehenzubleiben. Der eine Mann öffnete den Mund. Seine Stimme klang fremd für ihn. Den anderen, die seine Stimme nicht kannten, fiel das nicht auf:

„Wir haben einen Auftrag. Wir müssen ein paar Abtrünnige einfangen. Sie zurück auf den rechten Weg bringen. Sie sind mächtig, daher müssen wir vorsichtig sein. Und gut vorbereitet. Wir brauchen Waffen und einen Ort, an dem wir sie verstecken können. All das gibt es bei einer Person. Zu ihr gehen wir jetzt. Sie wird uns alles zur Verfügung stellen, was wir brauchen. Uns bei allem helfen, wo es nötig ist. Sie wird uns auch sagen können, wo wir die Abtrünnigen finden. Zumindest hoffen wir das. Wenn nicht, müssen wir sie suchen gehen. Aber es gibt nur wenige Orte, an denen sie sich aufhalten könnten und die kennen wir alle. Also werden wir sie bald gefunden haben."

Der Mann verstummte und ging weiter. Die anderen beiden folgten ihm.

185

Sie waren alle mit einem Auftrag unterwegs. Es war schon auffällig, dass sie inzwischen immer gleichzeitig im Einsatz zu sein schienen. Johanna hatte die Überlegung geäußert, dass das immer noch eine Nachwirkung von Jesus war. Von seiner Strategie, die Leute um ihre Vergebung zu bringen. Dass deswegen immer noch mehr Dämonen unterwegs waren als vorher. Das mochte stimmen. Es mochte auch Zufall sein. Oder Gott war einfach daran interessiert, ihnen die Möglichkeit zu geben, den Rest ihrer Zeit miteinander zu verbringen. Ihnen war es auf jeden Fall recht. Sie trafen sich inzwischen wieder davor zum Beten. Und auch danach zum Besprechen. Und für alles, was ihnen sonst noch so einfiel.

Auch heute verliefen die Aufträge wieder reibungslos. Z kam als erster zurück. Er schloss gerade die Haustür auf, als er hinter sich Schritte hörte. Verwundert drehte er sich um. Er hatte kein anderes Auto gehört, also konnte es keine der Frauen sein. Es war trotzdem eine Frau. Die er nicht kannte. Die geradewegs auf ihn zukam, ihn durch die offene Tür stieß und ihm dann einen Schlag gegen die Schläfe versetzte. Er hatte gerade noch Zeit, sie erschrocken anzuschauen – dann wurde er ohnmächtig. Annie traf wenig später ein, betrat nichtsahnend das Haus und stolperte fast über Z, der im Flur auf den Boden lag. Sofort war sie auf den Knien, um nach ihm zu schauen, nahm gerade noch so eine Gestalt über sich wahr und bekam dann einen Schlag auf den Hinterkopf, der sie außer Gefecht setzte. Geraldine kam als letzte und sah die beiden anderen auf dem Boden liegen, noch bevor sie die Haustür geschlossen hatte. Ihr Instinkt riet ihr, wieder nach draußen zu eilen, ihre Fürsorge, zu ihnen zu eilen. Sie tat letzteres, kam aber nicht einmal bis zu ihnen hin, bevor sie ein Schlag im Nacken traf und sie bewusstlos zusammenbrach.

186

Als sie wieder zu sich kam, tat ihr der Kopf weh. Und sie konnte sich nicht bewegen.
„Hallo Geraldine." hörte sie Annies Stimme.
„Ja. Hallo Geraldine." echote eine ihr fremde Stimme.
Sie sah sich um. Sie schienen sich in einem Keller zu befinden. Es gab keine Fenster und die Decke wurde durch dicke Holzbalken abgestützt. An denen man sie festgebunden hatte. Z links von ihr, Annie rechts von ihr. Drei Personen befanden sich außer ihnen im Raum. Zwei Männer und eine Frau. Die sie allesamt noch nie zuvor gesehen hatte.
„Wer seid ihr?" brummte sie, „was wollt ihr?"
Die Frau verzog spöttisch das Gesicht: „Du bist die dritte, die uns diese Fragen stellt."
„Und wie lauteten die anderen beiden Antworten?"
„Halt den Mund."
„Wie nett." Geraldine ließ erneut den Blick schweifen, „wo sind wir?"
„Auch diese Frage hatten wir bereits." erwiderte die Frau.
„Lass mich raten – die Antwort war die gleiche."
„So sieht's aus."
„Dann... bleibt wohl nur..." Geraldine fing aus Leibeskräften an zu schreien. Das schienen die anderen noch nicht gemacht zu haben, denn Annies

Gesicht hellte sich auf und sie stimmte sofort mit ein. Z nach einem Moment des Zögerns ebenfalls. Die Fremden brachen in Gelächter aus. Sie schrien trotzdem weiter. So lange, bis ihre Stimmen versagten.

„Das war laut." Einer der Männer klopfte sich auf die Ohren, „alle Achtung. Aber es nützt euch nichts. Hier drin hört euch keiner. Der Raum ist schalldicht."

„Wenn er schalldicht ist, hört man uns draußen nicht." korrigierte Annie ihn mehr aus Reflex und er ballte die Fäuste:

„Willst du uns dumm kommen?"

„Nur unterhalten." gab sie zurück.

„Noch eine Frage." schaltete sich Geraldine wieder ein, „von meiner Seite. Warum ist der Raum rosa?"

Die Fremden blickten sie verdutzt an: „Hä?"

„Die Wände – sind rosa. Warum?"

„Was geht dich das an?" schnauzte der Mann, aber Geraldine ließ sich nicht beirren:

„Und ist das da... ein Puppenhaus?"

„Das ist ein Folterkeller." Z machte ein jammerndes Geräusch, „bitte... bitte zwingt uns nicht, mit den Puppen zu spielen."

„Die Puppen können euch egal sein." herrschte die Frau ihn an, „die gehören den Kindern von der Frau, der das Haus gehört."

Der Mann warf ihr einen Blick zu: „Das hättest du ihnen nicht erzählen sollen."

„Warum?" Z legte den Kopf schief, „ist doch interessant. Es gibt also eine Frau in... Frankfurt?" Schweigen schlug ihm entgegen, „klar – keine Auskunft. Eine Frau, deren Kinder ein schalldichtes Kinderzimmer haben. Das ist mal was Neues. Aber eigentlich... da könnte ein Trend draus werden. Wenn sie das richtig vermarktet – lauter glückliche Eltern."

„Ihr seid zu Scherzen aufgelegt." knurrte der andere Mann.

„Warum auch nicht?" entgegnete Z, „wir stehen hier dumm rum. Angebunden und so. Und ihr macht nichts. Zumindest nichts, was Sinn macht. Sagt uns nicht, was das soll. Steht einfach auch nur rum. Und ihr seid nicht angebunden."

„Wir..." Der Mann zögerte, „warten auf Instruktionen."

„Von der Frau." folgerte Annie.

„Nein."

„Ah..." Geraldine nickte, „jetzt verstehe ich. War ja klar, dass das noch kommen würde."

Z sah sie an: „Was verstehst du?"

Annie ebenfalls: „Ja – was verstehst du? Ich verstehe nichts."

„Wir haben die Jesus-Attrappe gehöllt." klärte Geraldine sie auf, „und einen ganzen Haufen Dämonen. War doch absehbar, dass sie sich dafür irgendwann rächen würden. Also... ihre Kumpels. Ihr seid sowas wie ihre menschlichen Hüllen, nehme ich an? Da haben wir schon ein paar von kennengelernt."

„Wir dienen dem Herrscher dieser Welt." fauchte die Frau.

„Und wir dienen dem Herrscher des Himmels, der diese Welt geschaffen hat." fauchte Annie zurück, „was glaubt ihr wohl, wer von den beiden stärker ist?"

Der eine Mann lachte humorlos: „Da gehen die Meinungen sicher auseinander, wer stärker ist. Aber das braucht euch nicht zu interessieren. Denn keiner von beiden ist hier. Nur ihr seid hier. Und wir. Und wer von uns stärker ist... nun – wie ihr schon richtig schlau festgestellt habt: Ihr seid angebunden. Wir nicht."

„Also beweist ihr eure Stärke dadurch, dass ihr uns verprügelt, während wir wehrlos sind." folgerte Geraldine.

„Das hoffen wir, ja. Warten nur noch auf das ‚Go'."

„Das ‚Go'." Geraldine stöhnte auf, „ach du liebes Bisschen. Ich dachte die Phase der ‚denglischen Coolness' hätten wir hinter uns."

„Deine dummen Sprüche werden dir schon noch vergehen." zischte der andere Mann sie an.

„Dumme Menschen verdienen dumme Sprüche." zischte Annie zurück, „und wo wir gerade bei dummen Menschen sind: Wo sind sie denn? Eure Anführer? Trauen sie sich nicht? Haben sie Angst vor uns? Weil sie wissen, dass wir stärker sind als sie – sogar, wenn wir angebunden sind?"

Beide Männer hoben drohend die Fäuste: „Hofft lieber, dass sie sich nicht zeigen."

„Ganz im Gegenteil." widersprach Z, „wir wollen, dass sie sich zeigen. Erst dann wird es interessant. Ihr dagegen... ihr seid nur... Postboten."

„Wir lassen euch jetzt allein." erklärte die Frau brüsk, „das Licht lassen wir an. Das Rosa scheint euch ja zu stören. Gut so."

„Geht ihr euch erholen?" säuselte Geraldine sarkastisch.

„Nein. Wir gehen uns entspannen. Etwas essen. Und vielleicht ein wenig fernsehen. Einfach eine Weile gemütlich. Da oben. Im Gegensatz zu hier unten. Dann kommen wir wieder. Und dann sprechen wir weiter."

Z zog die Brauen hoch: „Sprechen? Ich dachte, ihr sollt uns foltern."

„Das sagt man so." Die Frau verließ den Raum und die beiden Männer folgten ihr.

„Wir können es kaum erwarten." rief Z ihnen hinterher, „das sagt man auch so."

In diesem Moment fiel die Tür zu.

Annie seufzte: „Ich bin mir nicht sicher, ob diese aggressive Attitüde der richtige Ansatz war."

„Du hast fleißig mitgemacht." erinnerte Z sie.

„Schon. Es fühlte sich auch gut an. Aber jetzt – wo ich darüber nachdenke..."

„In den drei Sekunden." Z begann zu kichern und Annie schenkte ihm einen beleidigten Blick.

„Ich würde mal behaupten, dass ‚erst handeln – dann denken' durchaus als unser Leitspruch in die Geschichte eingehen könnte." ließ sich Geraldine vernehmen, „und dass Gott darüber gar nicht mal so unglücklich ist, weil ihm das viel mehr Möglichkeiten gibt, seine Macht zu beweisen."

Die anderen beiden sahen sie an:

„Gewagte Theorie."

„Abwegige Theorie."

Geraldine wippte mit dem Kopf: „Dann in ernst: Die Dämonen sind hier irgendwo. Das ist doch klar. Sie sind es, um die wir uns kümmern müssen. Wenn wir sie dazu bringen, wütend zu werden und sich wirklich zu zeigen, dann haben wir eine Chance. Wir machen sie platt und ihre Handpuppen sehen, wer hier die Macht hat."

„Und dann binden sie uns los und lassen uns frei." ergänzte Z ironisch.

„Nein. Dann kriegen sie Angst und hauen ab. Und wir haben genug Zeit, uns selbst loszubinden."

„Haben wir die jetzt nicht auch schon?"

Geraldine rollte mit den Augen. „Ich sage auch nicht, dass wir einfach nur dastehen sollen."

„Da bin ich aber froh." Z begann sofort, mit den Armen zu ruckeln. Annie dagegen blieb still stehen:

„Euch ist schon klar, dass die Dämonen – wenn sie hier sind – diesen Plan jetzt gerade gehört haben. Und ihn denen da oben in Nullkommanix weitergeben werden. Was unsere Zeit deutlich verringern dürfte – und unsere Chancen auf Erfolg ebenfalls."

Geraldine – die ebenfalls damit begonnen hatte, die Arme hin und her zu bewegen – hielt inne: „Tja... irgendwo ist immer ein Haken."

187

Michelle und Christopher saßen auf der Couch.

„Warum genau hast du den dreien gerade diese Sache geschickt?" fragte sie.

„Das mit Jeremia?" fragte er zurück.

„Ja."

„Kein Grund. Wirklich. Man meint das immer – dass es für alles einen Grund geben müsste. Aber manchmal ist es einfach nur ein interessanter Gedanke. Das ist wie im Gottesdienst. Ist lange her, dass ich einen gehalten habe, aber ich gehe mal davon aus, dass sich daran nichts geändert hat. Viele die hingehen, erwarten, dass die Predigt genau in ihre Situation hineinspricht. Das passiert auch oft. Das ist super. Aber genauso oft eben auch nicht. Deswegen sind diese anderen Predigten nicht weniger wert. Auch darüber kann man nachdenken. Und etwas herausziehen. Auch wenn es zu nichts passt, womit man sich gerade beschäftigt. Und ganz nebenbei habe ich das an unseren Hauskreis-Abenden ja auch immer mal gemacht."

Sie lächelte ihn an: „Jetzt dachtest du, dich vor mir rechtfertigen zu müssen. Das musstest du gar nicht. Ich war einfach nur neugierig. Ob es was gibt, was ich nicht weiß."

„Nein. Außer, ich weiß es auch nicht."

„Lass uns ins Bett gehen." schlug sie vor.

Er blickte sie verwundert an: „Jetzt schon?"

„Ich bin müde."

„Gut. Einverstanden."

188

Es dauerte eine ganze Weile, bis die Tür wieder aufging. Was den Freunden allerdings nichts nützte, denn die Fesseln waren so fest, dass sie sie nicht gelöst bekamen. Die Fremden bauten sich ihnen gegenüber auf. Und als der eine Mann den Mund öffnete, klang seine Stimme anders als zuvor:

„Ihr wolltet uns sprechen, haben wir gehört."

Geraldine atmete tief ein: „Da seid ihr also. Die großen Drahtzieher."

„Schnippisch. Wie immer."

„Wir kennen uns also. Oder nur ihr uns? Schließlich haben wir immer alle beseitigt, die wir kennengelernt haben. So wie wir euch jetzt beseitigen werden."

„Wird euch leider nichts nützen." Die Frau grinste breit, „dieses Mal."

Z grinste zurück: „Weil ihr neuerdings eine Anti-Austreibungs-Weste tragt."

„Weil wir trotzdem wiederkommen werden."

„Das..." Z schluckte, „glaube ich euch nicht."

„Wisst ihr, was mit uns passiert, wenn ihr uns... nun... vertreibt?" Die Frau sah die Freunde erwartungsvoll an. Und Annie blickte genauso zurück: „Ihr sterbt?"

„Das hättet ihr wohl gerne. Nein. Das tun wir nicht."

„Wussten wir. Aber man soll die Hoffnung nie aufgeben."

„Wir kommen an einen Ort, den ich nicht zu beschreiben vermag." Der andere Mann schüttelte sich, „von dem es kein Entkommen gibt. Außer... unser Chef lässt uns frei."

„Euer Chef." Geraldine runzelte die Stirn, „der Teufel."

„So nennt ihr ihn."

„Er kann euch wieder freilassen."

Der Mann nickte: „Er hat das noch nie getan. Weil er keine Gnade kennt. Und wir sie auch nicht verdienen, wenn wir so sehr versagen. Aber in euren Fall... ich weiß, dass euch das zu Kopf steigen wird: Ihr seid ihm wichtig. So wichtig, dass er mit uns eine Ausnahme macht. Und das nicht nur einmal. Seid also gewiss: Egal, was ihr tut, wir werden immer wieder hier aufkreuzen. Uns werdet ihr nicht mehr los."

Annie rümpfte die Nase: „Das ist ja schlechte Aussichten."

„Das heißt, wir kennen uns wirklich." folgerte Z aus dem Gehörten, „wer seid ihr denn? Die drei Tenöre? Die drei Musketiere? Die drei Fragezeichen?"

„Euch wird der Spaß schon noch vergehen." Der eine Mann rückte drohend an ihn heran. Doch Z blieb ganz ruhig:

„Und ihr beantwortet meine Frage nicht."

„Ihr wollt wissen, wer ich bin?" Der Mann trat von Z weg zu Annie hin. Seine Stimme wurde zu einem Flüstern: „Ich war in deinem Kopf. Sehr oft. Sehr lange. Sehr intensiv. Und sehr schmerzhaft. Erinnerst du dich?"

Annie drehte sich von ihm weg: „Ich..."

„Ich war auch in deinem Kopf." wandte er sich wieder an Z, „eher kurz und eher unfreiwillig. Weil ich Annegrets Kopf bevorzuge. Meine zweite Heimat, wenn man so will."

Z starrte den Mann an: „Du..."

„Bleibst du." Der andere Mann lächelte Geraldine an, „in deinem Kopf war eigentlich nie einer von uns. An dich konnten wir immer nur von außen ran. Aber auch das hat ganz gut geklappt. Weißt du noch? Die Bilder, die du gesehen hast? Damals im Keller? Dein Gejammer und Geheule und Gestöhne? Ach... das war eine schöne Zeit."

Geraldine funkelte ihn an, ohne etwas zu erwidern.

„Tja – sowas kann ich nicht vorweisen. Ich kenne keinen eurer Köpfe. Weder von innen noch von außen. Aber ich kenne den Kopf deiner Frau." Die Frau zwinkerte Z zu, „Ex... Frau. Ist ja tot inzwischen, die Gute. Bei ihr habe ich mal reingeschaut. Nur flüchtig. Aber doch lange genug, um sie dazu zu bringen, euer wundervolles, supersüßes Babylein umzubringen. Wie war noch gleich ihr Name? Maria?"

Z war blass geworden: „Sie..."

„Alle ein wenig sprachlos, wie mir scheint." Die Frau lachte laut auf – und Geraldine brüllte in gleicher Lautstärke los:

„Dann redet ihr doch. Los redet. Was soll das hier?"

Die Frau verstummte und der eine Mann schnalzte mit der Zunge: „Was das soll? Ist das nicht eindeutig? Jahrelang habt ihr uns gequält – jetzt quälen wir euch. ,Heimzahlen' nennt man sowas bei euch, wenn ich mich nicht irre."

„Das ist alles?" stieß Z entgeistert hervor, „der Teufel hat euch rausgelassen, damit ihr uns ein bisschen was tut?"

„Ein bisschen? Nein. Eine ganze Menge. So viel wie möglich."

„Leider aber auch nur so viel wie nötig." Der andere Mann gab einen tiefen Seufzer von sich und die Frau legte ihm den Arm um die Schulter:

„Ich bin sicher, dass sehr viel nötig sein muss."

Auf Geraldines Gesicht breitete sich ein Lächeln aus: „Also doch. Ein Haken. Für euch, meine ich."

Die Frau nickte: „Er will euch. Bei sich. Weil er euch gerne persönlich quälen will."

„Warum kommt er dann nicht her?"

„Hierher? Würde er niemals tun. Bei Jesus hat er das mal. Dem echten, wohlgemerkt. Aber sonst... Das Reich der Toten ist sein Revier. Und es ist ja auch voll dort unten. Schon damals, als Israel noch das auserwählte Volk war. Wen die alles plattgemacht haben... Oder Gott für sie... Da kamen sie in Scharen zu uns."

„Gott hat nicht nur zu Israel gesprochen." entgegnete Annie laut, „auch andere wurden gerettet."

Der eine Mann prustete los: „Das hast du aber fein aufgesagt. Dafür müsstest du ein Sternchen kriegen. Habt ihr das noch? Sternchen? Früher gab's das. Als du noch in der Schule warst."

„Auf jeden Fall ist das hier jetzt unser Bereich." Die Frau unterstützte ihre Worte mit einem Nicken, „er bleibt unten und lässt uns machen. Manchmal liefert er Ideen. Aber im Großen und Ganzen haben wir freie Hand. Solange wir uns an seine Richtlinien halten."

„Er ist wie Roddenberry." Der andere Mann streckte Z seinen Daumen entgegen und dieser gab ein angewidertes

„Ich..." von sich, „jetzt werde ich nie wieder Star Trek schauen können."

„Das stimmt. Das wirst du nie wieder."

„Ihr sollt uns also für ihn bearbeiten." fasste Geraldine es zusammen, „bis wir sterben."

Das Nicken der Frau setzte wieder ein – wenn auch langsamer: „So in etwa."

„In etwa." wiederholte Geraldine und auch ihr Lächeln kehrte zurück, „in etwa. Hihihi."

Alle drei traten auf sie zu: „Du findest das witzig?"

„Ja. Sehr sogar. Das ist der noch viel größere Haken, gell? Wir dürfen gar nicht sterben. Zumindest nicht so ohne Weiteres. Ihr verkauft das, als würdet ihr uns einfach so lange schlagen und treten, bis wir tot sind, und dann macht er weiter. Aber das stimmt gar nicht. Denn wenn wir sterben, kommen wir nicht zu ihm. Sondern wo ganz anders hin. Wo er an uns nicht mehr rankommt. Also seid ihr nicht nur hier, um uns zu misshandeln, sondern um uns… umzudrehen."

Der eine Mann seufzte laut: „Was für ein kluges Kind. Schrecklich."

Nun fing auch Annie an zu lachen: „Glaubt ihr ernsthaft, dass ihr da auch nur den Hauch einer Chance habt?"

„Wir haben mehrere 1.000 Jahre Erfahrung mit sowas." Die Frau gab ein wütendes Fauchen von sich, „wir wissen genau, was wir tun müssen, damit ihr am Leben bleibt und trotzdem größtmögliche Schmerzen erleidet. Ihr glaubt, mal ein Stich mit dem Messer in die Brust wäre schlimm? Wartet ab. Keiner von euch hat jemals echte Schmerzen erlebt. Ihr habt keinen blassen Schimmer, wie schlimm es werden kann. Ihr werdet euch wünschen, tot zu sein. Jede einzelne Sekunde. Und ihr werdet bitten und betteln und flehen, dass wir euch endlich umbringen. Aber das werden wir nicht. Nein. Nicht, bevor ihr nicht eurem Gott abgeschworen habt."

„Nun…" Z legte den Kopf schief, „der Gedanke daran, dass die Schmerzen danach noch schlimmer werden, sollte Motivation sein, das nicht zu tun."

„Das sagst du jetzt. Wo du noch bei Verstand bist. Aber glaub mir – auch der wird irgendwann nicht mehr da sein. Wir werden ihn euch rauben. Jedem einzelnen von euch. Ihr werdet brechen – egal, wie lange es dauert. Wir haben Zeit. Und… wir haben Spaß." Die Frau warf ihnen einen verächtlichen Blick zu – dann öffnete sie die Tür, „wie schon gesagt: gerne so lange wie möglich. Wir werden jede Sekunde genießen." Sie verließ den Raum und die beiden Männer folgten ihr:

„Denkt einen Moment darüber nach. Wir müssen ein paar Sachen holen. Mit denen der Spaß noch grösser wird."

„Bis gleich."

Die Tür fiel zu.

189

Nils war noch nicht im Bett. Obwohl er sehr müde war. Doch er hatte den Eindruck, dass Geraldines Eltern wieder einmal kurz davorstanden, etwas Unkluges zu tun. Beim letzten Mal war das gut gegangen, aber er wollte das Schicksal kein zweites Mal herausfordern. Weswegen er inzwischen immer als letzter ins Bett ging. Was anstrengend war, denn ihre Eltern blieben gerne lange auf. Ob sie das immer schon getan hatten oder jetzt nur taten, weil sie nervös waren – oder vielleicht sogar wirklich, weil sie hofften, dass er einschlief und sie sich zum Auto schleichen und abhauen konnten – wusste er nicht. Er wusste nur, dass er ihre übermäßige Unbekümmertheit mit übermäßiger Vorsicht ausgleichen musste. Er glaubte nicht, dass es um sie so schlecht bestellt war, wie Geraldine das befürchtete. Aber er hatte in den Jahren mit ihr genug gesehen, um auf ihr Urteil zu vertrauen. Etwas, das ihren Eltern abging. Leider brachte das lange Aufbleiben einen Nachteil mit sich: Er bekam spät nochmal Hunger. Was sich nicht gut auf seine Gesundheit auswirkte, denn er hatte hier keinerlei Möglichkeit, sich die Pfunde, die er sich anfraß, wieder abzutrainieren. Allein schon deswegen hoffte er, dass sich Geraldine bald melden würde. Und das normale Leben endlich weitergehen konnte. Ihre Eltern saßen vor dem Fernseher, die Haustür war verschlossen. Es stand also nichts im Wege, dass er sich noch etwas zu essen machte. Er fragte – wie immer – ob sie auch etwas wollten. Und – wie immer – lehnten sie ab, ohne aufzublicken. Nils nickte ins Leere und verschwand in der Küche.

190

Sie hatten nicht einmal Zeit, richtig über das zu sprechen, was ihnen bevorstand – geschweige denn, es zu verdauen. Als die drei Fremden wieder vor ihnen standen – alle mit diversen Taschen oder Koffern beladen – wagte Geraldine einen verzweifelten Versuch, Zeit zu gewinnen:

„Als du… nicht… in meinem Kopf warst… da habe ich so viel gesehen."

„Ja." Der eine Mann lächelte verträumt, „schön, nicht wahr?"

„Ich habe Fragen." fuhr sie fort und das Lächeln brach ab:

„Fragen?"

„Ihr wollt uns foltern – bitte. Aber vorher… Wenn ihr wollt, dass wir zu euch kommen… wäre es da nicht gut, wir würden euch besser verstehen?"

Die Frau kniff die Augen zusammen: „Du willst uns hinhalten."

„Ja." nickte Geraldine, „ist das nicht nachvollziehbar?"

„Was versprichst du dir davon?"

„Ein Wunder."

„Ein Wunder." Der andere Mann lachte auf, „du glaubst, Gott holt euch hier raus?"

Geraldine seufzte: „War meine Hoffnung."

„Na gut. Weißt du was? Einfach nur, um dir zu beweisen, dass Gott keinen einzigen von euch hier rausholen wird, beantworte ich dir deine Fragen." Der Mann setzte sich im Schneidersitz auf den Boden und deutete den beiden anderen, es ihm gleichzutun. Dann schaute er zu Geraldine auf, „sofern sie wirklich echt sind."

„Das sind sie. Ähm…" Sie räusperte sich, „ihr seid nie an die Anführer rangegangen. Immer nur an die Leute dahinter. Warum?"

„Das ist ja wirklich eine sinnvolle Frage." Der Mann blickte erst die Frau und dann den anderen Mann erstaunt an, „damit hatte ich gar nicht gerechnet."

„Gibt es auch eine sinnvolle Antwort?" erkundigte sich Geraldine vorsichtig.

„Natürlich. Wer ganz vorne steht, wird immer auch als erstes aus dem Weg geräumt. Sobald er verliert, ist er weg vom Fenster. Und wir mit ihm. Es dauert ewig, einen Menschen ganz genau so herzurichten, wie wir ihn haben wollen. Das lohnt sich nicht, wenn er unter Umständen nur eine kurze Halbwertszeit hat. Die Begleiter und Berater – die bleiben. Sehr oft zumindest. Auch wenn die Spitze wechselt. Sie behalten ihre Positionen bei. Daher sind sie die besseren Ziele."

„Verstehe. Clever. Dann… warum gerade diese bestimmten Personen?"

Der Mann winkte ab: „Du hast nur einen Bruchteil von dem gesehen, was wir zu verantworten haben. Aber wir schauen schon hin. Nicht, wer die

Person ist. Aber was für einen Schaden sie in ihrer Position anrichten kann. Das lässt sich kalkulieren. Je mehr, desto besser."

„Klar. Natürlich."

Sein Gesicht nahm einen misstrauischen Zug an: „Veralberst du mich?"

„Nein. Nein. Wirklich. Nein. Ich..."

„Was ist mit den Weltkriegen?" kam Z Geraldine zur Hilfe, „wart ihr da auch aktiv?"

„Schon. Andere. Ich nicht." Der Mann gähnte demonstrativ, „ich mag keine Massenmorde. Zu anonym."

„Aber bei den Kreuzzügen, da..." griff Geraldine das dankbar auf.

„Das war das, wo ich es gemerkt habe. Sie waren blutig. Aber irgendwie unbefriedigend. Danach habe ich mich umorientiert."

„Das, was ich gesehen habe..." Geraldine schloss kurz die Augen – dann fiel ihr wirklich eine Weiterführung dieses Satzes ein, „...ist mit der Zeit immer unspektakulärer geworden."

Der Mann zuckte die Achseln: „Weil ihr Menschen immer böser geworden seid. Heute richtet ihr viel mehr Schaden von euch aus an. Früher mussten wir jeden Krieg anzetteln. Heute seid ihr damit so schnell bei der Hand, dass wir kaum noch hinterherkommen. Euer Drang zu vernichten steigt fast so schnell wie eure Möglichkeiten dafür zunehmen. Das hat schon fast Respekt verdient, wie ihr miteinander umgeht."

„Auf den Respekt können wir verzichten." murmelte Annie.

„Tja..."

„Wart ihr nie in Afrika?" hatte Geraldine inzwischen eine weitere Frage parat.

Der Mann zog die Brauen hoch: „Das ist eine komische Frage."

„Ich habe nichts gesehen, was in Afrika gespielt hat." ergänzte Geraldine hastig.

Der Mann sah den anderen Mann an. Der den Wink verstand und übernahm: „Wir waren auch in Afrika. Aber Afrika ist nicht so interessant. Schau dir die Welt an. Ein großer Teil davon hält zusammen. Europa, Amerika, Teile von Asien. Das sind die reichen Länder. Wenn dort etwas passiert, dann ist es immer relevant. Aber in den anderen Teilen der Welt... einmal kurz erwähnt und schon wieder vergessen. Eine Autobombe in New York, die 10 Menschen tötet, sorgt für mehr Gesprächsstoff als ein

Bürgerkrieg im Kongo, der 10.000 Opfer fordert. So tickt ihr. Und wir richten uns danach. Größtmögliche Darstellung bewirkt größtmögliche Angst. Auch wenn es eigentlich ungerecht ist."

„Ja, extrem." Geraldine nickte zustimmend, „und wie ist das mit...?"

„Genug. Wirklich. Genug." Der eine Mann hob die Hände und stand dann auf, „ich spiele gerne auch mal den Märchenonkel. Beim besten Willen. Wenn man so viel erlebt hat wie wir, dann kommt man schon mal ins Schwärmen. Es waren gute Zeiten. Immer wieder. Wir hatten beide sehr viel Freude in all diesen Momenten und ich bin mir sicher, dass er..." Er klopfte der Frau auf die Schulter, „...auch genug solcher Momente hatte. Und es ist sehr nett von dir, dass du sie damals so bereitwillig mit mir geteilt hast und jetzt immer noch darin schwelgst. Das macht mich stolz. Aber irgendwann muss es vorbei sein. Ich habe nicht auf die Uhr geschaut. Aber ich würde behaupten, dass Gott genug Zeit hatte, sich auf sein Fahrrad zu schwingen und hierher zu radeln, wenn er euch würde retten wollen. Vielleicht hat er sich auch verfahren. Das wäre traurig für ihn. Aber ich bin nicht die Straßenwacht. Da muss er alleine mit klarkommen. Wir haben einen Auftrag. Und so sehr ich es dir gönne, dass du dem entgehen willst, und so sehr ich es auch genießen mag, mit meinen eigenen Heldentaten zu prahlen – es ist jetzt einfach an der Zeit, dass wir mit foltern anfangen."

Wie, um seinen Worten Nachdruck zu verleihen, gab er Geraldine eine kräftige Ohrfeige, die ihren Kopf zur Seite schnellen ließ. Sie sah Sterne und ihr ganzer Oberkörper schmerzte.

„Das für den Anfang. Ich denke allerdings, wir sollten so einen gewissen Grundschmerz herstellen. Damit lässt es sich viel besser arbeiten, wisst ihr? Wenn es ein paar Stellen am Körper gibt, die einfach durchgehend wehtun. Das verstärkt den Schmerz an anderer Stelle. Und wir wollen ja, dass er möglichst groß ist. Glücklicherweise ist unsere Gastgeberin gut ausgerüstet, was Materialien angeht."

Er öffnete eine der Taschen und zog ein Schwert heraus. Hielt es Geraldine unter die Nase, die daraufhin leicht den Kopf zur Seite neigte:

„Kinder und Waffen – keine gute Kombination. Wenn es nicht so wenig Sinn machen würde, würde ich fast denken, die Kinder hätten diesen Raum hier, damit sie sich nicht an den Waffen verletzen."

„Sie liebt die Mädchen sehr." Die Stimme der Frau hatte einen leicht verwunderten Klang, „war uns auch... nun... es kam für uns überraschend. Aber gut – jeder hat seine Eigenheiten. Sind aber auch süße Dinger. Sehen hübsch aus, fühlen sich nett an..."

„Fühlen...?" entfuhr es Z, „ihr habt...? Ihr wart...?"

„Erziehungsmaßnahme. Ihr ahnt gar nicht, wie brav so ein junges, schwaches Wesen auf einmal ist, wenn es mit einem sehr viel älteren, stärkeren Wesen in Berührung gekommen ist."

„Aber... das..." stotterte Annie, „das... geht..."

Die Frau begann zu kichern: „Aus dem Alter des ‚geht nicht' sind sie raus. Und wenn Mama richtig mit ihnen umgeht..."

„Ihr seid krank." stieß Z hervor, „nein – ihr seid Dämonen. Sie ist krank."

Der andere Mann zog die Brauen hoch: „Aus euch wäre vielleicht auch was geworden, wenn eure Eltern das mit euch gemacht hätten. Aber egal – dafür sind wir ja jetzt da. Was für ein perfekter Schwenk zurück zum Thema. Wir haben insgesamt zehn Schwerter. Will einer von euch eins mehr? Nein? Okay. Dann sind wir gerecht. Jeder bekommt drei. In die Brust und die Oberschenkel. Und das letzte heben wir uns für besondere Anlässe auf. Dürfte ich...?" Er hielt die Hand auf und die Frau reichte ihm ein Schwert. Er betrachtete es eingehend: „Schön. Wertarbeit. Ach ja... bevor wir anfangen: Das Codewort. Es ist ganz einfach. Zwar ein ganzer Satz, aber trotzdem. Er lautet: ‚Ich schwöre Gott ab.' Verstanden? Wollt ihr ihn zur Vorsicht mal wiederholen? Nein?" Er kicherte und trat auf Z zu, „das wäre ja auch zu einfach gewesen. Also: Wer das sagt – kann auch sinngemäß sein – den erlösen wir. In einem gewissen Sinne. Bereit?" Er sah die Frau an, die sich inzwischen ebenfalls ein Schwert genommen und vor Annie postiert hatte, „gut. Dann würde ich sagen – zuerst die Brust. Auf 3. 1... 2... 3..."